LE SOURIRE DE CATERINA

Du même auteur

Léonard de Vinci
Flammarion, 2019

CARLO VECCE

LE SOURIRE DE CATERINA

L'extraordinaire histoire de la mère de Léonard de Vinci

roman

TRADUIT DE L'ITALIEN
PAR NATHALIE BAUER

ÉDITIONS DU SEUIL
57, rue Gaston-Tessier, Paris XIXe

Ce livre est édité par Martine Van Geertruyden

Le glossaire en fin de volume a été établi par Nathalie Bauer.

Cet ouvrage a été traduit avec l'aide du Centre pour le livre et la lecture du ministère de la Culture italien.

CENTRO
PER IL **LIBRO**
E LA **LETTURA**

Titre original : *Il sorriso di Caterina*
Éditeur original : Giunti
ISBN original : 978-88-09-96423-5

www.giunti.it

ISBN 978-2-02-155284-3

www.seuil.com

À ma mère, comme Caterina

1

Yakov

Un petit bois de bouleaux sur les rives d'un fleuve
près de la Xi Miute[1]*, par un matin d'été*

Je ne veux pas la perdre.

Le cheval apparaît et disparaît parmi les bouleaux.

Je ne peux la suivre que du regard.

Mes yeux sont des mains, des mains tendues, s'efforçant d'attraper ce qui s'enfuit à jamais.

La vie, un éclair de lumière, une trouble intermittence de souvenirs et d'images, ce rien que nous avons vécu ensemble.

Les troncs blancs et minces, leur écorce pareille à une croûte de peau durcie. Ce sont, semble-t-il, les corps d'arbres mêmes que j'ai étreints il y a douze hivers : non pas ici, près de la mer, mais dans notre bois sacré, au loin, dans la montagne. J'avais alors pénétré dans sa partie la plus secrète, au mépris de l'interdit, incapable d'attendre auprès des hommes et des chevaux. Les cris tourmentés de ma femme retentissaient depuis des heures dans la vallée, me remplissant d'une angoisse inédite. Un terrible miracle était sur le point de se produire.

Les mains agrippées à un bouleau, je regardais la clairière, en contrebas. Au centre du plateau, le grand noyer dénudé par les vents d'automne étirait ses branches vers le ciel. Des bras dans l'acte d'offrir un sacrifice. Ses vieilles racines se tordaient parmi les rochers, d'où jaillissait une source d'eau très pure. Entre les racines

1. Le lecteur trouvera en fin d'ouvrage des notes bibliographiques, ainsi qu'un glossaire de termes historiques, géographiques et mythologiques.

et le tronc se dressait une grossière croix de bois. Mon épouse était seule en compagnie de la sage-femme, la *mamikou*, qui allait et venait rapidement entre sa couche et la source, changeant les linges rougis par le sang et les lavant dans l'eau. Allongée sur un lit de paille, la parturiente poussait de grands cris, se raidissait, bandait bras et jambes, rejetait sa tête en arrière.

Jusqu'à la veille et pendant les longues lunes précédentes, nous avions suivi, dans notre grande maison au milieu du village, tous les conseils de la *mamikou* et des femmes les plus âgées. Ce serait notre premier enfant : le fils aîné de *psì* Yakov, du noble Yakov, chantaient les femmes, destiné à devenir un de ces héros qui peuplent les sagas des Nartes et à mener le clan avec force et courage. Il naîtrait durant l'année du Cheval, l'animal le plus noble, que notre peuple vénérait plus qu'aucun autre.

Ma femme évitait de sortir après le couchant, de s'asseoir sur une caisse ou une pierre, de tuer des serpents, de boire de l'eau dans des coupes évasées. Elle veillait soigneusement sur le feu qui brûlait au cœur de notre demeure afin qu'il ne s'éteignît jamais. Malgré tout, elle continuait de s'affaiblir au cours de cette grossesse difficile. Elle avait eu de fréquentes pertes de sang, et les femmes craignaient qu'un démon ne s'en prît à son enfant et à elle-même : la cruelle Almasty était peut-être assoiffée de leur sang. Certains villageois racontaient qu'ils l'avaient vue rôder à côté de la maison, à la brune, vieillarde nue aux cheveux épars. Pour l'éloigner, ils allumaient devant chez eux un feu purificateur qu'ils entretenaient toute la nuit, et plaçaient sous leur oreiller et leur paillasse divers objets métalliques – amulettes, ciseaux, couteaux. Une hutte en paille était déjà prête pour l'accouchement à l'extérieur du village, près du cours bruyant de la rivière.

La fin du terme arriva en plein automne. Les journées étaient encore douces, mais les vieillards sentaient venir le vent glacial qui descendait du pays des Ténèbres et la neige qui recouvrirait tout, silencieusement, de son épais manteau blanc. Presque sans force, blême, ma femme avait demandé avec insistance qu'on la conduisît immédiatement dans le bois sacré, au pied du noyer. Elle avait besoin, prétendait-elle, de l'énergie de l'eau et de la roche, de la lymphe et de la force du grand arbre. Elle s'était montrée inébranlable et, malgré son état, nous l'y avions emmenée sur une litière, accompagnée de la *mamikou*. Nous étions partis à l'aube. Le ciel était dégagé et l'air inerte, froid. Seuls les femmes et les porteurs avaient pénétré dans le bois sacré, et ces derniers avaient rebroussé chemin aussitôt après avoir préparé un lit de paille sur la terre humide. Nous autres cavaliers nous tenions immobiles à côté de nos montures à l'orée du bois, car les hommes n'avaient pas le droit de s'attarder entre ses arbres. Nous apercevions confusément ce qu'il s'y passait. Déjà la *mamikou* exécutait d'étranges rituels pour favoriser la délivrance, ouvrant et défaisant de mystérieux objets entrelacés et noués entre eux, invoquant l'eau et le vent.

Un cri plus fort que les autres me glaça. Ma femme se cambra violemment avant de retomber sur le sol, immobile. J'étais bouleversé, perplexe : la distance m'empêchait de distinguer nettement la scène. La silhouette de mon épouse avait disparu derrière celle de la *mamikou*, penchée entre ses jambes. Puis, à l'improviste, un autre cri s'éleva, faible et toutefois clair, aigu. Maintenant, la vieille femme effectuait des gestes rapides à l'aide d'un objet aux allures de couteau. Puis elle s'élança vers la source avec une petite chose ensanglantée, qu'elle plongea à plusieurs reprises dans l'eau glacée, tandis que le même cri se répétait. Désormais, la chose n'était plus rougie par le sang.

Je me précipitai vers la clairière et croisai les yeux humides de la *mamikou* tremblante : elle était terrifiée par ce qu'il était advenu et, davantage peut-être, par le sacrilège que j'avais commis en voulant voir ce qui est censé demeurer invisible aux hommes. Je découvris ma femme, blanche comme neige, ses prunelles sans vie tournées vers le ciel bleu, le sang foncé sur son sexe déchiré, sur ses jambes écartées, sur la paille, sur la terre. Almasty a bu son sang, bredouillait la vieillarde, mais le sang qui descend dans la terre puis remonte dans la lymphe du grand noyer par les racines est sacré. Sang pour sang, vie pour vie. C'est alors que je la vis. Ses grands yeux étaient ouverts, lumineux, profonds, on aurait dit ceux de sa mère. J'eus la sensation qu'ils me regardaient, pendant que je tendais les bras vers elle.

Je ne la revis qu'à mon retour, six hivers plus tard.

Après avoir enterré sa mère dans la tombe familiale, sous les grandes dalles de pierre de la maison des morts, je l'avais confiée à sa grand-mère et à sa nourrice, une esclave *rous* prénommée Irina.

L'obscurité – ténèbres du mal et du chagrin – s'était abattue sur la terre. Le vent du nord sifflait et la neige tombait. Une fois les armes ramassées et les guerriers de mon clan rassemblés, j'étais parti sans hésiter. Dans l'attente de la naissance de mon premier enfant, j'avais négligé l'invitation de *warq* Inal Nexw – le prince Inal le Grand à un seul œil, fils de Xwrifelhey, lui-même fils d'Abdoun-Khan –, lancée aux chefs et aux nobles de notre peuple fier et indépendant, éparpillé dans les montagnes et les vallées, à s'unir à lui dans une lutte commune. Je l'avais alors suivi avec une détermination aveugle, me jetant férocement dans les combats, cherchant peut-être la consolation de la mort dans celle que je donnais à mon ennemi. Les autres guerriers me jugeaient courageux, héroïque, surhumain. En réalité, j'étais animé d'un désir de mort, mêlé de désespoir.

Je rentrai chez moi, profondément changé. Mal dissimulées par ma barbe et mes longs cheveux blonds, rides et cicatrices durcissaient mon visage. J'avais le regard triste, je le savais, et mes yeux devaient encore refléter l'éclat des flammes, le sang versé. La vie et la mort ne m'importaient plus. Ma tête et mon cœur étaient vides.

J'arrivai à l'improviste la veille de la fête du Nouvel An, à la fin de l'hiver. J'étais entouré de quelques compagnons, les seuls rescapés de la campagne. Nous avancions à cheval, suivis d'une carriole que conduisait un petit homme vêtu de noir. Sous ma *bourka*, mon manteau de feutre et ma cotte de mailles, je portais une rude chemise en futaine à triple lisse, sans col, aux pans maintenus par un ceinturon, ainsi qu'une culotte large glissée dans de grandes bottes. À l'épaule, un arc avec son carquois et, dans son fourreau, la *chachka*, long couteau léger, aussi souple et funeste qu'un serpent, à lame incurvée, dont la poignée en forme de crochet était recouverte d'une nielle en argent évoquant une tête d'aigle.

J'ôtai mon casque à pointe et à protège-joues, libérai mes cheveux blonds dans le vent en secouant la tête et progressai lentement, descendant vers la vallée après le dernier virage de la colline. Au fur et à mesure que je me rapprochais des premières maisons, des femmes, des vieillards et des enfants se regroupaient silencieusement des deux côtés de la route, cherchant dans les silhouettes défaites des cavaliers les traits d'un bien-aimé, d'un mari, d'un fils, d'un père.

Je m'immobilisai au centre du village devant la maison, une *wouna* qui ne différait des autres que par sa dimension, légèrement supérieure ; pour le reste, c'était la même structure, le même entrelacement de roseaux, de branches et de paille. Rien n'avait changé. À l'arrière se trouvaient toujours les clôtures que j'avais élevées l'été où ma femme était enceinte, les écuries, la chambre pour les invités, les enclos pour les animaux et les arbres fruitiers qui se préparaient maintenant à un nouveau printemps.

Sous l'auvent, à l'écart des esclaves et des domestiques, je distinguai la silhouette mince de ma mère, aussi impassible qu'une statue, et, près d'elle, l'esclave Irina qui tenait par la main une enfant de cinq ou six hivers. Ce devait être elle : ma fille, aux prunelles bleues et aux longs cheveux blonds. Ses yeux me scrutaient, émus mais sans larmes, aussi secs que ceux de sa grand-mère, que ceux d'Irina et de tous les occupants de ce terre-plein en cet instant précis, car les larmes sont, chez nous, un signe de faiblesse.

Je mis pied à terre, étreignis ma mère, lançai à Irina un regard de gratitude et me penchai vers la fillette. C'était la première fois qu'elle me rencontrait, sans doute voyait-elle en moi un inconnu. Je compris brusquement que mon aspect ne pouvait que l'apeurer. Je ne savais pas sourire – je n'ai jamais souri de toute mon existence –, je ne savais même pas comment elle s'appelait. Irina prévint ma question en murmurant le nom qu'on lui avait attribué, *Wafa-naka*, Yeux-de-ciel, parce que ses yeux étaient d'un bleu profond comme ceux de ses parents. Soudain je revis le ciel bleu qui s'étendait au-dessus de la clairière le jour où Theshxwe le Tout-Puissant m'avait privé de ma bien-aimée et donné une fille au lieu d'un fils aîné, et le chagrin m'étreignit.

Je tendis timidement les mains vers la petite en prononçant tout bas son nom : Yeux-de-ciel. Elle interrogea du regard Irina, qui lui sourit, puis se dirigea vers moi d'un pas assuré et jeta ses bras autour de mon cou.

Nous pénétrâmes dans la vaste pièce centrale, autour du cœur sacré de la *wouna*, le feu sur lequel ma mère, chef de la maisonnée et de la famille en mon absence, avait veillé durant toutes ces années. La carriole s'était elle aussi arrêtée devant l'habitation et je présentai son conducteur aux membres de ma famille et à mes amis : ce *konak*, l'invité, était un marchand grec prénommé Démétrios qui m'avait suivi depuis Zhansherx, la ville du prince Inal, fondée par son grand-père Abdoun au sud du Phshiz. J'ignorais tout de lui avant qu'il ne se présentât à moi ; le Grec, en revanche, connaissait un peu notre langue, ainsi que mon nom.

En vérité, ce nom, Yakov, l'avait sauvé au moment où il avait quitté son bateau sur les rives de la Xi Fitsé : encerclé par des cavaliers hostiles, il aurait perdu ses marchandises et sa liberté s'il ne s'était pas aussitôt déclaré *konak* du prince Yakov, demandant à être protégé, au nom du devoir sacré de l'hospitalité, et conduit auprès de moi. Il m'avait apporté non seulement des marchandises à échanger, mais également des nouvelles d'une terre lointaine, beaucoup plus reculée que la Xi Fitsé, me confiant qu'il avait un message à délivrer en personne à ma mère.

J'invitai Démétrios à s'acquitter de sa mission à l'écart, dans un coin de la pièce. Au grand étonnement général, il s'inclina devant ma mère, puis prononça quelques mots tout en tirant de son sac un objet de petite dimension – peut-être une bague –, qu'il lui tendit. Elle l'écouta, muette. Je ne l'avais jamais entendue émettre le moindre son, elle ne communiquait que par gestes. Elle avait, racontait-on, perdu l'usage de la parole de nombreuses années plus tôt, avant de se marier et de me mettre au monde, alors que, regagnant les restes fumants de son village brûlé par les Tatars de Timour Baras, elle avait vu la tête de son père fichée sur une lance et appris que son frère avait été enlevé.

Je remarquai avec stupeur son émotion.

Cela ne dura qu'un instant. Comme gênée par cette marque de faiblesse, elle recouvra très vite son sang-froid et, renvoyant le Grec, alla se blottir sur le *diwan* au centre de la pièce, près d'Yeux-de-ciel. Elle invita ensuite les nouveaux venus à consommer le repas simple que les femmes avaient préparé à la hâte : une soupe de ravioles de mil, de la viande de brebis bouillie, assaisonnée d'une sauce à l'ail, un gâteau aux noix et au miel. La *makhsima*, boisson de mil fermenté avec du miel, coulait dans les coupes en argent que l'on avait sorties des coffres et nettoyées en l'honneur de ma personne, des guerriers et du *konak*. Une jeune fille interprétait une mélodie lente à la *pshiné*, actionnant un arc sur ses deux cordes en crins de cheval, tendues sur une caisse oblongue.

Après le dîner, autour du feu, le Grec prit la parole et s'exprima laborieusement dans notre langue, à l'évidence très difficile à manier pour lui, se trompant souvent et provoquant les rires de ses auditeurs qui intervenaient bruyamment pour le corriger ou lui suggérer le mot juste. Néanmoins il se faisait comprendre par l'expression de son visage qu'il tournait vers l'un puis l'autre, par ses yeux mobiles et rusés, ainsi que par le mouvement de ses mains.

Bientôt les rires se turent : bouche bée, les membres de l'assemblée l'écoutaient dévider ses histoires merveilleuses, des histoires qui devaient paraître incroyables aux montagnards de l'assistance qui, contrairement à nous autres guerriers et à certains esclaves aux origines lointaines, n'avaient jamais porté le regard au-delà de la crête des montagnes et des plateaux où le torrent s'élargit et se mue en fleuve. Pour ma part, j'observais Yeux-de-ciel : elle avait oublié ma présence, tant elle était captivée par ce récit et concentrée sur les phrases un peu incohérentes de l'invité.

Au-delà de la Xi Miute, où se jettent le fleuve Tané et le fleuve Phshiz, disait Démétrios, au-delà de la Xi Tualé Teymen, où les terres semblent se toucher, se trouve la Xi Fitsé, la grande mer noire où le soleil se couche. Les Grecs la dénomment Euxeìnos. Les nouveaux arrivés sur ses rives méridionales l'appellent, en revanche, Kara Deniz, mer Noire. Moi, j'avais vu cette mer : de loin, depuis le sommet des montagnes, sorte de bande estompée au lointain. Le dernier horizon sur lequel se couche le soleil ne constitue pas la fin du monde, continua Démétrios. La grande mer noire se poursuit au sud en se resserrant à l'endroit où se dresse sa ville, la cité la plus belle et la plus riche du monde, la cité des coupoles et des statues en or. Mais, au-delà, il existe une mer encore plus vaste, une mer salée et profonde, entourée de nombreuses terres, de nombreux autres peuples et d'îles infinies, une mer qui se déverse dans l'eau ceignant toutes les terres. De l'autre côté s'étend le pays qui répond au nom d'Aìgyptos, une contrée si chaude qu'on n'y connaît pas la neige, où vit un peuple presque aussi ancien que le monde et où coule un fleuve à la source mystérieuse.

Démétrios avait récemment quitté ce pays. Son roi, Barsbay, l'avait convoqué dans son palais, au cœur de la très riche capitale, al-Qàhira la Victorieuse, après avoir appris qu'il venait des côtes nord-orientales de la mer Noire. Le souverain lui avait révélé qu'il était lui-même originaire de ces terres : il avait, en effet, vu le jour au pied des montagnes gigantesques qu'on distingue depuis la mer et avait été capturé, encore adolescent, lors d'une razzia menée par les Tatars ; vendu comme esclave à al-Qàhira, il avait fini par régner sur cette partie du monde. Le Grec nous montra un disque de métal portant son emblème, le lys, et déclara : Voici sa monnaie. Nous l'observâmes tous avec curiosité. Ici, dans les montagnes, personne n'utilise de monnaie pour les échanges. Quand une pièce échoue entre nos mains, nous en faisons une amulette ou, en la perçant, un pendentif de collier. Nous nous contentons de troquer les marchandises avec les autres clans et les rares marchands juifs ou arméniens que nous fréquentons.

Le roi Barsbay avait prié Démétrios de se rendre dans son ancienne patrie, auprès de l'unique membre de sa famille qui devait être encore en vie : sa sœur aînée, laquelle, lui avait-on dit, avait été mariée au noble chef d'un village du haut plateau, au nord des sources du Phshiz, et avait enfanté un fils du nom de Yakov. Il l'avait chargé d'apporter les salutations du roi à sa famille, ainsi que quelques présents, que le Grec tira alors de son sac, au grand émerveillement général : un voile de soie tressé de fils d'or qu'une image de fleur de lys ornait en son centre, pour la sœur du roi ; un poignard au manche incrusté de gemmes, destiné à son fils. Démétrios avait déjà remis le cadeau le plus précieux à ma mère : une bague magique qui protégerait sa personne et sa famille. Des religieux vivant au pied de la montagne sacrée où le Tout-Puissant s'était adressé au prophète Moïse l'avaient offerte au roi Barsbay quand il était enfant.

Je demandai à ma mère de me montrer cette bague. C'était un simple anneau d'argent sur lequel un grand signe et plusieurs petits étaient gravés. Le premier, apparemment composé de lignes croisées, évoquait les emblèmes que nous utilisons pour marquer au fer rouge nos chevaux et notre bétail, et que nous gravons sur les armes et les rochers. Je tournai et retournai le bijou entre mes doigts sans comprendre toutefois le sens de ces symboles.

Comme les membres de mon peuple, j'ignore tout de l'écriture, bien que j'aie vu des peuples voisins s'en servir et que j'aie découvert, dans les tombes et les maisons des morts, des dalles de pierre très anciennes portant d'étranges gravures. L'écriture est sans doute un envoûtement qui capture les mots – lesquels sont autrement faits d'air –, les fige dans le temps et leur permet de franchir la frontière qui sépare la vie de la mort. Voilà pourquoi des caractères sont gravés dans la pierre, près des maisons des morts. Il s'agit probablement du langage des défunts, qu'on inscrit dans la roche pour éviter qu'il ne se change en poussière de la même façon que leurs corps.

Nul doute, ces signes aussi étaient magiques. Je lançai un regard interrogateur à Démétrios, qui m'indiqua alors l'enchevêtrement de lignes : C'est un monogramme, dit-il, un symbole composé de plusieurs signes superposés. Au nombre de trois, ils correspondaient ici à trois sons, *a i k*, ainsi que les Grecs les écrivent. Pour me permettre de comprendre les autres, il les martela l'un après l'autre : *a i k a t e r i n e*, avant de prononcer le mot entier. *Ekaterini.*

Ce mot n'était autre qu'un nom, poursuivit-il : celui de la grande Haghia Ekaterini, la pure, dont le corps était conservé et vénéré dans le monastère qui se trouvait au pied de la montagne sacrée de Moïse. La bague avait été placée au contact du corps de la sainte, dont elle avait absorbé le pouvoir et l'énergie. Ekaterini était, à l'origine, une vierge de la ville d'Alexandrie qui portait le nom de Dorothée, soit don de Dieu. Elle avait eu une vision de la Sainte Vierge Mérissa, protectrice des abeilles et du miel, et de son fils le Christ. Celui-ci l'avait prise pour épouse en lui remettant cette bague, et dès lors elle s'était appelée Ekaterini, la pure. Pour l'obliger à renoncer à son époux divin, ses persécuteurs l'avaient décapitée après lui avoir infligé en vain de terribles épreuves, mais les anges avaient reconstitué son corps, qu'ils avaient emporté dans les airs sur la montagne de Moïse. On racontait que ses cheveux blonds continuaient miraculeusement de pousser et qu'un flux incessant d'huile guérisseuse s'échappait de son corps.

L'obscurité s'abattit autour de la maison et sur la vallée. La dernière nuit de l'année débutait, et l'âme vitale du monde recommençait à souffler puissamment dans l'air, dans l'eau et sur la terre. Tous les membres de l'assemblée étaient encore assis en cercle autour du feu, méditant les histoires fantastiques qu'ils avaient écoutées. Dans le silence que seul brisait le crépitement des braises, je croisai le regard d'Yeux-de-ciel et me rappelai qu'elle n'avait pas reçu de nom, ni été purifiée par l'eau du baptême. C'était à moi que cette tâche incombait car les *schojen* et les *shekhnik*, les chamans de la croix, n'étaient jamais arrivés jusqu'à nous, dans les montagnes, même si nous vénérions la croix de bois pendue au tronc du vieux noyer sacré, près de la source.

J'avais cessé de me rendre à cet endroit, où ma femme avait péri, le considérant désormais comme un lieu de mort. Toutefois, comme c'était également là que Yeux-de-ciel avait vu le jour, je songeai qu'il serait bon d'y retourner à l'occasion de la fête la plus importante de l'année, lorsque renaissait la vie des plantes, des animaux et de toutes les créatures. La petite serait le signe de la renaissance, et je la purifierais en versant sur sa tête l'eau glacée et bénite qui jaillissait près de la croix, cette eau même avec laquelle la *mamikou* l'avait lavée du sang de sa mère.

Mais quel nom attribuer à Yeux-de-ciel ? m'interrogeai-je, les doigts refermés sur la bague magique. Je connaissais la réponse, cependant je déclarai qu'il convenait d'obéir à la tradition et aux usages des pères, la *khabza*. C'était au premier étranger qui franchissait le seuil d'une maison après qu'un enfant y était né qu'il revenait de suggérer son nom, et cet étranger n'était autre que Démétrios. Le Grec promena le regard sur moi, sur la bague, puis sur ma mère ; enfin, il me demanda la date de naissance exacte de la fillette. Comme je l'ignorais, je me tournai vers Irina, laquelle déclara avec son fort accent *rous* : Deux lunes et dix jours après le début de l'automne du dernier *Zhilqi*, l'année du Cheval.

Les paupières fermées, Démétrios se livra rapidement à l'un de ces calculs mentaux dont les marchands ont l'habitude. Ce jour-là devait être celui de la fête de Haghia Ekaterini, qui correspond dans le calendrier des Grecs au vingt-cinquième jour du mois dénommé *noémbrios*, dit-il ; et la dernière année du Cheval, sauf erreur de sa part, était probablement l'an 6936 après la Création du monde. Alors ses doutes s'évanouirent et, les yeux fixés sur la petite, il lui révéla solennellement son prénom : Ekaterini. Tout aussi solennellement, je lui donnai la bague magique, ainsi que le Christ l'avait donnée à sa sainte épouse Ekaterini. Aussi fière qu'une princesse, elle la glissa à son doigt et ferma son petit poing pour éviter que le bijou, encore trop large, ne tombât, ce qui eût été de mauvais augure.

Je revins six autres hivers plus tard.

Je me trouvais au camp d'Inal, dans le sud des montagnes, où les glaciers fondaient peu à peu et où les fleuves grossissaient, déversant leur eau dans la Xi Fitsé, quand je reçus la nouvelle de la mort de ma mère. Ayant obtenu du prince l'autorisation d'aller ensevelir cette dernière dans la maison des morts de nos aïeux, je partis seul. Je remontai le cours du fleuve au galop, gravis les sentiers abrupts de cette montagne qui m'était si familière et poursuivis à pied sur les cols encore enneigés, tirant et aidant mon cheval comme si c'était un frère.

J'étais encore plus endurci que lors de mon dernier séjour auprès des miens. Des éclats d'un blanc de neige se mêlaient maintenant à mes cheveux blonds et surtout à ma barbe. Je portais à ma ceinture, d'un côté ma *chachka*, de l'autre le poignard semé de gemmes de Barsbay. Comme tout bon guerrier, je m'étais habitué à chasser de mon esprit la moindre pensée, le moindre souvenir, la moindre émotion, à vivre pour agir et me battre. Pourtant je tressaillis lorsque j'aperçus, derrière le dernier virage, la vallée où coulait la jeune rivière, la fumée s'échappant des toits en paille, les vastes plaines qui se hissaient doucement vers le haut plateau où mon père m'avait appris à chevaucher plus vite que le vent. Vers l'est, la vallée se resserrait entre des montagnes de plus en plus abruptes, tandis que s'ouvrait la forêt sauvage, impénétrable, qui abritait le bois sacré du grand noyer et la source d'eau très pure. Le printemps venait de commencer. Les prairies se couvraient d'herbe tendre et de fleurs ; en contrebas, les arbres fruitiers regorgeaient de petits boutons blancs et roses.

J'eus le cœur serré en me remémorant le seul printemps que j'avais vécu auprès de mon épouse, sur notre lit de cuir garni de fleurs, de roseaux et de joncs. Puis je me disposai à accueillir la pensée de ma fille, même si les images de notre dernière et unique rencontre, six ans plus tôt, s'étaient un peu estompées. Comment la trouverais-je ? Était-elle devenue femme ? Que lui avait-on enseigné au cours de ces années ? Avait-elle appris à respecter les prescriptions de la *khabza* ? Le moment était sans doute venu de lui choisir un époux, un jeune homme fort et courageux, issu d'une tribu voisine, et de nouer un pacte de sang avec ses parents. Alors elle s'en irait définitivement, car tel est le destin des femmes : les filles sont comme des invités, disent les vieillards, et comme les invités, elles doivent partir.

Que lui raconterais-je lors de nos retrouvailles ? Je l'ignorais totalement. Et puis je n'ai jamais été très bavard, je suis incapable de tenir un discours excédant une phrase. Personne ne parlait beaucoup dans la famille. Muette, ma mère ne m'a jamais adressé la parole. Je songeai que je ne lui dirais rien, mais il fallait tout de même que je fasse un effort. Yeux-de-ciel, murmurai-je en mon for intérieur. Non, je devais l'appeler par le nom étranger qu'elle avait reçu en baptême, Ekaterini. Ekaterini, la noble fille du noble Yakov.

Tandis que je parcourais le sentier, je distinguai une silhouette immobile sur la crête. À en juger par sa taille et ses vêtements, il ne s'agissait pas d'un homme, mais d'un adolescent. Les yeux fixés sur un point bien précis, il ne semblait pas avoir remarqué mon arrivée. Toute son attention était concentrée sur le versant situé de l'autre côté de l'arête : une vallée couverte de fourrés, où le gibier ne manquait pas. Il tenait entre ses mains un arc trop grand pour lui, non une de ces armes qu'on offre aux enfants pour qu'ils s'exercent au tir sur de petites proies, lièvres ou oiseaux. Il portait une tenue simple – culotte moulante, glissée dans des bottes, casaque resserrée à la taille par un ceinturon auquel était fixé un poignard –, qui me paraissait étrangement familière, ainsi qu'un carquois en bandoulière. Il était coiffé d'un bonnet de feutre qui dissimulait à l'évidence ses longs cheveux, puisque des mèches ondulées s'en échappaient pour retomber derrière ses oreilles. Non loin de là se trouvait une pouliche sans selle, une belle alezane au front marqué d'une tache blanche en forme d'étoile, attachée à un arbre par une corde.

Qui était ce garçon ? De qui était-il le fils ? D'un de mes camarades demeurés auprès d'Inal, ou d'un de ceux qui avaient regagné le corps de notre Terre mère ? Appartenait-il plutôt à un clan voisin, donné en adoption provisoire, comme le prescrit l'*ataliqate*, la tradition de notre peuple ?

Intrigué, je mis pied à terre en veillant à ne pas faire de bruit. J'ôtai ma cape, ma cuirasse et mes armes, puis avançai silencieusement dans l'herbe fraîche afin de surprendre le jeune archer. Je me présentai dans son dos à son insu et, sans lui laisser le temps de décocher sa flèche vers la vallée, le ceignis de mes grands bras ; enfin, je le soulevai en riant. Sa flèche siffla et se perdit au loin. Apeurée, la pouliche hennit. Un chevreuil disparut dans les fourrés. Le garçon se démena, mais il ne pouvait rien contre ma prise. Dans la lutte, son couvre-chef était tombé, libérant ses cheveux : de longs cheveux blonds.

Je le lâchai et l'observai en le dominant de toute ma stature. Dans la lumière du soleil, je devais avoir une allure de géant. Il porta aussitôt la main à son poignard, prêt à réagir violemment. Peut-être n'avait-il jamais visé de proie aussi grosse et l'avait-il perdue par ma faute. Mais, soudain, il se figea. Si ses sourcils étaient froncés en une grimace de colère, son visage avait une forme douce et délicate, presque féminine. Ses yeux étaient du même bleu que le ciel. Ses lèvres formèrent un mot, murmuré avec crainte, comme une question : *Ada*, père ? Et je me figeai à mon tour.

Assis côte à côte, la tête tournée vers la vallée et les nuages qui filaient au-dessus des montagnes, nous évitions de nous regarder. Mon cheval, qui s'était rapproché de la pouliche, broutait paisiblement l'herbe tendre. Soudain, Ekaterini déclara en indiquant sa monture : *Vagwà*, Étoile. Surpris, je pivotai et compris qu'elle avait prononcé le nom de sa bête. À mon tour, je lui montrai la mienne, un moreau de petite taille, comme tous les descendants des races des steppes orientales que chevauchent Tatars et Mongols. S'il n'était pas beaucoup plus grand que sa pouliche, il exhibait une musculature puissante et nerveuse, une crinière fournie et une longue queue, ainsi que les cicatrices des nombreuses blessures reçues avec son cavalier, qui avait vieilli auprès de lui. Il s'appelait *Zhash*, Nuit.

Je croisai le regard de ma fille et scrutai son visage éclairé par le soleil, tandis qu'elle tendait vers moi sa main gauche ornée de la bague magique, tel un signe de reconnaissance. Je me demandai, sans en avoir la réponse, si elle avait les mêmes traits que ma femme. Mes souvenirs se brouillaient : mes yeux avaient vu trop d'horreurs et trop de désolation. Nous nous levâmes, père et fille, ramassâmes ce que nous avions laissé par terre et nous acheminâmes vers le village en tenant par la bride Étoile et Nuit, qui nous suivaient docilement.

Les vieillards me conduisirent au lieu des funérailles qui avaient débuté quelques jours plus tôt, selon les préceptes de la *khabza*. Ces simples montagnards vouaient à ma mère, originaire d'un des clans les plus nobles de la vallée du Phshiz, une vénération particulière, alimentée par l'histoire tragique de sa famille à l'époque de l'invasion des Tatars de Timour Baras et amplifiée par la rumeur qui s'était diffusée après la visite du marchand Démétrios, à savoir qu'elle était la sœur d'un des rois les plus puissants au monde. Ils avaient ainsi décidé de lui accorder des honneurs funèbres d'habitude réservés aux chefs et aux personnages les plus importants du clan, avant de conduire son corps dans la maison des morts et de livrer son âme immortelle à l'*hedrixé*, le monde d'en bas, afin qu'elle continuât de protéger les vivants du monde d'en haut.

J'arrivai devant le catafalque. Ma mère morte trônait dessus, telle une reine, vêtue de ses plus beaux atours, les yeux clos, ses mains noires et osseuses dépassant de ses manches. Réduite à un fétu après qu'on l'eut vidée de ses organes internes, elle se trouvait là depuis huit jours, révérée par les gens du village et des vallées voisines. Sur le sol étaient disposées les offrandes des pèlerins : tasses en argent, écharpes, mais aussi armes, arcs et flèches. À gauche du corps, une fillette chassait les mouches à l'aide d'un morceau de soie noué à une flèche qu'elle agitait de temps en temps. Je m'assis sur un rocher et fixai la défunte durant deux ou trois heures sans un mot, sans un pleur, puisque les pleurs sont pour nous source de honte. Au couchant, je montai sur le catafalque, pris délicatement le corps dans mes bras et l'installai dans un grand tronc creusé, au milieu des offrandes votives. Le tronc fut conduit à la maison des morts et descendu dans une fosse sur laquelle les participants jetèrent, en passant, de la terre ou des cailloux. Bien vite un tumulus s'éleva tout près des vieilles dalles de roche.

Désormais, Ekaterini et moi étions seuls dans notre grande maison. Avant de mourir, ma mère avait affranchi Irina et son compagnon, un autre esclave *rous* prénommé Oleg, et leur avait offert la cabane qui était autrefois réservée aux invités, ainsi qu'un lopin de terre. Je m'en réjouis. Comme de nombreux autres *Rous* du village, Irina avait été esclave des Tatars de nombreuses années plus tôt, avant que nous l'emmenions en guise de butin de guerre chez nous, dans les montagnes, épisode qui avait constitué en soi une sorte de libération. Au village et dans notre maison, elle avait été considérée comme un être humain, voire comme un membre de notre famille le jour où ma mère l'avait choisie pour être la nourrice d'Yeux-de-ciel, la jeune femme ayant accouché un peu plus tôt d'un enfant conçu avec Oleg. Ma fille, qui n'avait pas connu sa mère, avait ainsi tété le lait de la vie à son sein.

Irina s'était apparemment très bien entendue avec ma mère, à croire qu'elles communiquaient par la pensée. Au fil du temps, elle avait appris quelques rudiments de notre langue, mais elle avait préféré, après le baptême, donner à la fillette l'affectueux nom *rous* de Katia, ou Katioucha. Son fort accent transmettait à la petite une impression exotique de terres lointaines et d'aventures sur les grands fleuves gelés du glacial Nord, aux confins du pays des Ténèbres, où l'on voyait danser dans le ciel, lors des aurores boréales, des démons et des fées d'un vert et d'un bleu iridescents.

Irina endormait Katia dans son berceau au son des mystérieuses comptines et des contes de son pays. Il arrivait à la petite de frissonner parce que ces histoires, loin d'être rassurantes, étaient en général peuplées de personnages terribles, telle la sorcière Baba Yaga qui dévorait les enfants. Pour conjurer le péril de la rivière, Irina lui disait que ses flots dissimulaient des *roussalkas*, de magnifiques sirènes nues, qui agrippaient les enfants et les noyaient. Or, loin de la dissuader, ces récits ne faisaient que pousser la fillette à s'approcher de l'eau transparente dans l'espoir d'apercevoir ces créatures, qu'elle croyait vraiment reconnaître dans les esturgeons au dos couvert d'écailles argentées qui frétillaient sur la grève.

Devant le feu, Ekaterini, qui n'avait pas ôté la tenue dans laquelle je l'avais surprise sur la colline, se contentant d'attacher étroitement ses cheveux derrière sa tête, me relata avec fierté l'existence qu'elle avait menée au cours des années précédentes. Ses yeux bleus brillaient à la lumière des flammes, et ses joues se paraient de rouge. Son allure de jeune garçon et sa façon de parler m'amusaient. Elle s'exprimait correctement dans notre langue, mais d'une façon étrange, ce qui n'avait, au fond, rien d'étonnant puisqu'elle avait été élevée par une grand-mère muette et par une esclave *rous* ; ainsi, elle n'employait jamais les monosyllabes qui composent le jargon secret des femmes nobles, la *chakobska*, la langue de la chasse, car personne ne la lui avait enseignée. De temps en temps, elle marquait une pause, comme à la recherche du mot juste, puis elle reprenait son discours et le dévidait tel un fleuve en crue. Étant moi-même silencieux et préférant écouter, j'y trouvais un plaisir indéniable.

Ma venue précédente, six ans plus tôt, s'était apparemment gravée dans sa mémoire ; mieux, le guerrier qui descendait de cheval devant l'auvent et lui touchait le visage de sa main rêche constituait peut-être le plus ancien et le plus beau de ses souvenirs. Elle se rappelait également les effluves âcres, désagréables, de mon corps sale et moite après le voyage, ainsi que l'odeur métallique de ma cotte de mailles, celles du cuir de mes bottes et des chevaux qui abattaient nerveusement leurs sabots dans la boue.

Elle n'avait pas oublié non plus l'instant où je lui avais tendu la bague magique qu'elle avait alors glissée à son doigt ; elle avait aussitôt serré le poing, devinant qu'elle risquait de perdre ce bijou trop large, ce qui eût été source de honte. C'est alors qu'elle avait entendu pour la première fois le nom étranger, Ekaterini, qui serait le sien, même si les autres femmes avaient continué de l'appeler *Wafa-naka*, Yeux-de-ciel, et qu'elle fût devenue pour Irina sa petite Katioucha. Elle me montra fièrement la bague à son doigt, puis fouilla dans un sac et en tira un objet qu'elle déploya dans toute son ampleur : le merveilleux voile d'or que sa grand-mère lui avait offert avant de mourir.

Katia avait grandi toute seule. N'étant pas un garçon, elle ne pouvait être confiée en *ataliqate* à aucune autre famille. Elle devait demeurer à la maison dans l'attente du retour de son père et des décisions qui seraient formulées pour son avenir. Elle avait appris d'Irina et des autres femmes tout ce qu'il importait de savoir pour s'occuper d'un intérieur, des champs et des animaux, et elle aidait en tout. Elle savait labourer la terre en tirant la charrue à la main, même si son sillon n'était pas très profond. Elle savait semer le millet, plongeant la main dans un sac et répandant les précieuses graines en éventail, sans oublier de chanter la bénédiction de la future récolte et d'invoquer le dieu de la Fertilité Sozeresh, ainsi que le dieu des Moissons Theghelej. Elle savait surveiller les champs, chassant les oiseaux et toutes les bestioles qui s'attaquaient aux semences et aux plants. Elle savait moissonner, maniant la faux d'un geste large.

En grandissant, elle avait appris à prendre soin des animaux domestiques, cochons, oies et poules, qu'elle refusait toutefois de tuer. Elle n'était capable d'ôter la vie à une autre créature qu'au cours de la chasse, et ce d'un tir précis et mortel qui évitait à la bête de souffrir, avant de s'agenouiller près d'elle et de prier les dieux d'accueillir son esprit. Mais elle avait peur des abeilles dont elle fuyait les ruches, dans la crainte d'être piquée. Elle demandait à leur déesse et bienfaitrice, la Sainte Vierge Mérissa, la mère du Christ, d'épargner sa vie, jurant qu'elle ne leur ferait jamais de mal, et la remerciait du miel, ce cadeau sucré et doré, offert aux mortels, dont en revanche elle raffolait.

Elle gravissait les collines avec les bergers, qui lui interdisaient cependant de franchir une frontière invisible à ses yeux quand ils se dirigeaient vers les hauts plateaux à l'occasion de la transhumance. Elle avait été autorisée à conduire, seule, un petit troupeau de chèvres au pâturage, secondée par un gros chien à la longue fourrure claire. Le soir, elle rappelait les bêtes dans l'enclos, à l'abri des loups, en jouant sur un pipeau la *melghezej*, une comptine qu'Amisch, le dieu des Troupeaux, avait inventée, disaient les bergers. Parfois il lui semblait entendre le vent siffler ces notes entre les cimes des arbres ; alors elle courait se cacher derrière un rocher, car il se pouvait que le dieu velu et à moitié nu interprétât lui-même cette mélodie, et elle savait qu'il n'aimait pas être vu des mortels.

Elle aidait les chèvres à mettre bas et lavait dans l'eau glacée du torrent leurs petits, tout juste nés. Elle avait appris à les traire, à conserver le lait, à le faire fermenter sous forme d'*ayran*, à en remplir les faisselles destinées au fromage. Depuis peu elle emportait, avec son grand bâton, un poignard offert par sa grand-mère afin de se défendre contre les attaques des loups. Par chance, elle n'en avait pas encore eu besoin. Irina prétendait qu'il existait des animaux plus féroces que les loups, mais, quand Katia l'interrogeait à ce sujet, la femme se murait dans un silence obstiné.

Parfois, sa grand-mère lui confiait le devoir dont elle seule était chargée car c'était le plus important du foyer : entretenir le feu au centre de la bâtisse, afin que la flamme sacrée ne s'éteignît jamais. Au cours des longues soirées d'hiver, quand la neige recouvrait tout, empêchant quiconque de sortir, Katia demeurait dans la grande pièce auprès des femmes de la maisonnée qui filaient, tissaient et bavardaient. Elle admirait l'habileté avec laquelle elles brodaient le cuir, la vitesse à laquelle leurs doigts entrelaçaient fils et fibres sur le vieux métier à tisser vertical, produisant vêtements, étoffes, écharpes et tapis aux couleurs très vives, ornés de ces animaux fabuleux qui étaient les emblèmes totémiques de notre clan, symboles de courage et de force : aigles, loups, lions, taureaux. Elle observait attentivement ses compagnes tout en les aidant à dérouler et à peigner le lin, elle apprenait à filer la laine en actionnant le rouet, comme hypnotisée par son mouvement circulaire.

Souvent, elle priait sa grand-mère de lui montrer le voile d'or du sultan et examinait pendant des heures ses transparences afin de comprendre de quelle manière les fils invisibles de la soie s'unissaient aux fils d'or, se demandant comment il était possible de transformer l'or en filaments aussi fins que des cheveux. Irina lui disait en guise de plaisanterie qu'elle couperait un jour ses cheveux d'or pour les tisser avec la soie. Alors Katia sortait en boudant et se rendait à la forge, qu'elle appelait *la grotte du feu*, pour interroger son propriétaire sur le travail de l'or. L'homme souriait et, posant son marteau, lui répondait que seul Tlepsch, le dieu forgeron, inventeur et créateur des instruments et des armes que possèdent les humains, était capable de travailler l'or avec autant de finesse.

Entre-temps, à force d'observer sa grand-mère, Katia avait appris un art que notre peuple réserve aux chamans, puisque, chez nous, capturer les contours d'un être vivant équivaut à capturer son âme : l'art de représenter des figures par des traits sur un chiffon de lin, au moyen d'une pierre rouge et friable ou d'un bout de charbon ; ou en les gravant à la pointe d'un couteau et à l'obsidienne sur une surface quelconque – pierre polie ou planche de bois. Elle reproduisait de la sorte les animaux fantastiques qui ornaient tapis et voile d'or, les mêlant à de savants motifs stylisés de plantes et de fleurs. Sa grand-mère s'y employait elle-même, maniant très habilement la sanguine sur de larges morceaux de lin qui servaient ensuite de modèles aux étoffes que les autres femmes tissaient. Pour cette femme muette, l'image était probablement la meilleure manière de communiquer.

Dès qu'elle était libre, Katia se sauvait dans les prés et les fourrés. Elle découvrait en solitaire le monde de la nature et des animaux sauvages, le rythme des plantes et des saisons, les histoires incessantes de vie et de mort des créatures. Au début, elle était entrée dans le bois, apeurée, les yeux mi-clos, en invoquant la protection de Mezgwashé, déesse des Forêts et des Arbres.

Mais, bien vite, elle avait appris à distinguer les diverses sortes d'arbres, comprenant que, tels les êtres humains, ils se regroupent en familles toutes semblables et toutes différentes qui communiquent entre elles à travers leurs feuilles aux multiples formes et couleurs, mais aussi au moyen du bruit qu'émettent leurs frondaisons lorsque les gouttes de pluie s'abattent sur elles, ou que le souffle du vent les agite : bouleaux, châtaigniers, noyers, tilleuls, hêtres et chênes, qui recouvrent les versants de la montagne et changent d'aspect comme par magie au fil des saisons. Elle avait également appris à percevoir la présence des animaux autour d'elle – cerfs, chevreuils, sangliers –, y compris quand ils demeuraient invisibles, et à reconnaître les plus dangereux, de loin, en observant leurs empreintes et en écoutant cris et bruits : le hurlement du loup, le jappement du chacal, le pas lourd de l'ours sur les feuilles mortes.

Souvent, sa grand-mère secouait la tête en la voyant rentrer, sa longue robe et ses sabots souillés de boue et de feuilles. Un jour, elle l'emmena dans sa chambre et ouvrit un coffre dont elle tira des vêtements convenant à un garçon de dix ou douze ans. C'étaient ceux que je portais dans mon enfance : elle les avait conservés avec soin à l'intention d'un futur petit-fils. Elle y puisa une chemise sans col, une ceinture, une vareuse, un pantalon et une paire de bottes, puis invita Katia, par gestes, à les passer. Surprise, l'adolescente se déshabilla, sans ôter toutefois son *kwenshibé*, un corset de cuir renforcé par deux tiges de bois. Depuis plusieurs lunes, un étrange phénomène semblait se produire en elle, à croire que son corps avait entamé une pénible métamorphose. Ses bras et ses jambes s'étaient étirés et elle avait l'impression d'être déformée, disproportionnée. Sa poitrine avait grossi ; désormais ses tétons s'écrasaient, parfois douloureusement, contre le *kwenshibé* qu'elle avait toujours endossé sans difficulté. Un jour où elle était particulièrement fatiguée et nerveuse, prostrée dans une sensation de mal-être, elle sentit qu'un liquide chaud s'échappait de la petite ouverture entre ses jambes. Elle glissa la main sous sa jupe et l'en retira souillée de sang. Irina répondit à sa peur par un rire, la rassurant et la félicitant d'être devenue une femme.

Bien que mes habits fussent encore un peu grands pour elle, ils s'adaptaient convenablement à son corps. Katia ne les quittait plus, les mettant non seulement à l'extérieur, mais aussi, souvent, dans la maison. Elle jouait avec les garçons, qui l'acceptaient sans créer de problèmes. Ils se poursuivaient, se battaient et s'affrontaient en duel, armés d'épées de bois, dans les champs qui s'étendaient entre les maisons et la rivière. C'est ainsi qu'elle apprit à manier de petits arcs et à monter à cheval.

Katia désirait plus que tout posséder un cheval, elle s'en était ouverte à sa grand-mère. Celle-ci la réveilla un matin et l'attira dehors. Malgré la pluie et le froid, l'adolescente, tout agitée, découvrit une pouliche attachée sous l'auvent. Elle l'étreignit et, pieds nus dans la boue, la conduisit à l'écurie, où elle lui prépara une litière. Elle donna à cette alezane le nom de la tache blanche qui lui marquait le front : Étoile. La jument fut bientôt sa seule et unique amie. Comme Alp, le cheval ailé du mythe, elle semblait avoir des ailes quand elle s'élançait au galop et posséder le don du langage. Montée sur elle, la jeune fille multiplia les fugues, se hasardant avec de plus en plus d'audace jusqu'à la limite du haut plateau, le royaume des vents, malgré la crainte d'Irina et des membres de la famille, disparaissant parfois un jour ou deux. À son retour, Irina l'accueillait en pleurs, parce qu'elle avait entendu le hurlement des loups ; quant à sa grand-mère, elle lui assenait une gifle de sa main osseuse.

Cette nuit-là, j'écoutai ma fille aux allures de garçon avec une tendresse nouvelle. Je songeai que mon existence ne s'était peut-être pas interrompue douze hivers plus tôt, quand ma femme s'était éteinte au pied du grand noyer et que j'étais parti, résolu à étouffer mon âme et ma vie dans le sang et la violence de la guerre : elle renaîtrait peut-être à ses côtés. Peut-être y avait-il encore de l'espoir pour moi, pour ma famille et ma descendance, pour le *tlapq*, le clan : un espoir qui ne se présentait pas sous l'apparence d'un garçon, mais sous celle d'une fille, Ekaterini. Je décidai de demeurer auprès d'elle jusqu'au jour où je la confierais au mari de mon choix. D'un signe, je l'invitai à se taire, pris sa main baguée et attirai sa tête blonde contre ma poitrine en lui caressant les cheveux. Elle fondit en larmes sans la moindre honte. Elle avait retrouvé son père.

Je commençai à l'emmener au-delà de la frontière invisible des collines et des bois, sur le vaste haut plateau qui était le royaume de Zhithe, le dieu du Vent. Étoile suivait Nuit, se musclant dans les montées, acquérant agilité et promptitude quand elle galopait avec lui. Katia apprenait à manier correctement le grand arc, à préparer des pointes de flèche mortelles en les aiguisant au moyen d'un silex et à les fixer sur des branches fines et légères, à empoigner la *chachka* et à la faire siffler dans l'air avant de porter son coup dans un vieux sac.

Le soir, autour du feu qui brûlait sous le ciel constellé d'étoiles, je lui indiquais ces lointaines lumières qui étaient les âmes des ancêtres. Il devait y avoir parmi elles les anciennes guerrières de notre peuple, dont on racontait les légendes : des femmes libres, vêtues comme des hommes, qui se battaient et chassaient à cheval, armées d'un arc et d'un javelot, des êtres qui n'avaient rien de doux. J'avais moi-même découvert leurs tombes à Koban, vu leurs épées et leurs casques près de leurs squelettes. Leur guide se nommait Amezan, qui signifie mère de la forêt sacrée de la déesse Maza, la déesse de la Lune. Il leur était interdit de se marier avant d'avoir tué un homme lors d'un combat.

Je me tus et dévisageai ma fille afin de déterminer si mes derniers mots l'avaient troublée. Elle me rendit mon regard avec fermeté et déclara que, s'il lui fallait se battre pour le salut et l'honneur de son peuple, elle tuerait un être humain, bien que l'idée d'ôter la vie à une autre créature lui déplût. Toutefois elle s'en abstiendrait si cela ne servait qu'à se marier. En vérité, elle n'avait aucune envie de prendre un époux. Elle voulait vivre libre, à cheval, dans ces montagnes, auprès de son père, à jamais.

Au début de l'été, j'invitai Katia à m'accompagner à un *toy*, une grande fête à laquelle j'avais été convié sur les rives du Terk, le puissant fleuve qui dévale les montagnes dans la direction opposée au Phshiz et se jette dans la vaste mer d'où naît le soleil, une célébration qui serait également une occasion de rencontres entre nobles. La joie se peignit sur son visage : ce serait le premier voyage de sa jeune existence et le premier en compagnie de son père.

Flanqués de deux guerriers sans casque ni armure, mais dotés de nos inséparables armes, la *chachka*, l'arc et le poignard, nous gravîmes la montagne vers le nord jusqu'à l'arête du haut plateau. Katia, qui s'était munie de ses propres armes, portait la même tenue que nous, une *bourka* et un bonnet de feutre. Au bout de deux jours de marche, alors que nous franchissions les formations rocheuses qui se détachaient sur le ciel, je l'invitai à tourner le regard vers notre droite. En direction du sud, nous découvrîmes, au-delà des ondulations du haut plateau creusé de profondes vallées, une montagne immense, blanche et resplendissante, composée de deux sommets, deux cornes de la même hauteur ou presque, qui semblaient toucher le ciel.

C'était Oshamakho, notre montagne sacrée où résident les dieux, entre ses deux pics jumeaux. Mère de toutes les montagnes, elle a reçu de nos ancêtres le nom de Kavkaz, qui signifie extrême hauteur, sommet de neige, et de Tauran, pays de montagnes. C'est d'elle que viennent l'eau qui jaillit de la source de notre bois sacré, l'eau du fleuve Phshiz que les esturgeons remontent, et les eaux de tous les fleuves ; bref, la vie. Dans la nuit des temps, elle avait accueilli entre ses cimes, les plus élevées du monde, l'immense navire sur lequel le prophète Noé avait sauvé les animaux et les créatures du terrible déluge qui avait submergé toutes les terres et causé la mort du genre humain. Recouverte de neige et de glace éternelles, elle semble dissimuler en son sein le feu d'un esprit captif, parce qu'il lui arrive de remuer dans un profond vacarme ou de souffler des vapeurs chaudes, empoisonnées.

Nous nous immobilisâmes entre les rochers pour contempler la grande montagne. Tandis que le soleil descendait et disparaissait à l'horizon, l'ombre s'emparait du haut plateau et du monde entier. Le double sommet continua toutefois de briller au-dessus de la mer de ténèbres, puis la lumière se concentra sur la pointe du pic de droite, dessinant une lame de glace semblable à un croissant de lune renversé, ou à l'une de ces étoiles errantes à longue queue qui annoncent de grands et terribles bouleversements et que les mages avaient autrefois suivies jusqu'à la grotte où était né le Christ, fils du Tout-Puissant et de sainte Mérissa.

Nous quittâmes les hauts plateaux et atteignîmes, au bout d'un long voyage, la confluence du fleuve Terk, où nous plantâmes nos tentes. Il y en avait déjà une bonne quantité, flanquées d'étendards et de drapeaux. Guerriers, nobles, paysans, artisans, femmes, enfants et serviteurs en grand nombre étaient occupés à créer cette cité éphémère, installant les chevaux, allumant des feux, cuisinant et préparant un grand terre-plein pour la fête qui se déroulerait le lendemain. C'était en ces lieux que les Tatars de Timour Barlas avaient exterminé les guerriers de la Horde d'Or, dont il restait encore os, crânes, casques et épées dans l'herbe haute ; après quoi ils avaient disparu à leur tour, telle une nuée de sauterelles dans le ciel.

L'eau du Terk dévalait les montagnes en creusant un étroit et unique passage entre le nord et le sud : la passe de Darielan, ou porte des Alains, du nom d'un des multiples peuples que Timour Barlas avait exterminés. On racontait qu'un ancien conquérant du monde, le grand Iskender, y avait élevé grâce aux arts magiques des djinns de gigantesques portes de fer pour arrêter l'invasion des Barbares de Gog et Magog. J'avais moi-même emprunté cette gorge étroite au cours des dernières années, et si je n'y avais vu ni gonds ni battants, j'avais eu l'impression d'entendre de lointaines sonneries de trompette. Mais il s'agissait peut-être du vent qui sifflait entre les rochers surplombant la vallée.

Durant notre voyage, j'avais parlé davantage que tout au long de mon existence, depuis l'époque où j'étais un enfant revêche et taciturne, fils d'une mère muette. J'avais accompagné ma fille en dévidant mille récits, histoires et légendes des dieux et des Nartes, des lieux que nous traversions et des hommes que nous rencontrions. Ces mots, je le devinais, me permettaient d'écarter ce que j'aurais dû lui dire avant notre départ, la seule chose importante que j'avais tue.

Lorsque nous nous retrouvâmes sous la tente ce soir-là, la veille de la fête qui se tiendrait sur les rives du Terk, je compris que je ne pouvais plus lui cacher ce secret et décidai de revenir à la forme de communication que ma mère m'avait transmise et que je préférais à toute autre : le geste plutôt que la parole. Je jetai un dernier coup d'œil à cette fille aux allures de garçon, parfaitement à son aise dans les vêtements qui m'avaient appartenu vingt ans plus tôt – grande, mince, elle avait roulé et noué ses longs cheveux blonds sur sa nuque – et pris dans mon maigre bagage un sac en cuir que je n'avais jamais ouvert. J'en tirai une robe blanche à ornements dorés, un couvre-chef à pointe, une paire de babouches, ainsi qu'une longue chemise en lin, que j'étendis sur le tapis.

Surprise, Katia devina aussitôt de quoi il retournait : elle devrait les porter le lendemain, car les princes, qui me connaissaient bien, savaient que le Tout-Puissant ne m'avait pas accordé la bénédiction d'un fils. Surtout, elle devrait montrer la femme en elle, parce qu'il importait d'obtenir une promesse de mariage. Tel était peut-être le véritable but de ce voyage, que son père lui avait caché. Cette perspective lui déplut souverainement et elle me reprocha de l'avoir leurrée : Ainsi, s'exclama-t-elle, j'avais beau répéter que la liberté était le bien suprême, j'entendais la donner, elle, à un inconnu, tel un objet d'échange entre hommes. La liberté n'était donc pas, pour les femmes, un bien suprême, elle ne l'était que pour les hommes ! Elle ajouta qu'elle n'avait aucune envie de se marier : elle voulait rester libre à jamais, auprès de moi, à cheval, sous les étoiles, au milieu des montagnes.

Je lui ordonnai de se retourner et de se déshabiller. Quand il ne lui resta plus que son *kwenshibé*, serré sur sa poitrine, j'en ôtai les points de couture à l'aide de mon poignard. Le corset tomba au sol, libérant les petits seins qu'il contenait depuis trois ans. Et comme Katia demeurait là, pétrifiée, le dos tourné, le regard fixé sur les motifs géométriques du tapis, je lui tendis la chemise en lin et le voile d'or de sa grand-mère, qu'elle reconnut immédiatement au toucher. Après quoi je lui souhaitai une bonne nuit en marmonnant et quittai la tente pour rejoindre les autres cavaliers.

À l'aube, le soleil se leva et se mit à jouer avec les eaux du fleuve, s'y reflétant en mille écailles d'argent. Ce jour-là serait fêté le grand prophète Yelieh, qui s'était envolé vers le Tout-Puissant à bord d'un char de feu vrombissant – Yelieh, le sorcier du Tonnerre et de la Pluie, que les plus âgés révéraient aussi sous le nom de Schiblé, le dieu des Tempêtes à l'aspect de serpent. Tout le monde se dirigea vers le vaste terre-plein central où se dressait un grand tronc sur lequel on avait hissé le signe du serpent.

Je gagnai ma tente et patientai. Bientôt, les pans de tissu s'écartèrent et une silhouette vêtue de blanc apparut dans la lumière du soleil. Sa robe la recouvrait entièrement, à l'exception des mains ; son chapeau et sa mentonnière ne laissaient entrevoir que son visage ; le précieux voile de soie et d'or entourait son cou, tel un châle. J'eus le sentiment de la voir vraiment pour la première fois. Je plongeai le regard dans ses yeux fiers et bleus. Ensemble, nous nous dirigeâmes vers le terre-plein.

La foule invoquait déjà le saint prophète, le priant d'apporter la pluie aux champs, après la saison sèche : *We Yeleme, siy schewe naschwxwe*, Ô Yelieh, ô mon garçon aux yeux gris. Une coïncidence extraordinaire rendait cette cérémonie particulièrement sacrée : au centre du terre-plein, le cadavre d'une jeune fille gisait sur un chariot attelé à une paire de bœufs au pelage tacheté de blanc. Un second chariot, de grande dimension, suivait, chargé d'offrandes rituelles, de nourriture, d'animaux. Tout autour, des danseurs effectuaient une ronde en martelant un chant répétitif : *Copai, elari, Yelieh.* Ce n'était pas une scène de deuil. La jeune fille avait péri huit jours plus tôt, frappée par la foudre, ce que l'on considérait comme une marque de la bienveillance de Schiblé. Le dieu l'avait touchée de sa main et appelée auprès de lui. Danse et chant exprimaient la joie et la gratitude des individus rassemblés.

En sacrifice à Yelieh, on égorgea sur un autel de pierre un chevreau gris, dont la tête et la peau furent ensuite accrochées à un grand poteau, tandis qu'on déposait sur un poteau plus petit les habits les plus beaux de la jeune défunte. On fit ensuite rôtir la viande et les entrailles de l'animal, tout comme de nombreuses brebis, sur les grands feux qu'on avait allumés près de la forêt. Un mouton entier, *melil gheva*, cuisait dans un immense chaudron avec des herbes de la montagne et des épices fortes. Les mets, recueillis dans des récipients, étaient distribués aux nombreux convives, assis par terre. Des femmes passaient parmi eux en remplissant leurs coupes de *makhsima*.

Nous nous assîmes dans un cercle plus restreint, auprès des princes et des nobles d'autres clans, qui présentaient leurs filles et leurs fils les uns aux autres. Loin de participer à la liesse générale, nous nous bornions à prononcer quelques mots de politesse, en particulier Katia, objet de l'admiration des jeunes nobles qui s'approchaient pour lui parler avant de s'éloigner, blessés par son mutisme et son visage inexpressif. Je croisai les regards inquiets de leurs pères, qui semblaient m'interroger de loin sur la raison d'une attitude aussi inconvenante.

Mais je préférais me concentrer sur le principal sujet de conversation : les sentinelles des tribus du Nord-Est avaient récemment aperçu une grande caravane qui, partie des rives de la mer orientale, entendait probablement rejoindre les Tatars de la Horde ; plus de deux mille chevaux élevés dans les steppes suivaient le convoi dans un nuage de poussière. Les yeux des guerriers brillaient à la pensée d'un butin aussi considérable.

Alors que le soleil entamait sa descente vers les montagnes, la *pshiné* lança ses sons aigus dans l'air, accompagnée des pipeaux et des cornemuses et rythmée par les tambours et les castagnettes, invitant les jeunes gens à la danse. La première danse, la *qafé*, fut la plus solennelle : disposés en deux longues rangées, filles et garçons se rapprochaient lentement, sur la pointe des pieds, sous les yeux vigilants de leurs parents qui, au moindre signe d'entente, se hâtaient de formuler des promesses de mariage, parfois même en ce jour sacré de Yelieh.

Refusant de donner la main à qui que ce soit, Katia ne s'était pas levée. Mais quand la *qafé* laissa la place à la tourbillonnante *islamey*, elle s'unit au grand cercle et se mit elle aussi à tournoyer, tandis que les spectateurs battaient rapidement des mains. À cause de la chaleur, de l'humidité du fleuve et du mouvement des corps, les garçons avaient abandonné sur le sol leurs vêtements les plus épais pour danser, simplement vêtus de leur chemise délacée et de leur culotte glissée dans leurs bottes. Les filles ne pouvant ôter leur tenue de cérémonie, Katia regrettait sans doute le temps où elle s'habillait comme un homme. Mais, comme ses semblables, elle s'était débarrassée de son chapeau, libérant ses cheveux blonds que la danse agitait maintenant comme une vague, et dénouant son voile d'or qui flottait dans l'air en ondes amples. La danse semblait chasser les pensées qui l'oppressaient et lui insuffler un sentiment de liberté.

Lorsque les danses prirent fin, dans un applaudissement général et enthousiaste, les jeunes se rassirent et un vieux conteur commença à dévider les sagas des Nartes sous forme de chant. Appesantis par la nourriture et la *makhsima*, certains s'endormirent. Quelques garçons en profitèrent pour disparaître entre les arbres avec leur belle. Lasse et en nage, Katia écoutait attentivement, parce que le vieillard chantait le cycle de Setenaya, mère des Nartes, son préféré, dont les histoires obscures et énigmatiques semblaient toutes liées au mystère des origines de la vie et de sa propre existence.

Setenaya, sublime et sage séductrice, fine connaisseuse des arts magiques, était née miraculeusement dans la tombe où Dzerassae, mère du héros Uryzmaeg, avait été ensevelie neuf lunes plus tôt. Pendant la veillée funèbre, racontait-on, Uryzmaeg avait frappé le cadavre de sa mère au moyen d'un fouet en feutre, la faisant ressusciter brièvement, le temps de s'unir à elle. Pour cette raison, quand les pleurs du bébé entraînèrent la réouverture de la tombe et qu'on y découvrit Setenaya, les Nartes virent en elle la fille de la défunte Dzerassae, qui était sa grand-mère, mais aussi la fille d'Uryzmaeg, son frère. Uryzmaeg épousa Elda. Or, une fois devenue femme, Setenaya s'éprit de ce père-frère. Par la ruse, elle obtint d'Elda son châle, sa robe, et coucha avec Uryzmaeg. Elda en perdit la tête et en mourut.

Katia ne comprenait pas ce que signifiait coucher avec un homme et pourquoi c'était un acte assez grave pour causer la mort d'Elda. Durant notre bref voyage, voulut-elle me confier, elle avait elle aussi éprouvé le désir de coucher avec son père, c'est-à-dire de dormir en se serrant contre mon corps robuste.

Setenaya s'unit ensuite à d'autres Nartes, parce que la vie et l'amour coulaient en elle, aussi irrépressibles que l'eau du fleuve où elle aimait se baigner nue. Un jour, le berger Zartyzh l'aperçut et s'éprit d'elle sur-le-champ, si bien que sa *nafsì*, sa semence, gicla sur une pierre ronde, aux pieds de sa bien-aimée. En entendant ces mots, les femmes et de nombreuses jeunes filles de l'assistance sourirent malicieusement ; Katia garda, pour sa part, son sérieux car elle ne savait pas ce qu'était la *nafsì*. La pierre s'anima et grandit si bien que Tlepsch, le forgeron, dût l'ouvrir au bout de neuf lunes pour en tirer un nouveau-né à la peau brûlante : le héros Sosryko, qui fut aussitôt lavé dans l'eau du fleuve, puis trempé dans du lait de louve, ce qui le rendit invulnérable. Setenaya eut de nombreuses autres amours ; pour ne pas être vue, il lui arrivait souvent de se déguiser en homme et de s'enfuir à cheval, aussi libre que le vent. C'est ainsi qu'elle devint la mère de tous les Nartes, ou presque.

Le croissant de lune se couchait à présent derrière la montagne, comme attiré par une main invisible. Les étoiles commencèrent à briller, tandis qu'on ravivait les feux. Des bouteilles de *bragga* circulaient parmi les hommes et des chants retentissaient. La fête étant terminée, plusieurs familles étaient déjà reparties pour regagner leurs villages avant la nuit, mais nombre des nobles venus de loin, qui avaient planté leurs tentes autour du fleuve, s'attardaient encore. L'un des chefs invita, d'un signe, les jeunes gens qui étaient assis autour de nous à se livrer au dernier rite de purification. Ils se levèrent tous et se dirigèrent vers une anse du fleuve, avant la confluence, où les eaux, transparentes et tranquilles, coulaient à l'abri des tourbillons sur un lit de cailloux polis. J'incitai Katia à les suivre. Elle était intriguée, ignorant ce qui allait se produire. Je ne lui avais pas dit que c'était à cette occasion que, quatorze hivers plus tôt, j'avais rencontré sa mère.

Sur la rive du fleuve, les jeunes gens se déshabillaient et entraient, nus, dans l'eau, en plaisantant et en s'éclaboussant. Katia les imita après une courte hésitation : elle n'était pas pudique. Quand elle ôta sa chemise en lin, l'air frais de la nuit et l'eau froide du fleuve s'insinuèrent entre ses orteils, entre ses jambes, sur son ventre et ses mamelons. Elle s'enfonça entièrement dans l'eau et en ressurgit, ses longs cheveux plaqués dans le dos, en frissonnant d'excitation. Je contemplais son corps dans la lumière incertaine et tremblante de l'eau. Telle devait être Setenaya lorsqu'elle était apparue au berger Zartyzh. Telle était la jeune fille que j'avais vue surgir, nue, par une nuit de lune identique, quatorze hivers plus tôt. Terrifié, je compris que je m'éprenais de ma fille.

Le lendemain matin, j'envoyai une femme dans la tente de Katia afin qu'elle recousît sur elle son *kwenshibé* encore plus serré qu'avant et lui passât ses vêtements masculins. Nous effectuâmes le trajet du retour rapidement, sans observer de halte ou presque, accompagnés d'une vingtaine de cavaliers. J'avais en effet proposé d'organiser un guet-apens pour surprendre la caravane des Tatars et m'emparer de leurs chevaux. Je connaissais bien le territoire du bas cours du Phshiz : j'attendrais la caravane dans un bois de bouleaux qui avait plusieurs fois servi de base à nos incursions. Katia chevauchait auprès de nous ; néanmoins, rien n'était plus comme avant.

Il n'y avait pas eu de promesse de mariage et nous n'abordâmes plus ce sujet. Pis, je m'étais résolu à ne plus adresser la parole à ma fille, suscitant non seulement sa surprise, mais aussi sa crainte. Ses yeux de glace bleue, pareils aux cimes d'Oshamakho, paraissaient indifférents, pourtant je savais que son cœur saignait en secret. À notre arrivée au village, je me bornai à lui annoncer que je repartais immédiatement. Plus jamais elle ne m'accompagnerait. Toutefois, au moment des adieux, les mots que le héros Warzameg avait adressés à Setenaya me montèrent spontanément aux lèvres. Pendant mon absence, elle devrait se piquer la paume de la main : s'il en sortait du lait, cela signifierait que j'étais en vie et que je rentrerais ; si c'était du sang, cela voudrait dire que je m'en étais allé au pays des Ombres, d'où personne ne revient.

Au village, j'avais informé les vieillards de mon projet et les avais convaincus de me confier vingt garçons. J'en enrôlai d'autres dans les villages que je traversai le long du fleuve, si bien que nous étions près d'une centaine quand nous atteignîmes la plaine. Je dépêchai trois paires d'éclaireurs vers l'est, de façon à être prévenu de l'avancée de la caravane et du troupeau. Un petit groupe d'hommes feindrait d'attaquer la queue du convoi et s'enfuirait aussitôt vers l'ouest afin d'éloigner les soldats de l'escorte. Alors nous sortirions de derrière les arbres et nous nous jetterions sur la tête du troupeau, que nous obligerions à remonter le cours du fleuve. Nous n'arborerions ni casques ni armures, uniquement des cottes de mailles et des armes légères, car il ne s'agirait pas d'une vraie bataille, juste d'un vol de chevaux.

Nous avons établi notre camp dans ce bois de bouleaux non loin du delta du Phshiz et de la mer. Vers le nord se dresse une ville de marchands francs qui porte le nom du large fleuve qui la longe, La Tana. De l'autre côté, un petit cours d'eau se perd au milieu des marécages. Ces lieux sont très différents de nos montagnes. Il n'est guère aisé d'y chevaucher, on risque à chaque instant de chuter dans un fossé ou dans un marais et de blesser sa monture.

Le brouillard, qui est tombé hier soir, enveloppant dans un suaire toute chose, arbres, chevaux et hommes, s'est levé à l'aube, dispensant un éclat lactescent jusque dans la matinée. Sous le soleil, l'air était lourd et humide, inerte, et de nombreux hommes, fatigués par les trajets rapides des jours précédents, dormaient encore. Un silence étrange, irréel, régnait. Les oiseaux avaient eux aussi cessé de chanter. Je me déplaçais seul parmi les bouleaux, m'efforçant de distinguer dans la brume les éclaireurs de retour. Soudain j'ai vu une silhouette avancer lentement entre les roseaux du marécage, tirant un cheval derrière elle. Alors que je préparais mon arc et encochais une flèche, elle a semblé remarquer ma présence et a prononcé un mot d'un ton interrogateur : *Ada*, père ?

Un jeune guerrier coiffé d'un couvre-chef en feutre sombre surgit de la brume, une petite *chachka* à la ceinture. Katia, accompagnée d'Étoile. Elle se plante devant moi, jambes écartées. Elle m'a suivi en cachette après notre départ. J'aurais dû m'y attendre. Quelques mots jaillissent rapidement de sa bouche, tels des flots de sang d'une blessure : elle est ici pour m'obéir, déclare-t-elle, mais, si elle doit se marier pour l'honneur de la famille, il lui faut tuer un homme sur le champ de bataille, et si nous devons nous battre pour notre peuple, elle veut se battre contre les Tatars, elle refuse de m'abandonner. Je ne sais plus que dire ni penser. Je garde le silence et la rejoins, puis l'étreins rudement. Au moins, en me serrant contre elle, contre son cœur qui bat, dans le parfum de ses cheveux, j'éviterai de croiser son regard, je ne risquerai pas de tomber dans ces abîmes bleus.

J'ai prolongé notre étreinte pendant un laps de temps infini, négligeant la ronde que j'avais entreprise. Soudain une sonnerie de trompette retentit. Avant même que je m'en rende compte, une flèche siffle près de moi et se fiche dans l'écorce d'un bouleau. Dégainant ma *chachka*, je pivote et vois un détachement de cavaliers et d'hommes à pied surgir dans le bois, de l'autre côté. De toute évidence, les jeunes soldats auxquels j'avais ordonné de monter la garde se sont endormis et ont été tués. Mes guerriers habituels, qui se reposaient au pied d'un arbre, armés, bondissent sur leurs pieds et me réclament des instructions du regard.

Je me tourne vers le cours d'eau censé constituer notre issue, vers les marais, et distingue parmi les roseaux des embarcations remplies d'individus. Nous sommes encerclés. Les chasseurs se sont changés en proies. Il est impossible de s'en tirer. Je crie à mes hommes de sauter à cheval et de s'enfuir. En l'espace de quelques instants, des dizaines de bêtes se jettent dans un galop effréné à la recherche du salut, tandis qu'une partie de mes guerriers tentent d'arrêter les agresseurs, ou du moins de les ralentir, conscients de sacrifier leur vie pour sauver celle d'autrui. De fait, ils tombent les uns après les autres sous les coups.

Je me tourne vers Katia, pétrifiée derrière moi, les yeux remplis de terreur. Je pose les mains sur ses épaules comme pour la rassurer et plonge mon regard dans ses yeux bleus qui m'effraient tant. Puis je la soulève et la juche sur Étoile, sur la croupe de laquelle j'abats le plat de ma *chachka*. Elle s'élance aussitôt.

Libre, il importe que Katia reste libre.

Je siffle à l'adresse de Nuit, en vain : il s'est peut-être sauvé, à moins qu'il n'ait été tué.

Maintenant des cavaliers se rapprochent en criant dans des langues inconnues. Sans cheval, il m'est impossible de m'enfuir. Je devrais me retourner et les affronter en brandissant ma *chachka*, pour mourir en homme et gagner l'*hedrixé* en bonne compagnie. Mais j'en suis incapable : j'ai le regard désespérément rivé sur Katia qui file entre les arbres. Mes yeux se sont changés en mains, en mains qui se tendent vers elle pour l'effleurer une dernière fois, lui dispenser ma dernière caresse de père.

Soudain un objet froid se fiche dans mon dos, transperce mon cœur et me cloue au bois de l'arbre. Ma *chachka* m'échappe. Je reste là, agrippé à l'écorce que j'ai entre les mains, pareille à une peau durcie. Mon sang coule, chaud, à flots, dans la Terre mère. Sang pour sang, vie pour vie. Un voile blanc s'abat sur mes yeux avant que ne s'y fige pour l'éternité l'image de Katia en fuite. Libre.

2

Giosafat

Un marais près de La Tana
par un matin de juillet 1439

Qu'est-ce que je fabrique au milieu de cet immonde marais ?

L'eau s'est insinuée dans mes bottines, remontant le long de ma culotte. Une chaleur écrasante règne entre les roseaux de ces eaux basses et fangeuses. Je suis en nage sous ma lourde cotte de mailles. C'est la première fois que je participe à un affrontement armé et que j'empoigne une épée. J'ai peur. Mon casque – une vieille barbute dont j'ai également serré la jugulaire parce que les Circassiens manient l'arc avec une redoutable habileté, visant les yeux ou le cou – n'arrange rien à l'affaire. On m'a enjoint de recouvrir le métal de boue pour éviter que les reflets ne signalent ma présence. Ce harnachement n'empêche pas les moustiques de me piquer sous ma chemise et à la nuque. Il y a peut-être aussi des sangsues dans l'eau trouble, mais il me serait de toute façon impossible de les chasser : mes mains sont occupées, l'une par l'épée qui me permet de me frayer un chemin parmi les roseaux, l'autre par les rênes du cheval que je tire derrière moi.

Je m'immobilise. À portée de flèche se dresse un bois de bouleaux. Il est enveloppé dans un étrange silence, que seul brise le vrombissement de ces maudits moustiques. On n'y entend même pas les oiseaux chanter. De nouveau, la peur s'empare de moi, remuant mes entrailles. Les Circassiens nous ont peut-être remarqués et nous guettent, cachés derrière les arbres, leurs flèches encochées. Parfois, le jeu de rôles entre chasseurs et proies se renverse brusquement. Il n'y aurait rien de surprenant à ce qu'un sifflement retentisse soudain et que je m'aperçoive trop tard qu'une pointe de fer a transpercé ma cotte de mailles et m'a fendu le cœur. D'un geste, j'ordonne aux hommes de s'arrêter et de patienter sans un bruit, dissimulés au milieu des roseaux. Attendre le signal, voilà leur seule tâche.

Je ferme les yeux à demi. C'est dans ce genre de moment que le souvenir de ma ville se ravive. Cette ville, qui semble faite d'eau et de pierre, se compose en réalité de la matière des rêves, le labyrinthe de canaux, *rii*, *calli*, *porteghi* et *sotoporteghi*, *campi* et *campielli* ; la vaste place donnant sur la lagune, les coupoles de Saint-Marc, la broderie rose du palais du Doge ; le *campo* qui s'étend devant ma demeure, près de l'église Santa Maria Formosa.

Orphelin de mon père Antonio, j'ai grandi rapidement. On m'avait enfermé dans une école de grammaire pour que j'apprenne correctement le latin, puis le droit, afin de servir la République, revêtu des charges les plus hautes et les plus honorables, celles des procurateurs, des conseillers et des gouverneurs, voire, pourquoi pas, du doge. L'argent, *les sghei* comme on le dit chez nous, n'était pas un problème : mes ancêtres s'étaient déjà chargés d'en amasser une grande quantité, nous en possédions tant que nous n'avions plus à nous salir les mains en commerces légaux ou illégaux, médiations, négociations exténuantes et humiliantes avec Juifs, Turcs et toutes sortes d'infidèles et de ribauds parcourant le monde ; à étouffer dans la puanteur de sentines et d'excréments des galères ; à risquer de mourir noyés dans un naufrage. Il vaut bien mieux vivre en seigneurs, construire une belle demeure sur la Terre ferme et se pavaner dans les rues dans de splendides brocarts. On m'avait admis au Grand Conseil à l'âge précoce de vingt ans, comme *avogador ad curiam forestieri*, mais j'avais aussitôt détesté les salles du palais, ce monde d'intrigues et de luttes pour le pouvoir.

Je pressentais que le véritable monde était celui du dehors, fait des couleurs, des odeurs, des langues et des sons qui quittaient les chaloupes des navires au pavillon du Lion ailé en atteignant les entrepôts et les points d'abordage des Rives ou du Grand Canal : vêtements bariolés de marchands orientaux, étoffes et soies, or, argent et pierres précieuses, mille parfums d'épices et d'essences, mille langues s'entremêlant ensuite autour des marchés du Rialto. Un monde sans frontières, que j'avais imaginé dès l'adolescence en écoutant les récits des voyageurs qui passaient au palais Barbaro, ou des marins qui se vantaient, à l'intérieur des entrepôts, des femmes qu'ils avaient conquises et achetées dans les ports de l'Orient ; ou simplement en contemplant pendant des heures les portulans catalans jalousement conservés dans la demeure d'un oncle et en rêvant à des parcours extraordinaires sur les routes de ces roses des vents. Sur ces parchemins, tout me paraissait facile et proche.

À l'école de grammaire, j'avais le sentiment d'être encore plus prisonnier que les détenus des Plombs et je regardais avec fascination, à travers les grilles du rez-de-chaussée donnant sur la rue qui menait au Rialto, les esclaves orientales parfumées et voilées qu'on conduisait à l'encan, pieds nus dans leurs babouches, d'un pas ni trop lent ni trop rapide, afin d'attirer la clientèle. Je m'endormais sur les textes de Cicéron et me réveillais sur les récits de voyages fantastiques ou sur les fables antiques, telles les *Métamorphoses* d'Ovide. Mais l'opprobre que mon attitude suscitait chez mon maître, qui me jugeait nonchalant et inepte, se changea en surprise le jour où je décidai d'apprendre le grec, qu'il connaissait bien, ayant suivi à Constantinople les leçons d'un grand savant byzantin. Quand il évoquait les grandes cités aux coupoles et aux statues d'or, destination de mes rêves, ou nous faisait lire et traduire Hérodote, Arrien, Xénophon et Strabon, je me surprenais à l'écouter avec plaisir.

Chez moi, je dévorais en cachette des livres en langue vulgaire ou en français, interdits à l'école : les histoires d'Alexandre le Grand, les romans et les chansons de geste contant des voyages et des aventures d'amour dans la Méditerranée, tels les *Travaux d'amour* de Boccace, la *Bella Camilla* de Piero da Siena et la *Reina d'Oriente* d'Antonio Pucci, l'histoire d'Apollon de Tyr, le *Livre des voyages* de Jean de Mandeville, la *Sfera* de Goro Dati que m'avait prêtée un marchand florentin, ouvrage orné de nombreuses miniatures dont certaines, à la fin, représentaient le fabuleux Orient ; surtout, le récit d'un voyage incroyable jusqu'au Cathay qu'avait accompli un membre de la famille Polo prénommé Marco Emilione. Un jour, pensais-je, j'écrirais à mon tour l'histoire de mes voyages.

Je refusais de renoncer à ce rêve, y compris quand ma famille m'obligea à épouser Nona Duodo, la fille d'un des patriciens les plus importants et les plus riches de la République. Aussi, lorsque le Conseil des Priés nomma mon beau-père Arsenio Duodo consul de la lointaine colonie de La Tana, saluai-je ma femme et mes très jeunes enfants sous prétexte de l'accompagner et embarquai-je en l'an de grâce 1435 à bord des galères de Romanie en direction du port le plus éloigné de l'empire vénitien, au bout du monde.

Je n'avais que vingt-deux ans. J'emportais dans mon maigre bagage mes livres préférés, dont la *Sfera*, que j'avais omis de rendre à son propriétaire, ainsi qu'un portulan catalan soustrait à mon oncle ; quant aux autres, je les conservais dans mon esprit où personne ne pouvait me les voler, comme le disait mon maître. Après des semaines de navigation à travers l'Adriatique et la mer Égée, je fus contraint d'effectuer une longue et ennuyeuse halte à Constantinople en compagnie de mon beau-père Arsenio et de son chancelier, le prêtre et notaire Niccolò de Varsis, car les propriétaires du navire, mécontents de leurs faibles marges de profit, refusaient de poursuivre leur voyage au-delà des Détroits. Je découvris bien vite que la capitale de l'Empire, qui dans mes rêves brillait de splendeur, n'était rien de moins que le réceptacle louche et nauséabond de tous les rebuts et de tous les vices du monde. Je ne fis qu'entrevoir les immenses édifices byzantins, les palais et les églises, malades terminaux d'une longue décadence qui s'apprêtait à se conclure dans l'imminente apocalypse du châtiment divin.

Ne songeant qu'à repartir, je préférais passer mon temps à voyager sur les routes du portulan, muni d'un crayon, et à imaginer avec délice tout ce qui m'attendait : la capitale enchantée d'un autre empire, Trébizonde ; surtout, les lieux mythiques que décrivaient les textes des Anciens : la Chersonèse, la Colchide, qu'on appelait désormais Mingrélie, destination du voyage de Jason et des Argonautes à la recherche de la Toison d'or et patrie d'une lignée de femmes guerrières, les Amazones, dont la seule pensée stimulait mon imagination ; et puis le Palus Méotide, le Bosphore cimmérien et les terres des peuples légendaires qu'étaient les Scythes, les Sarmates, les Coumans.

Je ne vis pas ces lieux rêvés. Quand nous pûmes enfin repartir à bord du premier navire disponible, poussé par le vent frais mais imprévisible de ce début de printemps, nous prîmes la route du nord, vers la Gazarie et la colonie génoise de Caffa. J'en fus affecté.

Comme mes ancêtres sans doute et tous mes concitoyens, je n'aimais guère les Génois ; de plus, on m'avait expliqué avant mon départ que la mer Majeure leur appartenait presque entièrement et qu'il fallait collaborer avec eux si l'on souhaitait la traverser sans ennuis. Par surcroît, ce nom, Caffa, évoquait une terrible histoire : c'était de là, disait-on, que l'épouvantable pestilence, la Mort noire qui avait dévasté l'Europe, était partie près de cent ans plus tôt.

Les vents, d'abord favorables, cessèrent soudain de souffler au beau milieu de notre voyage. Des jours durant, il fallut avancer à la rame, dans la brume du calme plat, et non sans mal à cause du poids du navire qui tanguait fortement. Écœuré par les odeurs qui s'élevaient des bancs de nage et par le poisson sec avarié, je succombai à un terrible mal de mer. L'eau potable commença à manquer. J'attrapai le scorbut et perdis deux dents, si bien que je me jurai de ne plus jamais voyager sur les mers. Ce n'était pas un bon début pour un aspirant explorateur du monde.

Enfin, la terre reparut – sans rien de glorieux ni de mythique toutefois. Le Palus Méotide avait été rebaptisé de façon fort peu poétique mer de Zabache, du nom d'une espèce de sardines – les *zabach*, justement – que ses eaux profondes abritaient en grand nombre. La dérive et le courant ayant poussé le bâtiment vers l'est, le capitaine renonça à rallier Caffa : après avoir effectué une brève halte pour se ravitailler en eau douce et en nourriture fraîche dans le comptoir génois de Matrega, sur le détroit, il continua son chemin.

Il était nécessaire d'utiliser les rames pour pousser vers le nord, le long des rives plates qui se confondent avec les marais et les marécages jusqu'au delta du grand fleuve Tanaïs. Il est si étendu, raconte-t-on, que personne ne sait où se situe sa source – peut-être au paradis terrestre. La galère remonta son paisible courant jusqu'à ce que la vigie aperçoive du haut de la hune, sur la droite, les tours de la dernière ville du monde, La Tana. Enfin, je descendis à terre et passai avec émotion sous le lion de saint Marc qu'arborait la porte donnant sur le rivage. Sans doute est-ce vraiment l'endroit le plus éloigné où le Lion a réussi à montrer son grand livre ouvert.

La Tana non plus ne ressemblait en rien à la ville fabuleuse dont, dans mon enfance, parlaient les vieillards qui y avaient séjourné au siècle précédent et dont on m'avait vanté, quelques mois plus tôt, au Conseil des Priés, les splendides perspectives de reprise. La réalité était bien différente et La Tana d'autrefois était tout autre chose : une foire mobile d'occasions, d'aventures et de richesses subites, point d'arrivée de la route de la soie septentrionale, des caravanes provenant d'Astrakan, de Samarcande et du Cathay. Y affluaient alors précieuses soies chinoises et persanes, tapis, épices, porcelaines, bronze et or. Puis Tamerlan avait surgi avec ses cavaliers de l'Apocalypse et avait tout brûlé.

Les Vénitiens étaient revenus prudemment quelques années plus tard. Ils avaient renoué des relations amicales avec les Tatars, désormais radoucis quoique toujours prêts à attaquer et piller la colonie. Avec l'autorisation de ces voisins turbulents, calmés par le paiement du *terraticum* pour la location de leurs terres et du *comerchium* ou *tamunga* pour l'impôt sur les échanges commerciaux, ils avaient rebâti leurs comptoirs et leurs entrepôts ; surtout, ils avaient renforcé l'enceinte des remparts en la dotant de trois portes et de plusieurs tours, dont une plus haute que les autres. On avait vu réapparaître soldats, courtiers, usuriers et souteneurs en tout genre, de toutes les ethnies, langues et confessions. Des prêtres et des religieux avaient relevé quelques églises et clochers, légèrement plus grands et plus visibles que les tours et les remparts. Dans une ruelle malodorante, derrière l'auberge, avait rouvert un bordel, privé des splendeurs et des excès d'autrefois et animé par quelques beautés du coin, fanées et corpulentes, qui parlaient un jargon dans lequel se mêlaient toutes les langues de la ville. Néanmoins les caravanes de l'âge d'or n'étaient pas revenues, les marchands préférant désormais les routes océaniques qui menaient de la mer Rouge jusqu'à l'Inde ; certains s'aventuraient déjà au-delà des colonnes d'Hercule. Et si des galères vénitiennes se présentaient encore, c'était en moindre nombre et en réglant leurs trajets sur l'arrivée des quelques caravanes en provenance de l'est. Elles repartaient, chargées de plus en plus fréquemment de produits locaux et de marchandises issues des steppes du Nord ou des montagnes du Sud : millet et sarrasin, cuirs et fourrures, cire, poisson salé et caviar, ainsi que du cuivre et de l'or des mines d'altitude si tout allait bien.

Il y avait encore à l'intérieur des remparts de vastes espaces ponctués de ruines, où cannaies et broussailles prospéraient ; battus par le vent, qui y soulevait des nuages de poussière sèche, ils se transformaient, sous les pluies d'automne, en bourbiers infranchissables et se revêtaient, l'hiver, d'une croûte de glace adamantine.

Ce premier hiver à La Tana fut, pour moi, le pire. J'attrapai des fièvres et demeurai longtemps malade, victime d'une mauvaise toux. Il m'était impossible de retourner à Venise : à l'automne, les liaisons maritimes s'étaient interrompues en raison des aléas climatiques. L'existence dans cette ville isolée du reste du monde me rappelait le mythe de Proserpine : une saison à la lumière, parmi les vivants, et une saison au milieu des ténèbres, parmi les morts, dans l'au-delà. Le vent sifflait sans interruption, s'insinuant par les fentes des volets en mauvais état. Puis la neige se mit à tomber et le grand fleuve gela. La mer semblait elle aussi glacée, du moins aussi loin que portait le regard. Tout était comme inerte et sans vie. Afin de survivre au grand hiver, les hommes se réfugiaient, tels des insectes, autour du feu ou du poêle, dans les profondeurs de leurs maisons ou au cœur des entrepôts enfumés et sales, infestés de rats.

Je compris que pour éviter de regagner Venise, penaud, par le premier navire en partance au printemps, il me fallait réagir, m'affranchir de mon beau-père, quitter la crasseuse Tana et commencer à explorer les environs, ces régions aux noms mystérieux que sont la Tatarie, la Russie, la Coumanie, l'Alanie, la Gazarie et la Circassie, à la recherche des aventures, de la gloire et de la fortune que je méritais. Il existait un raccourci pour s'enrichir dans la faible renaissance de La Tana : le commerce des marchands de *testes*.

En effet, derrière les visages respectables des notaires et des prêtres, l'économie tournait presque entièrement autour des esclaves. Il y avait encore une demande en hommes jeunes et forts, slaves, tatars ou circassiens, dans les bazars orientaux, en particulier en Égypte, pays dominé par la dynastie des Mamelouks qui n'étaient eux-mêmes que les esclaves circassiens des sultans. Mais cette activité était formellement interdite depuis qu'avaient protesté les seigneurs de Chypre, préoccupés de voir se consolider la puissance des infidèles. Venise réclamait essentiellement des femmes, surtout des jeunes filles, à destiner aux échoppes de tissu ou au travail domestique – ménage, allaitement, surveillance des enfants et des vieillards – ainsi que, souvent, à certaines tâches particulières et plus discrètes que le maître de maison exigeait d'elles en cachette de son épouse, des femmes de son entourage et des prêtres. De toute façon, à Venise tout se savait, même si l'on feignait de tout ignorer.

Il s'agissait là d'un commerce bien peu honnête et bien peu transparent. Un notaire de la République, en général spécialisé dans ce domaine, donnait à l'affaire une apparence légale de propriété en rédigeant un acte qui permettait à l'acheteur d'effectuer toutes les transactions qu'on accomplit avec un objet ou un bien : vendre, louer, donner, léguer, voire s'en débarrasser, ce qui est le sort des objets qui se cassent, vieillissent ou deviennent inutilisables. Dans le cas d'une vieille esclave, il suffisait d'établir hypocritement un acte d'affranchissement avant de la jeter à la rue, où il ne lui resterait plus qu'à mendier et mourir. L'Église approuvait tacitement ces échanges, même si elle les condamnait en public et, en apparence inquiète pour la santé spirituelle de ces âmes, invitait prêtres et religieux à baptiser païens et païennes en leur donnant des prénoms de saints et de saintes : Maria, Maddalena, Caterina, Lucia, Benedetta. Autour des notaires et des prêtres gravitaient intermédiaires, courtiers et affairistes en un réseau opaque, semblable et parallèle à celui qui se dissimulait derrière l'activité florissante des courtisanes.

Ce milieu me déplaisait tant que je décidai d'embrasser le métier de poissonnier. Avec ce commerce, au moins, je ne me souillerais pas. Je dépensai tous les sequins que j'avais emportés, engageai mes habits de gentilhomme auprès d'un usurier juif et m'habituai à une tenue bien plus modeste. Je réussis à acheter à une tribu tatare les droits d'exploitation d'une grosse pêcherie destinée à l'élevage des poissons d'eau douce, ainsi qu'un établissement de séchage et de salage au bord du lac de Bosagaz, sur le fleuve, à quarante lieues à l'est de La Tana. Cette bonne idée me rapporta énormément d'argent en peu de temps, parce que le poisson séché comptait parmi les marchandises les plus recherchées des *mude* vénitiennes, étant nécessaire aux marins dans ces interminables voyages le long des côtes méditerranéennes. Par malchance, l'odeur de poisson pourri me faisait vomir chaque fois que je repensais à mon voyage en mer et imprégnait irrémédiablement aussi bien mes vêtements que mes mains.

Quand les cours d'eau gelèrent à nouveau, mes entrepôts regorgeaient de poisson séché et salé pour la saison suivante et l'arrivée des *mude*. À présent, je me sentais bien installé à La Tana. J'avais noué des relations de commerce et d'amitié avec les tribus tatares qui vivaient autour de la ville. J'avais même engagé un certain nombre de leurs membres pour travailler auprès de mes employés, des fils illégitimes de Vénitiens et de femmes autochtones. À ma grande surprise, ils s'étaient présentés en compagnie de leurs esclaves russes ou circassiens et s'étaient déchargés sur eux des corvées, se contentant de les surveiller, comme ils le disaient, et de toucher leur paye. Puisque *patrun* Yusuf, comme ils m'appelaient maintenant, travaillait de la sorte, assis sur un siège bancal dans l'entrepôt, pourquoi ne pouvaient-ils pas eux aussi rester assis et regarder ?

Moi, Yusuf, je m'entendais bien avec ces sympathiques vauriens, tout en veillant à ce qu'ils ne tourmentent pas trop leurs esclaves. J'avais interdit l'usage du fouet et je faisais en sorte qu'il y ait toujours, pour tout le monde, de quoi manger. J'avais commencé à apprendre la langue des Tatars et à m'habiller comme eux d'une large culotte glissée dans des bottes et d'une épaisse pelisse de zibeline qui avait enfin résolu le problème du froid, à me coiffer d'un beau *futrzane* à pointe, bordé de fourrure de renard blanc. L'argent, les sequins, les ducats et les aspres en argent byzantins, les dirhams et toute autre monnaie étrange ou improbable qu'utilisaient ces barbares s'accumulaient dans mes caisses. En ville, j'avais changé de logement, achetant un bâtiment en pierre doté d'une grande salle à manger, d'une cour, d'écuries et de jardins tout près des remparts, parce que je préférais humer l'air frais des champs plutôt que la puanteur des entrepôts voisins de la grand-place et des rives. Je comptais quitter La Tana dans un bref délai pour explorer le vaste continent qui échappait à mon regard lorsque je montais, satisfait, sur la tour la plus haute de la cité.

J'ai toujours été habité par le désir de découvrir le monde que décrivaient les livres des Anciens et la voix de mon maître. Au cours de mes premières explorations à cheval en compagnie d'un petit nombre de serviteurs, j'avais tenté d'identifier le site de la Tanaïs grecque et cru le reconnaître dans les quelques murets ébréchés que mes hommes avaient arrachés à la boue sur la rive nord du delta, n'y dénichant que de vieilles pièces de monnaie rongées par le temps. En m'éloignant davantage, j'avais remarqué dans la steppe des monticules de terre plus ou moins importants, qui constituaient sans doute les sépultures que ces gens désignaient sous le nom de kourganes. Quelques années plus tôt, l'un de ces tumuli dénommé Contebbe avait été éventré par un certain Gulbedin qui y avait creusé des galeries pendant deux ans. Cet aventurier égyptien était venu du Caire à la recherche d'un trésor fabuleux que – à en croire une esclave tatare – le dernier roi des Alains, Indiabu, y avait dissimulé avant que Tamerlan n'extermine son peuple. À la mort de Gulbedin, demeuré bredouille, les fouilles avaient été abandonnées, mais l'histoire du trésor avait continué de circuler.

C'est ainsi que, par une nuit glaciale et tempétueuse de la fin novembre, je me retrouvai chez le marchand Bortolamio Rosso avec cinq dignes compatriotes, Francesco Corner, Catarin Contarini, Zuan Barbarigo de Candie, Moisé Bon d'Alessandro della Giudecca, et Zuan da Valle, ancien capitaine d'une fuste à Derbent, sur la mer Caspienne, qui avait la renommée peu flatteuse de s'être adonné à la piraterie en pillant les navires des infidèles au départ d'Astrakan. Nous avions bu abondamment un excellent vin de Chypre que Bortolamio importait, puis de l'eau-de-vie, tout en chantant et en estropiant des chansons de gondoliers.

Au terme d'un conciliabule agité, nous constituâmes à nous sept une compagnie pour chercher le trésor de Contebbe. Nous disposions des outils nécessaires pour les fouilles et la construction, Corner les ayant loués en juillet à Constantinople afin de renforcer les remparts. D'une écriture tremblante en raison de sa main hésitante et de sa vue embrumée par le vin, Catarin établit le contrat sur un papier taché de vin et de saindoux. À ma demande, il inscrivit sainte Catherine d'Alexandrie en qualité de huitième associée afin qu'elle nous portât bonheur et nous assurât *un bon gain*. La fête de la sainte à la roue tombait justement le lendemain et je la vénérais depuis que j'avais lu avec passion son histoire dans la *Légende dorée* de Jacques de Voragine. Assurément gris, je répétais à mes compères que sainte Catherine devrait, elle aussi, recevoir sa part de butin : un huitième, que nous offririons devant son icône, dans la petite église de saint François à la Tana, demeure du bon évêque Francesco, parce qu'il y avait là des religieux qui aidaient, au moyen d'aumônes, des pauvres et d'anciennes esclaves presque toutes prénommées Caterina, que j'avais souvent vues mendier un quignon de pain, à genoux devant l'image de leur protectrice.

Malgré deux tentatives, à la fin de l'automne et au début du printemps, notre entreprise se solda par un échec complet. Nous creusâmes, creusâmes, en vain. Sainte Catherine se garda bien de nous aider, car déranger le sommeil des morts est chose impie. Nous regagnâmes La Tana défaits, sous les moqueries des Tatares qui rebaptisèrent le tumulus éventré *la grotte des Francs*. J'étais découragé, mais non par les ducats que j'avais gaspillés dans les fouilles du kourgane : je m'étais transformé en misérable pilleur de tombes, moi qui m'étais imaginé en grand explorateur du monde antique. Je remontai au sommet de la tour pour contempler la steppe en espérant m'échapper sans tarder de La Tana.

Du haut de cette tour, j'assistai au contraire confortablement, sans avoir à me déplacer, au spectacle grandiose du mouvement des peuples l'hiver suivant. Une partie de la Horde tatare, menée par le khan Chezimameth, soit Petit Mahomet, se rapprochait de La Tana, formant un gigantesque serpent d'hommes et d'animaux parmi les grands cours d'eau gelés. Les détachements de cavaliers défilèrent en une procession infinie, par dizaines, puis par centaines, semblables à une forêt de lances, d'étendards, de grands casques pointus et d'étranges couvre-chefs bordés de fourrure. Le khan se présenta quelques jours plus tard avec sa suite de dignitaires, de parents, de concubines, et s'installa à l'extérieur des remparts, dans une ancienne mosquée en ruine.

La peur et l'inquiétude régnaient en ville. Les marchands fermaient échoppes et entrepôts, les Juifs et les Arméniens, se souvenant des massacres sanglants du passé, se barricadaient dans des maisons aux pièces aveugles. Le conseil de la ville ordonna que les portes demeurent closes par prudence. Plus que la razzia ou le siège, c'était une épidémie qu'il craignait. Jadis, des humeurs subtiles et toxiques de la Mort noire s'étaient dissimulées dans la masse sale et affamée des hommes et des bêtes qui suivaient la Horde, prêtes à se répandre dans une balle de tissus destinée à un marchand, ou sur le voile parfumé d'une prostituée. Certains prétendaient qu'une telle précaution était inutile : les rats entreraient par les ouvertures immondes qu'ils étaient les seuls à connaître.

Il fallait envoyer sur-le-champ des messagers. Le consul ordonna de préparer trois coffres de présents, des rouleaux de soie précieuse, mais aussi du pain épicé, du vin de pommes et de la bière *bosa* ; un coffre pour le khan, un deuxième pour sa mère et le troisième pour Naurus, le chef de l'armée. Bien entendu, il chargea son gendre, Giosafat, c'est-à-dire moi-même, qui avais désormais des airs d'*atartarado*, de Tatar, de remettre ces cadeaux à leurs destinataires, notamment parce que personne d'autre ne voulait y aller. Je franchis les portes de la ville, tout fier, vêtu à la tatare, et pénétrai dans la mosquée où je vis pour la première fois l'un de ces grands princes d'Orient, maîtres de la vie et de la mort de millions d'êtres humains : un gamin de vingt-deux ans au regard blasé, tournant et retournant entre ses mains un poignard constellé de gemmes, allongé sur un tapis, non loin du grand et puissant général Naurus, lui-même âgé de vingt-cinq ans tout au plus.

Naurus me présenta à son seigneur comme l'émissaire des Francs, car c'est ainsi qu'on nous appelait, nous autres Occidentaux latins, que nous fussions génois, vénitiens, français ou catalans. Soudain j'eus vraiment l'impression d'être un homme important : je pensai que deux mondes, deux civilisations allaient se rencontrer et que je représentais la grande civilisation occidentale, les Grecs et les Romains antiques, la chrétienté, le pape, l'empereur et ma République sérénissime de Venise, face à la barbarie des païens et des infidèles. Je souris en songeant que c'était à moi, un Barbaro, qu'il revenait de s'adresser au prince des Barbares.

Sur un signe de Naurus, je m'agenouillai et saluai le khan d'une expression tatare que j'avais apprise par cœur, *selam rehim itegez*, salut et bienvenue. Je dévidai ensuite un petit discours en vénitien que mon drogman, ou interprète, traduisit je ne sais comment : nous offrions au seigneur non seulement ces cadeaux, mais aussi l'allégeance de la ville, et nous nous en remettions à sa bienveillance. Sans lever le regard, le khan répondit qu'il acceptait cette offre avec indulgence et que la ville serait désormais en sécurité sous sa protection.

Un silence gêné s'ensuivit. Le khan continuait de jouer avec son poignard et je ne savais que faire. Prendre la parole une nouvelle fois sans y avoir été autorisé ? M'en aller ? C'était hors de question. Soudain, il redressa la tête. Il m'examina, tout comme les hommes qui m'accompagnaient, puis éclata de rire et tapa dans ses mains en m'adressant des mots tronqués que mon drogman s'efforçait de traduire : quelle était donc cette drôle de ville où trois hommes n'avaient pas plus de trois yeux ? Bien entendu, Naurus, les dignitaires et les guerriers, qui étaient sérieux et immobiles comme des statues un instant plus tôt, joignirent leurs rires aux siens. Je me tournai vers mes camarades. Mon drogman, Buran Taiapietra, était borgne, tout comme Giovanni, le bâtonnier grec du consul, et le porteur du vin de pommes.

C'est ainsi que se conclut la première grande ambassade de messire Giosafat Barbaro, dit Yusuf, émissaire du consul de La Tana auprès du grand khan de la Horde. Lequel consul dut ouvrir toute grande la porte de terre pour accueillir Cozadahut, le collecteur d'impôts tatar, un homme gras et suant, monté sur un mulet en bien mauvais état, que le khan avait chargé de percevoir la *tamunga*, l'impôt sur toutes les marchandises qui entraient à La Tana. Il résiderait avec sa suite dans un quartier désert, situé près de la porte et de ma demeure, où se trouvaient les ruines du vieux caravansérail, ceint de ses propres murailles.

Le départ du khan fut suivi, six jours durant, par celui de son peuple, une multitude d'hommes accompagnés de chars, d'immenses troupeaux de chevaux, chameaux, bœufs et autres créatures domestiques. Ils emportaient également leurs maisons, des constructions en bois parfois de plusieurs étages, montées sur de grands chariots et recouvertes de roseaux, de feutre ou de drap. Je contemplai avec fascination ce cortège depuis les remparts de La Tana. On aurait dit une vision du Jugement dernier, l'humanité entière, flanquée de toutes les créatures vivantes, appelée à rendre compte de ses actions devant le Tout-Puissant.

Un mois plus tard, j'apprendrais où cette multitude était allée. Quand les glaces fondirent et qu'il me fut possible de rallier en bateau ma pêcherie de Bosagaz, j'eus la mauvaise surprise de découvrir que, si mes hommes avaient beaucoup pêché durant l'hiver, y compris à travers la glace du fleuve, et salé de nombreux esturgeons et bars, les Tatars avaient ensuite déferlé là par milliers, aussi affamés que des sauterelles, provoquant leur fuite. Ils avaient volé tout mon poisson, aussi bien frais que salé, mon précieux caviar et même mon gros sel, une denrée coûteuse, excellente pour la conservation ; ils avaient même démoli mes tonneaux pour réparer leurs chariots à l'aide des lattes et cassé mes meules à sel afin d'en voler l'âme de fer. Je contemplai cette désolation et la fin de ma prometteuse carrière d'entrepreneur sans réussir à trouver de consolation dans le sort de mon ami-ennemi et concurrent déloyal, Zuan da Valle, qui avait quant à lui perdu tout son caviar, soit trente barils dissimulés sous terre.

Mais les Tatars n'avaient pas tous disparu. Deux jours après le départ du cortège, le beau-frère du khan, Edelmulgh, se présenta devant les remparts et me proposa de devenir son *konak*, son invité. Fort honoré, je le reçus d'abord chez moi, où il vida ma précieuse réserve de vin de Candie. Après quoi j'acceptai non sans émotion de le suivre jusqu'au grand camp de son peuple. J'avais enfin la possibilité d'arpenter les alentours de La Tana en compagnie d'un Tatar, dans la même tenue que lui. Plusieurs jours durant, nous chevauchâmes péniblement à travers les cours d'eau encore gelés avant d'atteindre le fleuve vivant que constituait le peuple de la Horde, dont les membres, éparpillés dans la steppe comme des fourmis, offraient à mon compagnon, leur seigneur, un peu de viande, de pain et de lait. Enfin nous atteignîmes le pavillon du khan, lequel nous reçut en présence de centaines de personnes. Présenté par l'ivrogne Edelmulgh, je vécus au milieu de ce peuple comme invité, ou prisonnier – je ne le sais point. Je demeurai parmi ces gens, dont j'appris à connaître la vie et les coutumes, jusqu'au jour où ils repartirent vers le nord pour aller dévaster et piller le pays des Russes, m'autorisant à regagner La Tana. Je ne rentrai pas seul. Edelmulgh me confia son fils Timour en adoption provisoire, le plus grand honneur qu'un noble tatar puisse accorder.

J'accueillis avec joie ce garçon vif de treize ans aux yeux en amande et à la peau olivâtre. En l'absence de ma famille demeurée à Venise, il devint bientôt pour moi comme un fils. Bien que j'eusse de nombreux domestiques, je vivais presque seul : si les autres marchands et même le prêtre allaient de temps en temps choisir une jeune Circassienne ou Tatare apeurée à la boutique de l'Arménien qui vendait ce genre de *testes*, je n'avais même pas de compagne pour réchauffer mon lit. Les premiers temps, mes nouveaux amis m'avaient emmené au bordel : cette visite m'avait poussé à prononcer en mon for intérieur le vœu de chasteté. Le soir, je préférais me retirer dans ma petite chambre, au premier étage, et demeurer en la seule présence des livres que j'avais emportés de Venise, désormais tachés de moisissure et en partie dévorés par les rats et les blattes, ainsi qu'un carnet que je remplissais vaguement de notes et de souvenirs.

Timour anima la maison. Je lui enseignai quelques mots et quelques phrases en vénitien non sans rire de son accent. Je caressais ses boucles sombres en contemplant ses étincelants yeux de chat et lavais lentement, dans un baquet que les femmes avaient rempli d'eau bouillante, son corps mince et lisse qui m'évoquait celui d'un poisson du lac de Bosagaz. Timour riait. Il avait de l'affection pour moi. Il m'appelait *abzij Yusuf*, oncle Yusuf.

L'été a fait sa réapparition. Après les émotions et les problèmes que le passage des Tatars de la Horde a engendrés, j'ai repris mon commerce avec les marchands qui ont regagné La Tana au terme du dégel. J'ai conclu de bonnes affaires en vendant un peu de poisson salé issu de ma pêcherie rénovée et quelques fourrures provenant des montagnes. J'attends maintenant l'or qu'un négociant de Samarcande m'a promis il y a un an : ce métal particulièrement pur ira alimenter, à Venise, l'industrie florissante des batteurs d'or. Une grande caravane devrait bientôt me le livrer.

Hier matin, de bonne heure, je me suis rendu avec Timour sur la grand-place, le seul endroit de cette cité qui me rappelle la civilisation et ma chère ville natale, avec son dallage incomplet, ses arcades abritant des échoppes, la maison du consul qualifiée pompeusement de palais, la loggia voisine renfermant le banc du notaire, l'escalier en haut duquel le héraut lit les ordonnances, le blason du Lion de saint Marc, la façade de l'église de santa Maria, son clocher trapu et pointu. Nous avons fait halte dans la boutique d'un maître de flèches, afin de choisir les pointes les plus appropriées à la chasse à la perdrix et à la bécasse, oiseaux qui nidifient dans les creux du faux plat autour de la ville.

Soudain j'entends qu'on s'agite sous les arcades : des Tatars tout juste arrivés affirment qu'une centaine de cavaliers circassiens se sont établis hier dans un bosquet, à trois lieues au sud de La Tana, près d'un petit cours d'eau. Ce n'est certainement pas une innocente partie de chasse qui les amène : plutôt une incursion, peut-être jusqu'aux remparts de la ville. Je songe avec inquiétude à la caravane partie de Samarcande : si les Circassiens volent le chameau portant ma cassette d'or, je perdrai la somme que j'ai avancée parce que je n'ai pas stipulé de *sigurtà*.

Soudain une voix retentit dans l'ombre de l'échoppe : un marchand tatar, de passage à La Tana avec un chargement de semences, se lève et propose d'aller débusquer *ces chiens de Circassiens*. Certes, ils sont au nombre de cent, mais il participera à l'expédition avec ses serviteurs, ce qui fait, en se comptant, cinq combattants. Pour une raison que j'ignore, j'interviens à mon tour, déclarant que je pourrais quant à moi en réunir quarante, dans l'espoir d'entraîner d'autres volontaires et de voir grossir notre troupe. Mais personne ne renchérit ; seul le Tatar déclare que nous serons assez nombreux : selon lui, les Circassiens ne sont pas des hommes, mais des femmelettes.

Je regrette déjà d'avoir adressé la parole à ce fou, par surcroît en public. Les Circassiens, je le sais bien, ne sont pas des femmelettes : ce sont les guerriers les plus forts et les plus courageux qui existent sur la face de la Terre. Ces dernières années, après le départ de Tamerlan et avant l'arrivée de cette nouvelle Horde, ils ont poussé jusqu'à La Tana, unis par un prince et emmenés par un guerrier légendaire et féroce du nom de Jacob, dans le but de poursuivre et chasser les tribus tatares de leurs montagnes inaccessibles. Dix de nos hommes sont nécessaires pour capturer un seul de ces Circassiens enragés. Cent cavaliers constituent un nombre certainement trop important. Néanmoins il m'est impossible de reculer. Tandis que je m'éloigne, pensif, sur la grand-place, Timour me tire par la manche, emballé par cette aventure imminente. Je me rends chez mon ami Francesco da Valle, frère cadet de Zuan, l'homme le plus expérimenté dans ce domaine, et organise avec lui cette entreprise, la société et la répartition du butin, proportionnellement au nombre de participants. Francesco rassemble d'autres associés : un marchand arménien, le capitaine ligure d'une *gripparia*, quelques soldats et arbalétriers désireux d'arrondir leur maigre salaire, ainsi que d'anciens partenaires du projet de Contebbe avec leurs serviteurs armés. Je n'apporte qu'un maigre contingent – trois domestiques tatars, Timour et moi –, toutefois, si nous parvenons à capturer tous les Circassiens, ma part sera d'une dizaine de *testes*, sans aucune dépense. Pas mal pour ma pêcherie. En admettant que notre aventure soit couronnée de succès.

Le plan de Francesco est simple. Quelques hommes, armés d'arcs et d'arbalètes, gagneront l'appontement sur la rive, où ils embarqueront, et vogueront jusqu'à l'embouchure du petit cours d'eau qu'ils remonteront jusqu'au bosquet, de façon à bloquer toute issue. Ils signaleront qu'ils sont en position en lâchant une colombe blanche. Et Timour ? Il restera par sécurité à bord d'une embarcation. Tous les autres, divisés en deux groupes, se présenteront par le nord en se cachant avec leurs chevaux parmi les roseaux et les marécages qui s'étendent jusqu'à l'orée du bosquet. À l'apparition de la colombe, ils monteront en selle. Un domestique de Francesco soufflera dans une trompe, et tout le monde se ruera entre les arbres. Nous devrons nous armer légèrement – de cottes de mailles, d'arcs, d'arbalètes et d'épées –, car ce ne sera pas une vraie bataille. Et ne pas tuer trop de Circassiens, sinon nos gains s'envoleront en fumée ; seuls les plus féroces seront aussitôt abattus : ces bêtes sauvages ne s'adaptent pas à une vie d'esclaves, ils essaient toujours de s'échapper ou de se rebeller.

Je rouvre les yeux. Combien de temps s'est écoulé ? Dix secondes ou dix ans ? J'ai entendu un bruit. À travers la fente de mon casque, j'aperçois un jeune garçon qui s'approche du bosquet de l'autre côté, tirant un cheval derrière lui. Un bel alezan au poil luisant et au front marqué d'une tache blanche en forme d'étoile. Sur la grand-place de La Tana, nous avons discuté du partage des *testes*. Mais les chevaux ? Nous ne leur avons pas consacré un seul mot. Cet alezan est pour moi, tout comme son cavalier vêtu à la circassienne, coiffé d'un beau bonnet de feutre foncé, qui a glissé un petit cimeterre dans son ceinturon. Les enfants et adolescents font de meilleurs esclaves que les adultes. On les instruit plus facilement. Ou faut-il dire plutôt qu'on les *dresse* ? Parfois, ils sont aussi sauvages que des animaux, ils ignorent tout de la vie civilisée.

Le garçon n'a apparemment rien remarqué. D'un signe, j'enjoins au Tatar qui se tient près de moi et qui l'a déjà en ligne de mire de baisser son arc. Quand je me retourne, l'adolescent a disparu entre les arbres ; en vérité, j'ai l'impression de le distinguer près d'une silhouette plus grande qui s'est dressée devant lui et l'a étreint. Nous devons rester immobiles, dans l'attente du signal que donneront les bateaux qui ont remonté la rivière : le vol d'une petite colombe blanche. Alors, seulement, nous pourrons monter à cheval et nous tenir prêts à bondir de tous côtés à la sonnerie de la trompe.

La sonnerie nous surprend : n'ayant pas vu la colombe, nous ne nous sommes pas préparés à l'attaque. Malédiction ! Si les choses se passent mal, les Circassiens nous tailleront en pièces. Nous nous efforçons de nous lever et de sauter à cheval aussi vite que possible, tandis que quelques flèches sifflent déjà autour de nous. Près de moi, le Tatar tente de bander son arc mais, touché à la gorge, il s'écroule dans un ruissellement de sang. Malédiction ! Tel est le mot que je crie en mon for intérieur, sans voix, comme cela arrive dans les rêves, et d'ailleurs cette scène est peut-être un rêve, un cauchemar. Le mauvais casque – souvenir d'une vieille guerre contre les Génois – que m'a prêté Francesco m'empêche de voir correctement. Je glisse en essayant de me hisser sur ma monture et m'étale de tout mon long dans la boue. Je n'ai sans doute rien de très héroïque. Un Tatar m'aide à m'élever sur l'étrier. Alors que tous les hommes se précipitent à pied ou à cheval en hurlant vers le bosquet, j'éperonne ma bête en criant à mon tour et brandis mon épée, feignant d'être le condottiere que je ne suis pas.

Avant d'atteindre les arbres, je vois entre les troncs une armée de cavaliers circassiens lancés au galop. Mais au lieu de se ruer sur nous afin de nous balayer et de nous écraser, ils se dirigent vers leur gauche, vers la sortie du bosquet, où un sentier de terre battue leur permettra de galoper en toute sécurité et d'avoir la vie sauve. J'aperçois aussi le bel alezan qui file comme une flèche et me soustrait son cavalier. Trop tard. Nous ne les rejoindrons jamais, et puis c'est dangereux : ces gens-là connaissent bien les marais, le risque de tomber dans une embuscade est réel. Soudain le marchand tatar, le fou qui prétendait que les Circassiens sont des femmelettes, jaillit de notre groupe en hurlant et se jette tout seul à leur poursuite. On lui crie de s'arrêter, de rebrousser chemin. En vain.

Il disparaît dans un nuage de poussière, derrière les chevaux circassiens. Tant pis pour lui.

Je pénètre dans le bosquet avec mes hommes. Tout est déjà terminé. J'ôte mon casque désormais inutile et m'en débarrasse d'un geste rageur. Au pied des arbres gisent une quarantaine de Circassiens morts, blessés ou prisonniers. Certains se démènent encore avec fureur tandis qu'on essaie de les maîtriser ; d'autres sont au sol, silencieux et farouches, attachés deux par deux, dos contre dos, sous la menace des arcs et des arbalètes. Éparpillés çà et là, des cadavres et des blessés qu'il ne sert à rien d'emmener à La Tana et de soigner : la gangrène les emportera vite. Il en restera vingt en tout, dans le meilleur des cas. Deux *testes* pour chaque associé. Le garçon et son bel alezan m'ont échappé. Pas de chevaux : ils ont tous filé. Une très mauvaise affaire, compte tenu des morts que nous déplorons dans nos rangs, dont deux de mes trois serviteurs. Heureusement, Timour est demeuré en sécurité à bord de l'embarcation.

Je m'immobilise derrière le cadavre d'un Circassien, intrigué par son étrange position : debout, les mains agrippées au tronc de deux bouleaux. Il a une profonde blessure d'épée dans le dos, à la hauteur du cœur, il est probablement mort sur le coup. À en juger par ses vêtements, il s'agit d'un chef de guerre. C'est peut-être lui qui a étreint un peu plus tôt l'adolescent, mais je n'en suis pas certain. Il semble désarmé, il a sans doute lâché sa *chachka* au moment où il a été touché, et un Tatar la lui a volée. Quelle mort étrange, dos à l'ennemi… Il ne fuyait même pas. Je le contourne et découvre, bouleversé, son noble visage, sa barbe et ses cheveux blonds mêlés de gris, ses yeux encore écarquillés, tournés vers un infini qui m'est invisible. Je passe la main sur ses paupières en un geste de compassion, puis lui desserre les doigts et m'efforce de l'allonger sur le sol. J'ordonne aux Tatars, désireux de couper quelques têtes pour s'en faire des trophées, d'entasser les corps, puis de les recouvrir de terre et de pierres afin de les soustraire aux chacals et aux vautours. Ils obéissent de mauvais gré, non sans avoir soigneusement dépouillé les cadavres de tout ce qui peut leur être utile ou se vendre.

Un cri s'élève du côté des embarcations, sur l'eau. Je m'élance, en proie à un mauvais pressentiment. Dans un bateau, le corps d'un garçon de treize ans, touché d'une flèche au cœur, repose entre les bras d'un rameur. Personne ne l'avait encore remarqué. Lors d'un affrontement désordonné à l'arc entre les embarcations et la rive, Timour s'est recroquevillé sur lui-même, à l'avant, comme s'il voulait se protéger. Les hommes ont bondi à terre, leurs épées brandies, ne laissant là qu'un rameur. Au bout d'un moment, celui-ci a secoué par l'épaule le garçon inanimé. Je hurle, je le soulève, en pleurs, et le hisse sur mon cheval pour le ramener à La Tana. Je m'achemine vers la ville, suivi de mon seul serviteur encore en vie, le fidèle Aïrat.

***

La nuit est tombée. Des coups retentissent à la porte.

Je suis assis dans la pénombre, les yeux rivés à la table sur laquelle gît le corps de Timour. On dirait qu'il dort. Les pleurs désespérés des femmes, qui s'étaient prises d'affection pour lui, résonnent dans la salle à manger. On l'a allongé là, dénudé et lavé. Qu'il est beau, ce corps d'adolescent à la peau olivâtre et luisante ! Il a juste un petit trou à la hauteur du cœur. Son père se trouve au campement du khan, à cinq ou six journées de marche. On lui a dépêché un messager. Timour demeurera là, nu, jusqu'à son arrivée. Je sursaute et vais ouvrir. Dans le noir, je distingue Francesco, mal éclairé par la lueur tremblante de la lanterne, flanqué de deux ou trois silhouettes indistinctes.

Mon ami m'étreint avec vigueur, puis va droit au but : entre marchands et colons, il convient d'affronter sur-le-champ, sans faiblesse, tout ce qui concerne le *bon gain*. Les *testes* sont rassemblées dans son entrepôt sur la rive. Il n'y a pas eu à verser de frais d'intermédiaire, ni de gabelle, qu'elle soit vénitienne ou tatare : on a déchargé les prisonniers à terre sans entrer en ville ; les gardes postés devant la porte ont fermé les yeux en réclamant une bonne *manzaria*, de leur main tendue. Quand je serai prêt, je pourrai aller choisir le premier la part qui me revient, mes deux esclaves : mes associés me laissent la préséance. Le capitaine de la *gripparia* me fait juste dire de ne pas tarder : son embarcation est déjà pleine et prête à partir ; il demande qu'on ne perde pas trop de temps en lamentations funèbres, de toute façon les morts sont morts, les vivants doivent penser aux vivants, et puis le jeune homme qui a perdu la vie n'était même pas un chrétien.

J'écume de rage. Non, aimerais-je crier, je ne suis pas comme vous ! J'ai écouté dans ma jeunesse les mots d'humanité des Anciens, je sais qu'il n'existe pas d'hommes dont la mort importe plus ou moins selon l'ethnie, la foi ou la condition ! Et pourtant, dans cette maudite Tana, je sens que je deviens comme vous, même mes yeux ont déjà commencé à briller face à l'appât du *bon gain*, à calculer le profit que rapporte la vente des *testes*. En ce moment, alors que Timour repose sur la table où je dîne, je me moque bien du profit et des esclaves. Qu'on les libère tous, comment peut-on priver de liberté un être humain et le traiter comme un objet, le vendre et le revendre ? Pour quelle raison Timour et tous les autres sont-ils morts ? J'ai envie de crier : Assez ! Assez ! et de frapper violemment Francesco.

Soudain je me fige. Dans l'obscurité, mes pupilles se sont dilatées et j'ai l'impression de distinguer derrière Francesco un adolescent semblable à Timour par la taille et peut-être par l'âge, tout crotté, ficelé et tenu par deux Tatars. Francesco abandonne son discours vain, parce qu'il suffit de me regarder pour comprendre que cela ne sert à rien. Il renonce même à me réclamer deux ou trois aspres pour le dédommager du casque en piteux état que j'ai perdu. Il marmonne quelques mots en s'écartant, laissant la lumière éclairer le garçon. Saisi d'un élan intérieur, je le reconnais : c'est le jeune Circassien qui s'enfuyait sur son alezan.

Durant son morne retour à La Tana avec nos associés, Francesco a entendu une plainte derrière une cannaie, au milieu du marécage. Il s'est approché avec ses serviteurs et a découvert ce garçon agenouillé près d'un cheval dont un membre était visiblement brisé. Il a pensé qu'il s'agissait d'un fugitif circassien et que l'animal s'était blessé en glissant dans la boue. À sa vue, l'adolescent s'est élancé, armé d'un poignard, en hurlant comme une furie, prêt à agresser les nouveaux venus, mais il a glissé à son tour et s'est effondré. Les serviteurs de Francesco ont alors sauté sur lui et l'ont attaché non sans difficulté. Il ne cessait de répéter un mot incompréhensible, *vagwà*, tandis que les larmes sillonnaient son visage couvert de boue. Le cheval s'était retourné pour poser sur lui ses grands yeux humides. Francesco l'a égorgé par compassion.

C'est la meilleure des *testes*. Nos associés et lui ont songé qu'il convenait de me la céder, voilà tout, et que… et que peut-être…

Il suffit. Francesco recule sous mon regard de pierre. Il fourre la corde entre mes mains, replonge dans l'ombre et disparaît avec ses serviteurs. Je regarde le garçon, ses yeux effrayés. À la lumière de la lanterne, je découvre qu'ils sont d'un bleu profond, semblable au bleu du ciel clair qu'on voit resplendir au-dessus des montagnes, l'hiver, depuis les clochers de ma lointaine cité.

***

Je me réveille, frappé par un rayon de soleil.

Je gis au sol, endolori. J'ai sans doute dormi longtemps et maintenant je me rappelle tout. Au centre de la pièce, la table sur laquelle repose le cadavre de Timour est déjà assaillie par les mouches. Il ne peut pas rester là, nul ne sait quand son père arrivera. Derrière les colonnes, les femmes me scrutent, craintives, en attente. Soudain je me souviens du nouveau venu, le jeune Circassien. Je l'ai confié à une vieille servante qui l'a enfermé dans un poulailler vide. Peut-être l'a-t-elle jeté là sans même le détacher ou lui donner à boire. Je revois vaguement ses yeux remplis de peur et de chagrin, perçant un masque de boue durcie. Ce n'est qu'un gamin, comme Timour qui dort maintenant sur la table, dans une paix que personne ne peut plus troubler.

Sans me lever, j'appelle mon fidèle Aïrat. Qu'il aille chercher le garçon dans le poulailler et l'emmène auprès de deux femmes ; elles le déshabilleront, le laveront puis le vêtiront d'une chemise propre, lui offriront un peu d'eau, de pain et de fromage. Qu'il demeure avec elles pour surveiller le petit sauvage, on ne sait jamais. Après quoi je replonge dans mon mutisme, assis par terre, près de la table où Timour dort tranquillement d'un sommeil éternel.

On me secoue par l'épaule. C'est Aïrat, il me dévisage, l'air bizarre. Je me lève et le suis. Devant la porte, les deux femmes me lancent elles aussi un regard étrange. Une sorte de corset repose entre les mains de l'une d'elles, qui répète dans un vénitien aux accents tatars *n'est point un hom, n'est point un hom*. J'entre. La pièce baigne dans la pénombre. Vêtements et bottes encore crottés gisent dans un coin ; au milieu, près du baquet, debout, une silhouette sinueuse et blanche au visage penché qu'encadrent de longs cheveux blonds, aux mains croisées sur un pubis laineux, à la taille légèrement marquée, aux deux petits seins fermes. Une bague semble orner le doigt de sa main gauche. Le parfum d'une peau fraîche, savonnée et rincée, flotte dans la pièce. *C'est une pucelle.*

Je l'observe, immobile, coi. Alors elle lève les yeux vers moi. Ils sont rougis, mais secs, sans doute n'ont-ils plus de larmes. Si l'on excepte ses mains sur ses parties génitales, la jeune fille n'est apparemment pas gênée par sa nudité. On dirait même qu'elle n'est pas effrayée. Une tempête de pensées assaille mon esprit. Comment communiquer avec elle ? Je n'ai jamais eu affaire aux Circassiens. Il est toutefois inutile de lui parler, elle ne comprendrait pas et je ne comprendrais pas moi-même les mots qu'elle prononcerait : tout le monde sait que son peuple s'exprime dans la langue la plus incompréhensible du monde, un assemblage de sons et de curieux bruits gutturaux, pauvre en voyelles.

Vers qui me tourner ? Tous mes serviteurs sont des Tatars, et je ne connais personne qui puisse me servir d'interprète. Il n'existe sans doute à La Tana qu'un seul être qui maîtrise cette maudite langue et qui me paraît fiable. J'appelle Aïrat et l'envoie au lupanar en le chargeant de me ramener la tenancière, Maddalena, la Circassienne, *dam* Lena. Mais pas un mot, pas même à cette dernière. D'un ton menaçant, j'ordonne également le silence à mes deux domestiques, même si, j'en suis bien conscient, elles ne le garderont pas longtemps. Je leur enjoins de vêtir la jeune fille d'une simple tunique en lin et de lui apporter de quoi se sustenter et boire. Or la captive s'assied dans un coin et ne touche à rien. Appuyé contre le montant de la porte, je la contemple, *aheuri*, les yeux écarquillés, la bouche bée, tels les poissons salés de ma pêcherie.

Aïrat est de retour. Il m'annonce que Lena m'attend dans la salle à manger. Je quitte la chambre, que je verrouille, et rejoins la femme. L'air ému, elle scrute le visage de Timour, tout en éloignant les insectes à l'aide d'un mouchoir. Elle n'a l'aspect ni d'une Circassienne ni d'une putain : habillée de sombre comme une béguine, elle porte une coiffe noire ; seules concessions au luxe, une croix de style byzantin pendant à une chaîne en or, un parfum excessif de lavande, des bagues un peu voyantes, serties de fausses pierres, cadeaux et souvenirs d'anciens amants.

Cette brave femme robuste et forte, à la beauté fanée, est la fille d'une de ces esclaves capturées à l'époque des dévastations de Tamerlan qu'un marchand arménien a vendues au bordel à sa réouverture il y a de nombreuses années. Ses petits yeux de renard témoignent de sa rouerie, qualité indispensable pour survivre à La Tana, cette tanière de loups, lorsqu'on est une femme. Elle a eu l'habileté de se faire affranchir par un amant notaire, qui était également prêtre et qui l'a baptisée, lui accolant le prénom approprié de Maddalena, la sainte pécheresse, puis elle s'est enrichie et a racheté le lupanar au vieil Arménien. Elle devrait m'être dévouée : il y a un an, j'ai embauché dans ma pêcherie son jeune bâtard, fruit de ses relations avec un marin vénitien qu'il lui était impossible de garder dans son bordel. Drôle de vie, qui me voit maintenant demander de l'aide à une putain… Certes, les imprévus sont innombrables et l'on peut toujours avoir besoin du soutien des gens qu'on a un jour secourus.

J'essaie de lui relater, malgré mon agitation et ma gêne, les événements frénétiques de ces deux derniers jours, jusqu'à l'apparition de la pucelle. Je la prie de parler à la jeune fille, de l'interroger, de tenter d'établir d'où elle vient et comment elle s'appelle. Mieux, je l'invite à s'attarder chez moi quelques jours, afin qu'elle lui enseigne, contre un généreux paiement, quelques rudiments de vénitien.

Lena est surprise : l'expérience qu'elle a acquise au fil des ans dans son honorable profession l'a habituée à entendre les requêtes les plus étranges et les plus osées qui soient, mais personne ne lui a jamais demandé de se changer en drogman. Et puis à quoi bon parler, utiliser le langage quand on a affaire à une pucelle ? Il suffit de la regarder, d'examiner son corps afin de s'assurer qu'il n'a pas de défauts cachés, de deviner son poids, d'observer sa façon de regarder et de se mouvoir ; bref, d'évaluer son prix en vue d'un achat permanent ou d'un usage temporaire.

À quoi bon parler ? La Tana n'est pas Venise où, comme le lui a appris un gentilhomme, les courtisans récitent des poèmes et discutent de philosophie. Ici, on ne philosophe pas dans ce métier, on ne s'exprime qu'avec son corps et de mille manières possibles, en utilisant son parfum, ses cheveux, ses yeux, sa langue, ses mains, ses pieds et les savantes vibrations de son ventre. De nombreux clients, en revanche, sont curieusement loquaces et se mettent à raconter leur vie aux *fillies*, peut-être en ont-ils besoin, et Lena a exercé ses pensionnaires, qui ne comprennent rien à ces discours dans des langues multiples et métisses, à les écouter, langoureusement blotties sur leurs lits, sans cesser d'acquiescer et de sourire.

Mais oui, elle accepte volontiers mon offre, cela la soulagera de la gestion du lupanar, les *fillies* s'organiseront toutes seules ; ou plutôt, il vaut mieux s'éloigner du bordel dans les jours à venir car on attend l'arrivée de la caravane de Samarcande et ce sera un enfer. Ah oui, la caravane de Samarcande, je l'avais complètement oubliée ! Je prie Lena de garder le secret, et elle s'amuse sans doute à imaginer ce que penseront la ville, le consul et le prêtre de ce *diablon* de Giosafat qui s'enferme plusieurs jours et plusieurs nuits dans sa demeure avec elle. Et puis elle sait que ma cave contient une réserve de bon vin de Candie.

Je charge un serviteur d'accompagner Lena dans la chambre et reste seul devant la table sur laquelle gît Timour. Tandis que les mouches semblent se multiplier et redoubler d'ardeur, la peau du garçon commence à s'abîmer, elle présente maintenant des taches verdâtres à la hauteur de l'abdomen ; de même, un filet de liquide noir et fétide est apparu entre ses jambes, comme si son corps était dévoré de l'intérieur. Il faut que je trouve une solution pour lui aussi, *povre fant*. Il est impossible de le garder ici, par cette chaleur torride, jusqu'à ce qu'Edelmulgh nous rejoigne. Il importe de trouver une caisse qui ferme bien, avec des clous et de la poix.

Je n'ai toutefois pas le temps d'y réfléchir : on frappe violemment à la porte. Dans la rue on s'agite, on va et vient, tandis que des sonneries de trompe s'élèvent des remparts. La caravane de Samarcande a pénétré en ville, elle s'installe dans le caravansérail voisin ; un messager me crie que je suis attendu de toute urgence auprès du consul et de Cozadahut. Je dois m'y rendre sur-le-champ, mais mon esprit embrumé reste là, entre la table où dort Timour et la chambre où j'ai laissé la pucelle en compagnie de la *dam*.

***

Je ne parviens à rentrer, épuisé, qu'à la nuit tombée. Cela fait près de deux jours que je ne me suis ni changé ni lavé. J'ai dormi moins de deux heures par terre, près du corps de Timour, et je suis encore tout endolori. Si l'on excepte la cotte de mailles, je porte toujours la tenue que j'arborais lors de notre malheureuse incursion dans le bosquet – des habits constellés de taches de sueur, de boue et de sang, peut-être même d'urine. Je devrais ôter mes bottines non seulement pour les nettoyer, mais aussi parce qu'une petite sangsue s'est glissée à l'intérieur. Le consul a froncé le nez avec dégoût en humant mon odeur, et le Tatar Cazadahuch, au courant de notre glorieux exploit, a ri bruyamment de mes associés et de moi-même en savourant à l'avance, avec cet humour tatar qui me déplaît souverainement, le beau spectacle qu'offrira Edelmulgh, qu'il connaît bien, quand, ayant découvert le cadavre de son fils, il s'emploiera à empaler la tête de Giosafat et celles de ses associés. Et de rire encore. Je n'ai guère ébloui non plus le marchand de Samarcande, lequel m'a remis comme convenu une cassette d'or très pur en provenance des montagnes qui se dressent entre la Perse et l'Inde. À sa grande surprise, j'ai accepté sans discuter tout ce qu'il réclamait. J'ai les idées embrouillées, je ne cesse de penser à Timour et à la pucelle, je n'ai qu'une seule envie : rentrer chez moi.

Je franchis le seuil, mon coffret d'or sous le bras. Dans la salle à manger, Timour repose toujours sur la table, entouré des mouches habituelles. Une odeur de plus en plus forte de mort et de putréfaction flotte dans l'air, me rappelant les relents désagréables de ma pêcherie. Sur le sol, j'avise une caisse oblongue de bois brut aux mesures de Timour. Mon fidèle Aïrat se l'est procurée, devinant les pensées que je n'avais pas eu le temps d'exprimer. Je lui dis bravo, mon fidèle Aïrat, et le charge de convoquer les deux femmes qui ont lavé Timour, puis la pucelle. Elles vont devoir maintenant nettoyer soigneusement le corps du garçon, l'oindre de baumes et d'essences, l'envelopper dans un suaire et le déposer dans ce cercueil qu'Aïrat scellera hermétiquement. Il est trop tard pour le conduire hors les murs : la porte a déjà été fermée. Demain on le déposera devant la mosquée et on l'enfermera provisoirement dans un sarcophage de pierre vide, où son père pourra accomplir les rites funéraires.

Je pose mon coffret d'or sur un banc et m'approche à pas de loup de la chambre où se tiennent Lena et la pucelle. Seule la voix de la *dam* s'échappe de derrière la porte. J'aimerais entendre l'autre, mais ma curiosité demeure insatisfaite. Je patiente encore un peu, puis me décide à entrer et prie Lena de gagner la cuisine. Sur le seuil, je contemple la jeune fille assise : le regard qu'elle fixe sur moi m'évoque un reproche muet. Agacé, je finis par baisser le mien. Enfin je recule et ferme la porte à clef.

Sans attendre mon arrivée, Lena a commencé à verser du vin dans une coupe et à plonger les mains dans le plat contenant un ragoût de volaille, placé là à l'intention du maître. De temps en temps, elle trempe dans la sauce une tranche de pain noir et avale une gorgée de vin. Je m'assieds en face d'elle et la dévisage d'un air interrogateur. Lena aimerait pouvoir manger en paix ; elle dit, la bouche pleine, qu'il n'est pas bon de parler quand on mange, puis, face à mon regard insistant, se résout à raconter en continuant de ronger une cuisse. Dans la grande cheminée, le feu s'éteint lentement, toutefois les braises rougeoient encore. Au mur, entre les poêles en cuivre incrustées de noir, une petite icône de sainte Catherine à la roue, représentée comme une reine, nous observe. J'ai beau ne fréquenter l'église que rarement, je vénère la sainte et m'emploie à ce qu'il y ait toujours une bougie allumée à son intention.

La femme attrape de sa main graisseuse la croix grecque qui pend à son cou et l'approche de mon visage. Lorsqu'elle est entrée dans la chambre, dit-elle, la jeune fille s'est jetée à genoux en prononçant des mots qu'elle-même n'a pas saisis. Giosafat doit savoir qu'elles ont toutes deux du mal à se comprendre. Comme les Tatars et les Turcs, les Francs désignent par le seul mot Circassiens la multitude de peuples qui vivent entre les vallées et les montagnes, mais, si ceux-ci partagent des origines ancestrales, ils possèdent des coutumes, des langues et des noms différents : sur les côtes du sud, on trouve les Zikhes, comme elle, puis il y a les Kiptchaks, les Tartares des montagnes, les Bsubbé, les Keverteï, les Kabardes et tant d'autres. Et s'ils ont des termes en commun, leur prononciation est souvent différente. Il est possible de les comprendre quand ils parlent lentement. Bref, cela n'a pas été facile, que messire Giosafat s'en souvienne lorsqu'il devra verser un salaire à la *dam*.

Cela n'a pas été facile parce que la jeune fille était, au début, complètement renfermée. Après s'être agenouillée devant la croix, elle s'est ressaisie et s'est rassise dans son coin, face au mur, le regard fixe. Je lance : Alors elle est chrétienne et baptisée ? Pas vraiment chrétienne au sens où les Francs et leurs prêtres l'entendent, répond la maquerelle. La petite adore la croix comme elle-même dans son enfance, sans bien savoir qui est Notre Seigneur et quels sont les rites de l'Église, qu'elle soit grecque, latine, russe ou arménienne. Elle-même ignore pourquoi ces peuples ont l'étrange habitude d'accrocher des croix de bois aux branches des arbres sacrés et d'accomplir des sacrifices en leur honneur. Oui, ils sont en général baptisés, mais sommairement, avec l'eau du fleuve. Ils n'ont ni prêtres ni évêques, ne connaissent ni le péché ni l'enfer, pas plus que les sacrements et les dix commandements. Néanmoins ils prient le Tout-Puissant, honorent leurs parents et leurs ancêtres, sont fidèles jusqu'à la mort à la parole donnée, manifestent un respect sacré pour leurs invités, estiment que les femmes sont les égales des hommes ; bref, ils semblent plus chrétiens que les chrétiens. Chose étrange, ils ne savent ni lire ni écrire et ne possèdent pas de livres sacrés, ni les Évangiles ni la Bible. En vérité, Lena est encore analphabète, c'est le vieil Arménien qui s'occupe de ses comptes et de ses registres.

Je m'impatiente : mon interlocutrice parle trop et perd souvent le fil de son discours. Son explication sur les usages et les coutumes des Circassiens ne m'intéresse pas, mais ces histoires sont belles et je pourrais les consigner à un autre moment dans mon journal. Revenons à la jeune fille. Comment s'appelle-t-elle ? Qui est-elle ? Lena pose sur son assiette les os d'une aile et, soulevant une nouvelle fois sa main graisseuse, me montre de près l'une de ses bagues. Voici comment elle se prénomme. Son gros doigt arbore un bijou plus simple que les autres, peut-être en étain, sur lequel est gravé un monogramme formé de trois lettres grecques, *A I K*. Inutile qu'elle l'ôte et me le tende, j'ai déjà deviné de quoi il s'agit et je prononce ce prénom en grec : *Ekaterini* ?

Oui, c'est ça, Caterina. Lena a immédiatement reconnu la bague que la jeune fille porte à son doigt, identique à la sienne, un anneau d'étain sans la moindre valeur, un objet de piètre qualité que lui a offert il y a quelques années un client de passage, un escroc égyptien du nom de Gulbedin, pour régler la somme qu'il lui devait, en lui promettant qu'il reviendrait, muni d'or et de bijoux ; au lieu de ça, il a disparu peu après dans une entreprise si stupide que Lena a presque oublié de quoi il s'agissait – creuser des tombes à la recherche d'un trésor, sans doute. Gulbedin lui a raconté que c'était une bague magique, obtenue par l'entremise d'un religieux dans un monastère du désert où étaient conservées les reliques de sainte Catherine : placé au contact du corps sacré, dans l'arche de pierre, le bijou se serait imprégné d'une énergie surnaturelle.

Furieuse de ne pas avoir été payée, Lena n'avait guère ajouté foi aux propos de l'Égyptien et n'avait conservé son cadeau que par superstition, mais cette bague, après la croix, l'a rapprochée de la jeune fille. Au début, la maquerelle lui a adressé des formules de salut et des questions dans son ancienne langue, la langue de son enfance qu'elle n'utilise plus qu'à de rares occasions lorsque se présente au lupanar une *pucelle* circassienne, pour faciliter leur commerce. En vain. L'adolescente ne comprenait pas, ou feignait de ne pas comprendre, et s'obstinait à fixer le mur. Ayant remarqué sa bague de ses petits yeux de renard, Lena lui a alors pris la main et l'a placée près de la sienne de façon à réunir les deux bijoux, l'un en étain, l'autre en argent. Comme saisie d'une intuition, elle lui a lancé : Caterina ? La jeune fille s'est enfin tournée vers elle.

Tel est son prénom, Caterina, sans doute a-t-elle été baptisée d'une façon ou d'une autre chez elle. Elle a reçu mystérieusement cette bague, peut-être d'un pèlerin désespéré, égaré dans ces montagnes sauvages. Étrange destin : comme Maria et Maddalena, Caterina est l'un des prénoms que les religieux attribuent le plus fréquemment aux esclaves qu'ils baptisent. Mais qui est-elle ? D'où vient-elle ? Que fichait-elle donc dans ce bosquet ? Pourquoi était-elle vêtue comme un garçon ? Les chansons de geste que je lisais dans mon enfance me reviennent à l'esprit : est-elle une guerrière, comme les amazones ? Son histoire ressemble-t-elle plutôt à celle de la belle Camilla ou de la fille de la *Reina d'Oriente* qui parcourent le monde sous des apparences masculines jusqu'à ce que l'archange Gabriel les transforme en véritables hommes pour leur permettre d'épouser la fille du souverain ?

Lena freine mon impatience, car elle a le gosier sec à force de parler. Elle a besoin de boire pour continuer, aussi m'oblige-t-elle à lui verser une coupe supplémentaire de mon précieux vin de Candie. Pour accompagner la boisson, elle trempe une nouvelle fois son pain noir dans le plat, avant de puiser dans une casserole une saucisse aromatisée et pimentée. Enfin, elle poursuit entre deux bouchées.

Alors oui, cette Caterina est précisément une sorte de princesse, dit-elle avant de me tendre un objet qui se trouvait dans l'autre pièce. Je le déplie et découvre un merveilleux voile de soie tissé d'or sur lequel se détache une fleur de lys. Il est encore souillé de boue. Lena l'a remarqué parmi les vêtements jetés dans un coin, avec le corset et les bottes. L'adolescente le portait sans doute sur elle, peut-être autour du cou comme un châle. Il possède sûrement une très grande valeur, équivalente à plusieurs centaines d'aspres. Seule une princesse peut être en possession d'un tel objet. Sa vente suffirait à affranchir une esclave, mais Caterina l'ignore probablement, de même qu'elle ignore le sort qui l'attend.

Lena est parvenue à lui tirer quelques mots après l'avoir amadouée et rassurée en lui tenant la main, forte de toute son expérience professionnelle. Caterina la comprend, bien qu'elle soit issue d'une tribu très différente de la sienne, une tribu fière et belliqueuse qui vit sur les montagnes les plus élevées et les plus inaccessibles du Caucase : les dénommés Kabardes. C'est à cette tribu qu'appartient le prince Inal, qui a emmené ses hommes chasser les Tatars des montagnes et de la vallée de la Copa pour les poursuivre jusqu'aux rivages de la mer, devant les remparts de La Tana. En mêlant les mots aux gestes, parce que Lena comprend à grand-peine cette langue encore plus gutturale que la sienne, Caterina a déclaré qu'elle vient de la grande montagne de neige, qu'elle est la fille du noble Jacob, guerrier d'Inal, le plus fort de son peuple et du monde. C'est pour se battre à ses côtés et lui montrer l'étendue de son courage qu'elle s'est vêtue en homme, mais elle a été capturée par les Francs. À présent, au nom du Tout-Puissant et de la sainte bague magique, elle conjure la noble dame de la croix de la faire libérer et de lui permettre de retourner auprès de son père dans ses montagnes.

Voilà tout. Lena vide une nouvelle fois sa coupe. Elle, *la noble dame de la croix*, a promis de transmettre sa prière au noble maître de maison, l'un des Francs les plus remarquables et les plus puissants de la ville, qui l'écoutera certainement. Pour une raison que je ne saurais m'expliquer, j'ai l'impression qu'elle se moque de moi. Au cours des heures suivantes, Lena a commencé à enseigner à l'adolescente quelques mots de vénitien, que celle-ci a appris aussitôt, prouvant combien elle est vive et curieuse : quelques salutations, *bonjor*, *boinsoir* et *ciao*, s'abstenant de lui expliquer le véritable sens de ce dernier terme, qu'un de ses clients, prêtre et notaire, lui a révélé un jour dans un rire – *ciao* est issu de *sciao*, esclave, terme qui vient pour sa part de *sclavo*, parce que autrefois à Venise les esclaves et les serviteurs étaient tous des Slaves –, estimant peu élégant d'entamer sa leçon par le mot qui indique sa destinée.

Elle lui a enseigné d'autres mots et phrases nécessaires à une stricte survie, accompagnés du langage des mains : *menger* et *beivre*, *pain* et *eaue*, même si Lena préfère le vin, *te* et *mel*, *hom*, *femme*, qu'on peut également dire *fumelle*, *vielz*, *dam*, ou *bambine* et *pucelle*, selon son âge et sa situation. Elle a passé en revue les parties du corps en touchant celui de la jeune fille, nue sous sa chemise : la tête, les *oilz*, la *boche*, le *tétin* et le *memellon* pour allaiter les bambins, la *panse* où grandissent les bambins, et la *mounette* qui sert à avoir des *bobés* en couchant avec les *homs* ; mais mieux vaut ne pas avoir de *bobés* quand on doit travailler. Enfin, d'autres mots pour désigner les actions que la *dam* estime fondamentales dans la vie : *embracier*, *caresser*, *succer*, *baisier*, *monter*. Caterina les a tous répétés sans comprendre, s'efforçant de les prononcer correctement en plaçant l'accent sur la bonne syllabe, et Lena a ri de toutes ses dents pourries, arrachant enfin à la jeune fille une grimace qui évoquait un sourire.

Lena aimerait peut-être me faire sourire, moi aussi, or c'est une tâche impossible. Tandis qu'elle parlait, j'ai tout compris. Le père de Caterina, le grand guerrier Jacob, n'était autre que le cadavre agrippé aux bouleaux. Je l'ai vu dans la profondeur de ses yeux sans vie. Caterina l'ignore, mais son père est à présent libre, de cette liberté infinie que les créatures humaines ne peuvent atteindre qu'en franchissant la barrière du temps. Rien ne m'empêche de la libérer ; en revanche, il est impossible qu'elle revoie un jour son père. Oui, j'en ai décidé ainsi, Caterina est libre, je l'accompagnerai demain jusqu'aux remparts, je lui fournirai un cheval et la laisserai partir. D'une simple prière intérieure, qui m'apaise enfin, je confie à sainte Catherine, que je révère, cette adolescente et l'âme de son père, ainsi que celle du pauvre Timour, qui n'a même pas été baptisé, mais peu importe.

Lena tend la main vers un plat de pralines. Elle aimerait reprendre la parole, mais elle ne sait comment briser mon sombre silence, comment attirer mon regard absent. Elle n'est pas le moins du monde ivre, elle s'est employée à demeurer très lucide. Il suffit de la regarder droit dans les yeux pour deviner ce qu'elle s'apprête à dire. On y lit comme dans un livre ouvert. Il lui faut à présent affronter le plus difficile. Persuader cet *ydiot* de Giosafat de lui céder Caterina. Elle a examiné attentivement la belle pucelle tout en la touchant, et elle veut à tout prix se l'approprier. Jamais elle n'a eu pareille pensionnaire. Ce sera sa princesse, la reine de La Tana, qui attirera tous les voyageurs de l'Orient et de l'Occident. Elle l'instruira et l'aimera comme une fille, elle lui apprendra tout, la rendra riche et, un jour peut-être, l'affranchira. Elle versera à Giosafat une somme adéquate, ce qui est juste. Elle demandera demain à son ami prêtre et notaire de rédiger un contrat. Et puis elle a été des plus honnête : elle aurait pu cacher dans ses jupons le voile de soie et d'or, qui possède plus de valeur que Caterina, et bien le bonsoir. Mais non, elle l'a donné à Giosafat qui, en fin de compte, devrait lui céder la fille sans compensation. Ou moyennant un droit d'usufruit, peut-être. Un petit pourcentage, bien sûr, en argent ou en nature. Giosafat aurait loisir de coucher avec elle à sa guise. Sans rien débourser.

Voilà ce que je lis dans les yeux de Lena avant même qu'elle n'ait le temps de prononcer un seul des mots qu'elle a élaborés dans ce mélange de vénitien et de circassien qui constitue sa langue. Et si elle n'en a pas le temps, ce n'est pas parce que je le lui interdis, mais parce qu'un violent coup de vent fait brusquement claquer le battant de bois de la petite fenêtre de la cuisine. À l'extérieur, on entend retentir des cris apeurés : *Le focz, le focz, vite, vite !* En bondissant sur mes pieds, je renverse la table et projette Lena au sol, tout comme les pralines. Sans plus me soucier d'elle, du voile en or et du reste, je me précipite vers la porte. Dehors, les gens filent, affolés, dans toutes les directions. Une odeur âcre de brûlé flotte dans l'air, où voltigent des cendres et des fragments incandescents qui, en retombant, embrasent les toits de paille des habitations les plus humbles et des écuries. La lumière des flammes qui dévorent déjà cette partie de la ville éclaire la nuit.

Quelques bribes de mots formulés par la petite foule rassemblée devant chez moi me laissent entendre que l'incendie a éclaté dans le vieux bazar et le caravansérail, actuel logis du collecteur d'impôts tatar Cozadahut et de sa suite. Le consul crie qu'il faut à tout prix sauver l'homme, autrement le khan nous rendra responsables de sa mort, rasera la ville et décapitera bon nombre d'entre nous. La place, les entrepôts et les échoppes semblent intacts, tout comme les pontons et les navires au mouillage, parce que les vastes espaces libres et les ruines ont empêché le feu de se propager. Alimenté par un vent sec venu du nord, il menace en revanche le vieux quartier proche des remparts. On raconte que les issues du caravansérail se sont toutes effondrées et que les gens qui s'y trouvent sont condamnés à brûler vifs : l'obscurité et le désordre empêchent tout sauveteur éventuel de dénicher le moindre outil pour creuser une brèche dans la muraille.

Derrière les pierres s'élèvent des cris désespérés. Du haut de la construction, des cordes sont lancées pour permettre aux femmes et aux enfants de descendre, mais elles se rompent, et les malheureux s'écrasent au sol. Soudain, j'ai une illumination. Je viens de prier sainte Catherine pour ma jeune prisonnière en lui offrant sa liberté, et voilà que la sainte vole à mon secours : n'avais-je pas souhaité qu'elle soit la huitième associée de la triste entreprise de Contebbe ? Que sont donc devenus les outils que j'avais alors loués pour creuser le tumulus et omis de rendre à leur propriétaire ? Ils se trouvent dans l'entrepôt situé derrière ma demeure, car c'était moi qui dirigeais les fouilles du kourgane. Cet équipement qui aurait dû servir à dérober des trésors et troubler le sommeil des morts – une impiété que sainte Catherine a eu raison de vouer à l'échec – peut maintenant se changer en instruments de salut.

Je cours les chercher, en distribue quelques-uns et m'attaque à la muraille, creusant furieusement et criant sans m'arrêter *sainte Catherine, sainte Catherine*, jusqu'à ce qu'une ouverture se forme. Nous tirons de l'édifice plus de quarante personnes, enfumées et presque asphyxiées, dont Cozadahut, terrifié et si gros qu'il reste encastré dans le trou, dont nous l'arrachons à grand-peine, tout écorché.

***

À l'aube, l'incendie est maîtrisé. Ma maison aussi est épargnée. Je la regagne, épuisé, vêtu de la chemise, la culotte et les bottes crottées que je porte depuis deux jours. À la palette de couleurs qui compose mon visage s'ajoutent à présent le noir de la suie et le rouge de mes yeux injectés de sang, me donnant un aspect encore plus terrible que celui du géant Ronciglione.

La porte est grande ouverte. Bizarre. Je crie, personne ne répond, pas même mon fidèle Aïrat. Je me traîne vers la salle à manger : le corps de Timour gît toujours sur la table, entouré d'un essaim de mouches de plus en plus fourni. En revanche, je ne vois plus, par terre, la caisse qui lui était destinée. Pas de trace non plus du voile de soie et d'or, ni du coffret contenant mon or. J'ai la force de pousser jusqu'à la chambre. La serrure a été forcée. Il n'y a personne à l'intérieur et plus rien sur le sol, ni vêtements ni bottes. J'aimerais hurler, mais, brusquement privé de forces, je m'effondre en élaborant une dernière pensée avant de perdre connaissance : Caterina s'est enfuie.

3

Termo

Sur les rives du fleuve à La Tana, par un jour de juillet 1439, la quatrième veille de la nuit

Debout sur gaillard d'arrière, les mains sur la muraille.

Les yeux mi-clos, j'essaie de percevoir à l'aide de mes autres sens les bruits, les signes et les odeurs que charrie l'air chaud qui monte du fleuve. Dans la brume que le long crépuscule éclaire faiblement, une lumière rougeâtre oscille au loin, transportée par les sentinelles sur les remparts de la ville. Deux ou trois lampes se balancent à bord des navires amarrés au quai ou dans une anse à l'abri du courant. Une lanterne brille au pied de la porte qui exhibe le Lion de saint Marc : ses lourds battants de bois devraient être fermés, or ils semblent tout juste poussés, et le pont-levis est encore abaissé. Assis sur une marche de pierre, deux soldats attendent le départ du navire comme s'il s'agissait du seul événement capable de chasser l'ennui de cette soirée trop calme.

Le fleuve coule sans bruit, ou presque, s'ouvrant des deux côtés du bâtiment. La coque bouge légèrement près de la longue jetée, comme désireuse d'épouser cette étreinte, avant de reculer, retenue par les amarres dans un crissement étouffé. Dans les plages de silence, j'entends sonner la cloche de Santa Maria. La quatrième veille de la nuit. Le vent de terre risque de se lever à chaque instant pour souffler impétueusement. Il faut se tenir prêts à manœuvrer et à ramer ; prêts à larguer les amarres et à remonter les ancres, à bondir vers le centre du grand fleuve noir en se précipitant avec lui vers la mer et le large.

Je pivote pour contempler ma galère. Les Vénitiens, ces *benests*, la qualifient de *gripparia*, mais je vois en elle un être vivant, une maîtresse, ma compagne. Je me livre avec confiance à ses bras de bois, à sa chevelure de cordage et de voiles qui sentent le sel et les humeurs de toutes les créatures environnantes – hérons et mouettes dans le ciel, poissons jouant sous sa quille, hommes travaillant sur son dos ou dans son ventre. Je l'appelle par son nom, et son nom, dans les registres des *comerchieri* et les livres de comptes des marchands, n'est autre que *Santa Caterina*, du nom de la sainte à la roue, sommairement gravée sur la figure de proue et peinte sur une icône grecque achetée pour trois fois rien et clouée à la porte de ma cabine. Mais je me contente de dire Caterina, d'une part parce qu'il est plus facile de l'invoquer ainsi ; d'autre part parce que le concept de sainteté et de chasteté inviolée d'une femme n'est guère familier à l'équipage d'infidèles et de renégats qui m'est échu.

Assise aux bancs de nage que sépare la longue coursive centrale, la chiourme a déjà empoigné ses rames. Les mariniers, ombres immobiles éparpillées sur le pont, sur les haubans, sur la hune, comme des chats noirs dans la nuit, s'apprêtent à effectuer toutes les manœuvres, des ancres aux amarres, au moindre signe ou ordre de leur capitaine.

Je sens une sorte de souffle sur mon visage, dans mes cheveux toujours en désordre et ma barbe roussâtre. Une respiration qui effleure les pataras et les écoutilles en les faisant vibrer. Je lève la main. Sur le pont, deux marins attrapent les cordes à l'avant et à l'arrière, encore fixées aux bittes rouillées. À l'avant, on commence à arracher l'ancre au fond vaseux. La galère sursaute dans le courant qui l'assaille par l'arrière. En l'espace de quelques minutes, le vent se renforce. Il descend du grand fleuve noir, du nord, balayant toute trace de brume. Une nuit étoilée, éclairée à l'est par la pleine lune, s'étend au-dessus du grand mât. L'eau se ride en vaguelettes, en centaines de petites lunes argentées.

Je m'apprête à baisser la main quand une odeur étrange, inattendue, s'insinue dans mes narines. Je ferme les yeux pour mieux l'identifier. Une odeur de bûcher. On dirait qu'un matériau sec, de la paille, de l'étoupe, ou des fagots, se consume, et ce à toute allure. Quand je rouvre les paupières, je vois des langues de feu jaillir derrière les remparts, alimentées par le vent subit. À en juger par leur crépitement étouffé, elles sont loin de nous. Elles lèchent apparemment la tour la plus haute, au sud, de l'autre côté de la ville, là où se situe le vieux caravansérail attribué aux Tatars, rempli de masures et de cabanes croulantes. La lanterne qui oscillait sur les fortifications disparaît rapidement. Rappelés par des hurlements, les soldats postés devant la porte s'évanouissent à leur tour entre ses battants. Les flammes se renforcent et s'élèvent, projetant vers le ciel une fantasmagorie d'étincelles que le vent saisit, puis éparpille en une pluie d'étoiles.

Je reste planté là comme un *benest*, la main levée, puis, d'un signe, j'ordonne à mes hommes d'interrompre leurs tâches. Je veux comprendre ce qu'il en est, malgré le terrible danger qui menace – je le sais – les embarcations amarrées à la jetée ou dans l'anse abritée. Nous sommes sûrement en sécurité, au vent, mais il suffirait d'un rien pour qu'un tourbillon catapulte vers l'arrière un fragment incandescent, qui attaquerait voracement les voiles et les bordés de bois. Pourtant, je n'arrive pas à détourner les yeux du spectacle effroyable qu'offre la ville dévorée par le feu.

Soudain trois individus surgissent furtivement des remparts. L'un d'eux jette un regard à la ronde comme pour s'assurer qu'il n'y a pas de soldats à portée de vue. Les deux autres lui emboîtent le pas et descendent vers la galère, munis d'une espèce de caisse. Tous trois sont armés. Sans lâcher prise, l'un de mes hommes préposés aux bittes porte la main à son couteau glissé dans sa ceinture. Le trio s'immobilise, son chef appelle le capitaine – tout bas, comme s'il craignait d'être entendu par une sentinelle sur les remparts. Il l'incite par gestes à descendre à terre sans tarder : il a quelque chose d'important à lui transmettre.

Je m'exécute, agacé, suivi de mes deux arbalétriers. Je n'ai pas confiance. Je reconnais dans l'ombre Aïrat, le serviteur infidèle de Giosafat Barbaro, dit Yusuf, l'étrange Vénitien qui s'habille en Tatar et qui a fourni le caviar, ainsi que la colle de poisson, dont ma cale est en bonne partie remplie pour le compte de Giovanni da Siena, marchand toscan résidant à La Tana. Je me trouvais hier en sa compagnie quand Francesco da Valle nous a entraînés dans une malheureuse chasse aux Circassiens, destinée à nous procurer des esclaves sans avoir à acquitter de taxes ou de frais de courtier. Impossible de refuser quoi que ce soit à Francesco. Il est le frère cadet de Zuan, un bâtard comme moi aux côtés duquel j'ai participé à la guerre de course sur la mer Caspienne et qui s'est lancé ces derniers temps dans l'élevage des esturgeons pour produire du caviar.

Hier, la chasse n'a guère été facile, un certain nombre de proies se sont défendues avec férocité et toutes les autres se sont enfuies. Je n'en ai obtenu que deux, ce qui n'est pas si mal, car je n'ai subi aucune perte, aucun mort ni blessé, parmi les quatre arbalétriers qui m'ont suivi sur la patache de ma galère. Avec deux autres embarcations, nous avons louvoyé jusqu'à l'embouchure du petit cours d'eau qui longeait le bosquet et le campement des Circassiens. Au terme de notre attaque, je me suis chargé d'embarquer une vingtaine de prisonniers et de les enfermer dans le comptoir de Francesco, sur le rivage, au pied des remparts. Giosafat, en revanche, n'a pas eu de chance : il a perdu deux serviteurs et le jeune fils d'un Tatar important, apparenté au khan selon certaines rumeurs.

Le soir Francesco a amené au comptoir un captif supplémentaire, retrouvé au milieu des roseaux du marécage : un adolescent tout crotté et à moitié évanoui. Je lui ai conseillé de le céder à Giosafat, tout comme le droit de choisir le premier les *testes* qu'il avait gagnées. Je ne leur ai adressé qu'une seule prière : qu'ils se hâtent. Mon bateau est déjà chargé, il faut que je parte sans tarder, autrement je n'atteindrai jamais Constantinople au terme des nombreuses escales qui jalonnent les côtes de la mer Majeure. Il est inutile de perdre du temps à pleurer les morts : ceux qui sont partis ne reviendront pas, et les vivants doivent penser aux vivants. Mais ce matin, j'ai attendu en vain au comptoir : Giosafat ne s'est pas montré, et nos associés se sont partagé les esclaves. J'ai conduit les miens à bord de ma galère et ordonné qu'on les attache près des barils de caviar. Des marchandises précieuses dans les deux cas.

Que me veut cette crapule d'Aïrat ? C'est certainement Giosafat qui l'envoie, me dis-je. Toutefois, un détail étrange me frappe : l'air agité et pressé, le Tatar ne cesse de lancer des regards vers la porte et le chemin de ronde. En vérité, tout, ici, est étrange : mon bâtiment prêt à appareiller, le vent qui se lève et souffle parmi les haubans, les lumières de l'incendie qui dévore la ville. Aïrat dépose la caisse et l'ouvre à l'aide d'un couteau. À ma grande stupeur, je distingue, recroquevillé à l'intérieur, le jeune Circassien de la veille, vêtu des mêmes vêtements crottés, attaché et bâillonné. Les yeux fermés, il paraît inconscient. Pourquoi le transporter de la sorte ? Cette caisse ne possède pas de trous pour respirer, elle semble plus appropriée à un mort qu'à un vivant ! Giosafat a-t-il l'intention de vendre cet adolescent en cachette, au nez et à la barbe des gardes ? Soudain, l'attitude du Tatar transforme en certitudes les soupçons qui m'assaillaient : la main tendue, il réclame de l'argent avec un sourire grimaçant. Le serviteur fidèle a trahi et volé son maître, tel Judas avec Notre Seigneur. Que faire ? Le maîtriser et le livrer aux gardes ? Mais où sont-ils ? Et, s'il m'échappe, que deviendra l'adolescent ? Ses ravisseurs pourraient l'égorger dans les marais pour favoriser leur fuite, ou le réduire en esclavage dans un camp de Tatars, un sort moins enviable que la mort…

La ville brûle et les berges sont désertes. Il n'y a du mouvement qu'à bord des navires, où on lève les amarres et tente de se mettre à l'abri. Je détache une bourse de ma ceinture et la jette sans un mot, avec froideur, aux pieds d'Aïrat. Quelques pièces d'argent, des aspres de La Tana, de Caffa et de Trébizonde s'éparpillent sur la jetée ; je ne les ai pas comptées, mais elles équivalent plus ou moins à cinq sequins. Peu importe, elles m'évoquent les trente deniers de Judas. Le serviteur les ramasse d'un geste avide, puis tourne les talons et disparaît avec ses compagnons le long des remparts, dans l'ombre que projette la lumière de la lune.

Je me penche sur la caisse, soulève sans difficulté l'adolescent, léger dans mes bras de géant, et regagne mon navire. Je dépose soigneusement mon fardeau sur le plancher de ma cabine et assure ses poignets à une chaîne qui pend d'un anneau en fer. Alors que je m'apprête à ressortir, je m'aperçois qu'il a repris connaissance. Les yeux mi-clos, il respire laborieusement. Je baisse la tête et murmure à son oreille deux mots dans ce qui est sans doute sa langue : *Ouptché, négoua*, Sois sage, nous partons. Il me lance un regard incrédule, puis semble s'apaiser.

Je ressors et verrouille la porte. À la lumière de la pleine lune, je lève la main et l'abaisse dans un cri. En l'espace de quelques instants, amarres et passerelle sont remontées. La galère s'écarte de la jetée, poussée par le courant et par les coups de perche. Les rameurs plongent leurs rames et le chef de nage se met à battre du tambour, le timonier s'agrippe à l'orgeau pour conduire l'embarcation au centre du fleuve ; accroupis au pied des arbres, les marins sont prêts à effectuer leurs manœuvres.

Un quart de mille plus loin, le timonier se tourne vers moi et m'adresse un signe de la tête : nous voici au milieu des flots, dans le fil du courant ; du nord souffle un vent constant de travers en poupe. Des conditions optimales pour la navigation au-delà de l'embouchure et peut-être jusqu'au cap de Tarmagno, si le vent ne faiblit pas. Naturellement, tribord amure, comme prévu. Il me suffit de crier quelques ordres pour que les marins bondissent et manœuvrent les drisses ; les antennes s'élèvent vers le ciel et la main invisible du vent pénètre dans les grandes voiles triangulaires, soulevant la galère au-dessus des vaguelettes. L'étendard blanc à la croix rouge de San Giorgio se déploie glorieusement sur l'arbre de mestre. Tel un griffon ailé, la *Caterina* s'envole avec ses voiles de nacre lunaire, tandis que s'éloigne et disparaît derrière elle la ville à l'allure infernale qui flamboie dans un cercle de remparts et de tours noires.

***

Sur la hune, le gabier lance un cri. Il a aperçu la pointe sableuse du cap qui s'étire comme une langue au milieu des eaux. Le soleil brille haut dans le ciel, la sixième heure a sans doute sonné. J'ai passé toute la nuit debout près du timon et remplacé, à l'aube, le chef de timonerie, fatigué. Si je lui ai maintenant rendu la barre, je m'attarde là, savourant la caresse du vent sur mon visage, les yeux mi-clos dans la lumière de l'après-midi. Je flatte le parapet, satisfait de ma *Caterina* et de la nuit qui vient de s'écouler. Je ne me rappelle pas avoir joui de conditions de navigation aussi favorables dans la mer de Zabache. Il se peut que la sainte à la roue nous ait vraiment aidés depuis le paradis invisible où elle vit auprès de son époux Notre Seigneur ; car la sainte, qui voit dans les cœurs sans qu'il soit besoin de la prier tout fort, sait ce que ce voyage signifie pour moi.

Nous avons quitté le fleuve au Casale dei Russi, en proie à la sensation d'avoir encore dans les narines l'odeur de brûlé qui paraissait nous suivre, poussée par le vent. Au large, la tramontane s'est renforcée et a légèrement changé de direction, si bien que nous avons orsé en nous rapprochant de la côte plate et sombre de l'île des Renards, la Kabardie, jusqu'à l'estuaire du fleuve Rouge, avant de virer vers le sud en traversant le golfe. Le vent a soufflé jusqu'aux premières heures du matin, puis il s'est affaibli peu à peu, sans jamais changer de direction. La pleine lune accompagnait le vol de la galère, s'élevant dans le ciel, la dépassant puis la précédant, tel un guide silencieux qui indique l'ouest. Les étoiles scintillaient dans la nuit claire.

Seuls le bruit de l'eau glissant sous la quille et le rythme cadencé des rames et du tambour brisaient le silence. Un rythme lent, qui accompagnait la course de la *Caterina* et signalait au vent la présence des hommes à travers leurs bras et leurs muscles, leur souffle et leur voix, leur vieux cri de guerre : *Ariracha, ariracha*. Ils ont ramé toute la nuit en se relayant. Quand ils sont de repos, ils se dégourdissent un peu les jambes sur le pont, soulagent leur ventre et leur vessie au bout d'une planche saillant au-dessus des flots, se lavent le visage et le torse, mangent une galette gorgée d'eau de mer et un hareng sec que le cuisinier a fait tremper. La plupart d'entre eux ne sont pas enchaînés, et j'ordonne qu'on ouvre à tour de rôle les quelques fers restants. Les deux derniers des huit bancs de nage n'ont qu'un seul rameur. L'endroit idéal pour les deux nouveaux arrivés, attachés dans la cale près du caviar. Ainsi la chiourme sera au complet, seize hommes de chaque côté, deux par rame. Ils doivent eux aussi payer leur trajet, comme les autres.

Oui, les galériens sont tous des esclaves. Ils m'appartiennent au même titre que la *Caterina*. Néanmoins ce sont des êtres vivants tout comme moi, si ce n'est que je commande et qu'ils obéissent, me considérant non comme un maître, mais comme un chef. Nous sommes dans le même bateau, nous avons affronté et traversé les mêmes dangers. Je n'ai pas établi de différence entre leurs quarts et ceux de l'équipage libre, salarié, entre leurs repas et les nôtres, nous mangeons tous la même chose, eux, les mariniers, les arbalétriers, le timonier, le paillot, le barbier et moi. Je suis presque un père pour les plus jeunes, parce que leurs pères me les ont vendus contre du blé et du millet afin de replanter leurs champs dévastés par les Tatars et survivre à la famine de l'hiver et que je les ai acceptés de leurs mains en jurant de les recevoir en *ataliqate*, comme s'ils étaient mes propres enfants. De fait, je les ai traités comme des enfants, les récompensant ou les fouettant moi-même pour leur éviter l'humiliation supplémentaire d'être fouettés par un autre.

Je n'ai jamais fait commerce de leurs personnes, je ne les ai jamais revendus sans leur consentement, ni abandonnés. Je ne possède pas d'actes de vente et d'achat car je déteste les papiers et l'écriture, dans lesquels je ne vois que des embrouilles. En général, je leur ôte les fers au terme d'un an. Aucun d'eux ne s'est jamais enfui. Après trois ou quatre ans, je leur offre le choix : retourner auprès de leur peuple ; prendre le chemin de l'Égypte et se lancer dans la carrière militaire en intégrant l'armée des Mamelouks ; ou encore demeurer auprès de moi en tant qu'hommes libres. Certains ont opté pour la troisième voie et entendent s'y tenir. Mais je sais que cela ne sera plus possible, que cette vie va s'achever. Ce voyage est particulier. Un secret alourdit mon cœur. Personne ne le connaîtra avant notre arrivée à Constantinople.

Les galériens sont tous des esclaves, tous des Circassiens. À quelques exceptions près, ils n'ont pas été capturés au combat ou vendus par l'un de ces courtiers odieux qui habitent les villes côtières. Pendant près de vingt ans, je les ai achetés à leurs propres familles, dans les villages qui se dressent sur la péninsule de Taman, contre de la nourriture, des étoffes et des tasses en argent ; ou dans les bazars boueux de la Horde entre La Tana et Saraï où, ligotés à des chariots, ils imploraient d'un regard apeuré le géant à barbe et cheveux roux que je suis de les emmener. Je me suis acquitté de cette tâche pour le compte du seigneur génois de Matrega sur le détroit, lequel les expédiait presque tous en Égypte malgré les interdits du pape en me laissant choisir parmi eux mes futurs rameurs. Ils appartiennent tous à des tribus différentes, Natoukhaï, Chapsoughs, Besleneï, Kabardes, même s'ils prétendent se nommer Adygués. Ils ont du mal à se comprendre à cause de leur maudite langue, que personne ne parle, pas même les diables de l'enfer. Mais moi, j'ai appris cet idiome et je l'emploie autant que je peux, grâce à une femme. Ma femme.

La première fois où l'on m'a envoyé dans l'arrière-pays, dans un misérable village de Natoukhaï rongé par la fièvre des marais, au nord de Mapa, l'homme pâle, émacié et affamé qui en était le chef m'a offert sa propre fille ainsi qu'un mulet en échange de blé et du beau cheval arabe que je montais : un échange équitable, a-t-il dit, le mulet contre le blé et sa fille contre le cheval. Le mulet, un sac d'os ambulant, ne valait pas grand-chose, mais sa fille, agenouillée sur un tapis dans la pénombre de sa cabane, une créature à la peau blanche et à la chevelure de jais, dont les yeux verts exprimaient une fierté commune à toutes les Circassiennes, m'a aussitôt ensorcelé. J'ai regagné Mapa à pied, suivi par une longue file d'adolescents attachés et surveillés par des gardes, et par un mulet en mauvais état que chevauchait une jeune personne voilée.

Cette jeune personne se nomme Dakanautchshé, ce qui signifie Merveilleuse aux Yeux verts, mais je me contente de l'appeler Daka la merveilleuse, elle vit auprès de moi et de nos trois filles dans une petite maison de Galata, située en face de Constantinople et du port de la Corne d'Or. C'est là en effet que j'ai installé ma famille il y a dix ans, quand j'ai abandonné ma vie incertaine de corsaire, et c'est là que je retourne toujours avec la *Caterina*, ainsi qu'on retourne à son étoile au cours de la brève traversée de la vie. Et si mon existence consistait alors en une marche en avant, imprécise et privée de fin, elle consiste à présent en un retour. Je n'ai ni affranchi ni épousé Daka, car c'est inutile : à quoi me serviraient un prêtre et un notaire ? Je déteste les paperasses et les écritures. Nous vivons ensemble, je suis son homme et elle est ma femme, c'est tout ce dont nous avons besoin. Et si, comme mes filles, elle parle désormais un génois mâtiné de grec levantin, son étrange idiome est devenu notre langue secrète. Aujourd'hui encore je vais la rejoindre. Mais pour lui confier un secret qui la surprendra.

Une fois la pointe doublée, je somme l'équipage de donner du mou et de baisser les vergues. Le bâtiment ne ralentit pas, car les galériens actionnent vigoureusement leurs rames d'un même mouvement, tandis que le chef de timonerie lui fait effectuer un large virage pour éviter les bancs de sable. De l'autre côté, on poursuit vers une crique plus calme, située tout près du delta d'un cours d'eau. À mon ordre, les rameurs s'interrompent, et le navire continue sa course seul en ralentissant et en ondoyant. La sonde marque moins de trois brasses : l'eau est peu profonde, mais on n'en voit pas le fond. Il en est toujours ainsi dans cette mer qui adopte parfois l'aspect d'un marais brumeux. On jette rapidement l'ancre, à la proue, le bateau pivote sur lui-même et s'arrête à moins de deux cents pas de la plage sableuse. En poupe, l'ancre descend à son tour dans un cliquetis de chaînes.

Les hommes se détendent en chantant et en rangeant le pont, les yeux tournés vers la côte apparemment désolée, privée de présences humaines. Or voici que quelques silhouettes à l'allure pacifique surgissent sur les dunes : des femmes et des enfants flanqués de moutons, de cabas et d'amphores, peut-être attirés par la possibilité de troquer avantageusement leurs marchandises auprès des marins dont les navires ont l'habitude de s'abriter dans ce coin du monde. On met à l'eau la patache, qui conduit sur le rivage un certain nombre d'hommes, ainsi que le cuisinier armé de broches et de couteaux : il ne serait pas désagréable, ce soir, de manger du mouton grillé sur la plage ; les marins savent que des femmes s'attarderont près du feu pour boire de l'eau-de-vie dans leurs gobelets et disparaître en leur compagnie parmi les dunes. Conscients de leurs regards curieux, plusieurs hommes se déshabillent et se jettent, nus, à l'eau ; les rameurs s'allongent sur les bancs de nage et ferment les yeux ; le petit paillot émacié, vêtu de noir, demande qu'on déploie la voile qui sert de parasol car la lumière le gêne, suscitant les moqueries des galériens à la peau dure et craquelée. Le bateau et ses créatures s'attardent donc là, couchés sur le dos, le ventre en l'air, savourant la chaleur de l'après-midi.

Je descends dans la cale avec le chef de nage pour examiner mes deux nouvelles acquisitions. Plus mortes que vives, elles sont accrochées aux fers, souillées de vomissure et d'excréments. Il en va toujours ainsi : à l'exception de quelques tribus côtières, les Circassiens sont des montagnards, ils craignent cette chose mystérieuse et scintillante qu'ils aperçoivent du haut de leurs crêtes enneigées et qu'ils dénomment *xi*, mer, ils n'imaginent même pas que celle-ci n'est rien, comparée à l'immense univers d'eau qui entoure toutes les autres terres du monde. Ces deux garçons portent la chemise et la culotte déchirées et crottées qu'ils arboraient il y a deux jours, mais ont perdu leur ceinture et leurs bottes, volées par les Tatars. Je les confie au chef de nage : qu'il les conduise là-haut, au soleil, les fasse déshabiller et laver, nourrir et abreuver. Il connaît son métier. Après quoi, je monte dans ma cabine.

L'adolescent se trouve à l'endroit même où je l'ai laissé cette nuit. Il dort, recroquevillé sur les planches de bois. Je m'allonge sur ma couchette dans cette cabine exiguë et basse de plafond où je ne cesse de me cogner la tête, tanière crasseuse et malodorante où j'ai loisir de somnoler brièvement, enroulé dans mon mantel. Un rayon de soleil filtre à travers la porte entrouverte. Les mains croisées derrière la tête, j'observe le jeune homme. Ses bras me cachent son visage et sa nuque est enveloppée dans une sorte de turban en tissu, dont s'échappe une mèche de cheveux blonds. Sa tunique vert foncé paraît de bonne facture, taillée dans une de ces étoffes que tissent les nobles Circassiennes. Bien entendu, son ceinturon et ses bottes se sont envolés.

Il s'agit peut-être d'un jeune noble d'une tribu de montagne, peut-être les Kabardes, les plus sauvages et les plus féroces, ce qui expliquerait la résistance désespérée qu'il a montrée il y a deux jours. Que faire de lui ? Le mieux consiste sans doute à interroger le seigneur de Matrega, le moment venu. Mais il importe d'abord de l'examiner, de le regarder droit dans les yeux, de lui parler un peu. Je ne suis pas pressé. Pour l'heure, je me contente de desserrer le nœud de son bâillon afin de lui permettre de respirer plus facilement. Je me rallonge sur ma couchette sans ôter ma jaque de cuir rouge et mes bottes, pour me reposer un peu, les yeux ouverts, tandis que les voix et les rires des marins parviennent, un peu étouffés, à mes oreilles.

Un mouvement, accompagné d'une légère plainte, attire mon attention. L'adolescent a bougé. Il a levé la tête et il fixe maintenant sur moi deux grands yeux bleus. Il n'a pas l'air trop effrayé. Il me semble curieux, impatient de déterminer où il se trouve, comment il a échoué ici, dans cette cabane en bois qui se meut, et de connaître l'identité du géant roux qui l'observe depuis sa couchette.

Je m'assieds et lui adresse quelques mots dans sa langue. Je le rassure : il est entouré d'amis, personne ne lui veut du mal ; lorsqu'il se sera déshabillé et lavé sur le pont, je lui donnerai une galette et peut-être, ce soir, un morceau de mouton grillé. Il m'écoute, les sourcils froncés. Je ne suis pas sûr qu'il ait tout compris. Il ouvre la bouche, sans doute pour me parler, puis se ravise. Alors je me lève, ouvre le cadenas de sa chaîne et me rassieds sans le quitter du regard : on ne sait jamais.

Il se redresse à grand-peine, titube, s'appuie contre la paroi. Il respire profondément, comme s'il entendait inhaler cet air rempli d'odeurs et de parfums inconnus, de sel, de lichen, de guano, de poisson sec, de transpiration humaine, d'urine, de bois humide. Puis il commence à se déshabiller avec des gestes lents. Il dénoue son turban, libérant une chevelure blonde. Il ôte sa tunique, puis sa chemise. Alors je découvre un vêtement étrange que je reconnais sur-le-champ, l'ayant vu il y a de nombreuses années sur le corps de ma femme, Daka, la première nuit où je l'ai dévêtue : un corset de cuir renforcé par des tiges rigides, attaché sommairement. Avant même que je trouve le temps ou le courage de parler, de m'opposer à ce geste, le nœud est défait et le corset tombe. Les deux petits seins qu'il comprimait en jaillissent, tout tremblants, les mamelons durcis.

Au bout d'un laps de temps qui me paraît interminable, j'invite la jeune fille à remettre corset et chemise et à s'asseoir sur un tabouret dans le coin le plus éloigné de la cabine, dont je ferme la porte avec soin. Enfin, je lui demande : Qui est-elle ? Comment s'appelle-t-elle ? Pourquoi porte-t-elle une tenue masculine ? D'où vient-elle et par quel mystère a-t-elle eu le malheur d'échouer là où elle n'aurait pas dû être ? Constatant qu'elle ne me comprend pas – parce que je me suis mal exprimé, peut-être, ou parce que je l'ai effrayée par une nervosité qui m'a dépouillé de mes airs de bon géant –, je me tais. Tandis que je reprends haleine, je remarque à son doigt une petite bague en argent semblable à celles qu'arborent les pèlerins russes de retour de Terre sainte, des pèlerins qui ont eu la témérité de parcourir une longue route dans le désert jusqu'à une montagne sacrée surplombant un monastère consacré à ma sainte, sainte Catherine. D'un ton plus doux, j'interroge : Caterina ? Elle baisse la tête en signe d'acquiescement.

Je lui indique l'icône clouée derrière la porte. Aussitôt, la jeune fille semble se recueillir en une prière muette. Elle est donc chrétienne et baptisée, mais comme le sont les Circassiens, c'est-à-dire comme ma femme, Daka, qui s'agenouille devant une croix sans savoir pourquoi, qui n'est jamais entrée dans une église et ignore tout des sacrements, qui n'a jamais réussi à apprendre le *Pater Noster* au-delà de *panem nostrum*. En vérité, tout cela m'est également étranger et ne me sert pas à grand-chose à bord de la *Santa Caterina*, auprès de la chiourme.

Ainsi, elle se prénomme Caterina. Comme ma galère. Moi, je m'appelle Termo, et je pose une main sur ma poitrine. Je répète en l'abattant une seconde fois : Termo, *mel* Termo, *te* Caterina. Elle comprend et déclare : *Mel* Ektrini, *te* Trmo. Non, je rectifie : Termo, Termo da Sarzana. Mais tant pis, Trmo, comme elle dit, me convient. Elle, en revanche, ne se nomme pas Ektrini mais Caterina, comme le navire qui nous accueille et nous protège. Comme ma fille aînée, Cataina ou Catainetta, dans ma petite maison de Galata.

Soudain, une inquiétude se saisit de moi. Notre voyage, qui vient tout juste de commencer, est long. Plus de trente jours si tout va bien. Comment transporter cette Caterina ? Où la mettre ? Non, elle ne peut pas nous accompagner, il n'y a pas de place pour elle à bord de ce bâtiment. Je la confierai au seigneur de Matrega, qui la rendra peut-être à son clan. Ou qui la revendra. À moins qu'il ne la garde. J'observe la jeune fille, de nouveau munie de son corset, et me décide. Il faut qu'elle continue d'être un garçon, lui dis-je, son secret demeurera entre nous. Elle est un garçon, un jouvenceau, et il importe de lui couper les cheveux. À ma grande surprise, elle comprend mes propos ; mieux, elle semble les approuver, comme s'ils traduisaient son propre désir. Elle s'approche et baisse la tête. À coups de rasoir irréguliers je la transforme en un adolescent blond. Je l'appellerai Tainìn, et personne ne saura que son apparence dissimule une Caterina.

***

Ce matin à l'aube, la *Santa Caterina* a levé l'ancre dès qu'elle a senti le bon vent souffler du ponant. Hier après-midi, j'ai laissé Tainìn dans ma cabine, à l'abri de la curiosité de l'équipage. Par sûreté, j'ai fixé à son poignet un anneau de fer, que j'ai relié toutefois à une chaîne plus longue qui lui offre davantage de liberté de mouvement. J'ai rangé et nettoyé ma couchette comme je l'ai pu, une tâche à laquelle je ne m'étais pas attelé depuis des années, jetant sur le pont ma vieille paillasse infestée de puces et découvrant dessous une nichée de petits rats. Les rats ont disparu en couinant dans un trou et, après avoir chassé deux ou trois cafards au dos brillant, j'ai cloué une planche dessus. J'ai improvisé un lit pour Tainìn à l'aide d'un gros sac en toile bourré de paille, et placé à son intention, dans un coin, un seau pour *piser* et *caguer*. Le soir, je lui ai apporté une gamelle contenant une côtelette découpée dans le mouton que les hommes ont rôti sur une grande broche, à terre, ainsi qu'un gobelet de vin rouge – pourquoi pas, mais très coupé –, tandis que, sur la plage, les marins chantaient encore autour du feu et que deux Tsiganes dansaient pour eux, enflammant leurs regards.

J'ai refermé la porte sur l'image qu'elle m'offrait d'elle, dévorant, affamée, la viande à pleines dents. Dehors, personne n'a rien dit : je suis maître du navire et de tout ce qui y vit. Les hommes ont compris que mon jeune prisonnier est une proie de choix, inappropriée à la rame. Seul le paillot, cet importun, qui dort dans la minuscule cabine voisine avec le barbier-médecin, a ouvert la bouche, mais un coup d'œil féroce du capitaine l'a convaincu de ravaler sur-le-champ sa question. En attendant le retour de l'équipage au complet, j'ai contemplé en compagnie du chef de timonerie les étoiles et la lune rousse qui surgissait de la brume des marais, puis je me suis allongé sur un sac près du timon, enroulé dans mon mantel et mes pensées.

***

Au troisième jour de navigation, avec un vent toujours favorable, la *Santa Caterina* double enfin le cap de la Croix, laissant sur sa droite la colonie génoise de Vosporo, de l'autre côté du détroit. Comme il n'est guère aisé de voguer alors que le vent se glisse entre les promontoires, nous poursuivons à la rame, au rythme du tambour et au son aigu de la *ciaramella*. Ponctuée de ravins et d'excroissances, vestiges d'anciens soulèvements volcaniques, la côte de Taman offre un paysage étrange et inquiétant. Les marins en sont d'autant plus effrayés qu'on raconte que des spectres la hantent. Au couchant, en effet, des feux bizarres s'allument au milieu des marécages. Toutefois, ce ne sont pas des spectres, mais des mares formées par cette huile noire qui jaillit du sol et que les Byzantins utilisent pour fabriquer leur arme la plus redoutable, le feu grégeois.

Traversant ces vapeurs bitumeuses, le bâtiment pénètre dans le port de Matrega où mouillent quelques petits bateaux de commerce, plusieurs embarcations de guerre et de course, une fuste, deux chebeks ; une mince galère aux armes du seigneur de La Copa jette l'ancre devant nous. Je salue en mon for intérieur l'étendard génois qui flotte sur la tour la plus haute. Il contrôle le détroit que les Vénitiens sont gracieusement autorisés à emprunter avec leur *muda*, en direction de La Tana. Derrière les remparts robustes, quoique moins élevés et moins puissants que ceux de Caffa ou de Soldaia, je reconnais le clocher de la cathédrale et, sur une hauteur latérale, les tours immenses et sévères qui ceignent le donjon, près d'une loggia surplombant la mer : le château du seigneur, la demeure de mon protecteur et ami, messire Simone de' Guizulfi. La *Santa Caterina* accoste la jetée et se prépare à y passer deux nuits. Franchissant la porta di San Giorgio, un homme vient me souhaiter la bienvenue de la part de son maître et me transmettre son invitation au château pour demain.

Ce n'est pas une surprise : il y a un mois, j'ai promis à Simone de lui rendre visite sur le chemin du retour. Il est le seul à savoir ce que ce voyage signifie pour moi. Nous aurons maintenant un second secret à partager : le nouveau passager de la *Santa Caterina*. Une fois obtenue son autorisation, je le débarquerai et le lui confierai. J'ouvre ma cabine et apporte à Tainìn un gâteau de millet parfumé qu'un marin a acheté à des femmes du port. Le désagrément que me cause l'obligation de la garder enfermée se lit peut-être sur mon visage, mais je n'ai guère le choix. Et puis cette nouvelle condition ne semble pas trop lui déplaire. Après s'être lavée à l'aide du baquet d'eau et du savon que je lui ai fournis, elle se repose et récupère ses forces. Elle s'est à l'évidence habituée aux mouvements du bateau, au tangage, au roulement et aux virées, car il n'y a aucune trace de vomi sur le sol. Elle a découvert dans la paroi, privée d'ouverture ou de hublot, un trou auquel elle colle l'œil pendant la navigation pour regarder, enchantée, le bleu infini défiler de l'autre côté. Quand elle s'assied par terre, la cabine se transforme en chambre obscure où s'insinue et grossit un faisceau de lumière, ballet d'étoiles aux mille couleurs.

Tainìn a débusqué sous la couchette, à l'endroit où nichaient les rats, un vieux portulan catalan en parchemin que je cherchais depuis des années, en partie grignoté par les anciens locataires de ce recoin. Du regard, elle m'a demandé l'autorisation de l'observer et de le toucher, autorisation accordée immédiatement avec un sourire, car elle ne sait même pas en quoi consiste cette peau de mouton colorée de bleu, de vert et d'ocre sur laquelle de nombreuses lignes courbes et droites se croisent, parsemées de grappes de signes sombres. Néanmoins elle comprend que ces dessins représentent des tours, des remparts, des villes, des rois, des empereurs, des sultans et des califes assis sur des trônes ou accroupis sur des tapis, des chevaux et des cavaliers, des chameaux chargés de sacs, tandis que les vastes prairies bleues accueillent, parmi des dragons et des monstres épouvantables, d'étranges animaux élancés et nantis de membres noirs, pareils à des mille-pattes, ou ronds, les bras levés vers le ciel, ainsi que des triangles et des carrés blancs, des étendards montrant des lions, des croix et des croissants de lune.

J'ai beau ne pas aimer les papiers et les écrits, j'apprécie cette carte du monde : contrairement aux actes des notaires et des marchands, elle ne ment pas, elle est le fruit de la vie, de l'expérience et du sang des hommes qui ont sillonné les mers avant moi, même si, je le devine, il y manque la représentation d'un monde plus vaste, un monde terrible, inconnu et merveilleux. C'est peut-être ce que j'aimerais dire à Tainìn, moi qui n'ai pas fait d'études et qui ne parle correctement aucune langue. Mais, dans la perspective de la céder dès demain, je préfère ne pas y penser. Je referme la porte à clef et retourne dormir à la belle étoile, devant les faibles lumières de Matrega.

★★★

La sixième heure sonne au clocher de la cathédrale.

Après avoir surveillé les opérations de chargement d'un lot de cire précieuse destinée à Trébizonde, je confie au chef de timonerie mon bateau et la clef de ma cabine en lui demandant de bien la surveiller et d'apporter de quoi manger au jeune prisonnier ; après quoi je quitte la rade seul. Des entrepôts et des échoppes s'ouvrent, de chaque côté, sur la rue principale de terre battue que piétinent bottes, babouches, brodequins, sandales, savates, sabots et pieds nus de marchands, intermédiaires, vendeurs et acheteurs, femmes, paysans et soldats de nations et de langues différentes : Génois, Circassiens, Zikhes, Grecs, Juifs, Arméniens, Russes. Les Tatars, reconnaissables à leurs couvre-chefs pointus, sont peu nombreux : s'ils sont les bienvenus à La Tana, ils ne le sont pas ici, car le territoire qui entoure la ville, la péninsule de Taman, est placé depuis longtemps sous le contrôle stable de la tribu circassienne des Zhanes. La ville même est essentiellement peuplée de Circassiens, issus de la péninsule et de la cité voisine de Tamatarkha, qui était autrefois russe et se nommait Tmoutarakan, l'antique Hermonassa grecque, rasée par les Huns et reconstruite à l'époque de l'empire des Khazars, lesquels ont disparu dans le fleuve du temps comme tous les autres peuples.

Les Génois se sont établis tout près de là, sur les ruines d'une autre colonie grecque, Phanagoria, devenue bulgare, puis khazare et de nouveau grecque. Ils ont donné à leur ville le nom de la cité circassienne Tamatarkha qu'ils ont transformé en un toponyme plus maternel et plus familier, Matrega. Les marchands y ont bâti des maisons en pierre, composées de comptoirs et d'entrepôts au rez-de-chaussée et d'habitations aux étages supérieurs, les adossant les unes aux autres le long de la rue centrale. Dans les ouvertures étroites qui percent leurs enchevêtrements où les rayons du soleil pénètrent rarement, on distingue un dédale de ruelles boueuses où pullulent des enfants aux pieds nus, des femmes munies de sacs et de corbeilles, s'affairant autour du linge étendu sur des cordes ou enfilé sur de longues perches oscillantes. Les ruelles les plus obscures et les plus malfamées ont reçu les noms qu'elles portent à Gênes, les *carabaghe*, la Maddalena, la Boccadoro – Bouche d'or –, elles indiquent de la même façon le métier des femmes qui y résident. Oui, ce que l'on dit est vrai : *und'eli van o stan, un'atra Zenoa ge fan,* où qu'ils aillent ou se trouvent, une autre Gênes ils fondent. Sans oublier les *carabaghe*.

Plusieurs personnes me reconnaissent : de vieux pirates, comme moi, qui ont changé de métier, engraissé, perdu leurs cheveux et qui se sont transformés en bourgeois ou en boutiquiers. Je leur adresse un signe de la main en retour, sans ralentir le pas, leur laissant entendre que je repasserai plus tard et que nous aurons alors loisir de nous embrasser et d'aller boire ensemble dans une taverne. J'emprunte la via di Pré, entre les étals du marché, où me salue le cuisinier, venu se ravitailler en fruits et en légumes avec ses apprentis. Voici la piazza di San Giorgio avec la loggia, le clocher et la façade nue de la cathédrale, bâtie en toute hâte pour satisfaire un pape français désireux d'évangéliser ces lointains païens. Les catholiques latins ne sont pas très nombreux : Génois, marchands, scribes et notaires, barbiers et chirurgiens, marins, artisans, soldats, ainsi que quelques Circassiens descendant de ceux que fra Giovanni a baptisés. Ces derniers vont également allumer des bougies devant les icônes dans les églises des Grecs, des Russes et des Arméniens, qui tolèrent leurs dévotions paisiblement. Le Tout-Puissant est le même pour tous, y compris pour les membres de la communauté juive, bien fournie, et les mahométans qui s'agenouillent en direction de La Mecque dans une salle discrète, à l'intérieur du comptoir d'un marchand égyptien.

Telle est Matrega aujourd'hui. Non une colonie grecque, mais un petit État libre, dont le seigneur est mon protecteur et ami, Simone. Et Simone est un Juif, un authentique Juif génois. Pas très pratiquant, à vrai dire, selon la tradition d'une famille qui a longtemps servi les rois lombards, ainsi que les empereurs allemands, et qui participe depuis toujours au gouvernement de Gênes en cohabitant pacifiquement avec les chrétiens. Personne ne pourrait déduire de son aspect qu'il fait partie de cette communauté. Sa profonde appartenance à la religion de son père est d'ordre privé, intérieur.

Si les Juifs constituent encore, aux yeux de l'Église, le peuple maudit qui a crucifié le Messie, les marchands génois, plus pragmatiques, n'ont jamais remis en question leur alliance avec l'extraordinaire réseau de relations qu'entretiennent les communautés hébraïques de la Méditerranée. Sur le continent toutefois, les choses changent, et en pire : en ce siècle où règnent la Mort noire et la peur de l'Apocalypse, l'intolérance et la persécution se diffusent comme une épidémie. Forts de leur capacité à se tourner vers l'avenir, les Guizulfi ont choisi de s'éloigner par voie de mer vers les frontières extrêmes de l'empire de la Superbe, qu'ils ont ralliées en établissant des rapports avec les Circassiens de la côte. Simone est devenu seigneur de Matrega et de Taman en l'an de grâce 1419, après avoir épousé la princesse circassienne Zhanwas de Tamatarkha et obtenu la reconnaissance des clans circassiens de la péninsule. Placé sous la protection officielle de la Gazarie génoise, son petit royaume est en réalité totalement autonome, pour ce qui est du contrôle des détroits, de la navigation, du commerce, de la piraterie. Ici, le rêve d'un État libre semble s'être réalisé.

Cette histoire est aussi l'histoire de ma vie, me dis-je en foulant les pavés de la rue en légère montée qui mène au château. Une vie que je dois surtout à Simone. C'est lui qui m'a tiré de la fange où j'étais englué. Je me rappelle encore le jour où je l'ai vu passer, éclatant cavalier de vingt ans au milieu des drapeaux génois, à la suite de l'armée de Battista da Campofregoso qui parcourait, dans un nuage de poussière, la route de La Spezia au val di Magra pour aller faire la guerre aux marquis Malaspina. À l'époque, j'ignorais tout des Campofregoso et des Malaspina, je n'étais qu'un grand gaillard aux pieds nus, aux cheveux roux et aux mains énormes, un bâtard sans parents ni patronyme qui travaillait dans une auberge de poste le long de cette route, près d'Arcola, se garantissant un repas et un lit de paille dans l'écurie par le pansage des chevaux et le nettoyage de la porcherie. Ayant grandi comme un sauvage, je ne savais même pas comment je me prénommais, d'autant que les gens se bornaient à me siffler ou à m'interpeller au moyen d'expressions aussi aimables que *hé, crestin, mardaillon, fant de pute.*

De temps en temps, il m'arrivait de disparaître dans la forêt. J'avais en effet découvert que les arbres du promontoire du Carpione dissimulaient des paysages merveilleux et toujours renouvelés, donnant sur l'infini : à l'ouest, sur la vaste baie de La Spezia et Portovenere, repaires de contrebandiers et de pirates ; à l'est, sur l'estuaire du fleuve, la plaine et, au-delà de ses vapeurs, les sommets blancs et enchantés des Alpes apuanes. Plus que tout, le spectacle de la mer, vu depuis le sommet du Carpione, de Montemarcello et des rochers de la Punta Bianca, me fascinait : il m'évoquait un souffle de liberté qui, je le sentais obscurément, deviendrait mon destin.

En cette matinée ensoleillée du mois de février 1416, lorsque l'armée de Battista da Campofregoso défila devant la taverne d'Arcola, j'étais assis sur une pierre, muni de la fourche qui me servait à ôter le fumier. Bouche bée, je contemplais, émerveillé, les cavaliers et les bannières qui flottaient au vent. En particulier l'une d'elles, frappée d'un chevalier terrassant un dragon d'un coup de lance, entre deux griffons. Soudain je m'aperçus que son propriétaire s'était arrêté et qu'il m'observait du haut de son cheval, éblouissant dans la lumière du soleil, il m'adressait même une question : Comment t'appelles-tu, mon garçon ? N'obtenant pas de réponse, il demanda aux hommes qui l'entouraient le nom du bourg qu'ils traversaient. Termo, lui répondirent-ils, Termo. Se tournant de nouveau vers moi, il me proposa alors de le suivre : je recevrais du pain, la liberté et, étant de forte constitution, *in trappa*, je pourrais servir à bord de ses navires. Le cavalier se nommait Simone de' Guizulfi et c'est de lui que je reçus le prénom de Termo. Termo de Sarzana, du lieu où l'on me nettoya et me vêtit ce soir-là, avant de m'attribuer une première mission de confiance : ramasser le crottin des chevaux du seigneur.

Simone partit cet été-là pour la Gazarie et m'emmena à bord de sa galère parmi les rameurs. Rapidement, je quittai les bancs de nage pour monter sur les haubans, les hunes, les gaillards et me placer au timon : je devins marinier, pilote, timonier, capitaine. J'ai tout appris de la mer, sans jamais utiliser d'astrolabe ou de boussole : comme nous naviguons le long des côtes, les étoiles, les vents, les odeurs de la terre nous suffisent et, en cas de besoin, quand nous nous lançons en haute mer pour échapper à une poursuite ou nous perdons dans la brume, je possède un bout d'aimant que je place dans une gamelle en terre cuite remplie d'eau.

Je n'ai pas honte de dire que j'ai pratiqué la piraterie pour le compte de Simone, d'un autre seigneur génois, Dorino Gattilusio de Lesbos, et pour moi-même en compagnie d'un Vénitien avec lequel je me suis associé à La Tana : Zuan da Valle, camarade de course à Derbent sur la mer Caspienne. J'ai volé. J'ai tué. J'ai procuré des esclaves à mon seigneur lors de missions que j'ai menées auprès de la Horde et dans les villages circassiens du Taman et de la côte.

Après plusieurs années de fidèle service, j'ai demandé à Simone l'autorisation d'abandonner ma dangereuse activité de corsaire pour m'occuper de ma femme circassienne et de mes trois filles. Il m'a accordé en guise de récompense un prêt généreux et sans intérêts pour me permettre d'acquérir un navire. Appelé à Mytilène, sur l'île de Lesbos, pour une dernière incursion, j'y ai acheté une *gripparia* en mauvais état, soustraite peu de temps auparavant aux Vénitiens, que j'ai rebaptisée *Santa Caterina* et retapée à ma façon afin de me lancer dans l'activité pacifique du transport maritime pour des marchands le long des côtes orientale et méridionale de la mer Majeure, depuis La Tana et Matrega jusqu'à Trébizonde et Constantinople. Simone a accepté que je m'installe à Galata avec ma femme et mes filles : il sait qu'il me reverra au moins une fois par an, parce que ma véritable demeure ne se trouve pas sur la terre, mais sur la mer.

Alors que je pénètre dans la cour du château, j'aperçois Simone au sommet du grand escalier : les gardes l'ont prévenu de mon arrivée après m'avoir vu gravir la colline. Il est mon cadet de cinq ou six ans, mais il paraît plus vieux que moi, et la longue robe de soie bleue qui constitue sa tenue princière trahit son embonpoint. Il ne ressemble plus guère au cavalier foulant la route d'Arcola ou à l'aventurier au pourpoint de cuir cordouan qui débarqua à Matrega il y a vingt ans. Il n'en a plus que le nez fin, aquilin, et le teint mat, ainsi que les yeux mobiles et pénétrants qui savent lire dans le cœur des hommes. Relevant légèrement sa robe pour éviter de trébucher dans l'escalier, il descend et m'étreint en prononçant son salut habituel, comme si j'étais encore le grand gaillard d'Arcola : Termo, mon garçon. J'aimerais lui parler sans tarder de ce qui me tient à cœur, des dernières nouvelles et surtout du passager inattendu de la *Santa Caterina*, mais il m'en dissuade en m'adressant un sourire et en posant un doigt sur ma bouche. Plus tard, mon garçon, plus tard. Nous gravissons les marches ensemble et pénétrons dans ses appartements. Malgré notre vieille complicité, je suis toujours intimidé lorsque j'entre dans cette habitation seigneuriale. Avant de quitter mon bateau, je me suis lavé et changé en plein air, sur le pont, sous les yeux amusés des membres de l'équipage, parce que je ne pouvais pas le faire dans ma cabine.

Un lourd rideau de velours s'écarte. Sans bruit, la princesse Zhanwas, la princesse de neige, pénètre dans la salle. La peau immaculée, les yeux aussi gris que la glace, elle est encore très belle. Ses longs cheveux lisses, qui étaient d'or il y a vingt ans, ont précocement blanchi, comme sous l'effet d'une soudaine tragédie. Zhanwas me tend sèchement sa main fine qui dépasse d'une manche de soie, et je m'agenouille, tête baissée. Le parfum puissant de poivre et d'herbes sauvages dont les Circassiennes aiment s'oindre s'insinue dans mes narines, tandis que mes lèvres effleurent sa peau. Derrière elle, son fils Vincenzo, jeune homme de vingt ans qui allie aux traits incisifs de son père les yeux glaciaux de sa mère. Un serviteur annonce l'arrivée du sérénissime prince Berzoch, seigneur de La Copa, cousin de Zhanwas, et de sa fille, la sérénissime princesse Bikhakhanim, une fillette de huit ans qui ignore qu'on la mariera à Vincenzo. Ils séjourneront à Matrega quelques jours, à l'invitation de Zhanwas.

Après avoir effectué les présentations, Simone nous invite à nous asseoir autour de la grande table en bois. Selon l'usage de Matrega, chacun s'exprime comme il le souhaite, en mêlant la parole – en génois, circassien, grec, hébreu et russe – aux gestes : il importe avant tout de se comprendre. Une surprise attend le capitaine, déclare le maître de maison, avant de taper dans ses mains. Alors des domestiques se présentent, chargés d'une large soupière en terre cuite émaillée dont ils soulèvent le couvercle, libérant l'odeur incomparable de mon enfance désespérée devant la taverne d'Arcola quand, mourant de faim, je humais les effluves des raviolis *al tocco*, sauce à la viande dont l'aubergiste déposait parfois une petite casserole à mon intention, dehors, comme on le fait avec les chiens.

Je découvre ainsi que Simone a engagé à Gênes une cuisinière issue de ma région, entre La Spezia et Sarzana : il ne supportait plus les brouets de millet et le mouton rôti, explique-t-il. Voilà pourquoi aux plats traditionnels de Circassie, l'agneau et les fougasses de millet, s'ajoutent des mets de chez nous, tels que la tourte aux légumes, les *sgabei*, la *panizza*, les beignets de morue et pour terminer une belle *spongata*, tarte aux fruits secs, aux pommes et aux poires. Les convives circassiens n'apprécient guère cette cuisine exotique, si bien que Simone et moi en profitons largement. Le vin aussi est importé de Gênes : un vermentino blanc de Luni dont le parfum de fleurs et d'herbes évoque un vin de Malvoisie andalou.

Pour éviter que la jeune princesse Bikhakhanim ne s'ennuie, Simone a convoqué un aède circassien. Le vieil homme entreprend de chanter en s'accompagnant à la *pshiné* une longue fable russe qui a pour théâtre, précisément, la péninsule de Taman à l'époque où Tamatarkha n'était autre que la russe Tmoutarakan. Il était une fois le tsar Saltan qui, trop occupé à faire la guerre, n'avait ni femme ni enfant. Un jour, immobilisé par la neige aux portes d'un village, il entend des jeunes filles chanter et les écoute, caché devant leur domicile. Chacune d'elles rêve d'épouser le tsar et se dit prête à lui offrir ce qu'il existe de mieux ; la première lui préparerait un grand banquet ; la seconde lui confectionnerait un grand manteau ; la troisième lui donnerait un fils héroïque. C'est alors que la porte de l'isba s'ouvre et qu'apparaît le tsar, qui choisit pour épouse la troisième jeune fille ; ses demi-sœurs l'accompagneront au palais, où elles se consacreront à la couture et à la cuisine. Un magnifique enfant naît, Gvidone ; or le tsar n'est pas là, de nouveau occupé à guerroyer au loin.

Grâce à une tromperie, les demi-sœurs et la vieille Babarikha persuadent les boyards de jeter dans les flots mère et fils, enfermés dans un tonneau. Mais, dans la mer, par une nuit étoilée, un miracle se produit : Gvidone grandit en l'espace de quelques heures, se transformant en jeune héros ; après quoi, les vagues bienveillantes déposent le tonneau sur la plage d'une île enchantée. Mère et fils sont sains et saufs. Gvidone se fabrique un arc et sauve un cygne de l'attaque d'un milan, qu'il tue. En réalité, le milan n'était autre qu'un perfide sorcier, et le cygne une sublime princesse qui a la lune dans les cheveux, une étoile sur le front, le port d'un paon, et une voix semblable au murmure d'un ruisseau. Reprenant son apparence humaine, elle épousera Gvidone et l'aidera à retrouver le vieux père qu'il n'a jamais vu, le tsar Saltan.

Les serviteurs débarrassent et apportent une liqueur d'herbes amères au goût puissant dans de petits gobelets en étain. Bikhakhanim s'est glissée sous la table pour jouer avec la chatte persane de Zhanwas, un doux nuage de poils blancs. Simone me lance un regard et déclare, à l'adresse des siens et de Berzoch, que son cher Termo, son grand garçon roux, a décidé de les quitter. Définitivement. Ce départ n'a rien de provisoire, il ne sera pas suivi de retour. Il ajoute qu'il connaît la nouvelle depuis un an et qu'il a gardé le secret : ceci est mon dernier voyage.

Il poursuit : son ami a décidé de rentrer chez lui, même s'il n'a jamais eu de maison avant de devenir Termo. Il est né la mer dans le cœur et, comme chaque marin, il ne songe qu'à repartir une fois qu'il a touché terre. Mais voici que, vingt ans après, il entend regagner son village. Ithaque, comme Ulysse. Il a effectué ce dernier voyage le long de la côte dans le but de se constituer un capital ; une fois à Constantinople, il vendra ses biens et quelques esclaves, il en affranchira certains, il vendra aussi la *Santa Caterina* et montera à bord d'une coque génoise pour rallier la Ligurie avec sa femme et ses filles. Il veut retourner sur le promontoire où il est né, acheter une terre d'où l'on voit la mer, le fleuve et les blanches cimes des Alpes apuanes. Voilà, conclut Simone qui lève son gobelet à ma santé et à la prospérité de mon dernier voyage, avant de jurer qu'il n'a jamais rencontré de sa vie d'homme aussi loyal, sincère et fort que moi. Il regrette profondément de ne plus me revoir, continue-t-il, mais il n'existe pas de plus grand bien que la liberté, et si Termo désire être libre, Simone le désire aussi. Les autres convives lèvent à leur tour leurs gobelets. Bikhakhanim ne s'est aperçue de rien : elle s'est endormie, tout comme la chatte, lovée contre elle sur le sol.

L'émotion s'empare de moi, l'orphelin anonyme traité d'ami par le seigneur de Matrega, par le descendant d'une des plus nobles et des plus anciennes familles génoises, par un cavalier juif qui n'a pas éprouvé de dégoût pour le bâtard sale et puant qu'il avait remarqué sur le seuil d'une taverne d'Arcola. Toutefois, quoique prise la mort dans l'âme, ma décision est irrévocable. Elle a lentement mûri en moi au cours de ces dernières années, nourrie par les récits et les conseils que j'ai glanés dans tous les ports de la mer Majeure : un terrible événement va se produire, un événement qui bouleversera à jamais ce monde, balayant tout, marchands, comptoirs, entrepôts, arsenaux, ports, villes, royaumes et empires.

Simone le sait aussi bien que moi, il sait que le monde change, mais son destin l'a cloué ici, dans le Bosphore cimmérien ; son petit État résistera peut-être à la vague de la barbarie, il se sauvera peut-être, dernier bastion de la liberté, en s'alliant avec le tsar des Russes ; ou peut-être pas, mais, désormais, il lui est impossible de partir. Pourquoi toujours courir, pourquoi toujours fuir ? Parce que tel est, depuis toujours, le destin du peuple qui se considère comme élu ? Désormais le danger et la mort menacent jusqu'à la ville impériale qui se croyait inexpugnable : Constantinople. C'est une question d'années, ou de mois. À tout instant, les Turcs pourraient porter l'attaque décisive et, une fois les remparts de Constantinople détruits, ceux de Trébizonde, de Savastopoli, de Caffa, de La Tana s'effondreront les uns après les autres, poussant peut-être les Turcs dans les Balkans, vers le cœur de l'Europe. Si nous restons à Galata, le destin de Daka et de mes filles est scellé : le viol, la mort ou l'esclavage dans un harem turc.

Je sens que le moment est arrivé pour moi de relater l'incroyable aventure que j'ai vécue ces derniers jours et de prier Simone de veiller sur Tainìn. Ce soir, quand je regagnerai mon navire, je la confierai à l'un de ses serviteurs qui la conduira au château. Alors que je m'apprête à prendre la parole, Berzoch, jusqu'à présent silencieux, me devance. Se tournant vers moi, il m'interroge d'un ton brusque. Le capitaine viendrait-il par hasard de La Tana ? Si oui, quand exactement est-il parti ? A-t-il accueilli à bord de son embarcation de nouveaux passagers ou de nouveaux esclaves ? Puis, sans me laisser le temps d'élaborer une réponse, le prince circassien explique la raison de ses questions. Un informateur de La Tana lui a livré des nouvelles extraordinaires. Il y a six jours, une bande de Kabardes des montagnes, qui s'était cachée près de la ville pour tendre une embuscade à une caravane, a subi l'attaque de Vénitiens qui ont tué et capturé bon nombre d'entre eux. Cette bande était menée, raconte-t-on, par l'un des guerriers les plus féroces du prince Inal, Jacob, lequel aurait péri dans l'affrontement. L'homme était apparemment accompagné de son fils, qui aurait été capturé et emmené à La Tana. En outre, un terrible incendie a éclaté le lendemain, brûlant une bonne partie de la ville. Dans le désordre, les traces des prisonniers kabardes et du fils de Jacob se sont perdues. Si le capitaine a des informations ou si l'un de ces prisonniers se trouve à bord de son navire, qu'il le dise. C'est à lui, Berzoch, que doivent être livrés les Kabardes, il a de vieux comptes à régler avec eux.

Lorsqu'il se tait, Zhanwas se lève. Plongeant ses yeux de glace dans les miens, elle susurre tel un serpent que le fils de Jacob ne revient pas à son cousin, mais à elle-même. J'en devine aussitôt le motif. Je sais pourquoi les cheveux de la princesse de neige ont blanchi avant l'heure. Il y a dix ans, son frère a été impitoyablement tué parce qu'il s'était opposé au prince Inal : Jacob l'a égorgé lui-même devant ses guerriers enchaînés afin que cela servît d'exemple. Les clans de la côte demeurent hostiles à Inal et aux Kabardes qui mènent d'incessantes razzias dans leurs campements et leurs villages, brûlant leurs moissons, capturant femmes et enfants et les réduisant en esclavage. Berzoch exige que je lui livre les prisonniers kabardes comme autant d'otages pour négocier avec Inal. Pas Zhanwas : elle entend s'approprier le fils de Jacob dans le but d'accomplir le devoir que lui impose la *khabza*, la vengeance, sang pour sang, vie pour vie, mort pour mort. Elle entend l'égorger de ses propres mains, ainsi que Jacob a égorgé son frère.

J'échange un coup d'œil appuyé avec Simone, qui n'avait visiblement pas eu vent des événements de La Tana. Puis, m'efforçant de soutenir le regard de Berzoch et de Zhanwas, je déclare solennellement que j'ignore tout de cet affrontement entre Vénitiens et Kabardes, ainsi que de l'incendie : je suis probablement parti peu avant qu'ils n'aient lieu. Simone intervient sur-le-champ : oui, dit-il, ce que son ami Termo affirme est vrai, car il est l'homme le plus sincère du monde, un homme incapable de mentir, d'ailleurs près de cent quatre-vingts milles séparent La Tana de Matrega, et aucun marin, pas même le plus habile, ce qui est son cas, ne serait capable de traverser la mer de Zabache d'un bout à l'autre en moins d'une semaine. Il n'y a rien à ajouter. Son ami Termo ne sait rien de ces maudits Kabardes.

Les convives quittent la salle, tandis qu'une servante soulève Bikhakhanim, toujours endormie, et écarte la chatte qui s'éloigne, agacée. Simone et moi restons en tête à tête. Accoudés à la balustrade de la loggia, nous contemplons le soleil qui se couche sur la mer. Un long adieu, sans paroles.

Enfin, se dressant sur la pointe des pieds parce qu'il est un peu plus petit que moi, Simone me murmure quelques mots à l'oreille. Il dit que je suis pour lui un livre ouvert, que je ne sais pas mentir et que j'ai certainement participé à la bataille dont il a été question, parce que je ne me dérobe jamais lorsque je suis en compagnie de ce diable de Zuan da Valle. Le fils de Jacob se trouve peut-être à bord de mon navire avec les autres prisonniers, mais lui, le seigneur de Matrega, n'exige rien. Il me conseille juste de partir au plus vite, cette nuit même, à la rame et sans tambour, silencieusement, sans laisser le temps à Berzoch d'armer sa galère, de me suivre pour aborder la *Santa Caterina* et de prendre le contrôle de l'équipage. Ne jamais se fier aux Circassiens, ajoute-t-il en connaissance de cause car il sait à quel point ces gens sont imprévisibles et dangereux lorsqu'ils se laissent emporter par leurs passions et leur obéissance aveugle à leurs étranges lois morales. Son épouse est comme ses semblables et, malgré les années, elle demeure pour lui un mystère insondable. Nous nous étreignons, lui, le seigneur génois, et moi, le grand gaillard roux, en larmes, tous deux conscients que nous ne nous reverrons jamais.

Je redescends précipitamment au port en empruntant les ruelles car je n'ai plus envie de voir les vieux amis qui m'attendent pour aller boire à la taverne. J'aimerais m'arrêter dans une *creuza de mâ* solitaire pour contempler la vieille maison où j'ai vécu il y a de nombreuses années avec Daka, mais le manque de temps m'interdit tout sentimentalisme. Je remonte à bord de mon navire en quelques bonds. Conseil de guerre sur le gaillard d'arrière avec le timonier, le plus âgé des rameurs et le chef des arbalétriers. Il faut se tenir prêts à lever l'ancre en pleine nuit. Sans bruit, sans lumières, le plus discrètement possible, en surveillant la fine galère battant pavillon de La Copa qui est amarrée un peu plus loin : gare à nous si elle s'arme ou s'écarte du quai pour prendre position et bloquer l'embouchure de la rade.

J'entre dans ma cabine. Par terre, Tainìn, étudie sagement le portulan, comme à mon départ. J'ouvre devant son nez un paquet que la cuisinière m'a tendu dans la cour du château : *sgabei*, *panizze*, beignets de morue, belles tranches de *scarpazza* et de *spongata*. Tainìn ignore ce qui lui arrive et ce qui l'attend, mais elle devine que le drôle de géant roux qui se cogne sans cesse la tête contre le plafond a bon cœur et qu'elle n'a rien à craindre de lui. Je l'invite à être patiente : demain, peut-être, je la laisserai sortir et lui parlerai, mais pour l'heure qu'elle attende calmement. Puis je ressors, verrouille la porte et me poste près du timon, d'où j'observe les va-et-vient dans le port et dans la ville. Ils se raréfient au crépuscule ; enfin, la voix des sentinelles qui annonce le relèvement du pont-levis et la fermeture des portes se tait à son tour.

Avant même que sonne la veille suivante, le timonier me rejoint et m'indique sur la rive, de l'autre côté de la baie, un groupe de Circassiens armés d'arcs qui semblent monter sur une chaloupe et se diriger vers la fine galère. Il n'y a pas de temps à perdre, d'autant que je sens un mouvement dans l'air : à en juger par le parfum qui y flotte, un vent méridional s'est levé, soufflant de la mer Majeure, peut-être un beau libeccio qui se brise sur les hauteurs environnantes. Si nous parvenons à doubler le cap sans attirer l'attention de la fine galère, nous serons saufs. Nous mouvoir avec les seules rames fera de nous une proie facile, mais avec les voiles nous sommes invincibles. Nous n'avons qu'à prier sainte Catherine. En silence, sans lumières.

Nous larguons les amarres et remontons les ancres. Les rames plongent dans l'eau et se relèvent lentement, comme si elles caressaient la mer. Le bâtiment s'écarte de la jetée, pareil à une ombre noire, et gagne rapidement la sortie de la rade. C'est alors qu'un cri retentit à bord de la fine galère, désormais lointaine, et que deux sillages flamboyants jaillissent dans le ciel, deux flèches qui se perdent au milieu des flots. Nous entendons des hurlements accompagnés de bruits divers – coups de tambour maladroits, rames qui se heurtent, ancres qui grincent, peut-être bloquées sous un rocher. La fine galère ne bouge pas. Un sourire me monte aux lèvres. Ces Circassiens sont de très mauvais marins. Il leur faudrait un bon capitaine, comme moi. J'ordonne qu'on rame à plein régime : il n'est plus utile de nous cacher. Le rythme du tambour s'élève dans la nuit, tandis que la *ciaramella* siffle. La vogue accélère. Les marins se hissent sur les haubans et préparent les vergues pour les dresser au-delà du cap, lorsque du suroît les enveloppera dans ses volutes. La proue orientée vers l'ouest, ses voiles latines gonflées, la *Santa Caterina* vole sur les eaux sombres, vers la liberté.

***

Dans l'après-midi, nous jetons l'ancre dans la baie de Maurazechia, à une distance prudente de la rive. Nous devrions être en sécurité à l'abri des montagnes, sur les côtes peuplées de Zikhes. Au cours de la nuit, j'ai vu défiler au loin le port de Mapa et, à l'aube, la profonde crique de Bata. En se levant derrière les montagnes, la lune a éclairé les blanches falaises à notre gauche, traçant devant la proue une piste lumineuse. À présent, la mer est calme. Le maître d'équipage se rend à terre à bord de la chaloupe avec quelques marins pour troquer des sacs de sel contre des fourrures de renard et de zibeline, et remplir des barils d'eau fraîche.

Je regagne ce qui était autrefois ma cabine et qui est maintenant celle de Tainìn. J'avais envie de manger un morceau de *scarpazza*, mais elle a tout dévoré. À l'évidence, elle était affamée. Je vide son seau et en apporte un second, d'eau propre, pour qu'elle puisse se laver. Je rentre quand elle a terminé et, pour la première fois, lui ôte les fers : surprise, elle se masse le poignet et étend le bras, enfin libre de se mouvoir. D'un signe, je l'invite à s'accroupir sur le sol et m'assieds sur la couchette. Tout en cherchant les mots justes, je lance un regard à la ronde. D'étranges dessins sont apparus sur le plancher et les parois de la cabine. Tainìn les a sans doute exécutés avec le bout de bois noirci et la sanguine qui gisent par terre. J'en reconnais certains, présents sur le portulan : de petites villes garnies de tours portant un étendard, des chameaux, des souverains sur leur trône, des galées aux allures de mille-pattes, des monstres marins aux queues de serpent entortillées. Elle en a inventé d'autres : des entrelacs compliqués de plantes et de fleurs qui évoquent des nœuds, ainsi qu'un lys reproduit plusieurs fois. Dans un coin, un géant barbu dont les cheveux hirsutes ont été tracés à la sanguine : sans doute moi. Cette diablesse de Tainìn sait aussi dessiner. Mais qui est-elle vraiment ?

Je lui parle d'une voix basse et lente afin qu'elle me comprenne. Nous connaissons tous deux la loi de son peuple : quand on est capturé au cours d'une bataille, on appartient à celui qui vous a conquis. Tous les Circassiens, y compris les plus fiers, s'y soumettent et, malgré leur amour féroce de la liberté, s'abstiennent de s'enfuir, ce que leur morale considérerait comme une trahison. Voilà pourquoi on les autorise à se déplacer sans chaînes dans leur village. Tainìn le sait, n'est-ce pas ? La jeune fille hoche la tête. Elle a été capturée au combat, ou presque, et cédée à Termo. Maintenant, Termo est son maître et elle appartient à Termo. Si elle souhaite être libérée de ses chaînes, elle doit d'abord jurer de respecter cette loi. Tainìn pose la main sur son cœur. Je suis sûr qu'elle ne se sauvera pas.

Je sais à présent qui elle est et d'où elle vient, mais je l'interroge quand même à ce sujet. Elle répond qu'elle est née dans les montagnes et qu'elle voudrait les regagner pour revoir son père, qui est un chef, et demeurer à ses côtés. C'est son unique désir, mais elle ne brisera pas le serment qu'elle m'a fait. Elle ne sera libre que si son maître le décide.

Soudain, une ombre passe devant ses yeux, comme si un souvenir était remonté à sa mémoire. Elle balaie la cabine du regard et ramasse un éclat de verre brisé qui brille sur le sol. Sans me laisser le temps d'intervenir, elle plante le tesson dans la paume de sa main. Tandis que le sang gicle, son visage se durcit, puis elle fond en larmes. Je n'y comprends rien. Ces Circassiens sont fous. J'attends qu'elle se calme pour l'interroger. Ce n'est pas du lait ! répète Tainìn dans des sanglots désespérés. Ce n'est pas du lait, c'est du sang ! Furieux, je m'exclame : *Juste Dieu*, évidemment, c'est du sang ! Qu'est-ce que tu voulais qu'il sorte de ta main ? Le sang coulait aussi des mains de Notre Seigneur pendant qu'on lui enfonçait les clous de la Passion ! La jeune fille continue : C'est du sang, c'est du sang ! Cela prouve que mon père est mort.

Je suis moi aussi troublé. Et pourtant je sais que ce démon de Jacob a péri, j'ai vu son cadavre dans le bosquet et Berzoch l'a confirmé. J'ai également compris que Tainìn est sa fille. Par quel mystère a-t-elle découvert à présent que son père est mort ? Probablement par un de ces tours de magie dont les Circassiennes sont coutumières. Ainsi quand ma femme, Daka, soigne ses filles malades avec d'étranges potions et des refrains, je frissonne de peur. Il se peut que toutes les Circassiennes soient des sorcières, mieux vaut ne pas trop les inquiéter. Je garde le silence. Bientôt Tainìn cesse de sangloter. Fixant les yeux sur moi, elle déclare qu'elle se moque désormais de regagner ses montagnes, puisque son père est mort. Son destin consiste à aller de l'avant, sans jamais reculer. Maintenant c'est elle qui formule des questions. Où se trouve-t-elle ? Qu'est donc cette cabane de bois où elle est enfermée depuis des jours et des nuits ? Tout cela est-il un sortilège ? Termo est-il un grand magicien ?

Je souris. Si je suis un magicien, mon art consiste à écouter la voix de la mer et du vent, à la comprendre et à lire les signes du ciel, les routes que tracent les étoiles et la lune, à les suivre. Mon art consiste à parcourir ces prairies liquides sans jamais perdre le chemin de ma maison. Je peux le lui apprendre, si elle le souhaite. J'attrape le portulan et l'étale sur le parquet. Ce grand dessin, dis-je, représente le monde. Les parties ocre et vertes, plus claires ou plus foncées, sont les terres, les montagnes, les bois et les plaines. Voit-elle les veines bleues qui les traversent ? Ce sont les fleuves. Les fleuves se jettent dans ces vastes étendues bleues qu'elle a vues par les fissures de la cabine : on leur donne le nom de mers, elles sont beaucoup plus grandes que les fleuves ou les lacs de ses montagnes.

Et ces animaux étranges, les longs aux allures de mille-pattes et les ronds munis de gros foulards blancs ? Ce sont les bateaux, à rames ou à voiles. Connaît-elle les bateaux ? Croit-elle que ce sont des monstres qui mangent les gens et les emmènent ? Non, il ne faut pas qu'elle en ait peur, ce ne sont pas des monstres : ils sont faits de bois, fabriqués par l'homme et ils transportent êtres humains et objets. Les bateaux sont des sortes de carrioles, si ce n'est qu'ils sont privés de roues. Des espèces de traîneaux, si ce n'est qu'ils glissent sur l'eau, non sur la neige. En cet instant précis, dis-je, et Tainìn en a le frisson, nous nous trouvons tous deux dans le ventre d'un navire.

Et ces petits signes noirs ou rouges tracés en rang à côté des minuscules dessins de villes et de châteaux, que sont-ils ? Ils forment l'écriture, mais Tainìn l'ignore, parce que les Circassiens n'en ont pas. Ces signes noirs ou rouges constituent un nom : le nom d'un lieu, d'un port, d'une ville. Quand on voyage dans le monde, on se contente d'aller d'un point à l'autre de cette peau de mouton magique, d'un nom à l'autre, comme ça, comme le doigt qui la parcourt. Voilà, veux-tu traverser cette grande mer ? Il suffit de relier ces deux points de ton doigt.

Tainìn est bouche bée. Ce géant doit vraiment être un grand magicien, pense-t-elle sûrement. Maintenant le grand magicien se lève et se cogne la tête parce qu'il oublie toujours que le plafond de sa cabine est bas ; il aide la jeune fille à se déplier à son tour, lui boutonne sa jaque et lui dit : Allons-y, mon garçon, en répétant avec insistance le mot *garçon*. Aussitôt Tainìn comprend qu'il lui faut continuer de feindre durant ce voyage aux allures de songe.

***

Nous nous bornons désormais à naviguer dans la journée, le long de la côte. À cause du vent faible et du courant contraire, il est impossible de parcourir plus de vingt ou trente milles par jour. Tainìn passe son temps dehors, sur le gaillard d'arrière, auprès du capitaine et du timonier. Elle se tient agrippée à la muraille, par crainte de tomber et de s'enfoncer dans l'univers mobile, et s'abstient de s'en écarter pendant les haltes : s'obstinant à considérer le bâtiment comme un monstre, elle n'ose pas s'aventurer seule sur le pont ; et puis elle sent peser sur elle des dizaines de regards curieux. L'équipage, qui a peur du capitaine, garde ses distances, mais il est fasciné par l'étrange beauté de cet adolescent, par son mystère. À n'en pas douter, c'est une proie de prix que le patron conduit à Constantinople. Croisant brièvement ses grandes prunelles aussi lumineuses que le ciel, certains d'entre eux ont baissé les paupières.

Exposée au vent et à la mer, Tainìn a bruni. Au bout de deux ou trois jours, le barbier-médecin a dû étaler sur son visage un onguent prévenant les brûlures, ainsi qu'une crème protectrice. Par contraste avec son teint plus foncé, ses yeux clairs resplendissent comme des étoiles. Le barbier lui a également coupé les cheveux très court pour des raisons de propreté, y ayant débusqué quelques poux provenant de ma couchette – ce que refuse qu'on lui fasse, en revanche, le capitaine revêche qui s'obstine à garder les cheveux longs, hirsutes, et la barbe emmêlée.

Mais la jeune fille ne se réfugie plus guère dans la cabine, fascinée comme elle l'est par le spectacle des côtes qui défilent lentement devant ses yeux : hautes falaises blanches rongées par la mer et recouvertes d'yeuses, de pins et de chênes ; vallées et estuaires de fleuves qui s'ouvrent à l'improviste ; cascades jaillissant violemment des arêtes rocheuses, tels des flots de sang transparents qui surgissent des plaies vives de la terre ; côtes basses de galets et de sable, ou encore rochers de forme étrange hors de l'eau, pareils à des troncs d'arbres pétrifiés ou à un enchevêtrement de créatures marines, inanimées. Chaque soir, je lui révèle le nom des lieux d'abordage et les indique à son intention sur la carte : Albazechia, cap de Cuba, Casto, Layaso, même si ces noms ne lui disent rien. Elle a cessé de consulter le portulan. Le véritable tour de magie réside dans le monde du dehors et ne requiert pas de noms.

Nous contemplons les étoiles, assis sur le gaillard d'arrière en compagnie du timonier et des hommes d'équipage en nous passant un flacon de malvoisie. D'habitude, le timonier brise la glace en proposant des devinettes, qu'il affectionne. En réalité, il répète toujours les mêmes énigmes, dont les hommes attendent, bouche bée, la solution qu'ils ont oubliée. Quelle est donc cette maison où retentit un grand vacarme et dont l'habitant, qui court autant qu'elle, n'émet pas de bruit ? La mer, dont l'occupant est le poisson ! Qui est le bon ami de la rive, qui chante suavement et se fait le messager de la langue, quand des doigts habiles le touchent ? Le roseau qui, une fois percé, se transforme en flûte ! Ou encore, quelle est la longue et belle fille des forêts qui file à toute allure sans laisser de traces ? Cette galère, voyons ! Et la double épée qui combat le vent et l'eau et qui mord la terre ? L'ancre ! Et la chose extrêmement légère qui s'alourdit au contact de l'eau ? L'éponge ! Et qui sont les quatre sœurs qui se hâtent ensemble sans jamais pouvoir se toucher ? Les roues du chariot !

Quand vient mon tour, je me vois obligé de raconter la même fable, celle du tsar Saltan, que je modifie en partie, développant notamment les épisodes qui se déroulent sur mer, auxquels j'ajoute des attaques de pirates et des batailles avec des monstres marins : la navigation du tonneau dans la nuit étoilée, l'île enchantée, les bateaux des marchands, les guerriers qui surgissent des vagues, le garçonnet qui se change en jeune héros et le cygne magique qui se mue en princesse. Les hommes – de grands enfants – sourient en écoutant leur vieux capitaine, qui se tait le jour mais aime raconter, *raconter*, le soir : dévider des récits, ils le savent, ne me déplaît pas, parce que j'en ai pris l'habitude avec mes filles. Tainìn s'endort toujours avant la fin de l'histoire, qui en vérité n'a pas de fin, en s'imaginant dans le rôle non de la princesse-cygne, mais du héros Gvidone, à la recherche de son père. Par temps sec, je lui jette une couverture et la laisse dormir là, près des hommes. Sa petite tête aux cheveux ras qui sursaute de temps en temps, sous l'effet d'un cauchemar, m'attendrit. Quand, en revanche, l'air se charge d'humidité, je la soulève délicatement et la conduis dans ma cabine, d'où j'essaie de ressortir discrètement, même si je me cogne en général la tête contre le chambranle de la porte.

Tandis que nous descendons vers le sud, le paysage se fait plus sauvage, les montagnes, couvertes de forêts vertes et impénétrables, se jetant presque dans la mer : ce territoire mystérieux se nomme Avogassia. Sur la côte, de petites bases génoises dont les lanternes brillent dans la nuit désolée interrompent autant de solitude : Gagra, Santa Sofia, Pesonda. Les embarcations turques de petit cabotage sont de plus en plus fréquentes dans les criques :

fustes, chebeks et palandières reconnaissables à leur étendard rouge marqué d'un croissant de lune, qui saluent aimablement le drapeau de saint Georges. Ici commence la Mingrélie, là-bas, en direction des montagnes, s'étend le royaume antique de Zorzanie. Au loin, une grande forteresse se dresse sur la montagne, le château d'Anakopia, qui domine la mer avant le port de Savastopoli.

Par un jour lumineux, après avoir doublé le cap de Zicabar, la galère s'approche de la longue côte plate de Tamasa. L'horizon de collines et de petites montagnes s'ouvre en une vaste et profonde plaine que balaie un vent frais qui s'engouffre dans les voiles. C'est le plus beau point de vue de notre voyage, et j'invite Taiǹin à se tourner vers la terre, vers l'endroit d'où provient le vent. Très loin, au-delà de la plaine qui semble s'estomper et disparaître dans la brume, s'élève un amphithéâtre solennel de montagnes bleues. Certains sommets sont voilés par des nuages inertes, d'autres percent les nuées telles de fantastiques îles mobiles. Sur cet alignement de vapeurs blanches et de formes bleues domine un géant solitaire, doté de deux pics de glace, deux cornes de la même hauteur ou presque, qui paraît toucher le ciel, resplendissant dans la lumière de l'après-midi. Je vois la jeune fille trembler. C'est Oshamakho, leur montagne sacrée, que son cœur reconnaît peut-être. La demeure des dieux, la source de l'eau de la vie, où le prophète Noé s'est arrêté avec son arche.

Dans la nuit, à bord de la galère endormie dans l'eau paisible de la rade, Caterina ne dort pas. Elle a contemplé longuement la grande montagne après que l'obscurité a commencé d'envelopper la mer et la plaine, pour remonter tout doucement, étreignant les montagnes les plus lointaines et les plus hautes, à l'exception du géant, dont les cimes demeurent éclairées au-dessus de la mer de ténèbres. On n'en distingue plus qu'une pointe, à gauche, un fragment de lumière dans la nuit, pareil à l'une de ces étoiles errantes dont la longue queue annonce des catastrophes ou indique le chemin. Caterina se rappelle la dernière fois qu'elle a vu cette lumière s'évanouir dans la nuit ; elle se rappelle les hauts plateaux venteux, les vallées qui dévalent l'autre versant du géant, les forêts, les sources glaciales, les cours d'eau où bondissent les esturgeons, son village, le filet de fumée qui s'élève d'une cabane au toit de paille un peu plus grande que les autres. Soudain tout lui revient en mémoire, comme une vague qui vous emporte et vous coupe le souffle. Et elle pleure en secret.

4

Giacomo

À Constantinople, dans l'Embolo,
le 26 février 1440 à l'aube

Une lumière rose filtre à travers la toile huilée. L'aurore.

Je détourne les yeux de ma table à écrire. Une dure nuit de travail. La dernière, enfin. J'ôte mes *véricles encernées pour lire*, deux morceaux de verre épais montés sur des cercles métalliques que relie un petit arc à pince, resserré sur mon nez. Cet objet de torture m'a valu au fil des ans une cicatrice indélébile sur l'os, même si, en vérité, ce lent et interminable tourment ne me procure aucune douleur lorsque je suis absorbé dans la lecture, le calcul ou l'écriture. Mon âme se transporte entièrement dans un monde abstrait, immatériel, sans souffrance ni contacts avec d'autres êtres humains.

Tout en passant un linge mouillé sur mon nez afin de le soulager, je contemple mes bésicles un peu sales et embuées, au métal noirci et, çà et là, rouillé. Un maître verrier de Murano me les a fabriquées il y a quatre ans en vantant la qualité de leurs verres. À l'entendre, elles corrigeraient parfaitement le défaut de ma vue ; or elles se sont bien vite révélées inappropriées, peut-être à cause d'une détérioration générale de mon état de santé. Je m'en suis aperçu trop tard, pendant le trajet qui me séparait de Constantinople, alors que le soir, penché sur la petite table de ma cabine exiguë, sous une faible lumière oscillante, je tentais de lire et d'apprendre par cœur les inventaires et les documents de chargement afin que tout fût prêt pour notre arrivée.

J'ai donc dû garder ces lunettes durant quatre ans : il n'y a pas, à Constantinople, un seul artisan capable d'égaler les verriers vénitiens. Je me suis battu avec l'écriture, qui devenait de plus en plus floue, tenant à bout de bras mon livre de comptes afin de mieux déchiffrer les lignes et les nombres. J'ai eu la sensation que la réalité et ma vie même se faisaient de jour en jour plus floues et moins lisibles. De retour à Venise, j'en commanderai d'autres. À un autre maître verrier.

Les premières bésicles que j'ai eues, enfant, étaient un prêt de maître Zorzi, l'abaciste, lequel avait remarqué que, si son jeune élève n'avait aucun mal à suivre de loin les colonnes de nombres tracées à la craie sur le tableau noir mural, il multipliait les efforts pour lire dans son cahier, qu'il avait tendance à écarter de son visage. Un cas rare, affirmait-il, parce que les lunettes avaient été inventées – par la grâce de Notre Seigneur et précisément dans notre Sérénissime cité de Venise, célèbre pour avoir fait fleurir au plus haut degré tous les arts et toutes les industries – pour les vieillards comme lui, qui, sans elles, auraient été contraints d'abandonner l'écriture, les exercices et l'enseignement ; pour les marchands les plus âgés, dont les yeux s'étaient usés au fil des lustres à force d'établir des calculs à la lumière de la lanterne ; pour les religieux du couvent qui avaient ainsi la possibilité, y compris dans la vieillesse, de trouver du réconfort dans la lecture des vies des saints et des Écritures. Oui, il était rare, déclarait-il, qu'un jeune garçon eût besoin de cet accessoire. Il m'avait prêté des verres qui s'adaptaient à mes problèmes naissants. Bien entendu, je n'avais pas échappé aux moqueries des autres élèves et des gamins du *sestiere* : Le *vieul* Giacomo ! Voici que passe la taupe-garou ! me criaient-ils à cause de l'habitude que j'avais de me tapir seul chez moi, dans le noir, fuyant mes semblables et la lumière du jour.

En vérité, la solitude et l'obscurité m'avaient toujours effrayé, j'y voyais non seulement mon destin, mais aussi mon unique refuge. Elles avaient assombri mon enfance à la mort de mon père, après que ma mère Agnesina avait pris l'habitude de m'abandonner dans ma chambre sombre. Alors âgé de deux ans, je me réfugiais auprès de Maria, une esclave russe, peut-être la concubine occasionnelle de mon père, nourrice de ses enfants légitimes et mère de petits bâtards qu'on lui soustrayait aussitôt après le sevrage.

Au cours de mes premiers mois, me raconta-t-on, le médecin de famille avait conseillé à mes parents de me coucher dans le lit de Maria, dont il valait mieux que je ne m'éloigne pas : livré à moi-même, je me changeais en petit démon, ne cessant de pleurer et de crier au point d'en perdre le sommeil, ce qui risquait, compte tenu de ma faiblesse et de ma maigreur, de compromettre mes chances de survie. Le chaud liquide qui coulait abondamment des gros seins de la nourrice avait, semblait-il, le pouvoir unique de m'apaiser. Isolé dans ma chambre sombre, je quittais mon petit lit de bois et, ne sachant encore marcher, parcourais à quatre pattes les couloirs obscurs et froids de notre palais jusqu'à la chambrette de Maria, occupée par un unique et grand lit. Je me glissais sous ses draps et, après m'être agrippé à son mamelon humide, m'endormais contre son corps tiède, tandis qu'elle chantait tout bas une comptine dans une langue gutturale mais très douce.

Je n'ai pas d'autre souvenir de Maria : ma mère la chassa ignominieusement un an après la mort de son mari, c'est-à-dire mon père, avec l'ordre de ne plus se montrer sous peine d'être battue jusqu'au sang et marquée au fer rouge. Je n'ai conservé d'elle que des fragments confus, des sensations qui surgissent des profondeurs : le chant qui jaillissait de sa poitrine, l'odeur de son corps et de ses cheveux, de ses seins qui se mouvaient au rythme de son souffle, de son haleine, de ses aisselles moites, de sa peau au grain fin.

Malgré le lait de Maria, je restai menu et faible. J'étais le dernier-né du noble Sebastiano Badoer, de l'une des plus anciennes familles de Venise, l'une de ces familles qui construisirent notre cité sur les eaux et notre empire sur les mers il y a plusieurs centaines d'années. Notre demeure se dresse dans le *sestiere* de Castello, près du couvent de San Francesco della Vigna et de la darse de l'Arsenal où naissent les grandes galères de la République. Loin du tapage de la place Saint-Marc ou des marchés du Rialto, ces lieux tranquilles, semés de jardins parfumés, offrent par temps clair de beaux points de vue sur la lagune, même si la tramontane les cingle par certains jours d'hiver, quand la lagune gèle et que l'on voit dans le ciel pâle les cimes enneigées des Alpes.

Pauvre orphelin solitaire, je ne sortais jamais de chez moi ni de notre jardin enclos, au bord de la lagune. La chambrette de Maria où j'avais coutume de me réfugier, y compris après son départ, fut murée sur l'ordre de ma mère. Seul dans ma chambre, je jouais avec de vieilles savates que je remplissais de petites pierres et déplaçais sur le sol inégal de tommettes en imaginant qu'il s'agissait de galées chargées de marchandises précieuses, voguant sur une mer dangereuse. Ou alors je rendais visite à mon grand-père Geronimo dans une grande pièce sombre et poussiéreuse où le pauvre homme, complètement gâteux, lisait et relisait d'anciens livres de comptes à l'aide de grosses bésicles cassées en énumérant tout haut des nombres pendant des heures, sans même remarquer la présence de son petit-fils. Quand il s'endormait, je m'approchais pour contempler ces livres mystérieux que je n'étais pas à même de comprendre.

Je ne voyais que rarement ma mère, qui m'évitait, et mes frères aînés, Geronimo et Maffeo, lesquels semblaient me considérer comme un être inférieur, indésirable et difforme. Seule ma sœur Maria qui, par un fait du hasard, portait le même prénom que ma nourrice, me prenait sous son aile quand nous allions à la messe, au couvent. Je marchais sur ses talons, de peur de la perdre dans la foule des innombrables fidèles, surtout des femmes venues de toute la ville et du continent, riches et pauvres, nobles et plébéiennes, esclaves et anciennes esclaves, toutes attirées par un crucifix en bois peint de couleurs vives que les religieux exposaient depuis quelques années à la dévotion publique. J'étais fasciné par la figure d'homme qui s'y détachait – droite, ossue et émaciée, aux bras écartés et cloués sur la croix – et terrifié par le miracle qui se produisait le Vendredi saint : sa bouche qui s'ouvrait en émettant un cri inhumain, ainsi qu'un filet de fumée d'encens.

Après la messe, le crucifix était emporté en grand secret puis enfermé à clef dans une pièce qui donnait sur le cloître. Quand je fus un peu plus grand, je me faufilai dans le couvent pour tenter de résoudre le mystère du miracle qui m'avait tant bouleversé dans mon enfance. En me cachant derrière les colonnes du cloître, j'atteignis une petite porte close et aperçus, à travers la grille, la sculpture à tête penchée et bouche ouverte. Tandis que je me demandais comment pénétrer dans le *sancta sanctorum*, j'entendis qu'on murmurait – non une litanie, mais des nombres, comme le faisait autrefois feu mon grand-père. Intrigué, je m'approchai d'une porte ouverte un peu plus loin et découvris une salle où une trentaine de jeunes gens, assis sur des bancs, écoutaient un vieux religieux à l'air particulièrement misérable qui écrivait quelques mots à la craie sur un tableau noir, accroché au mur du fond.

C'était maître Zorzi, un tertiaire franciscain, ancien abaciste et marchand, qui avait obtenu l'autorisation de tenir une école de calcul rassemblant les fils de négociants peu fortunés – en tout cas pas assez pour se payer les leçons des maîtres les plus renommés du Rialto, qui enseignaient de nombreuses autres matières totalement inutiles : logique, théologie, philosophie naturelle, astronomie et belles lettres. Fort de sa grande expérience, maître Zorzi se bornait aux disciplines pratiques, utiles pour tout un chacun. Dès lors, je m'obstinai à me rendre dans cette salle où le maître finit par me repérer, au fond, occupé à tracer les nombres par terre, dans la poussière, faute de papier et de crayon.

Le maître m'accueillit parmi ses élèves avec l'approbation de ma mère Agnesina et de mon frère aîné Geronimo, lesquels, bien qu'ils eussent les moyens de m'envoyer au Rialto, étaient satisfaits de n'avoir à payer qu'une fort modeste somme pour ces études d'abaque qui leur permettraient de se débarrasser de ma personne, tout en étant utiles à mon avenir. Je fus également confié à un précepteur spécialiste de grammaire latine, un gros homme aux manières simples, bien différent de l'humaniste qui avait instruit Geronimo et Maffeo, que ma mère voyait déjà occuper les plus hautes magistratures de la République. Quelques notions de *grammatica secundum mercatores*[1] devaient me suffire pour comprendre ce que disait un juge ou un notaire lorsqu'il lisait un acte, ou ce que contenaient les lois et les statuts. Dans ces labyrinthes de lois rédigées en latin, il convenait de garder les yeux bien ouverts car *vigilantibus et non dormientibus iura subveniunt*[2]. Pour le reste, je me contenterais de savoir lire et écrire notre belle langue vénitienne en traçant des caractères clairs, petits et réguliers que les associés de la compagnie ou les scribes du comptoir déchiffreraient facilement, sans commettre d'erreurs ou se méprendre.

En réalité, j'appris à tracer les chiffres avant les lettres, à associer aux signes graphiques l'idée de mesure et de quantité, des choses

1. « Grammaire selon les marchands. »
2. « Les lois viennent en aide à ceux qui veillent, non à ceux qui dorment. »

aussi concrètes que les marchandises, les produits, les monnaies, beaucoup plus concrètes que les sons des mots et la signification de ceux-ci. Les marques que je vis pour la première fois dans les vieux livres de comptes de mon grand-père et sur le tableau noir de maître Zorzi étaient, bien entendu, les neuf chiffres arabes, ou indiens, ainsi qu'un signe en forme d'œuf qu'on appelle *zevero*, ou zéro. Il était particulièrement difficile à appréhender, car si les autres correspondaient précisément à une quantité, ce *zevero* diabolique n'équivalait à rien ; pis, il était le néant, il était le vide, il était ce-qui-n'existe-pas.

Le maître nous avait expliqué que le mot *zifera*, chiffre, venait de l'arabe *zifr*, mot dont découlait également *zevero*. Il ne fallait pas en avoir peur ni croire, ainsi que l'affirmaient certains prêtres, que les chiffres arabes ou indiens étaient des inventions du démon, raison pour laquelle il convenait de les détruire et de revenir aux anciens nombres romains. Non, le zéro n'était pas un nombre hérétique, il n'indiquait pas une quantité inexistante ; au contraire, il constituait une invention extraordinaire grâce à laquelle il était possible de représenter graphiquement les opérations arithmétiques les plus complexes, à plusieurs chiffres, en disposant les nombres en colonnes et en distinguant aussitôt les dizaines. De cette façon, un bon abaciste, ou marchand, était capable d'effectuer tous les calculs, y compris les plus ardus, en s'aidant de l'écriture là où il ne pouvait autrefois que procéder mentalement.

Quoi qu'il en soit, je montrai bien vite des talents hors du commun pour le calcul mental. Les yeux fermés à demi, je me retirais dans mon monde intérieur, remuant les lèvres de façon imperceptible, murmurant des nombres et des opérations, à l'exemple de mon grand-père. Plus encore, j'appris de maître Zorzi les techniques d'exécution des principales opérations, les critères de divisibilité, les règles des racines carrées et cubiques, les fractions. Je m'accoutumai à utiliser mes doigts pour effectuer plus rapidement des calculs sans avoir besoin de les écrire et mémorisai les méthodes fondamentales comme celle de la fausse position, ou celle de la règle de trois permettant de déterminer une quatrième proportionnelle, méthode indispensable pour l'application de divers taux de change ou pour le passage d'un système de poids et mesures à un autre.

Après les règles théoriques venait l'analyse de tous les cas pratiques susceptibles de se présenter dans l'activité du négoce : la gestion d'une compagnie et la répartition des bénéfices et des pertes entre associés proportionnellement au capital investi et au travail effectué ; l'usage du troc simple et de l'échange composé ; les diverses catégories d'emprunt et de prêt, bannissant toutes les formes d'usure auxquelles seuls les *Juïs* impies étaient autorisés à se livrer et que nous autres chrétiens pratiquions aussi, en sous-main, à l'aide de plusieurs subterfuges ; le calcul de l'alliage métallique des monnaies, qui ne devait pas être falsifié ; la technique de la partie double dans la comptabilité du grand-livre ; l'emploi des lettres de change, etc.

Surtout, disait maître Zorzi, le monde des nombres nous rapproche de Dieu, qui a créé l'univers *pondere et mensura*[1]. Mieux, la Création entière est une sorte de livre, rédigé au moyen de termes mathématiques, que nous avons pour devoir de déchiffrer pour le lire et le comprendre. Les nombres sont le langage de Dieu, ainsi que du bon et honnête gain. Mais si l'on n'y prend pas garde, ils se changent en langue du diable, parce qu'ils constituent le langage de l'argent acquis par la tromperie, la méchanceté, l'usure, la fraude, la cupidité ; alors ils nous conduisent tout droit dans les flammes de l'enfer.

De nouveaux deuils frappèrent la maison Badoer. Ma mère Agnesina mourut. J'assistai à son enterrement sans verser la moindre larme. Mon frère Maffeo mourut. Je ne pleurai pas non plus. Remarquant mes progrès à l'abaque, mon frère aîné Geronimo, désormais chef de famille, membre des Priés et patron de l'Arsenal, me plaça comme scribe débutant dans notre comptoir du Rialto. Il me maria à la fille d'un des grands de la République, Maria Grimani, qui me donna très vite deux enfants, lesquels furent baptisés Sebastiano, comme mon père, et Geronimo, comme mon frère.

Maria mourut à son tour, ce qui me plongea dans un profond mal-être. Pour m'aider à surmonter ma peine, Geronimo me fit admettre au tribunal de la Quarantie, une institution autrefois illustre mais désormais privée de ses anciens fastes, où l'on m'attribua les tâches et les corvées dont personne ne voulait se charger et dont je m'occupai sans grand succès : faillites, supervision des escroqueries des Juifs et de leurs comptoirs de prêt sur gages, gouvernement de

1. « Avec poids et mesure. »

la Monnaie, mouvements des esclaves dans Venise et hors de la ville. Il se débrouilla ensuite pour que j'obtienne en adjudication une galée à destination d'Alexandrie. Mais cette opération aussi se solda par un échec, en raison de nos mauvaises relations diplomatiques avec l'Égypte du sultan Barsbay et de mon peu d'envie de parcourir le monde : tapi dans ma cabine avec mes livres de comptes et une solide migraine, je ne descendis même pas à terre pour surveiller les transactions.

Exaspéré et bien décidé à se débarrasser de moi, Geronimo m'expédia alors à Constantinople sous prétexte de me confier une charge importante pour notre famille et pour la République, soit la supervision de tous nos commerces et nos affaires au Levant. En réalité, je n'étais destiné qu'à tenir la comptabilité, ce qu'il me tut. Commerces et affaires suivraient leur cours grâce à l'intense réseau de relations qui existait entre marchands, banquiers, changeurs et spéculateurs, adjudicateurs et patrons de galées, lesquels m'offriraient de temps en temps une infime part dans leurs compagnies, une petite affaire, pour me donner l'illusion de servir du mieux possible ma famille et la République, bien sûr.

Comme toujours, je me soumis à la volonté du chef de famille. Je saluai mes enfants, qui avaient désormais plus de dix ans, et les confiai aux soins d'un de mes frères qui jura d'être un père pour eux. Je saluai également mon esclave circassienne, Lena, leur nourrice, dont j'avais fait ma concubine lorsque ma femme Maria, enceinte de notre second fils, avait cessé de partager ma couche, m'abandonnant à ma peur de l'obscurité et de la nuit, au besoin désespéré du corps d'une femme, de sa chaleur rassurante. Je priai mon frère de s'occuper d'elle, mais il la loua sans tarder au vieux Nicolò Dolfin pour sept ducats par an. Un bien, disait-il, ne doit pas rester infructueux. Je n'avais pas à m'inquiéter. Ces sept ducats seraient versés sur mon compte bancaire.

J'arrivai à Constantinople le 2 septembre 1436 à midi, au terme d'un trajet exaspérant de quarante jours à bord de la galère de Dardi Moro, qui voyageait dans le convoi des galères de Romanie que dirigeait messire Piero Contarini. Alors que l'équipage s'était rassemblé sur le pont pour regarder la ville se rapprocher, avec ses puissants remparts reflétés sur l'eau, ses tours et ses coupoles, je m'étais barricadé à l'intérieur de ma cabine, affecté d'un accès de fièvre et plongé dans le dernier calcul des dépenses engagées dans cet horrible voyage : en tout sept ducats d'or pour moi et mon secrétaire, Antonio Bragadin, un garçon de seize ans fort débrouillard que m'avait confié son père, mon voisin à la Barbaria de le Tole. Je ne vis ni les remparts ni les tours ni les coupoles, dont je ne me souciais guère. Quand la grosse galère marchande eut mouillé dans la rade du vieux port de Pérama, dans la Corne d'Or, à l'abri du courant du Détroit, je quittai non sans mal mes quartiers, saluai le capitaine et, aidé d'Antonio, pris place dans la patache qui nous conduirait à terre. Je me laissai ensuite guider par l'intendant local au-delà de la porta della Piscaria, tandis que d'autres serviteurs déchargeaient les caisses et les marchandises destinées à notre entrepôt.

Je me reposai quelques heures dans le comptoir, situé à quelques pas de la porte, au cœur du quartier vénitien, sans avoir la force d'aller allumer un cierge de remerciement dans l'église de San Marco de Embolo, comme le voulait l'usage et comme on me l'avait conseillé. À ma grande déception, l'intendant me communiqua très vite qu'il lui avait été impossible de me dénicher un logis honorable en raison de la quantité d'étrangers et de réfugiés que la menace turque faisait affluer en ville et de la réaction des propriétaires grecs qui, ne se souciant guère de l'apocalypse, mettaient à profit ce manque d'espace en réclamant des loyers exorbitants. Il n'avait trouvé qu'une habitation, située de l'autre côté du bras de mer qui séparait le port de la ville génoise de Pera et dont le propriétaire, le magnifique Branca Doria, également génois, ne demandait que quatre hyperpères par mois. Ce serait une installation provisoire, l'affaire de deux mois tout au plus. Malgré la fièvre qui me tenaillait, je convertis mentalement la devise byzantine en monnaie vénitienne : un peu plus d'un ducat. Pas mal, lorsqu'on comparait ce prix à celui des loyers de la Sérénissime.

Nous regagnâmes péniblement le port où un passeur nous conduisit sur l'autre rive, munis d'une seule caisse de modestes effets personnels : j'avais laissé mes papiers au comptoir, qui serait mon lieu de travail. J'eus enfin loisir de contempler les lieux en respirant à pleins poumons le vent qui soufflait du Bosphore et en m'imaginant à bord d'un bateau ou d'une gondole sur le Grand Canal ou le canal Vigano. Mais, à la place de Saint-Marc et de San

Giorgio, il n'y avait là que des grappes de maisons et des clochers qui se hissaient sur la colline de Pera, coiffée d'une énorme tour circulaire. De l'autre côté, dans la lumière rougeâtre du couchant, se détachait la majestueuse coupole de Sainte-Sophie.

Mes deux premiers mois à Pera comptent parmi les pires de mon existence en raison de la nourriture, coûteuse mais de mauvaise qualité et souvent avariée, que je devais ingurgiter ; de la difficulté d'approvisionnement dans les environs infestés de Turcs ; de l'eau de puits putride et nauséabonde dont je m'abreuvais ; surtout de l'impossibilité de me consacrer avec la tranquillité nécessaire à mes comptes, griffonnés sur une masse désordonnée de feuilles volantes et sur un carnet. J'avais pour logis une espèce de tour croulante dans l'une des ruelles les plus lamentables de Galata. Le 12 octobre, je fus contraint d'engager comme factotum et drogman – parce qu'il maniait aussi bien le grec que le turc – l'un des innombrables bâtards nés des amours de marchands vénitiens et de femmes grecques, un certain Zorzi Moresini qui m'extorqua un salaire de deux ducats par mois, sans compter tout ce qu'il me volait dans l'entrepôt, et ce avec une telle habileté que je ne parvins jamais à le confondre.

Chaque jour il fallait prendre un bac pour Pérama, une opération parfois très mouvementée à cause des vents forts qui commencèrent à souffler à la fin de l'été, s'engouffrant entre les deux côtés de la Corne d'Or. Antonio, qui se démenait pour briller à mes yeux, me remplaçait souvent. Mais il fut bientôt affecté d'une forte fièvre et de douleurs abdominales qui le conduisirent dans la tombe début novembre, malgré les soins d'un médecin maladroit. J'écrivis laborieusement à sa famille une lettre de condoléances et réglai toutes les dépenses nécessaires, que je consignai minutieusement dans mon journal : deux hyperpères et douze carats à un affairiste malhonnête, Andrea de Stella, pour du sucre, du sirop, une potion inutile dénommée *manus Christi* et d'autres petites choses ; un *perperum* à une femme, Marghcrita, qui avait assisté le garçon au cours de ces derniers jours ; deux hyperpères et douze carats au coiffeur ; enfin dix hyperpères et dix-neuf carats pour la sépulture. *Requiescat in pace.*

Le 15 novembre je quittai cette habitation dans laquelle flottait encore une odeur de maladie et de mort. Un spéculateur grec, *chir* Anzolo Clida, m'avait proposé un logement dans le même ensemble de bâtisses qu'occupait le comptoir, au cœur du quartier vénitien. Une bonne affaire, cinquante hyperpères par an, si bien que j'acceptai aussitôt.

Cette demeure, d'où j'écris aujourd'hui, disposée sur plusieurs niveaux, donne sur la large cour du comptoir. D'une petite fenêtre garnie de toile enduite, on assiste au va-et-vient qui anime la rue entre la porta della Piscaria et celle del Drongario en passant par le marché aux poissons. La cour abrite aussi bien l'écurie que l'entrepôt principal, où sont conservés les instruments de poids et de mesure, les carrioles pour le transport, les sacs, corbeilles, amphores, barils, cordes, ainsi qu'une petite chambre pour les débardeurs et les travailleurs. Au rez-de-chaussée, la remise et la cuisine à grande cheminée ; au second étage, les chambres des collaborateurs et des serviteurs ; au milieu, au premier étage, les appartements de maître, soit une vaste salle à manger pourvue d'une cheminée et d'une table, ainsi qu'une pièce plus exiguë entièrement occupée par un grand lit et un bureau. Le summum du luxe : de l'autre côté d'une petite porte en bois s'ouvrant dans un coin, une minuscule pièce collée contre le mur extérieur, au-dessus d'un passage obscur entre deux maisons, au parquet percé d'un trou qui permet d'évacuer le poids superflu de son ventre sans avoir à descendre dans la cour.

Mon bureau évoque une petite arche de Noé : rehaussé par une estrade et composé d'un banc inconfortable au dossier à moitié cassé, il s'agit d'un meuble unique comprenant une table légèrement oblique, dotée de trous et de compartiments pour les plumes, encriers, crayons, stylets et autres canifs, ainsi qu'une bibliothèque, sur le côté, dont les étagères accueillent papiers volants, cahiers et livres, boîtes, poches et portefeuilles où ranger, attacher ou glisser les mille écritures mobiles et détaillées, la correspondance privée et commerciale, les lettres de change, les actes, les certificats, les reçus, les cartes, les sentences de procès et disputes, les mémoires.

Chir Anzolo m'a cédé ce meuble en me fournissant mille détails sur la vie et la mort du précédent locataire, un étrange prêtre florentin qu'une maladie inconnue, peut-être la peste, a emporté au cours du dernier été. Je me le suis approprié après l'avoir fait nettoyer avec de l'eau et de la lessive. C'est mon espace vital, la barre du bâtiment à bord duquel je dois poursuivre ma route en m'aidant non d'un portulan ou d'une mappemonde, mais d'un livre : le grand-livre des comptes.

Oui, je me rappelle encore ce moment de grâce comme si c'était hier. Le moment où j'ai entrepris de rédiger mon livre.

J'ai aligné devant moi les papiers épars et les cahiers que j'avais utilisés jusqu'à présent : l'inventaire des biens et des marchandises emportés de Venise ; le brouillard, ou main courante, dont les feuilles sont repliées sur la longueur et entièrement remplies, sans ordre, de notes quotidiennes ; le journal dans lequel j'ai noté de façon plus régulière les transactions de la journée. Puis, prenant l'une des grandes liasses de papier *rezzuto*, avec trois monts surmontés d'une croix en filigrane, dont je m'étais muni pour le voyage, j'ai écrit au centre de la première feuille l'année 1436 et un peu plus bas, comme on me l'avait enseigné, le nom de Dieu : *Au nom de Dieu et du bon gaaing, livre dans lequel, moi, Giacomo Badoer, je descris le voiage de Constantinople, où je parvins le 2 setembre a medi avec les galeres que commandait messire Piero Contarini.*

Je tourne la page et forme le chiffre 1 dans le coin extérieur des deux feuilles qui se font face. Je continue sur les suivantes, parce qu'il sera nécessaire de mentionner le numéro de page chaque fois qu'il y aura dans mon livre un renvoi à une même opération, de sorte que toutes les parties soient comme enchaînées entre elles. En tête de chaque feuille, au centre, j'inscris l'année, 1436, puis, à environ trois doigts de la marge extérieure, je trace une simple ligne verticale pour disposer en colonnes les chiffres des comptes. Enfin, de mon écriture claire de marchand, à la mode de Venise, j'entreprends de recopier les parties simples du brouillard et du journal par ordre chronologique, en les regroupant par comptes, de façon qu'à chaque compte de la page de gauche, celle des débits, corresponde le même compte sur la page de droite, celle des crédits.

J'entame avec un soin méticuleux la première ligne de chaque compte par un petit point et une lettre majuscule, et poursuis selon le même ordre : le titre du compte, c'est-à-dire le nom d'un marchand ou d'un banquier, d'un fournisseur de marchandises ou de services, d'une compagnie ou de la marchandise ; l'indication de la nature de l'opération, débit ou crédit, *dois bailler* ou *dois avoir* ; la date selon le style vénitien ; le nom du créditeur ou du débiteur, accompagné de notes explicatives ; enfin j'ajouterai le numéro de la page où cette opération apparaîtra, et dans la marge le calcul entier dans la devise byzantine de référence : hyperpères, carats et, rarement, quartes. Il s'agit de valeurs abstraites, qui ne correspondent pas à des monnaies concrètes mais me permettent d'unifier la comptabilité réelle, laquelle se perdrait autrement dans un dédale de valeurs différentes selon la provenance des marchandises, de la nation du marchand et de la fluctuation des changes : ducats d'or ou sequins vénitiens, *aurei* byzantins, *ducatelli*, livres tournois, aspres d'argent de Caffa, de La Tana, de Trébizonde, dirhams, ducats et aspres turcs, etc.

Au bas de la page ou du compte, entre le débit et le crédit, je dois obtenir le même chiffre et équilibrer le budget. Or il n'est pas toujours aisé de faire concorder les comptes. Avec leurs affaires imprévisibles, la vie et la mort s'en mêlent parfois. Ainsi Antonio Bragadin, ce pauvre *juenvle*, s'est éteint deux mois après notre arrivée alors que je venais d'ouvrir un compte à son nom dans le grand livre en y consignant l'une de ses dettes le 8 septembre : un ducat payé au comptant à Matio Fasuol, scribe du capitaine Moro, pour le restant de ses frais de voyage depuis Venise. Les parties suivantes, sur la page du débit, concernent les dépenses inattendues qu'il m'a fallu effectuer à l'occasion de sa maladie et de sa mort, lesquelles se concluent par une somme totale de vingt-trois hyperpères et quinze carats, naturellement au débit du défunt. Comme équilibrer le compte sur la page voisine ? Par chance, en fouillant dans le sac du mort, Andrea de Stella y a déniché deux ducats d'or, deux hyperpères et dix sols vénitiens, qu'il m'a remis. J'ai donc enregistré la somme au crédit du pauvre garçon. Toutefois ce compte est resté ouvert, les frais n'étant pas couverts, jusqu'à ce que Piero, maître tondeur, m'ait versé un an plus tard quinze hyperpères en paiement du manteau noir d'Antonio, ce qui nous a amenés à vingt-trois hyperpères et quinze carats. J'ai donc pu clore ce compte et classer la brève existence du garçon.

Tout écrire, ne pas cesser d'écrire. Car ce qu'on n'écrit pas n'existe pas, n'est pas réel. Si la courte vie d'Antonio appartient elle aussi à la réalité, c'est parce qu'elle a produit les quelques lignes d'écriture de son compte, autrement elle se serait écoulée comme la poussière de cette clepsydre. Tout conflue dans l'écriture, qui va de l'avant sans s'arrêter, comme les jours du temps qui ne retournent jamais en arrière. Il faut consigner dans le livre toutes les opérations, toutes les dépenses, tous les gains, tous les détails, fussent-ils minimes. Un autre que moi enregistrerait les frais infimes d'une tractation dans la seule rubrique *frez de negosce*, parce qu'il sait par expérience qu'il s'agit toujours d'une somme ridicule, qu'il est possible d'arrondir à quatre, cinq ou six ducats. Moi, je note tout avec une précision scrupuleuse : la toile à sac, les caisses, les barils et les cordes, et puis le contrôleur, le peseur, le charretier et agoyate, les débardeurs et les porteurs, le passeur, le prêtre, le courtier, les marins et les joyeux drilles de la galère, le remisage, la facture de la galère et celle des Grecs, le *komerkion* ou droit de douane de l'empereur, et même les pourboires – *manzarie* ou *magnarie*, *cortesie*, *beverazo*, *singardanàl* –, ainsi que les pots-de-vin destinés aux fonctionnaires : si des dragées, du fromage, un paquet de savon ou de cire suffisent pour adoucir certains, pour d'autres des épices rares et des étoffes précieuses sont nécessaires.

J'établis la liste de mes menues dépenses personnelles d'habillement, de logis et de nourriture : les serrures, les coffres, le mobilier, le bois, le sucre, le vin des Pouilles ou de Grèce, le pain, le lait, le fromage, les réparations de la barque et le remisage près de la taverne sur le rivage. Ma santé chancelante et les maux dont je suis sans cesse affecté, depuis la gale jusqu'aux rages de dents, font le miel de médecins avides et malhonnêtes, tel le charlatan qui m'a vendu l'inutile potion dénommée *manus Christi* pour le pauvre Antonio, ou le Grec Panaridos qui a tenté de soigner ma gale au moyen d'un onguent nauséabond en exigeant le paiement au comptant de certains sucres et remèdes achetés à un autre médecin grec du nom de Siropulos. Le luxe qui consiste à posséder un cheval bai, que je n'utilise que rarement, grève mon budget : acheté le 10 décembre 1436 pour la modeste somme de trente hyperpères, il me coûte beaucoup plus en entretien – orge, foin, herbe, paille, ferrure, couverture, selle, bride et palefrenier. Enfin je note également à la rubrique du débit les trois hyperpères *pour certaines aumosnes faites à de poures gens*, ou de dix hyperpères donnés *à un poure hom qui fut soustrait aux Turcs*. Un peu de bonté ne nuit jamais, certes, toutefois il convient de l'écrire elle aussi.

Quand je regagnerai Venise, je fourrerai mon livre sous le nez de mon frère Geronimo et de ses scribes circonspects pour leur prouver mon honnêteté et ma rigueur. Mon horizon est tout entier ici, ceint par la petite fenêtre garnie de toile enduite de ma chambre-cabinet de travail, par les murs du comptoir et les frontières du quartier vénitien, en raison des innombrables opérations qui requièrent ma présence : rencontres avec le bayle et les fonctionnaires vénitiens, tractations, achats et ventes, supervisions de déchargement et de chargement à l'arrivée et au départ des navires, échanges, instruments notariaux, fidéjussions, procurations et toutes les diverses charges fiscales et douanières d'une administration byzantine fort complexe.

Tout est consigné dans le livre en un réseau de récits, voyages et correspondants qui s'étend des localités les plus proches de Constantinople aux ports les plus éloignés de la mer Majeure et de la Méditerranée, de La Tana à Majorque en passant par Trébizonde, Négrepont, Chypre, Alexandrie et Messine. Ce réseau traverse des frontières entre peuples, langues et religions qui, contrairement aux apparences, ne sont jamais infranchissables pour les marchands : comme si la horde gigantesque qui s'apprête à conquérir la ville et le monde entier ne se trouvait pas à quelques milles des remparts de Constantinople et de l'autre côté du Détroit. Les pages de mon livre dessinent une carte qui ne nécessite pas de portulan, une carte constituée d'hommes, de marchandises, de navires qui sillonnent sans arrêt la grande mer salée afin de créer de la richesse et du bien-être. Le négoce, affirmait mon maître, est l'art que les hommes ont inventé pour subvenir à ce que la nature n'a pas su faire, ou que Dieu n'a pas voulu faire, c'est-à-dire produire dans chaque pays ce qui est nécessaire à la vie des hommes. Grâce au commerce, qui met en communication individus et contrées lointaines, le monde se change en une unique ville.

De Venise me répondent mon frère Geronimo et les banquiers Piero Michiel et Marino Barbo, lesquels enregistrent toutes les opérations de débit et de crédit et m'envoient des lettres de change. Depuis trois ans et demi, j'importe de notre lagune d'énormes quantités de marchandises de toutes sortes – des précieux tissus de laine et de soie jusqu'aux objets d'argent et de verre de Murano – et y expédie de la cire bulgare et valaque, des épices, du poivre, de la soie, des peaux et des fourrures, des métaux, des céréales et de la vaisselle, des vins, pour un volume d'affaires qui atteint le chiffre astronomique d'au moins cinq cent mille hyperpères, c'est-à-dire cent soixante-dix mille ducats d'or. Tout cela sans que cette immense masse d'argent ne se matérialise entre nos mains et celles de nos associés (à l'exception de petites sommes) en véritables pièces d'or, d'argent et d'alliage qui alourdiraient les bourses et les coffres, ou risqueraient d'échouer au fond de la mer ou entre les mains avides des pirates.

De nouveau, c'est le papier, c'est l'écriture qui donne une existence à ce flot d'argent : les lettres de change, les traites et les livres de comptes des banques, qui enregistrent les crédits et les mandats de paiement, les dépôts, les contreparties, les dettes et les avoirs. Les banques sont les lieux que je fréquente le plus depuis trois ans, davantage que l'église San Marco, et j'y ouvre de nombreux comptes simultanément. Grâce à une simple feuille de papier, à un simple trait de plume, le gain réalisé à Constantinople est crédité à Venise. Grâce à l'écriture. Et ce qu'on n'écrit pas n'existe pas.

Mon monde est tout entier concentré dans ce livre que j'ouvre chaque jour, l'après-midi ou le soir, à la lumière de la lampe. Des heures et des heures passées dans la pénombre à classer les extraits de feuilles volantes, les polices et les bandes de papier, ainsi que les enregistrements du brouillard et du journal ; à faire des calculs, toujours seul et en général mentalement ; sans manquer de mentionner les pages sur lesquelles j'ai déjà enregistré le compte en question. Après avoir remplacé mon banc cassé par une confortable chaire à *accotoirs* achetée au menuisier de Pera par l'intermédiaire de Zorzi, je m'enfonce de plus en plus profondément dans l'arche sainte de mon bureau.

Je sors de moins en moins, me limitant à ce strict nécessaire que me dictent les conventions sociales et commerciales : ainsi, en 1437, j'ai organisé chez moi, à l'occasion du Carnaval, un banquet animé par de nombreux musiciens, me délestant de neuf hyperpères ; et un autre en juillet 1438 pour fêter le bayle qui s'apprêtait à regagner Venise à la fin de son mandat. Timide et mélancolique de nature, je m'assombris davantage, devenant solitaire, hargneux, misanthrope, mais aussi pointilleux, méthodique, scrupuleux, observant méticuleusement mes petites habitudes et les horaires de ma vie quotidienne. Celle-ci est rythmée par l'horloge mécanique que les marchands, pour se bercer de l'illusion d'être chez eux, ont installée dans la tour, près du palais du bayle et de leur loggia il y a quelques années, une réplique de celle qu'héberge la tour de Sant'Alipio, au coin de la basilique Saint-Marc.

Le temps aussi a changé, me dis-je en l'écoutant sonner : il est désormais objectif, abstrait, excessivement mesurable, lié aux promesses de paiement, au calcul des délais de transport et de parcours, des échéances des lettres et des traites, des arrivées et des départs des galères de marchandises, de la validité des cartes d'assurance ou *sigurtà*. Une chose que je peux maîtriser, ou croire maîtriser, peut-être pour éloigner la peur de la mort. Le capital, le *cavedal*, lui, perdure après la mort de son propriétaire ou la faillite de la compagnie qui le possédait, comme s'il se changeait en une entité immatérielle, spirituelle. Un jour, peut-être, le monde entier sera enveloppé dans un réseau invisible et infini d'entités immatérielles, en relation les unes avec les autres, et l'argent se déplacera dans l'air, lui aussi invisible, comme les esprits ou les démons. Ce sera peut-être aussi le jour du Jugement dernier : Notre Seigneur décidera de se passer des misérables créatures qui ont adoré un autre dieu et prononcera des paroles de condamnation, qu'il soufflera dans un parfum d'encens semblable à celui qui s'échappe d'un vieux crucifix en bois peint.

J'ai l'habitude de travailler tard, car lorsque les heures sonnent clairement dans le silence de la rue, la peur que j'éprouvais dans mon enfance revient me tenailler : la peur du noir. Je n'arrive vraiment pas à dormir seul. Je suis saisi du besoin désespéré de m'agripper à un autre corps pour me sentir en sécurité, comme je m'agrippais autrefois au corps de Maria, ou ces dernières années à celui de Lena. Et ce, non pour commettre le péché en m'unissant charnellement à une femme, non. Pour m'endormir immédiatement, il me suffisait de fourrer la tête dans la poitrine de Lena, comme dans celle de Maria auparavant, et de refermer la bouche sur un mamelon. J'établis un rapide calcul mental : durant les six années où je me suis glissé, la nuit, dans son lit, je ne l'ai pas pénétrée plus de quatre fois et presque à mon insu, blotti contre son dos.

J'ai de nouveau besoin d'enlacer un corps chaud et moelleux, mais il me faudrait aussi répandre périodiquement ma semence : Panaridos, le médecin, estime que ces émissions sont nécessaires au moins une fois par mois pour éviter que la rétention ne cause de la goutte – je vais donc devoir tenir une autre comptabilité dans un autre brouillard. Quand je dors mal ou que je ne dors pas, je suis irascible tout le lendemain et commets de fréquentes erreurs de calcul et de transcription. Ce n'est pas bien. À Constantinople, il existe une solution rapide : acheter ce corps chaud et moelleux dont j'ai besoin. Une esclave ou, comme on le dit, une *teste*. C'est aussi une bonne affaire, car les marchandises acquises près de leur lieu de provenance coûtent beaucoup moins cher qu'à Venise et requièrent moins de taxes à acquitter.

Les *testes*, je le sais, sont presque toutes issues des marchés de la mer Majeure, en particulier de La Tana. Je vais m'en remettre sans tarder à mon correspondant en ces lieux, Francesco Corner, frère de Giacomo Corner, mon associé à Constantinople. Je lui ouvre un compte dans mon grand-livre et me charge d'effectuer des tractations et des recouvrements de lettres de change pour lui comme pour ses compères de La Tana, Zuan Barbarigo, Bortolamio Rosso et Moisé Bon qu'a rejoints Catarin Contarini, un ancien arbalétrier en quête de fortune. J'ignore s'il convient de se fier aveuglément à ces aventuriers étourdis et sans scrupules : j'ai entendu dire qu'ils ont constitué une compagnie pour aller creuser la terre au milieu de nulle part à la recherche d'un trésor – une folie –, qui plus est en se servant des outils que je leur avais expédiés de Constantinople. Mais je n'ai pas le choix. Contrairement à eux, je ne vis pas à La Tana, d'où proviennent caviar, poivre, cuivre, millet, étoffes d'écarlate, fourrures de zibeline, dos séchés d'esturgeon et esturgeons en saumure ; surtout, les *testes*. Des sources de *bon gain*.

Nul besoin d'attendre l'arrivée de la *muda* de La Tana, je n'ai qu'à prendre le bac et me rendre de l'autre côté de la Corne d'Or, dans l'entrepôt d'un marchand génois à Pera. Le 15 janvier 1437, j'y achète une *sclave rous environ de 16 ans d'une nation rous apelée*

Maria – comme je l'inscris scrupuleusement dans mon brouillard, puis dans mon grand-livre – *exente de tout mal selon l'usage*, mention qu'il convient d'ajouter non sur une simple déclaration du vendeur, mais au terme d'un examen soigné de la marchandise.

Selon l'usage, Maria doit se tenir nue et debout dans la salle. Malgré ses seize ans, elle est plus grande que moi. Elle a de longs cheveux noirs qui retombent sur la peau très blanche de son dos, et de petits yeux couleur d'ambre dans un visage pointu qui évoque celui d'un animal sauvage. Piero dal Pozo, le marchand génois, insiste sur la qualité de ses petits seins fermes pour justifier la somme qu'il réclame : cent quatorze hyperpères, soit vingt de plus que le prix habituel d'une jeune esclave dans la même condition. Il l'a récemment achetée à Porto Pisano, à un intermédiaire tatar qui se l'est lui-même procurée dans un sérail de femmes enlevées durant de récentes razzias en Russie. Il ne mentionne pas sa virginité : la marchandise a peut-être été gâchée lorsqu'elle se trouvait en Tatarie, mais je n'ai pas la moindre envie d'approfondir la question. Un religieux capucin des plus fiable l'a baptisée selon le rite catholique et latin en lui donnant le prénom de Maria, bien qu'elle soit déjà chrétienne et s'appelle Mariya. Toutefois elle ne connaît pas encore d'autre langue que la sienne. Elle a les jambes et les bras musclés, elle travaillera bien et avec endurance.

Piero m'invite à contrôler la qualité de la marchandise en guidant ma main sur le corps de Maria. Je me contente de lui tâter la poitrine : sous mes doigts, sa peau a la douceur de la soie ; comme son odeur, elle me rappelle celle de ma nourrice Maria. La jeune fille a les yeux baissés, elle ne me regarde pas, elle ne regarde personne, elle est comme absente. Malgré sa nudité, elle ne semble pas souffrir du froid qui règne dans cette salle humide : étant issue d'un pays de glace et de neige, elle y est peut-être habituée ; seule la pointe de ses mamelons trahit un frisson quand je l'effleure. Il se peut toutefois que le froid n'en soit pas la cause.

J'accepte toutes les conditions du marchand et emmène la fille revêtue d'une étrange tunique déchirée, celle qu'elle portait sans doute à son départ de Porto Pisano. Une fois dans mon logis, je la confie à une vieille domestique grecque afin qu'elle la lave et lui attribue une paillasse au rez-de-chaussée. Je lui ordonne de l'apprivoiser et de lui enseigner ce que j'attends d'elle ; j'espère qu'il ne sera pas trop difficile de la convaincre par les mots et surtout par les gestes. Enfin, un soir, pendant que je travaille à mon bureau, j'entends un bruit de pieds nus entre la salle à manger et ma chambre, puis le bruissement d'une tunique qui tombe par terre et le grincement du lit, tandis que le parfum d'une peau fraîche se répand dans l'air. Je m'oblige à poursuivre ma tâche en feignant l'indifférence. Puis je me lève, éteins la lanterne, me déshabille et me glisse sous les draps. Pressé contre ce corps plus robuste que le mien, je m'endors aussitôt.

Ce rituel se répète chaque soir. Maria range la salle à manger, achève ses travaux de la journée – couture, lavage, épluchage de légumes – tandis que je travaille dans ma chambre, penché sur mon grand-livre. Quand la lumière de ma lampe faiblit, elle entre en silence, se coule derrière mon bureau, se dévêt et se couche à mon insu. J'attends un moment avant de refermer mon registre, d'éteindre la lumière et d'aller uriner dans le cabinet. Enfin je la rejoins, toujours sans la regarder. À l'aube, elle se lève discrètement avant moi et descend dans la cour pour entamer sa nouvelle journée. Les employés du comptoir savent tous où elle passe ses nuits, mais ils ne l'ont jamais vue en ma compagnie. De toute façon, ils n'auraient rien à y redire : grâce à cette sainte Maria, le maître paraît plus humain, il ne se fâche plus avec tout le monde.

Maria ne reste pas longtemps seule à mon service. Le 23 novembre 1437 j'enregistre dans mon livre de comptes l'arrivée d'un esclave abkhaze dénommé Zorzi, un grand et robuste benêt de dix-huit ans acheté pour quatre-vingt-quinze hyperpères au Génois Imperial Spinola, toujours par l'intermédiaire de Piero qui est devenu, comme son frère Zuan, mon courtier de confiance dans ce secteur délicat. Maria et Zorzi demeurent chez moi *pour mon usage*, mais je me suis désormais lancé dans ce nouveau commerce qui, s'il comporte des risques plus importants de conservation, de détérioration et de perte de la marchandise, procure des bénéfices considérables.

Les choses ont changé depuis quarante ou cinquante ans, c'est-à-dire depuis que Tamerlan a dévasté le Levant et le Caucase. Si La Tana a été rebâtie, l'offre a changé. Autrefois, les *testes* les plus recherchées provenaient de Circassie ; désormais l'offre d'esclaves russes l'emporte. Suivent les Tatars, également dénommés à Venise *Balabani*, qui ont moins de valeur, surtout pour ce qui est des hommes. Les routes commerciales diffèrent également selon le sexe des esclaves. Il est possible d'enchaîner immédiatement les hommes aux bancs de nage, sur les galères, ou de les envoyer aux travaux forcés en Sicile et en Espagne. Les femmes, surtout les jeunes de vingt ans, ou encore les fillettes et les adolescentes, sont très demandées en Italie, dans nos principaux marchés de tri, Venise et Gênes.

Je ne dois pas oublier que le marché des êtres humains est un marché saisonnier, comme celui du blé : au printemps et à l'été, les Tatars pillent la matière première qu'ils transportent à Constantinople en août et en septembre. Les variations des prix ne sont pas négligeables : une petite esclave de onze à seize ans me coûterait seulement six cents aspres d'argent, soit dix ducats d'or, à La Tana ; à Constantinople, près du triple ; mais je peux la revendre à Venise pour cinquante ducats, voire plus. Il me faut toutefois soustraire au prix des esclaves les frais d'intermédiaire et les dépenses destinées à leur entretien : nourriture, vêtements, soins médicaux si nécessaire, transport, impôts et taxes. Je me suis renseigné : il existe également un tarif tout compris de quatre ducats et demi de La Tana jusqu'à Venise. On paie à part la *sigurtà*, car de temps en temps un esclave meurt, de peste ou d'une autre maladie, et, s'il n'est pas assuré, le profit s'évanouit. En calculant mentalement, j'en conclus qu'il s'agit d'un commerce lucratif et je m'y lance personnellement, en *testes pour mon compte*, ou pour celui d'autrui.

Tout écrire, toujours écrire, ce que l'on n'écrit pas n'existe pas, voilà ce que je me répète chaque fois qu'il m'arrive – ce n'est pas rare – d'enregistrer des êtres humains parmi les marchandises que je fais transporter à travers la Méditerranée. Peut-être laissent-ils un infime signe de leur existence dans les lignes de mon grand-livre qui énumèrent leur prénom, leur âge et parfois leurs caractères physiques ou leurs défauts, au lieu de traverser, invisibles, sans voix ni forme, le fleuve de la vie.

Et pourtant, j'en suis bien conscient, il est impossible de tout écrire. En 1439, par un chaud après-midi d'août, j'entends du remue-ménage dans la cour et, aussitôt après, de violents coups à la porte de mon bureau. Qui cela peut-il être ? Chez moi, tout le monde sait qu'il ne faut pas me déranger quand, une fois mes devoirs extérieurs accomplis, je me retire, tel saint Jérôme, et me plonge dans mon grand-livre. La porte s'ouvre sans que j'aie eu le temps de répondre, et un géant à la présence encombrante pénètre dans la pièce. Ôtant son capuchon, il dévoile une barbe et des cheveux roux emmêlés, humides. Mon agacement se change en surprise, et ma surprise en joie.

Je connais le capitaine depuis 1436, précisément depuis un soir de novembre tragique où je parcourais la ruelle solitaire de mon domicile provisoire, à Galata, après avoir cherché en vain, avec angoisse, un remède plus efficace que la *manus Christi* pour le *juenvle* Antonio, aux portes de la mort. Soudain je fus encerclé par quatre individus dont on ne voyait briller, dans l'obscurité, que la pointe de leurs couteaux. Mais je n'eus pas le temps d'avoir peur, car un géant roux surgit alors du néant et, saisissant à mains nues les quatre voyous, les envoya rouler l'un après l'autre au bas de la pente. Il m'accompagna ensuite chez moi et demeura à mes côtés alors que je découvrais Antonio inanimé et la femme qui s'occupait de lui en larmes. Il nous aida à préparer son corps, à le revêtir de ses modestes habits d'apprenti et, l'ayant pris dans ses bras, le déposa avec une délicatesse inattendue sur la charrette du croque-mort avant que ses obsèques soient célébrées à peu de frais au couvent San Francesco.

Termo habite toujours dans ce quartier avec sa compagne et ses trois filles. En réalité, il s'y trouve rarement : il ne revient que deux ou trois fois par an, après avoir effectué de longs périples autour de la mer Majeure à bord de la *gripparia* dont il est le propriétaire. Néanmoins, depuis ce soir-là, il ne manque jamais de me rendre visite, toujours en cachette et le visage dissimulé par un capuchon, car il craint que sa vieille tête de pirate génois ne soit encore mise à prix de l'autre côté de la Corne d'Or, à Constantinople et dans le quartier vénitien. Je lui apporte mon aide chaque fois qu'il a besoin d'une assistance légale et financière dans cette ville de renards : presque illettré, il déteste les papiers et les écritures, dans lesquels il ne voit que fraudes et escroqueries ; et sur ce point il n'a pas tort.

Le monde de Termo diffère totalement du mien : il se compose de poignées de mains, de trocs, d'échanges concrets, d'objets et de personnes, non de chiffres abstraits et d'écritures. Pour lui seul, je suis prêt à effectuer des opérations en sous-main, des médiations qui ne laissent aucune trace dans mon brouillard, mon journal ou mon livre, et qui lui évitent d'aller chez le notaire ou de se présenter à un fonctionnaire corrompu du consul génois ou du *komerkion* byzantin. Des opérations qui, n'étant pas écrites, n'existent pas dans le monde de Giacomo. Mais dans celui de Termo, oui.

Termo arrive de La Tana. Il a besoin de son ami Giacomo pour payer le *komerkion* sur un chargement de caviar et de colle de poisson qu'a envoyé Giovanni da Siena, un marchand qui fait des affaires avec Corner, mais aussi – ajoute-t-il en changeant de ton – sur trois *testes*, toujours à son compte. Je comprends immédiatement qu'il y a anguille sous roche : il se peut que ces trois esclaves appartiennent à Termo, non à Giovanni, et qu'il désire les vendre discrètement pour échapper aux contrôles et aux taxes en déclarant qu'ils sont la propriété du marchand. D'accord, je m'en occuperai demain, je convoquerai pour les esclaves le courtier Zuan del Pozo, un homme de confiance, discret, j'enverrai le *juenlve* Zuaneto les chercher en bateau pour les conduire de Pera à Constantinople et régler le *komerkion* – pas grand-chose, pas plus de trois hyperpères tout compris. En guise de plaisanterie, je lui lance qu'il me faudra pour la première fois consigner son nom dans mon grand livre afin d'enregistrer le versement de la taxe : il est nécessaire d'indiquer sur le compte de Giovanni par quel moyen les marchandises sont arrivées, *jointes de La Tana sur le bort de la* gripparia *de Termo da Sarzana*. Or Termo ne sourit pas, il me demande plutôt de l'accompagner en personne à Pera où il a quelque chose d'important à me montrer. Sans tarder, demain. Impossible de lui dire non.

Le lendemain matin, je passe de l'autre côté de la Corne d'Or. Le géant, qui m'attend avec impatience sur le quai, me conduit en hâte dans la crique où sa *gripparia*, la *Santa Caterina*, est amarrée. Sans aucun préambule, il me prie de l'aider à vendre son bateau, et ce à un bon prix, le meilleur possible, parce qu'il a décidé de quitter définitivement Constantinople en compagnie de sa femme et de ses filles pour regagner sa terre natale et y vivre en paix le restant de ses jours. Il aurait pu vendre le bâtiment à un marchand turc lors de sa dernière escale à Scutari, avant d'atteindre Pera, et en obtenir une belle somme, les Turcs achetant et construisant en ce moment toutes sortes d'embarcations, petites et grandes. Or il a préféré s'en abstenir : la *Santa Caterina* est rapide et facile à manœuvrer, elle risquerait de devenir entre les mains des Turcs un fuste de guerre redoutable contre les chrétiens. Oui, car tôt ou tard l'étrange paix qui règne entre les deux rives du Détroit prendra fin, et ce sera alors la fin de tout. Dans cette perspective, Termo s'est résolu à vendre le navire à Constantinople, mais sans notaire, sans témoins, sans papiers, sans signatures ni traits de plume : un paiement au comptant en ducats, en florins ou en génois d'or – dans le val di Magra ou en Lunigiana, les monnaies byzantine, turque ou tatare ne valent rien – à lui remettre en mains propres et en ma seule présence.

Je reste coi. Je ne m'attendais pas à entendre ce genre de propos dans la bouche de mon ami. Il a parfaitement raison, ce monde va s'effondrer, et plus tôt on en partira, mieux ce sera. Je compte moi aussi m'en aller avec mes quelques affaires à la faveur du prochain convoi des galères de l'État, mais il me faut encore patienter plusieurs mois, car il se présentera en retard à cause de cet inutile empereur des Grecs qui a décidé de l'emprunter pour quitter l'Italie, accompagné d'abondantes bénédictions papales, mais sans l'argent, les armes et les soldats qui lui auraient été beaucoup plus utiles. Quoi qu'il en soit, je n'aurais jamais imaginé que Termo, qui a plongé ses racines dans la mer Majeure et s'est choisi pour compagne une Circassienne, que Termo donc, cet homme de mer et d'épée, parviendrait aux mêmes conclusions que moi.

Reste qu'il n'est pas facile de vendre un navire. À force de l'observer, je me rends compte qu'il n'y a presque plus personne à bord : seuls des débardeurs du port vont et viennent entre le pont et le quai sous la surveillance du timonier. Termo a certainement payé les membres de l'équipage et vendu une bonne partie des esclaves du banc de nage avant d'atteindre Pera : peut-être aux Turcs, à Scurati, à moins qu'il ne les ait transbordés en cachette sur un navire génois en partance pour l'Égypte. Une *gripparia* en bon état vaut plusieurs centaines de ducats ; bien entendu, le capitaine devra se contenter d'un montant inférieur puisque le temps presse. En outre, il conviendra de trouver un acquéreur désireux de faire une bonne affaire, en possession du liquide nécessaire. Il serait bien plus sûr et plus intéressant, pour Termo, d'établir à son intention une lettre de change à encaisser à son arrivée à Gênes, mais c'est impossible : le géant exige des espèces en grande quantité et sans tarder. Oui, je dénicherai pour lui un bon preneur d'ici quelques jours, par exemple un de ces patrons grecs qui naviguent entre Candie, Salonique et Trébizonde, ces Levantins qui continuent de s'enrichir par le négoce comme si de rien n'était, indifférents aux Turcs et à la fin du monde.

Termo n'en a pas encore terminé. Il m'emmène dans son entrepôt où flotte une odeur de caviar, de colle de poisson et d'épices et où deux jeunes Circassiens sont enchaînés à un poteau. J'ai déjà compris et c'est assez simple : Zuan s'en occupera comme d'habitude, il lui procurera un acheteur sans déclarer la provenance des *testes*. Mais au fait, Termo n'avait-il pas parlé de trois esclaves ? Sans un mot, mon ami m'entraîne dans la rue en montée qui mène à son domicile. Au premier étage, dans la grande pièce dotée d'une cheminée et d'une cuisine, les membres de sa famille m'accueillent tout sourire. Ils m'attendaient, comme l'attestent sur la table un grand plat de beignets de morue, un bol de précieux caviar tout juste apporté de La Tana, du pain de millet, une carafe de vin. Voici la maîtresse de maison, Daka, une femme encore belle et forte. Et ses trois filles. Mais qui est donc ce petit blond, vêtu à la circassienne et tapi dans un coin ? S'il s'agit d'un esclave, pourquoi ne se trouve-t-il pas dans l'entrepôt ? Et pourquoi ne porte-t-il pas de chaînes ? Pourquoi boude-t-il, les yeux baissés ? Ce n'est pas un garçon, déclare Termo tout de go, c'est une fille. Elle se prénomme Caterina, a treize ou quatorze ans et jouit d'une bonne santé, *selon l'usage*. Puis il m'annonce qu'il me la cède : que je l'emmène à Venise, il a confiance en moi. Inutile de l'enchaîner ou de la ficeler, elle ne s'enfuira pas. Perplexe, je goûte du bout des lèvres aux plats de ce repas et m'abstiens de boire. Puis je repars, suivi de Caterina et accompagné de Termo. Au moment de saluer mon ami et de monter dans la barque, je lui demande à la dérobée le prix de son esclave. Le vieux pirate, qui n'aime pas marchander, répond tout bas : *Selon l'usage*. D'accord, dans une semaine, j'ajouterai vingt ducats au prix de son navire, même s'il est évident que cette *teste* en vaut beaucoup plus. La barque s'écarte du quai. Termo tourne les talons sans un au revoir, comme s'il était pressé, me laissant toutefois entrevoir sur son visage, du moins me semble-t-il, une larme pareille à un minuscule miroir. Mais non, c'est impossible, Termo n'a jamais pleuré de toute son existence !

Je jette un coup d'œil à la jeune fille qui a jusqu'à présent évité aussi bien mon regard que celui du géant. Accroupie au fond de l'embarcation, la tête baissée et les bras autour des jambes, elle s'est enfermée dans son mutisme.

Caterina est entrée dans la maison du comptoir. N'étant pas inscrite dans le grand-livre, elle n'existe pas, cependant elle se déplace dans la cour, emprunte les escaliers, obéit et travaille sans mot dire. Il est rare que je la croise. Je l'ai confiée à Maria, qui a commencé par jeter ses vêtements déchirés. Après lui avoir ôté tout ce qu'elle portait, à l'exception d'une petite bague en étain que la jeune fille refusait d'ôter, elle lui a donné un bain chaud, la touchant et l'examinant avec une nonchalance apparente. Puis elle lui a passé une tunique, un tablier, et lui a glissé aux pieds une paire de durs sabots en bois, non sans avoir remplacé son corset par une bande de coton assez lâche pour permettre à ses jeunes seins de respirer. Avec son habit d'esclave trop large, ses cheveux courts et hirsutes, son air de chien battu, Caterina paraît un peu bizarre. En vérité, c'est une bien étrange pucelle : l'autre jour, je l'ai vue par la fenêtre tracer des signes pendant un moment de repos sur des planches en bois entassées dans la cour, à l'aide d'un morceau de charbon. Cette sauvageonne saurait-elle écrire ? Pourvu que ce ne soit pas une formule de sorcellerie ou d'envoûtement…

Descendu après son départ, j'ai découvert sur le bois des dessins rudimentaires, certes, mais beaux et expressifs : des entrelacs de fleurs et de plantes, un drôle de lys semblable à celui qu'arborent les monnaies florentines, le chat paresseux qui dort près de l'âtre, mon cheval, la face stupide de Zorzi, l'esclave ; sans oublier un visage que j'ai l'impression de reconnaître parce que je le vois chaque matin dans mon miroir, une tête chauve à l'expression stupéfaite, au nez muni de bésicles. Devrais-je la faire fouetter ? Mais non, forte de ce talent inné, elle pourrait devenir très habile dans l'art d'effectuer et de reproduire des dessins dans un atelier de tisserand, à Venise. Une nuit, Maria a murmuré avec son fort accent slave en soufflant sur moi une haleine qui sent le vin de Chypre dont elle s'octroie – je le sais et feins l'ignorance – un gobelet en cachette dans la cuisine, chaque soir avant de monter au premier étage : *L'est encor bambine.*

Nous sommes le 26 février 1440, la lumière du matin s'engouffre dans ma chambre. Je n'ai pas fermé l'œil de la nuit. J'ai interdit à Maria de me rejoindre et de m'apporter mon petit déjeuner : je descendrai manger un morceau à la cuisine lorsque j'aurai terminé. Je me rince la figure dans la cuvette. J'ai eu trente-sept ans hier, mais personne ne le sait : taire cette échéance m'a évité d'organiser une fête inutile, d'effectuer des dépenses superflues. Je jette un coup d'œil à mon petit miroir qui me renvoie l'image d'un vieillard rabougri, maigre, édenté, à moitié chauve… et solitaire. Quel bilan établir de ces années et de toute ma vie ? Pourrai-je un jour équilibrer les pages du débit et du crédit dans le livre de comptes aride de mon existence, remplir celles que j'ai trop souvent laissées vierges pour la raison que je n'ai jamais vraiment vécu, jamais vraiment aimé ?

Je sursaute en entendant l'heure sonner à la tour de l'horloge, ainsi que les voix et les bruits qui s'élèvent de la cour où hommes et femmes sont déjà occupés par les préparatifs du départ – vider entièrement l'entrepôt, remplir les derniers sacs *marqués de mon signe*, mes initiales surmontées d'une croix –, tandis que vont et viennent chariots et porteurs. J'ai confié le soin d'effectuer l'ennuyeux inventaire à Moresini, qui demeurera à Constantinople au service des Badoer ; pour sûr, il trouvera le moyen d'escamoter quelques biens. L'autre *juenvle*, Zuaneto, regagnera Venise avec moi et mes trois esclaves, Maria, Zorzi et Caterina. L'écurie a déjà été vidée ; le cheval gris que j'avais acheté pour remplacer mon bai famélique a déjà été revendu avec son caparaçon turquoise et sa couverture de drap, sa selle et sa bride ; ma barque aussi.

Je me charge moi-même des derniers objets que je conserve dans ma chambre, les enregistrant sur une feuille et les entassant dans deux caisses. Dans la première, mes rares habits de valeur : une houppelande d'écarlate à la mode du Brabant, un surcot noir garni de renard, des chemises en soie, des foulards de soie et d'or, des chaussures et des babouches. Je mets de côté pour le voyage une jaque d'étoffe rêche, plus pratique, un doublet de laine, un bonnet et des bottes, un sac rempli de tuniques, braies, chausses, peignes, savon, mouchoirs, touailles et rasoir ; j'ajoute mes bésicles, du papier, une plume, un encrier et un petit brouillard vierge. Mes quelques bijoux, ainsi qu'un *unguel en or pour soigner les dents*, lesquelles sont en fort mauvais état, iront dans une bourse en cuir que je porterai cachée sur moi et dont je ne me séparerai pas. Dans la seconde caisse, de rares objets de valeur : chandeliers, tasses et couverts en argent aux armes des Badoer, une petite icône byzantine de Notre Dame des Blachernes que j'ai achetée à une vente aux enchères d'articles usagés. Enfin, je glisse dans un gros sac les boîtes et les portefeuilles contenant papiers épars, reliés ou épinglés, mes brouillards et mes journaux.

Reste le grand-livre de comptes, ouvert à la dernière page marquée du dernier numéro que j'ai tracé dans les coins extérieurs des deux faces, 418, et de l'inscription *solde de ce livre*. Je le regarde une dernière fois, plongé dans mes pensées, puis rabats sa couverture en cuir, noircie par les empreintes de mes doigts.

5

Mariya

Encore à Constantinople,
à l'aube du 26 février 1440

Non, je n'arrive vraiment pas à me rappeler le nom du hameau où je suis née.

Seuls me reviennent en mémoire des fragments de la langue que j'oublie peu à peu, les mots qu'employaient les vieillards pour dénommer l'ensemble désordonné de maisonnettes en bois où nous vivions à l'orée de la grande forêt : *derevushka*, *narod*. Mais *derevushka* et *narod* ne signifient rien de plus que *village* et *peuple*, ils pourraient désigner n'importe quel village et n'importe quel peuple au monde. Nous utilisions un autre terme, plus vaste et plus vague : la communauté du village portait le nom de *mir*, qui veut également dire *paix* et *monde*. Comment pourrais-je y retourner en demandant : Où se trouvent mon peuple, mon monde, ma paix : *moy narod, moy mir ?* On me prendrait pour une folle et peut-être le suis-je véritablement devenue : une créature sans toit, sans langue, sans Dieu, sans paix, sans rien. Je serais même incapable d'expliquer d'où je viens. Peut-être me contenterais-je de dire : Je viens de loin, de très loin, de l'autre côté de cette grande mer qui borde la ville où l'on m'a conduite, enchaînée, d'un pays de cours d'eau, d'arbres et de terres noires. Comment, dans ce cas, le retrouver ?

Avant d'être enlevée par les cavaliers de l'Apocalypse, j'ignorais même qu'il y avait quelque chose au-delà de l'horizon qu'on apercevait depuis le clocher de la petite église de *Svyataya Yekaterina Velikaya*, Sainte-Catherine-la-Grande, une isba juste un peu plus grande que les autres, en bois massif, parce que là-bas tout était en bois, la forêt nous donnait tout, la pierre n'existait pas. Le monde s'achevait là où prenaient fin les champs cultivés : la rivière, d'un côté, et, de l'autre, la lisière de la forêt dense et obscure. Je n'avais jamais traversé ces confins, je ne savais même pas ce qui s'étendait au-delà, ni même s'il y avait un ailleurs, une terre et un ciel plus vastes que ceux que je voyais, assez vastes pour accueillir le Royaume de Notre Père, *Otche Nash*. Seule l'eau savait d'où elle venait et où elle allait, l'eau que je regardais couler au pied du talus, une eau toujours différente et toujours identique. Mais l'eau ne me l'indiquait pas, elle continuait sa course muette.

Nous ne recevions jamais de visites d'étrangers, à l'exception des artistes nomades, musiciens et saltimbanques qu'on appelle les *skomorokhi*, lors du carnaval de la *Maslenitsa* et des fêtes les plus importantes. Et puis, une fois par an, après le battage et la grande fête d'Ivan Kupala, se présentaient les gardes et les percepteurs du *Knyaz* de Riazan – un prince que personne n'avait jamais vu – qui raflaient les fourrures précieuses des bêtes de la forêt, martres, loups et zibelines, ainsi qu'une bonne partie de nos récoltes et de nos animaux. Souvent, les soldats repartaient aussi avec les plus belles de nos villageoises, dont on n'entendait plus jamais parler. Ils affirmaient que les paysans du *mir* n'étaient pas des êtres libres : les paysans, *smierdi*, sont tous des serfs, des esclaves, *rabov*. Au moins, ils ont la chance d'être des hommes, des moujiks. La femme, *zhena*, occupe un rang inférieur, entre les hommes et les animaux dont elle prend soin ; après avoir effectué toutes les besognes domestiques, engendré et élevé des enfants, cultivé le lin et le chanvre, travaillé à la préparation des tissus et à la confection des vêtements, elle est censée accomplir les travaux les plus durs dont se chargent les hommes, car tous les bras sont nécessaires, y compris ceux des enfants, pour se battre contre la terre noire durant la brève saison où la boue et la glace sont absentes, et cueillir ses fruits pour éviter de mourir durant l'hiver : labourer à mains nues, épandre du fumier, semer, moissonner, battre le grain, ramasser la paille, former des meules.

Mais ces moments de dur labeur avaient aussi le pouvoir de nous unir tous, hommes et femmes, sur la terre et sous le ciel, en un unique et grand *narod*. Les femmes surtout s'en réjouissaient :

envahies par la force obscure et invincible qui fécondait la terre noire, elles avaient alors le sentiment d'être libres. Ainsi je me revois, enfant, armée d'une faucille trop grande pour moi, parcourir les champs de millet au milieu d'hommes et de femmes chantant au rythme des dizaines et dizaines de lames qui s'élevaient en scintillant dans la lumière du soleil sur les vagues dorées du maïs que le vent parcourait. En cette période de l'année, le jour s'étire indéfiniment et le soleil semble se figer à l'horizon, avant de disparaître brièvement dans le crépuscule.

Oui, je me rappelle les rythmes et les sons de ces chants, les odeurs, les bras et les souffles des corps en nage ; je me rappelle nos jeux et nos courses d'enfants, puis d'adolescents, durant les chaudes journées de battage, tandis que les plus âgés, après avoir avalé un goûter composé de pain noir *zhito* et de lard, chantaient, allongés sur le sol, en buvant la douce et forte *medovukha* fermentée qui monte à la tête ; je me rappelle les étranges murmures et gémissements qui s'échappaient de derrière certaines meules de paille, là-bas, près du fleuve. Un jour, rassemblant mon courage, je m'étais approchée et, m'étant ménagé une ouverture, j'avais entrevu deux corps nus qui ondoyaient et s'unissaient à la lumière du soleil, se changeant en un animal haletant à quatre bras, quatre jambes et deux têtes.

Ayant récemment souillé de sang ma *kysku* pour la première fois, j'avais reçu de ma *mamouchka* un certain nombre d'instructions : je ne devais plus me caresser ni fréquenter de trop près les moujiks, qu'ils soient vieux ou jeunes, parce que j'étais désormais une biche parmi les loups ; un jour, les adultes me trouveraient un homme qui me dompterait et m'enfermerait chez lui. Pour le moment, cachée dans la paille, j'observais avec fascination le mystérieux spectacle qui m'était offert. Sentant de l'humidité entre mes jambes, j'y portai les doigts de crainte de m'être une nouvelle fois souillée de sang et de m'exposer par conséquent à la colère de ma mère. Je constatai alors qu'ils étaient recouverts d'une substance transparente, aussi parfumée et poisseuse que le miel de la *medovukha*, mais pas aussi sucrée. Bien décidée à goûter cet étrange miel, je les laissai se promener dans cette autre bouche qui s'ouvrait et dégouttait comme un rayon. Je fermai alors les yeux, comme en extase.

Un certain nombre d'épisodes remontent à ma mémoire. J'ai maintenant quinze ans et tout le monde me considère comme la plus belle fille du village, *samaya krasivaya devushka,* si bien qu'aucun garçon n'a le courage de demander ma main. Je vais toujours à l'église prier la très sainte Mère de Dieu, dont on m'a donné le nom, la Sainte Vierge du Voile, le *pokrov* qui me protège, et je baise sa sainte icône avec la même dévotion. Mais, une fois dans les champs, j'ôte le fichu de couleur vive qui me ceint la tête, laissant mes cheveux noirs retomber librement sur mes épaules et dans mon dos. Par les chaudes journées de l'été, mes seins aussi se meuvent librement sous la légère tunique de chanvre qui constitue en cette période de l'année notre unique vêtement et à travers laquelle je vois pointer mes mamelons. J'ai les jambes et les bras musclés, le visage émacié, des yeux d'ambre aussi mobiles et attentifs que ceux d'un renard des neiges.

J'expose sans la moindre honte mon corps nu aux regards des garçons lorsque je me lave dans le fleuve avec mes amies. Cachés dans les roseaux, ils croient que nous ne les voyons pas, alors que nous savons très bien qu'ils sont là. Nous jouons avec l'eau et nous nous caressons, tandis qu'eux-mêmes se caressent pour se libérer de leur semence. J'ai constaté qu'un point particulier de mon corps me procure un grand plaisir, mais je m'abstiens de le toucher seule, abandonnant ce soin à mes compagnes, dans la rivière et dans la *banja* où nos corps, encore plus diaphanes sous la brume de vapeur chaude, semblent se confondre ; tout en plaisantant, elles me disent : Ton mari posera les doigts ici, et là et là.

Voici le jour sacré d'Ivan Kupala, le jour où le soleil paraît se figer dans le ciel d'été, comme s'il voulait s'attarder aux dépens des ténèbres de la nuit. L'après-midi, pieds nus et uniquement vêtue d'une longue tunique en lin transparente, mes cheveux épars surmontés d'une grande couronne de fleurs, j'accompagne les membres de ma famille dans une clairière située sur un talus près du fleuve. Les fidèles entament le rituel en brûlant des rameaux d'absinthe pour éloigner les mauvais esprits des *roussalkas* et en chantant des hymnes en l'honneur du grand saint Ivan Kupala, le Précurseur qui a baptisé le Christ. Qu'il soit favorable au peuple et déchire le voile de l'avenir dans la nuit magique qui vient.

Au crépuscule, les hommes allument le grand bûcher composé de branches de bouleau. On danse autour du feu en effectuant des cercles concentriques de plus en plus rapides. Dans le cercle central, les adolescentes et les jeunes filles que nous sommes, la peau rougie par la lueur et la chaleur du feu, sautillent sur leurs pieds nus et se transforment en fées magiques aux yeux des hommes. Nous tournons et tournons encore, sans nous arrêter ni nous soucier de la fatigue ou de nos pieds blessés. Nos couronnes tombent, nos cheveux ondoient avec nos corps. Le cercle des jeunes hommes, torse nu, se resserre de plus en plus autour du nôtre, évoquant des chasseurs encerclant une proie. Sila, le plus beau garçon du village, me prend par la main ; ensemble, nous courons et sautons au-dessus des flammes purificatrices. La fête se poursuit par des chants, des récits, des pratiques divinatoires et des libations rituelles autour du feu. Nous autres jeunes gens nous déshabillons et nous précipitons, nus, vers le fleuve. Nous plongeons dans cette eau qui lave et efface toutes les impuretés, nous jouons à nous éclabousser, nous nageons comme des *roussalkas*, sirènes taquines et funestes dont nous n'avons pas peur car nous savons qu'elles délaissent les eaux au printemps pour se cacher sur les branches les plus hautes des arbres jusqu'à l'automne.

Soudain je perçois une présence obscure dans mon dos, comme si un esprit malin était sorti des flots. En pivotant, je découvre une grande forme indistincte. Sur la rive se tiennent un cavalier et d'autres hommes, de nombreux autres hommes ; aussi silencieux que des loups, ils fondent sur nous et sur le peuple réuni autour du feu, innocent, heureux. Un hurlement s'élève, suivi de multiples cris – de terreur, pour certains, d'autres pareils à ceux des bêtes féroces qui paralysent leurs victimes avant de les mettre en pièces à l'aide de leurs griffes. Alors que plusieurs villageois courent vers les habitations, des dizaines de torches s'allument brusquement ; bientôt, un épouvantable cercle de feu se referme autour de la crique et de la clairière jusqu'à l'orée du bois, bloquant toutes les issues. Avant de perdre connaissance, je sens que des mains saisissent avec violence mon corps nu, purifié par le feu et l'eau, le soulèvent et l'emportent dans le vent.

Durant des journées toujours identiques, de minces embarcations descendent le cours du fleuve. Sur la crête des monts défilent des troupes de cavaliers à la tête ceinte d'un turban, ou coiffés d'un casque à pointe, et parfois des files entières d'hommes enchaînés qui se traînent lentement dans la poussière. À bord du bateau, le timonier actionne sa longue rame, entouré d'enfants et de femmes vêtus de toile grossière, enchaînés. Les jours se succèdent, immuables, ponctués de brèves étapes durant lesquelles on nous permet de nous dégourdir les jambes et de nous reposer, de manger un morceau de pain noir. Le lit du fleuve s'élargit, tandis que sa rive droite s'abaisse, que la forêt s'éclaircit et que le courant ralentit. Derrière une large anse, il se transforme en lac, autour duquel on aperçoit les fumées et les étendards d'un grand campement tatar. Le premier tri a lieu au moment où nous quittons l'embarcation : les enfants les plus jeunes sont emmenés, sous les cris et les pleurs de leurs mères. Les jeunes filles et les femmes, au nombre desquelles je figure, sont dénudées et disposées en rang avant d'être examinées par les chefs de la Horde. Ils s'en octroient une partie et conduisent les autres à bord de bateaux plus puissants.

J'ai l'impression de vivre comme dans un cauchemar. Les chaînes, les contacts avec les autres corps agglutinés, les pleurs, les prières, l'odeur d'urine et d'excréments stagnant au fond de l'embarcation, les yeux impénétrables d'hommes au visage féroce, leurs coups de fouet, leurs mains sur une peau qui ne m'appartient plus. J'ai le sentiment d'être morte, je ne bouge presque plus, me laissant bercer par le mouvement du bateau et de mes compagnes d'infortune. Peut-être suis-je vraiment morte, comme toutes les autres, peut-être est-ce le jour du Jugement dernier : ces cavaliers à l'horizon ne sont-ils pas semblables à ceux de l'Apocalypse ? Et ces hommes à la peau mate, à la barbe noire et aux yeux injectés de sang, armés de crochets et de fouets, ne sont-ils pas plutôt des démons chargés de nous conduire en enfer ?

De temps en temps, je lève la main droite en cachette pour me signer trois fois, portant machinalement mes doigts du front jusqu'au nombril, puis de l'épaule droite à l'épaule gauche, et appelant au secours la Sainte Vierge dont je partage le prénom. Le marinier abat sa rame sur nous, non par un surplus de cruauté gratuite, mais pour voir si ses passagères sont encore en vie. Quand l'une de nous ne respire plus, les soldats s'en débarrassent en la jetant à l'eau, tel un baluchon de toile qui disparaît sans bruit, et dans le remous sombre de l'eau qui l'engloutit nous ne voyons plus qu'un nuage de cheveux ou une main qui semble nous saluer tandis que le bateau s'éloigne. La lune se lève et se couche, se renouvelant une ou deux fois – personne ne le sait, parce que personne ne tient plus le compte des jours. Enfin, le fleuve, de plus en plus large, se divise en formant un labyrinthe d'eau. Le courant ralentit. Les embarcations accostent sur un banc de sable. Toutefois nous ne sommes pas arrivées à destination : il nous faut encore marcher des jours et des jours durant le long de la rive, enchaînées, pieds nus, en sang. En cas de chute, on nous fouette jusqu'à ce que nous nous relevions, et celles qui restent au sol sont abandonnées là, à la merci des chiens sauvages squelettiques qui suivent notre procession à distance, par crainte du bâton. Nous ne nous en apercevons même plus. Nous avançons docilement, tels des agneaux emmenés au sacrifice, obéissant aux cris et aux coups de fouet, stupéfaites par la vue du fleuve qui se change en une unique étendue d'eau se confondant avec le ciel. Voici donc où se jette l'eau qui descend de mon village, où se jettent toutes les eaux de toutes les rivières et de tous les ruisseaux, voici donc les confins du monde où l'eau bascule, peut-être, en réintégrant le chaos obscur. L'enfer se rapproche.

Nous atteignons un lieu étrange qu'on désigne sous le nom de port, Porto Pisano. Près de la rive sont amarrées d'énormes embarcations aux allures de monstres : les plus longues ont les flancs garnis de pieux ; les plus grosses sont dotées d'immenses troncs ramifiés, pareils aux arbres des forêts. On nous conduit dans un autre campement tatar, non loin du port, on nous entasse dans un enclos. J'ai perdu tous les êtres que j'aimais et connaissais au cours de ce long voyage ; au fil des transbordements et des étapes, les peuples et les villages se sont confondus, puis effacés, ma langue s'est mêlée à celles d'autres individus – Circassiens, Zikhes, Coumans et même Tatars, tribus dispersées et errantes. Je ne comprends plus rien ; égarée au milieu des corps et des gémissements, des cris et des coups de fouet, je suis complètement seule. Il ne me reste que la prière. Je la dévide en silence, les yeux fermés, implorant la très sainte Mère de tourner vers moi son regard miséricordieux, d'étendre sur ma personne son voile miraculeux, le *pokrov*, de me protéger du mal et de la mort. Je la dévide avec toute la ferveur dont je suis capable lorsqu'on me traîne dans une tente sale – pas moi, juste mon corps, car en ces instants-là je confie mon âme à la très sainte Mère et j'ai la sensation d'être protégée par le *pokrov*, là-haut, dans un ciel azuré. Même si, au sol, sur une paillasse, un groupe de démons profanent mon corps en riant bestialement et en avalant des gobelets de vin, avant de me repousser dans l'enclos.

Un jour, un chef tatar nous ordonne de nous laver. On nous examine, y compris entre les jambes, et nous sépare en plusieurs groupes, puis on nous donne des tuniques propres et des sabots. On nous conduit à la citadelle du port, sur un terre-plein où l'on nous vend comme des bêtes au marché. Quand vient mon tour, je monte, nue, sur une estrade avec d'autres adolescentes. Des dizaines d'hommes à l'aspect et aux vêtements étranges nous observent en écoutant une voix qui crie dans des langues inconnues. Des mains me tâtent. Pas moi : mon corps, car mon âme est ailleurs. Puis d'autres mains encore me saisissent, me rhabillent, m'emmènent dans un nouvel entrepôt sombre et, plus tard, dans le ventre d'un de ces gros bateaux que j'ai vus sur l'eau. J'ignore combien de jours je passe là, dans la cale, des jours uniquement scandés par les besoins corporels, tandis que l'énorme bâtiment se meut, tantôt comme s'il glissait, tantôt comme s'il se battait contre un monstre, se cabrant et retombant violemment, nous précipitant les unes sur les autres, nous projetant contre ses flancs. J'ai peur qu'il ne finisse par atteindre les frontières de l'eau et ne bascule ensuite dans l'enfer. De temps en temps, une trappe s'ouvre au-dessus de nos têtes. On nous lance, comme à des chiens, des bouts de pain noir et des harengs secs trempés dans l'eau de mer, ainsi qu'un seau d'eau putride. Après y avoir bu, certaines d'entre nous sont prises de fièvre. Lorsqu'elles cessent de bouger et que des mouches se posent sur leur visage, les démons les hissent sur le pont, après quoi l'on entend un bruit sourd de corps qui coulent.

Un jour, on nous fait sortir à la lumière du soleil. Je suis trop faible pour comprendre ce qui m'arrive, et mes pupilles sont trop habituées à la pénombre pour distinguer les formes du nouveau monde qui m'entoure. On me traîne tout simplement dans une autre pénombre, dans un autre entrepôt, en compagnie d'autres filles. On nous en extirpe une seule fois, la tête dissimulée sous un capuchon, pour nous conduire dans une sorte d'église, non de bois, mais de pierre. Un rayon d'espoir se fraie un chemin jusqu'à moi : je reconnais la croix, bien qu'elle soit différente de la nôtre, et l'image de la Sainte Vierge à l'Enfant. Je me signe rapidement. Ceci n'est pas l'enfer ! Il se peut que je sois encore en vie, que mes prières aient été exaucées ! Un moine qui connaît quelques mots dans ma langue me demande comment je m'appelle et, m'entendant répondre *Mariya*, jette un peu d'eau sur mes cheveux en prononçant une formule que je ne comprends pas, ainsi que le prénom Maria. Ces gouttes d'eau seraient-elles le saint baptême que nous recevons, nous autres, à l'âge adulte, plongés dans l'eau ? Mais pourquoi m'a-t-il éclaboussée de la sorte, puisque j'ai déjà été baptisée et, de surcroît, purifiée par le feu lors de la fête d'Ivan Kupala ?

Plusieurs jours s'écoulent. De nouveau, on examine mon corps nu, de nouveau, des mains me touchent, de nouveau, des mots sont dits dans une langue inconnue. Mais un détail insolite attire mon attention : les mains qui m'ont touchée ont également ouvert une bourse en cuir, dont elles ont tiré de petits disques d'un métal semblable à de l'or, oui, ce métal est de la même couleur et il brille autant que la croix portée en procession pour la fête de la Grande Pâque par le pope revêtu des parements sacrés et enveloppé dans les fumées de l'encens. À quoi servent ces petits disques d'or ? À acheter mon corps ? Ma vie, mon âme, ma liberté ont-elles un prix ? Et leur prix consiste-t-il en ce tas de petits disques d'or passé de mains en mains, ces mêmes mains sales qui m'ont touchée jusque dans la *pizda* ? Ma *pizda* est-elle aussi la propriété de quelqu'un ?

Dehors, c'est sans doute l'hiver. J'entends le vent siffler et la pluie tomber, mais je suis habituée à glisser sur la neige des talus et sur les plaques glacées du fleuve, je n'ai pas froid, même si je suis nue dans cette salle. L'un des hommes, celui qui a tendu la bourse en cuir, pose une main sur mes seins et les palpe, effleurant ma peau du bout des doigts. Mes mamelons se durcissent. J'entends qu'on m'appelle Maria, au lieu de Mariya, et je comprends que je m'apprête à pénétrer dans une nouvelle réalité. Le cauchemar qui a débuté une nuit d'été va prendre fin ; un autre commencera peut-être, ou pas. Mais je suis encore en vie. Je dois rester en vie. J'y arriverai. Je remets la tunique déchirée dans laquelle je suis venue et suis l'homme qui m'a achetée, mon maître.

Ce n'est pas un méchant homme. Il m'a confiée à une vieille Grecque qui m'enseigne peu à peu la langue dans laquelle ses semblables et lui-même s'expriment ; c'est une des nombreuses langues qui retentissent à l'intérieur de cette cour ceinte de murs et d'entrepôts – et apparemment la plus importante, la plus jolie aussi. Je l'apprends rapidement. La vieille femme me lave, soigne mes cicatrices, efface mes imperfections à l'aide d'onguents, m'épouille, peigne mes longs cheveux noirs et m'attribue une paillasse sous la table de la cuisine ; de cette façon, si je reste éveillée, j'éloignerai aussi les rats. Mais, les premières nuits, je dors d'un sommeil profond et rêve de mon village, du fleuve, du visage de Sila qui pâlit progressivement, au point de disparaître, et puis de ma descente en enfer, où je suis fouettée et possédée par des démons qui enfoncent des braises enflammées dans ma *pizda*, me déchirent la poitrine et dévorent mon cœur. Je crie dans la nuit et sens la main de la vieille Grecque me caresser les cheveux, je l'entends me chanter de sa voix rauque une comptine inconnue. Au bout de quelque temps, je commence à travailler dans le comptoir et apporte de l'aide à tout le monde : je nettoie les latrines et les sols, prépare la lessive, lave le linge, m'occupe du feu, accompagne la vieille femme au marché, fais la cuisine, sers le repas et le vin aux employés et aux artisans. Tout est, pour moi, une source d'émerveillement : les murs de pierre et non de bois, les casseroles en cuivre, l'abondance et la diversité des mets, le parfum des épices, la diversité des vêtements et des visages qu'on rencontre dans le comptoir, les mille langues qui y résonnent.

La vieille Grecque m'emmène aux étages supérieurs afin que, profitant de l'absence du maître et de ses assistants, nous en rangions les pièces. Nous pénétrons dans la chambre du premier, où, bouche bée, je découvre un grand lit. Je n'en avais jamais vu de la sorte ! Je contemple ses hauts bords de bois sculpté, son énorme matelas rempli de laine, recouvert de draps et d'édredons, puis déclare en riant que j'aimerais bien l'essayer. La vieille femme sourit et me laisse peu à peu entendre qu'il ne s'agit pas d'un rêve impossible. Notre maître est un homme bon, c'est bien connu, un homme important, plus riche peut-être que l'empereur, mais il est demeuré un enfant. Le soir il s'enferme entre ces quatre murs et se met à écrire à l'intérieur de cette espèce d'arche en bois : elle l'a vu par un trou dans la porte. Maria sait-elle en quoi consiste l'écriture ? Oui, je ne suis pas si barbare, je sais qu'écrire et lire sont des choses sacrées, car chez nous seul s'y employait le pope, qui soulevait solennellement le Livre saint, orné d'argent et de pierres colorées, où étaient réunis les mots que Dieu avait dictés. Le grand-livre qui gît sur cette table, en revanche, n'a pas l'air sacré, on n'y voit ni les caractères pointus que lisait le pope, des caractères familiers quoique incompréhensibles, ni les belles représentations en couleur des patriarches et des saints. Serait-ce un livre de sorcellerie, de magie noire ?

Je m'apprête à l'effleurer de la main lorsque la vieille femme s'écrie : Malheur à toi si tu le touches et en tournes les pages lorsque nous rangeons la chambre ! Tout, ici, doit rester tel que nous le trouvons. Voici ce que fait notre maître chaque soir : il écrit pendant deux ou trois heures, puis éteint sa lampe et se couche dans le lit que tu vois ici, mais il ne dort pas, non, il gémit, se tourne et se retourne, pleure des heures durant, voire toute la nuit, tel un enfant. Le lendemain matin, comme s'il s'était changé en méchant homme, il ordonne qu'on fouette non seulement ceux de ses employés qui désobéissent ou se trompent, mais aussi ceux qui ne sont coupables de rien, et réprimande quiconque sans raison. On prétend qu'il est victime d'un sortilège lancé par une sorcière dans la ville d'où il est issu. La nuit, dit-on, les mauvais esprits qui se cachent sous son lit le saisissent par les pieds et le tourmentent sans trêve, raison pour laquelle, peut-être, il a résolu de dormir dans ce meuble aussi grand qu'un château, même si cela ne sert à rien. Pour vaincre le sortilège, il lui faudrait une compagne. Pas une épouse ni une maîtresse, non. Une sorte de mère. De nourrice. Comme le racontent les fables, seule une jeune fille forte serait en mesure de l'aider. Notre maître est un homme bon, il saurait la récompenser : une nouvelle vie, peut-être la liberté.

Les jours suivants, la vieille femme répète cette histoire à de multiples reprises. Je comprends où elle veut en venir et finis par accepter, d'autant plus que je suis lasse de ma paillasse et des rats qui me reniflent les cheveux sur le sol de la cuisine. Les règles à observer sont simples : je dois me garder de parler au maître, qui, quant à lui, ne m'adressera jamais la parole. Le soir, au moment du coucher, je monterai dans la salle à manger du premier étage et attendrai tranquillement que la lumière faiblisse. J'entrerai alors dans la chambre et passerai derrière le bureau sans mot dire. Le maître feindra de ne pas m'avoir entendue. Je me déshabillerai et me tapirai, nue, dans le lit que je réchaufferai pour lui. Il ne tardera pas à me rejoindre. Je demeurerai immobile. Il dormira et je dormirai moi aussi. S'il me touche ou me fait quelque autre chose, je m'abstiendrai de réagir. À l'aube, je me lèverai avant lui et m'éclipserai discrètement en évitant de le réveiller. C'est tout. Le soir, je me laverai soigneusement mais ne me parfumerai pas : l'odeur fraîche de mon corps et de mes cheveux suffira.

J'accomplis scrupuleusement mon devoir. Près de moi, le maître dort comme un bébé, toute la nuit, sans me réveiller. Privé de ses grosses houppelandes, son corps nu est menu, plus petit que le mien et il se rétrécit davantage lorsqu'il se blottit contre moi. Les premières fois, je n'arrive pas à fermer l'œil, de peur qu'une chose terrible ne se produise. Mais ce n'est pas le cas. Peu à peu, j'esquisse un geste, je caresse les quelques poils de sa tête chauve en murmurant une comptine qui me rappelle mon enfance : *Tili tili vom, zhakruy glazha skorye*, ferme les yeux mon petit, quelqu'un marche dehors et emmène les enfants qui ne veulent pas dormir… Rarement, peut-être une fois par mois, je sens qu'il gigote, touche son petit *chlyen*, le fourre entre mes cuisses chaudes, mais pas en moi, et me souille très vite d'un liquide poisseux. Enfin, il s'endort calmement.

En bavardant avec la vieille Grecque, j'ai appris où je me trouve, et cette découverte me remplit d'émerveillement : je suis à Constantinople, la capitale de l'Empire qui renferme la demeure de l'empereur des Romains. C'est un des rares lieux du monde dont je connaissais le nom et l'existence au cours de ma première vie dans mon village. À la fin de l'année, la nuit de la Saint-Basile, ma grand-mère préparait soigneusement la *grechka*, une soupe de sarrasin qu'elle faisait cuire dans le chaudron, telle une Parque, au son de vieilles chansons : J'ai semé la *grechka*, j'ai cultivé la *grechka*, j'ai envoyé la belle et brune *grechka* à l'empereur, à Constantinople, afin qu'il soit honoré avec les princes et les boyards, par l'avoine et le blé ; et voici qu'elle nous est revenue, disait-elle dans un rire en versant le gruau fumant dans nos gamelles d'enfants.

La Grecque sourit en écoutant la comptine et me corrige : Constantinople ne tire pas son importance de votre seul gruau. Autrefois, la ville dominait le monde. Mais le temps dévore tout, ajoute-t-elle en pleurant, la vie comme la beauté. Jadis elle-même n'avait rien de commun avec la vieillarde édentée que je vois, elle se prénommait Irene et était une moniale. On l'avait chassée ignominieusement de son couvent après l'avoir surprise au lit avec son amant, excommuniée et jetée dans la rue. Elle a survécu en se prostituant et en mendiant près de la Porte dorée, jusqu'au jour où un marchand vénitien qui passait par là a eu pitié d'elle et l'a accueillie dans son comptoir pour qu'elle y effectuât les besognes les plus humbles et instruisît ses esclaves.

En entendant l'histoire d'Irene, je songe avec émotion à ma propre apocalypse, au *mir* qui a disparu de ma vie, à ma *mamouchka*, à mes amies, à Sila. Ce récit nous rapproche, elle, la vieille putain, et moi, la jeune esclave. Je vois bientôt en Irene ma babouchka, ma grand-mère. Au marché, je me charge de porter ses sacs et, les jours de fête, je l'accompagne dans les églises des Grecs. Comment pourrais-je décrire leur merveilleuse beauté, moi qui n'ai connu que la petite église en bois de mon village ? On les croirait fabriquées de la propre main de Dieu ! J'aimerais m'agenouiller devant la très sainte Mère du Voile qui m'a protégée et sauvée le long de mon voyage en enfer, mais babouchka Irene m'explique, en larmes, que le voile miraculeux, le *maphorion*, et la sainte icône de la Blachernitissa n'existent plus : ils ont été détruits dans un incendie.

Je suis désespérée. Ne retrouverai-je donc pas ma Vierge ? Qui me protégera ? Puis, par un jour de juillet, alors que je me trouve au marché des vieux objets en compagnie de babouchka Irene et de notre maître, je l'aperçois sur une charrette, près d'un pot à lait en cuivre et de deux chaudrons abîmés : ma Vierge m'ouvre les bras en étendant son voile, peinte en couleurs vives et en or sur une tablette de bois vermoulu. C'est un de ces miracles qui se produisent à l'improviste, lorsqu'on s'y attend le moins. Tout en criant, en pleurant de joie et en me signant plusieurs fois, j'indique le chariot et, telle une enfant capricieuse, refuse de bouger tant qu'on n'aura pas emporté l'icône. Babouchka Irene se signe elle aussi et murmure quelques mots à l'oreille de notre maître, qui se voit obligé d'acheter au marchand roublard aussi bien l'icône que le pot à lait et les chaudrons. Quand il regagnera sa chambre, il constatera que j'ai déjà cloué au mur la Blachernitissa, entre son lit et son bureau.

Deux ans se sont écoulés. J'ai vu arriver un nouvel esclave, Zorzi, à qui l'on a aussitôt attribué les travaux les plus pénibles, ainsi qu'une couche de paille près du cheval, dans l'écurie. Il est abkhaze, a dix-huit ans et ne semble même pas capable de manier sa propre langue. Lorsqu'il ne s'isole pas, il est totalement renfermé sur lui-même.

Enfin, un étrange garçon blond, vêtu de guenilles bizarres et de bottes crasseuses, se présente dans la cour, derrière le maître. J'interromps mon ménage, au premier étage, pour l'observer à travers la fenêtre. Il entre dans la cuisine, d'où babouchka Irene sort bientôt en boitant pour m'ordonner de descendre. Nous regagnons ensemble la pièce. Contrairement à son habitude, le maître plonge ses yeux dans les miens et me dit en montrant de la main le garçon, debout dans un coin : Prends soin de Caterina pour tout le nécessaire. Sur ces mots, il tourne les talons, car son gros livre l'appelle. Qui est donc Caterina ? Ce petit blond ? J'échange un regard perplexe avec Irene, qui se hâte de chasser les employés accourus dans la cour par curiosité, réclame un baquet ainsi que des vêtements et m'indique tout bas comment procéder, avant de sortir en tirant la porte derrière elle.

Je fais bouillir de l'eau dans l'âtre, en remplis le baquet et déshabille la jeune fille tout en regardant, intriguée, le corset qui lui enserre la poitrine, ainsi qu'une étrange bague en étain qu'elle défend férocement contre ma tentative de la lui ôter. Je n'insiste pas. Peut-être s'agit-il du seul souvenir qu'elle ait gardé d'un être aimé ou d'un événement. Nue, Caterina semble *priekrasni*, *zhimichételne*, magnifique, merveilleuse. Ses bras et ses jambes fermes d'adolescente trahissent la vie sauvage qu'elle a probablement menée dans les bois ; si l'on fait abstraction de ses cheveux courts qui lui donnent une allure équivoque, entre garçon et fille, elle me ressemble beaucoup. À en juger par sa grande taille et par son beau visage, ce n'est pas une Tatare. Sans doute vient-elle de Circassie, cette région de montagnes : dans le bazar, j'ai vu passer d'autres esclaves de ce genre, sauvages, élancées et sublimes ; mon maître en a acheté un certain nombre pour les revendre avec profit, non pour les transformer en compagnes, privilège dont je suis la seule bénéficiaire.

J'invite Caterina à entrer dans le baquet et la lave soigneusement à l'aide d'une éponge, d'une brosse et d'un peu de savon au santal. Je la frictionne ensuite dans des serviettes propres, fascinée par sa peau douce et lumineuse, quoiqu'un peu sèche et gercée, peut-être à cause des désagréments de son voyage en mer. Je lui applique l'onguent huileux que babouchka Irene m'a remis, l'étalant lentement sur son dos et ses fesses, puis devant, sur son cou et ses seins. Le regard absent, elle paraît complètement passive. Quand je me baisse pour lui sécher les jambes, j'examine son sexe en glissant deux doigts à l'intérieur, comme me l'a expliqué Irene, ce qui lui arrache un petit gémissement. Je m'interromps immédiatement, parce que j'ai trouvé ce que je cherchais ; mais l'écho de cette plainte continue de retentir en moi et me trouble pour une raison qui m'échappe.

Je rhabille Caterina en commençant par enrouler une bande de coton autour de sa poitrine, pas trop serrée toutefois : ses jeunes seins sont restés trop longtemps comprimés par le corset, il faut maintenant qu'ils respirent un peu. Puis je lui passe la tenue des femmes du peuple, constituée d'une longue tunique et d'un tablier, rien de plus, et lui glisse de gros sabots aux pieds. Enfin je contemple, amusée, le résultat de cette mue, la transformation de l'adolescent grognon en jeune servante anonyme, à la tunique trop large, aux cheveux courts et hirsutes, à l'air de chien battu. Mais elle détourne le regard, et je comprends qu'elle n'a aucune envie de plaisanter. Demain, je nouerai autour de sa tête, en guise de turban, un foulard de toile grise semblable à celui que je porte sur ma longue chevelure noire : cela lui donnera un air plus servile et dissimulera sa coupe de cheveux des plus inconvenante. Plusieurs mois seront nécessaires pour qu'ils repoussent. Mais par quel mystère tout ce que nous faisons, nous autres femmes, est considéré comme inconvenant ? Quand nous montrons nos longs cheveux, on nous dit que c'est un péché car cela excite les hommes ; quand nous les coupons court, c'est encore pire.

La nuit est tombée et déjà on allume les lanternes dans la cour. J'invite Caterina à s'asseoir, pose sur la table les restes de la *grechka* que j'ai préparée hier, ainsi qu'une fiasque de vin coupé. Nous mangeons ensemble en silence. L'odeur que dégage la peau de la jeune fille après le bain s'insinue dans mes narines et, pour la seconde fois, je suis saisie d'un trouble étrange. Enfin, je glisse une paillasse sous la table, jette dessus une couverture et, non sans rudesse, indique à Caterina qu'il s'agit là de son lit. Elle s'y blottit sans mot dire et se tourne de l'autre côté. Suffit, il faut maintenant que je monte à l'étage. Une dernière chose : je tire d'un meuble une bouteille d'un vin de Chypre corsé et épicé. J'en bois un gobelet bien rempli à la santé de notre *patrun*, puis je m'en vais.

Le lendemain matin, je suis de bonne humeur, comme d'habitude. J'ai sans doute fait un rêve agréable que j'ai oublié entre-temps. Je descends tôt en chantant dans mon ancienne langue, que j'oublie peu à peu, vide dans un coin à l'écart ma vessie en soulevant ma tunique, me lave le visage et les épaules à la fontaine de pierre et salue, dans la cour, les employés et les porteurs qui travaillent depuis les premières lueurs de l'aube. Je réveille Zorzi, l'esclave, au moyen d'un seau d'eau : il lui faut nettoyer l'écurie sans tarder et nourrir le cheval. J'ouvre tout grand la porte de la cuisine et secoue rudement la paillasse de Caterina en disant : *Dobroe utra, Katioucha, lyubov maya*, Bonjour, Katioucha, mon amour. À ma grande surprise, une voix faible me répond de sous la table : *Spasiba*, Merci. Je me baisse. Une tête blonde, ébouriffée, surgit comme un chaume de la couverture sale ; ses yeux brillent telles des turquoises, pareilles à des gemmes qu'un magicien aurait oubliées.

Ça alors, elle connaît ma langue ? Est-elle *rous*, elle aussi ? Pourquoi ne me l'a-t-elle pas dit plus tôt ? Mais j'ai parlé trop vite, et Katioucha n'a rien saisi. Je répète plus lentement. La jeune fille, qui s'est assise entre-temps, répond en mêlant le russe à une langue inconnue. Non, elle n'est pas *rous*, mais sa nourrice, Irina, l'était, et elle lui a appris ces mots qui constituaient leur langue secrète, leur *chakobska*, une langue de chasse différente de celle des autres femmes et filles. Si elle a dit *spasiba*, c'est aussi pour me remercier de l'avoir lavée et d'avoir dîné avec elle hier. Elle promet d'être sage et d'obéir à mes ordres, de ne pas essayer de s'enfuir.

D'où vient donc cette fille ? A-t-elle deviné que je suis moi aussi une esclave, et non la maîtresse de maison ? J'essaie de le lui expliquer, sans arriver toutefois à mes fins. Je m'aperçois qu'elle comprend un peu le vénitien et qu'elle le parle avec l'accent miellé des Génois qui habitent de l'autre côté de la Corne d'Or. Bien, ce sera désormais notre langue, comme l'usage le requiert : celle de l'homme auquel nous appartenons. Les langues de notre enfance sont à jamais perdues, il nous faut les oublier. Nous continuerons en cachette d'échanger en souriant quelques mots de notre *chakobska*, marque d'une complicité secrète qui me ravit, car j'ai l'impression d'avoir trouvé une *siestrenka*, une petite sœur : *dobri, karasho, pazhalsta*. Katioucha apprend rapidement, parce qu'elle est aussi vive qu'un renardeau. En revanche, elle a du mal à oublier, malgré les conseils que je lui livre, fondés sur ma propre expérience : moins on a de souvenirs, moins on souffre. Peut-être ne réussira-t-elle jamais à chasser de sa mémoire le monde libre d'où elle est issue.

Par une veille de Noël inhabituellement froide où tombaient quelques flocons de neige, Irene est morte. Elle est désormais en paix. Nous l'avons découverte inanimée dans la cage d'escalier où elle dormait, enveloppée dans ses haillons, l'air aussi serein que si elle rêvait d'un ange, et il se peut qu'un ange soit vraiment descendu dans la nuit sainte lui apporter le pardon de la Vierge *Théotokos* et l'emmener. Reste son corps raide. J'ai demandé à notre maître de lui octroyer une digne sépulture de chrétienne : impossible de jeter babouchka aux chiens, parmi les ordures. J'insiste et m'impatiente tandis que, penché sur sa table en ce jour de Noël pour effectuer un échange compliqué entre dirhams et aspres turcs, il feint de ne pas m'entendre : Irene ne comptait pas parmi ses esclaves ni ceux de sa famille, il n'y a pas d'écriture la concernant dans le grand-livre ; par conséquent, elle n'existe pas, et puis c'était une Grecque, une prostituée, une religieuse excommuniée. Pour se débarrasser de moi, il me tend quelques pièces en cuivre, sans oublier de noter cette dépense dans son grand-livre sous la vague inscription *pour mon usage.*

J'appelle Katioucha : Sais-tu comment procéder ? La jeune fille acquiesce, elle se rappelle ce qu'elle a fait pour sa grand-mère : Il faut laver Irene et l'oindre de baume, lui passer ses plus beaux vêtements, la conduire sur une civière dans le bois sacré, l'asseoir sur un bûcher et la veiller pendant huit jours. Malgré ma tristesse et mes larmes, j'ai du mal à réprimer un sourire : de quel monde Katioucha sort-elle donc ? Il est impossible d'agir de la sorte. Nous déposons délicatement le corps léger de babouchka dans un vieux drap, étendu sur la table de la cuisine, étirons non sans mal ses membres contractés par le froid et la mort, lui lavons les mains et le visage, puis nouons une bande de tissu propre autour de ses mâchoires et de sa nuque, pour refermer sa bouche édentée. Nous l'enveloppons et l'enfermons dans ce suaire. Deux porteurs hissent sur leurs épaules ce maigre fardeau et tous, nous leur emboîtons le pas. Nous nous dirigeons dans l'air gris et froid vers le petit monastère de Sainte-Marie-des-Mongols, où les religieuses ont accepté d'enterrer babouchka au pied d'un orme, dans la terre d'un cimetière qui évoque un potager, un coin de paix ceint de murs.

Je dois vraiment tout enseigner à ma petite sœur, *siestrenka* Katioucha, qui a toujours l'air de tomber des nues. Avant toute chose, je lui apprends à se signer de la bonne façon, non à l'envers, comme ces hérétiques latins que sont notre maître et les autres Francs, et à embrasser trois fois, matin et soir, en guise de salut. Je découvre également que les mondes dont nous provenons toutes deux ne sont pas aussi éloignés qu'il ne paraît. Katioucha me raconte qu'elle a participé, comme moi, à une grande fête sacrée sur la rive d'un fleuve, qu'elle a dansé et tourbillonné, qu'elle s'est baignée nue avec des jeunes gens des deux sexes par une nuit de pleine lune. Je ferme à demi les yeux et m'imagine frôlant le corps juvénile de ma *siestrenka* dans les eaux argentées.

Katioucha sait faire également ce dont seuls les saints ou les moines sont capables en confiant leurs gestes à la main d'un ange, disait-on dans mon village : représenter des icônes sacrées. Elle a peu à peu rempli la cuisine de dessins au fusain ou à la sanguine : le chat qui dort près de l'âtre, le cheval dans l'écurie, la tête de cet imbécile de Zorzi et celle de notre maître, chauve et muni de bésicles, ce qui lui vaudrait des coups de fouet s'il la découvrait, enfin, des entrelacs fantaisistes de plantes et de fleurs semblables à des nœuds, ainsi qu'un étrange lys. Sait-elle représenter aussi des figures saintes ? Sans un mot, elle s'empare du fusain et trace sur le crépi l'icône de la Sainte Vierge du Voile, bras écartés – qu'elle soit toujours bénie –, accrochée à l'étage, et les larmes me montent aux yeux, je me signe avec dévotion. Que Katioucha aussi soit bénie, sa main est probablement guidée par un ange invisible.

Pour ma part, je lui enseigne toutes les besognes nécessaires pour devenir une bonne esclave et, par prudence, me tiens toujours à ses côtés. Partout où apparaissent mes mèches noires, maintenues à grand-peine par ma coiffe, surgissent peu après les longs cheveux dorés de Katioucha qui porte non sans peine deux seaux d'eau. Nous n'avons rien à craindre de notre maître : c'est un brave homme qui travaille sans cesse avant de s'enfermer dans sa chambre pour jouer avec ses papiers et ses plumes d'oie. De plus, ses écritures n'ont rien de maléfique car j'ai accroché derrière son bureau l'icône sainte de la Blachernitissa : elle a chassé jusqu'aux petits démons cachés sous son lit qui lui tourmentaient les pieds, la nuit, et lui donnaient des cauchemars.

Je ne livre à Katioucha aucun autre détail sur notre maître et m'abstiens de répondre aux questions qu'elle me pose à son sujet. Mais je crois qu'elle se demande pourquoi je m'éloigne, le soir, après avoir dîné avec elle à la cuisine et lui avoir préparé son humble paillasse sous la table, l'abandonnant à elle-même et fermant la porte à clef. Pour sûr, elle m'entend gravir, pieds nus, les marches de l'escalier et fouler le parquet crissant du premier étage, où est située la chambre ; elle a sans doute compris que j'y passe la nuit. Me prend-elle pour l'épouse secrète du maître, pour une princesse déguisée en esclave qui, la nuit, redevient elle-même sans pouvoir le raconter ? S'interroge-t-elle sur ce que font les hommes et les femmes qui partagent la même couche ? Quoi qu'il en soit, je regrette que Katioucha s'endorme seule, peut-être aimerait-elle sommeiller contre moi, qui lui rappelle sa nourrice Irina, se serrer contre mon corps chaud, rassurant.

De tous les apprentis vénitiens, Zuaneto est le plus aimable : il bavarde avec nous sans malice, tout sourire, et se croit investi de la responsabilité de nous enseigner la douce langue de Venise, parce qu'il corrige patiemment nos erreurs de prononciation, de grammaire et de syntaxe, et nous suggère les mots adéquats. Quant à Zorzi, l'esclave abkhaze, mieux vaut ne pas trop s'y frotter, il ressemble à une bête sauvage, on ne sait ce qui pourrait arriver si l'une de nous se trouvait en tête à tête en sa compagnie, lui souriait ou lui montrait un pied ou une épaule nus. J'ai conseillé à Katioucha d'éviter de se rendre à l'écurie – à son grand regret, car ces lieux abritent une créature avec laquelle elle s'est aussitôt liée d'amitié, le cheval gris du maître. Je l'ai vue un jour l'étreindre en lui parlant à l'oreille et en lui caressant la crinière.

Il nous faut également nous méfier de Zorzi Moresini, le factotum, mais pour des raisons opposées à celles du pauvre Abkhaze. Moresini est fourbe et intrigant, il importe de ne jamais écouter ses discours hypocrites ; plus d'une fois, tandis que je lavais le linge, penchée sur l'évier, il m'a rejointe pour frotter son *chkyen* dur contre mes reins et tenter de glisser une main sous ma tunique, sur mes fesses nues ; cela lui a valu une gifle vigoureuse en plein visage qui l'a étendu de tout son long dans la cour boueuse. Les autres employés, en revanche, nous respectent, car ils savent que nous sommes la propriété de leur maître. Pour expliquer ce concept à Katioucha, je lui montre dans l'entrepôt les sacs remplis de précieuses épices : Vois-tu cette marque sur la toile ? lui dis-je. Cet étrange signe surmonté d'une croix ? C'est le symbole de notre maître. Personne n'oserait toucher ou voler ces sacs pour la bonne raison qu'ils lui appartiennent. Il en va de même avec nous, même si, par chance, il n'est pas dans l'usage de marquer les esclaves au fer rouge, comme les chevaux ou les vaches. Mais c'est la même chose, nous devons nous conduire comme si nous portions sur nous cette marque, et cette marque invisible a au moins l'avantage de nous protéger des autres hommes.

Katioucha m'accompagne au marché, comme je le faisais autrefois avec Irene, ce qui lui donne l'opportunité de franchir la grande porte du comptoir et de découvrir à son tour le quartier vénitien, car nous ne sommes pas autorisées à nous aventurer plus loin. Si notre maître est bon, il est également sévère et il possède un fouet dont j'ai moi-même tâté parce que j'avais versé un peu de vin sur un précieux tapis persan, y imprimant une tache presque indélébile.

Nous déambulons ensemble sous les arcades de l'*émbolos*, la rue principale du bazar, nous arrêtant dans les diverses échoppes, et il me faut alors veiller à ne pas perdre de vue Katioucha, désorientée par les bruits et la nouveauté comme je l'étais moi-même au début. Parfois nous lorgnons, à travers les portes qui s'ouvrent dans les remparts, les bateaux longs ou ventrus qui nous ont conduites dans cette ville.

Plus que tout, Katioucha aime se rendre au très riche marché aux poissons, qui lui offre le spectacle extraordinaire de créatures fantastiques, scintillantes et irisées, disposées sur des étals, ou en vie, frétillant à l'intérieur de grands bassins. Ces dernières lui ramènent à l'esprit les esturgeons au dos hirsute qui nageaient dans les cours d'eau de son pays, ou les *roussalkas* dont elle imaginait les formes magiques dans le lit des torrents. Étant une montagnarde, Katioucha n'aurait jamais imaginé que des créatures aussi nombreuses et aussi différentes vivaient sous la surface sombre de l'eau ; à vrai dire, comme moi autrefois, elle ignorait ce qu'est la mer.

Par un soir doux de la fin janvier, alors que, montée comme d'habitude au premier étage, je me déshabille pour me glisser dans le lit de mon maître, je constate que celui-ci me regarde, enfreignant pour la première fois depuis trois ans l'une des règles tacites que nous avions rigoureusement respectées l'un comme l'autre. Il m'observe, me dotant d'une existence. Soudain, je suis gênée par ma nudité, comme Ève surprise par le Père Éternel au pied de l'arbre du Bien et du Mal. Puis il prend la parole, également pour la première fois. Son séjour dans cette ville touche à sa fin, dit-il, il partira dès que les navires vénitiens seront arrivés. Il m'annonce qu'il m'emmènera dans sa ville, Venise, une cité magnifique, aussi belle que Constantinople, mais plus prospère et plus riche, où l'on trouve des marchés, des boutiques, des maisons garnies de tous les biens possibles, robes, soies, bijoux, parfums. Là, conclut-il, il m'affranchira peut-être, m'offrira une vie libre.

Ces révélations m'empêchent de dormir, contrairement à lui. Les yeux tournés vers la sainte icône, je prie jusqu'à l'aube. Dans la cour, mon trouble semble se refléter dans l'agitation de tous les habitants du comptoir, qui ne cessent d'aller et venir. Ils arrivent ! s'écrient-ils. Les bateaux arrivent ! Hier, une *gripparia* génoise, de retour de Pera, les a aperçus derrière les promontoires, tout comme la flottille de fustes turques qui les escorte à distance. Ils pourraient pénétrer en fin d'après-midi dans la Corne d'Or. À peine réveillé, le maître descend à son tour et convoque ses secrétaires : une fois à terre, le cortège impérial traversera le quartier vénitien ; les marchands, les banquiers et les corporations des artisans devront tous être prêts à honorer le souverain et à le suivre en grande procession jusqu'à la basilique Sainte-Sophie. Encore en robe et bonnet de nuit, le maître fait les cent pas dans la cour tout en marmonnant : Des frais, des frais, encore des frais !

Vers la neuvième heure, tout est prêt et nous poussons un soupir de soulagement. Les cris des enfants, qui courent sous les arcades, parviennent à nos oreilles : Les voici, les voici ! J'assiste alors à un spectacle insolite : le maître descend dans la cour, vêtu d'un pourpoint en fourrure et de braies, chaussé d'une paire de bottes et coiffé d'une toque de feutre qui dissimule sa calvitie. Comme rajeuni, presque beau, il ordonne à cet abruti de Zorzi d'apprêter son cheval, sur lequel il monte avec une agilité insoupçonnée, puis il lance à Zuaneto et Morosini : Allons voir nos galères. Nous apercevant, Katioucha et moi, dans un coin, telles deux sœurs apeurées, main dans la main, bouche bée, il s'écrie : Mais oui, *aconpaigniez-nous*. Zuaneto nous tend des mantels, afin que nous ne prenions pas froid, et nous grimpons tous sur la colline, derrière notre maître à cheval. Il s'arrête sur la terrasse d'un monastère en ruine, près d'une vieille tour d'où l'on distingue la côte de l'autre continent.

En cette belle journée ensoleillée d'hiver, l'air est pur et cristallin. En bas, dans le Détroit, voici qu'avancent, majestueuses, les galères de l'État arborant d'énormes drapeaux rouge, blanc et or, frappés du Lion de saint Marc et de l'Aigle impériale à deux têtes. Les coups des tambours de nage et les sonneries de longues trompes retentissent de part et d'autre, tandis que les rames plongent dans l'eau d'un même mouvement. Puis les cloches de la ville entière se mettent à sonner à toute volée. Notre maître respire à pleins poumons l'air saumâtre, apparemment heureux.

Le débarquement n'a lieu que le lendemain. En tant qu'esclaves, Katioucha et moi ne sommes pas autorisées à sortir dans la rue, aussi nous penchons-nous à la fenêtre de la salle à manger, au premier étage, d'où pend un tapis de couleur assorti aux drapements qui flottent sur les murs extérieurs. Zuaneto, qui s'est glissé entre nous, se dit heureux de côtoyer les deux filles vives que nous sommes, si différentes des pâles pucelles de Venise, placées sous la surveillance rigoureuse d'une mère ou d'une gouvernante, auxquelles il ne parvenait autrefois à arracher qu'un regard fuyant à l'église. De temps en temps, il pose une main sur nous, mais tant pis, nous sommes tous en liesse. En bas, notre maître, habillé de sa houppelande écarlate à la mode du Brabant qui tranche sur son austère toque de feutre sombre, patiente parmi ses confrères marchands. On entend sonner les cloches, les tambours, les trompes et les pipeaux, puis les gardes du mégaduc repoussent la foule des deux côtés pour permettre au cortège de se frayer un chemin. Les hommes d'armes avancent avec leurs longues piques, suivis par des hérauts, d'innombrables jeunes gens vêtus de blanc, une longue série de porte-drapeaux munis des étendards et des symboles impériaux ; aussitôt après, précédé d'un jeune homme brandissant une bannière rouge frappée de l'Aigle d'or à deux têtes, se présente l'empereur des Romains d'Orient, *el emperador Calojanni*, vieux, las, malade, presque invisible sous sa houppelande damassée à revers d'hermine et son grand chapeau pointu.

Le cortège se dirige en serpentant vers Sainte-Sophie. Nous le suivons à distance en compagnie de Zuaneto. Devant la basilique bondée, nous écoutons les chants d'action de grâce qui filtrent à travers les grandes portes, puis nous nous éloignons et errons aux alentours parmi d'étranges statues antiques, un trépied, un obélisque, une colonne en forme de deux serpents entrelacés. Nous attendons que la cérémonie soit achevée pour regagner l'église, vidée de ses occupants. Il ne reste là que la foule des pauvres, attirée par des restes de nourriture abandonnés sur de longues tables. Une vieille religieuse nous donne un bout de pain et quelques petits poissons frits en fredonnant : Constantinople résistera, résistera, tant que ces petits poissons demeureront dans la poêle et ne s'envoleront pas.

Tandis que nous pénétrons dans la basilique, nos pas résonnent dans le vide. L'immense espace sacré, où s'attardent le parfum de l'encens ainsi que des rais de lumière pleuvant des fenêtres, nous enveloppe. Au-dessus de nos têtes, la coupole est comme un ciel rempli d'étoiles qu'éclaire une couronne d'astres se reflétant sur les tesselles de verre et d'or des mosaïques ; les mille fenêtres latérales évoquent des yeux ; les arcs qui les surmontent, des cils. Éblouie par la splendeur des mosaïques et par le savant assemblage de pierres précieuses, de marbres, de porphyres et de jaspes, Katioucha ne sait vers où tourner la tête. Je me signe pieusement et prie devant l'image de la *Théotokos*. Nous montons dans la galerie et nous penchons. Le pavement, composé de grandes plaques de marbre veiné de bleu, ressemble à une mer tempétueuse, ridée par les vagues, surface irréelle d'une mer glacée.

Au crépuscule, nous regagnons le comptoir, épuisés. Nous passons au pied d'une énorme colonne supportant la statue en bronze de l'empereur Constantin à cheval, coiffé d'une couronne de plumes, qui tend la main vers l'orient. Ce geste est censé repousser les Barbares, nous explique Zuaneto. Mais aussitôt, lui causant une grande peur, une voix rauque et furieuse s'élève dans son dos pour rectifier son affirmation dans un mauvais vénitien : Non, cette main indique le contraire, la direction d'où viendra l'envahisseur, le conquérant de Constantinople, l'instrument de la colère divine qui se déchaînera sur la ville pour la punir de s'être adonnée à la corruption et d'avoir abandonné la véritable foi catholique. Nous pivotons et découvrons un vieux moine grec, sorte de prophète à la longue barbe, qui brandit une croix d'un air menaçant et répète ses prédictions à l'adresse d'une petite foule de femmes terrifiées : La fin est proche, repentez-vous sans tarder, car, lorsque les signes se rapprocheront, il sera trop tard. La ville tombera le jour où montera de nouveau sur le trône un Constantin fils d'Hélène, où le tonnerre retentira au milieu des éclairs et où le ciel délivrera des dragons qui éventreront les brebis. Oui, ce jour-là la ville tombera, et il n'y aura plus que ruines et gémissements.

Mardi gras. Le quartier vénitien fête le carnaval avec une gaieté et des couleurs sans doute identiques à celles qu'on trouve à Venise. Notre maître est absent : il s'attarde à Pera pour vider ses entrepôts et conclure ses affaires, accompagné de Zuaneto, Moresini et les autres. Il m'a chargée de surveiller la maison en me recommandant avec insistance de ne pas sortir, de fermer toutes les portes à la nuit tombée et de me barricader dans la cuisine. Ce matin, j'ai fait une course rapide au marché et suis rentrée sans rien dire à Katioucha, que j'ai envoyée nettoyer l'étage, ce qui m'a permis de demeurer seule à la cuisine.

La nuit tombe tôt au mois de février. À l'étage, je l'entends, Katioucha se penche à la fenêtre et contemple le spectacle des Vénitiens déguisés qui empruntent la rue, munis de flambeaux. Pauvre fille, ce genre de moments la plongent dans la mélancolie, car elle mesure alors la solitude de sa condition, de *notre* condition ; néanmoins elle parvient toujours à ravaler ses larmes. Lorsqu'elle regagne la cuisine, une surprise l'attend : je l'accueille en tunique et l'étreins joyeusement en l'embrassant trois fois et en m'exclamant bonne *maslenitsa* ! Dans la cheminée, un grand feu inonde de lumière et de chaleur toute la pièce ; la table est couverte d'assiettes et de gamelles contenant les mets que j'ai préparés en secret : darnes de thon frais cuites sur la braise, avec une crème jaune composée d'œufs, d'huile, et mélangée à des petits pois, des radis, des légumes et des champignons finement coupés ; un fromage de chèvre mou et pimenté, à veinures bleuâtres ; un bol de caviar noir, brillant ; surtout, une montagne de galettes au beurre et aux œufs, aussi rondes et rayonnantes que des soleils minuscules. On les appelle blinis, lui dis-je avant d'ajouter : J'ai voulu profiter de notre liberté pour t'offrir un cadeau, faire en sorte que tu te sentes heureuse et moins seule, fêter avec toi la *maslenitsa.* Voici les plats que nous dégustions à cette occasion dans mon village, loin, très loin, dans le pays des *Rous*, quand nous nous réunissions le soir dans les isbas après nous être amusés à rouler dans la neige et glisser sur le fleuve glacé. Je n'ai pas oublié les noix et le miel, dont Katioucha est gourmande. À la place de l'eau, nous boirons des vins mêlés, ceux du maître : le vin de Chypre que nous nommons *comandaria*, sucré et fort, ainsi qu'un muscat blanc tout juste arrivé de Majorque. Nous aurons aussi de la musique : celle des flûtes et des luths qui résonne dans la rue.

Le feu sème des reflets brillants sur le visage et les yeux rieurs de Katioucha, qui me paraît encore plus belle. Nous remplissons et vidons nos gobelets plusieurs fois. En proie à une passion croissante, je révèle à la jeune fille ce que notre maître m'a confié : dans quelques jours, nous embarquerons avec lui à bord des grands navires que nous avons vus accoster et traverserons une autre mer jusqu'à

Venise. Il a promis de me libérer, de m'accueillir dans sa demeure, de m'offrir des vêtements, des parfums et des bijoux, de faire de moi une princesse que tous les hommes aimeront et révéreront. Je n'oublierai pas Katioucha, je l'emmènerai dans le palais et nous vivrons ensemble, comme des sœurs, jusqu'à la fin de nos jours.

Les yeux de Katioucha sont embués de larmes, elle ne sait si elle doit rire ou pleurer. Je lui presse la main, sèche ses pleurs et caresse ses joues rougies, ses lèvres ouvertes qui sentent encore le miel, la pointe de ses mamelons sous sa tunique. Réchauffée par le vin et le feu, elle se lève et se met à danser, pieds nus, devant la cheminée, effectuant ces petits sauts dont les Circassiens ont le secret, agitant ses longs cheveux blonds. Je me joins à cet ange sauvage, totalement envoûtée, allant jusqu'à l'imiter lorsqu'elle ôte sa tunique sans la moindre gêne. Tout aussi nue qu'elle, je m'agenouille devant son corps, comme devant l'icône sainte de la Blachernitissa et, tremblante de dévotion, couvre de baisers les mamelons qui allaiteront ses enfants et le ventre qui les engendrera. Enfin je l'allonge sur la natte et lèche les lèvres qu'elle a entre les jambes, glissant ma langue dans son reliquaire le plus secret, déjà humide. Katioucha frémit et gémit, tandis qu'elle expérimente pour la première fois le feu sacré qui nous brûle de désir. *Zhimichételne Katioucha, lyubov maya.*

C'est l'aube du grand jour. Le jour du départ. Les premières lueurs du soleil s'insinuent sous la porte. Il faut se lever, mille tâches nous attendent. Je me libère de l'étreinte de Katioucha qui, contrairement à moi, a dormi toute la nuit comme un bébé. En entendant sonner l'heure à la tour de l'horloge, je repense avec un frisson à la cloche de mon village, actionnée par des mains humaines, non par un engrenage métallique : comme sa musique était chaude, vivante ! J'ai vu celle d'ici sur la grand-place, son cadran blanc et sa longue tige dorée. Peut-être s'agit-il d'une invention du diable pour capturer le temps que Dieu a donné aux hommes afin qu'ils en aient bon usage en menant une vie de plénitude et de joie, à sa gloire. Le temps est la propriété de Dieu, non des hommes, même si le Malin voudrait les amener à croire le contraire, leur laisser entendre qu'ils peuvent en disposer à leur guise afin de s'approprier tous les êtres de la Création, les animaux, les arbres, les pierres, ainsi que les humains, femmes et hommes. Dieu a fait de toutes ses créatures des êtres libres, non des esclaves. Bientôt nous serons à Venise et tout changera, me dis-je en arrachant Katioucha à sa torpeur.

6

Donato

À Venise, au palais Badoer,
le 26 avril 1440 au matin

Depuis quand suis-je à Venise ?

Je l'ai oublié, tout comme j'ai oublié le nombre de mes ans et l'année exacte de ma naissance. Mille fois j'ai donné mon âge de façon différente : dans mes demandes de citoyenneté, dans mes déclarations fiscales, dans ces multiples bouts de papier qui vous obligent à fournir votre qualité, votre nom, votre date de naissance, votre lieu de résidence et vos gains dans le seul but de vous surveiller, de vous enregistrer quelque part, de vous accabler d'impôts et de charges. Et dire que j'ai toujours désiré être libre, libre et non enchaîné comme un esclave à une seule famille, brigade, association, corporation, compagnie, ville… Au fond, Venise, que j'aime tant, n'est pas non plus ma ville, car, si elle l'était, je lui appartiendrais. Et moi, j'entends demeurer un homme libre, libre de tourner les talons quand et comme je le souhaite.

Liberté. Tel était le mot d'ordre, le terme le plus sacré et le plus révéré dans la ville où je suis né, Florence : *Florentina libertas*. Tel était le mot que le peuple criait lorsqu'il se révoltait contre les riches et les puissants, qui l'écrasaient depuis toujours sous le poids des lois, des statuts, des impôts, et qu'il se déversait, plein de rage, dans les rues et sur les places, par exemple pour chasser le duc d'Athènes. Ou quand les Ciompi, les humbles travailleurs de la guilde de la laine, s'étaient soulevés afin qu'on leur reconnaisse une dignité dont ils étaient privés. Je me rappelle encore les récits de mon père, Filippo di Salvestro Nati, dit le Tinta, qui, comme tous les artisans et les ouvriers des arts mineurs et du Menu peuple, semait le désordre dans les rues en criant : Liberté, et on agira.

Mais mon père ne me racontait pas ces histoires pour me donner le goût de la liberté, bien au contraire, car elles s'achevaient toutes de la même façon : ceux qui avaient relevé la tête l'avaient à nouveau baissée, et les puissants avaient repris les rênes en échange d'une nouvelle réforme des lois, ou du droit accordé à quelques plébéiens de devenir brièvement prieur ou gonfalonier de leur quartier. Voilà comment ils nous dupaient, en nous donnant l'illusion de nous offrir une miette de leur pouvoir, et mes parents aussi y avaient cru. Ainsi, mon père fut élu prieur à trois reprises mais, s'il se pavanait dans sa robe noire, il avait toujours les mains enflées, calleuses, souillées de colle et de sciure. C'étaient les mêmes familles qui gouvernaient et c'étaient elles, encore, qui profitaient des révolutions. La morale qu'en tirait mon père était la suivante : reste à ta place, bien accroché à ta famille, à ton échoppe, à ta guilde, apprends ton métier et gagne ton pain honnêtement, ne fais pas de vagues, autrement tu finiras mal.

Moi, je me fichais totalement de ces sages leçons de vie, inculquées à coups de fouet. Je n'avais qu'un seul désir : quitter la maison, l'atelier, la rue étroite où nous vivions. En vérité, comme tous les garçons de mon âge remplis de rêves et d'illusions, j'ignorais ce que je voulais exactement ; je voulais partir, voilà tout, je voulais me rebeller contre mon père et ses semblables, je voulais leur montrer que moi, je finirais bien.

Maintenant que j'ai à mon tour vieilli, j'éprouve plus d'indulgence à l'égard de mon père car, à travers mes souvenirs qui émoussent les souffrances vécues et arrondissent les aspérités au fil du temps, je vois en lui un homme qui s'est sacrifié pour sa famille et son métier. Il était en permanence dans son atelier, à l'étage inférieur de notre vieille maison, via di Santo Gilio, non loin de l'église San Michele Visdomini et à l'ombre du chantier éternel de Santa Reparata, travaillant sans se soucier de l'interruption obligatoire des vêpres. Pour échapper à la surveillance des gardes de nuit, il poursuivait son labeur à la lumière d'une bougie, du côté de la maison qui donnait sur le potager.

Comme son père Salvestro, il était coffretier, ce que j'étais également censé être et ce que je suis en fin de compte car j'ai eu beau me démener, je n'ai pas réussi à infléchir le cours de mon destin. Mon père avait peut-être raison : on n'échappe pas à la condition de sa famille, laquelle consistait, pour nous les Nati, à être des subalternes, notre métier étant un art mineur, comme celui des menuisiers. Nous construisons des boîtes en bois de toutes sortes et pour tous les usages : cantines et malles pour le voyage et le transport, caisses de rangement, coffres domestiques pour les vêtements, le linge et les trousseaux, coffrets pour les objets et la toilette, écrins à bijoux, coffres-forts pour les riches et les banquiers, mais aussi pour l'administration publique, cassettes bardées de fer et munies de serrures compliquées, enfin châsses où conserver soigneusement les restes de saints hommes et de saintes femmes, que notre sainte mère l'Église nous ordonne de vénérer comme des reliques.

Mon père avait eu l'intelligence de comprendre que, dans un monde où les pauvres étaient de plus en plus pauvres et les riches de plus en plus riches, il ne convenait guère de se fatiguer en produisant de simples malles de voyage et de grosses caisses de transport ; mieux valait mille fois se spécialiser dans la fabrication d'articles de luxe à vendre très cher aux magnats hautains du Peuple gras qui, ne sachant que faire de leur argent, étaient prêts à débourser n'importe quelle somme pour exhiber dans leurs demeures des objets uniques afin de susciter la jalousie des femmes et des hommes de la faction rivale. Oui, il fallait profiter d'eux. La demande à Florence, mais aussi ailleurs, ne cessait de croître.

Parmi les objets les plus recherchés figuraient les grands coffres destinés au trousseau des mariées, dont l'extérieur était richement décoré de ciselures dorées et de scènes exécutées par les peintres les plus renommés. Mais mon père préférait se consacrer aux coffrets et aux écrins raffinés, qu'il assemblait lui-même à la demande de ses clients et qui rapportaient beaucoup plus d'argent. De surcroît, ils lui permettaient de maîtriser toutes les phases de leur exécution, y compris celles qu'il confiait à d'autres artisans et artistes, selon que l'objet en question était recouvert de métal précieux, de cuir ou d'ivoire : le travail du fer pour les serrures ; la fusion et le battage de l'or ou de l'argent pour le bosselage et la niellure ; le tannage et la teinture des peaux, l'impression en or des motifs florentins traditionnels, de l'immanquable fleur de lys ; la découpe et la sculpture des plaques d'ivoire.

Tout le reste était son œuvre : la conception du coffret en forme de parallélépipède ou de prisme polygonal, dont l'intérieur offrait une organisation géométrique de l'espace qui tenait du miracle, avec ses minuscules compartiments et tiroirs secrets où une dame avait loisir de dissimuler, par exemple, le billet compromettant d'un amant, ou un collier de perles qu'elle ne pouvait arborer sur son corps nu qu'en sa présence ; le choix méticuleux de bois précieux et pratiquement éternels, leur découpe minutieuse, le jeu des emboîtements et de la marqueterie au moyen d'essences différentes ; les images qui apparaîtraient sur les plaques d'or, d'argent ou d'ivoire, choisies conjointement avec le client, puis commandées aux artistes – parmi les plus belles, sur les coffrets de mariage, des figurines nues d'hommes et de femmes enlacés ou d'anges en vol ; enfin, l'assemblage sur l'âme en bois, petit chef-d'œuvre que mon père contemplait invariablement à la lumière de la bougie, en pleine nuit, en pleurant de chaudes larmes parce qu'il lui faudrait s'en défaire le lendemain contre une bourse de pièces d'or qui n'étaient peut-être rien en comparaison du fruit de sa passion et de son amour.

Il m'est plus aisé aujourd'hui d'aborder ce sujet car, en vieillissant, j'ai appris à comprendre mon père et à lui pardonner, que Dieu ait son âme. Mais à l'époque je le haïssais de toutes mes forces et rejetais son métier, qui vous transformait en esclave en vous enchaînant jusqu'à la fin de vos jours à une échoppe, à un comptoir de travail, à des instruments émoussés par l'usage et la transpiration, à de stupides clients bourrés d'argent qui vous traitaient comme des êtres inférieurs et vous regardaient avec mépris.

Enfant déjà, après que mon père m'avait battu comme plâtre parce que j'avais cassé – non par mégarde, mais pour le contrarier – une de ses figurines en ivoire ou une autre incrustation des plus raffinée, je me sauvais, désespéré, en quête de liberté, vers la piazza di Santa Croce puis au-delà de la porte alla Croce, me faufilant entre les gardes le long de l'Arno et courant en direction de la campagne. Une fois passée la Rocca Tedalda, je m'engageais sur un sentier qui, gravissant la colline entre vignes et oliveraies, menait au petit domaine que nous possédions à mi-côte et possédons encore : en amont de la route de Terenzano, après le prieuré de San Martino et la grande demeure à laquelle les Gherardini ont donné le nom pompeux de palagio della Rosa. Un peu plus haut se trouve le palagetto des Fortini, notaires et chanceliers de la République. J'y avais vécu mes premières années parce que ma mère, se prenant pour une grande dame mal mariée à un vil artisan et ne supportant pas les enfants que son ventre avait hébergés, refusait de nous allaiter, ce qui avait obligé mon père à nous mettre en nourrice chez Dianora, la femme de Gratta, le paysan, laquelle me suspendait à celui de ses seins que son fils Nuccio, mon frère de lait, ne tétait pas.

Après avoir avalé le repas que Dianora m'offrait avec autant de compassion qu'à l'époque où elle me donnait son lait, je m'attardais au pied d'un olivier, sachant pourtant que le domestique de mon père m'y retrouverait et qu'il me ramènerait de force à l'atelier, où m'attendait une autre correction. Peu m'importait. À cet instant précis, il me suffisait de contempler le ciel dans la lumière de l'après-midi et les nuages qui filaient au-dessus des collines d'en face, sur l'autre rive de l'Arno. En rêvant de partir.

Je suivis pour ainsi dire l'exemple de mes oncles Bardo et Dante, frères aînés de mon père, qui avaient abandonné depuis plusieurs années mon grand-père et l'échoppe familiale pour tenter un grand coup : s'élever socialement en passant d'un art mineur à un art majeur – de coffretier et menuisier à changeur, *campsor*, le premier échelon d'une prometteuse carrière de banquier. Leurs noms furent tirés plus d'une fois au sort sur les listes de la puissante guilde du change, ainsi que pour l'élection du gonfalonier de la guilde, prieur et membre des Bonshommes, sans résultat toutefois parce qu'ils étaient toujours absents. Ils étaient en effet partis exercer du mieux possible le métier de changeur dans la cité où les activités des marchands de notre ville étaient le plus florissantes.

Dante, notamment, avait débarqué à Venise dans son jeune âge, vers 1350, fondant une famille dans la paroisse de San Cassian, à quelques pas du cœur financier de la cité, le quartier du Rialto. Mais comme, en tant que *forinsecus*, c'est-à-dire étranger, il ne pouvait pas exercer son métier légalement, parce que l'activité de changeur et de banquier était réservée aux seuls autochtones, il se démena pour obtenir la citoyenneté vénitienne et ouvrir son banc de change à la lumière du jour. Heureusement pour lui, Venise venait d'être dévastée par la peste noire : pour repeupler la ville, le Grand Conseil décida que le moment était arrivé d'*aperire terram*, d'ouvrir la terre, et établit qu'il était possible d'acquérir la citoyenneté *de intus* – celle qui permettait d'agir dans le domaine immobilier et financier – sans qu'il fût besoin de résider préalablement dans la cité, mais en appartenant à une guilde. Dante en profita sans tarder, et le 1er janvier 1359 il obtint le privilège tant désiré en s'inscrivant dans la guilde des *campsores*.

J'avais dix ans quand je fis sa connaissance à la faveur de son passage à Florence pour régler des affaires. Sa mise, ses manières et même son langage, adouci par l'accent musical du vénitien, tranchaient sur ceux de mon père. Il nous offrit des cadeaux et décrivit à notre intention les merveilles de cette cité bâtie sur l'eau où tout semblait possible. Je ne le revis jamais, car il mourut peu après son retour à Venise, mais cette rencontre avait suffi pour m'inciter à suivre son exemple. Je voulais m'établir à mon tour à Venise, malgré la colère de mon père qui me battait et me menaçait sans cesse de me renier et de me déshériter. Aujourd'hui, je comprends ce qu'il éprouvait : il souffrait à l'idée que son atelier, auquel il avait consacré toute sa vie, comme son père avant lui, ferme ses portes ou, pire, qu'un inconnu prenne la relève à la place de son fils.

Je profitai de son activité la plus lucrative, soit la réalisation de coffrets ornés de plaquettes d'ivoire, pour m'enfuir. Ce domaine n'était certes pas le monopole de mon père : il tenait sa technique de maître Giovanni di Jacopo, lequel œuvrait à présent dans l'atelier d'un noble florentin qui avait perdu sa noblesse et s'était changé en banquier, Baldassare Ubriachi. La vieille et illustre famille des Ubriachi, ou Embriachi comme on les appelle au bord de la lagune, avait en effet été bannie et exilée à Venise parce qu'elle était gibeline, et de surcroît blâmée par Dante Alighieri, qui avait fourré ses membres dans son enfer en qualité d'usuriers – sans les nommer, certes, mais avec une extrême perfidie, puisque leur blason familial, une oie blanche sur champ rouge, pendait en bonne vue au cou des damnés. Baldassare était le plus génial des Ubriachi. Non content de s'enrichir, il avait investi son argent dans l'achat d'ivoire d'éléphant, qui faisait sa réapparition en Europe, et dans l'ouverture à Venise d'un atelier consacré au travail de ce précieux matériau – je crois qu'il a vraiment été le plus riche et le plus important du monde.

Mon père ne consentit à se calmer que le jour où je lui annonçai que je souhaitais fréquenter l'atelier de Baldassare, son principal fournisseur d'ivoire et de plaquettes splendidement travaillées. Sans doute espérait-il que j'en reviendrais riche de connaissances et d'expériences que lui-même était incapable de me transmettre et que je prendrais sa suite dans son échoppe. Une lettre de ma tante vénitienne, la veuve de Dante, me facilita la tâche : elle m'offrait une chambre chez elle gratuitement, pourvu que je lui tienne un peu compagnie puisqu'elle vivait seule.

Mes premières années à Venise furent héroïques, quoique dures : peu m'importait, la vie y avait le goût de la liberté et tout semblait possible aux yeux de l'adolescent débrouillard que j'étais. Réveillé au lever du soleil par la Marangona, la cloche qui, sonnant à toute volée, appelle les ouvriers et les artisans au travail, je passais de *calle* en *calle* pour effectuer les mille tâches dont pouvait vous charger l'individu imprévisible qu'était *patrun* Baldassare. Il ne s'agissait pas seulement de chercher et de rapporter les essences de bois destinées aux coffrets, ou de surveiller les arrivages. Non, il fallait aussi aller et venir entre les comptoirs des banquiers depuis San Giacometto au Rialto jusqu'à San Marco, muni des lettres de change du *patrun* ; réclamer aux pauvres gens l'argent qu'il leur avait prêté à un taux d'usure que les Juifs eux-mêmes n'auraient jamais osé demander ; ou encore s'aventurer dans des entrepôts malfamés pour apporter à d'obscurs personnages encapuchonnés d'étranges billets cachetés dont il valait mieux ne pas connaître le contenu si l'on ne souhaitait pas se retrouver la nuit dans un canal. On murmurait que *patrun* Baldassare entretenait aussi des liens étroits et secrets avec les Visconti, les seigneurs de Milan qui n'étaient guère amis de Venise ou de Florence. Un jour, il disparut brusquement et entreprit de parcourir le monde avec ses fils, Benedetto et Alessandro, ne revenant plus que rarement.

Ce furent des années dures car, une fois veuve, ma vieille tante avait dû se replier dans un modeste appartement à l'intérieur d'une grande demeure du campo Santa Marina où vivaient en réalité tous les membres de la vaste famille florentine qui fréquentaient l'atelier de *patrun* Baldassare ; oui, tous, depuis maître Giovanni, qui était pour ce dernier comme un fils, jusqu'au plus humble de ses ouvriers et, naturellement, quelques esclaves, relégués dans les remises plus malsaines du côté du canal où accostaient les gondoles qui faisaient le va-et-vient avec l'atelier principal, situé à Ca' Zane, vers le campo Sant'Angelo. L'appartement de ma tante se composait d'une chambre, qu'elle occupait, et d'une petite pièce où je dormais, étendu sur une natte, sous la table.

Cette maison appartenait à un autre Florentin, Giovannino di Jacopo di Giovanni Figiovanni, un parent éloigné de Baldassare, sorte de banquier désargenté, célibataire et sans enfants, qui se vantait d'être le factotum et le bras droit du *patrun* et arrondissait ses maigres revenus en louant des appartements aux gens de ce dernier, au nombre desquels comptait ma tante. J'y rencontrai les autres apprentis et employés, et composai avec les plus jeunes une bande de fripons florentins qui sévissait dans les *calli* et les *salizzade*, lorsque le travail le permettait, organisant des mauvais tours ou les racontant. Le plus rusé du groupe se nommait Domenico di Masino di Manetto. Il habitait lui aussi la maison de Giovannino en compagnie de son frère Manetto : ils avaient suivi à Venise leur oncle Giovanni, un sculpteur d'ivoire fort doué qui avait travaillé pour Baldassare et s'était enfui, frappé de bannissement à cause d'un meurtre.

J'étais libre, oui, libéré de mon père, néanmoins il me fallait besogner encore plus qu'un esclave. J'en profitais pour apprendre tout ce que je pouvais, le plus vite possible. En réalité, je n'apprenais rien de l'art du coffretier, n'en déplût à mon père Filippo. Comme Domenico, j'étais attiré par les reflets séduisants de l'or et de l'argent, par les sacs et les coffres remplis de pièces de monnaie que je voyais passer à San Giacometto, sous les arcades qui abritaient les comptoirs des banquiers. On aurait dit qu'un fleuve d'or et d'argent affluait de tous les coins du monde, alimenté par des nappes et des sources mystérieuses, infinies, par un immense système hydrographique de rus, ruisseaux et affluents dans lequel l'envie vous venait de plonger et de patauger.

Abandonnant coffrets et figurines d'ivoire, nous commençâmes à fréquenter ce monde plus scintillant, avec la bénédiction des Ubriachi, qui avaient besoin pour cette activité de garçons débrouillards. Je me mis à côtoyer également un fondeur de métaux précieux, tant j'étais fasciné par la matière vive et très pure qui coulait du creuset, par la métamorphose de l'or et de l'argent dans cet antre enflammé et gargouillant semblable à la grotte d'un alchimiste ; j'imaginais que j'en deviendrais un à mon tour et que je découvrirais le secret légendaire de la pierre philosophale qui permet de transformer le plomb en or ou de distiller la cinquième essence mythique.

Je m'appropriai tous les secrets de ce métier difficile. J'appris à fondre l'or à affiner dans le creuset sur un feu doux de charbon. Armé de tenailles, je l'en sortais sous forme de filaments, que je laissais tomber goutte après goutte dans une bassine d'eau froide, de façon à obtenir une multitude de grains. Je les ramassais chaque jour au fond du récipient et les disposais en plusieurs couches entre lesquelles j'intercalais du cément, exactement comme on le fait avec les lasagnes et le fromage râpé, puis j'en tirais le métal. Je répétais l'opération plusieurs fois sur le feu afin de rendre l'or le plus pur possible, soit vingt-quatre carats, titre que l'on peut mesurer au moyen d'un touchau, dont le grain est si fin que seule une tige d'or pure y imprime une marque. Ma spécialité consistait à préparer le cément, surtout à affiner celui que j'avais déjà utilisé, parce que des paillettes d'or y restent toujours collées. C'est à mes yeux une véritable opération alchimique car on utilise du vif-argent, ou mercure, qui attire l'or. Je m'efforçais de capturer ces particules de matière fuyante à l'aide d'une bourse en cuir que je pressais pour la vider du vif-argent ; une fois cette opération terminée, je trouvais au fond du sac un minuscule amas d'or. J'étais devenu si doué dans ce domaine que le maître m'offrait en récompense quelques-unes de ces paillettes, loin d'imaginer que je lui en avais déjà soustrait un certain nombre.

L'argent était quant à lui affiné et testé à l'aide de soufre, de fer et de plomb selon de multiples techniques, certainement très utiles pour fabriquer des alliages de monnaies. L'or ne causait aucun problème : tout le monde sait que florins et sequins d'or doivent comporter vingt-quatre carats ; en revanche, pour l'argent, pur à douze onces par livre, les choses sont différentes, car la plupart des pièces de monnaie courantes et d'usage sont en alliage. Il me fallut alors m'arrêter dans mon élan : n'ayant pas suivi de cours d'abaque à Florence, j'étais incapable d'exécuter les calculs nécessaires, compliqués ici par le fait qu'on employait des nombres décimaux pour établir avec exactitude les portions d'argent et de cuivre requises pour un type donné de monnaie, à partir de lingots de divers alliages. Certes, j'effectuais parfaitement les diverses phases du travail et savais déterminer la facture et la pureté de métal à la vue, au toucher, voire au goût, en le léchant ou en le mordant : la plaque d'argent est d'autant plus pure qu'elle est lisse, blanche, luisante, propre et claire. Cependant tout cela ne suffit pas pour allier l'argent de la manière le plus exacte possible. Il est besoin non seulement de balances de précision, mais aussi d'un abaque, de nombres, d'arithmétique.

Je m'ingéniai donc à acquérir ces connaissances à force d'efforts et de sacrifices, ne possédant ni le temps ni l'argent nécessaires pour fréquenter les écoles d'abaque du Rialto, où se pressaient les fils des riches marchands vénitiens. Par chance, j'avais trouvé un maître à portée de ma bourse dans le couvent de San Francesco alla Vigna, non loin du campo Santa Marina, un Juif converti doté d'une grande expérience qui se faisait appeler maître Zorzi et que je payais de temps en temps au moyen des paillettes d'or dérobées à la fonderie. Grâce à lui, j'appris non seulement à calculer à la perfection le nombre de livres et d'onces nécessaire pour allier l'argent, mais aussi et surtout à m'orienter dans le labyrinthe des changes auxquels je voyais les banquiers s'adonner avec une rapidité prodigieuse, souvent sans même les écrire sur un papier, sous les arcades de San Giacometto ou au Rialto, ainsi qu'on joue au bonneteau : untel gagne, un autre perd, et quand on n'est pas attentif, on perd à tous les coups, bien sûr.

J'étais prêt à posséder une banque, ou du moins à m'associer à l'un des banquiers déjà existants, mais il m'était impossible de devenir *campsor* sans obtenir, comme mon oncle Dante, la citoyenneté vénitienne. Je voyais là le plus grand des obstacles. En effet, il fallait avoir résidé huit ans sur place pour acquérir le privilège *de intus*, au moins quinze pour celui *de foris*. J'étais loin du compte et je paraissais bien mes vingt ans. Mais *patrun*

Baldassare me suggéra un raccourci, au retour d'un de ses voyages : il était possible de se voir concéder un privilège *de gratia* sans avoir résidé à Venise, il suffisait pour cela d'adresser une requête comprenant un serment de *fidelitas et devotio*, appuyée par un garant du Grand Conseil et approuvée par la Quarantie. Il ajouta qu'il avait justement un coffret d'ivoire à livrer dans les jours à venir à un membre du Conseil, un puissant : je n'avais qu'à m'en charger moi-même, ainsi je me présenterais et remettrais ma demande en main propre. Ne pouvant indiquer ma qualification de *campsor* dans cette supplique, je m'arrogeais celle de *physicus*, non que je fusse réellement médecin, mais en raison de mes compétences métallurgiques en matière d'or et d'argent.

C'est ainsi que je pénétrai pour la première fois dans le palais Badoer, entre San Zanipolo et San Francesco della Vigna. Je fus reçu par le magnifique messire Sebastiano Badoer, qui s'extasia devant le coffret d'ivoire que je lui apportais : un cadeau destiné à amadouer son épouse Agnesina, m'expliqua-t-il en plaisantant. Il s'acquitterait de son paiement *selon l'usage*, par un virement sur le compte de messire Baldassare, comme il convient aux personnes civilisées qui ne touchent pas le vil argent, toutefois il daigna m'octroyer avec bienveillance quelques bagatins en guise de *pour-le-boire*. Rassemblant alors mon courage et surmontant la timidité que suscitait en moi ce grand homme drapé de soie cramoisie dans cette salle aux murs garnis de tapis orientaux, je glissai ma modeste requête dans sa blanche main embijoutée en suppliant sa seigneurie illustrissime d'aider un pauvre garçon, animé du seul désir de placer ses très humbles compétences au service de la République ; enfin, je lui jurai une fidélité et une dévotion éternelles, prosterné à ses pieds comme un misérable serviteur. Quoique surpris, le magnifique se contenta de dire : Soit !

Tout en quittant cette demeure le cœur léger, je jurai en mon for intérieur d'être à jamais reconnaissant à ce seigneur si ma demande était acceptée. Elle le fut. Le 20 janvier 1404, le Grand Conseil décréta que le *providus vir Donatus Philippi de Silvestro de Florentia*, *physicus* de profession, obtenait *per gratiam* la citoyenneté vénitienne *de intus*. À une seule condition près : il m'était interdit de négocier avec le comptoir d'Allemagne, ou avec des Allemands. Je n'en compris le motif que plus tard : presque tout l'argent qui arrivait à Venise provenait des mines de l'Allemagne et de l'Europe centrale, il était sujet à de lourdes restrictions imposées par l'empereur Sigismond et vendu par les marchands allemands, parfois de manière frauduleuse. Pour la Sérénissime, je demeurais un *estrangier*. Mieux valait garder mes distances avec la source principale de l'argent, avec les *ubera lactis*[1] de la République.

Le magnifique Sebastiano mourut peu après, en 1405, et *patrun* Baldassare, hélas, le suivit dans la tombe en 1406. Obligé de me débrouiller seul, je m'associai à une banque existante, la solution la plus pratique et la moins risquée pour le petit poisson que j'étais, puisqu'elle m'évitait d'être dévoré immédiatement par un plus gros. Au cours de ces années, j'avais, en effet, vu bon nombre de requins voraces engloutir de belles fortunes, des capitaux de banques que la veille encore tout le monde croyait très solides, plus solides que la vieille pierre de la proclamation, sous les arcades de San Giacometto, où les bannissements publics étaient lus.

Les banques du Rialto, c'est-à-dire les plus importantes, les comptoirs de dépôt et d'écriture, dont l'activité fondamentale consiste à consigner la moindre opération dans des livres de comptes – et ce qu'on n'écrit pas n'existe pas –, n'étaient pas nombreux. Grâce à ce système d'écriture, les banquiers ont loisir de transférer de l'argent, des dettes ou des crédits d'un compte à l'autre en l'absence de leurs clients, au moyen d'une lettre de change et sans avoir besoin de verser des espèces, lesquelles demeurent en sécurité dans les coffres-forts de la banque – c'est, du moins, ce que croyaient les clients les moins avertis, car il ne reste dans les coffres-forts qu'une part minime de ces sommes, la plus grosse partie continuant de se mouvoir et de circuler, comme une matière vivante, comme l'eau d'une rivière ou le vif-argent que j'utilisais pour séparer l'or du cément.

Apparemment sûr et parfait, ce mécanisme est en réalité d'une extrême fragilité, car le plus petit incident peut causer l'anéantissement d'une banque et l'effondrement d'une économie, d'une ville entière : il suffit en effet qu'une crise de liquidité soit invoquée, ou que se produise l'un des innombrables événements qui apportent à la vie des êtres humains variété et imprévus – une guerre, une

1. Les « mamelles de lait ».

pestilence, une inondation, un caprice de l'empereur interdisant l'approvisionnement des métaux précieux et la production de monnaie, une pénurie provisoire d'argent due à la concentration de toutes les espèces à bord des galères en partance pour le Levant –, pour que tout s'effondre du jour au lendemain, parce que le bien le plus précieux et le plus immatériel qui soit, la confiance, a soudain fait défaut. En 1405, je fus moi aussi témoin d'une de ces faillites, peut-être la pire de toutes : celle de la banque de Piero Benedetto.

Je m'étais associé à Antonio Miorati, lui aussi originaire de Florence, ou plutôt de Prato, avec ce diable de Domenico di Masino, qui avait réussi à se faire engager comme porteur et comptable pour cent ducats par an, rien de moins. Une alliance précieuse car il se chargeait, avec la complicité de Miorati, de soustraire en cachette aux coffres-forts de la banque les sacs remplis de pièces d'argent que les clients y avaient déposés, afin que j'en refonde la masse métallique dans mon atelier et aille ensuite la revendre à la Monnaie : à Venise, l'argent était recherché plus que l'or pour fabriquer les pièces de monnaie d'usage courant qui servaient à la guerre. Nous y gagnions ainsi notre part : nous remettions toujours dans les coffres ce qui en était sorti, l'employant dans d'autres opérations de prêts sur gage et empochant tous trois, en braves camarades, de belles sommes sans laisser de traces, bien sûr, à l'intérieur des livres de comptes.

Mais les choses tournèrent mal. Le 4 juillet 1410, durant la pause du déjeuner entre la sixième et la neuvième heure, un certain Antonello da Catania, un maudit Sicilien qui aurait mieux fait de manger en paix son pain fourré aux oignons sur la terrasse où il se trouvait, vit Domenico et un apprenti quitter le grenier, chargés de deux gros sacs de pièces destinés à ma fonderie. Il fallut recourir à toutes les amitiés et à tous les arguments de Miorati pour étouffer l'affaire et convaincre les provéditeurs qu'il ne s'agissait pas d'un vol, mais d'un transfert provisoire d'espèces, effectué pour des raisons de sécurité et dans l'intérêt commun de la Sérénissime République, évidemment.

Étant le commanditaire de Domenico, je préférai changer d'air et regagner Florence, où je demeurai un an, jusqu'à la fin de 1411. Je revis ainsi mon père, de plus en plus voûté et vieux sur son tabouret, avec ses ciseaux et ses burins, qui m'accueillit avec un grognement et m'inscrivis, à sa honte, à la guilde des changeurs. Tiré au sort, je devins même prieur de notre quartier de San Giovanni, qui avait le Vair pour gonfalon. Je pénétrai dans le Palais et endossai deux mois durant la robe et le bonnet de velours réglementaires, tous deux de couleur noire.

À mon retour à Venise, j'avais compris que le métier de banquier ne me convenait pas : il était trop risqué. Et puis je ne pouvais pas me satisfaire d'une seule activité, m'imaginer lié toute ma vie à une seule corporation, fût-ce la plus belle du monde, sans avoir loisir de m'en échapper à ma guise pour me lancer dans une nouvelle expérience, ni poursuivre ma course, tel le matériau mobile du vif-argent ou de l'or que je fondais. Peut-être tenais-je de mon père et de mon grand-père la nécessité de travailler manuellement dans mon propre atelier, d'y faire quelque chose de concret au moyen de l'intellect et des outils, de gagner mon pain quotidien par un honnête labeur. Je ne jugeais plus très moral l'argent facile que procuraient le change des devises par temps de pénurie, le prêt à usure, ainsi que mille autres spéculations et opérations obscures. Reprendre le métier de coffretier ? Non, il était impossible d'égaler les Ubriachi, qui excellaient dans ce domaine. Mais j'étais devenu extrêmement habile dans l'art d'affiner l'or et l'argent, et il y avait une autre manière d'exploiter mes talents, une manière beaucoup moins dangereuse que la fusion clandestine des pièces de monnaie et que la contrebande de lingots avec le comptoir des Allemands.

Il existait à Venise une activité florissante, presque inconnue à Florence, qui concernait justement le travail de l'or et de l'argent. Avec un peu de chance et au prix de quelques risques, me dis-je, je m'enrichirais dans cette branche et regagnerais Florence, couronné de lauriers et de feuilles d'or dans mon beau Saint-Jean[i], sans plus avoir à effectuer de spéculations et autres opérations, mauvaises non seulement pour mon esprit, mais aussi pour ma tête. Non loin des fonderies se trouvaient, en effet, les ateliers des batteurs d'or, ces ouvriers qui martèlent les lingots en maniant savamment de lourdes masses et les transforment en fines feuilles d'or, si légères qu'il importe de fermer les toiles huilées des fenêtres pour éviter que le vent ne les emporte. D'autres employés, choisis pour leur précision absolue, découpent ces feuilles aux ciseaux pour en tirer des carrés parfaits. Il m'arrivait de les contempler, abruti par le rythme cadencé des maillets et des marteaux, fasciné par leurs mouvements qui n'obéissaient ni à la force ni à la puissance brute, mais à la délicatesse, voire à la douceur, comme celui du créateur désireux d'insuffler une âme à la matière informe. À la fin du processus, la feuille d'or semble véritablement vivante, près de frissonner et de trembler au moindre souffle, comme la peau douce et soyeuse du cou d'une femme juste avant qu'on y dépose un baiser.

Quand les feuilles d'or sont prêtes, les femmes justement entrent en scène, elles qui constituent à mon avis le véritable fondement de la société humaine, de l'économie et de la vie, contrairement à nous autres hommes qui nous glorifions de faire la guerre, de nous entretuer, de nous mêler des magistratures, des formes de gouvernement et des guildes, toujours désireux d'agir à notre guise, de nous mouvoir, d'écouter et de voir mille choses, d'oiseler, de chasser, de pêcher, de chevaucher, de jouer et d'être marchands, persuadés qu'elles nous sont naturellement inférieures – comme *ipse* Aristote *dixit, mulier animal imperfectum*[1], et comme l'enseigne notre sainte mère l'Église en brandissant le mauvais exemple d'Ève ; et par conséquent qu'elles doivent occuper une position subalterne dans le seul but de nous servir, de nous donner du plaisir selon nos désirs, d'être fertiles, de procréer et d'élever des enfants, contraintes par la volonté, les souhaits et les commandements de leurs pères, mères, frères et maris, et enfermées dans le petit cercle de leurs chambres.

Mais Aristote n'a rien compris, pas plus que notre sainte mère l'Église, laquelle s'est trompée sur le sens des Évangiles. Car, moi, je l'ai constaté tout au long de ma vie : c'est grâce au travail des femmes que les affaires prospèrent. Ainsi, la nouvelle richesse des arts majeurs que sont ceux de la laine et de la soie, la révolution qui a bouleversé nos villes et nos campagnes après des siècles de silence et de servage, berçant certains de l'illusion de vivre une époque de renaissance, se fonde en réalité sur le labeur de milliers et de milliers de femmes qui, chez elles ou dans les filatures, pour le compte d'entrepreneurs des guildes, ou de cent autres entreprises

1. « La femme est un animal imparfait. »

plus modestes, voire familiales, filent et tissent sans relâche, un fuseau à la main, à l'aide d'un filoir, d'un tordoir, d'un dévidoir, d'un métier vertical.

De surcroît, Venise étant la porte de l'Orient, ses habitants ont repris à leur compte un métier qui, comme la soie, vient de loin, de très loin, de Constantinople, de la Perse, de l'Inde et peut-être même du Cathay : le tissage de tissus brochés. Les précieuses feuilles d'or ou d'argent que les batteurs d'or ont produites sont confiées à des maîtresses fileuses, qui les enroulent patiemment et délicatement autour des fils de soie. Ces fils d'or ou d'argent passent ensuite entre les mains de maîtresses tisseuses, lesquelles les entrelacent en trame discontinue, manuellement ou sur leurs métiers, à une chaîne de soie très fine et déjà prête, fabriquant de la sorte de merveilleux tissus ouvragés de satin, de brocart, de damas, *adornés* de motifs stylisés et fantaisistes de feuilles, fleurs, animaux, nœuds. Ce sont encore les femmes qui, à Venise, exécutent ces dessins avec une habileté exceptionnelle.

Certains de ces entrepreneurs, peut-être les meilleurs, les plus attentifs et les plus sensibles sont même de sexe féminin et on les voit agir avec courage et sans scrupules, non en subalternes. J'en ai connu plusieurs : je me rappelle, par exemple, une veuve prénommée Lucia qui savait lire et calculer et qui s'était gagné le surnom *ab auro*[1]. Elle achetait les feuilles d'or à bas prix chez le batteur et confiait ce travail à ses employées, d'anciennes esclaves achetées en bonne et due forme qu'elle libérait au bout d'un moment et associait à son atelier, quoiqu'en leur réservant des gains inférieurs aux siens. Parmi ces tisseuses – qui, par ailleurs, travaillaient mieux et davantage que les autres – figuraient une Circassienne nommée Benvegnuda da La Tana, je m'en souviens, ainsi qu'une certaine Pasqua Zantani, une femme roublarde à laquelle son mari, un marchand dalmate, avait octroyé toute liberté de mouvement, mais non le droit de conserver de l'argent. Pour cette raison, elle avait multiplié de petits emprunts, qu'elle remboursait ponctuellement grâce aux profits de son art, puis monté une affaire, investissant l'argent que d'autres femmes, en général de riches veuves patriciennes, lui confiaient, ou accordant elle-même des prêts. C'était

1. « De l'or. »

un personnage incroyable, tenace, inflexible. Je fus moi-même son débiteur au cours de cette période.

Le 14 juillet 1414, j'obtins le privilège de citoyenneté *de extra*, comportant sceau de plomb, résidence de quinze ans à Santa Marina, à Venise, et la seule limitation dans le commerce maritime. Deux ans plus tard, je stipulai un *pactum* de quatre ans avec quatre autres associés afin d'exercer l'activité de séparation de l'or et de l'argent, ainsi que le raffinage des métaux précieux, et me retrouvai à la tête de deux ateliers de battage d'or ou *d'escoler des argents*. Géré par le maître Jacopo Bonaldi, le premier – que je possédais en association avec le banquier Francesco di Leonardo Priuli – rassemblait quatre ouvriers, quatre apprentis et plusieurs *maistresses* qui filaient l'or et la soie à leur domicile. Le maître Nicolò Mussolino s'occupait du second. Quelques années plus tard, en 1424, j'engageai comme administrateur l'habituel Domenico, qui demeura à mon service jusqu'en 1427. Je continuai de fondre des métaux et de battre monnaie pour la République – surtout des gros d'argent, pour des centaines de kilos et des milliers de ducats – et de redistribuer pièces de monnaie et barres aux clients des banques des Priuli et de Miorati, lequel s'était associé à Nicolò Cocco.

Il semblait donc que j'avais touché au but. J'étais devenu *bancherius in Rivoalto* et *argentarius*. Entre-temps, la guerre qui opposait Venise et l'empereur Sigismond pour le contrôle de la patrie du Frioul et du patriarcat d'Aquilée avait entraîné une soif de lingots d'argent. En 1420, la Sérénissime finit par l'emporter, et Sigismond se vengea en bloquant le flux d'argent qui venait d'Europe centrale. Mais j'avais déjà réussi à contourner l'obstacle en nouant des relations avec le banquier Jacopo Bombeni et son fils Lodovico, eux aussi d'origine florentine, qui résidaient justement au Frioul, raison pour laquelle ils recevaient les lots du précieux métal qui échappaient aux deux armées rivales.

Ils me présentèrent les fils d'un fourreur de Portogruaro qui s'étaient enrichis grâce à l'un de leurs frères, patriarche et prince d'Aquilée, le révérendissime cardinal Antonio Panziera. Et si celui-ci s'était réfugié à la cour du pape, où il engraissait bien tranquillement, ils continuaient, quant à eux, de régner en maîtres dans un Frioul dévasté par la soldatesque mercenaire, exhibant le titre de comtes palatins qu'ils avaient acheté. C'est ainsi qu'en échange d'importants investissements dans leur entreprise et d'une énorme fourniture d'argent, je me retrouvai marié à une nièce du patriarche, une pâle et timide Frioulane prénommée Chiara, laquelle me donna moins d'un an plus tard un fils auquel j'attribuai sans hésiter le prénom du bienfaiteur qui m'avait permis d'obtenir ma première citoyenneté *de gratia*, comme je me l'étais juré après sa mort : Sebastiano, bien sûr.

Je n'avais découvert le visage de la pauvre Chiara que le jour où ses avides parents et oncles la conduisirent à l'autel, pour nos noces. Je lui manifestai toujours du respect, toutes sortes d'attentions et même de la compassion, mais j'étais incapable de l'aimer. Si je n'avais pas encore eu de femme, c'était parce que je voulais rester libre, et je n'entendais pas non plus limiter la liberté d'un autre être humain : je l'ai déjà dit, je n'ai jamais considéré les femmes comme des êtres inférieurs ; au contraire, j'ai toujours admiré leur force, leur intelligence, leur finesse, souvent bien supérieures à celles des hommes.

Cette réalité ne faisait que confirmer ce que j'avais pressenti, adolescent, en lisant les histoires du *Décaméron* dans un manuscrit que l'auteur avait offert à mon père, selon les dires de ce dernier, et orné de jolis dessins : à savoir que les vraies femmes étaient celles qui peuplaient l'ouvrage de Boccace, et non les anges éthérés dont rêvaient les poètes, *monna* Bice et *monna* Laure, car, lorsqu'ils veulent vraiment faire l'amour, les poètes se ruent comme les autres sur des créatures en chair et en os, telles que *monna* Bona et *monna* Pippa[1]. Or, si je refusais d'être le maître d'une femme, je refusais aussi de devenir son esclave, ayant lu également un tout autre genre d'histoires telles que le *Corbaccio* et *Des dames de renom*. Aussi me contentais-je de fréquenter le Castelletto, qui était situé juste derrière San Giacometto parce qu'il y a toujours eu un lien secret entre la haute finance et le plus vieux métier du monde. Ce bordel consistait en un ensemble de vieilles et hautes maisons donnant sur le Grand Canal, près du pont du Rialto, des bâtiments étroits dans des ruelles qui l'étaient encore plus, dont les officiers chargés de surveiller la morale publique et les bonnes mœurs contrôlaient et

1. Les deux premiers noms sont ceux de Beatrice Portinari, la muse de Dante, et de Laure de Sade, muse de Pétrarque. Les deux suivants, ceux de prostituées dans le théâtre de l'époque.

fermaient les ouvertures le soir venu. Un samedi, j'avais vu une fille voilée et vêtue d'un jaune particulièrement vif en sortir pour aller prier dans l'église San Matteo. Je l'avais suivie et lui avais rendu visite pendant plus de quinze ans.

Elle se prénommait Luce, exactement, Luce, lumière, et non Lucia, et elle était vraiment splendide, ses yeux et son regard brillaient comme des étoiles lorsqu'elle me recevait dans sa chambre au dernier étage. Pour un sequin d'or nous étions tous deux libres de faire, de penser et de dire ce qu'il nous plaisait. Elle avait une voix magnifique et chantait joliment en s'accompagnant au luth. Je lui racontais tout, je lui confiais tous mes secrets. J'étais le seul de ses clients à jouir du privilège de passer la nuit auprès d'elle lorsque les gardes fermaient les portes. Près de son grand lit à courtines, de son coffre peint et de son miroir doré, un petit escalier menait à un belvédère d'où jaillissaient les longues perches auxquelles elle mettait à sécher son linge, d'énormes draps blancs et des tuniques de soie transparente.

Elle m'écoutait avec amusement lui raconter les histoires que je lisais dans mes livres : héroïnes, princes, chevaliers, aventures d'amour et d'épée, mais aussi arnaques et escroqueries épiques. Elle prétendait que mon drôle de vénitien, mâtiné d'accent florentin, me rendait fascinant, et il n'était pas rare qu'elle se jetât sur moi au beau milieu d'une histoire pour reprendre nos ébats. Consciente de sa condition, elle n'exigeait rien de ma personne ; elle avait un rêve dont elle ne parlait que rarement : quitter ce métier et avoir une fille de mes œuvres. Par les soirs d'été, je contemplais de chez elle le Grand Canal, les toits et les clochers de Venise, entre les grosses cheminées cylindriques qui s'élargissaient en hauteur, tels les chapeaux des princes byzantins. En ces moments-là, je ne songeais plus à la pauvre Chiara et au petit Sebastiano.

Tout semblait se dérouler pour le mieux. Venise prospérait sous la sage conduite du vieux doge Mocenigo qui, s'il avait conquis le Frioul, s'opposait à toute velléité d'aventures sur la Terre ferme et vantait l'*imperium* fondé sur la monnaie, ce qui favorisait mes intérêts. Marié à la fille d'un comte palatin, j'étais presque devenu noble. J'avais acheté une demeure d'une valeur de mille ducats et deux ateliers *argentieri* qui en valaient deux cent cinquante, ainsi que des maisons que je louais pour un total de deux cent cinquante ducats l'an. Et je me disais : Tu peux maintenant te reposer, mange, bois et amuse-toi. *Dixit insipiens in corde suo*[1]. C'est alors que Dieu punit ma bêtise et me jeta dans l'abîme.

Le doge s'éteignit. Son successeur multiplia les guerres, provoquant d'incessantes crises de crédit et de liquidité ayant pour conséquence des faillites de banques en cascade. En 1424, j'appris la mort de mon père. Je ne le pleurai guère : j'étais bouleversé par un autre deuil. Miorati, mon associé, avait quitté ce monde le 31 août après avoir établi un testament exemplaire dans lequel il refusait toute dépense inutile pour ses obsèques et demandait que seuls les prêtres de la paroisse et quatre candélabres accompagnent son cercueil, car les frais de sépulture, avait-il dicté au notaire comme je le vis sur le parchemin, *sont caprices et gaschis de monnoie*, et mieux vaut léguer cette même monnaie aux pauvres orphelins. Le problème, c'est qu'il nous laissa, à nous autres associés, bon nombre de dettes, car il avait multiplié les mauvaises affaires au cours des dernières années en investissant dans les convois d'Angleterre et de Romanie ; il avait même envoyé son fils Ranieri à La Tana avec des galères et des coques qui avaient toutes fait naufrage ou été pillées par des pirates. Ses pertes étaient énormes : des centaines de milliers de ducats. L'associé qui lui survivait, Cocco, décida de tout vendre et déposa les livres de comptes auprès des consuls des marchands. Le 12 mars, la banqueroute fut déclarée.

Ce fut le début de la fin. En avril 1427, je déclarai faillite à mon tour après avoir accumulé quatre mille ducats de dettes, rien de moins. Abandonnant ma famille, je me réfugiai à Florence et y séjournai dans l'attente d'un sauf-conduit qui me permettrait de regagner Venise et de reprendre en main mes ateliers sans trop pâtir du harcèlement de mes créditeurs. J'avais confié à mon bon Domenico di Masino le soin de s'occuper de mes affaires, mais je m'étais trompé sur son compte : comme son oncle assassin, il n'avait rien de bon, puisqu'il n'hésita pas à porter plainte contre moi. Je fus donc par surcroît obligé de m'engager dans un pénible procès afin de me soustraire à ses exigences.

1. « L'insensé a dit dans son cœur » : il s'agit d'un verset du psaume 52 qui se poursuit ainsi, « *Non est Deus* » : « Il n'y a point de Dieu. »

Pendant ce temps, il me fallut régler les affaires liées à la succession de mon père, à Florence : la fermeture de son atelier de coffretier ; la location de la moitié de sa demeure et de son petit domaine de Terenzano ; les dettes de ma belle-sœur *monna* Salvestra, qui n'avait jamais payé le loyer de l'autre moitié du domaine ; un legs à une veuve prénommée Antonia ; ou encore le remboursement de vieilles dettes auprès d'un épicier chez qui il se fournissait, alors même qu'il était impossible de toucher les deux cents florins qu'il avait de côté au Mont. Pour tout compliquer, sa dernière épouse, Caterina, avait filé avec son galant après l'enterrement, emportant le mobilier, des livres et des livres de lin peigné, étoupe et fil écru en écheveaux, des boisseaux de blé et de farine, du bois, une vieille cotte noire, seize barils de vin et même les bottes blanches de mon défunt géniteur, qui allaient probablement à son amant. Des biens que nous ne reverrions jamais.

Par une ironie du sort j'avais regagné Florence au pire moment puisque je risquais moi-même de tout perdre, emporté par ma faillite et mes dettes. L'année 1427 vit, en effet, l'instauration du *catasto*, sur la base duquel tout citoyen devait, sous peine de perdre ses droits civiques, voire pis, déclarer la totalité de ses biens et de ses gains et payer des impôts sur son revenu aussi bien dans sa patrie qu'à l'étranger. Ce fut un coup supplémentaire : il ne manquait plus que les impôts…

Ma sœur chargea un scribe de rédiger la déclaration générale, au nom des héritiers de Filippo di Salvestro Nati, coffretier, laquelle disait clairement que *le filz dudit Filippo demore à Venige avec sa fem et sa famille et affirme y retorner, il s'y est establi à l'äage d'environ 40 ans ou plus, le filz dudit Filippo se prenomme Donato*. Je préparai, quant à moi, la déclaration des *Condictions de ma personne, Donado di Filippo, depuis que je demore à Venixe*, datée du 8 août. Je m'en souviens très bien : en me relisant, je m'aperçus soudain que mon écriture très claire de marchand clamait tout comme moi que je n'étais plus florentin, mais *venixien*. J'avais écrit *Venixe* et non *Venige*, contrairement à l'usage florentin ! Et *Donado* au lieu de *Donato* à la mode vénitienne ! En vérité, il n'y avait là rien d'étonnant au terme d'une absence de trente ans, ou presque, et cela revenait un peu à dire aux officiers du *catasto* florentin : Laissez-moi tranquille, je suis désormais un *Venixien*, pourquoi devrais-je payer des impôts à Florence ?

Je dressai sur deux petites pages, qui se faisaient face comme une partie double, d'une part, la liste implacable de mes dettes, assortie des noms de tous les hommes que j'avais pris pour des amis ; d'autre part, la liste toute aussi implacable de mes créances, à savoir l'argent que j'avais prêté et que je pouvais estimer perdu, lui aussi, emporté par le vent comme des chiffons de papier. Oui, tout y était consigné : du côté des débiteurs, non seulement les Priuli, mais aussi Domenico, ce maudit vaurien qui se disait mon créditeur, et les loyers que je versais pour un atelier *d'escoler arienti* et d'une maison ; de l'autre, les femmes auxquelles j'avais prêté de grosses sommes, sous l'effet de ma grande bonté – y compris la mère de Chiara, la perfide *madonna* Maria Panziera –, ainsi que de nombreux nobles vénitiens, gens illustres mais mauvais payeurs, Donà, Mocenigo, Barbaro, *malvais empromptieres, dont je ne puis rien tirer, moi qui ai fait bancquerotte.* Pour terminer, une seule ligne concernant ma pauvre famille, ma pauvre Chiara, mon pauvre Bastian : *5 bocques en font les fraiz.* Maudits *fraiz*, que j'étais, hélas, incapable de régler.

Je regagnai Venise, bien décidé à relever la tête et à récupérer au moins mon atelier de battage d'or. Or un coup dur m'y attendait. Après avoir résisté à une première insolvabilité en 1425, les Priuli, mes associés, succombèrent à leur tour, assaillis le lundi 12 septembre 1429 par les hordes furibondes de leurs clients qui avaient découvert que leurs caisses étaient vides au départ des galères de Romanie. La faillite fut déclarée deux semaines plus tard avec une dette énorme de cent mille ducats. Les gens racontaient que le Rialto était orphelin, tel un enfant privé de père et de mère – une belle métaphore ! Mais s'il y avait un orphelin, c'était bien moi, balayé comme tous les autres, privé de mes marchandises, qu'on avait confisquées dans mes entrepôts, et de mes livres, retenus par les magistrats. Une catastrophe que vinrent aggraver la crise de l'argent et la guerre habituelle contre le seigneur de Milan, laquelle s'était également changée en guerre monétaire depuis que ce même duc avait eu l'idée diabolique d'inonder l'Italie de petites pièces de bas alliage, faisant par conséquent disparaître les monnaies vénitiennes, qu'on thésaurisait, et obligeant le gouvernement de la Sérénissime à effectuer de lourdes dévaluations. Un désastre.

Je retombai, je m'enfuis de nouveau et je revins, j'essayai de me relever encore une fois, m'abaissant à demander des prêts de tous côtés, y compris à mes beaux-parents et à mes beaux-frères, ces êtres détestables qui me considéraient désormais comme un paria et regrettaient d'avoir accordé la main de leur pupille à un banquier qu'ils croyaient voué au succès et aux richesses, alors qu'il n'était en fin de compte qu'un vulgaire aventurier. Seule Chiara s'abstint de m'accabler, se montrant même douce et patiente en toutes occasions, et ce malgré mes absences prolongées – peut-être savait-elle que je me réfugiais auprès de Luce, désertant son lit et son corps depuis plusieurs années. Il me fallut même affronter la vieille Pasqua, qui essayait de s'approprier mon atelier de battage d'or. Par chance, les choses tournèrent mal pour elle aussi : elle échoua au tribunal, où elle interpréta comme toujours le rôle misérable de la *povre dam gaschant depuis tojours ma vithe en me rendant utile a l'atelier*, abandonné et déserté. Je vous en donnerais, de la pauvre femme ! Ce n'était pas l'atelier, mais bien ma personne qui était abandonnée, désertée et trompée, après que je m'étais démené pour fonder et développer ce même atelier !

Je ne m'en sortais plus très bien. Mais il fallait que je résiste. J'étais presque sexagénaire et, grâce au Père éternel qui m'avait au moins choyé dans ce domaine, j'étais en bonne santé, on disait même que je paraissais quarante ans, j'avais toujours travaillé et toujours été en mouvement. Mais je devais nourrir ma famille et supporter les critiques et les médisances de ces maudits parents frioulans, lesquels ne cessaient d'inciter Chiara à me quitter et à regagner leur château de Zoppolo en compagnie de son fils, qui est aussi le mien, notre Bastian. À les entendre, je méritais uniquement d'être envoyé au diable et de mourir seul dans un hospice ; ou, mieux, plus tôt je mourrais, mieux ce serait, car ils pourraient ainsi récupérer la dot avant que je ne la dépense pour éponger quelques dettes. Quelle triste fin ! En 1433, alors que la communauté florentine célébrait l'arrivée à Venise de Cosme de Médicis, venu comme un exilé et accueilli comme un ambassadeur ou un prince grâce aux florins de sa banque, je restai tapi chez moi, de peur d'être harcelé dans la rue par mes débiteurs, à la plus grande honte de Chiara et de mon fils qui regardaient par la fenêtre.

L'inévitable se produisit : mes dettes me conduisirent à la prison des Plombs en 1435. J'y aurais croupi sans les bons offices des fils du magnifique Sebastiano Badoer – que Dieu le garde –, à savoir le sénateur Geronimo et, surtout, son frère cadet Giacomo qui, par un coup de chance ou par l'intervention de la divine Providence – laquelle a pour habitude de vous jeter d'abord dans la poussière, puis de vous en relever, repenti et contrit –, n'était autre que l'avocat, l'*avogado*r, du tribunal de la Quarantie chargé d'examiner mon cas. En feuilletant le dossier, il découvrit en effet que son père m'avait permis d'obtenir la citoyenneté vénitienne, comme l'attestait sa signature sur une modeste requête. Conclusion : si un Badoer avait signé, l'accusé ne pouvait être un malfaiteur. L'*avogador ad curiam forestieri*, un certain messire Giosafat Barbaro, se déclara lui aussi favorable à l'indulgence envers ce pauvre diable d'immigré florentin qui avait travaillé dur toute sa vie pour la prospérité commune, non pour son enrichissement personnel, comme l'assurèrent d'innombrables témoins dignes de foi, et qui avait été au contraire injustement persécuté et jugé coupable de méfaits dont il n'était pas l'auteur, mais bien la principale victime, etc. Messire Giacomo et messire Giosafat étaient en vérité de braves et honnêtes hommes, qui avaient pris ma défense sans même me connaître et sans qu'il fût besoin de les adoucir par un *pour-le-boire*. Hélas, je n'avais pas moyen de les remercier, parce qu'ils étaient entre-temps tous deux partis pour le Levant, revêtus de charges importantes, bien sûr.

Ma libération n'a guère amélioré ma situation. Désormais, je vis de petits emprunts, et personne ne me prête attention quand j'essaie de rouvrir le chapitre de mon atelier et d'obtenir des crédits. J'ai brièvement regagné Florence en 1439 parce que j'avais été élu au sein de la guilde des menuisiers, que j'avais réintégrée après l'échec de ma carrière de *campsor*, mais aussi pour éclaircir ma situation auprès du fisc qui ne cessait de me harceler sans savoir ni comprendre dans quelle sorte de problèmes je me débattais. Au terme de mon mandat, ne pouvant laisser Chiara seule telle une veuve, je suis aussitôt rentré à Venise.

De nombreuses années se sont écoulées et mon cercle s'est réduit à nos deux personnes. Je suis même privé du réconfort que m'apportaient mes conversations avec Luce : pendant que j'étais en prison, m'a-t-on raconté, elle est morte sur l'île des putains, à l'hospice augustinien de San Cristoforo e Onorio, fondé par le saint frère Simonetto da Camerino. Que Dieu ait pitié de son âme, pécheresse certes, mais bonne, honnête et joyeuse ; recueillie par ces charitables religieux, elle s'est certainement recommandée à la Vierge Marie, et à présent elle est sans doute au paradis, ou dans un coin pas trop triste du purgatoire.

Chiara et moi ne nous parlons plus, et je sens toujours peser sur moi son regard, aussi froid que l'accusation qu'elle serait en droit de m'adresser, à savoir que je l'ai entraînée dans l'échec de ma vie. Cela fait longtemps que je n'ai pas vu notre fils, qui a naturellement pris son parti. Il a maintenant vingt ans, mais je crois qu'il nourrit pour moi une haine cordiale et inépuisable, alimentée par ses parents frioulans auprès de qui il s'est sauvé, m'infligeant une sorte de châtiment familial. Trop heureux de me chagriner en l'accueillant, ses oncles l'entraînent dans des parties de chasse à courre et de chasse aux oiseaux dans d'étroites barques, sur la lagune de Marano, lui donnant l'illusion de mener une vie de seigneur, pendant que je me morfonds, prisonnier d'une maison en location, à l'extrémité de la fondamenta de la Tana, au coin le plus éloigné des remparts de l'Arsenal, parce que j'ai dû vendre tous mes biens pour rembourser mes dettes.

Au moins j'ai réussi à sauver quelques outils et instruments de mon vieil atelier avant que Pasqua ne referme ses griffes dessus, et confié filoir et métier à Chiara, qui a commencé avec deux ouvrières à tisser des brocarts de lin et d'or de *paiol*, l'or de contrefaçon : des étoffes de vil prix, mais de belle allure, que je revendrai aux femmes des poissonniers et des maraîchers, sur le marché du campo de la Tana.

Il y a quelques jours, j'ai assisté au retour des galères de Romanie, toutes pavoisées. Après que la patache de la galère *Gritta* a accosté, j'ai vu messire Giacomo Badoer en descendre. Mon Dieu, comme il paraissait vieux, comme il titubait sur la passerelle ! Il était suivi d'un jeune homme à la mine réjouie, ainsi que de trois étrangers, probablement les esclaves habituels achetés à La Tana, soit deux grandes filles effarées et un grand gaillard chargé d'une quantité invraisemblable de sacs et de boîtes. Soudain j'ai pris ma décision : en vertu de la dévotion que je porte aux Badoer et à feu messire Sebastiano, que Dieu le garde, j'ai résolu d'aller un de ces prochains jours au palais Badoer exprimer à messire Giacomo toute ma reconnaissance pour l'affaire de 1435 et, peut-être, lui demander un prêt qui me permettrait de rouvrir mon atelier de battage d'or et de reprendre la production de tissus brochés d'or.

Voilà comment je me retrouve aujourd'hui, 26 avril 1440, dans l'entrée du palais Badoer, mon chapeau à la main.

On me fait longuement patienter, ce qui n'est pas bon signe. Seul le chant d'un rossignol brise le silence, s'échappant probablement du jardin, tout comme le parfum des roses qui éclosent en ce début de printemps. Tout cela est bien étrange, car je me suis présenté au jour et à l'heure que m'a communiqués un domestique en réponse à ma demande de rendez-vous, soit le premier mardi après la Saint-Marc, à la troisième heure. Heure que les cloches de San Zanipolo ont sonnée il y a un bon moment. Il est vrai que les seigneurs sont accoutumés à se faire désirer... Pour tromper l'attente, je parcours le couloir qui mène au jardin. Attiré par un beau rosier, j'en coupe un *boton* rouge afin de humer son parfum de plus près. Quelle coïncidence ! C'est justement hier que tombait la fête des *botons*.

C'est ainsi que me surprend le magnifique messire Geronimo en jaillissant du néant. Il arbore la robe cramoisie et les bagues que portait son père le jour de notre rencontre. D'un geste bienveillant, il m'invite à le suivre au premier étage, me précédant dans le grand escalier monumental. Nous pénétrons dans la salle où le noble Sebastiano m'a autrefois reçu. Ses murs sont toujours ornés de tapis orientaux, son énorme table massive soutient les mêmes candélabres d'argent ; j'y aperçois aussi une carte du monde déroulée, ainsi que des livres de comptes ouverts çà et là, d'innombrables feuilles volantes glissées entre les pages, comme s'ils étaient l'objet de minutieux contrôles croisés.

Le magnifique va s'asseoir sur un gigantesque faudesteuil de l'autre côté de la table sans me proposer de m'asseoir. D'ailleurs, il n'y a pas d'autre siège que le sien dans la pièce, si l'on excepte une mauvaise escabelle au fond, mais je ne peux tout de même pas tourner le dos à l'illustrissime messire Badoer pour aller la chercher. Je reste donc debout, m'insurgeant en mon for intérieur : maudit paillasse, j'aurais bien voulu te voir il y a vingt ans, lorsque j'étais plus riche que toi et gendre d'un comte palatin ! Mais je me calme et, comme il garde le silence, je prends la parole.

Si je me trouve ici, dis-je, ce n'est pas seulement en vertu de la vieille dévotion que j'ai et aurai toujours pour son magnifique père messire Sebastiano, que Dieu le garde : je tenais aussi à exprimer de vive voix ma gratitude la plus profonde à son magnifique frère messire Giacomo en raison de ce qu'il a fait pour moi en qualité d'*avogador* de la Sérénissime et très prévoyante Quarantie dans la lointaine année 1435. Je m'arrête là, évitant toute allusion à l'enfer que j'ai vécu : la prison des Plombs, l'eau et la souffrance qui suintaient de ses murs, ses lieux de torture toujours souillés de sang.

Le devoir, uniquement le devoir ! coupe court le magnifique. Sa famille a, par tradition, toujours placé son intérêt personnel après le bien de la République et l'intégrité de ses magistratures : si monsieur son frère m'a défendu et m'a permis d'échapper à ce triste trou à rats – telle est l'expression qu'a employée ce gentilhomme raffiné –, ce trou à rats qui est le châtiment approprié aux tristes hères qui osent défier par leurs escroqueries la santé de l'État, eh bien monsieur son frère s'est borné à agir par devoir et par amour de la justice, sans aucun intérêt personnel. Inutile de remercier, car la vertu ne nécessite aucun remerciement.

Mais où est monsieur son frère ? Je souhaitais le saluer de vive voix, justement, je l'ai vu descendre de la galère *Gritta*, je croyais qu'il avait regagné sa demeure, la Ca' Badoera. Pour commencer, précise le magnifique, cette demeure n'est plus la sienne. Giacomo est parti aussitôt après son arrivée, sur les conseils de son frère aîné qui, le voyant en mauvaise santé et fiévreux après ce long voyage en mer, l'a expédié à la campagne, sur la Terre ferme, où, sous la surveillance bienveillante de deux serviteurs et d'un médecin, il pourra, à n'en pas douter, se rétablir rapidement. Oui, car lui, son frère bien-aimé, a préparé de grandes choses pour son retour : premièrement, un mariage avantageux avec la fille de feu Antonio Moro, l'un des hommes les plus riches de Venise, qui a légué à cette héritière une dot considérable afin qu'elle se marie enfin ; deuxièmement, une charge importante et lucrative, celle de podestat de Bassano.

Cette histoire de villégiature ne me convainc guère. Tout laisse entendre que, tel Caïn avec Abel, Geronimo a de nouveau élaboré un mauvais tour aux dépens de son frère en raison d'obscures intrigues familiales, politiques ou commerciales, le reléguant à la campagne sous la surveillance d'espions. Toutefois je ne peux que me déclarer heureux d'apprendre ces bonnes nouvelles et l'avenir radieux qui attend monsieur son frère. Ayant été l'un des meilleurs producteurs de brocarts de soie et d'or de la ville, j'aimerais pouvoir offrir à messire Giacomo et sa future épouse, en guise de cadeau de noces, les plus beaux tissus que j'aie jamais tissés ! Mais il faudrait pour cela qu'un magnifique mécène et protecteur ait la bienveillance de me fournir les moyens de relever mon vieil atelier, oui, rien de plus, de m'accorder un petit prêt et un minuscule *captal*, juste de quoi redémarrer, procéder aux achats nécessaires de soie grège, ou semi-ouvrée, ainsi que de barres et de lingots d'or et d'argent, voire d'objets de seconde main qui en contiendraient ; de cette façon, je n'aurais aucune difficulté à raffiner de l'or et de l'argent très pur avec la plus grande habileté. Que coûterait un petit prêt, oui, que coûte un petit prêt au magnifique messire Geronimo, toujours en souvenir – béni soit-il – de son auguste père, messire Sebastiano ?

Au terme de mon petit discours, le magnifique, qui n'a pas cessé de feuilleter un grand livre en feignant de ne pas m'écouter, redresse la tête. Cela pourrait se faire, répond-il d'une voix basse et ambiguë, mais l'homme d'expérience que je suis, moi, Donato, n'aura aucun mal à comprendre qu'il n'est pas bon que le nom d'une famille aussi *grante et respectee* que celle des Badoer figure auprès de celui d'un *forinsecus*, victime d'on ne sait combien de faillites et jadis enfermé dans un trou à rats, car les gens perdraient confiance en elle, et, comme je le sais, étant moi-même un homme d'expérience, la confiance est fondamentale pour qui s'occupe de politique et de banques. En vérité, il lui serait possible de constituer une telle compagnie, mais sans acte notarié, au moyen d'une écriture privée en unique exemplaire, que lui-même conserverait, signée de mon nom et à ses seules conditions. Oui, bien sûr, n'importe quoi ! ai-je envie de m'écrier, ému par cette ouverture aussi généreuse qu'inattendue à une nouvelle perspective de vie, à une résurrection.

Un moment…, m'arrête le magnifique en baissant le ton, comme s'il craignait que les murs de sa demeure ne l'entendent. Les temps sont durs, ils ne se prêtent qu'à la survie d'hommes décidés et courageux. Le doge Foscari, cet entêté, s'obstine à guerroyer sur la Terre ferme, comme s'il comptait devenir le seigneur de l'Italie entière, vidant les caisses de la République et de ses familles les plus illustres. Il oblige ainsi les bons, braves et honnêtes patriciens sur qui la République repose depuis des siècles à agir et à se rattraper ailleurs. Un artisan habile, de confiance, doublé d'un raffineur d'argent serait justement très utile... Qui de mieux que Donato, qui connaît bien le monde ? Un homme habile et de confiance, donc, qui s'emploierait dans une petite fonderie cachée, éloignée, à frapper des pièces de monnaie de bas alliage qu'on diffuserait en Orient – de toute façon, ces *nigaults* de Levantins, à Béryte, à Alexandrie ou même à La Tana, ne s'en rendraient pas compte, et les pièces de monnaie continueraient de circuler, de circuler encore et encore, dans le grand et terrible monde, jusqu'en Inde et au Cathay, dit-il en tendant la main vers la mappemonde et en y jetant justement le contenu d'une bourse. Le tout sans qu'il soit possible d'associer cette activité au nom immaculé des Badoer. Un secret, y compris pour la pauvre Chiara qui, si elle était impliquée dans un *escande*, en subirait les graves conséquences, à cause de sa famille irascible dans la patrie du Frioul.

Ce n'est pas exactement ce que je souhaitais. Certes, je désire repartir de zéro, mais honnêtement, sans plus d'arnaques. Et voilà que cet *aiglefin* tout parfumé et vêtu de soie pourpre me ramène à la pire version de moi-même. Les crimes qu'il envisage de façon si policée sont passibles de la peine de mort par décapitation : par pour lui, naturellement, mais pour le pauvre diable qui serait surpris la main dans le sac, c'est-à-dire moi, et peut-être aussi pour mes ouvriers et mes esclaves, auxquels il serait facile d'extorquer des aveux sous la torture. Bon, d'accord, j'accepte ses conditions diaboliques et signe son maudit papier sans même le lire, comme si mon sang remplaçait l'encre, et mon âme le contrat. Je me suis de nouveau perdu, mais c'est plus fort que moi, il faut que je recommence à travailler l'or, à le fondre, à lui redonner vie.

J'ai toutefois un problème à résoudre : où trouver des ouvriers ? Le prêt couvrira tout juste le prix de la matière première, que j'achèterai de contrebande à un marchand de Nuremberg ou tirerai de coupes, de couverts et de vieilles pièces d'argenterie dénichés dans les monts-de-piété de mes amis juifs, à Mestre. Certes, je travaillerai de mes propres mains à la fonderie, cependant j'aurai besoin d'aide. Le vieux Mussolino, un homme de confiance, est mort, tout comme Pasqua la rusée. Pour une entreprise aussi périlleuse, je pourrais m'adresser à maître Tomaso Boscarin, un batteur d'or qui me doit beaucoup d'argent et qu'il me serait facile d'envoyer en prison à ma guise, ruinant ainsi sa famille. Or un seul ouvrier ne suffit pas. Et puis je n'ai ni fileuse ni tisseuse, à l'exception des deux filles inexpérimentées qui secondent Chiara. De plus, j'aimerais libérer cette dernière des efforts que requiert le métier à tisser. Benvegnuda de La Tana, l'ancienne esclave circassienne de Lucia *ab auro*, est vieille, ses mains sont douloureuses, elle m'aiderait sans doute à enseigner son savoir-faire aux femmes, rien de plus.

Ce n'est pas un problème, déclare le magnifique. Zuaneto, son apprenti, passera demain chez moi. À propos, où se situe ma maison ? Pas ma belle demeure de *sennior* proche du Rialto, ajoute-t-il, l'air moqueur, conscient de me blesser : il l'a lui-même achetée pour la moitié de son prix aux liquidateurs de la banque en faillite. On lui a raconté que je vis maintenant dans une masure de location, donnant sur la fondamenta de la Tana, juste en face des murs de la Ca' del Canevo, la gigantesque fabrique de cordages et d'amarres en chanvre dont le hasard veut qu'il soit lui-même l'administrateur, par la grâce de la Providence et pour le bien de la République – ou plutôt, me dis-je, pour mieux s'enrichir aux dépens de la République. Zuaneto veillera à m'apporter la somme en question – lui, le magnifique, ne touche pas au vil argent –, ainsi que deux esclaves, qu'il me prêtera mais qui demeureront sa propriété exclusive, et malheur à moi s'il leur arrive quelque chose ou s'ils se détériorent, car je devrai alors le dédommager.

Le premier est un Abkhaze, un grand gaillard stupide qui saura certainement manier à merveille le marteau et garder le silence, puisqu'il ne comprend rien à rien. La seconde n'est autre qu'une Circassienne de quatorze ans, une bestiole crasseuse comme toutes les filles qui viennent de La Tana, pulpeuse et bien en chair, qu'il a examinée nue, *selon l'usage*, et qui lui a paru trop jeune et trop bête pour avoir une autre utilité – on verra dans quelques années, insinue-t-il avec malice. À en croire Zuaneto, elle posséderait un talent inné, fort étrange chez une tête vide de cette espèce, puisqu'il est bien connu que les esclaves n'ont pas d'âme : elle est capable d'exécuter de splendides dessins d'ornement, des plantes, des fleurs, des animaux fantastiques, des nœuds et autre entrelacs en tout genre. Elle pourrait dessiner les modèles sur lesquels fabriquer des tissus inédits à Venise, ce qui serait une bonne chose maintenant que les dames se sont lassées des motifs syriens et des arabesques. Suffit, le temps qui m'était imparti a pris fin, la quatrième heure sonne à San Zanipolo. D'un geste ennuyé, le magnifique m'invite, sans se lever, à m'en aller. Je suis déjà dans l'escalier quand je l'entends crier au domestique qui m'accompagne de me faire sortir par la petite porte de service après s'être assuré qu'il n'y a personne dans la ruelle. Naturellement.

Je rentre chez moi, à la fondamenta de la Tana, en volant ou presque sur le ponte di San Biagio et celui des Cadene. On recommence. Il faut tout préparer. Zuaneto sera là demain.

Je convoque maître Tomaso et maîtresse Benvegnuda. Bien qu'ils aient le même âge que moi, ils ne sont pas en grande forme ; leurs mains et leurs bras affaiblis les empêchent de travailler, mais ils m'aideront volontiers à enseigner les bons gestes aux plus jeunes. Je n'ai même pas eu à menacer Tomaso en lui rappelant ses dettes, il a aussitôt accepté. Benvegnuda éclate de rire lorsque je lui annonce que nous travaillerons tous ensemble ici, dans la maison – le tissage en haut, le battage d'or en bas –, sans avoir à transporter l'or ni à écrire quoi que ce soit, contrairement à ce qu'elle faisait chez Lucia *ab auro*.

Aidé de Chiara et des deux *juvenes* fileuses, je vide et nettoie l'entrepôt du rez-de-chaussée, inutilisé depuis que nous avons emménagé. Il se compose de deux pièces : la première, la plus grande, est proche de l'entrée qui donne sur une obscure ruelle dénommée calle Bassa ; la seconde à l'arrière, plus petite, comporte une cheminée, un débarras pour le bois et le charbon indispensables à la fonderie, ainsi qu'une porte menant au rio de San Gerolamo ; de là, un escalier très raide permet de monter au premier étage de l'habitation sans être obligé de sortir sur la fondamenta. Nous tirons des caisses les vieux outils que j'ai sauvés des griffes de Pasqua : enclumes, marteaux, tenailles, ciseaux, formes, plans de lavage et de séchage, balances de plusieurs sortes, feuilles de parchemin et de papier. Les yeux de Tomaso et de Benvegnuda brillent tandis que, les saisissant, ils repensent à leur jeunesse, au temps où ils travaillaient l'or et l'argent. Je place immédiatement dans la petite pièce intérieure les instruments dont j'aurai besoin dans ma fonderie secrète, fourneaux, pinces, cuves et baquets, chaudrons et pots en terre cuite. Puis nous frottons les outils rouillés, les lavons, les séchons avec des chiffons et les exposons au soleil, sur la fondamenta, au milieu d'une petite foule curieuse de *fants* et de *vielles feigniantes*. C'est une chose à laquelle il faut s'habituer à Venise. On ne peut jamais rien faire en cachette, comme si ces vieux murs, imprégnés de l'eau qui monte et descend avec la marée, possédaient des pores à travers lesquels les vies et les histoires des gens passent en échangeant et en entremêlant odeurs, voix et murmures.

***

Aujourd'hui, c'est jour de grand marché.

Une chance, car la fondamenta est déserte au moment où la barque de Zuaneto s'approche, si bien que l'arrivée des esclaves et la livraison d'un gros sac en cuir ont lieu dans la plus grande discrétion. Il est préférable qu'on ignore que des esclaves travailleront chez moi : les habitants du quartier, probablement informés par les *vielles* commères, ont sans doute appris que nous allons ouvrir un atelier de battage d'or, mais il vaut mieux qu'ils ne déposent pas de plaintes anonymes au Conseil des Dix. L'emploi d'esclaves dans ce secteur stratégique de l'économie est, en effet, très mal vu et jugé dangereux : on prétend qu'il prive de travail les Vénitiens et que, une fois en possession d'un métier, les esclaves, qui ne pensent qu'à recouvrer leur liberté, trouveraient des motifs et des moyens de quitter Venise, emportant leur savoir-faire sur d'autres terres, ou pourraient être vendus à des entrepreneurs étrangers. Il importe surtout que personne ne connaisse l'existence de la dernière pièce du fond, car c'est là que je vais installer ma fonderie clandestine.

Nous pénétrons immédiatement dans la grande salle du rez-de-chaussée et refermons la porte derrière nous. Sans un mot, Zuaneto me tend le sac : je compterai l'argent plus tard, une fois seul. Il me présente ensuite les esclaves. Le grand gaillard, qu'il convient de laisser enchaîné tant qu'il n'aura pas compris à coups de fouet qui est le *patrun* et ce qu'il est censé faire, s'appelle Zorzi. Abkhaze âgé de vingt ans, c'est un excellent travailleur, tout en muscles, qui ne parle pas et comprend encore moins, explique-t-il. La fille se nomme Caterina, et si elle ne porte pas de chaînes, c'est parce qu'elle ne risque pas de s'enfuir ; elle a un caractère aimable, obéissant, soumis. Elle non plus ne parle pas et en admettant qu'elle parle, on ne comprendrait pas ce qu'elle dit parce qu'elle est circassienne, mais elle n'est pas *incensee*, elle paraît vive, intelligente, et possède un talent inné : elle exécute de magnifiques dessins, ajoute Zuaneto en ajoutant qu'il les a vus et qu'il n'en croyait pas ses yeux. À Constantinople, elle avait même l'air gaie, autant qu'il est possible de l'être pour une esclave. Mais, depuis son arrivée, elle est toujours triste et silencieuse, on ne sait pas ce qu'elle a ; son humeur s'améliorera peut-être au contact des autres femmes, en travaillant sous l'égide de *Dam* Chiara, qui n'aura plus besoin de besogner dans la maison ni à son métier. C'est tout. Apparemment pressé de s'en aller, Zuaneto saute dans sa barque. J'indique à Zorzi la paillasse qui se trouve derrière l'enclume, ainsi que le pain et le saucisson qui lui serviront de repas, après quoi je l'enferme dans la pièce et ressors dans la ruelle, suivi de Caterina.

Avant de m'engager dans l'escalier, je me retourne et examine la nouvelle venue pour la première fois. Elle est particulièrement grande pour une adolescente de son âge, mais peut-être est-ce l'effet des hauts sabots qu'elle porte sous sa tunique. Elle serre sous son bras un baluchon qui contient sans doute de pauvres affaires, une doublure, ou des bas de laine pour l'hiver, des fichus en coton, bref des articles qui ne lui appartiennent pas plus qu'elle ne s'appartient, étant une esclave, soit le bien d'un individu autorisé à en disposer à sa guise. En vérité, l'esclavage, déjà répandu à Florence avant que je la quitte, me déplaît : lorsque j'avais des esclaves dans mes ateliers, j'imitais Lucia *ab auro*, les libérant au bout d'un moment et les conservant comme salariées, d'autant plus qu'elles faisaient alors de meilleures ouvrières. Étant moi-même incapable de considérer les femmes comme des êtres inférieurs et de concevoir un bien plus grand que la liberté, j'estime qu'il ne devrait pas être possible de priver un être humain de sa liberté : cela revient en quelque sorte à lui ôter la vie.

Vêtue d'une chemise en lin blanc et d'une tunique en drap bleu pâle resserrée par une ceinture à la taille, la tête enveloppée dans une coiffe qui laisse entrevoir une mèche de cheveux ondulés et blonds comme l'or, Caterina s'obstine à baisser les yeux. Peu importe, elle finira bien par les lever. Je ne vois en elle ni une sauvage ni un animal sale ; au contraire, elle m'a tout l'air d'une *pucelle* normale, la fille qu'auraient pu me donner Chiara ou Luce. Je me demande quelles épreuves elle a traversées avant d'échouer dans le trou désespéré qu'est ma demeure. Puisqu'elle est circassienne, elle vient certainement de La Tana. Quel sort étrange et moqueur : être arrachée à l'une des régions les plus éloignées et les plus sauvages de la Terre pour être conduite à Venise, dans un endroit qui se nomme justement rio de la Tana parce que la muraille qui constitue la vue qu'on a de mon balcon abrite la plus grande fabrique de chanvre au monde, le chanvre issu de là-bas, de La Tana ! Cette Caterina ressemble au chanvre, elle est encore grossière, encore à raffiner. Elle est allée de La Tana à la Tana. Il n'est pas rare que la vie vous joue de mauvais tours. La roue tourne et nous nous retrouvons toujours au point de départ.

***

Caterina couche dans une petite pièce au second étage, sous les combles, près de la terrasse d'où jaillissent les habituelles perches auxquelles le linge sèche. Pour faire le ménage et aller travailler, elle emprunte l'escalier de pierre et l'on entend ses lourds sabots de bois s'abattre sur les marches raides.

Les ateliers de tissage et de battage d'or ont rapidement ouvert. Je me suis procuré en l'espace de quelques jours une grande quantité de métaux, en particulier au marché de la ferraille en compagnie de Tomaso, qui sait mieux que moi évaluer le poids d'un vieux candélabre ou d'une coupe fissurée et la quantité d'argent qu'on en tirera, et marchander avec le vendeur. À bord de ma barque, je me suis également rendu en cachette, sans passer par la douane, à Mestre, où mes amis juifs ont puisé dans l'entrepôt de leurs monts-de-piété, parmi les objets non rachetés, de très bons articles et quelques sacs de pièces de monnaie en argent. J'y ai aussi retrouvé un certain marchand de Nuremberg qui m'a vendu des lingots tout juste arrivés de Bohême. J'ai acheté chez les orfèvres du Rialto un peu d'or très pur en provenance directe des galères de Romanie. Enfin, j'ai réuni dans ma fonderie secrète des briques cassées, du combustible et un récipient de vif-argent, du soufre, du cuivre, du fer, du plomb et divers sels, commandés chez l'apothicaire. Pour gagner du temps, nous commencerons sans tarder par les barres d'or très pur, de façon à éviter la phase de raffinage avec le cément.

Benvegnuda a déniché, dans une échoppe abandonnée, de la soie d'excellente qualité déjà enroulée en bobines, et entrepris d'enseigner aux deux *pucelles* et à Caterina les meilleures techniques de tordage et de préparation de la chaîne sur le métier, afin que tout soit prêt quand la feuille d'or sortira de la fonderie. En bas, après avoir travaillé plusieurs jours avec l'aide de Zorzi, j'ai fini par rappeler Tomaso, qui apprend maintenant à l'esclave les mouvements du battage. Zorzi les répète à la perfection comme s'il avait fait ça toute sa vie. Le rythme joyeux du marteau qui se lève et s'abaisse remplit la maison, il nous accompagnera longtemps, je crois. Voici les premières feuilles, qui filent aussitôt au premier étage où Benvegnuda montre aux filles, de ses mains savantes quoique arthritiques, comment les découper, les étirer et les enrouler délicatement aux fils, tel un vêtement royal qui apporte à la soie une nouvelle vie et une nouvelle splendeur.

Durant les pauses de mon labeur, je monte à l'étage, comme du temps où je possédais mes ateliers, pour admirer le travail merveilleux et parfait de ces mains féminines sur des dizaines, des centaines, des milliers de fils de soie, un travail que nous autres hommes serions bien incapables d'effectuer avec autant d'amour et de patience. Mon regard est attiré par les doigts de Caterina : elle semble avoir immédiatement appris les gestes que les deux *pucelles* effectuent laborieusement depuis plusieurs années. Étant resté au fond de moi un artisan, un homme qui vit de son travail manuel, je suis en mesure de percer à jour les individus à la seule vue de leurs mains ; grâce à ce don, d'ailleurs, je devinais autrefois quelles arnaques préparaient mes collègues changeurs, tandis qu'ils me parlaient. Les mains de Caterina sont étranges : fines et délicates, dotées de longs doigts minces, elles évoquent celles d'une luthiste ; lisses, soyeuses et légèrement brunies par le soleil, contrairement à celles des pâles dames vénitiennes, elles sont également fortes, promptes, vives, comme si on les avait habituées non seulement à manier le fuseau, le rouet, mais aussi à empoigner une épée ou à tendre un arc. Ses doigts se meuvent avec légèreté autour du fil qu'ils enveloppent dans la feuille d'or immatérielle comme s'ils lui insufflaient le souffle même qui jaillit de ses lèvres ouvertes, un souffle légèrement retenu par crainte que la feuille ne s'envole, suivant le rythme lent de sa poitrine qui s'élève et s'abaisse dans le décolleté de sa chemise. Debout dans l'entrebâillement de la porte, appuyé contre le montant, je suis hypnotisé par leur mouvement. Soudain un reflet de lumière me révèle la bague en argent que la jeune fille arbore. Malgré sa saleté, on y distingue une gravure en repoussé. Je me demande ce qu'elle cache. Peut-être est-ce tout ce qui reste à Caterina d'un être aimé, d'un amour perdu dans le pays auquel on l'a arrachée et qu'elle ne regagnera jamais. Et si c'était une bague de mariage ou de fiançailles ? Caterina a peut-être été mariée précocement et, dans ce cas, elle a peut-être perdu son époux. Si elle le souhaite, je nettoierai ce bijou et l'astiquerai, le rendrai comme neuf.

Avant d'ourdir la chaîne sur le métier, il convient de choisir un dessin, explique Benvegnuda en exhibant des échantillons de brocart et de damas qu'elle a réalisés il y a de nombreuses années. Elle distribue aux trois filles des feuilles de papier et des fusains, puis les invite à reproduire le motif d'une des étoffes éparpillées sur la table, en commençant, en guise d'essai, par de simples entrelacs de volutes et d'arabesques. Les deux *pucelles* ne savent même pas manier le fusain : l'une d'elles le brise et souille toute la feuille, l'autre trace des gribouillis tremblants. Je tends la tête pour mieux observer Caterina, penchée sur la table et concentrée. Elle effleure le papier, fusinant un signe diaphane et presque imperceptible, comme une ombre de fumée qui traverse l'air et voile les contours des choses. Elle imite d'abord le motif du brocart qu'elle a devant elle, puis poursuit sans plus le regarder, entortillant le trait de la volute sur lui-même et l'entrelaçant plusieurs fois, exécutant un dessin totalement imaginaire, qui est sans doute le reflet de son monde intérieur et qui contient une autre figure en son sein : une magnifique fleur de lys. Benvegnuda est éberluée, elle n'en croit pas ses yeux. Moi non plus. Jamais je n'ai rien vu de pareil. Mais qui est cette Caterina et d'où vient-elle ?

Benvegnuda s'est longuement entretenue avec Caterina et lui a donné l'autorisation d'employer le peu de son ancienne langue dont elle se souvient, chose qui ne lui a encore jamais été possible.

Il est, en effet, rigoureusement interdit aux esclaves de s'exprimer dans leur langue d'origine, pour éviter qu'elles n'ourdissent des complots et des tromperies aux dépens de leurs maîtres. Les prêtres affirment qu'elles doivent oublier le monde sauvage et païen dont elles sont issues, qu'elles doivent devenir des chrétiennes civilisées comme nous, même si l'on continue de les traiter comme des êtres inférieurs, des domestiques, des bêtes de somme. Si je me cache, quant à moi, dans l'entrebâillement de la porte, ce n'est ni pour les surveiller ni pour les épier, mais parce que je n'arrive pas à m'éloigner, fasciné que je suis par cette incroyable adolescente que j'aimerais connaître et comprendre. Soudain sa voix retentit pour la première fois entre ces murs, aussi étrange que ses mains, à la fois douce et dure, féminine et masculine. J'ai l'impression que les deux femmes ont des difficultés à communiquer ; enfin, à ma grande surprise, Caterina opte pour le vénitien. Un vénitien beaucoup plus hésitant et comique que celui de Benvegnuda, ponctué de quelques mots absurdes en génois, une façon de parler simple, mais claire et efficace. Sans doute l'a-t-elle appris au cours de son séjour à Constantinople, avant qu'elle ne soit conduite à Venise. La vieille femme et la jeune fille poursuivent leur conversation de la sorte, dans la nouvelle langue franque.

J'entends un récit auquel j'ai du mal à ajouter foi, des aventures qui pourraient sortir d'un roman ou d'une chanson, mais qui ne sont sans doute pas totalement le fruit de l'imagination de la jeune fille. À l'évidence, il y a là un fond de vérité qui emprunte ces formes fabuleuses, lesquelles paraissent extravagantes pour la seule raison qu'elles traduisent une autre façon de voir le monde, de nous voir, nous. Le monde où est née Caterina est certainement très différent du nôtre. Elle affirme qu'elle vivait dans la montagne la plus haute de la Terre, couverte de neiges éternelles, cette montagne même où le prophète Noé conduisit son arche. Je me rappelle avoir lu quelque part que cette grande montagne se nomme Caucase et qu'elle borde à l'est la mer Majeure. Voilà donc d'où est issue Caterina ! De fait, c'est bien connu, La Tana est située dans la partie la plus septentrionale et la plus éloignée de cette mer, au beau milieu du néant, à au moins trois mois de navigation de Venise.

Caterina se met ensuite à raconter des choses si bizarres que

Benvegnuda elle-même a de la peine à la suivre. Son père, dit-elle, était un prince guerrier qui est mort au combat, elle devait elle aussi devenir un guerrier, voilà pourquoi elle portait des vêtements d'homme, pourquoi elle était armée d'un arc et d'une épée, elle voulait vivre auprès de son père et coucher avec lui, mais les Francs l'ont capturée et lui ont volé son voile d'or. Après quoi un géant roux, qui était également magicien, mais un homme bon, l'a fait monter dans le ventre d'un monstre en bois et lui a appris le tour de magie qui consiste à aller d'un lieu à l'autre, et c'est ainsi, par un tour de magie, qu'elle est arrivée dans une ville aux coupoles d'or et qu'elle a connu sa nouvelle sœur Maria, laquelle a pris soin d'elle, lui a donné de la soupe, du vin et du plaisir. Enfin maître Giacomo l'a emmenée à l'intérieur d'un autre monstre en bois jusqu'à cette ville construite sur l'eau, où elle a été séparée de Maria par la force et enfermée dans une demeure sombre, déshabillée et touchée par l'homme mauvais qui l'a privée de sa sœur. Maintenant, en larmes, elle prie de toutes ses forces Benvegnuda de l'aider à retrouver Maria.

Benvegnuda parvient à la calmer en lui prenant les mains. Elle attire la tête de la jeune fille sur sa poitrine, lui ôte sa coiffe et commence à lui caresser les cheveux en lui murmurant une sorte de comptine, ou un chant dans leur langue inconnue, et soudain ces cheveux me semblent infiniment plus beaux et plus resplendissants que l'or pur qui coule dans mon creuset. Caterina cesse de pleurer et s'abandonne lentement à l'étreinte de la vieille artisane, qui l'accompagne bientôt à l'étage et demeure à ses côtés jusqu'à ce qu'elle s'endorme. En sortant, elle croise mon regard et, comprenant que j'ai écouté leur conversation en cachette, tourne les talons, l'air sévère.

L'atelier démarre bien. Les brocarts que nous produisons affichent des dessins si nouveaux et si originaux que le bruit commence à courir dans Venise qu'une petite boutique du côté de Castello vend des articles extraordinaires. J'engage un autre garçon pour battre l'or et une *pucelle* native de Mestre pour filer et tisser. Je l'installe dans la même chambre que Caterina afin de rompre la solitude de cette dernière et d'éviter qu'elle ne remâche les mêmes souvenirs, les mêmes histoires étranges. C'est apparemment une bonne idée : Caterina se montre un peu plus sereine, même si je ne la vois jamais sourire ni ne l'entends s'adresser à d'autres que Benvegnuda ; de même, elle n'a pas encore levé les yeux sur moi. Quoi qu'il en soit, je suis moi aussi un peu rasséréné, si bien que j'autorise ma femme à aller sur la Terre ferme rendre visite à notre fils, peut-être dans le secret espoir que cela contribue à renouer nos liens et à me faire pardonner les fautes et les crimes que Bastian m'attribue, probablement à raison.

Je conserve dans un coffret fermé à clef, au premier étage, l'argent que j'ai gagné en espèces : je ne me fie plus aux banques, je les connais trop bien et de trop près. Peu à peu, je commence à rembourser les dettes qui pèsent sur ma conscience. Je garde aussi toutes les lettres de crédit du temps passé, tous les engagements signés par mes vieux débiteurs et tous les titres des Emprunts de la dette publique que j'ai souscrits : on ne sait jamais, ils pourraient un jour m'être utiles.

Tout irait pour le mieux s'il n'y avait la partie obscure de cette histoire, le travail secret que j'effectue dans la fonderie les jours de fête, en cachette et souvent la nuit, le sale travail de faussaire pour le compte du magnifique et irréprochable sénateur Geronimo Badoer. Plus d'une fois, la nuit, sortant par la petite porte donnant sur le rio, j'ai déposé de lourds sacs dans la barque d'un Zuaneto toujours plus circonspect qui a ensuite disparu dans l'obscurité, entrant dans l'Arsenal par un passage secret – de toute évidence, les gardes sont complices, Geronimo est capitaine général de l'Arsenal. La dernière fois, il m'a remis un sac de pièces de monnaie en bon argent que j'ai dissimulé à l'intérieur d'une niche creusée dans le mur. Telle est la seule ombre qui plane encore sur ma vie. Si seulement je pouvais recouvrer ma liberté…

***

Mardi gras. Cette année, le carnaval a été encore plus excessif que d'habitude, dans le sillage des fastueuses noces du jeune Foscari, comme si toute la ville entendait prolonger la fête, dissiper ses richesses en une unique et immense bombance collective, censée aider les gens à oublier les angoisses de l'avenir, la guerre qui se rapproche, la menace de catastrophes financières, les mille dangers prêts à s'abattre sur le destin de la République. Au moins, notre échoppe a bien travaillé. Nous fermons maintenant nos portes pour quelques jours, la *pucelle* de Mestre a regagné elle aussi le domicile de ses parents.

Chiara est demeurée dans le Frioul. Au terme d'un silence de plusieurs mois, que je n'ai pas pris la peine de briser, elle a fini par m'écrire une lettre ; ou plutôt, elle l'a dictée à un scribe et s'est contentée d'y apposer sa signature, de son écriture pointue : *Ciara*. Je l'ai trop souvent abandonnée et trompée, je l'ai leurrée en brandissant de faux espoirs, je l'ai déçue, plongée dans la misère et dans la honte, y dit-elle. Enfin, elle a découvert que j'avais vendu en cachette ses bijoux les plus précieux qu'elle croyait mis en gage chez un ami juif, à Mestre, et que j'avais promis de racheter ; j'ai également subtilisé sa dot pour rembourser mes dettes, j'ai commis ce méfait aux dépens de la femme noble, fille de nobles, qu'elle est ; elle préfère désormais demeurer auprès de l'unique trésor qu'elle possède encore, Bastian, son fils bien-aimé. Elle a dicté *son*, et non *notre*, naturellement.

Je lui ai répondu sur-le-champ en employant des mots sincères, car il est inutile entre nous et à notre âge de simuler un amour qui n'a jamais existé. Quelques lignes, dans lesquelles j'admets tout ce dont elle m'accuse et lui demande une seule chose : le pardon. Puis j'ajoute des nouvelles de la boutique, la conjure de me croire, c'est la vérité, pas les habituelles sornettes d'autrefois, je possède vraiment un coffret rempli de ducats, j'ai honoré presque toutes mes dettes et il sera sans doute possible d'agrandir l'atelier, peut-être même d'investir les capitaux de la famille Panciera. Je la prie seulement de m'accorder une dernière chance et de regagner Venise.

J'ai reçu sa réponse il y a quelques jours. Chiara accepte mon invitation, parce qu'elle reste devant Dieu mon épouse et qu'elle est contrainte de l'être jusqu'à ce que la mort nous sépare. Elle viendra, mais pas durant le carnaval, car elle se vêt désormais toujours de noir, comme une religieuse ou une veuve – elle n'a aucune envie de se mêler à ces gens déguisés et débauchés. Elle arrivera demain, mercredi des Cendres, et prie pour que ce jour inaugure vraiment une période de repentir et d'expiation. Elle ne sera pas seule. Son fils Bastian et un de ses beaux-frères l'accompagneront pour s'assurer que tout ce que j'ai écrit correspond à la vérité.

Les vêpres sonnent. Dehors, la tempête menace, une mauvaise tempête, de surcroît, car l'étrange sirocco qui souffle avec fureur risque de faire fondre les neiges, provoquant une augmentation du niveau de la mer et, par conséquent, un épisode de hautes eaux. Par précaution, je pose des planches de protection au rez-de-chaussée et arrime solidement ma barque à la porte de la fonderie, sur le rio de San Gerolamo. De lointains bruits de carnaval parviennent à mes oreilles, une chanson à bord d'une gondole qui passe, rien de plus dans ce quartier perdu de la Tana. Le carnaval ne me plaît guère, qu'irais-je donc fêter dans les rues, déguisé ? Après avoir récité mes prières, j'appelle Caterina et lui demande de préparer un repas pour nous et pour Zorzi, seul comme un chien dans l'atelier, le pauvre. Elle attise le feu, mais ne paraît pas souffrir du froid : elle n'a pas enfilé de lainages plus épais ni de chausses à ses pieds, légèrement rougis, qu'on distingue dans ses sabots lorsque sa tunique se soulève ; peut-être était-elle habituée, dans son pays natal, à jouer avec de la neige et de la glace.

Tandis qu'elle remue le contenu du chaudron, je remarque une nouvelle fois sa petite bague en argent, dont j'avais oublié l'existence. Caterina remplit mon verre de vin, verse dans mon assiette de la soupe fumante et des *tortelli* à l'excellente farce, mélange de potiron, moutarde aux poires et d'épices dénichées chez l'apothicaire, poivre, gingembre et noix de muscade. Avant qu'elle ne s'éloigne pour préparer une gamelle à l'intention de Zorzi et manger la sienne en silence dans un coin, puisqu'elle ne peut tout de même pas s'asseoir à ma table, je la retiens et la prie de me montrer sa bague. Elle me lance un regard soupçonneux, comme si elle craignait que je ne l'en prive, puis tend la main gauche à distance. Effectivement, ce bijou est sale, au point qu'il est difficile de comprendre ce qui y est gravé. Peut-être ne l'a-t-elle pas ôté depuis des mois, des années. Non sans mal, je lui propose de le nettoyer en bas, à la fonderie : s'il est important à ses yeux, il convient de lui redonner son éclat ; qu'elle ne s'inquiète pas, je ne le lui prendrai pas, je ne suis pas un voleur, dis-je sur un ton badin, je n'irai pas l'engager au mont-de-piété de maître Salomon. Caterina ne comprend pas la plaisanterie, elle s'apprête à tourner les talons, une main dissimulée dans l'autre, terrifiée.

Soudain le récit qu'elle a fait de son histoire à Benvegnuda me revient à l'esprit et je décide d'emprunter le langage des fables pour mieux m'expliquer. Caterina ne doit pas avoir peur de moi, dis-je, car je suis un grand magicien, exactement comme le géant roux qui l'a emmenée loin de son pays, je suis un sorcier, un alchimiste ; du reste, n'a-t-elle pas vu de ses propres yeux les métaux obéir à mes ordres, couler avec splendeur du creuset, heureux de la vie et de la chaleur que je leur insufflais ? Les magies que je possède sont tout entières concentrées dans la création, un simple sortilège suffira pour redonner à cette bague de la vie et de la lumière, voire des pouvoirs car, je l'ai tout de suite compris, il s'agit là d'une bague magique, tels ces anneaux qui vous rendent invisible, vous protègent et vous transportent de lieu en lieu, comme je l'ai lu.

Convaincue, Caterina m'emboîte le pas sans mot dire. Nous descendons au rez-de-chaussée, munis d'une flasque de vin et de la gamelle de Zorzi, lequel gît, le regard vide, derrière l'enclume. Ce grand gaillard me chagrine et, parfois, m'effraie ; j'ai bien du mal à comprendre ce qu'il a dans la tête, s'il possède une âme ou pas. Mais il travaille bien. Lorsqu'il abat le marteau sur la plaque d'or, il lui imprime une rotation spectaculaire avant de le laisser tomber de son seul poids, sans forcer. J'allume la grande cheminée de façon à réchauffer un peu les deux salles, même si Zorzi, descendu de je ne sais quelle montagne de neige, semble lui aussi insensible au froid.

Je m'assieds sur un tabouret, devant le comptoir de la découpe et des travaux délicats, puis demande à Caterina de m'apporter une cuvette d'eau bouillante, ainsi que certains flacons de sels. Je verse ces derniers dans l'eau, que je remue afin qu'ils se dissolvent. C'est maintenant que se présente la difficulté : obtenir la bague. Je tends ma main ouverte. La jeune fille essaie d'ôter son bijou, en vain. Je l'invite alors à s'asseoir à mes côtés sur un autre tabouret et lui prends la main gauche, qu'elle finit par m'abandonner, chaude, soyeuse et douce. Je dépose une goutte d'huile de chanvre sur l'annulaire, fais glisser la bague en la tournant doucement, puis l'essuie et la plonge dans la cuvette. Caterina ne la quitte pas des yeux, peut-être craint-elle qu'elle ne s'évanouisse brusquement en vertu d'un étrange sortilège. J'en profite pour observer ses prunelles, dont le bleu outremer – je le découvre maintenant – est plus intense et plus limpide que celui du lapis-lazuli ou de l'aigue-marine, plus précieux que tous les bijoux que j'ai manipulés. Absorbé dans cette contemplation, j'oublie le temps qui passe pendant que les sels s'attaquent au métal. Et soudain je me rends compte que Caterina a laissé sa main reposer dans la mienne. Telle une fille avec son père.

La bague est prête, les sels ont dissous la saleté et les incrustations. Je l'essuie et la frotte avec un morceau de feutre. La voici resplendissante. Enfin, la gravure se détache sur le métal : un monogramme et des caractères grecs. Par chance, j'ai appris ici, à Venise, à déchiffrer cet alphabet. Je lis lentement : *aikaterine*. Oui, bien sûr, Caterina. Je me rappelle avoir vu le même bijou au doigt d'un marchand de retour d'Alexandrie : il lui avait été offert par un compagnon qui s'était aventuré au pied de la montagne de Moïse, où le corps de sainte Catherine est conservé intact et où les moines remettent aux pèlerins des anneaux bénits par leur contact avec les reliques de la sainte. Oui, c'est la bague de sainte Catherine. Je me demande comment Caterina l'a obtenue. Cet objet ne vaut rien, mais il possède peut-être à ses yeux une valeur inestimable, étant le dernier souvenir d'un monde perdu. Elle me lance un regard reconnaissant quand je le lui rends. Je ne l'ai jamais vue aussi lumineuse.

Je lui propose d'affiner la gravure du monogramme et me lève pour aller chercher à l'étage mon poinçon à pointe de diamant. Heureuse, elle glisse de nouveau la bague à son doigt et l'admire en la tournant pour capturer les reflets de la lumière sur sa surface libre. Assise au bord du tabouret, appuyée sur la pointe de ses pieds nus qui dépassent de sa tunique, elle paraît légère, presque immatérielle. Avant de sortir, je m'aperçois du coin de l'œil que Zorzi n'est plus avachi dans un coin. Il a les yeux rivés sur les pieds de Caterina. Cela ne me plaît pas, mais je n'ai pas à m'inquiéter : je ne m'absente qu'un instant.

Dans ma chambre, je fouille longuement le coffre à la recherche de mon poinçon. Sans succès. Soudain, un cri me parvient aux oreilles, suivi d'un bruit étouffé. Je dévale l'escalier et découvre, en bas, un terrible spectacle qui me glace le sang. Comme le tabouret qu'elle occupait, Caterina gît au sol sous le corps animalesque de Zorzi, lequel a écarté de force les jambes nues de la jeune fille et enfermé ses bras dans un étau de fer, après lui avoir fourré dans la bouche le fichu qui lui couvrait les cheveux, maintenant dénoués sur la paille. Tandis qu'il s'agite férocement, elle tente en vain de se défendre, les yeux écarquillés. D'un bond, je me précipite sur l'Abkhaze et le saisis par les épaules pour l'empêcher de commettre son acte immonde. Mais il se lève dans un grognement et me projette contre le mur. Je m'écroule par terre, d'où, le regard brouillé par le choc et par le sang qui coule de mes cheveux, je le vois s'approcher, muni d'une barre de fer rougi, peut-être décidé à m'achever. Je réussis à éviter le coup en roulant sur le côté ; dans mon désespoir, j'attrape un objet au hasard, le marteau pour battre l'or, et le lance de toutes mes forces à la tête de l'esclave, qui tombe à la renverse, la tête sur l'enclume. Le silence s'abat sur la pièce. On n'entend que le crépitement des flammes, un râle qui s'affaiblit peu à peu à l'endroit où Zorzi s'est effondré et une plainte là où se trouve Caterina. Je rassemble mon courage et ouvre les paupières.

L'enclume est couverte de sang, de fragments d'os et de cervelle. Zorzi gît dans une mare sombre, qui s'élargit aussi lentement que de l'or fondu autour de son crâne fracassé. Non sans mal, je tourne ma tête douloureuse vers la paillasse et y découvre Caterina, la chemise et la tunique déchirées, relevées au-dessus de la poitrine, les jambes encore écartées et tremblantes, la tête renversée en arrière, les yeux clos, le corps secoué de sanglots. Grâce à Dieu, elle est vivante ! Je rampe dans sa direction et m'efforce de rabattre ses vêtements pour la couvrir du mieux possible. Je lui presse la main et murmure, comme un père à sa fille effrayée : Calme-toi, c'est fini. Je libère sa bouche du fichu pour lui permettre de respirer. Ses hoquets s'apaisent. Ses yeux d'animal blessé s'ouvrent et me dévisagent. C'est fini.

J'agis désormais sans réfléchir, je me meus comme dans un rêve. Je suis bouleversé : je me suis peut-être souillé de mille crimes au cours de mon existence, mais je n'avais jamais ôté la vie à un être humain, fût-ce à une brute telle que Zorzi. J'enveloppe son cadavre dans un vieux tapis dont je ficelle les extrémités et que je traîne jusque dans la barque. Je nettoie la salle et y répands de la poudre de cément. J'enfonce la maçonnerie légère qui dissimule ma niche secrète et en retire le sac de pièces de monnaie, dans lequel je glisse tout ce que contient mon coffret, au premier étage. Je prends également un poignard, j'en aurai peut-être besoin, ainsi que deux grosses pèlerines dotées de capuchons, des lainages et les quelques affaires de Caterina, des bottes qui m'appartiennent et qui devraient lui aller. Une fois redescendu, j'aide la jeune fille à boire un peu d'eau, lui enfile les chausses et les bottes, puis l'aide à grimper dans la barque. Le niveau des eaux a monté, le vent siffle horriblement, il n'est presque pas besoin de ramer : on dirait qu'une main invisible nous pousse le long du rio de San Gerolamo. Au moment où nous virons dans le rio delle Vergini, j'ai l'impression de voir des lumières s'approcher de mon domicile, des hommes munis de lanternes et de piques : ce ne sont pas des déguisements de carnaval et ce n'est pas non plus la ronde de nuit. Ils viennent peut-être me chercher. Mais comment auraient-ils pu apprendre aussi vite ce qui s'est produit ? Je ne rebrousserai certainement pas chemin pour le leur demander.

Devant la cathédrale San Piero, le vent qui souffle de la droite nous fouette avec plus de violence et nous rejette dans la lagune en direction de Murano. Je dois me battre avec les rames contre les vagues et contre le courant qui voudrait nous emporter, tandis que je longe les remparts de l'Arsenal pour rester le plus possible à l'abri. J'ai atrocement mal à la tête. Caterina, terrifiée, s'est recroquevillée et agrippée à mon sac. Au moment où le fracas du tonnerre retentit, je fais passer par-dessus bord le cadavre de Zorzi. Aussitôt les eaux bouillonnantes l'engloutissent, pareilles à des griffes qui aimeraient m'entraîner moi aussi en enfer, mais qui ne réussissent qu'à emporter mes rames. Nous sommes maintenant à la dérive, à la merci des flots. Voici l'Apocalypse qui va détruire le monde par le feu des éclairs déchaînés dans le ciel. Je m'écroule sur le fond de la barque et ferme les yeux, dans l'attente de notre heure. Je cherche dans le noir la main de Caterina et la serre, tandis qu'elle serre la mienne.

Soudain un coup nous renverse sur le fond mouillé de la coque. Notre embarcation a échoué sur une langue de sable et j'entends Caterina crier. Je lève les yeux et distingue dans l'obscurité, que la foudre éclaire, la silhouette d'un géant noir qui tend les bras vers nous. Mais non, ce n'est pas un géant, c'est un vieux moulin à vent en ruine. Un peu plus loin se dressent un clocher, une église, quelques maisons, une fenêtre à laquelle brille une faible lumière.

Je reconnais l'hospice dédié à saint Christophe et saint Honorius. Nous aurons peut-être la vie sauve ! Ces lieux abritent un religieux qui, avant de se convertir, était affairiste comme moi, marchand, maquereau et coureur de jupons, Lodovico Zorzi. Il a changé de vie et de nom, il s'appelle aujourd'hui Cristoforo en l'honneur du patron du couvent et de sa mission de charité : sauver les âmes perdues, les porter sur ses épaules en expiant avec elles le fardeau de leur péché et les conduire en lieu sûr. Oui, parce que cet hospice est le dernier refuge des femmes perdues de Venise : vieilles, malades, rejetées, elles retrouvent ici un peu de leur dignité d'êtres humains avant de mourir en paix. La République s'en satisfait elle aussi et alloue quelques subventions aux religieux : grâce à l'île des putains, les rues élégantes de la cité restent propres, privées de la présence gênante des vieilles et sales pécheresses qui y mendiaient auparavant, agglutinées aux carrefours. Voici ce qui signifie ici la traversée de saint Christophe : elle vous emmène de l'autre côté du fleuve de la vie, dans la paix du royaume des morts et, pour ceux qui y croient, dans la paix d'une dimension éternelle et sans souffrance.

J'aide Caterina à se lever, tire la barque au sec et dissimule mon sac sous un tas de branchages ; après quoi nous essayons de rejoindre le couvent sous la pluie battante qui a commencé à tomber. Nous frappons à la porte. La lumière qui brillait à la fenêtre disparaît pour réapparaître un peu plus tard derrière le judas qui s'ouvre. C'est justement fra Cristoforo, mais comme il a changé depuis les années rugissantes du Rialto ! Vieilli, le visage tout ridé et souligné par une longue barbe blanche, il a toutefois conservé ses grands yeux clairs qui transmettent une impression de sérénité. Mon ancien ami nous accueille dans son nouveau monde et m'étreint chaleureusement. Il me rassure : Caterina ira dormir dans le bâtiment que je vois là, un ancien grenier que les religieux ont aménagé en vaste dortoir pour leurs pauvres pensionnaires. Muette et encore tremblante, la jeune fille nous laisse l'accompagner jusqu'au bâtiment où nous la confions à l'une de ces femmes, qui lui en fait franchir le seuil.

Fra Cristoforo s'abstient de me demander pourquoi j'ai débarqué sur l'île à cette heure de la nuit, une entaille à la tête et flanqué d'une adolescente. Il se contente de me conduire à l'infirmerie où il soigne la plaie – à l'entendre, superficielle – et m'oblige à boire un petit verre d'une liqueur aux herbes qu'on distille ici, une boisson extrêmement forte et aussi amère que le fiel qui constitue peut-être un rituel pénitentiel. Puis il me scrute sans mot dire. Son regard est encore plus désarmant que le feu d'une série de questions, si bien que je prends moi-même la parole et lui raconte toutes les catastrophes de mon existence jusqu'à cette dernière, cette maudite nuit, jusqu'à cette fuite désespérée.

Je viens de tuer un homme, dis-je à mon ami, et j'en suis bouleversé, je l'ai tué malgré moi, j'en demande pardon à Dieu de toute mon âme, mais j'étais obligé, il fallait que je protège cette jeune fille contre la violence qui s'abattait sur elle, je ne voulais pas qu'on lui fasse de mal, c'est une pauvre esclave venue de je ne sais où qui a déjà supporté mille souffrances. Et maintenant je ne sais pas quoi faire, je n'aurais peut-être pas dû m'enfuir, on dit que les fuyards sont poursuivis par leur faute, mais j'ai agi d'instinct, comme dans un rêve, il se peut que les gardes me cherchent déjà et qu'ils la cherchent, elle aussi ; s'ils la trouvent, ils risquent de la traiter encore plus cruellement, de la torturer pour lui arracher des aveux à propos de ce crime qu'elle n'a pas commis, pauvre fille, elle n'y est vraiment pour rien. J'éclate en sanglots, moi, le vieux et fort Donato, moi qui ai traversé mille épreuves, qui croyais avoir tout vu et tout expérimenté. Fra Cristoforo pose une main sur mon épaule en souriant, comme d'habitude. Il m'invite à prier et à remercier Dieu d'avoir échappé à un si grand danger, puis à me reposer : il n'est pas bon de courir le monde alors que l'orage gronde. Il me réveillera pour mâtines et nous irons célébrer les Cendres avec ses confrères et les pénitents. Je reste là, allongé sur le petit lit de l'infirmerie, enveloppé dans ma grosse pèlerine. Peu à peu, je m'abandonne à un sommeil sans rêves.

***

Le soleil se lève sur une lagune apaisée. La tempête n'est plus qu'un souvenir.

Nous sortons de l'église, la tête saupoudrée de cendres. Tandis que Caterina se dirige vers le cloître, fra Cristoforo m'attire à l'écart et m'invite à m'asseoir entre deux colonnes : il a quelque chose à me dire. Pour commencer, il me bénit et prononce en latin la formule de l'absolution, *ego te absolvo* ; il considère comme une confession en bonne et due forme le récit que je lui ai fait hier, car il ne m'avait jamais vu aussi sincèrement repenti et contrit. Puis il poursuit. Il m'attendait depuis longtemps. Il m'a envoyé à plusieurs reprises des billets auxquels, plongé dans la dépression de ma faillite, je n'ai jamais répondu, mais il savait que la Providence finirait par me conduire sur cet îlot. Il fallait peut-être que, selon le dessein insondable de l'Esprit, cela se produisît justement lors d'une tempête qui semblait jaillir de l'enfer, par une nuit où je m'étais transformé en assassin, moi qui ai commis tant d'autres crimes au cours de mon existence – vol, prévarication, corruption, spéculation, usure, contrebande, duperie, trahison, faux témoignage, falsification de pièces de monnaie et de métaux, blasphème, ainsi que bon nombre de péchés de gourmandise et de luxure –, des crimes qui ne lui sont nullement inconnus parce qu'il s'en est lui-même souillé, et plus gravement que moi, du temps où il était encore le marchand Lodovico.

Mais ce n'est pas de cela qu'il entend me parler. Il me demande si je me souviens d'une prostituée du Castelletto du nom de Luce. Il connaît déjà ma réponse. Il la fréquentait lui aussi et il se rappelle qu'à l'époque de mon incarcération aux Plombs Luce était si désespérée qu'elle avait décidé de ne plus recevoir personne, pas même lui, Lodovico, pour demeurer fidèle à son cher Donato. Quelques mois plus tard, il avait lui-même échoué en prison. Lorsqu'il en était ressorti, au terme d'une peine plus dure et plus longue que la mienne, le vieil homme en lui, Lodovico, était mort, et le nouveau, Cristoforo, l'avait remplacé.

Son désir de charité était si grand que le saint frère Simonetto l'avait aussitôt dépêché dans cet hospice d'indigentes. Peu après son arrivée, le prieur l'avait convoqué et lui avait remis un pli. Et voici que ce pli, une feuille de papier pliée, froissée et jaunie, surgit entre les mains de Cristoforo et passe entre les miennes, accompagné d'une bague. Pressentant une révélation bouleversante, je suis saisi de peur. Les caractères tremblants que je découvre appartiennent bien à Luce, tout comme son contenu, truffé de fautes. La main qui a tracé ces lignes demande que sa fillette soit baptisée sous le nom de Polissena, puis confiée à la miséricorde de Dieu et à l'amour de son père, qui, si le veut la Providence, la reconnaîtra grâce à la bague qu'elle porte, avec ce billet, dans les langes dont elle est enveloppée. La bague ! C'est bien celle que j'ai offerte à Luce aux premiers jours de notre liaison, un gros et faux diamant, et Polissena est le nom d'une héroïne antique dont elle me réclamait l'histoire, tirée des *Dames de renom*, cette Polyxène qu'Achille aimait et pour qui il avait perdu la vie. Polissena est ma fille et je ne le savais pas.

Après m'avoir laissé le temps de me ressaisir, Cristoforo m'annonce que la fillette a été baptisée selon la volonté de Luce et qu'elle a grandi au couvent. Ai-je envie de la voir ? Interprétant mon nouveau silence comme une réponse positive, il adresse un signe à un religieux posté au fond du cloître. L'homme s'approche bientôt en compagnie d'une fillette de six ans, qu'il tient par la main. À la vue de ses longs cheveux noirs et de ses grands yeux, semblables à ceux de Luce, je suis pris de tremblements. Je ne parviens même pas à me lever lorsque Cristoforo me dit : Donato, voici ta fille. Il me tend sa menotte, que j'accueille dans ma main et presse, mais pas trop fort, pour éviter de lui faire mal, tandis qu'elle me dévisage, se demandant peut-être si ce grand homme robuste à la peau ridée et aux cheveux striés de blanc, aux yeux mouillés comme s'il coupait un oignon, est vraiment son père.

Cristoforo continue à voix basse pour être entendu de mes seules oreilles : il a compris que je me trouve dans une mauvaise passe. Je ne peux m'attarder ici ni regagner Venise, il faut que je parte. Polissena est en sécurité dans le couvent. Il suffit que je sache où elle est et que je prie pour elle ; elle priera pour moi, il n'y a rien de plus important devant Dieu ; la Providence et les religieux se chargeront de tout. Quand elle aura grandi, Polissena donnera un coup de main à l'hospice et plus tard, forte d'une petite dot, elle épousera un honnête artisan. Il me sera peut-être possible d'y pourvoir, même de loin, d'envoyer de l'argent pour la fillette et pour l'hospice. Dieu pardonne tant de choses devant une œuvre de miséricorde.

C'est alors qu'un cri retentit de l'autre côté du cloître. J'ai l'impression de reconnaître la voix de Caterina. Les deux religieux se précipitent dans cette direction et je les suis, ma fille dans les bras. Nous découvrons Caterina à genoux sur le sol, en larmes, tenant la main d'une pauvre femme qui agonise sur une civière, revêtue charitablement d'un rude sarrau de toile, un rosaire entre ses doigts squelettiques et tremblants ; peut-être l'emmenait-on recevoir l'extrême-onction. Mais il ne s'agit pas d'une vieille putain : c'est une grande fille d'environ vingt ans, dont les cheveux noirs ont été coupés très court sans doute par punition et dont le visage émacié porte les marques tuméfiées de cicatrices et de brûlures. J'entends Caterina murmurer : Maria, Maria, ainsi que deux ou trois mots dans une langue incompréhensible. Maria, qui a les yeux fermés, a une sorte de frémissement. Puis, plus rien.

Derrière moi, Cristoforo me rapporte ce qu'il sait. Un pêcheur a secouru cette jeune femme, nue mais encore en vie, dans les eaux de la lagune, non loin des remparts de l'Arsenal, et l'a conduite ici en fort mauvais état. Elle ne s'est jamais rétablie et n'a jamais ouvert les yeux, bien que les autres pensionnaires se soient efforcées de la nourrir et de l'abreuver. Il s'est pour sa part informé auprès d'un autre religieux en ville. On murmure qu'une esclave russe du nom de Maria a été amenée de force à l'Arsenal dans le but d'amuser les rameurs des galères et qu'elle s'est rebellée ; pour se défendre, elle aurait même poignardé un homme important, un sénateur dont on ignore le nom. Blessé superficiellement, ce dernier l'a sans doute fait châtier pour se venger. De nombreuses malheureuses subissent ce genre de sort, déclare Cristoforo. Au moins, celles qui se présentent ici, après avoir tant souffert, finissent leur vie en paix. D'un geste, il m'indique les cyprès du petit cimetière situé à la pointe de l'île. La vie est transitoire, c'est un bref passage.

Muni de deux nouvelles rames, je vogue vigoureusement dans l'eau calme de la lagune, tandis que les derniers nuages de la tempête nocturne s'éloignent lentement au-dessus des montagnes enneigées. L'air est frais et propre, le ciel limpide, plein d'espoir. Tel saint Christophe, je conduis vers le salut deux corps immobiles, avec leur fardeau de peine et de souffrance : le sac de pièces de monnaie et Caterina. J'ai étreint vigoureusement Polissena sans nulle envie de la quitter, me demandant ce qu'elle retiendra de notre rencontre ; pour ma part, je ne l'oublierai jamais, elle sera une lumière qui me guidera dans les temps obscurs, et j'espère qu'un jour, avec l'aide de la Providence, je la serrerai de nouveau dans mes bras. J'ai pieusement reçu la bénédiction de Cristoforo pour nous tous, notre avenir, le voyage que j'entreprends et celui de la vie, tout aussi incertain, voire plus. J'ai arraché Caterina à la civière de Maria et, me rappelant le récit incohérent qu'elle avait fait à Benvegnuda, ai réussi à réunir tous les fragments de son histoire, devinant l'identité de la jeune morte ainsi que celle du sénateur anonyme et mesurant l'ampleur de la tragédie que ces deux pauvres créatures ont vécue depuis le jour où elles ont été capturées et privées de leur liberté. Ah, si je pouvais lever le marteau du battage d'or contre tous ces individus, ou contre le sénateur anonyme… Mais peut-être est-ce là un désir de vengeance que ce bon Cristoforo et le bon Dieu n'approuveraient pas.

Je vire au large de l'île de Campoalto, qui abrite une petite garnison de soldats, de l'île de San Giuliano et de la tour de Malghera : mieux vaut éviter la *palada* ainsi que les contrôles de la Douane et renoncer à l'accès plus facile à Mestre qu'offre le canal de la Fossa Gradeniga. J'accoste près du passage de Campoalto et soulève Caterina, qui ne cesse de s'appuyer contre moi comme une ivrogne. Nous poursuivons notre chemin à pied à travers les bois de peupliers et de bouleaux en avançant prudemment, de peur de rencontrer des bûcherons ou des gardes-chasse. Voici les maisons de Mestre et le petit bourg où vivent les Juifs. Je me dirige vers l'habitation de mon ami Moisé, un prêteur apparenté à maître Zorzi, mon ancien professeur d'abaque : il me doit plus de services qu'il ne m'en a rendu, car j'ai sauvé sa vie et ses biens à diverses occasions. Il est surpris de me voir surgir à l'improviste dans l'état qui est le mien et accompagné de Caterina, toutefois il m'accueille sans me poser de questions. Il a confiance en moi, il sait que je me suis déjà enfui de Venise, que je m'en suis toujours sorti et que je suis revenu une fois les eaux calmées. J'ai un immense service à lui demander, il est le seul à pouvoir m'aider, n'ayant plus confiance en mes collègues chrétiens, tous des traîtres : je voudrais lui confier une grosse somme d'argent que j'ai sur moi, mais je souhaite qu'elle demeure entre nous, au sein de son réseau privé de banquiers juifs ; il me remettra une lettre de change que j'encaisserai chez son correspondant à Florence. Bien entendu, je lui verserai une généreuse commission.

Compte tenu de la pénurie de bonne monnaie et de bon argent, maître Moisé ne peut refuser ce marché, malgré les risques qu'une telle opération comporte en ces temps difficiles où les prédicateurs critiquent les Juifs impies et incitent la foule à les punir, jugeant sacrilège le seul fait qu'ils vivent et respirent. Au moins, ils sont un peu plus tranquilles à Mestre ; à Venise, il leur est impossible de s'attarder plus de deux semaines d'affilée et ils doivent porter sur leur manteau un horrible signe jaune, qui semble n'être qu'une invitation à les frapper ou à les tuer. Parce qu'il connaît mon passé, maître Moisé sait qu'il vaut mieux ne pas m'interroger sur l'origine de cet argent. Il est d'accord, mais il préfère que je reparte aussitôt après la conclusion de notre transaction. Il va chercher du papier, son grand-livre, ainsi qu'un petit sac dans lequel je glisse tout ce que contenait mon coffre-fort, l'argent qui était vraiment le fruit de mon travail et les documents de mes créances. Je le laisse compter rapidement tout le reste, soit une grosse somme, l'argent du diable. J'en retire l'équivalent d'une dizaine de ducats et prie le brave homme de les adresser de ma part à fra Cristoforo, de la religion de saint Augustin, à l'hospice des saints Christophe et Honorius – il sait pourquoi.

Quand tout est terminé, Moisé m'étreint chaleureusement, me dit *shalom* et appelle un apprenti. Celui-ci nous conduit à un bateau amarré dans un canal, nous cache sous la toile de protection d'un chargement de céréales et nous fournit une gourde d'eau ainsi qu'une fougasse. L'embarcation s'éloigne aussitôt et, poussée par les rameurs, entreprend son voyage dans un labyrinthe de canaux, de fleuves et de vallées. Dissimulés sous cet abri, nous n'entendons plus que le clapotis de l'eau, le crissement des rames, ainsi que quelques mots échangés avec les éclusiers, les gabeleurs et les gardes, qu'un *pour-le-boire* persuade de renoncer au contrôle inutile de la vile marchandise que ce bateau transporte. Après une ultime écluse, l'apprenti nous fait sortir de notre cachette, à la lumière du soleil couchant. Le dernier tronçon est sans danger, nous sommes presque arrivés.

Tandis que les rameurs accostent et s'occupent du déchargement, le garçon nous aide à descendre et nous emmène chez lui. Il s'appelle Abramo, et son père, qu'il nous présente, Giuseppe. Celui-ci a probablement moins de quarante ans, mais il paraît plus vieux que moi, peut-être en raison de ce qu'il a enduré au cours de son existence ; de fait, il garde le silence, nous saluant d'une main tremblante. Abramo ne connaît pas le nom de leur famille en hébreu ; ici, tout le monde les désigne sous le terme de *Teutons* parce qu'ils viennent d'Allemagne : ce sont des *ashkénazim* qui fuient la peur et la mort. Il a lui-même assisté à de terribles scènes, mais il refuse d'y penser, encore plus d'en parler. Je peux l'imaginer. Les deux hommes vivent seuls, peut-être sont-ils les uniques rescapés d'une grande famille. Abramo nous montre un sachet de cuir, puis nous indique, en larmes, un morceau de parchemin recouvert d'écritures hébraïques, entre des cadres élaborés et deux dessins de faons : voilà ce qui lui reste de sa maman, la *ketouba*, son contrat de mariage ; ici, les téfilines de son grand-père ; c'est tout ce qu'ils ont réussi à sauver des membres de leur famille lorsque les chrétiens les ont brûlés vifs dans leurs maisons. Son père les lui a confiés solennellement et lui a ordonné de les transmettre un jour à son propre fils. Ils passeront ainsi de génération en génération afin que l'holocauste ne soit jamais oublié, jusqu'au jour où le Messie viendra et où les tribus dispersées d'Israël se rassembleront dans le Temple, à la fin des temps, en quête de réconfort et de justification.

Abramo nous invite à passer la nuit dans sa maison, il nous accompagnera demain jusqu'au grand fleuve ; quand nous l'aurons traversé, nous serons sains et saufs. Tandis qu'il nous prépare un repas, je lui demande pourquoi son père et lui nous apportent de l'aide : après tout ce qu'ils ont enduré, ils devraient nous détester, nous qui nous disons chrétiens et faisons le contraire de ce que Jésus nous a enseigné. Abramo pose sur moi un regard doux, il semble beaucoup plus adulte et plus mûr qu'un garçon de son âge : Nous sommes tous des êtres humains, dit-il, nous sommes tous des fugitifs, des créatures en danger, il est normal de s'entraider. Son père et lui aussi ont reçu de l'aide, tous les chrétiens n'étaient pas des monstres. Chaque vie est un miracle unique, il faut la sauver à tout prix, car, lorsqu'elle meurt, un univers entier d'affections et de souvenirs, de visages et de caresses disparaît avec elle.

***

Un dernier bond vers la liberté.

Le chariot branlant avance lentement sur le chemin de halage, tandis que des rangées tremblantes de peupliers défilent dans un paysage désolé de marécages. Le vent se renforce et le ciel se couvre, il ne sera peut-être pas aisé de traverser le grand fleuve. Nous atteignons une bâtisse en bois posée sur un bateau amarré à la berge : un moulin flottant à grande roue. Abramo s'entretient avec le meunier bourru et obtient que son apprenti nous conduise sur l'autre rive à bord du *sandolo* du moulin, mais à condition de partir tout de suite, parce que le fleuve grossit et qu'une telle entreprise pourrait bientôt se révéler impossible. Et puis il a aperçu un détachement de cavaliers vénitiens qui ne devraient pas se trouver là, car cette terre appartient au duc de Ferrare ; certes, c'est aussi une terre de passage, sans loi, où chacun agit à sa guise, et ces cavaliers parcouraient les berges comme s'ils cherchaient des fugitifs ou des criminels. Tout en parlant, il promène un regard soupçonneux sur Caterina et moi-même.

Nous montons à bord du *sandolo*. L'apprenti rame laborieusement dans le courant, d'autant plus qu'un vent d'est se lève, aussi violent qu'il y a deux jours, et qu'il semble nous repousser vers l'arrière. Soudain, un éclair illumine le ciel sombre, accompagné d'un coup de tonnerre, et une forte pluie oblique s'abat sur nous. Le fleuve s'emporte tel un taureau, au point qu'on dirait une mer, et l'autre rive se soustrait à notre vue, tout comme le salut et la liberté, qui nous paraissaient tout à l'heure à portée de main. Le point dont nous sommes partis est encore trop proche et trop visible, le vent et le courant nous y ramènent. Et voici que surgissent les silhouettes sombres des cavaliers qui nous interpellent en criant ; soudain j'aperçois dans les mains de l'un d'eux une arbalète, apparemment pointée sur Caterina. D'instinct, je me lève pour protéger la jeune fille au moyen de mon corps. J'entends un sifflement ; une pointe transperce mon pourpoint et ma chair, je perds l'équilibre et tombe dans les remous.

L'eau froide m'enveloppe tout entier. Elle s'insinue dans mes chausses et ma chemise, remplit ma bouche qui aimerait crier. Mes mains s'agitent en vain à la recherche d'un soutien, mes jambes ruent parmi les détritus et les troncs d'arbres qui les heurtent et les blessent. La vie n'est-elle donc qu'un court rêve, déjà parvenu à sa fin ?

Avant de perdre connaissance et de confier mon âme de pécheur à la Vierge Marie *in hora mortis nostrae*[1], je distingue une dernière image, éclairée par la lumière de l'éclair : la main effilée d'un ange qui se tend vers moi, le reflet d'une bague en argent qui brille dans la nuit.

1. « À l'heure de notre mort », derniers mots du *Je vous salue Marie*.

7

Ginevra

À Florence, dans le quartier de Santa Maria Novella, par un matin de juin 1441

Mon humeur mélancolique s'est évanouie à la vue d'un panier d'*arbricoz*.

Ce sont les premiers de la saison, ils sont beaux, fermes, replets, souriants, d'un rose pâle qui vire au rouge sur le contour, comme mes joues lorsque j'y sème de la poudre de carmin. Quelle drôle de coïncidence ! Telle a été justement ma première pensée ce matin quand, réveillée de bonne heure – trop tôt, à la nuit –, je me suis assise devant mon miroir, y découvrant l'image d'une Madeleine échevelée et souffrante, vêtue d'une chemise délacée, le visage recouvert d'un masque de farine et de blanc d'œuf, appliqué hier soir. Je la contemple encore un moment avant de me débarbouiller avec de l'eau de rose bien fraîche : une touche de carmin, très légère, appliquée du bout de mon pinceau le plus fin ? Et mes yeux, les rides qui se dessinent autour, mes sourcils trop épais et trop foncés ?

Des coups à la porte interrompent soudain ma méditation, alors que le clocher de Santa Maria del Fiore sonne l'angélus. J'attends un moment en espérant qu'il s'agit uniquement de l'erreur d'un paysan ensommeillé, venu vendre ses marchandises au Mercato Vecchio dont il ne connaît pas le chemin, ou d'un vagabond encore ivre. Ce sont des choses qui arrivent ici, au cœur de la vieille ville, dans le quartier de Santa Maria Novella, gonfalon de la Vipère, entre la via Calimala et le marché. Aujourd'hui messieurs mes frères Tommaso et Andrea sont absents, ils sont partis pour affaires dans le Mugello en compagnie de leurs domestiques, me laissant mille recommandations concernant la garde et la surveillance de la maison, sous prétexte que je suis, moi, Ginevra, la plus sensée de toutes les femmes qui y vivent. Je dois donc veiller sur les autres, leur ordonner de se coucher de bonne heure, les réveiller le matin, bien verrouiller la porte le soir et ne la faire ouvrir qu'après mon réveil. Oui, ajoutent-ils, il importe de prendre soin de tout, de songer à la maison et à la famille davantage qu'à la quenouille et à l'aiguille, car plus de cent années seraient nécessaires pour réparer les dommages que des voleurs ou des vandales causeraient en l'espace d'une heure s'ils pénétraient ici. Par conséquent, concluent toujours messieurs mes frères lorsqu'ils s'en vont et me confient leur grand trousseau de clefs, il importe de garder à l'esprit que je suis une femme, non plus une enfant, maintenant que j'entre dans ma trentième année.

J'ai beau être un peu lasse de ces sermons, je m'abstiens de répliquer par amour de la concorde et acquiesce invariablement, sachant qu'une fois messieurs mes frères partis sur leurs montures, je serai maîtresse des lieux, et surtout que j'entrerai dans le cabinet de travail afin de profiter de son trésor le plus précieux : non le coffre-fort contenant argent et bijoux, mais les livres, réunis l'un après l'autre, ou copiés personnellement par mon grand-père *ser* Tommaso, puis par mon père Antonio qui m'a appris à lire, à écrire et à compter. Je converserai un moment avec ces amis secrets ; en cachette, bien sûr, parce que les prêtres répètent qu'il n'est pas bon que les femmes lisent, surtout lorsqu'elles préfèrent, comme moi, le *Centonovelle* ou le *Canzoniere* aux vies des saints pères ou au *Roman de Thèbes*.

Hélas, les coups redoublent, insistants, et il me faut descendre l'escalier telle que je suis, une Madeleine échevelée et souffrante, un saint Pierre ébouriffé et muni de toutes ses clefs, parce que les autres femmes, ma sœur, ma vieille tante, ma belle-sœur et deux petites bonnes, dorment toutes d'un sommeil béat. J'enfonce la plus grosse clef dans la serrure, la tourne plusieurs fois et, après avoir ôté l'imposante barre horizontale, entrouvre le battant. C'est alors que m'apparaît la vision des *arbricoz*. J'aimerais glisser la main dans l'entrebâillement, ainsi qu'un chat tend prudemment la patte pour saisir une proie, mais sans trop me montrer, car je porte encore mon masque de beauté, qui a durci et s'est fendillé sur mon visage. Or c'est un autre masque qui me fait face, le masque naturel de

Nuccio del Gratta, dit le Simplet, le vieux travailleur du domaine que nous possédons à Terenzano.

Il se peut que Nuccio ait soixante ans, mais personne n'en a la certitude, parce qu'il a toujours eu le même aspect sans âge, dit-on, les mêmes rides, les mêmes yeux, les mêmes cheveux d'étoupe un peu grise et un peu jaunâtre ; parce qu'il avait l'air vieux dans sa jeunesse et qu'il a l'air jeune maintenant qu'il est vieux. Du reste, il n'a pas changé depuis la première fois que, enfant, je l'ai vu à la campagne. Voilà un homme qui a découvert le secret de l'éternelle jeunesse, me dis-je pour plaisanter, mais aussi par jalousie, un homme qui n'a pas besoin de se farder ni de se teindre les cheveux, d'engager chaque jour une bataille contre le temps, une bataille perdue d'avance, puisque le temps, selon Ovide, le sage philosophe, dévore toute chose et envie la beauté, referme peu à peu sur vous les dents de la vieillesse puis de la mort.

Pourtant le temps passe aussi pour Nuccio, désormais trop affaibli pour manier la pioche et la bêche sur les pénibles mottes de terre ; le nouveau métayer, Bernaba di Jacopo da Settignano, lui a permis de demeurer sur place, dans une masure près de la route, en compagnie de son chien Argo, vieux berger de Maremme, en échange de quelques services : aboyer aux passants et aux pèlerins avides des fruits d'autrui et descendre en ville au moins une fois par semaine pour apporter légumes et fruits à Silvestro di Francesco, vendeur de melons au Mercato Vecchio. Le voici donc, Nuccio, comme toujours vêtu de haillons et chaussé de peaux retenues par des cordes, juché sur une charrette attelée à un âne, triomphant parmi les paniers de laitues et d'*arbricoz*.

Mais pourquoi a-t-il frappé à notre porte ? D'habitude, il va tout droit au marché sans jamais s'arrêter, sans parler à qui que ce soit, le regard fixe comme sa bête, parce que Bernaba ne cesse de l'exhorter à ne pas se laisser distraire par les fripons de Santa Croce et à veiller qu'on ne lui vole pas les fruits. Je suis bien placée pour le savoir : plus d'une fois, l'apercevant à travers la fenêtre, je l'ai hélé et invité à se reposer un instant dans la cour afin de lui acheter ses produits les meilleurs au meilleur prix avant qu'ils n'atteignent l'étal du vendeur ; en vain, il se contentait toujours de baisser sa tête surmontée d'un toupet d'étoupe, en m'adressant une marque de respect expéditive.

Nuccio me dévisage, l'air hébété, et un instant je me demande si la vision de mon étrange visage, encore couvert du masque de beauté et ceint de mèches éparses, entortillées comme celles de la Méduse, a suscité cette expression. Non, elle est due à ce qui l'a poussé ici, à ce qu'il a à me dire, au message important qu'il a à me transmettre. Voilà, c'est là, justement, que réside le problème et c'est ce qui explique pourquoi Gratta s'est gagné le surnom de Simplet.

En temps normal, Nuccio a du mal à s'exprimer, il bégaie, avale les mots. Ces difficultés remonteraient à ses vingt ans, âge auquel il a attrapé la peste et a vu mourir près de lui, l'un après l'autre, tous ses bien-aimés, sa femme encore très jeune et leurs jumeaux tout juste nés, sa mère Dianora, alors veuve, dont tout le monde se souvient encore comme d'une des nourrices les plus robustes et les plus généreuses de la région. Accablé des jours durant par la fièvre et le délire qui le clouaient à sa paillasse, il n'avait rien pu faire pour eux. Les officiers de santé encapuchonnés le découvrirent là, dans sa maison isolée dont personne n'avait le courage de s'approcher, tremblant, entouré de cadavres froids, mais en vie. Pauvre Nuccio et pauvres gens ! Il semblerait que les dernières épidémies s'attaquent en premier lieu à eux, les travailleurs et les artisans les plus humbles, ainsi qu'aux esclaves, obligés de sortir et de besogner chaque jour comme si la faux de la mort ne se trouvait pas parmi eux, alors que nous autres seigneurs nous nous enfermons dans nos demeures, constituons des réserves de nourriture et de vin, nous couvrons la tête et la bouche de voiles, nous remplissons les narines d'essences aromatiques et de fumigations pour éloigner la maladie et nous abritons à la campagne jusqu'à ce qu'il n'y ait plus de danger en trompant le temps et la mort par quelques occupations agréables et honorables.

Mais aujourd'hui, il est particulièrement difficile, voire impossible, de comprendre Nuccio, qui est envahi par l'émotion et par l'urgence d'une grande nouvelle. Qu'a-t-il bien pu arriver ? Le vieil Argo est-il mort ? Bernaba a-t-il battu sa femme ou, plus probablement, sa femme l'a-t-elle battu parce qu'il a perdu l'argent du loyer en jouant aux dés dans la taverne du Girone ? Non, non, répète Nuccio en agitant ses grandes mains calleuses et en écarquillant les yeux, à Terenzano, il y a le diable à Terenzano, mais c'est le bon diable, la blessure, la fièvre, la mort, il y a aussi un ange blond comme de l'or, un miracle, une apparition, l'archange saint Michel. Il faut aller, aller, vite, voir, faire, vite, à Terenzano. En proie à l'agitation et à la peur, il donne à son âne un coup de corde et poursuit sa route vers le marché, m'abandonnant là, sur le seuil, comme une idiote, sans même m'offrir un *arbricoz*.

Je remonte, perplexe, réveille les servantes et les mets au travail. De retour devant mon miroir, je me lave furieusement le visage, tourmentée par une seule pensée. Terenzano est, pour moi, indissociable de Donato. S'y trouverait-il ? Non, ce n'est pas possible. Donato est mort.

Notre domaine, doté d'une petite maison rustique, jouxte d'une part celui des Fortini, bien plus riche, et d'autre part les vastes terres des héritiers de Filippo Nati, le coffretier, que Gratta cultivait également avant Bernaba. Mon père, Antonio, adorait s'y rendre et se libérer de ses occupations citadines ainsi que de ses vêtements, cette seconde peau qui indique la position sociale et culturelle de chaque individu, pour se promener joyeusement en chemise, comme les travailleurs de la terre, dans le potager et le verger, surtout dans l'oliveraie. Il aimait nous y emmener à la belle saison, lorsque les hirondelles revenaient, que la campagne se couvrait de fleurs et qu'on pouvait cueillir sur les branches des fruits lourds et mûrs avant qu'ils ne tombent et ne pourrissent, ainsi que le raisin juteux sur les sarments pendant les vendanges.

Nous autres filles étions ravies de l'accompagner et de l'aider à la récolte des fruits et des légumes, parce que nous avions le sentiment d'être plus libres, en particulier en l'absence de notre mère qui redoutait les taches de la terre, les rats et les insectes, et de messieurs nos frères, lesquels trouvaient toujours des excuses pour s'unir aux garçons d'autres familles et se faire inviter dans des demeures plus belles et plus raffinées que la nôtre, aller chasser, monter à cheval et s'amuser sans se mêler, comme ils disaient, des basses occupations des paysans ou des femmes.

Oui, nous étions effectivement plus libres. Libérées de la maison où l'on nous enfermait, comme le voulait la tradition, depuis le moment où la servante s'apercevait que nous étions devenues femmes et courait montrer à notre mère nos linges souillés de sang ;

où dès lors on nous surveillait étroitement comme des animaux présentant un danger pour l'intégrité, l'honneur et la richesse de la famille. Libérées de nos vêtements qui devaient tout cacher, des coiffes et des voiles destinés à dissimuler éternellement les ondes de nos cheveux qui, racontait-on, pouvaient, une fois épars, capturer tels des lacets et des filets les âmes d'amoureux imprudents et les inciter à la luxure. À la campagne, par les journées les plus chaudes, mon père nous autorisait à l'imiter : à ôter nos cottes de ville pour nous mouvoir en chemise et tunique, chaussées de mules légères, ou carrément pieds nus, ce qui nous permettait de sentir contre notre peau le plaisir de l'herbe fraîche ou la rudesse de la terre chaude et sèche.

C'était un été doux et je n'avais que dix-sept ans. Ma mère et mes frères déploraient que je ne fusse pas mariée, mais les projets matrimoniaux que des messieurs entamaient et entretenaient à mon insu, selon la tradition, achoppaient tous bien avant qu'on ne parvînt à trouver un accord, fût-il préliminaire. Mes amies s'étaient empressées de me rapporter les bruits malins qui couraient en ville, lesquels attribuaient la cause principale de ces échecs à ma personne et non, comme je le crois plutôt, aux arguments médiocres et succincts que mes parents, notoirement avares, mettaient sur le plateau de la balance consacrée à ma dot. D'après la rumeur, j'étais trop indépendante et trop rebelle, trop extravagante et trop têtue pour correspondre au modèle de femme requis, à savoir un être modeste, obéissant, prêt à satisfaire les désirs de son mari. De plus, j'étais laide, petite et replète. Pis, intelligente.

C'était un été doux, la cloche de San Martino avait déjà sonné l'*Ave Maria* et nous autres filles préparions le dîner, après la prière, avec les femmes d'un voisin, le cocher Chiasso, éminçant des herbes et des oignons à ajouter, pour le potage, aux pois cassés qui trempaient dans l'eau depuis la veille au soir. Nous pleurions et riions entre nous, tandis que mon père, Bernaba et Chiasso feignaient d'avoir une conversation sérieuse à propos des récoltes, des semailles et du mobilier, alors que, de toute évidence, leur cœur était avec nous et qu'ils discutaient dans le seul but de montrer que les hommes parlent de choses sérieuses. Un peu plus loin, Nuccio entassait du bois pour cuire sur la braise de la viande et des saucisses, et coupait à notre intention de gros morceaux de *marzolino* à savourer sur du pain grillé ou avec des poires. La nuit tombait rapidement après le couchant, et la montagne qui se dresse sur l'autre rive de l'Arno s'assombrit d'un coup, mais le ciel, parcouru par une myriade d'hirondelles, était encore clair entre les oliviers.

Tandis que nous étions autour du feu, un homme apparut, venant du domaine des Nati : beau, grand, élégant dans son pourpoint et ses bottines en daim, le sourire franc, il s'inclina devant mon père, salua Chiasso et Bernaba, puis étreignit le pauvre Nuccio, lequel bégaya quelques mots, les larmes aux yeux. Prenant la parole, le nouvel arrivé déclara avec cet étrange accent musical des Vénitiens que j'apprendrais ensuite à reconnaître la chose suivante : ayant appris que Nuccio s'était constitué un petit troupeau pâturant sur le mont Beni, il lui apportait un présent, avec la permission de messire Antonio, de façon que Nuccio se souvienne de lui et prie pour lui la Vierge de l'Impruneta. Tout en parlant, il s'empara d'un baluchon caché derrière son dos et le tendit à Nuccio, qui découvrit à l'intérieur une chose vivante, blanche, poilue et vibrante, un chiot de berger de Maremme. Il s'appelle Argo, ajouta l'homme, tandis que Nuccio l'embrassait, ému. Quand il sera plus grand, je te donnerai aussi un collier à pointes, ainsi il n'aura pas à craindre les loups.

C'est alors que mon père, qui se sentait plus libre en l'absence de sa femme et de ses fils, murmura à mon oreille de ce ton facétieux que lui donnait le bon vin : Ah, voici un homme qui ferait un bon parti ! Finirais-tu par capituler devant lui ? Il s'appelle Donato di Filippo di Salvestro Nati, c'est l'un des héritiers du pauvre Filippo et de cette moitié de domaine qui s'étend derrière les arbres que tu vois ici. Ne t'étonne pas de l'affection que ce seigneur manifeste au pauvre Nuccio. Les deux hommes sont en effet frères de lait. Quand Donato était bébé, son père l'a mis en nourrice chez la mère de Nuccio, cette bonne Dianora, paix à son âme, si bien que les deux enfants ont grandi ensemble, nourris au même sein. Dès lors, ajouta-t-il, il n'est pas rare que Donato apparaisse ainsi, à l'improviste, tel un fantôme ou telle une créature issue d'une autre planète pour embrasser son frère et lui apporter un cadeau : une serpe neuve, un bonnet de fourrure et maintenant un chien. Il lui arrive aussi de nous confier, à Chiasso ou à moi, de l'argent pour subvenir aux besoins de Nuccio, mais en cachette, en veillant à ce que son frère n'en sache rien, en particulier depuis que la peste a emporté toute sa famille.

Donato a sans doute pris dans sa jeunesse la décision la plus intelligente qui soit en ces temps troublés, poursuivit mon père : il a quitté Florence, où il aurait connu le même destin que sa modeste famille d'artisans, et fait fortune à Venise en qualité de banquier. Il se peut qu'il possède aujourd'hui de grandes richesses, peut-être pas autant que les Strozzi, les Médicis, les Pazzi ou les Alberti, mais certainement davantage que lui – mon père – qui, après avoir revêtu des charges publiques, multiplié les services, été gonfalonier de compagnie, prieur et camerlingue aux portes de la ville, ne touche, à cinquante-deux ans, qu'un misérable revenu annuel de cinq cent quarante-deux florins, alors qu'il a sept bouches à nourrir.

Sur ces mots, il soupira et évoqua son père – mon grand-père –, le magnifique notaire *ser* Tommaso del Reddito di Fresco da Leccio, ambassadeur de la Seigneurie et notaire des prieurs, qui avait épousé la sœur du célèbre usurier Agostino Migliorelli, dit le Chien, lequel s'était véritablement conduit comme un chien enragé envers ses débiteurs avant de se convertir et d'établir un testament qui les dédommageait ; il avait même légué à mon oncle Francesco rien de moins que trois cents florins. Donato, conclut mon père, s'était montré plus courageux que mes oncles, membres d'une guilde – l'un, Francesco, lainier, et l'autre, Carlo, matelassier : il s'était libéré de la fausse démocratie de notre République et des magistratures fantoches du peuple, pour tenter sa chance à Venise, une ville ouverte à la mer et au monde, qui regorgeait d'occasions.

Des années plus tard, me remémorant le discours que mon père m'avait tenu en murmurant devant le feu, j'ai mieux compris ce qu'il entendait me dire : que Donato était peut-être de la même étoffe que ma grand-mère, la sœur de l'usurier, et qu'il n'y avait pas de meilleur parti pour moi qu'un aventurier doublé d'un usurier, qui était devenu en émigrant étranger à sa ville natale.

Mon père parlait, mais je ne l'écoutais pas. Réchauffée par la chaleur et le vin, je scrutais le visage de Donato sur lequel le feu semait des reflets rouges, en proie à l'impression qu'il me regardait et me souriait lui aussi, que nous nous réchauffions et nous consumions tous deux dans une même flamme, une grande flamme fourchue, tels Ulysse et Diomède[ii], mais sans souffrir. Il s'agissait d'un autre feu, ce feu qui brûle sans dévorer et vous glace le sang sans geler ; un serpent invisible rampant dans l'herbe haute ; un poison qui se répand à votre insu dans votre cœur. Je m'en rendis compte trop tard pour pouvoir me défendre, ou ne serait-ce qu'y penser.

Dès le lendemain, obéissant à une mystérieuse force, je m'éloignai de la maison, errant parmi les oliviers jusqu'aux confins du domaine. Me voyant songeuse, les membres de ma famille gardaient le silence et leurs distances, dans la crainte de s'attirer de ma part une réponse désagréable, dictée par mon caractère lunatique. Un jour, écrasée par la chaleur, je m'enfonçai dans un petit ravin où l'eau bouillonnait entre les pierres vives, y descendant pieds nus pour éviter de glisser et soulevant ma cotte au-dessus des genoux.

Tandis que je buvais un peu d'eau fraîche dans la coupe de mes mains, je remarquai du coin de l'œil une silhouette derrière les arbres. J'en étais certaine, il ne pouvait s'agir que de Donato. Feignant l'indifférence, je m'allongeai alors sur un petit talus herbeux à l'ombre d'un chêne chevelu, comme n'importe quelle promeneuse décidée à se protéger de la chaleur et à se reposer. Fermant les yeux à demi, je détachai mes beaux cheveux bruns, renversai la tête en arrière dans un soupir, retroussai ma cotte sur mes jambes que j'écartai un peu, puis délaçai ma chemise transparente et attendis.

J'ignore ce qui m'insuffla tout ce courage, ou toute cette inconscience, j'ignore ce qui me poussa à accomplir ces gestes de putain qui m'étaient totalement inconnus. Peut-être existe-t-il vraiment un dieu d'amour qui vous délie les membres et vous amène à agir en dépit de votre volonté ou de votre savoir. En l'espace d'un instant, j'avais oublié le mécontentement que suscitait en moi mon corps, que je croyais laid et en rien désirable, contrairement à ceux des filles de mon âge, qui étaient toutes déjà mariées alors que je moisissais, prisonnière de notre vieille demeure. Mais on dit aussi que le désir insuffle aux femmes la vraie beauté, une beauté fugace à laquelle aucun homme ne peut résister et qui la fait éclore brièvement telle une fleur charnue et parfumée. Et à cet instant précis, je désirais fortement Donato.

Au début, seuls les battements de mon cœur emplissaient mes oreilles, puis je commençai à distinguer le murmure de l'eau coulant sur les cailloux, le chant du chardonneret, le bruissement des frondaisons du chêne chevelu ; enfin, un bruit de feuilles qu'on piétine, de pas qui se rapprochent. Voilà que le jeu se compliquait. Je feignis alors de dormir, comme dans l'histoire d'Efigenia et de Cimone, tandis que Donato me caressait et me déshabillait du regard, puis je l'entendis me murmurer quelques mots à l'oreille, comme s'il avait compris à quel genre de jeu je l'avais convié et qu'il consentît à y jouer. Et ces mots n'étaient autres que des vers bien connus, *Ô fraîche rose parfumée et joyeuse*[iii]. Quand il murmura *me baisa la bouche tout tremblant*[iv], il était trop tard pour rouvrir les yeux. Ses lèvres s'unirent aux miennes, son corps se confondit avec le mien. Il en jaillit de l'eau, et le feu s'éteignit.

Nous continuâmes de nous retrouver en cachette, les jours suivants. Nous faisions l'amour dans l'herbe et sous le soleil, sans prononcer le moindre mot. Totalement inconsciente, j'étais reconnaissante à Donato de m'avoir libérée du fardeau de la pureté virginale et de l'obsession que constituaient le mariage et l'honneur de ma famille. C'était pour moi la première fois, mais ce fut merveilleux, et je n'eus aucun remords. Tous mes problèmes avaient fondu comme neige au soleil. Plus rien ne m'importait. Je voulais choisir mon compagnon, et je l'avais choisi. Puisque les hommes disent qu'ils prennent une épouse, nous autres femmes avons nous aussi le droit de prendre un époux. C'était Donato que je voulais épouser, aucun autre.

Donato, qui devait retourner à Venise, partit après de brefs adieux. Ma famille et moi regagnâmes Florence, où je passai les mois les plus affreux de mon existence, et pas uniquement en raison de l'absence de mon bien-aimé et de nouvelles le concernant. Comme j'avais été sotte de m'offrir à lui sans le connaître, sans rien savoir de sa personne ! songeai-je. En larmes, j'allai à San Marco, un bel endroit dont j'aimais les fresques, œuvre de Fra Angelico, pour me confesser à un religieux unanimement considéré comme un saint, lequel finit par me donner l'absolution tout en me menaçant des peines les plus terribles de l'enfer car, après m'avoir contrainte à lui décrire minutieusement ce qui s'était produit la première fois, comment je m'étais allongée sur l'herbe, quelles parties de mon corps j'avais dénudées en feignant de dormir et en sachant, au contraire, que j'étais observée, il conclut d'une voix de tonnerre que je m'étais souillée du crime le plus perfide d'Ève : avoir poussé un homme innocent à commettre le péché mortel de luxure et avoir par conséquent exposé son âme à la damnation éternelle. En d'autres termes, la faute m'incombait entièrement, ainsi qu'à la pomme d'Ève qui porte la faute de tout le genre humain.

L'absolution ne m'apaisa en rien. Je commençai à craindre d'être enceinte, ce qui s'avéra au bout d'un mois. J'aurais dû être heureuse d'attendre un enfant de Donato, mais je n'y vis alors qu'une malédiction. Que se passerait-il lorsque ma mère découvrirait le pot aux roses ? On m'enfermerait au grenier pour dissimuler au voisinage le déshonneur de la famille et, après l'accouchement – en admettant que je ne meure pas, ce qui n'était pas certain –, on emporterait le bébé et l'exposerait à la Loggia del Bigallo, dans l'anonymat le plus complet de la Compagnie de la Miséricorde. Quant à moi, je verrais s'accomplir la menace qu'on avait brandie de façon assez claire après l'échec du dernier projet de mariage : de toute évidence, cette fille n'est pas faite pour le monde, qu'on l'enferme dans un monastère où elle expiera ses fautes et atteindra le vrai bonheur en épousant Notre Seigneur !

Je tentai de cacher mon état de toutes les façons possibles, attribuant mes petits malaises, maux de tête, éblouissements, satiété et vomissements aux causes les plus fantaisistes, mais je soupçonnais ma mère de m'avoir percée à jour. Mes souffrances les plus grandes n'étaient pas d'ordre physique : je me sentais complètement seule, sans personne à qui parler et sans le moindre réconfort. Dans ma solitude, qui préludait peut-être au destin qui m'attendait au monastère, je trouvais un peu de paix en priant la bienheureuse Vierge Marie, une femme, une mère, la seule capable de comprendre le désespoir d'une jeune femme enceinte d'un enfant du péché, certes, mais d'une créature de Dieu. Je confiais cet enfant à son étreinte tout en lui demandant pardon : j'avais péché non par malice mais uniquement par amour, ce qu'elle savait puisqu'elle voyait dans les cœurs. Je m'en remettais à la volonté de Dieu pour tout ce qui concernait le bébé et ma personne, j'accepterais tout ce qu'il voudrait.

Or la volonté de Dieu adopta un chemin inattendu. Par un jour pluvieux d'octobre, alors que j'étais enfermée dans ma chambre, je fus prise de douleurs atroces. S'agissait-il de la punition divine de mes péchés et du péché originel qui consistait à être une femme, comme Ève ? me demandai-je. Ah, si seulement les hommes pouvaient éprouver un instant les mêmes souffrances que nous, s'ils pouvaient les partager avec nous, peut-être parviendraient-ils à mieux nous comprendre… En ouvrant les yeux entre deux élancements et en les fixant sur une représentation de la Vierge de l'Impruneta accrochée au mur, comme si je m'agrippais à son manteau miraculeux, je formulai soudain un vœu : si sa main me sauvait, j'aiderais à mon tour toute femme désespérée ou en danger de mort que la Providence mettrait sur mon chemin.

Soudain, je sentis de terribles convulsions, suivies d'un flux chaud qui me mouilla les cuisses, accompagné d'une sensation d'épuisement et de libération. Je réussis à étouffer un cri pour éviter d'attirer l'attention, mais je perdis connaissance. Quand je revins à moi, j'étais souillée de sang. Par terre, gisait, inanimée, la petite vie que j'avais portée en moi. Malgré le chagrin qui m'écrasait, je rassemblai mon courage et nettoyai le sol puis mes effets. Personne ne s'aperçut de rien.

Quelques mois plus tard, alors que je me rendais à l'église avec une servante, je fus abordée par Aronne, le prêteur juif aux services duquel mes frères recouraient de temps à autre. Profitant d'un moment de distraction de mon accompagnatrice qui s'attardait devant une échoppe, il parvint à me parler et à me tendre un billet. Il était l'ami et le correspondant de Donato, déclara-t-il, et ce mot venait de Venise. En cas de réponse, je pouvais compter sur sa loyauté et son dévouement absolus ; son comptoir, m'expliqua-t-il, se dressait au fond de la via Vacchereccia, à côté de la boutique d'un orfèvre. Puis il disparut aussi vite qu'il était apparu, me laissant toute tremblante et incapable de suivre l'office divin dans la petite église que nous avions entre-temps atteinte. Le cœur en tumulte, les doigts resserrés sur ce pli dont je ne savais que faire, j'obligeai ma servante à regagner la maison à toute allure, alors que nous avions l'habitude de déambuler lentement parmi les échoppes.

C'est ainsi que notre liaison reprit : de belles amours lointaines, comme le disaient les anciens trouvères. Donato ne m'envoyait pas de lettres à proprement parler, mais de petits plis cachetés et rédigés selon un code simple qu'Aronne m'apprit à déchiffrer. Et il exigeait de moi non des missives, mais des réponses orales, que ce même Aronne transmettait fidèlement au courrier qui allait et venait entre Florence et Venise. En réalité, comme il nous suffisait de savoir que nous étions vivants et en bonne santé, nous échangions toujours le même genre de messages au moyen de ces intermédiaires : Que Dieu vous donne sa grâce, que Dieu vous garde du mal, que Dieu vous réserve le meilleur, et ainsi de suite. Une conversation amoureuse réduite à sa plus stricte expression.

À l'automne 1429, un billet m'annonça enfin son retour. C'était peu avant Noël, et il soufflait un vent mauvais qui m'avait amenée à enfiler d'épaisses chausses de laine. Nous nous retrouvâmes en secret dans un coin obscur de l'église Santa Maria Novella, sous les voûtes de laquelle avaient retenti les sermons de fra Leonardo Dati et que je m'imaginais, pour ma part, parcourue par les ombres des dix jeunes gens, sept filles et trois garçons, qui s'y étaient réfugiés pour échapper à la peste et à la mort[v]. Je n'avais pas revu mon amant depuis l'été de Terenzano et je ne lui avais guère parlé à l'époque, puisque, à chacune de nos rencontres, nous nous hâtions de faire l'amour dans les champs avant de nous dévisager, abasourdis et muets.

Dans la grande église qu'éclairait faiblement la lumière tremblante des bougies, sous le grand crucifix peint de maître Maso, nous ne pouvions que nous tenir la main au pied d'une colonne en nous efforçant d'échapper à la vigilance d'un religieux qui parcourait la nef dans le but d'empêcher ce genre de rencontres clandestines et coupables, alors même qu'elles se produisaient sous son nez – tout le monde le savait. Donato me surplombait de toute sa hauteur ; quant à moi, plus replète qu'autrefois, je cachais mon visage sous mon capuchon en imaginant que la solitude et la mélancolie avaient souligné ma laideur et que je ne ressemblais plus guère à l'Efigenia qui s'était donnée à lui dans le ravin.

Bien décidée à lui taire ma fausse couche et la mort de notre enfant, je l'écoutais parler d'une voix basse et saccadée qui trahissait son émotion. Il ne m'avait pas oubliée et il m'aimait, il brûlait de regagner Florence et de vivre auprès de moi, déclara-t-il, mais son âme ployait sous le fardeau d'un secret qu'il entendait me révéler ; après quoi, je serais libre de prendre la décision que je souhaitais : il la comprendrait et l'accepterait, quelle qu'elle soit. Un tel préambule me remplit de terreur.

Il était impossible à Donato de demander ma main pour la raison qu'il était déjà marié à Venise et père d'un enfant. Soudain j'eus la sensation que le monde s'écroulait sur moi, que les piliers de l'église étaient secoués de tremblements. Je cessai de prêter attention au discours qui se dévidait à mon oreille. Il me semblait que quelque chose se durcissait, grandissait et se renforçait en moi, comme chaque fois que j'avais une situation difficile à affronter. Ma décision était prise. J'interrompis Donato et prononçai quelques mots d'un ton assuré. Je jurai devant le crucifix peint que je serais à lui et qu'il serait à moi jusqu'à ce que la mort nous sépare. Peu m'importaient le temps, la distance, une autre femme ou d'autres femmes. Il me reviendrait un jour et je serais là, si Dieu le voulait. Je pressai sa main et partis sans me retourner.

Les efforts de ma mère et de mes frères pour arranger un mariage avantageux se poursuivirent, mais je faisais échouer tous leurs projets sans avoir à paraître plus fantasque ou plus lunatique que je ne l'étais. Il me suffisait d'être moi-même pour que mes prétendants s'éclipsent aussitôt, à la grande rage de ma mère et de mes frères. Mon père, le pauvre homme, qui me comprenait peut-être et m'aimait, en était sans doute resté à l'idée qu'il avait élaborée devant le feu par une soirée d'été, sans pouvoir imaginer qu'elle avait déjà pris forme, que je m'estimais secrètement mariée, corps et âme, à Donato, y compris devant Dieu puisque Dieu voit toutes nos actions. Ainsi, le jour où nous nous unirions dans une église, le prêtre se contenterait de bénir et de confirmer le lien que nous avions déjà noué de façon indissoluble.

Je ne revis Donato qu'une seule fois, dix ans plus tard, en 1439, soit il y a deux ans. Durant tout ce laps de temps, ses billets s'étaient espacés et avaient même totalement disparu, ou presque, pendant une certaine période ; mais je n'en avais pas besoin : Donato habitait mon cœur, il était le secret qui me donnait la force de vivre au milieu des miens en défendant mon indépendance, ma condition de femme seule qui refusait d'être contrainte d'agir contre son gré, d'être mariée à un inconnu dans l'intérêt de sa famille, ou enfermée dans un couvent. Mon pauvre papa s'était éteint, ma mère aussi, mes frères avaient cessé de m'importuner ; en vérité, s'étant rendu compte que j'étais la plus vive et la plus autonome des femmes de la maison, ils commencèrent par m'en confier l'administration, puis se déchargèrent sur moi des relations pénibles avec certains métayers de nos domaines et, quand ils étaient en voyage, de l'examen du courrier, de l'exécution des mandats et des procurations, du recouvrement des dettes, du contrôle de quelques instruments au banc d'un notaire voisin de la Badia ; enfin, des tâches les plus fastidieuses : le suivi des dossiers les plus variés dans les bureaux du palais de la Seigneurie et de celui de la Mercatantia, surtout dans les bureaux des tributs et du cadastre, ce dont je m'acquittais avec une patience si irréductible qu'elle avait raison des bureaucrates les plus teigneux et les plus mesquins.

Je consignais tous mes actes dans un cahier, empilais soigneusement polices et quittances. À n'en pas douter, j'étais plus libre qu'autrefois, libre aussi de sortir seule, et pas nécessairement pour me rendre à l'église. Afin de ne scandaliser personne ou de ne pas être importunée, je me déguisais en femme mariée ou en veuve, revêtant une cotte à col montant, une pèlerine beige relevée sur la tête et sans fronces, des souliers plats et confortables plutôt que des mules à semelles compensées, car je préférais marcher aisément plutôt que de paraître plus grande que je ne l'étais. À force de me couvrir, j'aurais peut-être fini par entrer dans le tiers ordre.

Je prenais soin de ma famille, ce qui constituait mon plus grand mérite aux yeux de mes frères, mais je le faisais volontiers car librement, sans la moindre obligation, ce qui me permettait de montrer et d'exprimer le mieux possible mes capacités et mon intelligence. La maison, comme le dit Aristote, est une petite république, et c'était moi qui la gouvernais. Quand ils étaient de bonne humeur, mes frères m'en félicitaient, m'adressant le meilleur des éloges dont une femme pût être l'objet dans leur esprit : que je ressemblais à un homme, que j'étais dotée de qualités viriles.

Je l'accueillais sans commenter, avec un petit sourire, alors que je bouillais en mon for intérieur. Déployer tous ces efforts pour avoir l'air d'un homme, pour être le brouillon d'un homme ? Drôle de conquête ! En attendant, c'était moi qui dirigeais la famille, ni eux ni leurs épouses molles et évaporées qui ne comprenaient pas pourquoi j'étais restée célibataire et n'étais nullement intéressée par les riches présents qu'un mari offre à son épouse pour acheter sa liberté – par exemple, un coffre peint ou un écrin d'ivoire rempli de bijoux –, qui me jugeaient même un peu étrange et suspecte. Mais elles étaient bien contentes de me confier leur progéniture, moi qui n'avais pas d'enfants : les deux Tonino, comme je les appelais, le fils de Tommaso et celui d'Andrea, auxquels je m'attachai énormément.

Ces deux enfants me rendaient cet amour, non parce que je me montrais faible ou complaisante envers eux : en vérité, j'étais toujours dure envers quiconque ; non, ils aimaient débattre avec leur étrange tante Ginevra car elle avait coutume, quand elle était de bonne humeur, d'aborder librement tous les sujets, d'ouvrir et de lire des ouvrages bizarres mais beaux, ayant appartenu à leur arrière-grand-père Tommaso ou à leur grand-père Antonio, des livres qui racontaient les vraies choses de la vie, des choses amusantes, tristes ou tragiques, mais vraies, les choses que les êtres humains affrontent tous, sans distinction de sexe, de milieu ou de richesse.

Ils s'amusaient aussi de constater que je n'étais pas la bigote ou la bondieusarde habituelle et que je critiquais à l'occasion tel prêtre ou tel religieux jouissant d'une piètre renommée, même si, avaient-ils découvert, je sortais en cachette, la tête recouverte d'un capuchon, pour apporter des dons et des aumônes anonymes à la Compagnie de la Miséricorde, à l'intention des orphelins exposés sans nom, et à l'hôpital des Innocents en construction. Certes, je n'allais pas tous les matins à la messe, mais je me prodiguais en œuvres de bienfaisance et je crois que cela plaisait davantage au Père éternel.

Quand je le revis en 1439, Donato avait beaucoup changé. Ses beaux et longs cheveux blonds étaient plus clairs, striés de blanc et moins fournis sur les tempes, ses yeux plus enfoncés et ses joues, autrefois soigneusement rasées, couvertes d'une fine barbe presque blanche. Pour le reste, il était toujours le même, grand et droit, le pas assuré, et paraissait beaucoup plus jeune que son âge – près de soixante ans. Néanmoins il produisait une impression bizarre ; on aurait dit qu'il craignait ou soupçonnait une chose qu'il préférait taire. Curieusement, il avait été élu non dans la guilde du change, mais dans celle des menuisiers, c'est-à-dire dans l'art mineur des coffretiers à laquelle appartenaient son père et ses aînés.

Que lui était-il arrivé à Venise ? Et puis qu'étaient devenues sa famille et son épouse ? Je m'abstenais de poser ces questions lors de nos rares rencontres, m'étant juré de ne jamais l'interroger à propos de sa vie vénitienne, qui n'existait pas pour moi. Et sans doute avait-il fait, pour sa part, le serment de ne pas m'en parler, parce qu'il n'aborda jamais ce sujet. Je crois que nous étions vraiment faits l'un pour l'autre : nous nous comprenions tacitement. Nous étions traversés par les mêmes pensées. Lorsque nous discutions ensemble, nos idées et nos propos se superposaient, si bien que nous nous interrompions aussitôt dans un rire. Et pourtant, nous ne nous étions pas vus depuis dix ans et, auparavant, nous ne nous étions jamais côtoyés ni véritablement connus. Il existait entre nous une harmonie parfaite qui m'effrayait presque.

Et voici que je me hâte sur la route de Terenzano en poussant ma haquenée blanche à petits coups de rênes. Pourquoi donc ? Que pourrait-il m'attendre là-bas ?

Je sais bien que Donato est mort. Le vieil Aronne me l'a annoncé il y a un mois, en larmes. Il m'a convoquée à son comptoir, en a barré l'accès et m'a montré la communication d'un de ses correspondants à Mestre, *ser* Moisé, qui le priait de porter au crédit de Donato et de lui verser en main propre une somme qui m'a paru énorme, en ducats vénitiens et en lires de gros à changer en florins sous scellé au change d'aujourd'hui, qui s'est amélioré depuis quelques mois. Je n'ai même pas eu le temps de réagir, de lui demander pourquoi il me parlait des affaires de Donato, qui m'ont toujours été étrangères, étant donné qu'en l'espace de quinze ans les relations que nous avons entretenues par son intermédiaire se sont limitées à des billets de dix ou vingt mots de la part de mon bien-aimé, lesquels disaient qu'il se portait bien et me recommandait à la grâce de Dieu, et de réponses orales de ma part, traduites je ne sais comment dans le mélange de vénitien et d'hébreu de son correspondant à Venise.

Aronne a deviné et devancé ma question en ajoutant quelques mots fatals : Le problème, et c'est un gros problème pour un banquier, a-t-il dit en brandissant une nouvelle fois la lettre de crédit de Moisé, c'est que Donato est mort. Un gros problème : une grosse somme d'argent à déposer entre des mains qui n'existent plus, qui ne bougent plus, dans lesquelles il ne coule plus de sang. Puis il m'a traduit un autre billet chiffré, rédigé par un apprenti, également juif, un certain Abramo di Giuseppe dei Tedeschi da Chioggia. Ce garçon a accompagné Donato qui fuyait Venise, poursuivi par des gardes, l'a hébergé dans sa maison, puis conduit au-delà des frontières de Ferrare jusqu'au passage du Pô, à l'auberge de la Fournaise.

Donato a réussi à embarquer à bord du *sandolo* d'un moulin en dépit du très mauvais temps. C'est alors que se sont présentés des cavaliers vénitiens. Abramo, qui était resté sur la berge, a vu Donato, touché par un trait d'arbalète, tomber dans les flots et sombrer au milieu des remous ; c'est tout, car lui-même s'est ensuite enfui parmi les roseaux du franc-bord pour échapper à ces mêmes cavaliers. Les deux messages, la lettre de Moisé et le billet d'Abramo, m'a alors dit Aronne, datent des premiers jours de mars, or nous sommes maintenant en mai. Le prêteur a attendu, espérant recevoir un démenti miraculeux, mais trop de temps a passé désormais. Donato a disparu. Donato est mort.

Et pourtant je continue ma route parmi les oliviers et, quand ma haquenée, lasse, refuse d'avancer, je m'élance, furieuse, sur la pente pieds nus, comme une paysanne, ôtant même mes savates. Dans quel but ?

Me voici arrivée à San Martino et au palagio della Rosa. Quelques mètres plus loin m'attend le virage du palagetto. Il fait déjà chaud et les oliviers sont encore en fleur. L'oliveraie est déserte, car les paysans travaillent plus bas, dans les champs de blé dont les épis blondissent, et dans les potagers où ils tracent des sillons pour semer choux, poireaux et courges. Près de la cabane de Nuccio, j'entends le jappement du vieil Argo qui m'a de toute évidence reconnue. Mais, au lieu de m'accueillir joyeusement, il demeure étrangement immobile, comme s'il montait la garde. Je soulève la peau de mouton clouée qui sert de porte et entre.

Il est là, allongé sur la paillasse et recouvert de pèlerines doublées de fourrure. Je savais qu'il était en vie, je n'ai pas cru un seul mot du récit d'Aronne : il se peut, certes, que quelqu'un l'ait vu disparaître, qu'on l'ait même vu mourir, mais Donato, comme le diable, ressurgit toujours quelque part, il a plus de vies que les chats, et de fait, le voici. Inutile de perdre du temps à pleurer ou à geindre comme une femmelette. Il convient d'être forte, et je le suis. Je m'approche.

Il a les yeux fermés et est presque méconnaissable : avec sa longue barbe fleurie, ses cheveux ébouriffés et clairsemés qui semblent avoir blanchi d'un coup sous l'effet d'un terrible événement, il a vraiment l'air d'un diable. J'ai l'impression qu'il tremble, mais la journée est chaude, ce doit être la fièvre tierce qui vous glace les sangs – j'ai appris à la reconnaître car je suis aussi chargée de soigner, à la maison, femmes, vieillards et enfants. Je lui prends le pouls, qui bat trop vite. Une seule solution s'offre à moi pour le moment : faire baisser sa température. Je me redresse pour aller chercher de l'eau fraîche dans le ravin, j'en profiterai pour le laver parce qu'il est sale et sent mauvais.

Je soulève la peau de mouton pour sortir et me fige sur place. Devant moi se tient un adolescent aux cheveux blonds, vêtu d'un pourpoint en cuir et chaussé de bottes, un poignard glissé dans sa ceinture. Il s'est immobilisé lui aussi, comme saisi de paralysie en me voyant sortir. Qui est-il donc ? A-t-il aidé Donato à regagner les lieux de son enfance, la cabane de son frère de lait ? L'a-t-il sauvé des eaux du grand fleuve et traîné pendant des jours et des semaines à travers les plaines, les vallées et les montagnes jusqu'à cet endroit, afin qu'il puisse y mourir en paix, mettant fin à une existence aventureuse, une perpétuelle fuite face à quelqu'un, quelque chose, ou lui-même ? Est-ce donc un ange, auréolé de la lumière de l'après-midi, comme l'a dit Nuccio ?

Quel qu'il soit, cet ange providentiel est justement muni du seau d'eau dont j'ai besoin. Sans réfléchir, je m'en empare et réintègre la cabane. J'écarte les pèlerines qui recouvrent Donato, lui ôte ses bottes, ses chausses et son pourpoint, jusqu'à ce qu'il soit nu devant moi ; mais ce n'est pas un joli spectacle : une affreuse plaie sur laquelle s'attarde du sang grumelé, peut-être un trait d'arbalète, lui entame le côté, un gros bleu s'étale sur son front, des marques sombres ponctuent ses jambes et ses bras. Je mouille des chiffons et entreprends de nettoyer le corps de cet homme souffrant, telle Madeleine penchée sur la dépouille mortelle du Christ.

Donato râle sans reprendre connaissance et murmure dans son délire des sons et des fragments de mots dont le sens m'échappe. Mais voici que l'adolescent nous rejoint et s'agenouille de l'autre côté. Après m'avoir lancé un regard, il se met à son tour à rafraîchir la peau du malade. Au bout d'un moment, nos soins obtiennent l'effet escompté : Donato cesse de s'agiter. Ayant avisé une toile légère, je l'étends sur son corps comme un suaire, puis sors, en nage et profondément troublée. Il ne reste plus qu'à attendre, à espérer et à prier.

Je m'assieds sur un bloc de *pietra serena*, à l'ombre d'un olivier, le regard perdu devant moi, tandis qu'Argo se blottit tristement à mes pieds. J'aimerais rassembler mes pensées, comprendre ce qui s'est passé et décider de la marche à suivre, mais j'en suis incapable, je me sens épuisée, et mon esprit est obnubilé par une seule pensée, une seule angoisse : Donato est ici, tout près de moi, il agonise peut-être et je suis impuissante. Je n'arrive pas à prier. Peut-être réussirai-je à pleurer. Sur Donato. Sur moi-même, qui ai gâché ma vie sans savoir comment ni pourquoi, peut-être même sans jamais vivre vraiment.

Dans les moments de désespoir, le salut vient de là où l'on s'y attend le moins et sous la forme la plus insolite qui soit : les rondeurs d'un *arbricoz*. Le garçon l'a de toute évidence cueilli sur un arbre chargé de ces fruits dont Nuccio a rempli une corbeille destinée au marché. Tandis qu'il me le tend, j'hésite à céder à un péché de gourmandise dans un moment aussi tragique de suspension entre la vie et la mort ; puis je me dis : mais oui, ressaisissons-nous, savourons ce bel *arbricoz* et d'autres encore !

Le fruit est mûr et presque aussi sucré que de la confiture après avoir été exposé tout l'après-midi aux rayons du soleil. Je remercie l'adolescent d'un sourire, qu'il me rend de ses yeux d'un bleu magnifique. D'un bond, il va cueillir d'autres fruits, encore plus mûrs et plus sucrés que le premier. Nous nous régalons, et peu importe que je tache ma cotte. La présence du jeune homme me rassure : il ne semble pas inquiet pour Donato, peut-être en a-t-il vu d'autres et estime-t-il, fort de son expérience, que son état n'est pas si mauvais.

Assis près de moi, il déguste les *arbricoz* comme si c'était la chose la plus naturelle du monde, tout en me regardant, peut-être en m'étudiant. Probablement attend-il que je prenne la parole la première. Il est beau, très beau, d'une minceur et d'une souplesse que je lui envie. Mais son visage et ses yeux ont quelque chose d'étrange, de féminin peut-être. En nage, comme moi, il ôte son pourpoint.

Mon Dieu, ce n'est pas un garçon ! Les deux taches sombres qui se dessinent sous sa chemise ne sont autres que les mamelons d'une adolescente. Et ces cheveux courts alors ? Et cette tenue ? Que fait cette jeune fille avec Donato ? Qui est-ce ? Son enfant ou sa maîtresse ? Remarquant ma surprise et ma perplexité, l'adolescente essaie de s'expliquer, mais l'émotion l'en empêche. En désespoir de cause, elle délace sa chemise et me montre sa poitrine, ses petits seins fermes, tout en baissant la tête plusieurs fois comme pour affirmer qu'elle est bien une fille. Enfin, elle m'adresse quelques mots dans un vénitien mâtiné d'une étrange langue aux sons gutturaux, à croire qu'elle est issue du peuple le plus barbare et le plus éloigné du monde. *Me Catarina*, dit-elle, *sclave Donato*.

Je suis éblouie par la simplicité de cette déclaration, par sa lumière, par cette poitrine nue exposée avec autant de naturel au soleil, par son innocence à laquelle je me fie immédiatement, éloignant tout soupçon ou mauvaise pensée à son sujet. Quand bien même elle aurait une liaison avec Donato, que m'importerait-il ? C'est elle qui l'a sauvé et l'a conduit ici. Soudain j'éclate de rire, d'un rire libératoire qui balaie mon angoisse et ma peur. Mon Dieu, une esclave ! L'esclave de Donato. La voici donc, vêtue comme un homme, telle la belle princesse Camilla du poème, tandis que Donato délire entre la vie et la mort et que je dévore des *arbricoz*, le vieil Argo blotti contre mes pieds nus.

Cette situation est absurde ! Et d'une grande beauté ! Soudain ma vieille ville me paraît infiniment lointaine et presque invisible dans les vapeurs de la vallée de l'Arno, enfermée entre ses murs de pierre, barricadée derrière ses préjugés moraux et sociaux, ses règles et ses lois, ses cages et ses prisons. Sur cette colline, en revanche, la jeune esclave me livre la plus grande et la plus belle leçon que j'aie jamais reçue. Et en riant, j'accepte l'*arbricoz* qu'elle m'offre.

Il n'est pas facile de comprendre Caterina lorsqu'elle s'exprime. C'est aussi assez drôle : on s'attendrait que des lèvres aussi douces, dans un visage aussi beau, laissent s'échapper une voix angélique, parfaite, une voix de paradis, or il n'en sort que des sons hésitants et bizarres. Ce qu'elle dit est également déconcertant, comme si son expérience de la vie filtrait à travers des yeux totalement différents des nôtres, des yeux sauvages, vifs, semblables à ceux d'un animal, un renard ou un aigle, des yeux encore capables, peut-être, de percevoir la présence des dieux autour de nous, ou de voir les prodiges et les métamorphoses de la nature, ce qui est désormais impossible aux êtres civilisés que nous sommes. Je n'ai même pas besoin de lui poser de questions, c'est elle qui prend la parole, à croire qu'elle a immédiatement compris que je veux tout savoir : ce qui s'est produit, comment ils sont arrivés jusqu'ici, Donato et elle ; de toute évidence, elle a confiance en moi, la petite femme replète aux pieds nus qui a surgi de nulle part à l'intérieur de la cabane et que – elle le devine – des liens mystérieux et profonds attachent à Donato.

On l'a donnée comme esclave à *patrun* Donato, et *patrun* Donato a été bon envers elle, il ne l'a jamais frappée ni fouettée, il l'a fait travailler auprès d'autres femmes, fabriquer des fils d'or et d'argent, dessiner et tisser des vêtements et des draps. Voilà à quoi elle s'employait avec ses propres mains, qu'elle me montre : des mains effilées aux doigts droits et réguliers, dont l'un, l'annulaire, porte une belle bague en argent qui attire mon attention. Une nuit, le *patrun* l'a sauvée de la violence, de la mort, du feu et de l'eau, mais les dieux des eaux et du feu ont voulu se venger, parce que les dieux sont jaloux de notre vie et de notre bonheur ; parfois ils sont également mauvais et, comme ils ne pouvaient accepter que *patrun* Donato s'oppose à leur volonté pour échapper à son destin, ils l'ont attendu sur les rives du grand fleuve.

Le feu descendait du ciel, et l'eau montait vers le ciel. Une flèche a touché *patrun* Donato, que les *roussalkas* ont agrippé et attiré au fond du fleuve. Il s'est défendu un moment, prisonnier des bras et des chevelures des arbres que le courant charriait, puis il s'est abandonné à leur étreinte. Alors, surmontant la peur qui la paralysait, la peur que les *roussalkas* – ces créatures faites de la matière de l'iris des yeux – ne l'attrapent et ne l'emmènent dans leur monde, elle, Caterina, s'est penchée au-dessus du bateau et a plongé les poignets dans l'eau. Sentant une main passer près de la sienne, elle l'a saisie avec une force dont elle ignore l'origine, peut-être lui a-t-elle été transmise par la grande mère Setenaya ou par son fils, né de la pierre et du feu, le très fort Sosryko.

L'embarcation, emportée par le courant plus que poussée par les rames, s'est échouée entre les racines d'un vieux saule, sur l'autre rive. C'est ainsi qu'elle a réussi à descendre dans la boue et tirer Donato des flots avec le passeur. Donato était mort, les dieux lui avaient retiré son âme parce qu'ils en avaient décidé ainsi, et personne ne peut contrarier les décisions des dieux. Caterina s'est agenouillée près de lui, bouleversée, mais les yeux secs.

Par compassion, elle a entrepris d'ôter du beau visage de Donato le sang et la boue qui le recouvraient, d'en écarter ses longs cheveux blonds striés de blanc. C'est alors qu'elle a vu sur ses traits, pour la première fois, une chose qui lui rappelait son père, le noble Jacob. De tout son cœur, elle a supplié sa sainte, Catherine la grande, de lui rendre son âme. Elle a posé sur les paupières de l'homme la bague en argent qu'elle porte au doigt. Et le miracle s'est produit. Donato a toussé violemment, a vomi de l'eau, de la boue et du sang. Et Caterina, maintenant incapable de se retenir, s'est mise à pleurer et à rire.

Le passeur les a abandonnés dès que possible et ils ont passé leur première nuit dans des broussailles glaciales. Elle, Caterina, a traîné Donato un peu plus au sec, sur un talus, et l'a enveloppé de sa pèlerine, parce qu'elle-même n'avait pas froid. Elle a ramassé son sac et le baluchon que le rameur avait jetés par terre, puis s'est assise auprès de son maître. Cette nuit-là, elle n'a pas fermé l'œil, mais elle n'avait pas peur. La protection de sainte Catherine était sur elle, et sa bague lui redonnait courage chaque fois qu'elle la touchait.

Au matin, elle a pris soin de Donato, encore inconscient. Elle l'a dénudé, a ouvert son pourpoint et examiné sa plaie : voyant qu'elle n'était pas profonde et ne saignait pas, elle a cherché de l'eau courante et des herbes semblables à celles qu'on employait dans son village pour soigner les blessures des guerriers ou des animaux. Comme elle n'avait pas de mortier, elle les a mâchées et remâchées, a craché dessus, puis elle a appliqué sur la plaie cet emplâtre, qu'elle a maintenu au moyen d'une longue bande, bien serrée autour des côtés. Enfin, elle a posé sa bague contre le front de Donato en prononçant une formule magique dont elle se souvenait en partie et qu'elle espérait exacte. Elle a répété ces gestes chaque jour, à chaque lever de soleil, jusqu'à la nouvelle lune.

Grâce à l'intercession de sainte Catherine, les dieux ont été bienveillants envers Donato et lui ont rendu son âme. Mais ils en ont gardé un bout. Et lorsqu'il s'est réveillé, elle, Caterina, n'a pas compris ce qu'il disait. Ce genre de chose se produit quand, par la volonté des dieux ou à cause du sortilège d'une sorcière, vous perdez une partie de votre âme : vous continuez de vivre, mais vous vous conduisez bizarrement. Ainsi, il y avait dans son village une femme qui agissait de la sorte ; tout le monde la respectait parce que ce genre de maladie vous rapproche des dieux. C'est le cas de Donato, pense-t-elle, il parle maintenant aux dieux et aux morts. Quand il a ouvert les yeux, il a déclaré *ma fille, ma fille, sois beneïe entre toutes les femes.* C'était peut-être l'âme de son père Jacob qui s'exprimait à travers lui et qui l'a inspiré tout le temps que son âme a flotté dans le royaume des morts.

À présent, Donato croit que Caterina est sa fille. Et puis il est obsédé par un paquet de toile cirée qui se trouve dans son sac : après s'être ressaisi, il a demandé s'il était perdu ou sauvé, comme si ce paquet était plus précieux que sa propre vie ou que son âme. À n'en pas douter, c'est là un autre signe de folie, car Caterina a vu ce paquet et elle a constaté qu'il ne contient que des vieux papiers inutiles, car couverts de ces signes incompréhensibles qu'on appelle *écriture* ; apprenant que tous ses papiers étaient là, ni abîmés ni mouillés, Donato s'est calmé. Et puis, soudain, il a été repris de frénésie et, fixant sur elle des yeux fous, a répété un mot, un seul : Florence, Florence.

Caterina a soigné Donato pendant plusieurs jours et l'a nourri comme elle l'a pu au moyen d'herbes amères qu'elle mâchait avant de les lui fourrer dans la bouche, de racines, de glands, de petits œufs de caille dénichés dans des nids, d'un poisson cru attrapé à la main et déchiqueté avec ses dents ; par la suite, elle a découvert son poignard dans le sac et elle s'en est servie. Entre-temps, par commodité et sans doute aussi par prudence, elle avait ôté sa tunique et lui avait substitué des braies de rechange de Donato, glissées à l'intérieur de ses bottes, et un pourpoint, qu'elle avait bien serré pour éviter de flotter dedans. Surtout elle s'était coupé les cheveux comme un garçon à l'aide du poignard aiguisé sur une pierre, pensant qu'il valait mieux ne pas être une femme au cours du voyage qui les attendait.

Elle a relevé Donato, tout ahuri et boiteux. Puis, vêtus des deux pèlerines, la tête dissimulée sous les capuchons, ils ont tous deux entamé leur marche, appuyés sur des bâtons, tels de pauvres pèlerins, un vieux père et son fils, mendiant, suppliant leurs semblables et les passants de leur donner par charité un peu de nourriture, cherchant une étable et un abri pour la nuit, demandant le chemin de ce lieu inconnu dont Donato continuait de prononcer le nom : Florence, Florence. Caterina ignore combien de temps s'est écoulé de la sorte, elle a vu la nuit se renouveler plusieurs fois, mais elle n'a pas compté les jours. Ils ont marché, marché encore, traversé des rivières, des marais, des canaux ; se sont cachés derrière des haies à l'approche des bandes de mercenaires qui brûlaient et saccageaient des villages sur leur passage ; ont été accueillis sous les arcades des hôpitaux par des religieux miséricordieux et ont dormi à la belle étoile, parmi les rochers de hautes montagnes que la pleine lune caressait de son reflet ; se sont enfoncés dans des forêts épaisses où résonnaient les hurlements des loups. Grâce au poignard, Caterina a chassé des lièvres, attrapé des poissons dans les torrents et les a cuits sur le feu qu'elle allumait, tandis que Donato s'obstinait à répéter, les yeux dans le vide : Florence, Florence.

Un jour où ils descendaient dans une vallée, ses yeux ont retrouvé un peu de vie. Les forces de Donato ont semblé revenir, au point qu'elle, Caterina, a dû le retenir, la fièvre revenant elle aussi et son sang recommençant à s'échauffer. Il pleuvait, il ne cessait de pleuvoir dans cette vallée boisée. Pendant un certain temps, l'hospitalité d'un couvent de religieux les a sauvés, puis un frère quêteur a proposé de les accompagner à bord de sa charrette jusqu'à l'endroit dénommé Florence où lui-même se rendait, et ils ont emprunté une route qui grimpait entre les montagnes, puis redescendait à travers les collines. Enfin, ils ont atteint une vallée où un fleuve argenté brillait au loin. Les yeux écarquillés, Donato priait en tremblant le religieux de virer ici, puis là, parmi les vignes et les oliviers, jusqu'à une petite église et un clocher, où ils sont descendus. Ils sont arrivés hier. Caterina a réussi à traîner le blessé un moment le long de la route poussiéreuse. Puis un chien a aboyé et un vieux paysan a surgi en criant, il a embrassé Donato et l'a conduit dans sa cabane. Voilà, c'est tout, tel a été leur voyage.

Je suis captivée par le roman de Caterina, par la façon dont elle a sauvé mon cher Donato. Quelle belle histoire ! Plus belle et plus vraie que les stupides chansons de geste d'Antonio Pucci ou de Piero da Siena. Durant son récit, nous mangeons un peu du pain noir et du *marzolino* que Nuccio a laissés, buvons du vin à une gourde que la jeune fille me tend après en avoir nettoyé le col d'un coup de langue et que j'accepte sans dégoût.

Mais elle, Caterina, qui est-elle ? Puisqu'elle est une esclave, d'où vient-elle ? Elle n'a plus guère envie de parler, surtout de parler d'elle. Si elle a longuement raconté le voyage qu'elle a accompli avec Donato, c'est sans doute parce qu'elle a deviné qu'il y avait un lien entre nous ; s'estimant maintenant arrivée au terme de son voyage et de sa mission, elle me confie le blessé ou me le remet pour honorer sa dette envers le bon Dieu, ou sainte Catherine, ou encore un de ses dieux mystérieux. Elle se borne à répondre qu'elle était une noble princesse, fille du prince Jacob du peuple des montagnes, qui a été tué par les Francs, lesquels l'ont réduite en esclavage. Elle se rappelle le nom du lieu où tout cela s'est déroulé, le nom d'une ville, La Tana, car Donato le lui a répété et, étrangement, c'est aussi celui de l'endroit où il vivait à Venise.

À La Tana, un monstre de bois qui se déplaçait sur les eaux aux ordres d'un géant roux l'a transportée jusqu'à une ville d'or, après quoi un autre monstre de bois l'a conduite dans une ville d'eau, où elle a été cédée à *patrun* Donato. Je comprends qu'elle évoque Constantinople et Venise. L'idée du voyage, des pérégrinations dans le grand monde terrible m'enchante, et je ne peux qu'imaginer ce que la jeune fille a expérimenté avant d'atteindre sa destination : la traversée de la Méditerranée, de l'Égée et de la mer Majeure, la vision des îles grecques, des côtes de la Troade et de la Colchide. En ce qui me concerne, je n'ai pas effectué de voyage plus long que celui qui mène de Florence à Prato, et autour de ma chambre, en imagination, penchée sur mes livres bien-aimés.

À Venise, Donato l'a sauvée de la violence et de la mort, puis elle a sauvé Donato et l'a amené ici. Maintenant elle m'interroge : Florence est-il bien le nom de ce lieu, celui de leur destination ? Florence est-il bien le nom de cette oliveraie, de cette cabane, de ce petit clocher ? Alors Florence est un bel endroit, vaste et libre sous le ciel, parmi les arbres, l'herbe et la terre, non pas fermé et sombre comme la cité d'eau où elle se trouvait avant. Caterina déteste les maisons de pierre, synonymes de prison et d'esclavage, elle est heureuse qu'il n'y ait pas de maisons à Florence, juste des arbres et de l'herbe. Florence est belle sous le soleil. Caterina est heureuse. Le seul problème, c'est qu'il fait un peu trop chaud.

J'éclate de rire, heureuse moi aussi. J'apprécie la beauté, la sincérité et la simplicité de la jeune fille. Elle a tout de l'ange, comme l'a deviné Nuccio, qui est également simple : heureux les simples, ils traverseront intacts les maux de la Terre ! Puisqu'elle vient de La Tana, elle est circassienne, ce que confirment son corps et sa beauté : les Tatares sont petites et trapues, les Russes fades. Je ne nourris aucun soupçon, aucune jalousie à son égard.

Tandis que nous bavardons – moi, la dame fière et civilisée, issue d'une famille bourgeoise de Florence, et elle, la sauvage esclave circassienne, doublée d'une princesse barbare –, le temps passe et nous oublions Donato, qui grogne maintenant dans la cabane. Je me précipite à l'intérieur et le découvre, les yeux ouverts. Me reconnaissant, il fond en larmes et murmure mon prénom. Alors je me jette sur lui, et il se peut que ce soit douloureux car je ne suis pas légère, j'embrasse et étreins mon bien-aimé en prononçant tout bas son prénom. Inutile de me retourner pour comprendre que Caterina nous regarde, sur le seuil.

***

J'ai pris immédiatement le contrôle de la situation. Comme toujours, d'ailleurs. Après un certain temps, avec l'aide de Caterina, qui exécute à la perfection mes instructions avant même que je les prononce ou presque, je transporte un Donato convalescent chez Bernaba, soulageant Nuccio d'une charge trop lourde pour sa vieillesse. La santé du blessé s'améliore, sans doute grâce à la force et à l'énergie de cette terre où il est né et où il a grandi, ou encore grâce à la joie que suscite la belle saison. Pour ce qui est, en revanche, de son état mental, je crains que Caterina n'ait raison. Les dieux, comme elle dit, se sont octroyé un bout de son âme en échange de la vie qu'ils lui ont rendue. De fait, il divague un peu, passe du coq à l'âne, semble tantôt raisonner correctement, tantôt écarquiller les yeux et agiter la main en l'air comme s'il brandissait un marteau, il crie *Zorzi, non, Zorzi* et puis *du sang, du sang*, il grince les dents et crache contre le mur en murmurant *maldit senator* et *maldits aussi l'or et l'argent*.

Mais je m'en moque. Je l'ai épousé devant Dieu et devant Mère Nature, à défaut de l'avoir fait devant les hommes et les prêtres, et, comme le mariage le prescrit, il convient de s'entraider sans cesse, de se prêter mutuellement assistance, dans le bonheur comme dans le malheur, par temps clairs comme par temps obscurs, et Donato traverse des temps obscurs – peut-être ne prendront-ils jamais fin, mais peu m'importe. Il m'est revenu, par surcroît ici, à Terenzano, où notre amour est né. Et il a beau délirer, il me reconnaît toujours, me sourit gentiment et murmure mon prénom comme s'il s'agissait d'une prière, comme si j'étais l'ange le plus sublime du paradis, au plus haut des cieux.

Entre-temps, afin de ne pas négliger les choses d'ici-bas, j'ai emporté le paquet de toile ciré contenant les papiers de Donato, ce paquet qui paraît inutile à Caterina parce qu'il ne renferme pas de choses précieuses à ses yeux, telles que de la nourriture ou des outils, et qu'elle a pourtant sauvé au cours de leur voyage périlleux. Des jours et des nuits m'ont été nécessaires pour examiner ces vieux papiers, qui constituent peut-être un trésor plus important que celui que Donato a fait transférer chez Aronne : des dizaines de quittances de titres d'État à intérêts, achetés à la Chambre des Emprunts de Venise, de nombreux documents et instruments attestant qu'il a prêté de l'argent à des privés, des compagnies et des sociétés commerciales de cette même ville.

Je retourne prudemment auprès d'Aronne, lui montre les papiers et lui fournis la preuve que Donato est en vie, qu'il est en sécurité, qu'il viendra lui-même au comptoir toucher son crédit dès que sa santé le lui permettra ; surtout, je le prie de nous rendre à tous deux un immense service : tenter de découvrir, par le biais de son réseau de marchands et de banquiers juifs, ce qu'on dit réellement sur le compte de Donato à Venise, s'il est réellement recherché par la justice, si de lourdes accusations pèsent sur lui, car, dans ce cas, il serait dangereux qu'il réapparaisse en public. Par les temps qui courent, Venise et Florence entretiennent des relations si étroites et si amicales qu'elles ne rechigneraient pas à s'échanger de menus services ; par exemple, à favoriser l'extradition de dangereux criminels capturés sur le territoire de l'une ou de l'autre République. S'il en était ainsi, adieu titres et créances : tout serait confisqué et dévoré par le Sérénissime Lion de saint Marc. Il faut absolument que j'apprenne ce qui s'est vraiment passé. Et je ne tirerai rien de Donato, lequel demeure bien sagement et tout ahuri à Terenzano.

Je reçois en septembre – pas avant – quelques lettres codées en provenance de Venise et de Mestre. Ces Juifs disposent d'une quantité de contacts incroyable et c'est peut-être ce qui a constitué, depuis des siècles et des millénaires, leur stratégie de survie dans des mondes hostiles et inhumains. J'apprends avec stupeur que Donato n'est pas le moins du monde recherché à Venise, qu'aucune rançon ni accusation ne le menacent. Sa disparition subite, alors qu'il avait monté un petit atelier florissant de battage d'or et de tissage de brocarts d'or et d'argent, dont les dessins, exécutés par une jeune esclave circassienne extrêmement habile dans cet art, provoquaient la jalousie et la férocité de ses concurrents, a surpris ses concitoyens, rien de plus. Pour une raison que j'ignore, je suis persuadée que l'esclave en question, dont le prénom n'est pas mentionné, n'est autre que notre chère Caterina. C'est une évidence. Bref, Donato s'est semble-t-il évanoui dans la nature en compagnie de son esclave, la dernière nuit du carnaval, ce qui est un délit car il est nécessaire d'obtenir une autorisation et de s'acquitter d'un droit de douane pour faire sortir une esclave de la République ; de plus, il est interdit d'exporter une esclave travaillant dans des secteurs économiques aussi stratégiques, parce qu'elle risquerait de révéler à la concurrence étrangère des secrets de boutique jalousement cachés. Néanmoins, ce n'est pas un grand crime.

Voilà donc ce qu'on raconte à Venise. Et l'on ajoute que, le jour de la disparition de Donato, sa maison a reçu la visite de sa femme, une noble frioulane, de son fils et d'un parent, lesquels ont enragé, interprétant cette histoire *in malam partem*, c'est-à-dire de la façon la plus banale et la plus sordide qui soit, à savoir que le maître avait couché avec sa belle esclave pendant le carnaval et qu'ils avaient ensuite filé ensemble. Une fois encore, il pourrait s'agir d'un délit aux yeux de la justice vénitienne, mais de faible importance car c'est un homme qui l'a commis, non une femme, et de surcroît avec sa propre esclave, soit une de ses possessions ; enfin son épouse n'aurait déposé aucune plainte contre lui.

Quoi qu'il en soit, des investigations seraient en cours, car Donato est une figure connue de la justice vénitienne, ayant été à deux reprises l'objet d'une enquête pour faillite et ayant été incarcéré une fois à cause de ses dettes. Soudain, je découvre que la façade lumineuse de riche entrepreneur à Venise, à laquelle tous les Florentins, à commencer par mon père, ajoutaient foi, dissimule une réalité bien plus amère, une dure existence de luttes, de chutes et de résurrections, que Donato n'a jamais mentionnée en raison de notre pacte tacite qui nous obligeait à communiquer exclusivement à propos de notre amour dans notre maigre correspondance et lors de nos très rares retrouvailles en l'espace de quinze ans.

Mais alors, comment expliquer la présence des cavaliers vénitiens sur les rives du Pô ? Et le trait d'arbalète ? Si Donato n'était pas recherché, pourquoi ont-ils tenté de le retenir et de le tuer ? En guise de réponse, Aronne exhibe une missive d'un de ses chers amis, maître Moisé, un médecin qui jouit apparemment de la confiance du vieux doge malade, rien de moins. Cette missive rapporte de façon sibylline une rumeur qui circule dans les appartements secrets du Palais, une histoire louche de spéculation et d'escroquerie aux dépens de l'État, dans laquelle serait impliqué l'un des sénateurs les plus influents de la République, qu'il est impossible de nommer. Lors de cette fameuse nuit de carnaval, on a vu près de l'Arsenal des énergumènes armés pénétrer chez Donato, comme s'ils voulaient capturer ou tuer un individu, peut-être uniquement coupable d'avoir assisté à un événement compromettant. Mais Donato, sans doute averti en songe par un ange, ou protégé par la Providence, s'était déjà enfui. Un peu plus tard, on a également aperçu un détachement de cavaliers vénitiens tout aussi suspects au-delà des frontières de l'État, dans la Polésine, ce qui a failli provoquer un scandale diplomatique avec le seigneur d'Este du fait de cet empiètement et de cette incursion sur ses terres. Il ne s'agissait pas de soldats, mais d'assassins, de sicaires. Ces rumeurs n'ont toutefois pas trouvé confirmation et les enquêteurs n'ont pas réussi à en savoir plus, bien qu'ils soient résolus à mettre la main sur Donato, non pour le punir d'un crime, mais pour l'interroger selon certaines méthodes bien rodées et très efficaces dans les entrailles de la prison des Plombs.

Nous patientons encore quelques mois. Entre-temps j'apprends que la vieille maison florentine de Donato, pas très éloignée de la mienne, via di Santo Gilio, juste après l'église San Michele Visdomini, de l'autre côté de la cathédrale, presque à l'ombre de sa coupole, que cette vieille maison donc, dont la moitié est louée, s'est en partie libérée après la mort de la sœur de Donato. Voilà une bonne occasion de le ramener en ville. Nous nous efforçons de lui rendre un aspect civilisé, le revêtant d'une longue robe austère, car le pourpoint ne convient plus à un vieil homme, mais il nous interdit de couper sa barbe blanche et hirsute qui lui donne l'allure d'un de ces philosophes grecs à la suite de l'empereur Jean. Caterina, Bernaba, Nuccio et moi le transportons à l'aide de ma haquenée, du mulet et de la charrette, puis l'installons discrètement dans la moitié vide du bâtiment, où il réintègre sa chambre d'adolescent, tandis que Caterina emménage au rez-de-chaussée, au service de la maison et de son maître. Par conséquent, de moi-même. Elle n'en est pas ravie, parce qu'elle a découvert que Florence n'est pas un agréable domaine de campagne, mais une ville de pierre ; certes, lorsque nous sommes arrivés par la porta alla Croce, elle a marché le nez en l'air, éblouie par le spectacle qui s'offrait à ses yeux et presque effrayée par les grandes constructions qu'elle distinguait çà et là entre les gouttières des maisons, la grande tour du Palais, le clocher de la Badia, surtout la coupole de Santa Maria del Fiore qui domine la demeure de Donato. La beauté est un langage universel, et Caterina le comprend tout aussi bien que nous, peut-être mieux.

Bientôt, je profite d'un moment de lucidité de Donato pour me présenter avec lui chez Aronne, qui se montre aussi ébahi qu'à la vue d'un fantôme et me verse directement la somme correspondant à la lettre de change vénitienne. Sans perdre de temps, j'en investis une partie en terres. Je convoque vendeurs et notaire dans la demeure de Donato, si bien que, sous ma surveillance, il se retrouve à son insu propriétaire et bailleur de nombreux domaines, qui s'ajoutent à celui de Terenzano.

Enfin, le 28 août 1442, je lui dicte sa déclaration de biens, puisqu'un nouvel impôt a été institué et qu'il lui faut accomplir son devoir s'il veut redevenir un bon citoyen florentin et jouir de ses droits civiques, plutôt que de demeurer un expatrié sans liens ni obligations. Il écrit docilement, d'une main un peu hésitante et tremblante, non plus assurée comme autrefois, mais sans renoncer à ses inguérissables habitudes vénitiennes : *Au nom de Dieu, le 28 äust 1442. Devant vous messires de la conservation et devant vous officiers de la comunalte du peuple et de la ville de Florence. Tels sont les biens que je possede, moi, Donado di Filipo di Salvestro Nati, du gonfalon du Vair.* Suit la liste de ses propriétés, de sa vieille maison jusqu'aux vignes en passant par les potagers, et des sommes déposées au Mont ; mais, avant tout, les occupants de son foyer : *Moi le susdit Donado di Filipo, aagiez de 63 anz / et une pucelle de 15 anz.*

Quel âge a Caterina ? Je l'ignore. Et elle aussi. À vue d'œil, elle a bien quinze ans. Pour sûr, il n'existe pas de certificats de naissance ou de baptême dans le pays sauvage où elle est née et où elle a été apparemment baptisée, même si, ignorant tout de la liturgie, des prières et des sacrements, elle demeure à moitié païenne ; au reste, il ne sera pas aisé d'en faire une vraie chrétienne, mais nous procéderons calmement, sans violence, je ne suis pas frère Antonin.

Tous ces va-et-vient ne passent pas inaperçus, raison pour laquelle je suis obligée d'en toucher quelques mots à mes frères ; néanmoins, ils ont toute confiance en moi car ils connaissent ma sagesse et ma discrétion ; de surcroît, ils n'ont pas oublié que feu notre père appréciait Donato, qu'il le considérait certes comme une fripouille, mais aussi comme un génie. Avec leur aide, Donato est même élu – sans savoir pourquoi ni comment – au rang de gonfalonier du peuple pour son quartier, San Giovanni, gonfalon du Vair, une charge formelle de quatre mois qui permet de dire à ses concitoyens qu'il est en vie, qu'il est de retour, qu'il est prêt à servir sa communauté.

Deux ans plus tard, son nom sera de nouveau tiré au sort, mais il ne sera pas élu parce qu'on l'estimera *in speculo*, c'est-à-dire objet d'une enquête pour escroquerie ou fraude fiscale. Pour sûr, un individu introduit à Venise aura rapporté des soupçons formulés ailleurs, se mêlant de ce qui ne le regarde pas.

Entre-temps Aronne nous transmet une missive de Chiara Panziera, qui demande des nouvelles de son époux, se dit prête à le pardonner, y compris de sa dernière fugue, et à le rejoindre ici, à Florence. Je consulte le vieux banquier juif : de nombreuses lettres de crédit au nom de la famille Panziera figurent parmi les documents que Donato possède. Peut-être serait-il sage d'accepter cette proposition. À mon avis, ce serait également juste. Chiara est son épouse devant les hommes, et je ne sais rien d'elle. Comme moi, elle a été emportée par le fleuve de la vie. Il est donc juste qu'elle reprenne sa place auprès de son mari. Je ne dirai rien, je l'aiderai. En attendant, mieux vaut que je conserve les papiers de Donato dans un de mes coffres secrets.

Je dicte à Donato une longue et prudente réponse à l'adresse de sa femme et m'emploie de nouveau, patiemment, à tout réorganiser, à recoudre la toile. Caterina ne doit pas rester dans la maison de la via di Santo Gilio. Chiara ne comprendrait pas. C'est impossible. Je la rachète donc au moyen d'un acte rapidement établi, pour une somme symbolique, et l'installe dans ma demeure en la présentant comme ma nouvelle esclave à mes frères stupéfaits : posséder une esclave, pour une femme célibataire et sans enfants, est un luxe que peu de dames de cette ville peuvent se permettre ; de plus, elle sera utile à la maison. Quelques mois plus tard, une carriole chargée de malles se présente via di Santo Gilio. Une petite femme frêle et pâle en descend, elle est seule car son fils a refusé de l'accompagner ; être contrainte de choisir entre son enfant et son mari a sans doute été très douloureux, et elle a choisi son mari. Donato l'accueille affectueusement sur le pas de la porte. Nous nous tenons tous derrière lui – mes frères Tommaso et Andrea avec leurs femmes, Bernaba et Nuccio, Aronne et moi-même –, pour introduire Chiara dans ce nouveau monde où elle paraît si dépaysée, mais aussi pour surveiller Donato. Néanmoins je ne m'inquiète pas pour lui : de temps en temps, il m'adresse un regard complice, il sait que je les aiderai à affronter toutes les nécessités.

En premier lieu, à s'occuper des comptes, tenir une maison et survivre dans la jungle qu'est Florence, tâches qui ne sont guère aisées pour une patricienne du Frioul désargentée et pour un expatrié florentin à moitié fou. Naturellement, c'est moi qui dicte à Donato leur déclaration de biens en 1446, dans laquelle nous indiquons que le périmètre de sa propriété en ville s'est rétréci, l'Œuvre de Santa Maria del Fiore ayant acheté les potagers situés à l'arrière pour agrandir ses échoppes et ses ateliers, où l'on travaille d'arrache-pied au parachèvement de la grande coupole que Pippo di *ser* Brunellesco a fini de construire en 1436. Nous indiquons ensuite la nouvelle composition du foyer, soit les deux vieux époux : *le susdit Donatto, aagiez de 65 anz*[1] */ mon espouse Chiara Panziera, de 54 anz*. Et enfin, à mon grand chagrin, la vente de la moitié du domaine de Terenzano. Donato avait besoin d'argent pour son quotidien, et ce loyer misérable ne lui suffisait pas. Ainsi un pan de notre vie a définitivement disparu. Mais peut-être ne faut-il pas trop s'attacher aux biens matériels ; d'ailleurs, cette terre et ces arbres ont sans doute changé. Nuccio est mort, Bernaba y demeure, seul et vieux, Donato jouit d'une trop mauvaise santé pour s'y aventurer. Toutefois le souvenir de Terenzano, ce que mon cœur conserve, n'est pas en vente. Il m'habite toujours et me réchauffe par les temps froids de l'existence.

Caterina vit désormais auprès de moi et m'aide en toute chose, car je commence à souffrir de petits maux. Il s'agit d'une nouvelle expérience : je n'ai jamais possédé d'être humain. Cette idée même me déplaît et, de fait, Donato et moi n'avons pas procédé à une véritable transaction commerciale à son sujet. Jamais je ne la vendrai : il m'est impossible de la considérer comme un objet pour mon usage, comme un miroir ou un peigne.

L'acte que j'ai rapidement établi avec le notaire ne contient que quelques formules, lesquelles sont presque toutes de mon cru, puisque je connais le latin. Je n'ai même pas voulu conserver ce document : il me suffisait que le notaire l'enregistre officiellement.

1. L'âge de Donato n'est pas cohérent si l'on prend en compte ses deux déclarations de biens (celle-ci et celle de 1442, p. 251). Les déclarations ont été exactement reproduites par l'auteur. À l'époque, le rapport au temps et à l'âge était différent et bon nombre d'individus ne connaissaient pas leur date de naissance exacte.

Mais j'ai demandé, par curiosité, à jeter un coup d'œil aux autres minutes de ce genre, afin d'apprendre ce qui arrive aux filles et aux femmes qui vivent auprès de nous, dans notre ville si civilisée, totalement étrangères et isolées ; en réalité, nous ignorons tout d'elles : leur lieu de provenance, leur religion, leur monde, leurs espoirs et leurs sentiments.

Nous ne connaissons même pas leurs vrais noms, car, en général, seul figure celui de leur baptême, et rarement le premier, qu'il convient de mépriser ou d'oublier, précédé de la formule *olim vocatam*[1]. En parcourant ces pages, il est toutefois possible de retrouver des prénoms en langue tatare, russe ou circassienne, des prénoms magnifiques qui évoquent à eux seuls des yeux noirs ou verts, resplendissants, des chevelures sauvages agitées par le vent du désert ou de la steppe, si bien que j'ai l'impression de sentir les parfums d'épices que dégagent leurs corps : Cotlut, Aydix, Aza, Dobra, Nastassia. Ici, elles s'appellent toutes Maria, Maddalena ou Caterina, elles sont toutes identiques, homologuées, ont toutes le regard gris, éteint, les cheveux tirés et dissimulés sous de rudes coiffes de drap. Le cas de ma chère Caterina est toutefois différent : d'après ce qu'elle m'a révélé, on lui a donné ce prénom lors de son baptême, dans son village au bout du monde, en l'honneur de la sainte d'Alexandrie dont elle porte pieusement la bague, qu'elle prend pour une amulette magique. De fait, ses yeux ne sont pas éteints, ils ont toute la mobilité d'un ciel bleu que le vent parcourt.

On trouve également l'indication générale d'une origine : tatare, russe, circassienne, zikhe, abkhaze, kazakhe, mongole, arménienne, grecque, juive, sarrasine, voire du lointain Cathay ; néanmoins nous ignorons ce que cachent ces noms de peuples. Par exemple, le lointain village d'une obscure forêt ou d'une montagne où ces fillettes ou jeunes filles ont été enlevées, ou peut-être même vendues par leur propre famille, ce qui a brisé à jamais les rêves de leur enfance ou de leur adolescence. Suit leur âge, toujours approximatif, toujours *environ*, car personne ne le connaît vraiment ; alors on leur donne l'âge qu'elles paraissent en se fondant sur leur physionomie, la présence ou l'absence de marques de féminité sur leur corps, la

1. « Jadis appelée. »

largeur de leurs hanches, la consistance et la forme de leurs seins, la longueur de leurs cheveux. Vient leur taille, qui peut être *parvam, mediocrem, ultra mediocrem, magnam*[1] ; la couleur de leur peau, *alba, nigra, ulivigna, fusca*[2] ; et jusqu'aux plus infimes détails, lesquels servent de signes de reconnaissance en cas de fugue, de vol et de nouvelle capture : gros nez, grains de beauté, oreilles percées, fossette sur le menton, joues horriblement grêlées par la vérole. Lorsqu'elles sont dépourvues de signes particuliers, leur maître les leur impose : le tatouage d'une croix ou d'une étoile, une marque au fer rouge comme une vache, une entaille, une cicatrice.

Le notaire m'explique de son ton ennuyeux qu'il faut examiner minutieusement les esclaves avant de les acheter, comme on le fait avec un article de prix, une étoffe de laine ou de soie ; du reste, compte tenu de leur coût, les esclaves sont de précieuses marchandises ; en général, on procède à cet examen en les dénudant, en les tâtant et en touchant leurs parties intimes. Bien entendu, je m'en suis abstenue avant d'acheter Caterina, et je n'ai pas la moindre intention de m'y employer : elle me convient telle qu'elle est. Craindrais-je aussi qu'elle ne soit pas vierge et qu'elle ait couché avec Donato ?

Le notaire m'annonce qu'il devra écrire la formule habituelle : que je l'accepte comme elle est, *sanam et integram de persona et de omnibus et singulis suis membris, cum omnibus vitiis et magagnis latentibus et manifestis et de morbo caduco*[3]. Si elle meurt d'une maladie cachée au cours de l'année, ajoute-t-il, aucun remboursement ne me sera dû. Par contre, je pourrai l'indiquer dans la déclaration de mes revenus à côté de ma haquenée et des autres animaux que je possède, et obtenir une petite déduction fiscale, parce qu'elle représente une bouche à nourrir. L'acte est établi en la présence de l'intéressée, si bien que Caterina la Barbare, qui ne comprend pas le latin et ne sait ni lire ni écrire, y figure comme *presentem, intelligentem et consentientem*. Mais à quoi consent-elle puisqu'elle est l'objet de

1. « Petite, moyenne, plus que moyenne, grande. »

2. « Blanche, noire, olivâtre, basanée. »

3. « En bonne santé et intacte pour ce qui est de sa personne et de ses membres, considérés dans leur ensemble et individuellement, exempte de tous les défauts et infirmités aussi bien latents que manifestes, ainsi que du mal caduc. »

la vente ? Quelle hypocrisie ! Quelle absurdité ! Vraiment, je ne supporte plus ces notaires.

Les autres femmes, en particulier la veuve aigrie qu'est Lesandra Macinghi, me distribuent des conseils. Elles m'invitent à veiller au grain, maintenant que l'ennemi réside chez moi. Il faut enfermer les bouteilles de vin, dont les esclaves sont, semble-t-il, universellement avides, prendre garde au vol et à la tromperie, à la luxure et à l'impudicité, car, au fond, ces filles sont des sauvages qui souillent nos villes et nos demeures ainsi qu'un torrent trouble souille un fleuve limpide. Elles sont comme les bêtes, on ignore si elles ont une âme. On dit que les Circassiennes ont une bonne santé et sont légèrement supérieures aux autres.

Je me moque bien de ces stupides racontars. Caterina est un être humain, une jeune fille qui vit auprès de moi, dans ma maison, et partage tout avec moi, y compris les repas. Un jour, peut-être, je l'affranchirai. Son destin, ici, n'est ni pire ni meilleur que celui d'une pauvre fille du peuple ou de la campagne ; en vérité, il est meilleur sous certains aspects, parce que, sous ma surveillance, elle ne court pas de dangers ni n'a de responsabilités.

Ainsi Caterina travaille avec moi et ne se lasse jamais ; quand elle termine plus tôt que prévu sa besogne domestique, elle me demande l'autorisation de filer du lin ou de la soie, coud et tisse des chemises, des foulards, des serviettes en toile, des cols de pourpoints, pour mes frères, leurs enfants et pour moi. Elle est inégalable dans ce domaine, ayant à l'évidence acquis un savoir-faire exceptionnel dans l'atelier de Donato à Venise. J'aurais aimé la voir à l'ouvrage comme elle le faisait là-bas, mais je ne veux pas trop la fatiguer ou l'exploiter pour m'enrichir. Cependant, curieuse de découvrir si elle dessine aussi bien que la fameuse esclave de Donato à Venise, je l'invite dans mon cabinet de travail où je conserve papiers, cahiers et livres.

Elle est surprise de constater que je suis capable – moi, une femme – de m'occuper de ces choses-là, elle déclare dans sa drôle de façon de parler que je suis donc une magicienne : son père Jacob lui a appris que l'écriture est un tour de magie, inaccessible et incompréhensible aux êtres normaux, inconnu de son peuple montagnard, mais très pratiqué dans les lieux où elle a vécu ensuite, dans la ville d'or et dans la ville d'eau. Puis elle s'empare d'un petit morceau de sanguine que j'utilise parfois pour souligner une opération sur un reçu, ou pour la raturer si un compte est clos, ou encore pour signaler dans la marge d'un livre de littérature un passage ou un mot intéressant et beau, puis commence à tracer sur une feuille de papier un dessin avec une habileté supérieure à celle dont je pourrais faire preuve en matière d'écriture : de fantastiques entrelacs de volutes, des animaux stylisés, des plantes et des fleurs, et un immense lys qui ressemble à l'emblème de Florence.

Caterina est sereine. Elle ne pleure jamais, ne sombre jamais dans la mélancolie, même si je l'ai parfois surprise à regarder par la fenêtre d'un air pensif, tournée non vers la rue et les passants qui la parcourent, mais vers le ciel, suivant le vol libre des oiseaux, qu'elle aime comme tous les animaux. Elle s'obstine à refuser la viande, parce que l'idée qu'on doive tuer une créature animée la répugne, et elle m'a peu à peu contrainte à adopter un régime végétarien, qui est certainement bon pour ma santé. Toutefois, le gruau qu'elle a préparé, le jour où j'ai commis l'erreur de lui demander de quoi l'on dîne dans son pays, était vraiment immangeable ; en revanche, les galettes aux œufs et au beurre qu'elle nomme blinis sont délicieuses et il me faut veiller à ne pas trop en manger.

Je me souviens d'un exemple particulier de sa bizarrerie. Un jour, alors que nous traversions le marché, nous avons été attirées par un joli concert à l'étal d'un vendeur d'oiseaux chanteurs, dont les cages regorgeaient de chardonnerets et de pinsons, de bouvreuils et de tarins. À leur vue, Caterina a blêmi et a pressé ma main avec force. Je lui ai alors demandé ce qu'elle avait, et elle m'a répondu, comme si elle avait compris le langage de ces oiseaux, qu'il s'agissait d'un chant de souffrance inspiré par leur liberté perdue. J'en ai été si troublée que j'ai fini par acheter tous ces animaux, puis j'ai invité du regard Caterina à en faire ce qu'elle souhaitait. Elle a ouvert toutes les cages et regardé avec une joie immense les volatiles recouvrer leur liberté dans le ciel.

Les saisons se succèdent rapidement. Chiara aussi s'est éteinte, et Donato s'est de nouveau retrouvé seul. En accord avec mes frères, nous nous rendons chez lui ; pour sauver les apparences, je leur laisse le devoir de proposer à Donato ma main et une dot de six cents florins d'or. Cette somme, que j'ai imposée, correspond à la partie d'héritage paternel qui me revient ; mes frères ont accepté de me la donner, d'autant qu'ils savent qu'elle restera entre mes mains, que rien ne sera perdu. Donato, naturellement, y consent. A-t-il le choix ? Ce vieillard de soixante-huit ans, en mauvaise santé, peut enfin conduire à l'autel la jeune fille de quarante ans que je suis. Je m'installe définitivement dans la vieille maison de la via di Santo Gilio, en compagnie de Caterina, qui se réjouit de côtoyer de nouveau maître Donato. Notre patrimoine aussi s'accroît, parce que nous achetons ensemble aux liquidateurs d'une faillite à Prato un beau domaine qui produit chaque année vingt-cinq boisseaux de blé, quatorze de millet et trois d'orge, deux douzaines de lin et trois barils de vin.

***

En cet été 1449, tout change. Un sale été, dominé par une chaleur oppressante et humide qui vous empêche de respirer. Et voici qu'une épidémie se déclare. C'est la peste habituelle qui surgit à l'improviste des alentours, peut-être apportée par un groupe de mercenaires étrangers de passage. Nous ne pouvons même pas nous réfugier à la campagne, dans l'un de nos domaines, parce que Donato ne se porte pas très bien et que je commence à accuser les premiers symptômes d'une maladie par laquelle Dieu vient châtier à raison mon péché de gourmandise : la podagre. Nous nous barricadons tous dans la maison de la via di Santo Gilio.

Caterina, qui a désormais plus de vingt ans, est devenue une femme splendide. Ses petits seins de faonne ont grossi et se sont alourdis, ses mamelons turgescents feront le bonheur des enfants qui les serreront entre leurs lèvres et en suceront le lait. Afin de balayer définitivement mes soupçons, j'ai prié une paysanne de la laver en prenant pour prétexte l'hygiène que l'épidémie nous imposait. La femme m'a ensuite rejointe discrètement et m'a annoncé son verdict. Caterina est vierge, comme au jour de sa naissance : pas plus que quiconque, Donato ne l'a touchée ni possédée. Du reste, elle semble supérieure à ce genre d'instincts terrestres ; l'idée de mieux se vêtir ou d'attirer l'attention ne lui traverse pas l'esprit, et de toute façon nous sommes confinés dans la maison. J'ai toutefois remarqué ces derniers mois que les regards des hommes se concentraient sur elle, pareils à des animaux faméliques, lorsqu'elle m'accompagnait au marché ou à l'église.

Pourtant, je me suis toujours employée à l'habiller de la façon le plus chaste possible : une coiffe ou un voile dissimule ses magnifiques cheveux blonds, et ses vêtements sont encore plus gris que les robes des religieuses. Peine perdue. Percevant quelque chose dans l'air, une odeur, une aura invisible, les hommes se retournent sur son passage et la dévisagent, perplexes, fascinés par son charme. Caterina, qui ne remarque nullement leur manège, poursuit son chemin bénignement, les yeux baissés, revêtue de son humilité. J'aurais moi-même du mal à croire qu'elle ne feint pas si je ne connaissais pas si bien, comme je le pense, l'être simple, pur et plein de vie qu'elle est. Bien que je sois une pécheresse et prie à ma façon, je remercie chaque jour le Seigneur d'avoir placé un ange gardien à ses côtés, sur le chemin périlleux de la vie, un ange qui a sauvegardé sa pureté et son innocence, choses que je considère comme véritables et spirituelles, contrairement à cette stupide membrane de peau que le membre viril déchire dans le sang et la douleur la première fois qu'il nous pénètre.

Mais le loup est aux aguets en ce fatal été. Et il se glisse subrepticement chez nous, endossant la robe rouge des notaires et tenant sur son visage un mouchoir trempé dans un remède, par crainte de la peste. Un jeune homme grand et maigre, plutôt disgracieux, du moins à mon goût. Certes, je n'ai pas eu d'enfants, toutefois je me conduis un peu comme une mère à l'égard de Caterina, que ce fou de Donato appelle sa fille, et j'estime de mon devoir de la protéger. Donato a, pour sa part, confiance en ce petit notaire que nous a envoyé Vanni di Niccolò, le vieil usurier, pour l'aider à mettre de l'ordre dans ses papiers – rien de plus, car il est trop jeune et trop dénué d'expérience pour s'occuper d'affaires sérieuses. Étant à ses premières armes, il essaie, raconte-t-on, de se créer une clientèle parmi les femmes ou les veuves pour tout ce qui est vente, achat et attribution de pupilles, ou parmi les prêtres, les moines et les moniales de couvents miteux et lointains. S'il a des ancêtres notaires, son père n'en était pas un, raison pour laquelle il lui faut commencer de zéro. De plus, il vient de la campagne et s'efforce de dissimuler ses manières un peu grossières sous les formules latines qu'il a apprises par cœur durant ses études afin de se présenter aux difficiles examens du notariat.

La robe qu'il porte n'est pas la sienne, j'en suis presque certaine ; il a dû l'acheter d'occasion lors de la liquidation des biens d'un notaire emporté par la peste, comme l'atteste la reprise à la hauteur des fesses. Contrairement à mon cher Donato dans le bon vieux temps, il se rase avec maladresse, et puis ses fréquentations ne sont pas convenables : il habite chez Vanni, l'usurier, via Ghibellina. Quoiqu'il soit né dans un hameau situé derrière Montalbano, entre l'Arno et la Valdinievole, il se donne des airs de grand juge. Comment se nomme son bourg natal ? Ah, voilà, Vinci, je crois. Comme les nœuds, oui, comme les nœuds[1].

Le notaire a réapparu à plusieurs reprises, disant à Donato, cet ahuri, que ses papiers étaient trop en désordre, qu'il manquait une signature ici et un codicille là, qu'il fallait effectuer un petit contrôle dans un bureau du Palais, qu'il devait revenir encore, et Donato, qui est toujours à moitié hébété, gobe tout ce qu'il raconte. Confiante, j'ai laissé les deux hommes en tête à tête une première fois pour me rendre au bureau du Mont afin de consulter un document et une seconde fois pour aller chez le tailleur. Puis le petit notaire s'est brusquement évanoui dans la nature, apparemment pour gagner le Mugello, ou Pise.

Mes soupçons, ainsi que le souvenir d'un prêche qui m'a impressionnée il y a plusieurs années à Santa Croce, ne cessent de me tourmenter. Bernardin, le saint frère siennois, fulminait contre les inconscientes qui omettaient de surveiller les jeunes filles dans leur maison, les exposant à la concupiscence des garçons. Nous allions l'écouter comme on va au spectacle, parce qu'il avait une façon de parler qui vous touchait en plein cœur et qu'il employait des mots justes et directs, comme il le disait lui-même, *clairs et nets*. Oui, ces mots continuent de retentir en moi de manière obsédante, comme une prophétie : *Ô femme qui as une jeune fille, prends garde à ceux qui*

1. *Vinci* est une variante de *vincoli*, ou « liens ». Léonard de Vinci a réalisé de célèbres entrelacs ou « nœuds », par exemple dans le *Codex Atlanticus* ou sur la robe de la Joconde.

fréquentent ta demeure. Ô mère, tu as une grande fille ? Tu n'as pas de plus grand trésor à garder.

***

L'épidémie a pris fin et il est de nouveau possible de sortir. Mais Caterina refuse de m'accompagner : elle semble fatiguée et de mauvaise humeur. On l'a vue vomir dans un coin de la cour. Pour la première fois depuis que je la connais, elle me fuit volontairement et me cache quelque chose. Je n'arrive pas à trouver l'occasion de lui parler et je ne peux m'abaisser à la suivre dans sa chambre, où elle s'enferme souvent, à lui demander ouvertement ce qu'elle a. Je suis tout de même sa maîtresse et elle est mon esclave. Cependant, quand je suis dans l'escalier, j'entends parfois des pleurs à l'étage, derrière sa porte, des sanglots retenus qui me bouleversent et me secouent. Un événement grave a sûrement eu lieu, si grave que Caterina s'est murée dans le silence.

Enfin, par un soir de novembre où, penchée sur mon écritoire, je consigne dans mon cahier les comptes de la journée, je perçois sa présence derrière moi. À n'en pas douter, une raison d'ordre vital l'amène ici, car elle sait que je n'accepte pas d'être interrompue dans cette tâche sacrée. Je pivote et l'invite à se rapprocher. Elle a les cheveux épars, le visage humide et défait, comme si elle avait beaucoup pleuré, mais plein et lumineux, d'une lumière nouvelle qui émane de sa peau fraîche. Elle paraît encore plus belle que d'habitude, si tant est que cela soit possible. Détournant les yeux des miens, elle me tient un de ses étranges discours habituels que je mets toujours un moment à décrypter. Cela fait plus de deux lunes qu'elle n'a pas eu de flux de sang entre les jambes, m'annonce-t-elle. Puisque je suis une magicienne, dotée du pouvoir de figer les mots dans l'écriture, je pourrai sans doute la guérir et lui rendre son sang à la prochaine lune.

Terrifiée, je comprends tout. Je me lève, l'air si furieux que Caterina recule. Je pose rudement la main sur son ventre et lui demande si elle sent quelque chose à l'intérieur. Elle répond par l'affirmative. Avec plus de rudesse encore, je l'agrippe par les poignets et lui réclame une explication. Elle fond en larmes et avoue, désespérée.

L'homme en habit rouge qui a rendu visite à maître Donato l'a suivie en cachette dans l'escalier, au moment de repartir, et s'est glissé dans sa chambre. Il lui a souri en se rapprochant. Mais comme elle, Caterina, s'apprêtait à crier, il s'est immobilisé, puis il s'est agenouillé devant elle et l'a priée de lui montrer ses cheveux, voilà tout. Parce qu'il était gentil, élégant dans sa robe rouge et qu'il ne l'avait pas touchée, elle ne s'est pas méfiée ; de plus, s'il se trouvait dans cette maison et discutait avec maître Donato, c'était assurément parce qu'il était un homme bon. Rassurée, elle s'est assise sur le bord de son petit lit, a ôté sa coiffe et libéré ses cheveux. Elle a failli éclater de rire en le voyant, lui, ce drôle de garçon vêtu de rouge, la bouche ouverte et les yeux écarquillés, agenouillé en adoration et tout tremblant devant elle. C'est alors qu'il lui a demandé l'autorisation de caresser ces mêmes cheveux. Elle la lui a donnée, tout heureuse, elle a fermé les yeux tandis qu'il les caressait doucement, très doucement. Soudain elle s'est souvenue de son père qui accomplissait le même geste, et de sa sœur Maria qui la caressait aussi, si bien que, sans réfléchir, elle s'est allongée selon son habitude, se dénudant et écartant les jambes, les yeux toujours fermés, croyant que le jeune homme imiterait Maria, qu'il l'embrasserait en bas et lui donnerait du plaisir avec sa langue.

Au lieu de ça, elle a senti une douleur subite et inédite, puis le corps du garçon peser sur elle et en elle ; sa langue, glissée entre ses lèvres, l'empêchait de crier, ainsi qu'elle l'aurait voulu. Mais bientôt tout cela a été suivi d'une grande douceur, bien plus grande que celle qu'elle éprouvait avec Maria : son âme s'est envolée au paradis, plus rien n'existait. Elle ignore combien de temps cela a duré, quelques instants ou une éternité. Le jeune homme demeurait en elle, comme mort, le souffle court, et lui murmurait à l'oreille des mots tels qu'*amour* et *mon ange pour toujours*. Puis, il s'est aperçu qu'elle était souillée de sang et il s'est sauvé, terrifié, perdant un patin sous son lit. Il est ensuite revenu deux ou trois fois. Elle l'attendait, et ils l'ont refait, de mieux en mieux, elle ne savait pas que c'était, au contraire, le mal, personne ne le lui avait jamais dit. Elle lui a même rendu son patin. Puis il a cessé de venir. À présent, elle est désespérée et a envie de mourir, sa stupide bague ne l'a pas protégée. Elle ne connaît même pas le nom du jeune homme.

Je suis moi aussi désespérée, je pleure de rage et de fureur avec elle, je jette ma plume et mon encrier par terre. Qu'a-t-on fait à ma chère Caterina ? Je ne peux que l'étreindre de toutes mes forces, ainsi qu'une mère étreint sa fille.

8

Francesco

À Florence, dans le château d'Altafronte,
par un jour d'avril 1450

Ses cris déchirants retentissent sous les voûtes du palais.

Seigneur Dieu, pourquoi est-il aussi difficile de faire irruption dans ce monde ? Et pourquoi nous dit-on que nous sommes les maîtres de la Création, alors qu'un prix si cruel nous est imposé ? Qu'est la Nature pour nous ? Une bonne mère ou une cruelle marâtre ? Nous naissons laborieusement en risquant de mourir, nus et abandonnés aux pleurs, et c'est notre existence même qui, dès le premier instant, débute dans les larmes. Peut-être vaudrait-il mieux ne pas naître du tout, ou mourir dans le laps de temps le plus bref possible et réintégrer immédiatement l'obscurité d'où nous venons tous.

J'arpente les pièces vides de cette bâtisse trop vaste pour notre famille si exiguë, mais les cris me poursuivent où que j'aille, comme s'ils traversaient non seulement les portes de bois peint, mais aussi les épais murs de pierre. Je grimpe sur la terrasse qui sépare les deux tourelles, j'ai besoin de respirer, de prendre un peu l'air, de chasser de mon nez l'odeur des sécrétions, des remèdes et du sang dont la chambre est empreinte, mais la tempête de vent et d'eau qui, du sud, fouette le fleuve et la ville et siffle une autre plainte lugubre entre les créneaux me repousse à l'intérieur. Je regagne l'escalier, et les cris m'enveloppent de nouveau, telles de féroces mains invisibles qui agrippent et déchirent mon cœur. Je me précipite alors dans le souterrain. Enfin, les gémissements du vent et les hurlements de ma femme semblent se calmer et disparaître, ou presque. Je m'assieds sur un moellon, en proie à un sentiment d'angoisse et d'impuissance face à l'événement qui va se produire.

Ce coin secret du palais a toujours été mon refuge. Un coin sombre qu'un rai de lumière filtrant à travers un mâchicoulis éclaire faiblement. Une table, un tabouret, un coffre verrouillé. Pour recouvrer force et assurance, j'ai l'habitude de m'appuyer contre les grands arcs de pierre qui traversent le souterrain, telles des épaules de géants capables de soutenir une montagne ou le monde entier. Ici, ils protègent de la fureur des éléments, de l'eau du fleuve, de l'air et du feu des tempêtes, de la terre qui tremble, non le monde, mais une maison qui était jadis un château et qui en a gardé le nom : le château d'Altafronte. Quartier de Santa Croce, gonfalon du Char.

Cela fait probablement quatre ou cinq siècles que ces pierres se dressent ici, sur ce tertre le long de l'Arno, où se prolongeaient les remparts de l'ancien périmètre, entre le ponte Vecchio et le ponte Rubaconte, tel un défi à la puissance terrible du fleuve. Un jour le fleuve avait presque vaincu le château, qu'habitait alors Bencivenni di Tornaquincio Buonsostegni. Mon grand-père, Michele di Vanni di *ser* Lotto Castellani, qui était alors adolescent et vivait tout près de l'édifice, l'avait raconté à mon père Matteo, son plus jeune fils, peut-être pour s'amuser de sa frayeur, et mon père me l'avait à son tour raconté, suscitant dans mon cœur d'enfant une immense peur. En effet, de mémoire d'homme, on n'a jamais assisté à un autre déluge de ce genre. Il avait balayé notre ville au moment même où elle se croyait la plus prospère et la plus heureuse, comme si le jugement de Dieu la punissait d'avoir oublié le saint précepte des Évangiles : *veillez, parce que vous ne savez ni le jour ni l'heure*. Le 4 novembre de l'année 1333 de l'Incarnation de Notre Seigneur Jésus-Christ, après quatre jours et quatre nuits de pluies incessantes, ponctuées d'épouvantables éclairs et coups de tonnerre, la crue, grossie par les affluents et charriant toutes sortes de déchets – arbres, restes de ponts, de moulins et de foulons –, avait atteint Florence, s'élevant de plus de sept brasses et débordant au cours de la soirée et de la nuit, tandis que les gens criaient : Miséricorde ! Miséricorde ! Le fleuve avait envahi la ville entière, démoli tours, maisons et ponts, abandonnant derrière lui un sillage de mort et de fange nauséabonde. Sa force était telle qu'il avait submergé le talus du château, entraînant quantité de pierres et de briques. Mais pas les arcs des fondations, devant lesquels il avait dû se retirer, irrité, quoique en les léchant de sa vase sombre.

Après la mort de Bencivenni, emporté par la peste, mon grand-père, désormais adulte et riche, acheta ce qu'il restait du château aux héritiers qui avaient besoin d'argent pour constituer une dot à une sœur. Il entreprit de reconstruire l'édifice sous forme de palais, conservant toutefois ses fortifications, son aspect massif et carré, ses petites tours d'angle et sa crénelure guelfe, ainsi que les fenêtres à voûte surbaissée qui s'ouvrent dans les murs de *pietra forte* apparente. On eût dit que la bâtisse entendait se défendre contre la ville et le reste du monde, sans guère céder au luxe ; de fait, sa cour est petite et privée d'air, tandis que ses escaliers sont étroits et malaisés. Mais il lui fallut bientôt subir une autre sorte de déluge. Mon grand-père s'était enrichi en important de la laine catalane et anglaise, et, passant de la guilde de la laine à celle du change, il avait accru ses richesses en prêtant de l'argent, y compris à usure. Il suivait à la lettre le précepte biblique qui dit *croissez et multipliez-vous* : ainsi, il avait engendré une nombreuse progéniture ; de leur côté, semblant lui obéir, ses florins et ses biens augmentaient et s'accumulaient sous forme de maisons, de terrains et de domaines fortifiés. Or les classes populaires détestent les hommes de son espèce. Au cours de leur révolte désespérée, les Ciompi incendièrent les maisons où il vivait, près du chantier du château, et le poussèrent à la fuite. Dès lors, il attendit patiemment le jour de la revanche et reconstruisit tout, s'accordant même le plaisir de soustraire l'ancien meneur improvisé qu'était Salvestro de' Medici à la vengeance que lui réservaient les oligarques de retour au pouvoir.

Je ne peux pas dire que j'ai connu mon père. Revêtu de charges importantes et d'ambassades de la part de la République, il était presque toujours absent. En 1415, il revint d'une de ses missions à Naples avec le titre de chevalier qu'un prince français, doublé d'un aventurier, lui avait accordé en échange de son aide politique et financière. Pour notre ville, qui se targue d'avoir chassé tous les nobles et d'être gouvernée par le peuple, de tels honneurs font grand effet, ils renvoient à un passé lointain de traditions et d'exploits chevaleresques dont nous ne connaissons plus que le reflet à travers les chansons de geste et les romans. Je naquis deux ans plus tard, alors qu'il avait déjà cinquante ans. Fils unique, je grandis pratiquement seul, élevé dans un château que les femmes dominaient entièrement, tel Achille à Scyros : ma mère Giovanna di Giovanni di Ranieri Peruzzi, la nourrice qui était à notre service, la vieille tante célibataire, la cuisinière, les autres servantes et esclaves. Mon éducation s'y déroula tout entière ; j'appris à écrire et à lire auprès de ma mère, laquelle, pour tromper l'ennui de longues soirées d'hiver et se venger de son époux qui lui infligeait une condition de semi-veuvage alors qu'elle descendait d'une lignée bien plus illustre et ancienne que la sienne, m'élevait comme une fille.

Tirant profit de ma constitution, menue et frêle, et de mes longues boucles blondes, elle se plaisait, avec l'aide de ma nourrice, à me vêtir de tuniques, de cottes hardies et de surcots, taillés dans de précieux coupons d'étoffes et dans des voiles de soie, que je devais essayer devant le miroir pour mon plus grand plaisir ; à me couvrir de colliers et de bijoux ; à m'enseigner l'usage du fard et des parfums, la couture, la musique et la danse. Un jour, mon père se rappela qu'il convenait d'engager à mon intention un maître de grammaire et l'installa à la maison, à l'écart toutefois du cocon féminin dans lequel j'étais enveloppé. Avant de me rendre, seul, à ses leçons à l'étage inférieur, j'effectuais une rapide inspection devant mon miroir, effaçais de mon visage toute trace de maquillage et ôtais le fil de perle ou la résille qui me recouvrait les cheveux.

Mon enfance dorée s'acheva précocement le 3 septembre 1429, lorsque mon père, de retour d'une mission importante auprès du duc de Milan et élu gonfalonier de compagnie, mourut, me laissant orphelin à l'âge de douze ans, héritier de son nom, d'une partie du château et des biens qui se révélèrent ensuite inférieurs à son rang, ainsi que du titre de chevalier. Son corps fut exposé trois jours durant dans la salle du rez-de-chaussée, sur un catafalque recouvert de draps de velours noirs, puis porté en procession à travers la ville jusqu'à Santa Croce, tandis que nous le suivions, mon oncle Vanni, mes cousins, ma mère, les membres de notre famille, nos serviteurs et moi, soit vingt-huit personnes. Une fois son corps enseveli dans la crypte de notre chapelle, je fus conduit au maître-autel où les Officiers des Pupilles m'ôtèrent mes habits noirs et où les grands de la République, qui étaient également les amis de mon père, Lorenzo Ridolfi, Palla Strozzi et Giovanni di Luigi di Piero Guicciardini, me revêtirent de vert vif et m'adoubèrent, me dotant du titre de chevalier que mon père avait obtenu à Naples.

Le 2 octobre de cette année-là, ils m'emmenèrent au palais des Prieurs, puis à celui du parti guelfe, afin de me remettre les emblèmes du *Popolo* et du parti, les splendides étendards de taffetas florentin brodés d'argent, frangés de soie verte et d'or, et peints par le Pesello : le premier à croix rouge sur champ d'argent, le second à aigle rouge agrippant le dragon également sur champ d'argent. Muni de ces bannières, je regagnai mon domicile à cheval, accompagné des seigneurs, des chevaliers et des citoyens ; je les conserve aujourd'hui encore dans un coffre en sapin, enveloppées dans un voile. J'étais un chevalier enfant, mais j'étais un chevalier.

Les cérémonies et les honneurs me remplissaient d'un vain orgueil, mais ils ne me permirent pas d'ouvrir les yeux sur la réalité de la lutte politique qui s'agitait derrière la façade et dont, en effet, j'ai toujours été exclu, quoique j'aie traversé indemne les catastrophes qui abattirent ou ensanglantèrent des familles bien plus puissantes et plus riches que la mienne. Aux yeux des oligarques, je n'étais qu'un fantoche élégant et raffiné à exhiber dans les occasions officielles. Les magistrats des Pupilles s'occupaient des charges qui me concernaient. Pendant ce temps, notre fortune apparemment immense commençait à s'émietter, rongée par les impôts et par les dettes, mais aussi par les divisions et les querelles de succession entre les trop nombreux descendants des trop nombreux enfants de mon grand-père.

Après la mort de mon père, et toujours dans l'ombre protectrice de Palla Strozzi, je me mis à sortir et à fréquenter les intellectuels qui se pressaient autour de ce dernier, en particulier le maître de grec et d'humanités à l'université, Francesco Filelfo da Tolentino, qui nous enthousiasmait, nous autres jeunes, en lisant non seulement des classiques latins et grecs, mais aussi les œuvres de Dante. Voilà que s'ouvraient à moi de nouveaux horizons, bien plus vastes que les enseignements mesquins de mon précepteur et des vers barbares de son *Doctrinale puerorum*. C'est ainsi que je développai une passion effrénée pour les livres, à commencer par ceux de mon héritage paternel, que les magistrats des Pupilles avaient minutieusement enregistrés. Bref, je suis devenu un chasseur de livres, comme Niccolò Niccolini, ce fou que Battista degli Alberti qualifie de *libripeta*.

Quoique peu nombreux, les livres de mon père étaient, par leur facture et leurs illustrations, dignes de la bibliothèque d'un prince : une grosse bible en langue vulgaire, une histoire universelle et notre chronique domestique de Villani, un livre de Notre Dame mince mais précieux. Au fil des ans, j'ai continué d'acquérir des ouvrages ou d'en emprunter pour les lire et les faire copier : Virgile, Horace, Cicéron, Justin, Suétone, le *Corbaccio* de Boccace et, afin d'écouter l'autre son de cloche, le *De re uxoria* du chevalier vénitien Francesco Barbaro, que Matteo Strozzi m'avait prêté en 1434, peut-être pour me persuader de grandir et de prendre femme à mon tour. J'ai bénéficié de la complicité des Strozzi, qui m'ont distribué des conseils et prêté les ouvrages de leur bibliothèque, et de celle d'un jeune papetier et libraire du nom de Vespasiano da Bisticci, qui avait ouvert une échoppe en face de la Badia, à quelques pas de chez moi. Oui, leur complicité, car, au fond, ma passion pour les livres et la lecture, surtout des auteurs païens de l'Antiquité, est presque un crime, étant donné qu'elle se confond dangereusement avec l'un des péchés les plus malins et les plus insidieux qui soit, comme le dit notre saint évêque Antonin dans ses prêches : la curiosité de l'intellect, la volonté de chercher et de vouloir apprendre ce qui n'est pas convenable, ou de le faire comme il se doit mais de manière désordonnée. Telle me paraît justement ma façon de lire et d'étudier : un vagabondage sans but précis, une errance dans une selve inconnue à la recherche d'une proie à chasser illégalement et en cachette, comme un voleur ou un braconnier. J'avais beau connaître le latin beaucoup mieux que mon père, et même le grec, je n'étais ni un étudiant ni un professeur de sciences humaines, un humaniste comme on le dit aujourd'hui, je lisais et étudiais pour mon propre plaisir, sans aucune méthode, ce qui est effectivement, selon notre saint évêque, un péché mortel.

Puis, en 1434, Cosme de Médicis revint de l'exil auquel les amis de feu mon père, les Albizzi et les Strozzi, l'avaient condamné, et mit à exécution sa vengeance en les bannissant tous à jamais. Curieusement, il a toujours montré à mon égard une sorte de paternalisme équivoque et débonnaire. Il avait beau savoir que j'avais été l'élève de Philelphe, son ennemi, lequel s'était enfui après qu'il eut menacé de couper sa langue de vipère s'il osait réapparaître, il demeurait persuadé que j'étais assez inoffensif. Il accepta ainsi que j'intègre son cercle culturel, fréquente les intellectuels de son entourage et consulte librement ses livres ; néanmoins, il veilla à ce que je fusse systématiquement et définitivement exclu de toute implication directe dans la vie publique de la ville, sous forme de charges ou de magistratures. Il suffisait, à ses yeux, que je me tienne sage et tranquille, enfermé dans la prison dorée de mon château en compagnie de ma mère et des autres femmes ; de temps en temps, il me faisait l'honneur de m'inviter à chevaucher devant le peuple, muni d'un beau gonfalon. J'ai donc fini par être, pour la cité, un anonyme, un être inexistant. Je n'étais pas marchand, je n'étais inscrit dans aucune corporation, je n'exerçais aucune activité, je ne remplissais aucune fonction. J'étais tout simplement Francesco Matteo Castellani, chevalier.

Je continuais toutefois d'exister pour les bureaux du fisc de la ville, qui avaient inscrit mon nom à l'encre indélébile dans leurs inflexibles registres et qui grignotaient peu à peu ma fortune. Ma mère m'obligea enfin à ouvrir les yeux et à me rendre compte que nous risquions de perdre la totalité de nos biens, château compris. C'est alors que j'imitai tous les marchands et les citoyens qui se soucient de leur famille, de leurs propriétés, ainsi que du souvenir de l'une comme des autres : j'achetai chez le papetier des liasses de ce papier blanc dont on se sert dans les bureaux et entrepris d'y consigner mes remembrances, après y avoir inscrit le monogramme grec du nom du Christ, XPS, une croix et l'an 1436, puis une formule sacrée, *Au nom de Dieu, de sa tres sainte mere tousjours vierge, la tres sainte Vierge Marie, et de toute la cour celestre du Paradis, amen.* Une belle formule, un peu redondante, certes, mais qui me sembla à cet instant-là moins vile que celle que j'avais souvent remarquée au début des livres de comptes et de raison, à savoir *Au nom de Dieu et du gain*, ou du florin. J'ajoutai un peu plus bas *Ce cayer est a moy, Francesco Matheo Chastellani*, et, au lieu d'écrire *chevalier*, traçai selon l'usage médiéval un *K* surmonté de la croix, avant de poursuivre de la sorte : *en lequel j'escrirai mes sousvenirs et autres faix me concernant, selon le besoin, en commençant au nom de Dieu le premier septembre 1436 et en les appelant Remembrances marqué A.*

La première notice que je couchai sur la page suivante concernait les manœuvres grâce auxquelles je parvins à sauver ma demeure, que les Régulateurs de la Commune avaient vendue en septembre pour une somme ridiculement basse afin de rembourser une infime partie des innombrables dettes que j'avais auprès du fisc : je chargeai un homme de paille, un pauvre diable de San Gimignano, de la racheter, tout comme mes propriétés de l'Antella et d'autres biens fonciers. Ce fut le premier des nombreux récits que j'allais consacrer à leur gestion et à leur défense contre la rapacité du Trésor public et des membres de ma famille : les ventes factices pour éviter de payer des impôts, les loyers – surtout des maisonnettes jouxtant le château –, les querelles, les louanges et les compromis engagés avec mes cousins pour les parties de la demeure qui leur revenaient depuis l'époque de mon oncle Vanni. Que d'ennuis…

De toutes mes propriétés, que ma mère administrait en partie avec l'aide d'un comptable vigilant, une seule me comblait vraiment, la vieille boulangerie voisine, car il s'en échappait un parfum de pain chaud qui inondait le palais et qui était l'odeur de mon enfance. Je veillai à ce qu'elle fût toujours louée et en activité, favorisant les boulangers et les cuisiniers qui y œuvraient. Ici, nous ne manquons jamais de bon pain : les baux que j'établis avec les locataires incluent la cuisson de notre pain et de nos rôtis dans leurs fours.

Le moment de prendre femme semblait être arrivé pour l'adulte que j'étais devenu. De fait, en cette même année 1436, j'épousai Ginevra di Palla Strozzi. Une énorme erreur politique, qui achèverait de m'écarter de la vie publique, car Palla, le grand ennemi de Cosme, avait été à jamais banni de Florence. Mais telles étaient les noces que mon père avait rêvées pour moi dix ans plus tôt, et sans doute en avait-il parlé en plaisantant avec Palla. Ma mère, veuve et indifférente à la nouvelle situation politique, se crut obligée de réaliser ce rêve posthume qui faisait de moi le gendre du grand Palla et donc une sorte de frère pour ses enfants.

Ginevra n'était qu'une fillette de treize ans et elle mourut huit ans plus tard sans m'avoir donné d'héritier. Cela n'avait rien de surprenant, car notre mariage ne fut pas consommé : je craignais ne serait-ce que de toucher cette enfant gracile, mélancolique, et les rares effusions que nous partageâmes furent si chastes et si brèves qu'il est légitime d'affirmer que nous avons été l'un pour l'autre comme un frère et une sœur. Sans doute la sensation, ou plutôt la certitude, d'être trop semblables par notre intellect, notre physionomie, notre caractère, nos manières, d'être presque le double l'un de l'autre, tous deux victimes d'une société cruelle, tous deux imperméables au monde extérieur et terrifiés par le fleuve impétueux de la vie, nous empêchait-elle d'aller plus loin.

Ginevra quitta très jeune ce fleuve pour aborder les rives de la mort, accomplissant ainsi l'augure des sages grecs qui ne s'était pas avéré pour moi. Les derniers temps, à sa pâleur et à sa fébrilité, caractéristiques d'une affection passagère, s'étaient ajoutées une difficulté à respirer et une mauvaise toux persistante qui laissait sur ses mouchoirs blancs et parfumés de légères efflorescences rouges. Notre médecin habituel l'examina avec soin. Il écouta sa respiration, observa ses selles, renifla et goûta son urine, consulta même l'horoscope qu'un célèbre astrologue avait établi pour elle après sa naissance, lequel lui prédisait une longue vie sereine, puis nous conseilla de l'envoyer sans tarder à Petriolo : l'eau miraculeuse de ces lieux, plus chaude que son sang échauffé par la tierce, fluidifierait et dissoudrait ses humeurs qui, *signis certissimis*, s'étaient comme pétrifiées entre cœur et poumons.

Le 23 mars 1444, je m'en souviens, Ginevra partit en compagnie de sa belle-sœur, *monna* Caterina Pandolfini, à bord d'une carriole chargée de paniers, linge, remèdes et confitures, et suivie de domestiques à pied. Je la revois me saluer avec un sourire, dans son joli surcot de cariset blanc à petites manches bouffantes, sa cotte en lin et son doublet de drap vert. Le printemps lui donnait vraiment l'illusion de refleurir et, un mois plus tard, j'envoyai mon fidèle serviteur Andrea di Nicolò da San Casciano la chercher avec trois chevaux. Or ce ne fut qu'une illusion.

Le 13 octobre de cette même année, je m'en souviens, l'âme bénie de ma femme fut rappelée parmi les élus dans la vie éternelle, comme il le plut à Notre Seigneur Dieu, selon sa miséricorde et sa grâce. Amen.

***

Je tourne la clef dans la serrure et ouvre le coffre. Dans le noir, je reconnais à tâtons tous les objets que j'y ai cachés et qui possèdent beaucoup plus de valeur, à mes yeux, qu'un livre de raison et que ces vieux événements que je m'efforce de relater pour me conformer à la tradition. Ces objets sont concrets, des reliques saintes à vénérer, de précieuses amulettes, de minces traces matérielles d'existences disparues, des fils à dévider dans le labyrinthe, susceptibles, peut-être, de me mettre en contact avec une mystérieuse et impénétrable dimension.

Une mèche de cheveux de Ginevra, aussi fins et doux que des fils de soie, que j'ai furtivement coupés alors qu'elle dormait déjà d'un sommeil éternel sur son lit de mort, et enveloppés dans un mouchoir brodé qui conserve encore, presque imperceptiblement, son parfum. Un autre mouchoir de lin, constellé de minuscules taches de son précieux sang. Un écrin en ivoire contenant un peigne, des bagues, des pendentifs, des boucles d'oreilles et un petit miroir enchâssé à l'intérieur qui, comme tous les miroirs, a probablement capturé une partie de son âme en s'embuant de son souffle chaque fois qu'elle s'y regardait. Une longue chemise en soie transparente aux bords dorés qui, lorsqu'elle la portait nue, s'ouvrait un peu sur sa poitrine jeune et plate, légèrement soulevée par ses minuscules mamelons, lui donnant l'air d'un ange très pur du paradis ; alors je m'agenouillais et me prosternais devant elle, lui baisais la pointe des pieds avant de quitter sa chambre, tout tremblant, et de regagner la mienne, parce que nous n'avons jamais dormi ni couché ensemble. Un petit mouchoir jauni, imprégné de l'humeur saline que j'avais un jour léchée avec sa permission, m'enivrant de son odeur, le visage enfoncé dans son duvet, avant de me sauver dans la crainte d'avoir effectué un geste sacrilège.

Où est son âme à présent ? Je ne cesse de me le demander en séchant mes larmes avec ce même mouchoir que je presse sur mon nez dans le désir de percevoir sa présence. Comme poussé par un obscur et mystérieux élan, j'ôte mon pourpoint de satin de velours cramoisi, me déshabille entièrement et passe sa chemise en soie, tresse mes cheveux ainsi qu'elle avait coutume de tresser les siens, me pare de ses bagues et de ses perles. Excité par la caresse de la soie sur ma peau et mes tétons, j'assiste au miracle qui se forme dans le miroir, l'apparition de son image qui me sourit.

C'est dans cette tenue que m'a un jour surpris Guida, la jeune servante de ma mère, venue ranger ma chambre en croyant que je ne m'y trouvais pas. Mais ce n'est peut-être pas exact, peut-être avait-elle été envoyée tout exprès par ma mère qui souhaitait vérifier ses soupçons concernant ma virilité, soupçons qui s'étaient amplifiés au cours des années de mon mariage stérile avec Ginevra. De fait, Guida ne parut guère étonnée de me voir vêtu de ces atours de femme, bandant sous un voile de soie. Je demeurai immobile, incapable de bouger, tandis qu'elle m'observait et me détaillait. Soudain elle s'approcha, m'invita à m'étendre sur le lit, monta sur moi et me ferma les paupières. Retiré dans un coin obscur de mon âme, ne sachant plus si j'étais Francesco ou Ginevra, je vécus les moments qui s'ensuivirent comme s'ils concernaient un autre corps que le mien, dans une autre temporalité et dans un autre espace d'où me parvenait, à travers mes veines et mes nerfs, l'écho lointain du mouvement rythmique qu'effectuait le corps qui me chevauchait et de son souffle laborieux.

Mon coffre contient également un mouchoir imprégné de l'odeur de Guida, si différente du parfum délicat de Ginevra, une odeur sauvage, de musc, presque de bête, ainsi que le cordon ombilical, noué sur lui-même, de Niccolò, mon fils aîné et illégitime. Il naquit en septembre 1448, grand, beau et plein de vie, comme c'est souvent le cas des bâtards, nés de femmes du peuple ou d'esclaves en bonne santé. Après avoir renvoyé Guida à la campagne avec une généreuse somme, ma mère mit le petit en nourrice chez *monna* Cipriana, épouse de Francesco Papi del Danza, derrière la porta San Gallo, pour un salaire de vingt gros par mois afin qu'elle l'abreuvât d'un bon lait sain.

Mais il est un objet plus précieux que tout autre dans le coffre secret du souterrain : un livre, dissimulé sous la chemise en soie de la pauvre Ginevra. Un manuscrit que Cosme m'a offert au terme d'une longue conversation sur l'immortalité de l'âme. Un texte inconnu d'un poète antique, découvert il y a plusieurs années dans un monastère allemand.

Par son volume et sa facture, il diffère énormément des luxueux codex enluminés qui trônent sur la table du premier étage, puisqu'il se compose de quelques dizaines de fascicules d'un papier humble, non de parchemin. Il représente environ la moitié de la grande bible vulgaire, pas plus de cent cinquante feuilles. Une élégante écriture de scribe s'y étale, peut-être celle de Niccoli, certainement plus belle, plus régulière, plus nette et plus grosse que notre rude écriture de marchands. Son titre, *De rerum natura, De la nature des choses*, ne promet rien d'exaltant. Je crus même au début qu'il s'agissait de l'habituel et assommant ouvrage allégorique et didactique qui expliquait ce qu'est le monde, quelles sont les espèces d'oiseaux et de poissons, où sont situées les sources miraculeuses et pourquoi les hommes naissent tous noirs au-dessous d'une certaine latitude.

Puis je découvris un poème d'une bouleversante beauté. Je me rappelle encore l'émotion qui me saisit à la lecture des premiers vers, *Aeneadum genetrix hominum divomque voluptas, Alma Venus :* Mère de la Nature, aïeule des Romains, ô Vénus, volupté des dieux et des humains[vi] ; un véritable hymne païen en l'honneur de celle que l'auteur considère non seulement comme la déesse de l'Amour, mais aussi comme la mère de tous les vivants, célébrée dans le mystère de la conception de la vie et du souffle fécondateur de Favonius, lequel produit les fleurs et les créatures de la *daedala tellus*, c'est-à-dire de la terre qui conçoit et forge toutes les formes des créatures avec autant d'intelligence et d'invention que le mythique Dédale. Le poète romain se fait l'apôtre de la philosophie d'Épicure, laquelle ne nous était jusqu'à présent connue qu'à travers des fragments transmis et déformés par d'autres écrivains romains ou par des Pères de l'Église férocement hostiles à cette vision du monde. Pour la première fois depuis des siècles, un système philosophique exclusivement fondé sur une connaissance profonde de la nature matérielle des choses surgissait des ténèbres, se révélait à nous et s'opposait aux certitudes de la culture et de la religion. Et j'étais l'un des premiers à être éclairé par cette lumière.

Toutefois il m'était presque impossible de poursuivre la lecture de ce livre, car bon nombre de ses notions dépassaient mes capacités d'entendement et me restaient totalement obscures. Ainsi, ce poème s'est changé pour moi en une sorte de livre de divination, un oracle caché dans ce reliquaire, que je viens interroger dans les moments difficiles en l'ouvrant au hasard. C'est ce à quoi je m'emploie à présent, terré dans le souterrain, alors qu'un coup de vent enfonce la porte donnant sur l'escalier et que l'écho des cris parvient jusqu'à moi. Dans la pénombre, j'essaie de parcourir les lignes droites des vers sur la page où mon doigt s'est figé, et je sens mon cœur palpiter en constatant que cette page m'offre les pensées mêmes qui se répandaient dans mon esprit au moment où j'ai quitté en toute hâte la chambre de mon épouse, terrifié par le sang et les souffrances de l'accouchement.

Soudain je m'aperçois qu'un étrange silence s'est abattu sur le palais, et que, dehors, le vent a cessé de hurler. Qu'est-il arrivé ? En proie à un terrible pressentiment, je me précipite vers la sortie. Dans l'escalier en colimaçon, je me heurte à une Mattea tout échevelée. Nous tombons ensemble et seul un miracle empêche que nous dégringolions jusqu'en bas. Mattea s'écrie, tout heureuse : C'est une fille, belle comme une fleur ! Lorsque nous pénétrons dans la pièce, la petite crie entre les bras de Lena, mon épouse, qui me sourit, épuisée par cette délivrance prématurée et difficile, entre ma mère et la sage-femme. D'un filet de voix, elle demande que l'enfant soit appelée Maria, car, alors qu'elle croyait sa dernière heure venue, elle s'est vouée à la Sainte Vierge.

***

J'épousai Lena, c'est-à-dire Elena di Francesco di Piero Alamanni, le 13 novembre 1448, deux mois après la naissance de Niccolò. Elle apportait en dot mille sept cents florins, avec la médiation de messire Cosme et la bénédiction de ma mère, laquelle, bien que je fusse son unique et bien-aimé fils et qu'elle n'eût guère envie de me céder aux bras d'une autre – après Ginevra qui était non seulement la fille de Palla, mais aussi une enfant –, craignait que notre demeure désertée ne finît par se détériorer et mourir telle une plante privée de lymphe. Il était besoin d'une femme, d'une machine féconde de procréation, ce que la pauvre Ginevra n'était pas et qu'elle-même, *monna* Giovanna, n'avait pas su devenir en raison, peut-être, de l'âge avancé et du peu de vigueur de mon père. Intelligente et vive, quoique de petite taille, Lena la conquit et la rassura aussitôt sur sa capacité à me pousser, ou me contraindre, à remplir mes devoirs conjugaux.

Cela se produisit durant l'été 1449 : pour échapper à l'épidémie, nous nous étions tous repliés à Castelnuovo dell'Incisa chez les enfants de mon oncle Vanni et, du fait de l'exiguïté des lieux, Lena et moi avions été contraints de partager la même couche ; de surcroît, en l'absence de mes livres, il m'était impossible de me dérober par quelque prétexte, avançant par exemple qu'il me fallait veiller dans mon cabinet pour achever une lecture ou écrire des notes extrêmement importantes, ou encore monter sur le toit afin d'observer le passage d'une comète. Lena qui savait s'y prendre bien mieux que moi, tomba rapidement enceinte ; pour qu'elle ne manquât de rien et que la chambre fût plus confortable et plus belle, j'empruntai deux édredons sans plumes, ainsi qu'une tapisserie ornée de cartels et de griffons que j'accrochai au-dessus du lit : ainsi, les domestiques comprendraient que c'était moi, le vrai chevalier, non mes imbéciles de cousins. Le 18 février 1450, alors que l'épidémie perdurait à Florence, je renvoyai Lena et ma mère à la maison, l'accouchement paraissant imminent.

À présent, Lena est trop faible pour allaiter Maria. Elle s'y est efforcée de toutes les façons possibles en raison de l'attachement que la petite a immédiatement suscité chez elle, mais aussi du fait de sa dévotion à saint Bernardin, lequel affirmait que confier ses enfants à une nourrice constitue un péché mortel. Matteo Palmieri, qui nous a apporté de sa pharmacie des préparations de plantes, déclare qu'il est bon qu'un nouveau-né continue de recevoir l'humeur vitale de la femme qui l'a élevé dans son ventre ; le lait maternel, en effet, n'est autre que le sang vivifiant qui, après l'accouchement, afflue aux parties supérieures ; il influe même de façon déterminante sur la croissance du bébé. Enfin, ce qui est pire que tout, en son absence l'enfant finirait par éprouver de l'amour pour sa nourrice, non pour sa véritable maman.

Hélas, nous n'avons guère le choix. La grossesse et l'accouchement ont consumé toutes les humeurs vitales de Lena, et le mince filet de lait qui s'échappait de sa poitrine s'est rapidement réduit à quelques gouttes, si bien que Maria ne cesse de pleurer et que sa vie est en danger. Il est urgent de lui trouver une nourrice, mais pas à la campagne, une nourrice qui accepte également de vivre auprès de nous, car Lena refuse de se séparer de sa fillette, qu'elle a tenacement désirée et mise au monde avec courage, au prix de grandes souffrances. Cette tâche incombe aux hommes, qui ont été rejetés pendant toute la durée de la grossesse et de l'accouchement, comme s'il s'agissait de mystères qu'elles seules peuvent célébrer, telles des prêtresses de la vie et, souvent, hélas, de la mort. J'en ai été pour ma part fortement chagriné car, après avoir vécu pour la première fois de mon existence une période d'extraordinaire intimité avec Lena, j'ai été brusquement isolé, renvoyé de sa chambre, tenu à l'écart du déroulement de tous les actes dont ma mère, la sage-femme et les autres femmes de la maison se sont chargées.

Surtout, alors que je m'enfuyais dans le souterrain durant les heures les plus frénétiques et les plus désespérées de l'accouchement, j'ai ressenti comme une profonde injustice, imputable à la Nature ou au Créateur, l'interdiction qui était faite à nous autres hommes de partager pleinement la souffrance et la douleur de l'accouchement.

Trouver une nourrice constitue donc une vile affaire d'hommes, car ce sont les hommes qui sont censés s'entendre sur les conditions et le prix de cet emploi. Un banal contrat de travail ou de location passé entre deux propriétaires, le mari de la mère et le père ou le mari de la nourrice, soit le nourricier. En général, les femmes n'ont pas voix au chapitre dans ce domaine et ne sont pas mentionnées, comme s'il s'agissait d'une mule ou d'un verger qu'il convenait de louer. Ces contrats taisent également un autre détail. Pour avoir du lait, une femme doit être maman. Et être maman implique d'avoir traversé toute une série d'événements bouleversants, qu'aucune écriture ne serait capable de consigner : avoir aimé un homme et uni son propre corps au sien, avoir accueilli sa semence, avoir conçu dans son ventre un minuscule amas d'atomes dont le cœur microscopique commence à battre, participant au miracle de la Création de Dieu ou de la recomposition des formes de la nature, lui avoir transmis la vie durant neuf longs mois en vivant en parfaite symbiose avec lui, enfin l'avoir mis au monde dans des souffrances indicibles. Et tout cela pour être séparée de son bébé et donner son lait à une étrangère ?

Par chance, je n'ai pas à établir le moindre contrat : cette tâche assommante m'est épargnée par les femmes qui gouvernent la maison, par ma mère, *monna* Giovanna, laquelle m'annonce qu'il me faudra uniquement produire, à l'arrivée de la nourrice, la somme correspondant à son salaire et au courtage. Elle se chargera de tout, comme à son habitude et comme elle l'a fait sans aucun scrupule pour Niccolò. Elle sait comment se mouvoir dans le monde gris et trouble qui sépare les grandes et riches maisons des bourgeois aisés que nous sommes et les habitations sales et nauséabondes des quartiers populaires et ouvriers, ou les cabanes des villages environnants, où les femmes et les filles tout juste pubères pondent des enfants qu'elles peineront à entretenir, mais que la Providence a dotées d'un lait abondant, riche et nourrissant, comme pour dédommager leurs bébés du pain dont ils seront un jour privés.

Comme il est inconcevable que *monna* Giovanna aille frapper à la porte de ces pauvres gens, chaussée de ses mules et vêtue de sa cotte hardie de brocart, pour demander s'il y a du lait frais disponible, il est nécessaire de disposer d'un intermédiaire, d'un pourvoyeur. Telle est à mon avis la partie la plus répugnante de toute l'affaire, car je peux imaginer sans aucune difficulté ces individus louches qui passent leur temps à surveiller les familles indigentes d'un quartier ou d'un village de la campagne et recueillent les racontars concernant des filles engrossées et des femmes adultères que des grenouilles de bénitier et des bigots bien-pensants répandent sur le parvis des églises, et que les médisants font circuler dans les auberges et les échoppes des barbiers. Des parasites qui se nourrissent de la vie et de la mort d'autrui. Dès l'instant où il apprend qu'un enfant illégitime a vu le jour dans un de ces taudis – tout ce qui se produit à l'intérieur de cette ruelle et de cette ville poreuse est de notoriété publique –, le courtier se plante devant la porte et s'enquiert hypocritement de l'accouchée, qui est peut-être morte d'hémorragie entre-temps, puis va à un autre logis, et là, c'est peine perdue : l'enfant sera conduit au tour des Innocents et abandonné.

Mais si la jeune mère se porte bien et commence à allaiter, que ses humeurs blanches et jaunâtres s'effacent au bout de quelques jours devant une copieuse montée de bon lait, le courtier entre en scène. Son travail consiste alors à s'entretenir avec les parents, à leur confirmer ce qu'ils savent déjà : que le jour viendra où ils ne seront plus capables de nourrir cette bouche supplémentaire, issue du péché et peut-être – comble de malédiction pour une famille pauvre – de sexe féminin ; que l'abandonner n'est pas un péché ; que de nombreuses personnes pourront l'accueillir depuis que l'hôpital des Innocents existe ; que la fille-mère, dont le lait est une bénédiction du Seigneur, se rendrait utile à sa famille et expierait son grave péché de luxure en apportant à son vieux père quelques beaux florins sonnants et trébuchants. En effet, ajoute-t-il, les riches familles florentines sont prêtes à payer n'importe quelle somme pour que survivent leurs misérables héritiers, étant donné que leurs dames si hautaines n'ont pas de lait ou préfèrent s'abstenir d'allaiter pour rester belles, recommencer à danser et à s'amuser avec leurs cavaliers, tomber de nouveau enceintes pour le bien et l'avenir de leur famille.

★★★

Allons chercher la nourrice, me dit ma mère. Elle s'est entendue avec *monna* Ginevra di Antonio del Reddito, dont tout le monde parle pour la raison qu'elle a épousé à l'âge de quarante ans bien tassés un vieil aventurier gâteux et septuagénaire, Donato di Filippo del Tinta, coffretier, qui a autrefois émigré à Venise où il s'est énormément enrichi en exerçant le métier de banquier et de batteur d'or, avant de revenir sans le sou. Comme ils vivent à l'arrière de l'église Santa Reparata, derrière San Michele Visdomini, dans la via di Santo Gilio, nous nous y rendrons, moi à cheval et ma mère dans la carriole habituelle du cocher, dont elle aura loisir de tirer les rideaux pour éviter de s'offrir à la curiosité et aux murmures des gens du peuple.

Il est impossible de trouver meilleure nourrice, explique ma mère : elle n'a rien à voir avec ces grossières filles du peuple ou ces montagnardes qui risqueraient de transmettre à la petite leurs sales manières et leur langage vulgaire. Non, c'est une esclave, l'esclave particulière de *monna* Ginevra, pas de messire Donato, ce vieil ahuri. Et pas n'importe laquelle : modeste, simple, vertueuse, jouissant d'une excellente santé, dotée d'une certaine noblesse d'esprit et de conduite, malgré ses origines barbares ; en effet, elle est circassienne, mais propre. Ma mère l'a vue et touchée, et *monna* Ginevra prétend que cette esclave était autrefois une princesse qui guerroyait à cheval comme une amazone. Toutefois, nul ne sait si cela correspond à la vérité ou si c'est une plaisanterie, ce dont est coutumière *monna* Ginevra, laquelle, au fil des ans, a appris à son esclave à s'exprimer de façon intelligible et à bien cuisiner.

Certes, elle a un défaut, ce n'est pas une sainte vierge immaculée ; elle a du lait parce qu'elle a récemment accouché, et si elle a accouché, elle n'a certainement pas été fécondée par l'Esprit saint ou par l'ange Gabriel : tout le monde le sait, ces Circassiennes sont très belles, mais aussi très vicieuses. Néanmoins *monna* Ginevra jure sur son honneur – et cette fois elle ne plaisante pas – que cette fille était très chaste et qu'elle n'avait pas connu d'homme, que ce n'était pas sa faute et qu'il faut désormais étouffer le scandale dans l'œuf. Par les temps qui courent, sous le fouet de l'évêque Antonin, il convient de filer droit.

Elle a mis au monde il y a peu l'enfant d'on ne sait qui, qu'on a écarté discrètement et abandonné dans le tour de l'hôpital des Innocents. Elle dispose d'un lait de très bonne qualité et si abondant qu'il lui coule de la poitrine, l'obligeant à changer sans cesse de chemise ; sans doute serait-elle très heureuse d'allaiter Maria, ne serait-ce que pour compenser la perte de son bébé qui l'a rendue inconsolable. Certes, le salaire demandé – dix-huit florins de l'an – est élevé, mais entièrement justifié. Il conviendra de le verser à *monna* Ginevra, laquelle ne loue pas la fille par intérêt, a-t-elle répété, mais par amour et par respect de ma mère ; néanmoins, il est normal que toute chose soit payée à sa juste valeur.

Ah, j'oubliais presque, quel est le nom de cette esclave ? Caterina. Bien sûr. Quelle imagination… Le nom habituel des esclaves.

Le 6 mai 1450 s'annonce comme une belle journée de printemps. Dans les jardins, les roses répandent déjà leur parfum. Selon mon habitude, j'opte pour une tenue recherchée : des chausses de drap perpignanais noir et une jaque en peau de chamois. Le peuple qui regarde, depuis le seuil des maisons et des échoppes, les Castellani sortir de leur château et passer dans la rue s'attend qu'ils soient toujours élégants, et nous n'avons pas le droit de le décevoir : tel est le rôle que nous interprétons dans la représentation collective de cette ville. Ma mère s'installe dans la carriole tirée par un mulet et conduite par Andrea, car le cocher préfère demeurer chez lui par peur de l'épidémie ; je monte, quant à moi, sur mon roncin *cervatto*, harnaché d'une selle rouge à ornements d'or. Nous avons tous placé sur notre visage un mouchoir imbibé d'essences musquées, car la peste rôde encore en ville, même si plus personne ne s'en soucie guère et que chacun, las des interdits et de la terreur, s'en remet désormais au destin ou à la Providence, se tenant prêt à affronter la courte maladie et la mort avec une résignation toute chrétienne. Nous pourrions prendre un raccourci par le canto dei Cartolai, le long de la Badia et du palais du Capitaine, mais par cette belle journée il est agréable de traverser la place et de parcourir la via Calimala jusqu'au largo di Santa Reparata. À en juger par les passants qui encombrent les rues, l'épidémie ne fait plus peur. Nombre d'entre eux, reconnaissables à l'habit et au bâton des pèlerins, se rendent à Rome pour assister au grand jubilé organisé par le pape Nicolas V, dans l'espoir de recevoir l'indulgence plénière qui effacera tous leurs péchés. Mais s'ils continuent de s'amasser dans les lupanars et les auberges plutôt que dans les églises pour se reposer des fatigues de la marche, la peste leur permettra de rejoindre le ciel ou l'enfer avant de se présenter à la porte sainte de saint Pierre.

Alors que nous atteignons le baptistère de Saint-Jean et la splendeur dorée qui caractérise la porte du Paradis, œuvre de maître Lorenzo Ghiberti, nous nous heurtons à un pénible spectacle. Ces lieux, qui devraient être réservés à la contemplation de la grande beauté que nos artistes ont créée et offerte à la ville – le baptistère et ses portes, la tour d'Arnolfo, la coupole de Pippo à l'aspect terrifiant –, se sont changés en un théâtre de supplice et de mort au nom d'une folle superstition que le livre dissimulé dans le souterrain de ma maison condamne sans appel. On nous invite à passer derrière le baptistère, puisque l'esplanade de Santa Reparata est occupée par une longue estrade, une scène éphémère, et une pyramide de bois autour d'un grand poteau. Je reconnais, hélas, ce décor. C'est celui de la représentation sacrée et édifiante que constitue le bûcher d'un hérétique, destiné à purifier par le feu le terrible péché qui consiste à s'opposer à la vérité et au dogme de l'Église.

J'éperonne mon cheval, bien décidé à m'éloigner de ces lieux au plus vite, et ordonne d'un signe à Andrea de presser son mulet. Assombri par ces pensées et presque oublieux de l'heureux motif de notre sortie, je m'arrête dans la via di Santo Gilio. Je regarde, l'air absent, ma mère et *monna* Ginevra établir leur contrat et le signer de leur propre main. La première remet la somme d'argent requise à la seconde, qui lui confie l'esclave et un baluchon renfermant ses pauvres effets ; pendant ce temps, messire Donato, cette heureuse nature, reste planté devant la fenêtre, captivé par le vol d'un papillon multicolore. Une fois l'affaire conclue, nous rentrons en empruntant avec lenteur et tristesse un autre chemin, du côté de la via dei Servi ; n'ayant plus envie de chevaucher ni de me montrer au peuple, je mets pied à terre et tire mon roncin par les rênes.

Mais je n'avais pas prévu que nous échouerions ainsi à l'endroit même où le malheureux était détenu et avait passé sa dernière nuit, la chapelle du palais du Capitaine. Dans la cohue qui se presse sur la chaussée du canto del Proconsolo, j'ordonne à Andrea de prendre également mon cheval, de parcourir la via dei Pandolfini et d'accélérer l'allure en veillant cependant à ne pas écraser de badauds ; je suivrai à pied. Je relève un peu ma houppelande pour éviter le contact des gens sales du peuple.

Peine perdue : la foule hurlante et presque joyeuse me pousse et m'entraîne vers le théâtre de cruauté qui l'attire irrésistiblement, et voici que je me retrouve devant l'église Santa Reparata. L'archevêque, en chaire, s'insurge contre le prisonnier, accusé d'hérésie, de blasphème et de nécromancie, et demande que tous ses livres soient brûlés publiquement. Nous voici arrivés au dernier acte. Roulements de tambours. En vertu d'une décision bienveillante, l'hérétique échappera aux terribles souffrances du bûcher. Il est donc conduit non au tas de bois, mais à un gibet où il est rapidement et sommairement pendu. Après quoi le pantin inanimé qu'est devenu cet être humain est lié au poteau et réduit en cendres. Quand tout est terminé et que les flammes s'éteignent, les encapuchonnés de la confrérie des Noirs entonnent l'hymne ultime *Omnes Sancti et Sanctae Dei*[1].

***

Lena a aimé Caterina dès le premier instant. Voilà ce qu'elle m'a raconté le soir quand, bouleversé, ma houppelande froissée

1. « Tous les saints et les saintes de Dieu », litanie qui se termine par les mots *intercedite pro nobis* (« intercédez pour nous »).

et crottée, j'ai enfin regagné la maison après avoir erré le long des remparts et sur l'autre rive de l'Arno, jusqu'à San Miniato al Monte. Encore faible et alitée, Lena l'a accueillie dans sa chambre où ma mère l'avait introduite. Les femmes se sont aussitôt organisées. Elles ont emmené Caterina dans son petit logis, au second étage, et l'ont priée de se laver ; après quoi, elles sont redescendues. La nouvelle venue a contemplé Maria dans son berceau en lui adressant un sourire très doux que la fillette, les yeux grands ouverts et affamés, lui a rendu, prétend Lena, ce que je juge pour ma part impossible, compte tenu de son âge. Caterina a demandé du regard l'autorisation de la nourrir, puis l'a prise délicatement dans ses bras et l'a bercée en chantonnant du fond de sa poitrine, la bouche fermée. Enfin elle s'est confortablement assise par terre, sur un coussin placé près du grand lit, a dénudé son sein gonflé, d'où s'échappaient déjà quelques gouttes blanches, et l'a très simplement approché de la bouche de Maria. La petite a tourné la tête dans cette direction, comme s'il n'y avait rien de plus naturel au monde que de deviner l'emplacement de la source de vie, ainsi que le rhabdomancien devine celui de l'eau avec sa baguette. Elle a serré le mamelon entre ses lèvres et s'est mise à téter. Lena la regardait béatement, et ma mère, que les difficultés de l'existence ont pourtant rendue moins encline à l'émotion, s'est réjouie elle aussi.

Lorsque je suis arrivé, Maria dormait dans les bras de Lena. Ma mère s'était retirée dans sa chambre après cette longue journée dont j'ai réussi à lui épargner le côté le plus sordide. Caterina se repose à l'étage supérieur, prête à descendre au son de la clochette que Lena agitera pour l'avertir que Maria est réveillée. Je suis heureux de voir ma femme heureuse de son bébé ; la force de la vie et de l'amour finit par chasser de mon esprit le poison de la mort et de la haine. J'aimerais entrer dans la pièce et les embrasser, mais je préfère rester sur le seuil. Je crains d'avoir attrapé la peste, compressé parmi les gens qui se contaminaient les uns les autres en se touchant, en mêlant leurs souffles, leurs humeurs, leurs quintes de toux, leurs cris et leurs éternuements. Je dois demeurer loin de mes bien-aimées pendant deux ou trois semaines au moins.

Lena m'adresse une prière singulière. Regarder Caterina allaiter Maria a constitué pour elle une expérience merveilleuse, dit-elle, un réconfort que le Seigneur Dieu lui a offert pour compenser le fait qu'elle ne pouvait pas nourrir elle-même son bébé ; elle a éprouvé cette béatitude dont l'expression se lit sur le visage de Caterina et de Maria. Elle demande donc que Caterina allaite Maria en sa présence ; ainsi, elle aura le sentiment de participer activement et intensément au développement de sa fille. Certes, il ne s'agit pas là d'une requête habituelle, puisque la plupart des femmes de noble famille préfèrent que l'allaitement ait lieu ailleurs, afin d'être plus libres de se farder, de se vêtir, de sortir ou de vaquer à leurs affaires ; elle, Lena, n'a qu'un seul désir : demeurer auprès de Maria et lui dispenser tout son amour, lui parler et lui chanter des comptines pendant que Caterina la nourrit. De plus, elle souhaite que la petite dorme dans son berceau, près de son lit, non dans la chambre de Caterina. Cette demande me semble à la fois juste et belle, j'y consens immédiatement, même si de telles dispositions risquent de provoquer quelques contrariétés chez ma mère. Cette fois, il lui faudra se résigner : il n'est pas possible de satisfaire toutes les volontés de *monna* Giovanna.

Lena poursuit, me surprenant grandement. Lorsqu'elle s'est retrouvée seule, dit-elle, elle a réfléchi à notre situation. Elle a parfaitement mesuré la souffrance que j'ai éprouvée pendant sa grossesse et à l'occasion de l'accouchement, et ce non seulement pour elle, mais aussi parce que j'étais exclu de ce qu'elle vivait, comme c'est toujours le cas. Les pensées que nous autres hommes élaborons à propos des femmes, à savoir qu'elles ne s'intéressent qu'à leur corps, à leur beauté ou à l'amour, au gouvernement de la maison, au soin de leur mari et de leur progéniture, ne correspondent pas à la vérité, ajoute-t-elle. Non, car les femmes possèdent elles aussi intelligence et sensibilité, et elles utilisent leur intellect, peut-être même davantage que les hommes, lesquels sont toujours en mouvement. Elle a bien conscience que les hommes et les femmes, qui devraient être des compagnons de vie, mènent en général des existences totalement séparées, et elle souhaiterait y remédier, me prouver tout son amour et l'immense gratitude qu'elle ressent pour la fillette que je lui ai donnée et les enfants que nous engendrerons ensuite. Pour cette raison, elle aimerait que je sois présent à ses côtés lorsque Caterina allaite. Elle aimerait que je lui presse la main durant ces instants, afin que je partage son bonheur et le leur, que je participe moi aussi à la croissance de Maria, à son entrée dans la vie.

Mes yeux se remplissent de larmes. Je voudrais m'agenouiller au bord du lit, couvrir de baisers les mains de ma femme et de ma fille, mais cela m'est impossible. Par son désir et par la force de son amour, Lena accomplit une révolution à la fois infime et immense. Elle a le courage de franchir la barrière qui sépare et a toujours séparé les hommes des femmes, elle s'efforce de partager avec moi son monde et ses sentiments, de me rendre meilleur, de me libérer de mes fantômes et de mes peurs, de m'ouvrir enfin à la vie. La vraie vie, que seules les épouses et les mères comprennent pleinement, au plus profond de leur être et de leur corps, avant de l'appréhender par la pensée, la raison et la philosophie. Cette vie qui n'est pas seulement celle qui réside dans les livres.

J'ignore toutefois si ce rêve pourra se réaliser. Il se peut que je sois pris de fièvre d'ici quelques jours et que je découvre avec terreur des renflements sombres à l'aine et aux aisselles, après quoi le délire s'emparera de moi et d'ici une semaine je quitterai cette vallée de larmes. Ou peut-être pas, parce que ni la mort ni l'au-delà n'existent. Mes atomes, ceux du corps et ceux de l'âme, resteront ici, dans la maison : ils se désuniront et, au bout d'un moment, recommenceront à errer dans le grand tout de l'univers.

***

Je n'ai pas attrapé la peste. Nous sommes maintenant fin mai et aucun symptôme du terrible mal n'est apparu, si bien que je suis ressorti et que j'ai acheté à Antonio di Giovanni Canigiani une brasse et demie de serge blanc de Milan pour me faire confectionner d'éclatantes chausses à semelles, teintes en grenat pour la belle saison qui s'annonce. Mais, en ville, les choses ne vont pas bien. L'épidémie s'est aggravée à cause de la chaleur, de l'afflux de pèlerins et, surtout, de la malheureuse occasion de contagion qu'a constituée le rassemblement lors du supplice de l'hérétique, lequel semble à présent revenir châtier ses bourreaux depuis sa nouvelle dimension immatérielle. Le fléau s'abat en particulier sur les quartiers populaires, car ce sont essentiellement des petites gens qui ont accouru en masse à l'appel de l'exécution capitale, et désormais des centaines d'individus tombent malades dans ces ruelles, où passe chaque matin le char dépêché par les officiers d'hygiène, avec deux ou trois religieux rescapés qui ramassent les cadavres, exposés devant les portes des habitations, et les conduisent à la fosse commune, hors les murs.

La peur qui régnait il y a cent ans frappe de nouveau. Je n'ai pas oublié les scènes que j'ai lues dans le *Décaméron*. Mais, aujourd'hui, un récit bien plus tragique s'y superpose, comme je le découvre à la fin du manuscrit secret que renferme le coffre du souterrain : le récit de la peste qui dévasta la ville d'Athènes. Notre Florence n'est-elle pas la nouvelle Athènes ? Le poète décrit les détails physiques les plus infimes et les plus macabres qu'entraîne cette maladie, les signes certains de la mort qui avance. Mais mon tourment le plus grand est ailleurs : dans cette maladie qui vous saisit l'esprit, vous dépouille de votre humanité et de toute capacité à communiquer avec les autres êtres humains, à les aider à surmonter leurs souffrances, dans la guerre commune contre l'ennemi commun.

Nous décidons de nous retirer à la campagne, à la tour de l'Antella, jusqu'à la fin de l'épidémie. Ma mère restera en ville. Elle prétend que le poids des années commence à l'accabler et qu'elle n'a pas envie d'affronter l'embarras de la vie paysanne ; mais nous savons que la réalité est tout autre : elle est contrariée par les décisions de Lena et n'approuve ni sa familiarité excessive avec son esclave, ni sa nouvelle indépendance ; à ses dires, sa bru pense et réfléchit trop, ce qui n'est guère convenable pour une femme. Reprendre contact avec la nature et nous éloigner de ma chère maman, qui a l'habitude étouffante de tout contrôler, nous sera certainement profitable. Cette année, l'Antella a été épargnée par l'épidémie, si bien que les champs et les vergers n'ont pas été trop négligés. Andrea et moi saurons nous montrer utiles ; le temps de la moisson et du battage approche.

Avant notre départ, ma mère trouve le moyen de nous réprimander une dernière fois, parce que je n'ai pas encore consigné dans mon livre de raison l'arrivée de Caterina : Ce n'est pas bien, répète-t-elle, il faut toujours tout écrire, ce qu'on n'écrit pas n'existe pas, que deviendra-t-on si l'on ne garde pas le souvenir des contrats, des loyers, de l'argent qui entre et qui sort ? Elle ajoute que je suis un panier percé, encore plus que mon père, que je ne songe qu'à acheter de beaux atours et des manuscrits inutiles, voire nuisibles, que j'ai une femme qui me tient tête et n'écoute pas sa sage belle-mère, que je vais finir par ruiner la famille. Ainsi, pour l'apaiser, j'ouvre mon livre, trempe ma plume dans l'encrier et écris.

Ma mère n'a pas entièrement tort. Il importe de rédiger la notice sans tarder, le jour même ou le lendemain, autrement les détails, y compris les plus importants, s'évanouissent peu à peu de la mémoire, effacés par les événements qui se pressent les uns après les autres, telles les vagues successives et implacables du temps. Ainsi, incapable de me rappeler le jour exact où Caterina a fait son entrée chez nous, je laisse un espace blanc. Je ne me rappelle pas non plus le nom du mari gâteux de *monna* Ginevra : Filippo ou Donato ? Et puis, lorsque nous sommes allés chercher l'esclave, dame Ginevra l'a invitée à se présenter elle-même, et Caterina a mentionné un patronyme – chose étrange, parce que les esclaves n'indiquent jamais le nom de leur père, puisqu'elles n'ont pas d'origine – que je n'ai, hélas, pas bien compris, peut-être était-ce *Caterina di Yakov* ou *di Yakuv*, probablement une appellation barbare de son peuple. Alors je laisse un deuxième blanc, puis un troisième pour le courtier, dont je n'ai rien retenu, sinon qu'il s'agissait d'un certain Rustico, marchand de bric-à-brac.

***

Le moment du départ est arrivé. Lena, Caterina et Maria ont pris place dans la carriole que conduit Andrea, vêtues de cottes en toile simples et légères, et je les suis à cheval. Nous parcourons le ponte Rubaconte, quittons la ville malade par la porta di San Niccolò, traversons Ponte a Ema et le bourg de l'Antella. Enfin, nous atteignons notre vieille et blanche tour, qui domine la maison de maître et les maisonnettes des travailleurs, lesquels nous accueillent à l'extérieur avec leurs femmes, leurs familles et leurs nombreux enfants.

C'est ici, à l'Antella, dans la lumière de l'été, que je vois pour la première fois Caterina. Jusqu'à présent, elle m'était uniquement apparue à la dérobée, silhouette anonyme entrant dans la chambre de ma femme et en sortant, si bien que je ne lui avais guère prêté attention. Ici, enfin, la promesse de Lena s'accomplit. J'ai été admis au rite de l'allaitement. En l'absence de ma mère, Lena se sent plus libre. Elle a laissé chez nous ses vêtements florentins, lesquels sont par surcroît trop épais et peu adaptés à cette chaleur, et s'habille comme les paysannes, de tuniques larges et simples. Quand je pense à ce que m'ont coûté ses cottes, ses surcots et ses houppelandes, surtout la somptueuse étoffe cramoisie de sa cotte hardie, brodée de fil d'or et de perles selon d'étranges motifs... Je ferai découdre les perles à notre retour, elles seront toujours utiles et pourront être revendues.

Parfois, Lena se déplace pieds nus : si ma mère le savait, elle sortirait de ses gonds ; elle serait également mécontente de voir le coussin de Caterina placé dans un coin de la chambre, près du berceau de Maria. Ça alors, dormir à côté d'une esclave ! s'exclamerait-elle. Par commodité, je préfère pour ma part occuper l'autre chambre avec Andrea ; peu importe qu'il soit mon serviteur, je le considère vraiment comme un frère, je me préoccupe de sa façon de s'habiller et passe sous silence son unique vice, ou plutôt l'accepte, avec modération : le vice du jeu. Pour l'allaitement, Lena prie Caterina de s'installer sur le lit familial, un grand meuble à dossier en bois, et s'assied à côté d'elle ; tout en caressant la petite tête de Maria, elle murmure les mots les plus doux du monde et chante des comptines lorsque la petite est repue et s'endort.

Tel est le tableau qui s'offre à moi quand j'ouvre craintivement la porte et lorgne à l'intérieur de la chambre que la toile huilée, à la fenêtre, protège non seulement de la chaleur mais aussi de la lumière vive : un tableau sacré, un merveilleux ensemble de corps pleins de vie, Lena, Caterina et Maria. Lena a posé Maria sur le sein de Caterina et s'est assise près d'elle, tandis que la fillette commençait à téter. Caterina, que ma présence ne dérange nullement, ferme à demi les paupières et étire les lèvres en un sourire léger, tout juste perceptible, qui trahit aussi une tristesse infinie : peut-être songe-t-elle à l'enfant qu'on lui a enlevé. D'un signe, Lena m'invite à prendre place sur une escabelle, à côté du lit, puis me tend sa main chaude. Alors je les contemple, pendant que le temps se fige et qu'il me semble percevoir le moindre bruit et le moindre instant du miracle de la vie qui afflue : les lèvres de Maria, la poitrine de Caterina, le souffle de Lena, le vrombissement d'une mouche qui essaie de sortir, le lointain chant des cigales, un battement d'ailes, là-haut, dans l'infini azuré.

Lena commence à s'entretenir avec Caterina et il m'arrive de les écouter, intrigué par cette Barbare aux manières et au port de princesse, dotée d'une prédisposition hors du commun pour la beauté et l'harmonie. D'après *monna* Ginevra, sa maîtresse, elle posséderait même un talent extraordinaire : elle dessine bien mieux que les peintres. Je la mettrai à l'épreuve quand nous regagnerons Florence, je lui montrerai peut-être les illustrations de mes livres, ou l'emmènerai à Santa Croce, lorsque des offices seront célébrés dans notre chapelle familiale, la plus belle de la ville. À bien y réfléchir, un jour où je l'ai vue sans coiffe, les cheveux épars – une splendide chevelure ondulée d'un blond naturel –, elle m'a justement évoqué l'un des personnages de ces fresques : sainte Apolline, martyre, les cheveux violemment empoignés par un soldat, repliée sur elle-même d'une façon peu naturelle, tandis qu'un autre bourreau lui arrache toutes les dents, comme un barbier. Par chance, Caterina n'est pas Apolline, ses dents sont blanches et saines, et personne n'est assez cruel pour vouloir les lui arracher.

Peu à peu, Caterina ouvre son cœur à Lena et lui raconte l'histoire incroyable de sa brève vie : elle serait née d'un prince guerrier, dans les montagnes qui surplombent la mer Majeure, cette région mythique située au-delà de la Colchide, d'où les Argonautes rapportèrent la Toison d'or. Peut-être est-elle originaire de la terre antique des Amazones et était-elle une jeune et féroce guerrière à cheval ; de fait, elle manifeste une attirance pour les chevaux inhabituelle chez une femme ; elle cajole et flatte mon roncin, au front marqué d'une étoile, on dirait même qu'elle lui parle et l'apaise lorsqu'il est nerveux, ce dont je suis, pour ma part, incapable. Nul doute, c'est une sauvage. Elle a refleuri dès notre arrivée à la campagne et elle se promène toujours pieds nus. Sa sauvagerie la rend probablement plus proche que nous de l'état de nature, de l'humanité dure et primitive que notre mère la Terre nourrissait directement. Ici, nous nous efforçons de lui épargner les travaux les plus pesants, de façon que son lait ne tourne pas, et l'admettons à notre table où elle consomme les mêmes mets que nous. Elle adore les fruits et les légumes, et raffole étrangement des abricots. Elle est chrétienne et baptisée, même si elle ne connaît pas bien les prières. Lena s'efforce de l'aider et l'entraîne, accompagnée de Maria, dans la petite chapelle de notre domaine, où le curé de l'Antella vient célébrer la messe chaque dimanche. À en juger par ses yeux toujours embués de larmes devant la croix et un tableau de la Vierge du Lait, qu'un peintre de ces mêmes lieux offrit un jour à mon grand-père, elle est très pieuse.

Capturée et réduite en esclavage dans la colonie vénitienne de La Tana, Caterina a vécu à Constantinople et à Venise, elle se rappelle tout de ces lieux et des personnes qu'elle a rencontrées. C'est certain, elle a voyagé davantage que moi, qui ne suis jamais allé plus loin que Volterra, et elle possède une connaissance directe du monde qui dépasse de beaucoup celle que je peux en avoir, moi qui lis Pline et feuillette les tables de Ptolémée. Elle décrit la splendeur de ces villes lointaines et le cortège de l'empereur des Grecs, qu'elle a vu rentrer après qu'il avait séjourné ici à Florence, et de son frère Démétrios, que j'ai hébergé dans ma demeure. Il n'est toutefois guère aisé de la comprendre, en raison de son étrange accent vénitien, de son habitude d'avaler les voyelles et d'emmêler les consonnes qu'elle prononce d'une voix de gorge. Cependant, ses concepts sont toujours très clairs, et la dimension fantastique qu'elle imprime aux choses banales du quotidien en les transformant en situations mythiques, voire magiques, nous ravit par sa beauté.

Par exemple, elle a peur des cloches, qui la font sursauter, et des horloges, comme celle de la grande tour du palais de la Seigneurie : elle estime que nous approprier le temps, qui ne nous appartient pas, est une mauvaise action envers les dieux et équivaut un peu à mesurer l'eau d'un fleuve. Elle voit dans l'écriture, qui est pour nous un instrument essentiel et totalement naturel, un tour de magie, et en celui qui la pratique un magicien ou un sorcier qui capture les mots dans l'air, les embroche de sa plume et les emprisonne sur le papier pour les réemployer à sa guise, ce qu'elle désapprouve au motif que les mots qui sont dans l'air sont aussi vivants et libres que les oiseaux ; quand ils sont sur le papier, au contraire, ils sont morts comme des papillons transpercés par une aiguille. Chose incroyable, son peuple n'en connaît pas du tout l'usage, pas plus que celui de la monnaie et d'autres découvertes de la civilisation humaine. Elle me regarde toujours avec surprise prendre ma plume et la plonger dans l'encrier, puis tracer sur la feuille de papier des signes noirs, qu'elle me demande ensuite de lire à voix haute. Elle s'efforce alors de comprendre pour quelle raison mystérieuse telle ligne droite, ou ronde, tels traits horizontaux correspondent aux sons que je prononce. Son discours est parfois inquiétant ; ainsi, elle prétend que notre souffle, qui est une émanation de l'âme, s'échappe de notre bouche chaque fois que nous parlons ; par conséquent, en capturant les paroles qui en sortent, un sorcier risquerait d'emprisonner l'âme qui les a émises, imitant celui qui capture les images ; et là, je pense qu'elle évoque les peintres. Quand elle énonce ces réflexions, j'adopte sans doute un air étrange, parce qu'elle s'arrête immédiatement pour vaquer à ses occupations.

Elle porte à son doigt une bague dont elle ne se sépare jamais et qu'elle a accepté avec réticence de montrer, sans l'ôter, à Lena qui l'en priait. C'est un petit anneau sans valeur, qui commence à lui être trop grand à cause de l'usage continu qu'elle en fait. Je pense alors à mon poète : selon lui, les atomes sont invisibles et se soustraient aux choses en se consumant lentement et imperceptiblement, comme la pierre que creuse la goutte d'eau, les pavés usés par les pieds et, justement, l'anneau que Caterina a au doigt et qui s'amincit de plus en plus à l'intérieur. Il est marqué d'un monogramme et d'un mot grec facilement lisible : *aikaterine*, que les Grecs modernes prononcent *Ekaterini*.

Cette bague ne m'est pas inconnue. Un jour, un marchand de retour de Terre sainte m'en a montré un exemplaire. Il le tenait des moines de sainte Catherine d'Alexandrie, qui résident dans le Sinaï, au pied de la montagne de Moïse. Caterina est persuadée qu'il s'agit là d'un anneau magique, qu'il l'a protégée dans les moments les plus difficiles de sa vie et qu'il la protégera toujours. Non, elle ne l'a pas reçu en Égypte. Son père le lui a offert et c'est le seul souvenir qu'elle possède de lui. À cette évocation, ses yeux s'embuent soudain de larmes, ce qui est très rare chez cette jeune femme toujours resplendissante. Nous évitons donc d'aborder ce sujet, de même que nous nous gardons de faire allusion à l'enfant dont elle a accouché il y a quelques mois et qu'on lui a immédiatement enlevé, si bien qu'il est maintenant perdu : cela équivaudrait à rouvrir une plaie que rien ne parvient à guérir, pas même l'amour qu'elle déverse sur Maria en même temps que son lait.

***

Juillet 1451. Une année de plus s'est écoulée. L'épidémie a fini par passer, nous épargnant tous, y compris ma mère, *monna* Giovanna. Nous avons regagné Florence où nous attendait une surprise : le petit Niccolò, mon fils illégitime et donc le demi-frère de Maria, que sa nourrice, *monna* Cipriana, ne pouvait plus garder. Il a grandi, il marche et commence presque à parler. Il nous observe d'un air craintif, car c'est la première fois qu'il nous voit. Soudain Caterina s'avance vers lui, le prend dans ses bras, plaisante et lui tire des rires.

Lena, qui connaissait pourtant son existence, réagit avec perplexité avant de l'accepter pleinement dans la famille : c'est un garçonnet magnifique et affectueux, qui aimera sa nouvelle maman. Ma mère non plus ne trouve rien à redire : toutes les familles ont des bâtards, y compris les Médicis, dit-elle, avant d'ajouter, avec sa sensibilité habituelle, qu'il est une assurance pour notre avenir, car nul ne sait si la Providence nous enverra un enfant de sexe masculin. Tout en regardant Niccolò, déjà sevré, Lena me confie une de ses inquiétudes pour l'avenir proche : que ferons-nous lorsque Maria fêtera ses deux ans ? Faudra-t-il que Caterina retourne auprès de *monna* Ginevra ? N'est-il pas possible de la garder ?

Un jeune notaire, un certain *ser* Piero da Vinci, est venu aujourd'hui au château. Je l'ai rencontré dans l'échoppe de Vespasiano, où je feuilletais nonchalamment de beaux manuscrits enluminés ; il avait, plus modestement, besoin d'une rame de papier de chancellerie dont les notaires sont gourmands, et il a précisé qu'il se contenterait d'une qualité bon marché. Vexé, Vespiano s'apprêtait à le chasser en protestant que tout son papier est d'excellente qualité et en l'invitant à se rendre plutôt chez Gianni Parigi, qui en a du mauvais. Apparemment, le notaire n'est pas très argenté et sa façon de parler trahit des origines paysannes, tout comme l'odeur d'ail qui se dégage de sa personne. Mal rasé et mal lavé, il est si maigre qu'il flotte dans sa robe rouge, resserrée par une ceinture à laquelle pend son plumier. Ah oui, sa robe : elle est crasseuse et reprisée.

Il me salue en s'inclinant avec une déférence mêlée d'humilité et en m'offrant ses services. Jamais je ne songerais à adresser la parole à un campagnard qui, par le seul fait d'appartenir à une corporation, s'estime maître dans notre ville. Je lui fais un simple signe, par politesse, qu'il interprète comme une invitation à poursuivre : il revient de Pise, habite tout près d'ici et tient un banc à la Badia, comme tous les jeunes notaires sans le sou. Découvrant qu'il est originaire de Vinci, je m'enquiers de plusieurs habitants de ce bourg. Il me répond par l'affirmative, oui, il connaît vraiment tout le monde entre Vinci, Sovigliana, Empoli et Cerreto – propriétaires terriens, fermiers, ouvriers et artisans. Ou, s'il ne les connaît pas tous personnellement, ajoute-t-il, son père, Antonio da Vinci, qui vit encore dans ce hameau, les connaît certainement. Malgré son odeur d'ail, ce garçon est peut-être l'homme qu'il me faut. Nous avons à Vinci et Sovigliana plusieurs propriétés dont je ne saurais dire l'emplacement, et trop d'affaires en suspens pour des questions de fermage, de gabelles et de confins : des problèmes assommants. Un jeune notaire du coin, faisant ses premières armes et peu exigeant, voilà probablement ce dont j'ai besoin : les grands notaires florentins ne s'abaissent pas à s'occuper *de minimis*[1], et je ne peux tout de même pas me rendre sur place, moi, le chevalier Castellani. Et si je proposais à ce garçon une nouvelle robe en guise d'émoluments ? Je la ferai tailler dans du drap qui me reste dans l'entrepôt. J'aime rhabiller les gens et leur offrir une nouvelle peau.

Je l'ai invité à monter dans mon cabinet de travail et j'ai disposé tous mes papiers devant lui sur la table. Je le laisse les examiner tranquillement pendant que je vais dans la pièce d'à côté porter un linge à Lena et à Caterina qui allaite Maria. J'ai probablement oublié de fermer la porte, et le notaire qui, comme tous ses semblables, se mêle de ce qui ne le regarde pas, a sans doute jeté un coup d'œil à travers l'entrebâillement. À mon retour, je le surprends, agrippé aux accoudoirs du fauteuil, apparemment bouleversé et pâle comme un linge, à croire qu'il a vu un fantôme. Il transpire et halète, à cause de la chaleur peut-être. Il déclare en balbutiant que les papiers sont peu clairs et qu'il devra revenir les examiner plusieurs fois, avant d'aller à Vinci régler en personne toutes ces affaires. Je lui réponds que cela ne me dérange pas, qu'il revienne donc.

Le jeune homme me salue puis, gêné et hésitant, se retire et s'engouffre dans l'escalier. Intrigué, je vais à la fenêtre pour le voir

1. « De choses insignifiantes. »

sortir. Le voici. On dirait qu'il titube, qu'il perd l'équilibre. Au lieu de regagner la Badia, il se dirige vers le fleuve, s'appuie contre le muret et lève les yeux vers mes fenêtres. Il prend sa tête entre ses mains, comme affligé. Que lui est-il arrivé ? Il ne m'a pas l'air très fiable, je me suis peut-être trompé. Nous verrons bien s'il réapparaît dans les jours qui viennent. Par dépit, j'écrase un moucheron qui s'est posé sur ma manche de damas brodé.

Ah, la vaine agitation de ces minuscules êtres humains…, me dis-je en observant la tache rouge qui s'éloigne en virevoltant dans la rue et se perd au milieu de la foule multiforme et bruyante d'artisans, de marchands et de femmes du peuple qui remontent comme un fleuve vers le palais de la Seigneurie et la Badia, s'emparant peu à peu de notre belle cité. Comme j'apprécie la paix de mon cabinet de travail… Virgile, Cicéron, Justin et Suétone, mes vieux amis, me regardent depuis leurs étagères, tandis que la voix de mon poète, une voix suave de sirène, s'élève du souterrain.

Qu'il est doux de regarder la tempête depuis la rive, qu'il est doux d'observer la bataille de loin, sans courir de danger… Mais il n'y a rien de plus doux que de contempler l'agitation du monde depuis mon château, ce temple fortifié que le savoir-faire des anciens a bâti, et de voir les autres, en bas, se mouvoir et se fatiguer pour rien en cherchant, désorientés, le chemin de la vie… Ils m'évoquent des atomes qui errent sans but dans le désordre de l'univers, qui se rencontrent et s'éloignent par hasard, qui entrelacent et défont leurs existences par hasard, qui s'unissent et participent par hasard à l'éternel et inexplicable miracle que constitue la formation de nouveaux amas d'atomes dans les entrailles des femmes. Mieux vaut les regarder depuis mon perchoir. Sans bouger.

9

Antonio

Dans le bourg de Vinci, à l'aube
du deuxième jour d'avril 1452

J'ai fait un rêve.

J'étais monté sur la colline pour examiner une greffe. À cause de la chaleur et de la fatigue qui s'était emparée de mes vieilles jambes, je me suis assis sur une pierre plate sous les oliviers et j'ai fermé les paupières. La brise qui monte de la vallée est douce ; étrangement, elle charrie non le parfum de fleurs et d'herbe habituel, mais une odeur d'écume saline et d'algues mortes. Je sens que mes pieds sont mouillés, j'ouvre les yeux et me retrouve au bord de la mer, presque nu, les chevilles enfoncées dans le sable et léchées par la vague. Entendant une voix qui m'appelle, je me retourne. Et voici qu'apparaît au levant une femme enceinte, les mains posées sur le ventre, le regard affligé, qui implore de l'aide. Mon aide. Elle porte au doigt une bague étincelante. J'aimerais avancer vers elle, or le sable emprisonne mes pieds, j'aimerais crier, mais il ne sort de ma bouche qu'un son désarticulé. Le ciel noircit et la mer prend la couleur du sang. La femme s'effondre dans un hurlement et met au monde un enfant vêtu de lumière. Terrifié, je vois un dragon vert aux ailes fourchues et aux écailles de serpent surgir de la mer rouge.

J'ai crié et me suis réveillé, arrachant Lucia à son sommeil. Bien que nous soyons mariés depuis quarante ans, nous continuons de dormir ensemble dans ce vieux lit haut en bois de cerisier, l'une des rares pièces que nous avons pu conserver de l'héritage de mon père et qui lui venait peut-être de son propre père. Le problème, déclare Lucia, c'est que je rêve beaucoup, ou plutôt que je rêve toujours, que je rêve trop. Et cela me plaît. À mon âge, après tout ce que j'ai vécu et ce que la vie et le bon Dieu m'ont généreusement offert, j'ai accumulé non de l'argent ou des objets, mais des souvenirs qui, à quelques exceptions près, sont presque tous beaux et lumineux – de cela également je ne cesse de rendre grâce à Notre Seigneur. Contrairement à nombre de personnes importantes, je n'ai pas estimé nécessaire de les consigner dans un livre. À quoi bon ? Ce qui compte, à mes yeux, c'est qu'ils soient inscrits en moi, dans mon cœur et dans ma tête, dans la chambre obscure de ma mémoire. La nuit, ma vie entière en jaillit et, mêlant le passé, le présent et l'avenir, se déverse chaotiquement dans mes rêves, lesquels forment cette autre vie, parallèle et mystérieuse, que nous menons lorsque le corps et l'âme, las de l'ouvrage de la journée, s'abandonnent à l'inconscience et au doux oubli du sommeil, qui ressemble à celui de la mort.

Ce n'est pas la première fois que je réveille brusquement cette pauvre Lucia en pleine nuit ou aux premières lueurs de l'aube, moments où l'on entend s'élever dans l'air les notes tristes de l'hirondelle ou le chant du rossignol. Ce genre de rêves me frappent plus que les autres : ils paraissent si réels que j'ai vraiment l'impression de me trouver dans une pièce de cette maison, dans le potager, ou sur la colline ; puis la scène change et voici que surgit une figure énigmatique ou un animal fantastique ; alors je suis envahi d'une immense peur, semblable à celle que j'éprouvais enfant, car je sais que ces songes ne sont pas fictifs mais véridiques, qu'ils ne sont pas une illusion des sens ou du démon, mais des déchirures dans le voile de l'avenir, offertes aux mortels en guise de mise en garde ou d'avertissement.

Parfois, Lucia perd patience. C'est le cas maintenant : elle s'assied, s'adosse à la grande tête de lit et me reproche de l'avoir réveillée si tôt, trop tôt, en ce dimanche des Rameaux, jour de grande fête. Hier elle a préparé tout le nécessaire : nappes fraîchement lavées, tentures à suspendre dans la rue au passage de la procession, tourtes, œufs et gâteaux de Pâques – nous accueillerons aujourd'hui toute la famille –, et elle aurait aimé bien dormir pour affronter la longue journée à venir puisque, tout le monde le sait, ce sont les femmes qui travaillent et s'occupent de tout, les hommes se contentant de regarder poliment, de s'asseoir à table et d'attendre une cuiller à la main, quand ils ne s'attardent pas sur la grand-place ou sur le marché en discourant de choses inutiles. Je tente timidement d'objecter que c'était un rêve important, peut-être même prophétique, que je devrais en parler sans tarder à l'abbé, or elle se met en colère : elle faisait elle aussi un rêve agréable, que j'ai interrompu au meilleur moment. Puis, sans cesser de maugréer, elle se lève, s'habille et descend à la cuisine.

Tout déconfit et les yeux encore ensommeillés, je me lève à mon tour et vais à la niche creusée dans le mur où j'ai coutume de déposer mes papiers, mes objets les plus précieux, ainsi que des livres et des registres. J'y prends un gros cahier à l'intérieur duquel j'ai recopié, à Florence, des histoires, des poèmes, des proverbes et des adages tirés de mélanges d'Antonio Pucci, ainsi qu'un alphabet des songes, bien plus utile, que les savants attribuent au grand prophète Daniel. Il importe de trouver une explication à mon rêve avant qu'il ne fonde comme neige au soleil. Je me suis vu presque nu, ce qui est une marque de pauvreté, de préjudice. La femme enceinte annonce sans doute la mort de quelqu'un, mais la vision de son accouchement est un signe certain d'allégresse. La mer calme, symbole de bonheur, se transforme en tempête, ou tribulation ; le ciel sombre et le rouge sang de la mer sous-entendent à leur tour un préjudice. Je voulais courir et je n'y parvenais pas, ce qui indique un empêchement. Enfin, le dragon signifie l'empressement, mais aussi le gain. Cela n'est guère compréhensible, toute chose pouvant également dire son contraire. Je m'empare de l'almanach. La douzième lune, à partir de la nouvelle, vient de s'achever, la pleine lune approche, et donc : *ce qui est appareude sera.* À l'évidence, ce que j'ai vu se réalisera.

Je m'aperçois que Lucia, revenue pour se farder et se coiffer, m'observe, bouche bée, appuyée contre le montant de la porte. J'ai probablement lu à voix haute, comme toujours, de même que je le fais quand je pense, et elle m'a entendu. D'abord impressionnée, elle se ressaisit rapidement et m'adresse la formule solennelle qu'elle emploie en général dans le but de me railler : Messire Antonio di *ser* Piero di *ser* Guido di Michele da Vinci, tu es devenu gâteux ou quoi ? Elle me lance que c'est assurément un rêve prophétique, le dragon vert sur champ rouge est l'emblème de notre gonfalon de Florence, qui entend dévorer tous nos avoirs au moyen des impôts qu'il nous faudra payer au fisc si je ne remplis pas correctement notre déclaration de biens. Après quoi elle m'invite, d'une voix plus sérieuse et plus aimable, à ne pas trop m'inquiéter : souvent nous faisons des rêves bizarres et terribles parce que notre cœur renferme des tourments incessants. Elle connaît les miens, elle a lu elle aussi la missive de notre fils Piero ; nous espérions fêter les Rameaux avec lui, et il a annoncé qu'il lui serait impossible d'atteindre Vinci avant les vêpres. Il empruntera la route de Santa Lucia à Paterno et franchira la colline à la tour de Sant'Alluccio. Il m'a prié de l'attendre à côté du pressoir d'Anchiano, ayant quelque chose d'important à me dire avant de gagner le hameau.

Oui, Lucia a sans doute raison, je m'inquiète pour Piero, qui a du mal à gagner sa vie à Florence et qui est toujours célibataire à vingt-sept ans, alors qu'il devrait se décider à se marier et à nous offrir des petits-enfants. Peut-être suis-je un peu fatigué et, certainement, un peu vieux. Mieux vaut ne pas y penser et nous efforcer de passer sereinement ce dimanche en compagnie de nos cadets, Francesco et Violante, ainsi que de notre imbécile de gendre. Dans l'après-midi, je ferai une promenade en solitaire jusqu'au pressoir, où j'attendrai Piero.

Mais pourquoi la mer apparaît-elle toujours dans mes rêves ? Parce que c'est en mer que s'est déroulée la partie la plus aventureuse et la plus intense de ma première vie. Lorsque j'étais jeune, mon destin semblait épouser celui de ma famille, qui avait quitté Vinci pour s'établir à Florence. Le moment était favorable pour nous autres habitants du *contado*, de l'arrière-pays. La grande épidémie avait fauché la moitié des habitants, ainsi que l'orgueil de la moitié qui avait survécu et qui avait maintenant besoin de bras nouveaux pour poursuivre sa vie, son travail, ses activités marchandes et administratives. Tout comme son frère aîné, Giovanni, mon père était devenu citoyen, *civis fiorentinus*, en s'installant au cœur de Florence, dans la paroisse de San Michele Berteldi, et en s'intégrant bien dans la vie citadine : il fut nommé ambassadeur, tiré au sort pour les plus grands offices, et exerça même la fonction de notaire de la Seigneurie. Comme il était notaire et fils de notaire, j'étais censé le devenir à mon tour, moi, le seul enfant qu'il avait eu de son épouse, Bartolomea di Francesco Dini. C'est ainsi que j'appris à lire et à écrire, puis entamai des études de grammaire et de notariat, que je n'achevai jamais. Je devinais qu'il me serait impossible de passer toute mon existence à remplir des milliers et des milliers de documents destinés aux escroqueries et aux affaires d'autrui. Ce métier me déplaisait, tout comme Florence et mes camarades de cours, à la chambre des notaires, qui se moquaient de ma façon de parler et de mes incurables allures de paysan. Je n'avais qu'une seule envie : quitter cette ville dont les maisons trop élevées enserrent les rues et vous empêchent de voir le ciel. Je voulais être libre et retourner dans mon village, à la campagne, auprès des arbres et de la terre.

C'est alors qu'un événement imprévisible se produisit : mon oncle *ser* Giovanni emménagea avec sa femme Lottiera de' Beccanugi et son fils Frosino à Barcelone, où se regroupaient des marchands florentins désireux de s'adonner au commerce dans la Méditerranée occidentale, entre les Baléares, la péninsule Ibérique et l'Afrique, le long de la route qui longe les côtes du continent à partir des Colonnes d'Hercule jusqu'aux Flandres et à l'Angleterre. Au cours de la même période, profitant des absences de mon père, retenu par son travail au comptoir du Palais, je me plongeai dans la lecture d'un ouvrage qu'il avait recopié dans sa jeunesse et qu'il conservait jalousement dans un lieu secret, où je l'avais débusqué : il s'intitulait le *Décaméron*, c'est-à-dire le livre de dix journées, et mettait en scène dix jeunes gens fuyant Florence. Son auteur, messire Giovanni Boccaccio da Certaldo, était le fils illégitime du marchand Boccaccino : mon père se rappelait l'avoir entendu lire Dante de façon passionnée à Santa Reparata. Les dix personnages de son livre, réfugiés à la campagne pour échapper à la peste, se racontaient des histoires qui leur permettaient de voyager en imagination. Plus que tout autre, les récits de voyages dans des pays lointains me fascinaient. J'imaginais mon cousin Frosino dans les lieux qui y étaient mentionnés, depuis la Méditerranée jusqu'au royaume de Garbo en passant par les Colonnes d'Hercule, Babylone d'Égypte et Majorque, aux prises avec le même genre d'aventures : terribles tempêtes, naufrages, batailles contre des pirates et des Sarrasins, merveilleuses jeunes filles telles qu'Alatiel et Alibech. Et je l'enviais profondément.

Un beau jour, Frosino réapparut à Florence afin de livrer et de distribuer un gros lot de laine de Majorque. Il se présenta chez nous dans un pourpoint de satin bleu et des chausses roses, et nous enchanta par ses histoires de mer et de commerce. Pour acheminer sa marchandise, commandée l'année précédente par la compagnie de Francesco Datini de Prato, il avait loué un navire à Barcelone aux ordres de Giovanni Marese et enrôlé quinze arbalétriers afin de parer à une éventuelle attaque de pirates. Il avait scrupuleusement veillé au chargement à Peniscola, Tortose et Minorque et fini par arriver à Porto Pisano. À présent, il avait besoin d'un jeune homme débrouillard, susceptible de distribuer soigneusement la laine dans les environs, afin qu'elle soit filée par les femmes du peuple, mais aussi par les épouses d'artisans et de marchands de province, en particulier à Vinci et à Cerreto Guidi. La perspective d'entrer dans ce grand jeu et de quitter enfin Florence était trop belle : j'acceptai immédiatement et m'attelai à la tâche, m'attirant l'estime de la Compagnie et gagnant mes premiers florins, au grand dam de mon père, dont la contrariété s'accrut l'année suivante lorsque je lui communiquai mon intention d'abandonner mes études pour devenir marchand et rejoindre sans tarder Frosino à Barcelone.

J'embarquai à Porto Pisano et le regrettai au bout de quelques jours alors que, tapi dans la cale, sur des balles de papier de Colle Val d'Elsa, je souffrais du mal de mer. Un vieux marin rude, venu me donner un peu d'eau et voir si j'étais encore en vie, m'obligea à monter sur le pont, prétendant qu'il valait mieux que je sois malade en plein air ; ainsi, il serait plus facile de laver mon vomi sur le plancher qu'à l'intérieur ; de même, il serait plus aisé de jeter mon corps par-dessus bord si je mourais. Il avait raison. Grâce à son discours aimable et persuasif, je me ressaisis immédiatement et, dès lors, passai tout mon temps à respirer à pleins poumons l'air salé des plus bénéfique. Le jour, l'embarcation fendait les vagues, que soulevaient de forts vents venus de la terre, le long des côtes de Ligurie et du golfe du Lion ; la nuit, elle voguait sous les étoiles. J'avais du mal à croire que je me trouvais au large, moi, un simple campagnard destiné au notariat. J'étais jeune et presque dépourvu d'instruction, si l'on exceptait mes études, mais je possédais une richesse qui me suffisait à elle seule : mon désir de parcourir le monde en quête d'aventures.

Barcelone était à mes yeux une ville merveilleuse, une cité ouverte et pleine d'avenir. Le centre du pouvoir se situait autour du palais royal et de la cathédrale, toutefois la vraie vie se concentrait en bas, sur la mer. Il n'y avait ni comptoir ni consulat pour nous autres Florentins, mais une unique et grande loggia, où affluaient les marchands de toutes les nations. Une église, que la lumière traversait en y créant des jeux magnifiques, venait d'y être érigée grâce aux fonds des marchands, des travailleurs du port et des porteurs, réunis dans la puissante corporation des *bastaixos* : Sainte-Marie-de-la-Mer. Tout aussi récente était la loge de mer, qui hébergeait près de la plage les bancs des notaires et des changeurs, dans un désordre général où mille voix et langues différentes se mêlaient aux cris des courtiers, les *corredors d'orella*, qui la parcouraient sans cesse au pas de charge. La maison da Vinci se dressait non loin de là, dans le quartier de la Ribera. Cette belle demeure, semblable aux autres, était dotée d'une jolie terrasse donnant sur la mer et d'un jardin d'orangers, espèce qui pousse dans cette contrée aussi naturellement que le jasmin chez nous et qu'on taille en forme de haie, ou fait grimper sur une tonnelle.

À Barcelone, Frosino, qui avait épousé une Catalane, s'était familiarisé avec son entourage au point d'estropier désormais le nom de notre village – non plus Vinci, mais Vez ou Vench. J'appris moi aussi un peu de catalan pour me débrouiller dans la Babel de langues qu'on parlait à l'intérieur de la loge et sur la plage, et commençai à m'exprimer dans une langue franque des plus barbare afin d'être compris des *bastaixos* et des *corredors*. Étant depuis plusieurs années *civis Barcinionensis*, Frosino avait des accointances et jouissait de privilèges, dont l'exemption des droits de douane. Il me présenta sans tarder au correspondant de Datini et associé de la Compagnie de Catalogne, Simone di Andrea Bellandi, qui résidait dans le quartier du Born, carrer de la Fusteria. L'homme ne partageait pas notre enthousiasme : Les Catalans, disait-il, sont les êtres les plus rusés et les plus vifs du monde ; faute de prudence, on risque de tout perdre en un clin d'œil dans ce pays du diable.

Comme je le constatai bien vite, nous n'avions pas que des amis. La classe dirigeante locale, les nobles qui vivaient de rentes, ainsi que de vieux marchands habitués à d'anciens privilèges, voyaient en nous de dangereux concurrents ; ils se réunissaient régulièrement en des assemblées nommées *cortes* et parvenaient à persuader le roi, qui avait toujours besoin de leurs contributions financières pour mener ses guerres, de promulguer des mesures contre tous les Italiens, à l'exception des maudits Génois et Pisans. À les entendre, nous autres Florentins étions trop riches, raison pour laquelle nous gâchions le marché en achetant à l'avance les produits de meilleure qualité ; en outre, notre esprit subtil et diabolique nous poussait à nous approprier les richesses d'une manière frauduleuse, y compris en falsifiant la monnaie.

En réalité, le roi Martin, qui n'était pas surnommé par hasard l'Humain, feignait de nous maltraiter, allant même jusqu'à nous protéger en cachette ; de plus, il était facile d'échapper à ses mesures d'expulsion, puisqu'elles ne concernaient pas les détenteurs de la citoyenneté, comme Frosino, ou d'un sauf-conduit, comme les membres des grandes compagnies, et donc tous les amis de Datini. Il ne pouvait pas se permettre de nous chasser parce que nous étions toujours partants pour lui accorder des prêts avantageux, plus généreux et plus rapides que ceux des *cortes*, ou à lui fournir de luxueux draps brochés d'or et autres biens de luxe.

La situation à Barcelone, comme je m'en aperçus peu à peu, était sous certains aspects très déplaisante. Ainsi, on ne voyait pas un seul Juif dans les rues : quelques années plus tôt, m'expliqua Frosino, avait eu lieu une sanglante persécution, ponctuée de massacres et de conversions forcées. En me rendant dans les ateliers les plus importants, je découvris non des travailleurs et des artisans heureux de leur labeur, quoique las, mais des esclaves des deux sexes ; de fait, me dit-on, les productions à grande échelle s'appuyaient toutes sur ce genre de main-d'œuvre : des individus capturés à la guerre ou achetés au marché et issus de terres très lointaines, des confins du monde au Levant. Barcelone la lumineuse me montrait désormais son côté obscur et je fus de nouveau saisi par l'envie de partir.

Fort bien, déclara Frosino, mais ne crois pas que les choses aillent mieux ailleurs. Tu pourrais pousser jusqu'à Majorque. Le correspondant local de la Compagnie, Cristofano di Bartolo Carocci, qui semble beaucoup plus efficace que messire Simone, souhaite consolider nos rapports avec les ports de la Barbarie. C'est de là que proviennent les meilleures épices, les pigments et les matériaux les plus demandés par l'industrie du textile florentine : la cochenille barbaresque, la poudre d'oseille, la laque, le tartre, la pierre d'alun. Mais aussi la meilleure laine qui soit, celle des moutons et des brebis élevés sur les hauts pâturages de l'Atlas, les céréales, le précieux bois de cèdre pour les coffrets en marqueterie. Du sud, des terres inconnues qui se situent au-delà de déserts totalement privés de vie, arrive un fleuve intarissable d'or, d'argent, de pierres précieuses, d'ivoire d'éléphant et d'esclaves à la peau noire. Si j'avais eu le courage de m'y aventurer, j'aurais vu des choses extraordinaires et aurais échappé aux dangers qu'on affronte en temps normal dans les pays de la chrétienté. Les Sarrasins ont beau être infidèles, ils respectent la foi et la parole donnée davantage que nous et considèrent le devoir de l'hospitalité comme sacré.

Le seul véritable danger venait des pirates chrétiens et castillans. Voilà pourquoi il importait d'établir – chose insolite pour moi – une *carta de segurança*, un contrat d'assurance sur ma vie, sur les marchandises que je transporterais, ainsi que sur l'éventuelle rançon que j'aurais à payer en cas d'enlèvement. Cette perspective me surprit et m'amusa : un document qui assure votre vie et vos biens, vous rembourse ce que vous avez perdu, n'est autre qu'un pari avec le destin, avec la chance et même avec le Seigneur Dieu ! Seul le démon pouvait avoir conçu pareille idée.

J'eus à apprendre en toute hâte bien d'autres étrangetés dans ce court laps de temps. Je m'étais présenté en Catalogne sans aucune formation, sans avoir fréquenté de comptoir, sans connaître à fond l'abaque et sans avoir de notions bien précises du grand jeu qu'était le commerce national. Je figurais parmi ces garçons dont les marchands les plus âgés disaient avec mépris qu'ils voulaient être maîtres sans avoir de maître. Je m'étais catapulté dans un monde totalement étranger, que je croyais fait d'hommes et d'objets, de monnaies d'or et d'argent sonnantes et trébuchantes, de navires et d'aventures, de tempêtes, de pirates et de belles princesses, et j'avais découvert que, s'il l'était en partie, il possédait un cœur froid composé de papier et d'encre, exactement comme le monde des notaires que j'avais fui. En vérité, je ne voyais pas circuler de véritables monnaies : en dehors des nôtres – florins, ducats et lires –, je ne maniais que quelques barcelonais gros et petits, de vils *maiolichini* et quelques monnaies sarrasines encore plus viles, les dirhams ou les millarès.

J'avais imaginé des coffres-forts remplis de *dobles* et de florins, or seules les lettres de change – des bouts de papier – étaient utilisées pour les plus grosses sommes, et en général elles ne se transformaient même pas en espèces, mais en d'autres lettres et en d'autres écritures. Il fallait toujours écrire, tout écrire : reconnaissances, avis, lettres de commerce, reçus, quittances, inventaires, brouillards, livres de comptes. Et ce qui n'était pas écrit n'existait pas.

Pourvu d'une *carta de segurança*, mais aussi de plusieurs arbalétriers engagés par Frosino, chargé de draps valenciens et des tissus florentins fins et colorés qu'on avait embarqués à Tortose et à Valence dans le but de les vendre aux Sarrasins, mon navire se dirigea vers le large, poussé par un vent favorable qui soufflait vers le ponant et vers le midi. Au bout de quelques jours, les marins distinguèrent à l'horizon une montagne brune qui se rapprochait. C'était notre destination : le cap des Trois Fourches. Nous le doublâmes à notre gauche en le longeant sur plusieurs milles jusqu'à la crique qui abritait un port où mouillaient d'autres navires et deux galères vénitiennes. Sur la colline qui surplombait la plage se détachait une ville toute blanche, munie de remparts et de tours. Il s'agissait d'Alcúdia de Barbarie, également appelée Casassa, point d'arrivée des pistes caravanières en provenance de Fès, capitale de la Barbarie, dernière terre avant l'océan où se couche le soleil et, pour cette raison, dénommée *gharb*, qui signifie ponant, et *maghreb*, qui veut dire couchant. L'embarcation jeta l'ancre dans la rade et nous descendîmes à bord de nos chaloupes ; il nous fallut ôter nos chausses car, en l'absence de jetée, il convenait de sauter dans l'eau puis de marcher jusqu'à la ligne de brisement des flots. Dans cette eau limpide, chaude, turquoise, sous le soleil brûlant, j'exultai soudain et, une fois sur le sable, imitai les marins, me déshabillant et plongeant dans les flots. C'était l'Afrique qui m'étreignait.

Sur la rive, une grande silhouette s'approcha en me hélant. Il s'agissait de Giovanni, le frère de Cristofano. Armé d'une tablette en cire et d'un stylet, il m'expliqua qu'il entendait y inscrire toutes les marchandises que nous nous apprêtions à décharger. Il était accompagné d'un interprète et intendant arabe à la peau sombre, aux yeux vifs et à la petite barbe taillée en pointe, qui répondait au nom d'Abdallah Benvixit. M'invitant à sortir de l'eau, il affirma que nous n'avions pas de temps à perdre, qu'il convenait de procéder immédiatement au déchargement : nous ne nous attarderions que quelques heures ; la caravane nous attendait depuis plusieurs jours, au pied des palmiers, ces arbres au gros tronc surmonté non de branches et de feuilles, mais d'une couronne d'éventails. En tournant le regard dans cette direction, je remarquai un groupe d'animaux accroupis, dotés d'une bosse et d'un drôle de nez ; ils se nommaient chameaux et supportaient bien mieux que les chevaux le poids des marchandises et celui des marchands, m'apprit-on. Il y avait aussi des tentes en grand nombre, ainsi que des hommes revêtus de capes, à la tête enveloppée dans de longues bandes de tissus enroulées plusieurs fois qui portaient le nom de turbans. Ils allaient et venaient, absorbés dans leurs occupations, nourrissant les chameaux, déplaçant sacs et balles, sans daigner nous accorder un regard, comme s'ils estimaient naturel que des infidèles descendent d'une chaloupe et s'affairent autour d'eux, tout ahuris, titubant encore après leur voyage en mer et exposant leur crâne au soleil brûlant.

Nous partîmes le soir même et voyageâmes durant la nuit, laquelle était extraordinairement claire et étoilée. Les chameaux cheminaient lentement, en une longue file, sur l'arête de collines d'où il était encore possible de voir la surface sombre de la mer et, au loin, l'étendue infinie de vallées et de montagnes, ainsi qu'une autre sorte de mer, faite de sable – des dunes et des dunes, sans cesse remodelées par le vent. Le grand désert. Au matin, prenant cette direction, nous marchâmes vers une tache sombre et tremblante qui cachait, comme nous le découvrîmes ensuite, un groupe de palmiers ; cet endroit s'appelait oasis, et de grandes tentes pointues s'y dressaient. Là-bas il y a de l'eau, et donc la vie, m'expliqua Abdallah. Soudain nous vîmes venir vers nous des guerriers à cheval, la tête presque entièrement enveloppée dans des turbans bleus, une épée recourbée à la ceinture. C'étaient des Berbères, qui constituaient des tribus fières et belliqueuses, dont nous n'avions toutefois rien à craindre, parce que nous disposions d'un sauf-conduit du roi qu'exhiba Abdallah qui s'exprimait dans leur langue veloutée et chantante. Ayant prié l'interprète de me montrer ce document, je constatai qu'il était couvert d'étranges signes, virevoltes et arabesques, et de points qui semblaient distribués au hasard. C'est l'écriture arabe, m'expliqua l'homme en riant, on la lit à l'envers, de droite à gauche. La jugeant belle et fluide, quoique incompréhensible, je décidai d'imiter à l'avenir un certain nombre de ces arabesques, y compris dans mes livres de comptes. Elle me paraissait parfaitement appropriée à cette langue dont les sons vous berçaient autant que l'allure des chameaux, lesquels gravissaient et descendaient les dunes dans le vent, ce qui m'avait valu au bout de quelques heures un terrible mal de dos.

Les jours suivants, nous nous hissâmes sur les flancs d'une immense et terrible montagne que les Berbères désignaient sous le nom de *djebel*. Creusée par les eaux et les vents, elle était magnifique dans sa grandeur sauvage, ponctuée de cascades et de grottes mystérieuses. Désormais, nous pouvions marcher pendant la journée et camper la nuit. Nous atteignîmes une sorte de col entre les montagnes et le haut plateau, puis une cité murée du nom de Taza, dans le caravansérail de laquelle nous nous reposâmes. Nous y croisâmes une autre caravane, qui parcourait le chemin inverse, depuis la capitale jusqu'au bord de mer. Elle était escortée de gardes royaux, signe qu'elle hébergeait des personnages importants. Soudain un Sarrasin petit et maigre, monté sur le premier chameau, sauta agilement à terre et salua de loin Giovanni. Nous ayant rejoints, il ôta son chapeau pointu, dévoilant le visage émacié d'un vieillard aux cheveux et à la barbe blanche coupés court, aux yeux bleus pénétrants. Grande fut ma stupeur lorsque je le vis étreindre Giovanni et lui parler non en arabe, mais dans un florentin parfait et classique, veiné d'un accent vénitien. Giovanni me présenta comme le nouvel apprenti, envoyé de Barcelone, et, dans cette cour poussiéreuse qui sentait les excréments de chameaux et d'humains, je serrai la main rugueuse du grand Baldassare degli Ubriachi.

Je connaissais déjà son nom, qui circulait dans les ateliers de Florence, de Barcelone, de Valence et de Majorque comme celui d'un mythe. C'était une sorte d'enchanteur, d'alchimiste. Là où apparaissait l'une de ses lettres ou l'un de ses billets apparaissait un peu plus tard, on ne savait comment, de l'or, de l'argent, de l'ambre, des pierres précieuses, des perles, des coraux, de l'ivoire, de précieuses essences de bois. Il était issu d'une famille noble, bannie de Florence à l'époque de Dante, lequel l'avait de surcroît expédiée en enfer sous l'accusation infamante d'avoir pratiqué l'usure. Né à Avignon, il s'y était lié d'amitié avec le jeune Francesco Datini. Messire Baldassare était peut-être la seule personne au monde à pouvoir pénétrer sans faire antichambre dans les appartements privés des rois d'Aragon et de Castille, de France et d'Angleterre, du duc de Berry et de celui de Milan, et de s'adresser à ces souverains d'égal à égal sans que personne l'en empêchât – peut-être aussi parce qu'il avait ainsi loisir de leur communiquer oralement et en secret des messages personnels, à l'insu des chancelleries et des cours. Le cœur de son empire se trouvait dans un atelier à Venise, qu'il approvisionnait en matières premières que ses artisans transformaient en objets extraordinaires, marquetés d'ivoire, qui alimentaient les rivalités des rois et des princes de toute l'Europe : reliquaires, évangéliaires, écrins et miroirs.

Le soir, messire Baldassare nous invita à sa table, dans la salle des marchands. Son cuisinier sarrasin avait préparé un étrange plat épicé à base de grains de semoule et de mouton, qu'Abdallah désigna sous le nom de *couscous*. La bouche en feu dès la première bouchée, je réclamai désespérément de l'eau. Tout en riant, Baldassare tira alors de sa poche un sachet de grains foncés d'où provenaient ceux qui avaient servi, moulus, à relever ce mets : Voici la maniguette, ou graines de paradis, dit-il. Arrivée d'Afrique noire au terme d'un long trajet, elle est supérieure au poivre et meilleur marché, renforce le cœur et les intestins, favorise la longévité, une fois mâchée ou mélangée au vin. Le vin, justement. Instruit depuis peu des usages des Sarrasins, j'imaginais que je n'en boirais pas au cours de ce voyage ; or Baldassare nous versa, de son outre de peau, le meilleur, le plus dense et le plus corsé des vins rouges que j'eusse jamais goûtés. On le produisait justement à Fès, dans un jardin du sultan qui, suivant ses conseils, avait fait planter une vigne par des esclaves chrétiens – uniquement pour offrir cette boisson à ses invités infidèles, avait tenu à préciser le souverain afin de ne pas ternir son observance des règles du Prophète et sa renommée de commandeur des croyants. Le vin acheva d'égayer Baldassare, qui me prit en sympathie. Voir un jeune apprenti défier pour la première fois – on le devinait à mon regard – le mystère de ce continent inconnu le réjouissait. J'aurais pu être son fils.

Avec une fierté mal dissimulée, il nous décrivit les trésors qu'il conduisait à présent vers la mer. C'était lui qui avait loué les galères vénitiennes que nous avions entrevues dans le port d'Alcúdia. Quant à sa caravane, nous l'avions déjà admirée avec ses innombrables chameaux, balles, coffres et gardes. Oui, il pouvait bien nous le dire, puisque notre compagnie entretenait des relations amicales avec la sienne, comme celle des Alberti, représentée à Fès par Aliso degli Alberti. Eh bien, il transportait le plus gros chargement d'ivoire d'éléphant qu'il eût jamais acheté, ce qui expliquait pourquoi il s'était personnellement déplacé. L'ivoire provenait du cœur du continent africain ; il l'avait commandée deux ou trois ans plus tôt par l'intermédiaire de ses émissaires, lesquels avaient traversé le désert et poussé jusqu'à une ville légendaire, dénommée Tombouctou, que gouvernait un grand roi, noir de peau et couvert d'or. Alors, il y a de la vie de l'autre côté du désert ! m'exclamai-je. Il y a d'autres peuples et d'autres cultures *en suivant le soleil, du monde inhabité*[vii] ! Le monde ne finit pas là ou au cap Finisterre ! Baldassare sourit : Mon jeune ami, le monde est beaucoup plus grand que tu ne peux l'imaginer, ou que celui qu'on trouve dans tes livres et tes atlas.

Deux jours plus tard apparut à nos yeux la cité impériale, Fès, *al-Aliya*, la Suprême, la ville sainte fondée par le descendant du Prophète, nous expliqua Abdallah avec fierté. La partie ancienne se déployait sur la droite, Fès *el-Badi*, et la partie récente, avec le palais du sultan, à gauche, Fès *el-Jadid*. Une étendue étincelante de coupoles et de grandes tours pointues. Comment décrire de façon exhaustive ces merveilles ? Je ne suis ni un écrivain, ni un lettré, ni un historien. Je suis juste un vieillard qui a vécu longtemps et auquel Dieu a permis de mener deux existences en une seule ; aujourd'hui, je peux revoir ces lieux avec l'expérience des années et revivre par le souvenir l'émerveillement que j'éprouvai alors.

Je fus aussitôt ensorcelé par ce nouveau monde. Nous logions dans le caravansérail qu'on appelait ici *fondouk*, au sein du quartier de Nejjarine, une sorte de grand hôtel pour les marchands étrangers dont les deux étages pourvus de balcons donnaient sur une vaste cour. Poutres maîtresses, balustrades, cloisons et portes étaient taillées dans un bois de cèdre finement ajouré et décoré ; des voûtes pendaient des lustres extraordinaires aux verres multicolores. D'un coin s'élevait le murmure incessant d'une fontaine destinée aux ablutions et à la propreté du corps, dont les infidèles se soucient davantage que nous autres chrétiens. Partout on trouvait de grands bains et étuves, alimentés par des eaux chaudes et froides, où se laver et se délasser ; partout, les signes d'un immense culte de la beauté. Surpris par mon intérêt et ma curiosité pour la culture et la religion locales, Abdallah m'emmena visiter une université dénommée Madrasa Bou Inania, une bâtisse magnifique dotée de fontaines et de jardins. En face se dressait une étrange construction comportant une rangée de douze fenêtres étroites, dont chacune surmontait une petite estrade et une coupe dorée. Je demandai ce dont il s'agissait et obtins une réponse étonnante : le temps. C'était la Dar al-Magana, la maison de l'horloge, une incroyable clepsydre hydraulique qu'il convient de régler tous les soirs parce qu'elle marque les douze heures du jour en suivant sa durée au fil des saisons – plus brève l'hiver et plus longue l'été. Coulant goutte après goutte d'un réservoir, l'eau actionne son mécanisme ; au terme d'une heure, une sphère métallique tombe dans une coupe. Pour ce peuple, le temps est aussi fluide que l'eau, et non froid, métallique, comme celui que rythme l'implacable tic-tac des roues et des engrenages à l'intérieur de la grande horloge du palais des Prieurs.

Notre *fondouk* étant situé au cœur de la vieille ville, dans la Médina, près de la grande mosquée du Caruven, il n'était guère compliqué de se rendre sur la grande place des marchands, la *kaysaria*. Pour ma part, j'aimais me perdre dans le dédale des ruelles. Au cours d'une de mes pérégrinations, alors que je m'éloignais du quartier nauséabond des tanneurs, dénommé Chouara, j'échouai dans le souk el-Attarin, le marché des parfums. J'y déambulais, comme ivre, suivant le sillage d'effluves inconnus, suaves et intenses, mêlés à l'odeur âcre que dégageait la peau des femmes qui, dans le secret des échoppes, essayaient ces parfums sur leurs mains, leur cou, leurs aisselles ou, comme je l'imaginais, sur leurs parties les plus intimes, dont j'ignorais encore tout. J'avais l'impression de perdre la tête : je voyais des fleurs charnues éclore sur des dunes non de sable brûlant, mais de poivre, de maniguette et de noix de muscade ; des bêtes sauvages au pas feutré et au pelage tacheté se baigner dans les flaques d'eau des oasis, gazelles et lonces légères et rapides. Les animaux du péché.

Dissimulé par une petite grille, je contemplai les mains d'une jeune femme qu'on ornait d'un dessin fantastique : une tige en bois appliquait délicatement la pâte sur la peau en traçant de fines lignes qui s'entrelaçaient. Depuis mon arrivée en Afrique, les mains étaient les seules parties du corps féminin que j'étais parvenu à distinguer. Il y avait bien des femmes dans les rues et les marchés, mais on ne voyait d'elles qu'une multitude de robes noires et bleues qui s'agitaient et recouvraient tout – bras, jambes et pieds ; un drap de toile noire cachait entièrement leur tête, et un voile leur visage, dont on n'entrevoyait que les yeux. N'offrant à ma vue que leurs mains fines et peintes, ainsi que leurs regards fugitifs, ces créatures suscitaient en moi des désirs inconnus. Et je songeais qu'elles étaient toutes belles, de merveilleux anges du paradis.

Nous reçûmes la visite d'un de nos semblables, Aliso degli Alberti, qui nous remit une invitation du marchand juif Salameticussi, le grand fournisseur de messire Baldassare. Nous nous acheminâmes vers la ville neuve, que dominait le vaste palais du sultan. Les Juifs vivaient là, dans son ombre et sous sa protection ; c'était également le quartier des orfèvres, car les orfèvres étaient tous juifs.

Nous pénétrâmes dans la demeure de Salameticussi et fûmes conduits dans une grande salle meublée de tables basses, sans nappes ou étoffes, sur lesquelles des plats en cuivre étaient disposés. Le shabbat venait de débuter, interdisant aux Juifs de faire quoi que ce soit après le couchant. Assis par terre sur les tapis, nous attendîmes que notre hôte eût béni le pain et le vin pour nous servir. Il n'y avait là ni assiettes ni couverts : chacun puisait dans un même plat et mangeait avec ses mains. Nous n'avions pas besoin d'interprète car le marchand parlait notre langue, ainsi que le castillan et le catalan. Il était originaire d'Andalousie, de Séville, qu'il avait quittée après le dernier massacre. Toutefois il n'aimait pas son nouveau pays et se plaignait de sa décadence. Enfin, il aborda le sujet de la politique et des commerces.

Mais je ne l'écoutais pas. Depuis que j'avais pénétré dans cette maison, je percevais une présence silencieuse. Deux yeux noirs et profonds comme la nuit, une cascade de cheveux noirs aussi luisants que les plumes d'un corbeau : telle était Shagal, la fille du marchand, une adolescente tout juste formée qui me regardait depuis la galerie du premier étage avec un mélange de curiosité et de défi. N'étant pas sarrasine, elle ne portait pas de voile, mais des bracelets en or aux poignets et à ses chevilles nues. Les cheveux épars, elle avait la peau très blanche et un léger halo rouge sur les joues. Elle me sourit. Soudain je m'épris follement d'elle. Je fus incapable, pendant le repas, d'échapper à son regard et de participer à la conversation, me contentant de poser une question que tout le monde jugea stupide : Quel jour sommes-nous ? En vérité, j'entendais imprimer à jamais dans ma mémoire ce moment de la vie qui s'écoulait comme l'eau de l'horloge dans la maison du temps. Et je n'ai pas oublié la réponse que me donna le marchand, parce qu'elle figea cet instant à l'horizon biblique de l'histoire universelle. Nous étions le vingt-troisième jour du mois de Iyar de l'année 5158 depuis la création du monde.

Des trois ou quatre années qui s'ensuivirent, je ne garde que des souvenirs confus. Je me rappelle que je me démenais pour regagner Fès par la caravane d'Alcúdia et m'adonner au commerce des épices, du cuir et des draps de laine. La moindre occasion était bonne pour rendre visite à Salameticussi et discuter, tout en épiant Shagal, des aventures de messire Baldassare qui lui écrivait de longues lettres. Le vieillard n'avait aucun soupçon. Un jour où il était absent, sa femme m'invita à les accompagner, elle et les siens, à l'extérieur de la ville. Ils possédaient une merveilleuse orangeraie qui évoquait le paradis terrestre. Les cheveux retenus par une couronne de fleurs, son corps mince revêtu d'une longue et fine tunique de lin blanc, Shagal déambulait parmi les arbres dont elle cueillait des fruits, qu'elle déposait sur notre table, placée sous une tonnelle.

Soudain le vent se leva et l'horizon se couvrit d'une tache sombre qui s'élargit de plus en plus. Une tempête de sable s'annonçait. Nous repartîmes immédiatement en direction de la ville. Poussés par la peur ou par la main invisible de l'amour, Shagal et moi avions devancé nos compagnons quand la tempête s'abattit sur nous et nous sépara du reste du groupe, qui s'abrita chez des paysans. Restés seuls, aveuglés par le tourbillon de sable, nous finîmes par trouver à grand-peine une maison croulante en briques et en boue, et nous réfugiâmes derrière un mur, effrayés. Sentant son corps contre le mien, je confiai à Shagal mon désir que la tempête ne s'achevât jamais afin que nous demeurions enlacés. Elle répondit à ma grande surprise que c'était aussi le sien. Comme nous n'avions jusque-là jamais échangé un seul mot, j'ignorais que, fille de marchand et de Juifs, elle connaissait aussi bien notre langue vulgaire que le castillan, le catalan et l'arabe, idiomes qu'elle lisait et écrivait également. Mais la conversation en resta là. Tandis que la fin du monde se déchaînait dehors, nous nous unîmes.

Nous continuâmes de nous aimer en cachette chaque fois que je regagnais Fès, où je dénichais toujours un bon prétexte pour rallier le quartier juif. Nous grimpions sur la tour de la maison, qui abritait une petite pièce d'agrément d'où l'on voyait presque toute la ville et une terrasse où se dressait un pigeonnier rempli de colombes blanches. Les oiseaux sacrés de Vénus. Shagal nouait à mes poignets des fils de laine tordus qu'elle appelait *tsitsit* : ils représentaient, disait-elle, les nombres correspondant aux lettres de son prénom. Et, de la même façon, elle enserrait mon cœur.

Quand Shagal découvrit sa grossesse, je décidai d'abord de me sauver, de crainte que la justice ne fût inflexible envers l'étranger et l'infidèle que j'étais. Ma bien-aimée fut, quant à elle, inébranlable, déclarant qu'elle se tuerait si nous ne partions pas ensemble. Mon amour n'était pas seul en cause : elle désirait échapper à son monde, elle ne supportait plus d'entendre son père réciter les trois bénédictions du matin en remerciant le Seigneur de ne pas avoir fait de lui un infidèle, un esclave ou une femme. Elle ne supportait plus les divisions entre les êtres, quels qu'ils fussent, Juifs et gentils, fidèles et infidèles, esclaves et individus libres, hommes et femmes. Elle n'acceptait pas son destin dans une société où les femmes devaient être totalement soumises, cachées, invisibles. Lorsque sa famille s'était enfuie de Séville, elle n'était elle-même qu'une enfant, mais elle revivait encore dans ses cauchemars l'éclat des flammes, les hurlements des femmes violées, le Guadalquivir transformé en fleuve de sang, les cadavres qui heurtaient leur barque dans le noir.

J'objectai que, dans les autres pays chrétiens, la situation n'était pas plus favorable pour les femmes et les Juifs. En vain. Il me fallut céder tant elle était déterminée. J'acceptai donc de l'emmener de l'autre côté de la mer ; nous écririons ensuite à son père et trouverions un accord. Je n'en touchai mot qu'à Abdallah, suscitant sa peur et ses inquiétudes. À n'en pas douter, dit-il, ce geste entraînerait de très graves conséquences sur les affaires de la compagnie : on racontait, en effet, que Salameticussi était non seulement un intime du grand vizir, mais aussi un homme très vindicatif ; il ne me pardonnerait pas facilement, pis, il réclamerait vengeance contre nous tous, à commencer par Aliso qui avait introduit le loup dans la bergerie. Cependant, il accepta avec résignation de m'aider à préparer notre fuite.

Nous nous sauvâmes de nuit, déguisés en pèlerins, dans une caravane qui se dirigeait vers l'Égypte par la voie du désert ; au bout de quelques jours, nous louâmes deux chevaux dans l'oasis où nous faisions étape et nous précipitâmes vers Alcúdia, poursuivis par le souffle chaud et sec de l'harmattan. J'étais en proie à une profonde angoisse, car je craignais de voir apparaître subitement les gardes du sultan. Le navire, que j'avais loué quelque temps plus tôt pour le retour, n'était pas prêt à lever l'ancre comme convenu. Des difficultés avec des marchands locaux avaient retardé le chargement et je me vis contraint d'écrire une lettre désespérée à Cristofano, à Majorque. Enfin nous partîmes pour Barcelone et, à notre arrivée, nous nous présentâmes chez mon cousin. Effaré, conscient des dangers que courait une jeune fille juive dans cette ville, Frosino parvint à persuader Shagal de se faire baptiser, ce qu'elle accepta non sans m'annoncer qu'elle resterait, dans son cœur, fidèle à sa foi. Quand je lui demandai ce que signifiait son prénom, elle m'indiqua les violettes qui poussaient dans le jardin. Elle serait désormais Violante pour les chrétiens. Nous nous mariâmes dans une chapelle de campagne avec nos seuls témoins, Frosino et l'un de ses apprentis, son épouse catalane refusant de rencontrer ma bien-aimée. Nous établîmes de ne parler à personne de ce mariage et de ne rien écrire à ce propos à mon père. Mais le Seigneur, qui nous avait offert la grâce de voir bénir notre amour, ne voulut pas nous donner celle d'engendrer un fils, lequel naquit avant terme et mort, peut-être à cause des efforts et de l'inconfort du voyage.

Hélas, je ne retournai pas en Afrique. Les affaires de Frosino l'en éloignaient désormais, et par conséquent moi aussi. En remerciement de ses services, le roi lui avait confié le *dret des Italiens*, c'est-à-dire le droit d'exiger de tous les marchands italiens une taxe de trois deniers par lire sur tous les produits importés et exportés, ce qui amena mon cousin à engager le grand juriste Pere Descoll, pour un salaire de cent florins, afin d'obliger les fraudeurs à payer. Comme il était souvent appelé par ses affaires à Valence, il me nomma procurateur pour le recouvrement du *dret*.

Ce qui apparaissait comme un bel avancement aggrava en réalité notre situation. Peu à peu, les amis d'autrefois nous tournèrent le dos, voyant en nous des ingrats, des sangsues vendues au roi et aux Catalans. Cette histoire me déplaisait à moi aussi. Nos relations avec les agents de Datini, Simone et Cristofano, s'étaient tendues et elles se refroidissaient de plus en plus à cause de ma fuite avec Shagal, que certains considéraient ni plus ni moins comme un enlèvement. Ne sachant à qui s'en prendre, Salameticussi avait fait jeter le pauvre Aliso degli Alberti dans un cachot secret de Fès, où ce dernier demeura, terrifié, jusqu'à ce que le sultan, convaincu par une lettre du roi Martin, ne le libère. Aliso revint, dévasté, et sa compagnie fit définitivement faillite. La situation de messire Baldassare n'était pas non plus des meilleures. On lui avait confisqué tous ses biens à Florence, et il était désormais contraint de mener ses affaires en prétendant que c'étaient celles de la compagnie Datini, mais il avait de toute évidence des problèmes de trésorerie ; peut-être les grands souverains qui l'avaient tant flatté ne le payaient-ils pas avec la rapidité qu'ils avaient mise à s'approprier ses admirables objets.

Pour obtenir de ses nouvelles, je me rendis dans l'atelier de Giame Riba, un maître cartographe qui, je le savais, avait exécuté certaines de ses commandes. Violante, désireuse de le rencontrer, m'accompagna : c'était un Juif rescapé du massacre et converti de force dix ans plus tôt. Je les écoutai parler leur langue secrète, après quoi l'homme me montra ses trésors : de grandes feuilles de parchemin cousues ensemble sur lesquelles il effectuait un travail long et patient au compas et à l'équerre, traçant les côtes de la Méditerranée et des continents qui la bordaient. Son véritable nom était Jehuda Cresques, et il avait appris son métier à Majorque de son père Abraham. Violante commença à le fréquenter et à l'aider dans la transcription des noms géographiques sur les cartes. Les écrire lui donnait presque l'illusion de connaître le monde et lui permettait de rêver à la vie future qu'elle mènerait auprès de son bien-aimé.

Mais l'heureuse période de ma première vie s'achevait. Les sphères métalliques tombaient inexorablement dans les coupes dorées de la grande horloge hydraulique que constitue ce monde. Une série de disparitions nous frappa. Celle de mon oncle Giovanni, qui contraignit ma tante Lottiera, assistée de Frosino, à envoyer à mon père une procuration afin qu'il vendît les biens qu'ils possédaient encore à Florence, et par conséquent la maison de San Michele Berteldi. Celle de messire Baldassare, à Naples, dans des circonstances obscures. Celle de messire Francesco Datini. Enfin celle du roi Martin, qui protégeait Frosino et les quelques Juifs rescapés.

Par un jour malheureux, Violante sortit seule pour gagner, comme d'habitude, l'atelier de maître Giame. À son retour, une bande de gamins la prit pour cible, criant qu'il fallait tuer *la Juive* et lui lançant de grosses pierres issues du chantier de la cathédrale de la Mer. Violante se précipita vers une église, pensant s'y réfugier, mais, en entendant le mot « juive », le prêtre lui ferma la porte au nez. On la retrouva sur le parvis, ses cheveux noirs baignant dans le sang. Elle était encore en vie. Tandis que le médecin s'efforçait de la ranimer, je me rendis en pèlerinage dans un monastère dissimulé parmi les hauts rochers de Montserrat et, là, priai la Vierge noire avec toute la foi dont j'étais capable. Or la statue de bois demeura muette et impassible ; à mon retour, aucun miracle ne s'était accompli. Violante était morte.

Je décidai de repartir. La besace que j'emportai était moins garnie que le jour où j'étais arrivé à Barcelone, jeune et plein d'espoir en l'avenir. De l'argent que j'avais gagné, en pièces d'or ou en crédit sur mon compte, il ne me restait rien. J'avais fourré dans ce sac peu de choses. La grossière carte de navigation, froissée et repliée, que j'avais utilisée lors de mon premier et fatal voyage en Afrique. Un simple aimant enfermé dans une petite boîte, qui ne m'avait guère aidé dans la navigation de la vie. Des papiers et des dessins de Violante en caractères arabes et hébraïques. Une carte de maître Giame, incomplète mais pourvue des noms que Violante y avait tracés de sa main. Enfin, un fil de laine tordu et noué plusieurs fois. C'est tout ce que je conservais d'elle, de son existence, de son sourire.

Ma seconde vie démarra après mon retour à Florence. Je n'étais personne. Je ne deviendrais jamais un marchand, ni même un notaire et, à quarante ans, je ne pouvais rejoindre aucune corporation, ce qui m'excluait de toute charge et tout office publics. Enfermé en moi-même, je refusais de raconter ce qui m'était arrivé outre-mer. À Barcelone, Frosino fut fidèle à son serment : il ne révéla rien au sujet de Violante, laquelle demeura donc un secret bien caché dans mon cœur. J'avais véritablement l'impression d'être mort, ce qui était en partie vrai : ma première vie s'était achevée là-bas, de l'autre côté de la mer, et le jeune marchand qui naviguait sur les eaux de la Méditerranée en suivant les vents et les courants n'existait plus.

Mon vieux père essaya de m'aider, malgré l'hostilité de son épouse *monna* Bartolomea qui, quoiqu'elle fût également ma mère, ne m'avait jamais pardonné ma fugue, quinze ans plus tôt, et ne voulait plus m'adresser la parole. Estimant que Florence n'avait rien à m'offrir, *ser* Piero m'orienta vers les propriétés que nous avions encore dans notre village : après les convulsions de la vie sur terre et sur mer, l'existence tranquille de la campagne me serait peut-être bénéfique et m'assurerait un gain modeste, mais sûr. Il fallait s'occuper de la culture des terres, des contrats de location, des baux emphytéotiques, des ventes de notre production – vin, huile, blé, lin –, surveiller les ouvriers et les voisins, enclins aux arnaques, résister dans les querelles, élever quelques animaux, entretenir maisons, écuries, greniers, et les rénover si besoin. Cela laissait peu de place à l'ennui et aux idées noires. Seule une femme manquait à cet horizon de sérénité.

Mon père m'en avait déjà trouvé une dans l'attente de mon retour, s'entendant avec un notaire villageois qui avait mon âge et dont il avait suivi l'apprentissage à Florence, *ser* Piero di Zoso di Giovanni da Bacchereto, originaire d'un hameau proche de Vinci, sur l'autre versant du Montalbano, situé sur l'une des routes qui descendaient vers Artimino, puis vers la ville. Sa fille Lucia avait vingt ans et j'aurais pu être son père. Nos premières années furent difficiles pour elle, épouse d'un vieil homme presque muet qui ne lui ouvrait jamais son cœur, qui ne lui disait rien de son passé. Pourtant, elle ne m'adressait jamais de reproches, et si elle souffrait, c'était en silence. Enfermé dans ma douleur, je ne remarquais pas la sienne.

Nous habitions, dans la même maison que mon père, un petit appartement indépendant, *monna* Bartolomea refusant de nous voir. Après notre repas consommé en silence, alors que j'observais les braises qui s'éteignaient peu à peu dans la cheminée, Lucia s'adonnait aux travaux d'aiguille, me tricotant de grosses chausses pour l'hiver, me cousant une chemise en lin pour l'été, ou encore brodant une nappe, un mouchoir, parce que nous n'avions pas de quoi faire des achats chez le mercier. Lorsqu'elle avait terminé, s'il restait encore un peu d'huile dans la lampe, elle lisait une ou deux pages d'un livre qu'elle aimait, sur les vies des saints et des saintes, puis priait devant un petit tableau de la Vierge à l'Enfant. Enfin, constatant que je dormais profondément, elle grimpait dans notre grand lit et se couchait du côté opposé au mien, résignée au fait que je ne la touchais pas non plus. Comme une sainte.

Mon père n'eut pas le temps de profiter de notre mariage et de voir notre famille se perpétuer à travers des enfants, comme il le souhaitait : il mourut quelques années plus tard. N'ayant pas d'autres revenus que de menues rentes issues de la campagne, auxquels s'ajoutaient la dot de Lucia et les travaux de filage à domicile qu'elle effectuait, nous emménageâmes dans une maisonnette en location, située dans le quartier populaire de San Frediano. *Monna* Bartolomea s'abstint même de nous saluer à travers la fenêtre lors de notre départ. Dans ce nouvel environnement, toutefois, la vie était moins chère et l'atmosphère plus agréable, grâce à la vivacité du peuple, des artisans et des ouvriers qui travaillaient dans l'industrie de la laine, poussant souvent leurs propres femmes et filles à filer et tisser. Ce travail manuel, fait d'efforts et de sueur, me paraissait vrai, authentique, et je le comprenais beaucoup mieux que celui des banquiers et des usuriers.

Pour gagner un peu d'argent, je rôdais sur la piazza Santo Spirito, offrant mes services de scribe ou de médiateur à un cadreur analphabète ou à une veuve du quartier, en tant que conseiller avisé, individu expérimenté, et me démenant pour soutenir l'homme fort du quartier, Cristofano di Francesco Masini. Cristofano habitait le Fondaccio, entre le couvent de Santo Spirito et l'Arno et, grâce aux louanges que je répandais sur sa personne, il était devenu magistrat, gonfalonier et prieur, ce dont il me fut toujours reconnaissant, m'aidant à vivre. Je passais beaucoup de temps dans les ateliers, les filatures et les tanneries, m'efforçant de distribuer des conseils de vieux sage et racontant les choses extraordinaires que j'avais vues à Barcelone, Majorque, Valence et surtout Fès. Les ouvriers et les maîtres m'écoutaient un moment avant de retourner à leur ouvrage, parce qu'ils n'avaient pas de temps à perdre et que leurs patrons les réprimandaient s'ils ne travaillaient pas ; en vérité, les extravagances des Sarrasins ne les intéressaient guère, et je me surprenais à parler tout seul sans autre auditeur que l'idiot du quartier.

Lucia et moi quittions fréquemment la ville à l'occasion des fêtes religieuses, auxquelles nous assistions dans de petites églises rurales et dans des sanctuaires où affluaient des pèlerins, attirés par la présence d'une relique importante ou par celle d'un saint frère capable d'insuffler la paix de l'âme grâce à sa parole et à l'exemple de sa vie. En particulier au monastère de San Bartolomeo, au Mont-Olivet, confié par bénéfice aux Olivétains de San Miniato al Monte, et favorisé par les Strozzi et les Capponi. Cent ans plus tôt, avant l'arrivée des religieux, alors que l'oratoire était voué à Santa Maria del Castagno, ce monastère, entouré de potagers et de vignes, constituait déjà l'un des buts de promenade préférés ; en ce temps-là, une confrérie laïque, nommée justement les *Ciccialardoni*, y célébrait le sacré et le profane en de longues et bruyantes tablées en plein air. Mais désormais, c'était à la dévotion, non aux saucisses et au vin des *Ciccialardoni*, que les saints moines tenaient à associer Mont-Olivet.

L'église était dépouillée et en mauvais état ; les moines déclaraient qu'ils la reconstruiraient bientôt et commanderaient pour l'embellir des œuvres aussi belles que le tableau du grand autel, peint par Lorenzo Monaco : la Vierge à l'Enfant et quatre grands saints. Lucia, qui l'aimait beaucoup, en lisait toujours l'inscription, *Ave gratia plena Dominus tecum*[1] sans cesser de supplier la Vierge de lui accorder des enfants. Une grâce qui en impliquait une autre, que Lucia n'avait pas le courage d'exprimer sans rougir dans le secret de son cœur : celle d'éveiller en moi le désir, d'unir son corps au mien. Sans ce passage obligatoire, les enfants ne viendraient pas.

1. « Je te salue, pleine de grâce, le Seigneur est avec toi. »

Après la messe, Lucia et moi nous asseyions, main dans la main, sur un muret d'où l'on pouvait admirer, entre chênes verts et cyprès, un panorama merveilleux de notre Florence, à présent dominée par le gigantesque chantier de la coupole de Santa Reparata et par les lointaines montagnes, de Fiesole jusqu'à l'Apennin. Chacun de nous y voyait quelque chose de différent. Lucia, les montagnes qu'on distinguait depuis la terrasse de sa maison, à Bacchereto sur le Montalbano, et dont la vue lui manquait. Moi, les monts du Rif, quand je galopais dans le désert vers la mer et vers mon destin. Alors ma main glissait à mon insu, échappant à celle de Lucia.

Au bout de quelques années, nous décidâmes de quitter Florence et de nous établir à Vinci. Comme ses parents, Lucia s'en réjouit, elle espérait aussi que ce changement nous apporterait la double grâce qu'elle demandait à la Vierge. Cependant, tout le monde, dont Cristofano Masini, me conseilla de conserver la citoyenneté florentine, qui impliquait des droits et des privilèges dont les habitants des campagnes environnantes étaient privés. En réalité, tous songeaient moins à moi – cette citoyenneté ne m'était plus utile en quoi que ce soit – qu'à la progéniture que Dieu nous offrirait un jour, bien que dix ans se fussent écoulés depuis le jour de notre mariage. C'est ainsi que je suis resté *civis florentinus*, rattaché à la paroisse de San Frediano où se dressait notre pauvre maison. Quartier de Santo Spirito. Gonfalon du Dragon.

Je louai un cheval, un cocher et une carriole dans laquelle nous hissâmes nos pauvres affaires, ainsi que nos personnes – qui n'étaient pas moins pauvres : le vieux et grand châlit en bois de cerisier soigneusement démonté, le lit dans lequel mon père avait dormi, où j'avais été conçu et mis au monde, et où Lucia souhaitait devenir mère ; le matelas de laine, la couverture et les deux édredons de plumes, ainsi que nos deux oreillers ; un coffre pour les vêtements de Lucia et un second, plus petit, pour les miens ; une huche à farine et deux chenets ; un coffre-fort contenant mes biens les plus précieux, quelques livres, les minutiers de mon père et de mon grand-père, un vieux portulan, une boussole et la mappemonde de maître Giame. La traversée de ma seconde et nouvelle vie débutait sur cette carriole en mauvais état qui était aussi notre nouveau navire : notre vie, la mienne et celle de Lucia, enfin.

À Vinci, nous n'avions même pas de maison. Un paysan dénommé Antonio di Lionardo di Cecco, qui me devait dix-huit florins – j'avais l'habitude de prêter de l'argent, sans intérêts, à ceux qui en avaient besoin et je n'ai pas toujours été payé en retour –, nous offrit une masure à la campagne. Nous vivions du filage qu'effectuait Lucia et de quelques revenus issus des domaines hérités de mon père : un terrain à la Costereccia dans la paroisse de Santa Maria al Pruno, un autre à la Colombaia dans la paroisse de Santa Croce, près de l'église et du château de Vinci, ainsi que divers autres lopins. Ils produisaient tout juste cinquante boisseaux de blé, vingt-six barils et demi de vin, deux jarres d'huile et six boisseaux de sorgho. Nous avions aussi deux terrains à construire, un dans l'enceinte du château et un autre dans le bourg, sur le foirail.

Nous allions souvent à Bacchereto, ne serait-ce que pour manger un peu mieux et en abondance à la table de mes beaux-parents, les jours de fête. Lucia avait un très jeune frère, Baldassarre, né de la seconde femme de son père, auquel nous étions très attachés. Au cours de nos promenades sur l'autre versant de la montagne, je m'étais également intéressé à l'activité des poteries qui prospéraient dans le village, en particulier celle de Toia, propriété de mon beau-père, spécialisée dans la production de jolies petites jarres de couleur vive. Je discutais avec les potiers, les regardais préparer leur pâte de terre, les cuire, les émailler.

Le temps passait, mais les enfants n'arrivaient pas. Du fait de notre âge mûr, nous évoquions Abraham et Sarah face à la promesse du Seigneur de leur offrir une descendance plus nombreuse que les étoiles du ciel. Enfin, les prières de Lucia furent exaucées, elle reçut les deux grâces qu'elle avait demandées, la seconde étant une conséquence de la première. Après tant d'années d'indifférence, avoir un partenaire à étreindre et aimer, la nuit, dans notre grand lit familial, pour le restant de nos jours, constitua une découverte et un réconfort merveilleux.

Le 19 avril 1426, un vendredi, naquit notre fils aîné, auquel nous donnâmes sans hésiter le prénom de Piero, parce que c'était aussi bien celui de mon père que celui de mon beau-père. Je lui imposai le second, Frosino, qu'avait porté mon cousin, mentor et ami de ma première vie. Ces deux vies n'étaient et ne pouvaient être des histoires séparées ; il existait une continuité : c'était toujours moi qui marchais sur le chemin, c'était toujours à moi qu'appartenait ce visage que les rides envahissaient.

Le dimanche, nous conduisîmes avec fierté un Piero Frosino gémissant, emmailloté dans des langes blancs dont ne dépassait que sa petite tête, dans l'église de Sant'Andrea e Santa Croce afin que le curé, *ser* Filippo, lui administrât le baptême dans les vieux fonts baptismaux de pierre. Pour l'occasion j'invitai tous les notables que je connaissais et peu d'habitants de Vinci : me considérant comme un étranger arrogant et superficiel, ceux-ci m'avaient réservé un mauvais accueil, raison pour laquelle je n'avais aucune envie de les côtoyer ni de me lier à eux ne serait-ce qu'à travers le baptême. Je réussis en revanche à attirer Cristofano Masini, qui joua le rôle du parrain, ainsi que le chancelier de Pietroio, venu d'Empoli.

Tout le monde fut impressionné par la prestance de Masini, lequel, heureux de se détourner des tracas florentins grâce à cette promenade par une joyeuse journée d'avril, semblait vouloir se moquer des gens simples de Vinci en se présentant dans tout son apparat d'homme des institutions, à cheval et caparaçon, en livrée et en chaperon, accompagné d'un domestique déguisé en héraut. Amusé, il tint à payer le banquet en plein air dans le jardin du prêtre, auquel il invita une bonne partie des villageois. C'est ainsi que ces gens, qui n'avaient apparemment pas remarqué mon existence, commencèrent à me prendre moi aussi pour un individu de marque. Ils m'attribuèrent bientôt le titre de *ser : ser* Antonio di *ser* Piero, dirent-ils, estimant qu'un homme de mon importance, qui savait lire, écrire, parler et raconter des histoires interminables, ne pouvait être qu'un notaire et un lettré, un interlocuteur privilégié du curé et du podestat.

Comme je n'habitais pas encore le village, j'imitai les notaires de Florence : j'installai un petit banc dans l'auberge qui se trouvait entre le château et le bourg. Je recevais mes concitoyens entre deux verres de vin, les aidant à rédiger leur déclaration au *catasto*, quand je ne l'écrivais pas moi-même, et à stipuler des contrats, leur prêtant de l'argent ou leur distribuant des conseils à propos de tel ou tel achat, intervenant entre deux adversaires tel un juge de paix, ou encore me contentant de les écouter gratuitement, sans me soucier du temps qui passait, car il doit de toute façon passer d'une manière ou d'une autre. Enfin, lorsque j'avais affaire à un ancien client de mon père ou de mon grand-père, je consultais les vieux formulaires notariaux et recopiais l'acte dont il avait besoin.

Le soir où fut baptisé Piero Frosino, j'ouvris le dernier registre de mon père à la page qu'il n'avait pas remplie. J'y vis un signe du destin, presque un passage de témoin entre deux Piero, entre deux générations. Là où s'étaient arrêtées l'existence de *ser* Piero di *ser* Guido et son écriture débutaient une nouvelle existence et une nouvelle écriture. La famille perdurait, enfin, elle poursuivait son chemin. Mon père en aurait été heureux, et peut-être nous regardait-il et nous bénissait-il d'un autre lieu. Mon apprentissage de notaire et de marchand m'avait enseigné que ce qu'on n'écrit pas n'existe pas, mais je n'étais devenu ni notaire ni marchand. Certes, Piero Frosino existait de son côté, sans qu'il fût besoin que j'écrive quoi que ce soit. L'écriture ne crée pas la vie, mais lui emboîte le pas et fige à jamais un moment dans le flux irrépressible du temps afin qu'il soit possible un jour d'en livrer le souvenir : à soi et à ceux qui prendront le relais. Ainsi, en employant ma plus belle écriture de marchand, ponctuée des arabesques dont j'avais l'habitude de l'orner depuis mon voyage en Afrique vingt ans plus tôt, j'écrivis dans la forme la plus solennelle dont pouvait être capable un notaire raté, allant à la ligne chaque fois qu'il me semblait avoir tracé un nom et une chose importants : *1426 / En ce venredi, dis-nofime jour d'avril, naquit mon filz ;* et plus loin, enfin : *Le dit enfant fut denommé Piero et Fruosino.*

L'arbre continuait de donner du fruit. Le 31 mai 1428, Lucia mit au monde un autre garçon, qui eut pour parrain rien de moins que Schiatta dei Cavalcanti, alors podestat à Vinci, membre de l'illustre famille du poète Guido, l'ami de Dante. Il reçut le prénom de Giuliano ; mais, hélas, le Seigneur voulut le rappeler sans tarder dans sa cour céleste. Quelques années plus tard, le 31 mai 1432, la naissance d'une belle fillette compensa cette perte. Je choisis son premier prénom, et Lucia le second : Violante et Lena. Comme Lucia objectait, stupéfaite, qu'elle n'avait jamais entendu un tel nom ni dans le voisinage ni dans nos familles et qu'elle n'était pas sûre qu'une sainte le portant eût jamais existé, je rétorquai que je l'avais lu dans un livre et qu'il me plaisait. Elle finit par capituler.

La fillette fut baptisée par un prêtre de passage, Iacopo da Roma, lequel participa avec joie à notre banquet, qui abondait en *finocchiona* et en grives rôties avec du laurier, ainsi qu'en bon vin. Lucia avait désormais quarante ans, mais le Seigneur lui accorda une dernière grâce d'autant plus inattendue que son cycle semblait avoir disparu. Quand nous vîmes son ventre grossir, nous comprîmes la raison des nausées et des vertiges qui l'accablaient. Le 14 juin 1436, naquit Francesco Guido, lequel fut baptisé par *ser* Filippo, curé de l'église de Santo Manto.

Pour chacune de ces naissances, j'ouvris le jour du baptême le vieux registre de mon père et y inscrivis soigneusement la notice de cet événement. De la même façon et dans le même ordre : au centre de la ligne, l'année de l'Incarnation de Notre Seigneur ; puis le jour et le mois, parfois le jour de la semaine et le moment de la journée, matin ou soir ; les prénoms choisis ; enfin l'identité des parrains et des marraines. Comme je l'ai récemment constaté, j'ai consacré onze lignes à mon fils aîné, Piero, et quatre à chacun de ses cadets, d'une écriture moins jolie et plus courante. L'arrivée d'un nouvel enfant ne constituait plus à nos yeux un événement miraculeux, mais presque un fait banal.

J'ai toujours le cœur serré lorsque je relis le passage qui concerne le pauvre Giuliano. Le nouveau-né mourut quelques heures seulement après son baptême, alors que nous festoyions encore devant notre maisonnette. Soudain, un hurlement s'éleva de l'intérieur. En s'arrachant au somme qu'elle s'était accordé, Lucia venait de constater que le bébé avait tout simplement cessé de respirer, que son minuscule cœur ne battait plus. Le soir, quand je trouvai la force d'ouvrir le registre notarial, j'étais incapable d'écrire, ni de me rappeler le nom des parrains. Dans mon désespoir, j'oubliai même d'indiquer le prénom du petit, qui avait déjà quitté cette vallée de larmes. Je l'indiquai plus tard, à la fin de la ligne : *Il fut denommé Giuliano.*

À présent, la page est presque complète, il ne reste plus qu'un mince espace vide en bas. Il ne sera pas rempli : le temps qui nous avait été concédé pour croître et nous multiplier a pris fin. Si je suis devenu un arbre chenu, ma chère Lucia a vieilli elle aussi. Nos prières se tournent désormais vers nos enfants, vers les nouvelles plantes et les nouveaux fruits de notre famille.

À sa naissance, Violante inaugura par ses cris la maison dans le bourg que j'avais réussi à acheter aux carmélites de l'hôpital de Santa Maria Nuova de Florence, grâce aux bons offices de mon ami Domenico di Brettone. Cet édifice représente une charnière entre les deux âmes de Vinci, le château et le bourg. Elle donne, d'un côté, sur la rue qui monte du foirail jusqu'au château, de l'autre, sur un jardin potager, et jouxte les bâtiments et propriétés de don Piero di Bartolomeo di Pagneca, actuel recteur de l'église.

Les années se sont écoulées rapidement, tandis que nos enfants grandissaient à une allure encore plus soutenue. Grand garçon maigre et taciturne, solitaire et introverti, Piero a d'abord semblé agacé par les minauderies de Violante et les caprices de Francesco, son cadet de dix ans, qui voulait toujours jouer alors que lui-même lisait, étudiait et s'entraînait à écrire. Lorsque le terrible Francesco ou le non moins terrible chat noir que j'avais appelé à raison Saladin sautaient sur la table et en faisaient tomber papiers, plume et encrier, souillant tout, Piero, furieux, sortait en claquant la porte. Nos relations n'étaient pas très bonnes ; alors que, plus tard, je lui en demandais le motif, il me répondit que je n'aurais pas dû partir en abandonnant mon père, ma famille et le métier de notaire.

Comment cette idée lui était-elle venue à l'esprit ? Je l'ignore. Peut-être en consultant les actes notariaux de la famille et en mesurant leur importance chaque fois qu'un villageois me réclamait la copie d'un document le concernant. Son intérêt pour ce domaine s'était éveillé de bonne heure. Le soir, quand Lucia ou moi nous mettions à lire un ouvrage à voix haute ou que je cherchais le mot juste avant de plonger ma plume dans l'encrier, je sentais toujours une présence dans l'ombre de la porte, où je finissais par distinguer les deux grands yeux écarquillés de mon garçon solitaire, émerveillé par le tour de magie que les adultes accomplissent au moyen d'une plume et de papier. En grandissant, il a souhaité s'approprier ce même tour de magie et commencé à m'en vouloir. Pour ma part, je ne lui en ai jamais voulu : je le regrette beaucoup, mais au fond, je le comprends. Il est différent de moi, il est normal qu'il en soit ainsi. L'encre des notaires coule dans ses veines. Voilà pourquoi il a décidé de s'installer à Florence. Vinci est trop petit pour lui.

Je lui ai appris à lire et à écrire avec une table de l'alphabet, avant que le curé ne lui enseigne les principes des lettres : j'avais désormais tout oublié. Mais je conservais le manuel de l'art notarial que j'avais utilisé et qui n'était pas dépassé lorsque Piero a commencé à fréquenter le collège de Florence. Il ne m'a jamais dit s'il s'y plaisait, et je ne lui ai jamais posé la question, toutefois mes souvenirs des tours atroces que me jouaient mes camarades de classe, les héritiers d'illustres notaires florentins qui se moquaient du petit campagnard que j'étais, coupant mes plumes ou salissant mon plumier, me laissaient penser qu'il subissait probablement le même sort. Et puis nous ne pouvions lui donner que peu d'argent. *Monna* Lucia reprisait ses vêtements ou lui en confectionnait avec des bouts d'étoffe, car il nous était impossible de lui en acheter des neufs. Durant cette période, Violante a quitté la maison, épousant Simone d'Antonio da Pistoia, un fainéant affecté d'un penchant pour le jeu de hasard que je n'ai jamais supporté et qui continue de m'importuner en affirmant que je ne lui ai pas versé tout l'argent de la dot.

Tenace et têtu, Piero a fini par arriver tout seul à ses fins. Il est devenu notaire. Il est devenu *ser* Piero d'Antonio di *ser* Piero di *ser* Guido di Michele da Vinci. Certes, dans la lignée de ses aînés, l'Antonio privé de *ser* fait pâle figure, et Piero en conçoit certainement de la honte, je sais qu'il ne me le pardonnera jamais. Néanmoins, en bon fils, il a entrepris de m'aider à effectuer les charges qui m'incombent et me pèsent ; c'est lui, par exemple, qui a déposé à Florence la déclaration des biens que j'ai établie en 1446. Trois ans plus tard, il a commencé à exercer sa profession au prix d'énormes efforts, dont je porte la responsabilité puisque j'ai interrompu la continuité professionnelle entre deux générations.

Il a un peu travaillé à Florence, installant son banc tantôt à Santa Felicita, tantôt à la Badia, puis il a œuvré pendant une période à Pise. Il est si orgueilleux qu'il ne me raconte jamais rien et qu'il refuse mon argent, prétendant que ses gains lui suffisent, alors qu'ils sont sans doute très maigres. Toutefois il l'accepte de la main de *monna* Lucia. C'est ainsi que je l'ai entretenu durant toutes ces années à Florence. J'ai dû vendre peu à peu des lopins de terre à côté de Vinci.

Piero a toujours quelques dettes : auprès du papetier, auprès de l'aubergiste, auprès de la Badia pour avoir le droit d'y tenir son banc. Il s'est acheté une robe rouge d'occasion à la vente des biens d'un notaire défunt, que *monna* Lucia a ajustée à sa taille et reprisée. Je suis inquiet pour lui. Je n'aime pas ses fréquentations, en particulier l'usurier Vanni di Niccolò di *ser* Vanni, décédé il y a quelques mois : il aurait légué à mon Piero et à sa veuve sa maison de la via Ghibellina. Pourquoi ? Pour quelle raison cet individu devait-il offrir quelque chose à un obscur notaire de province ? Et puis d'où viennent cette maison et les autres biens de Vanni ? Pour sûr, il les a gagnés de façon illicite, je crois qu'on n'en fera rien.

***

Piero ne va pas tarder.

En début d'après-midi j'ai gravi la colline jusqu'à Anchiano en m'aidant d'une canne : à quatre-vingts ans, je n'ai plus les jambes de ma jeunesse. Je me suis arrêté un moment à Ferrale pour reprendre haleine et boire un verre de vin avec Arrigo del Tedesco. La route est déserte : à l'heure qu'il est, les familles sont réunies sur leur aire à battre ou dans une cour pour profiter de la fête de cette belle journée de printemps. Au loin, un chien aboie à ma vue avant de me reconnaître et de se laisser caresser. J'ai récité un *Ave Maria* devant une niche, au sommet de la pente. À Anchiano, l'église est fermée, tout comme les maisons voisines : leurs occupants sont allés déjeuner en compagnie de l'abbé Benedetto à l'église du village, Santa Lucia a Paterno.

J'avais envie de bavarder avec les vieillards du coin, comme à mon habitude, avant que la nuit tombe et que chacun rentre jouer aux cartes ou aux dames, en buvant une bonne bouteille de vin. En général, c'est moi qui parle, puisque j'ai mille histoires à raconter, des histoires interminables de tempêtes et de monstres marins, de batailles contre les Maures et les pirates, de géants rencontrés dans le désert, des histoires d'amour où figurent de belles femmes, ces derniers récits étant les préférés de mes interlocuteurs qui ne sont jamais allés plus loin que le marais de Fucecchio, dans lequel ils voient le grand océan. Mais il n'y a personne sous les oliviers, si l'on excepte la douce et chaude brise qui monte de la vallée. Tant pis, je resterai seul avec mes souvenirs. Le soleil me gêne un peu, même s'il commence à se coucher du côté du mont Pisano. L'ombre est rare car les oliviers ont été fraîchement taillés et ils ont donné ce matin des rameaux bénits. Je m'assieds sur une pierre plate, près de la rue.

J'aime Anchiano. Autrefois, par des temps plus féroces, il y avait ici un château. Il n'en reste plus que des ruines ébréchées, quelques lambeaux de mur, les fondations d'une tour recouvertes de lierre et de ronces. Il ne s'agit pas d'un bourg à proprement parler, car les maisons qui le composent sont disséminées sur la crête et n'abritent qu'une centaine d'âmes. La petite église de Santa Lucia a Paterno, si chère à ma femme qui vient y prier la sainte dont elle porte le prénom, en constitue le cœur. Sainte Lucie est également la protectrice des olives, et c'est toujours en son honneur qu'on festoie à la fin de la récolte, avant que ne s'abatte sur les campagnes la longue nuit de l'hiver. Le bon abbé Benedetto da Prato veille sur son troupeau humain, il aime le vin et l'huile corsée, se plaint comme moi des scribes de la curie de Pistoia qui, l'année dernière, passant exceptionnellement par ici pour voir dans quel état se trouvaient les biens de l'église et si le curé était encore en vie, l'ont gourmandé pour le motif que les terres n'étaient pas correctement travaillées et que le toit avait besoin d'une réparation urgente. En vérité, cela aurait pu être pire : l'abbé Lionardo, à Faltognano, a été sévèrement réprimandé parce qu'il vit avec une femme et qu'il a des enfants ; et si nous apprécions pour notre part tous les membres de son foyer, ces messieurs de la curie appellent la femme *la concubine* et entendent excommunier la famille entière.

J'aime surtout ces maisons agglutinées à l'endroit où la pente s'adoucit en un petit plateau et où les oliviers de la crête se détachent sur le ciel bleu, tandis que le vent qui s'élève des plaines et des ravins se charge de parfums. Simples, rustiques, les bâtiments forment des rangées horizontales en *pietra serena* apparente. Ils n'exhibent que de rares fenêtres et ouvertures, car l'hiver le vent est mauvais et, l'été, la canicule vous brûle. La vue est merveilleuse, plus vaste et plus ouverte que celle qui s'offrait à nous de Mont-Olivet jusqu'à Florence, et elle l'est encore plus dans l'après-midi et au couchant. À droite, les cimes blanches des Alpes apuanes. Au ponant, derrière les marais, les monts pisans. Au midi, les vallées et les collines se succèdent, se confondant et s'estompant dans les vapeurs et la brume. J'ai l'impression de voir la mer loin, très loin.

Il y a là un pressoir que son propriétaire, mon ami *ser* Tomme di Marco Bracci, a partiellement loué, il y a trois ans, à Orso di Benedetto et Francesco di Jacopo. Comme j'étais présent ce jour-là, ils me prièrent d'interrompre ma partie de jacquet pour rédiger le contrat. Le bâtiment le plus élevé abrite une série de salles au sol de terre cuite. Il ne possède pas d'armoires, mais de grosses niches qui semblent creusées dans la maçonnerie, selon l'usage d'autrefois. De grandes cheminées pour le foyer, surtout dans la cuisine. Près d'autres maisonnettes, un four pour cuire le pain, les fougasses, les gâteaux. Un pigeonnier sans pigeons. Derrière un muret, le talus du vallon, recouvert d'une végétation dense et sauvage qui s'élève du ravin, parcouru par le murmure de l'eau. Comme il serait bon de vivre ici, comme il serait bon d'y naître ou d'y mourir !

Je me suis probablement assoupi. J'ignore si j'ai rêvé, je ne m'en souviens pas. J'ai dormi quelques minutes, ou peut-être une heure. La faute en incombe à la douce brise qui monte de la vallée, charriant ses parfums de fleurs et d'herbe. J'entends une voix crier *père* et me tourne vers la petite route qui descend de Santa Lucia. Voici Piero, à pied : il ne porte pas sa robe, mais un surcot de cuir sans manches, plus pratique, et des bottes. Il a l'air d'un chasseur. Derrière lui, une carriole bâchée, dont le cocher guide avec attention son cheval en le retenant dans la descente pour l'empêcher de marcher sur des cailloux saillants et éviter les chocs.

Je me lève, tout courbatu. Tandis que Piero me prête main-forte, je le trouve différent, changé. Une expression étrange, soucieuse, mais également mûre, se lit sur son visage, comme si, ayant tout juste reçu une leçon de vie subite et terrible, il était maintenant à même de distinguer ce qui compte et ce qui ne compte pas. Nous nous dévisageons sans piper mot. Soudain, il m'étreint et fond en larmes. Je ne sais que penser, car c'est la première fois qu'il se conduit de la sorte. Il ne m'avait jamais embrassé jusqu'à présent. Je lui rends avec amour son étreinte, offrant mes vieux os à ses bras vigoureux. Enfin il s'écarte et se ressaisit. Séchant ses larmes avec la manche de sa chemise, il me prend par la main et m'entraîne à pas lents jusqu'à la carriole dont il écarte les rideaux.

Maintenant apparaît, éclairé par la lumière du couchant, le visage d'une femme enceinte, sublime malgré sa grimace de souffrance, allongée sur un oreiller, les mains sur son gros ventre, ses yeux bleus implorant de l'aide. Mon aide. À son doigt, une bague étincelle dans le reflet du soleil. Je suis profondément troublé. C'est la femme de mon rêve, et mon rêve se réalise : *ce qui est appareude sera*. J'aimerais me dérober et m'enfuir comme dans le songe, mais je ne peux me mouvoir ni saisir le sens des mots confus et absurdes que prononce Piero. Il indique la femme en l'appelant *Caterina*, puis son ventre et dit *mon enfant*, il parle d'un départ précipité, de la menace de lois, de scandales et de punitions sévères, exemplaires, ajoute qu'il ne sait que faire, qu'il est désespéré.

En entendant les mots *mon enfant*, je saisis tout. Quant à l'expression *départ précipité*, elle me rappelle l'histoire d'un marchand qui s'enfuit un jour par amour avec une jeune Juive dans le désert du Maghreb. Les mots se transforment en pensées, et les pensées se changent en actions à accomplir immédiatement, sans perdre de temps à poser de questions ou à tenter de comprendre ce qui n'est pas nécessaire de comprendre. Car le mystère immense de la vie qui naît dans les entrailles d'une mère n'a pas à être compris, il doit être vécu, voilà tout.

Je souris à la femme qui se prénomme Caterina, et peu importe qu'elle me soit inconnue, c'est la femme de mon fils, elle porte dans ses entrailles le fruit de leur amour. La vie est une grâce, un miracle du ciel. Au cours des prochains jours, nous considérerons calmement les problèmes et les ennuis que tout miracle entraîne ; pour l'heure, nous ne pouvons que l'accepter avec joie et enthousiasme. L'enfant est illégitime et naîtra hors des liens du mariage, et alors ? Il est un cadeau de Dieu et de l'amour. Les rues sont pleines de bâtards que Dieu a bénis et qui sont devenus des princes ou des seigneurs. Le Tout-Puissant nous donne la vie, et la vie est sacrée, la Providence nous aidera ainsi qu'elle aide les oiseaux du ciel, elle nous désaltérera lorsque nous aurons soif et nous nourrira quand nous aurons faim.

Je presse la main de Caterina et lui caresse le ventre, elle m'adresse alors un doux sourire, probablement surprise par le geste affectueux de ce vieillard inconnu. À en juger par son aspect, elle se rapproche sans doute du terme, elle risque même d'accoucher ici, au beau milieu de la route, à cause de la fatigue du voyage. Il convient de convoquer des gens de confiance, capables de lui fournir l'assistance dont elle aura besoin. Lucia se chargera d'avertir la sage-femme : celle qui l'a aidée à la naissance de Francesco a beau être âgée, elle exerce encore. Hélas, il est impossible d'héberger cette jeune personne à la maison : elle est trop exiguë ; de plus, Violante, son mari et Francesco s'y trouvent à présent, et Piero, je l'imagine, voudra assister sa compagne, ce qui est juste. Enfin, en cette semaine sainte, le village regorge de monde, dont le podestat et les officiers florentins, de processions et d'offices. Non, le refuge dont cette jeune femme a besoin doit baigner dans le calme et la paix. C'est ici que Caterina logera. À Anchiano.

J'adresse un signe au cocher afin qu'il éloigne sa carriole et la soustraie à la curiosité des passants en la conduisant sur un terre-plein entre les maisons. L'angélus sonne. Des promeneurs descendent de la route de Santa Lucia. À l'approche du couchant, *ser* Benedetto commence à renvoyer ses paroissiens. Je distingue la silhouette familière d'Orso et de sa femme, qui habitent près du pressoir. Heureux de me voir, ils nous étreignent et nous présentent leurs vœux, mais ils sont surpris par la présence de Piero aussi étrangement vêtu, ainsi que par la carriole bâchée. Je glisse un bras sous celui d'Orso et prends la parole en adoptant la voix suave que j'emploie d'habitude pour raconter mes aventures d'outre-mer. Mon cher Orso, mon ami le plus cher, n'a pas oublié que je l'ai recommandé à *ser* Tomme, qui refusait de perdre les droits du pressoir, n'est-ce pas ? Comment s'en sort-il maintenant ? Comment vit-il ? L'huile est excellente cette année. *Monna* Lucia et moi aurions grand plaisir à les inviter, sa femme et lui, à dîner dans le bourg, ou à la maison des douaniers, pour disputer une belle partie de jacquet comme l'autre fois, et je pourrais le présenter à un notable de Florence qui achèterait toute son huile à un prix inouï.

Tout en l'étourdissant par mes propos, j'entre avec lui dans sa maison, dont la femme a déjà ouvert la porte, et obtiens la confirmation que je cherchais : la pièce du fond, derrière la cuisine, n'est pas meublée. Le couple attendait un enfant qui n'est pas venu. Je m'immobilise et, d'une voix désormais sérieuse, demande à mes amis de me rendre un très grand service, dont le Seigneur saura les récompenser dans cette vie ou dans l'autre et qui leur vaudra ma reconnaissance éternelle. Je les prie d'héberger une pauvre jeune femme pendant quelques jours, une ou deux semaines tout au plus. Une jeune femme enceinte, qui porte un bébé innocent et qui n'a aucun endroit où aller, comme Notre Dame à Bethléem. Elle porte le fils, ou la fille, de mon fils. Nous devons l'aider. Dieu nous aidera.

Orso et son épouse ont le cœur sur la main, encore plus que moi. J'appelle Piero et le cocher, qui ont attendu à l'extérieur et qui entrent en soutenant Caterina. La femme d'Orso installe une paillasse et un vieil édredon sur le sol de la chambrette avant d'aider Caterina à s'allonger dessus dans une position confortable, jambes écartées. Elle se hâte ensuite de lui prêter assistance, allant chercher un peu d'eau, posant un linge mouillé sur son front, lui dispensant des mots de réconfort qui sont toujours beaucoup plus efficaces dans la bouche d'une femme.

J'ai rempli mon rôle, le rôle qui est alloué aux hommes ; les choses reprennent toujours leur cours naturel lorsqu'elles sont confiées aux femmes. Orso tire de sa besace quelques restes du banquet de Santa Lucia et nourrit le cocher, qui dormira dans l'étable et repartira demain. Je m'attarde dans la cuisine avec eux, tout en regardant du coin de l'œil Piero qui, assis par terre à côté de Caterina, lui murmure quelques mots rassurants à l'oreille. Je ne l'avais jamais vu se conduire de la sorte. Je ne le croyais pas capable d'amour.

La nuit est tombée, toutefois nous n'avons pas le courage de gagner le village avant de nous assurer que Caterina est hors de danger. Elle s'est ressaisie et ses douleurs au ventre ont cessé, elle a avalé un peu de *ribollita* bien chaude et un verre de vin, puis elle s'est endormie et nous avons étendu sur elle une vieille courtepointe. L'épouse d'Orso nous invite à ne pas nous inquiéter : la jeune femme est calme, il importe de lui éviter toute agitation, elle-même dormira près de sa couche et, en cas de besoin, Orso courra nous appeler. Nous pouvons nous en aller si nous le souhaitons. Je tourne les yeux vers Piero, qui n'a guère envie d'abandonner Caterina. Mais, sans lui, il m'est impossible de rentrer : à cause de l'obscurité et de la route escarpée, je finirais par dégringoler jusqu'au moulin et c'en serait fini de mes vieux os. Et puis sa mère l'attend et elle est probablement troublée par notre absence. Nous reviendrons demain matin en apportant de bonnes choses à Caterina et à ses hôtes. Piero se lève à contrecœur et dépose un baiser sur le front de la jeune femme : très légèrement, de façon à ne pas la tirer du doux rêve dans lequel elle berce sans doute l'enfant qu'elle porte. Nous sortons tandis que la lune s'apprête à se lever derrière la montagne. Elle forme une sphère presque parfaite.

***

Jamais nous n'oublierons la semaine sainte de l'an de grâce 1452. La moindre de nos actions, la moindre de nos pensées sont inspirées par le sentiment du futur événement. Si nous assistons aux messes et aux rituels sacrés, notre esprit est ailleurs, à Anchiano. Nos prières et nos cierges sont tous pour Caterina et son bébé. Pas seulement nos prières, d'ailleurs ; nous apportons à la jeune femme de quoi se nourrir, ajoutant aux excellents œufs frais et à la bonne ricotta de brebis que produisent Orso et son épouse un peu de viande maigre, bien nourrissante, et de grosses tourtes aux légumes dont Lucia a le secret. Dès que possible, nous nous précipitons à Anchiano, munis de baluchons, de corbeilles, de linge et de chemises. Se précipiter est peut-être un terme excessif, surtout pour Lucia et moi-même : nous gravissons la pente avec toute l'ardeur de deux vieillards guillerets, que l'arrivée imminente d'une nouvelle vie a rajeunis de vingt ans et presque ramenés à un nouveau printemps. Et quel printemps ! Jamais on n'a vu autant d'hirondelles, autant de fleurs dans les prés. C'est la vie, la vie qui renaît.

Pas plus que moi Lucia n'a posé de questions. La venue de Caterina l'a impressionnée et un peu effrayée, car elle connaît mon rêve, que je n'ai même pas raconté au curé ; de toute façon, il ne sert plus à rien de l'interpréter, puisqu'il s'est déjà accompli. Sans tarder, elle s'est démenée pour favoriser la naissance de l'enfant. Elle a accompagné la sage-femme à Anchiano, ne rentrant que le soir, lasse mais soulagée : Caterina se porte bien, elle a surmonté la fatigue du voyage, son bébé est à l'évidence fort et en bonne santé, il bouge et rue parfois, il doit être très gros.

À la maison, c'est la révolution, comme si dix mille Ciompi se soulevaient. Aussi enthousiaste que nous, Violante se rend dès que possible à Anchiano, suivie de son mari bougonnant, que ces histoires rebutent. Quant à Francesco, il se réjouit encore plus et a du mal à croire qu'il va devenir oncle au jeune âge de seize ans :

si personne ne veut du bébé, m'a-t-il confié, il le gardera, lui, à la campagne, pour lui apprendre à vivre dans la nature, à jouer et courir avec les animaux.

Bien entendu, le secret a vite été éventé. Le contraire eût été étonnant dans notre village. À Anchiano, le bruit a circulé aussitôt, en raison des fêtes religieuses : une jeune femme mystérieuse est cachée dans le pressoir de *ser* Tomme, c'est la compagne du jeune *ser* Piero d'Antonio, ils ne sont pas encore mariés, mais le Seigneur les a déjà bénis en leur offrant la grâce de l'enfant qui va naître. De la jeune femme en question, on ne sait pas grand-chose, uniquement qu'elle vient de Florence et se prénomme Caterina. C'est tout, car le vieil Antonio monte une garde féroce auprès d'elle et s'abstient de diffuser toute autre information. On murmure qu'elle est issue d'une famille importante, très importante, qu'il est toutefois impossible de mentionner parce que l'enfant est illégitime. Ceux qui l'ont vue, en lorgnant dans la cuisine d'Orso malgré la surveillance de sa femme, racontent qu'elle est aussi belle qu'une Madone peinte, qu'elle a les traits extrêmement doux, des cheveux d'or, et que ses yeux sont du même bleu que le ciel. Elle passe son temps bien sagement à contempler son gros ventre d'un air rêveur. Personne ne l'a entendue parler. Pour sûr, c'est une princesse ou une grande dame.

D'Anchiano, la rumeur s'est rapidement répandue dans les bourgs de la colline, de Vitolini jusqu'à Orbignano, puis à Vinci et dans les campagnes, de Campo Zeppi jusqu'à la Streda et à San Donato in Greti. De temps en temps, des curieux se rassemblent sous prétexte de se livrer à une partie de chasse dans la montagne, ou d'aller prier à Santa Lucia, et vont rôder du côté d'Anchiano, mais ils se heurtent toujours à moi ou à Orso, ou encore au chien de Ferrale. Enfin, don Piero, mon voisin, qui voit son troupeau de plus en plus distrait alors qu'il devrait se concentrer sur les mystères de la Passion et de la résurrection de Notre Seigneur, frappe un jour à ma porte, et je lui révèle tout, ou presque tout, puisque je ne connais pas l'identité de Caterina : trop agité, mon fils a omis de me la révéler et je ne l'ai pas questionné à ce sujet. Je lui sers l'histoire que j'ai inventée et diffusée à Anchiano, celle d'une jeune femme mystérieuse, issue d'une famille florentine noble, mais déchue, grand amour de Piero qui ne peut l'épouser pour le moment en raison de certains empêchements, mais qui le fera tôt ou tard. Le curé la croit et il accepte de rejoindre la grande conjuration villageoise destinée à conduire à bon port la grossesse de Caterina. Il baptisera lui-même l'enfant dans l'église de Santa Croce e Sant'Andrea, à deux pas d'ici, sans qu'il soit besoin de pousser jusqu'à San Donato.

Très bien. Occupons-nous maintenant des autres parrains. Je fais le tour de mes voisins et de mes amis d'Anchiano, qui insistent tous pour participer à la future fête de baptême. Ce sont des gens ordinaires ; cette fois, je n'inviterai pas d'étrangers ni de soi-disant notables. Papino di Nanni Banti est un petit propriétaire terrien, son père possédait un commerce de jarres et de meubles, il tenait même une échoppe en bas de chez lui et donc près de chez moi, mais en réalité il réside à Santa Lucia a Paterno. De ce dernier village sont originaires Meo di Tonino Martini, cultivateur qui vit dans le bourg, et Piero di Andrea Bartolini, dit Malvolto, qui habite à présent sur la grand-place et qui a été à l'âge de quinze ans le parrain de mon fils Piero en 1426 ; sa mère Fiore prend soin de Caterina à Anchiano. Et puis il y a le forgeron Nanni di Venzo, notre voisin, lequel compte amener sa fille Maria, déjà mariée malgré ses dix-sept ans, et sa belle-mère, *monna* Pippa de Previcone. Arrigo di Giovanni Tedesco, qui cultive les terres des Ridolfi à Campo Zeppi, sera également présent.

Monna Lucia me communique qu'elle a pour sa part enrôlé toutes ses amies, lesquelles, je le découvre maintenant, l'ont accompagnée ces derniers jours sur la route d'Anchiano et ont rendu visite à Caterina, dont elles se sont unanimement éprises : prédisant qu'elle mettra au monde un petit ange du paradis, elles veulent être les premières à le prendre dans leurs bras et à le porter sur les fonts baptismaux. Impossible de s'opposer à cette patrouille aguerrie de femmes ! La liste s'allonge immédiatement : *monna* Lisa, veuve de Domenico di Brettone di Chellino, dont les terres jouxtaient celles des Buti à la Quartaia, sur le torrent Vincio, et lui aussi natif de Santa Lucia ; *monna* Antonia, seconde épouse de Giuliano Bonaccorsi, marchand de bestiaux au foirail ; *monna* Nicolosa, veuve de Barna di Nanni di Meo, paysan aisé de Santa Maria del Pruno, où se trouve mon domaine de Costereccia. Et comme ils sont presque tous apparentés, c'est une grande famille qui ouvre les bras à l'enfant à naître : les filles de *monna* Nicolosa, Fiore et

Domenica, ont respectivement épousé Nanni et Malvolto. Bien, le compte est bon : cinq parrains et cinq marraines. *Monna* Lucia n'a aucune raison de se plaindre.

Mais qui est vraiment Caterina ? J'aimerais bien le savoir. Et Piero le sait certainement. Lui seul peut me fournir une explication parce que Caterina semble muette, elle ne parle à personne, se contentant d'adresser à ses interlocuteurs un sourire doux et ambigu ; de temps à autre, l'épouse d'Orso l'a entendue murmurer une comptine dans une langue inconnue, les yeux fermés, les mains sur son gros ventre. Nous essayons de la faire sortir un peu, mais elle a du mal à marcher et la sage-femme déconseille tout mouvement ou effort inutiles. L'après-midi du jour de Pâques, je profite de notre présence conjointe à Anchiano pour attirer Piero sous les oliviers et m'entretenir avec lui. Mon fils est désormais plus tranquille : regagner Vinci et Anchiano lui a certainement été bénéfique, il a constaté que sa femme est en sécurité, il a même été surpris par le concours de solidarité auquel se livrent les habitants de Santa Lucia pour prêter secours à Caterina. Il ne s'y attendait pas.

Après des années de silence, Piero ouvre enfin son cœur à son père. Il me révèle ses chagrins secrets, les souffrances que son maudit orgueil l'a empêché de me confier, raison pour laquelle il les a conservées intactes en son for intérieur, cultivant animosité et rancune. J'apprends ainsi tout ce que j'avais jusqu'à présent soupçonné : sa vie dure, sa pauvreté, les vexations que lui ont infligées de grands seigneurs en le convoquant et en omettant de le payer ; les tracasseries, les petites arnaques et les personnages peu recommandables auxquels il est confronté, tels que Vanni ou un certain Donato di Filippo ; la contrainte de vendre ses services pour quelques sous en attendant toute la journée qu'un client peu argenté se présente à son banc à la Badia ; le sentiment d'insuffisance et de dédain que lui vaut sa robe reprisée dans une ville où les riches exhibent sans retenue leur luxe et leurs richesses au nez des pauvres gens ; l'humiliation de devoir œuvrer pour des femmes, des veuves et des couvents minables, et puis son séjour long et compliqué à Pise. On dirait un fleuve en crue : il a besoin de se libérer de tous ses fantômes.

Une seule lumière au cours de ces années, une seule : le jour où Caterina lui est apparue dans la petite chambre d'une sombre maison florentine. Elle est simple, pure, solaire. Son âme est libre comme le vent. Il s'en est épris au premier regard, et elle lui a aussitôt rendu son amour. Elle n'avait pas connu d'homme avant lui. Elle était vierge. Soudain, je comprends qu'il ne fait pas allusion à la conception de l'enfant qui va naître : il a rencontré Caterina il y a trois ans et a déjà eu avec elle un bébé, qui a échoué à l'hôpital des Innocents, alors que lui-même s'était enfui à Pise. À son retour à Florence, l'été dernier, il a retrouvé la jeune femme sans la chercher, par le fait du hasard ou du destin : elle était alors nourrice dans le palais du chevalier Francesco Castellani, le propriétaire de toutes les terres de Greti.

Une nourrice ? Mais alors… Oui, Caterina est une esclave. Du Levant. De bonne origine. Propriété non du chevalier, mais d'une Florentine qui s'est débarrassée du fruit de leur première union et a loué Caterina au chevalier afin qu'elle allaite sa fille. Et maintenant l'histoire s'est répétée. Près de neuf mois plus tard, les deux amants ont quitté à toute allure Florence. Le chevalier, qui est un drôle de philosophe, leur a prêté main-forte. Il a dissimulé la grossesse de Caterina en laissant croire à son épouse qu'elle continuait d'allaiter leur fille. Il les a expédiés ici avec son cocher alors que le terme approchait, puisqu'il était impossible qu'elle accouche dans son palais.

La situation est donc plus grave que je ne le pensais. Les révélations se succèdent. Piero sait certainement mieux que moi quel genre de conséquences peut entraîner son geste : il lui gâchera la vie et lui interdira une honorable carrière de notaire, ainsi que l'accès aux charges publiques. Enlever ou engrosser une esclave est un acte que la loi florentine de 1366 considère comme un crime contre la propriété. Elle le réprime par de lourdes amendes, ainsi que par le paiement des frais d'accouchement et le remboursement au propriétaire de ladite esclave d'un tiers de sa valeur, ou de sa totalité pour le cas où la pauvre fille mourrait. L'enfant prendra la condition du père, qui devra veiller à son avenir : *partus natus condicionem patris sequatur*. Donc, même s'il est engendré par une esclave, le bébé naîtra libre et fils de Piero. Or il semble qu'un durcissement des peines soit prévu cette année, au terme de la croisade moralisatrice de notre saint archevêque : quiconque enlève ou cache des esclaves plus de trois jours durant contre la volonté de leur maître – et ceci peut justement s'appliquer à ceux qui cachent notre Caterina à Anchiano – risque une condamnation à mort par pendaison. Faudra-t-il donc pendre tout le village ? Quiconque pénètre chez autrui pour coucher avec une esclave – et ceci est justement le cas de Piero – encourt une amende de mille lires, soit une somme énorme, dont le règlement requerrait la vente de tous nos biens ; Piero échouerait aux Stinche, à Florence, jusqu'à ce que mort s'ensuive.

Alors pourquoi donc sont-ils venus ici ? Pourquoi n'ont-ils pas songé à l'hôpital des Innocents, comme il y a deux ans ? Parce que Caterina a déclaré qu'elle n'accepterait jamais d'abandonner un second bébé. Elle a supplié le Seigneur de lui accorder une seule grâce : que son enfant naisse et vive libre ; séparé d'elle à l'avenir si nécessaire, mais élevé par Piero comme son propre enfant. Elle a demandé à Piero une seule chose, en échange de l'amour qu'elle lui a donné librement, sans calcul ni intérêt : qu'il l'aide, si possible et si Dieu le veut, à recouvrer sa liberté.

Le choix de Caterina, ferme et inébranlable, me rappelle celui de Violante dans ma première vie. Voilà pourquoi Piero et Caterina se sont présentés ici : Piero entend exaucer toutes les prières de Caterina. Il veut garder l'enfant, ainsi que la loi l'y oblige, plutôt que de l'abandonner aux Innocents, comme son premier-né. Il veut faire tout son possible pour affranchir Caterina. Et il y parviendra, ajoute-t-il, avec l'aide de Dieu et un peu de chance. Il ne sait pas encore comment, mais il y arrivera. Je sais, quant à moi, que Piero obtient toujours ce qu'il est déterminé à obtenir. Je l'aiderai, nous l'aiderons tous à accueillir ce garçon ou cette fille. Plus qu'un descendant, ce sera un nouveau rejeton de cette vieille plante. Un don de Dieu.

Comment l'appellerons-nous ? C'est un choix important. Les prénoms de notre famille ne sont pas adaptés à un enfant illégitime. Si c'est un garçon, il nous faudra donc écarter Michele, Guido, Giovanni et Frosino. Piero m'annonce que Caterina et lui ont déjà arrêté leur choix. L'enfant portera le nom du saint qui libère des chaînes, qui libère de l'esclavage, afin qu'il accorde à la jeune mère la grâce suprême à laquelle aspire tout être humain : la grâce de la liberté. Saint Léonard de Noblat, l'ermite de Limoges, qui est également vénéré ici, à Cerreto et sur nos terres. C'est un prénom magnifique pour un enfant qui sera fort comme un lion et ardent comme la flamme. Un symbole de liberté. Ce sera lui qui libérera Caterina.

***

En raison du climat et de la tranquillité d'Anchiano, le terme prévu pour la grossesse de Caterina semble tarder. Nous avons célébré Pâques, et les jours de la semaine *in albis* se succèdent désormais. Piero est nerveux car il est attendu le samedi 15 à Florence pour dresser une liste de capitaines : une charge importante, à laquelle il ne peut renoncer. Nous passons de longues heures en silence devant la maison d'Anchiano. À présent, Piero y dort également, dans une petite pièce que la femme d'Orso lui a préparée.

Enfin, l'après-midi du vendredi 14 avril, Caterina perd les eaux et le travail s'annonce, dur et difficile. Des heures durant, la sage-femme s'efforce d'aider la parturiente, or tout paraît inutile : le bébé est trop gros. De temps en temps, des femmes accablées sortent de la chambre d'où nous avons été chassés, nous autres hommes, munies de linges ensanglantés. De terribles hurlements nous parviennent au pied des oliviers. Piero tremble, pleure, s'assied, la tête entre les mains. Je l'épaule, tente de l'encourager. Une petite foule muette de voisins et d'amis de Santa Lucia s'est rassemblée derrière nous, à l'écart ; certains habitants de Vinci s'y sont joints. L'abbé Benedetto se présente à son tour, craignant peut-être que son aide ne nous soit déjà utile. Il essaie de me rassurer, déclare que tout ira bien. Pour me distraire, il me demande si nous avons songé à un prénom pour le bébé. En m'entendant prononcer celui de Leonardo, il m'exhorte à prier le saint de toute ma foi, car saint Léonard protège également les parturientes. Son miracle le plus éclatant ayant consisté à sauver une reine qui accouchait seule dans une forêt, il peut sauver la créature humaine au moment où elle se libère, au risque de sa vie, de la prison obscure et protectrice que représente le ventre de sa mère. Il s'éloigne ensuite et incite les femmes à prier saint Léonard avec ferveur.

La nuit tombe, et nous perdons désormais tout espoir. Un nouveau jour a débuté après le couchant, le 15 avril. Les cris de Caterina semblent maintenant plus faibles. Il est possible que tout s'achève rapidement. Et puis, à la troisième heure du matin, les vagissements d'un nouveau-né rompent le silence. Autour de nous, les gens pleurent, rient, s'étreignent. J'embrasse Piero, le relève, l'entraîne vers la chambre. La sage-femme en jaillit, exténuée par la fatigue et la tension, un bébé dans ses bras ensanglantés. C'est un garçon. Caterina se porte bien, elle a perdu beaucoup de sang et épuisé toutes ses forces en mettant au monde le petit, mais elle est en vie. Piero se faufile dans la pièce, malgré le barrage que les femmes lui opposent. Sans doute s'allonge-t-il près de Caterina, car il réapparaît ensuite souillé de sang. Nous le lavons à la source ; peu après, il s'achemine dans cette tenue vers Florence, une lanterne à la main, accompagné d'un domestique du podestat. Il marchera toute la nuit et, au matin, officiera au palais de la Seigneurie.

★★★

Le 16 avril 1452. Dimanche *in albis*. Piero étant absent, et Caterina trop faible pour se mouvoir, c'est à moi qu'il revient de conduire le bébé à Vinci, soutenu par Violante et Francesco, accompagné de Lucia et suivi par les habitants d'Anchiano. Par chance, il dort. Il est si beau, si robuste, si replet que certaines femmes murmurent – et j'ai encore une bonne ouïe : Oh, béni du Seigneur, il est à l'évidence d'une bonne nature. Don Piero nous attend sur le parvis, flanqué des autres parrains, des autres marraines et des villageois. Devant les vieux fonts baptismaux, nous écoutons la formule ancienne de l'eau qui sauve et purifie : *Ego te baptizo in nomine Patris et Filii et Spiritus Sancti*. J'écris le prénom sur le gros cahier que don Piero a récemment fait relier : *Lionardo di ser Piero d'Antonio di ser Piero di ser Guido di Michele da Vinci*.

Après la messe, nous remontons tous et rendons le bébé baptisé à sa maman. Les femmes d'Anchiano et de Santa Lucia ont préparé de longues tables devant la maisonnette où il est né. De nombreuses personnes, que je ne connais pas et que je n'ai donc pas invitées, ont afflué. Le curé de Faltognano se présente lui aussi en compagnie de sa femme et de ses enfants, il trinque, tout heureux, avec l'abbé Benedetto et l'abbé Piero. Il ne manque que mon Piero. *Monna* Lucia est ravie, elle n'attendait plus ce miracle. Je le suis moi aussi, bien sûr, mais à présent, après tant d'émotions, après les événements qui se sont produits au cours de ces deux dernières semaines, au cours de ces quelques jours qui ont bouleversé la vie tranquille de notre village et la mienne, je me sens las et je n'ai guère envie de festoyer. J'aimerais m'asseoir seul, là-bas, sur cette pierre plate, au pied des oliviers, et m'assoupir sous la chaleur du soleil qui descend vers la mer, rêver peut-être d'une autre époque et d'une autre mer.

La nuit est tombée sur le bourg. Avant d'aller m'allonger près de Lucia, qui dort déjà, il me reste une dernière tâche à accomplir. Je m'empare du vieux registre notarial de mon père. Il importe d'y inscrire la notice de la naissance et du baptême de ce merveilleux enfant. Piero étant absent, c'est à moi de m'en charger. J'ouvre la dernière page. La Providence aux desseins mystérieux a voulu que je laisse un espace blanc en bas. Muni de ma plume et de mon encrier, j'écris. Maintenant, la page est complète. Je peux me coucher.

1452
le 15 avril, à la troisieme heure de la nuit, naquit mon petit filz, enfant de ser Piero mon filz. Il fut denommé Lionardo. Il fut baptizé par l'abbé Piero di Bartolomeo da Vinci, Papino di Nanni Banti, Meo di Tonino, Piero di Malvolto, Nanni di Venzo, Arigho di Giovanni Tedescho, monna Lisa di Domenicho di Brettone, monna Antonia di Giuliano, monna Nicholosa del Barna, monna Maria, fille de Nanni di Venzo, monna Pippa di Nanni di Venzo di Previchone.

10

Piero, et de nouveau Donato

À Florence, via di Santo Gilio,
le 2 novembre 1452

Je me suis épris d'elle au premier regard.

Il y a trois ans, durant l'été, dans cette même pièce. Assis à cette même table, j'étais plongé dans une liasse de papiers compliqués. J'ai senti un mouvement derrière moi. Un bruissement. Je me suis retourné, et elle est apparue, sublime, dans la cage d'escalier. Ses cheveux blonds noués sur la nuque, la tête légèrement inclinée, elle dégageait une grâce naturelle, simple, virginale. Sa cotte laissait entrevoir ses pieds nus : le gauche, devant, appuyé sur la pierre, le droit se hissant sur la marche, la pointe encore sur le sol, la plante et le talon soulevés à la verticale. Le temps s'est arrêté. Un instant après, elle avait disparu.

J'ai l'impression de me trouver dans une prairie, enfant encore incapable de marcher, dominé par l'herbe et les fleurs. Une femme aux bras nus étend de grands draps blancs sur une corde. Dans la lumière éblouissante, je ne vois que ses pieds nus, ses talons dressés, comme suspendus dans l'air. Puis elle se coule dans une fissure entaillant le mur d'une vieille ferme. Je fonds en larmes, désespéré, persuadé d'avoir été abandonné. Sur la terre que le soleil brûle, à côté d'une touffe d'herbe, un lézard s'éloigne.

J'ignore si c'est là le fruit de mon imagination ou un souvenir de mon enfance, peut-être le plus ancien. Mais je sais que cette image revient fréquemment dans mes rêves, en particulier ces dernières années, depuis que je vis seul. Si ce souvenir est bien réel, la femme en question est ma mère, et la ferme la maison où je suis né il y a vingt-six ans. C'est étrange, car je ne me rappelle pas avoir jamais vu ce bâtiment : je n'avais que six ans lorsque mes parents se sont installés dans le bourg. La campagne aussi me semble inconnue. Enfant déjà, je passais mon temps entre les quatre murs de notre maison, tout à ma peur de sortir, ou presque. Et puis le logement que nous habitions était petit et sombre, pourvu de rares fenêtres, bien qu'il donnât à l'arrière sur un potager auquel on accédait par un escalier, depuis la cuisine. J'étais grand et maigre, je parlais peu et préférais la solitude aux jeux de ma sœur et de mon frère, Violante et Francesco, mes cadets de six et dix ans. Deux ans après ma naissance, mes parents avaient eu un autre fils qui s'était aussitôt éteint, avais-je appris après la naissance de Violante. J'avais apparemment déclaré qu'il était bon que le Seigneur l'eût repris, suscitant les larmes de ma mère et m'attirant les coups de mon père.

Je n'ai jamais eu de bonnes relations avec lui. À ma naissance, il avait plus de cinquante ans. Il y a trop de différence entre nous, et pas seulement d'âge. Il bavarde avec tous les villageois, leur raconte les histoires et les aventures de sa jeunesse, se démène pour eux, leur prête de l'argent et s'abstient de se fâcher quand ils ne le remboursent pas. Du temps de mon enfance, il jouait avec Violante, Francesco et le chat Saladin, mais pas avec moi, m'estimant trop sérieux et trop singulier, et il sait maintenant que ses bavardages et ses récits me déplaisent. Mais il sait aussi que j'aime le voir écrire. Il m'a découvert un jour, caché sous sa table, alors que je l'observais, les yeux écarquillés. En souriant, il m'a pris dans ses bras, m'a tendu une plume d'oie et m'a raconté une fable en l'inventant au fil des mots : Il était une fois une grosse oie qui se promenait sur l'aire à battre en se plaignant qu'on lui avait arraché une plume. Soudain, elle tomba justement sur sa plume qui lui dit : Imbécile, cesse de gémir, ta plume fera vivre les paroles des hommes y compris après leur mort, alors qu'il ne restera de toi que quelques petits os rongés après qu'on t'aura rôtie.

Comment est-il possible de faire vivre les paroles des hommes après leur mort ? Au moyen de l'écriture, répondait mon père : Comme ça, on plonge sa plume dans ce petit flacon dénommé encrier, on en tire une goutte de sang noir qui s'appelle encre, et on la répand soigneusement dans les sillons de cette surface fine et rêche qui porte le nom de papier et qui constitue une sorte de champ blanc à labourer et ensemencer.

Il m'a appris rapidement à écrire, d'abord à l'aide d'une table de l'alphabet, puis en me poussant à déchiffrer et recopier ses papiers, ainsi que ceux de mon grand-père et de mon arrière-grand-père. Au début, j'imitais son écriture de marchand, puis, en regardant les missives et les bulles que le curé recevait de la curie de Pistoia ou de Florence, je me suis inventé ma propre écriture, plus claire et plus fluide, à mi-chemin entre celle des marchands et celle des chanceliers. Parfois, à mon grand émerveillement, mon père extrayait de son coffre-fort secret de vieux papiers recouverts de signes inintelligibles et déclarait que les autres peuples du monde emploient une écriture et une langue différentes des nôtres. Il me montrait l'écriture la plus ancienne du monde, celle du peuple hébreu qui avait mis par écrit la parole et la loi de Dieu, puis celle des Sarrasins, qui avaient eux aussi consigné fidèlement la parole de Dieu révélée au prophète Mahomet. Lorsque je m'exerçais, mon frère et ma sœur, qui ne pensaient qu'à jouer, ne cessaient de m'importuner. Francesco en particulier était terrible ; seul le chat Saladin le surpassait : jaillissant des ténèbres et sautant sur la table, ce petit démon griffu renversait l'encrier, si bien que l'encre éclaboussait le papier ; lui, le chat, s'enfuyait et, de toute façon, il était noir naturellement.

Écrire est une tradition familiale. Une activité normale depuis au moins quatre générations. Mon grand-père était notaire, son frère aussi, tout comme son père ; et pour les notaires, c'est bien connu, l'écriture est le fondement et l'instrument de leur métier. Il leur faut tout écrire, il leur faut toujours écrire, et ce qui n'est pas écrit n'existe pas, n'a pas de réalité juridique ; on ne peut établir la véracité de tel ou tel écrit s'il n'est pas authentifié ou porteur d'un *signum*. Hélas, la belle tradition familiale s'était interrompue, à cause de mon père qui avait renoncé à ses études pour parcourir la Méditerranée en qualité de marchand, avant de revenir penaud et sans un sou. Il n'aurait pas dû. Il n'aurait pas dû partir, abandonner son père, sa famille, sa profession. À cette pensée, je sentais grandir en moi de l'hostilité à son égard, ainsi qu'une résolution : je ne deviendrais pas, comme lui, un petit propriétaire vivotant dans un simple bourg de campagne. Je serais notaire, je renouerais avec la tradition familiale puis la perpétuerais. Je voulais m'en aller, m'installer dans la grande ville de Florence. À Vinci, j'étouffais.

J'ai appris la grammaire latine auprès du curé, mémorisant des passages des Psaumes, des Proverbes, du Livre de la Sagesse et de Ben Sira, puis j'ai étudié un vieux livre tout froissé qui avait appartenu à mon arrière-grand-père et à mon grand-père, et que mon père avait feuilleté en vain, la *Summa* du maître bolognais Rolandino.

J'étais encore un enfant lorsque mon père m'a envoyé à Florence suivre les cours de préparation à l'examen d'habilitation. Par manque d'argent, j'ai échoué dans une petite chambre de location au dernier étage d'une tour à moitié croulante, tout près des logis de domestiques et de gens du menu peuple. Ma mère s'employait à confectionner et repriser ce qu'il y avait de mieux à la maison, décousant une bonne robe et la retissant sous forme de pourpoint ou de jaque, m'achetant des chausses d'occasion à un mercier ambulant ; toutefois il était impossible de dissimuler mes origines campagnardes, que ma façon de bouger ou de parler trahissait également. Mes camarades de classe, fils de notaires, de citoyens riches et influents, faisaient de moi la cible de leurs cruelles plaisanteries, brisant mes plumes, souillant mes papiers, fourrant des excréments dans mon plumier. Mais j'allais de l'avant sans mot dire, étudiant toutes les affaires et apprenant par cœur toutes les formules.

Dès que possible, je me suis soumis aux examens au palais de la guilde des juges et des notaires, via del Proconsolo, sorte de tour à quelques pas de la Badia et du palais du Podestat. J'étais intimidé par la vieille salle aux murs ornés de fresques représentant les guildes du Trivium, Sant'Ivo, protecteur de l'art et des grands poètes, et au plafond paré des blasons de la ville, de ses quartiers et de ses corporations ; plus encore, par la sinistre commission, bien décidée à compliquer l'accès à une profession et à un art qui correspondaient aux plus hauts niveaux de la société florentine. Si ses statuts excluaient déjà les Juifs, les clercs, les enfants illégitimes, les maîtres d'école, les étrangers et les gibelins, les examinateurs se chargeaient de rejeter les autres, les fils d'artisans et les habitants du *contado*.

Recalé à la première épreuve de grammaire et de contrats, il m'a fallu attendre un an avant de passer avec succès la grammaire, et trois pour réussir l'épreuve des contrats. Au second examen, j'ai affronté une commission encore plus redoutable, composée du proconsul en personne, des consuls, des conseillers, ainsi que d'autres docteurs et notaires, lesquels m'ont soumis à un feu croisé de questions *in grammaticalibus et notaria.* Ayant échoué, j'ai patienté un an supplémentaire avant de me représenter. Enfin, j'ai atteint la troisième et dernière épreuve devant le conseil de l'art, passant de façon satisfaisante les examens écrit et oral, débattant de la forme et du contenu de deux contrats et achevant la rédaction de la première clause d'un acte notarié. Fort d'un jugement positif, j'ai prêté serment, et mon nom a été inscrit dans le registre des matricules, tandis que je recevais le privilège d'exercer ma profession. J'étais devenu *notarius publicus florentinus et iudex ordinarius imperiali auctoritate*[1].

Avant tout, je devais m'inventer un *signum* qui accompagnerait et authentifierait ma signature. Je suis doué pour l'écriture, mais très maladroit dans le domaine du dessin, car je n'ai pas beaucoup d'imagination. Je suis un homme de loi, un homme d'ordre, non un de ces peintres à la vie dissolue. Au prix de pénibles efforts, j'ai tracé une sorte de montagne dont la forme rappelait celle de mon cher Montalbano : à l'intérieur se détachait l'initiale de mon prénom, la lettre P ; une épée surmontée d'une pomme de pin et d'une croix était plantée sur le sommet. L'épée dans le rocher. Une histoire que j'avais peut-être lue quelque part.

Avec les quelques florins qui me restaient, je me suis acheté une robe d'occasion lors de la vente aux enchères des biens d'un notaire emporté par la peste, ainsi que, chez le papetier, le nécessaire pour débuter : plumes, canif, taille-crayon, encrier, encre, etc. J'avais vingt-trois ans. Après m'être un peu exercé auprès d'un notaire plus expérimenté, *ser* Bartolomeo di Antonio Nuti, j'ai rédigé mes premiers actes, allant et venant entre Pise et Florence, en mars et en avril 1449.

Pendant quelques mois, je n'ai plus rien écrit dans ce premier cahier. Mes premiers actes ne m'avaient presque rien rapporté. Je ne pouvais pas continuer à vivre de la sorte, me rendant le matin de bonne heure dans le cloître de la Badia, ou près du palais du Capitaine et attendant qu'on me priât de servir de témoin

1. « Notaire public de Florence et juge ordinaire par autorité impériale. »

pour quelques pièces de monnaie. J'avais l'impression d'être une prostituée dans l'attente du chaland. Nous étions trop nombreux, nous autres jeunes notaires, pauvres et désœuvrés. Je suis retourné à Vinci, où ma mère a reprisé ma robe et m'a donné le peu d'argent que mon père avait glané en vendant quelques terres à mon insu. Mais je savais qu'il se démenait pour m'aider et j'avais cessé de lui en vouloir. Depuis quelques années, les rôles se sont inversés, je me charge des petites tâches administratives qu'il ne parvient plus à effectuer ; par exemple, déposer sa déclaration de biens au *catasto*.

J'ai regagné Florence à l'invitation d'un vieux banquier à la réputation d'usurier, Vanni di Niccolò di *ser* Vanni Vecchietti, qui me louait une chambre dans sa demeure en échange de mon aide pour le classement de ses innombrables papiers et la rédaction de son testament. Il se disait déterminé à profiter de la bonne santé dont il jouissait à soixante-dix ans pour établir ce document. Comme de multiples Florentins, il redoutait en effet l'archevêque Antonin, qui s'insurgeait contre le grave péché de l'usure depuis l'époque où il était encore un simple religieux, et, joignant les actes à la parole, attaquait les testaments, faisait confisquer les biens issus d'activités illégales et redistribuait le montant de leur vente aux pauvres et aux victimes de l'usure. Effrayé par cette croisade moralisatrice, Vanni avait décidé de prendre des mesures préventives. N'ayant pas d'autre moyen pour survivre, je lui ai apporté mon soutien.

Un drôle de type que ce Vanni, fils d'un menuisier surnommé *Tas-de-choses* à cause de sa façon de se mêler de toutes les affaires et de multiplier les promesses, habileté qu'il avait transmise à son fils. À l'entendre, il ne possédait aucun bien, et ses déclarations au *catasto* regorgeaient de plaintes, mais en vérité il s'était enrichi grâce à l'usure. Pour obtenir le pardon de Notre Seigneur, il faisait ostensiblement l'aumône et participait activement à la Compagnie de Santa Maria della Croce al Tempio – les *Noirs* qui assistent et accompagnent les condamnés à mort à la potence.

Il vivait via Ghibellina, paroisse de San Pier Maggiore, quartier de Santa Croce, gonfalon de la Roue, dans une vaste demeure, dotée d'une dépendance à l'arrière, s'ouvrant sur la via di San Procolo Fuori le Mura, mais mal utilisée et pleine de désordre, car on y entassait des meubles et des objets, y compris de grande valeur, confisqués à des débiteurs insolvables et désespérés.

Le désordre de la maison était accru par l'hétérogénéité de ses habitants, qui ne constituaient pas une véritable famille. Pour le punir peut-être de son indignité, le bon Dieu avait refusé à Vanni la grâce d'avoir une descendance, si bien que son ménage était aux mains de sa seconde épouse et cadette de trente ans, *monna* Agnola, également sans enfant, une de ces femmes qui épousent des vieillards fortunés dans l'espoir d'hériter rapidement de leurs biens et d'acquérir ainsi leur liberté en qualité de riches veuves ; par surcroît, elle affichait la morgue de ses ancêtres, les Bandini Baroncelli, lesquels, comme les Pazzi, haïssent les Médicis et ont juré de les voir morts. Le couple était flanqué d'un neveu, Piero di Bernardo, quinquagénaire boiteux, et d'un fils adoptif, Domenico di Nanni, un gamin de douze ans fort grossier, trouvé à Santa Maria a Olmi, dans le Mugello, où Nanni avait ses meilleures terres et une grande demeure patricienne, ainsi que, disait-on, un fils illégitime né d'une paysanne du coin. Il fallait y ajouter le maître de Domenico, qui lui apprenait un peu de grammaire et semblait passer le reste de son temps à rôder autour des cuisines avec d'autres neveux et parents pauvres de Vanni qui allaient et venaient entre la ville et l'arrière-pays. J'oubliais, *monna* Agnola, la grande dame, disposait d'une esclave prénommée Caterina.

J'avais donc échoué à mon tour dans cette maison de fous, précisément sous les combles. En contemplant cette vaste demeure, mal décorée et mal rangée, je songeais que, à la place de Vanni, je lui aurais rendu tout le lustre qu'elle méritait et l'aurais remplie des enfants que mon épouse m'aurait donnés. Des enfants légitimes, fruit d'un mariage béni par le Seigneur et reconnus par les lois des hommes, non ces bâtards qui surgissent d'on ne sait où ni comment et sont jetés aux Innocents, enfants du péché et d'une sordide union charnelle avec des femmes du peuple ou des esclaves. Je me jurais de ne pas commettre ce genre d'erreurs. *Beatus vir qui non abiit in consilio impiorum*[1].

1. « Heureux l'homme qui ne marche pas selon le conseil des méchants », Psaumes I, 1.

La punition de Dieu pour nos actes de superbe nous frappe au moment où nous nous y attendons le moins, et elle est toujours terrible, elle nous permet de mesurer notre faiblesse et notre incapacité de résister aux tentations. Comme d'habitude, le péché ou le démon m'est apparu sous la forme merveilleuse de la beauté et de la grâce d'un ange ; non, je me trompe peut-être en employant ces termes : ce n'était pas un démon, mais véritablement un ange, qui m'a sauvé et libéré de moi-même. Chaque fois que je repense à cette histoire, c'est-à-dire à mon histoire, ou plutôt à la nôtre, mes pensées s'embrouillent. Je suis soudain incapable de classer les affaires de l'existence réelle et de les traiter de façon ordonnée, comme s'il s'agissait des affaires abstraites de l'*ars notaria*, à les consigner avec soin et selon les formules d'usage dans le registre des actes de ma vie. Non, pareille chose est impossible lorsque vous êtes bouleversé, lorsque vos jambes tremblent et que vous n'êtes plus à même de parler, que vous avez le souffle coupé et que vous ne pouvez penser à rien d'autre ni dormir la nuit.

L'été faisait son retour. Un été affreux, en particulier dans mon grenier, sous les voussoirs, où la chaleur régnait et l'air manquait. De surcroît, l'épidémie de peste réapparaissait, venue de la campagne ou apportée par des soldats, ce qui m'obligeait, chaque fois que je sortais, à me couvrir le visage d'un mouchoir imbibé d'eau de musc. Je n'avais guère d'occupations, mes clients éventuels semblaient s'être enfuis ou avoir péri, si bien que Vanni me dépêcha chez un de ses amis et semblables, un vieil escroc, afin que je l'aide à mettre de l'ordre dans ses papiers. Il s'appelait Donato di Filippo di Salvestro et vivait non loin de là, via di Santo Gilio, peu après l'hôpital de Santa Maria Nuova. Il avait exercé le métier de banquier et de batteur d'or à Venise avant de perdre sa fortune et de regagner Florence, tout penaud – c'était du moins ce qu'on racontait. Toujours au courant de tout, Vanni était persuadé qu'il dissimulait de grandes richesses au fisc ou qu'il les déguisait sous forme de lettres de crédit ou de titres ayant des intérêts à long terme.

Donato est un vieillard, comme Vanni et comme mon père, mais en fort mauvais état, à croire qu'un grave accident l'a marqué pour le restant de ses jours aussi bien dans le corps que dans l'âme. En effet, il a perdu la tête et évoque un enfant égaré derrière ses rêves ;

parfois, cependant, il revient à lui et formule alors des réflexions surprenantes, pénétrantes, avant de s'absenter de nouveau, le regard dans le vide. Il n'est guère aisé de le suivre dans ses prétendus raisonnements, ou d'user de patience durant ses longs silences ; ses papiers sont beaucoup plus en désordre que ceux de Vanni ; pis, ils concernent le monde et la société de Venise, dont je ne connais ni les usages ni les coutumes.

Lors de ma première visite à son domicile, je constatai qu'il était toujours flanqué de sa seconde épouse, *monna* Ginevra, une femme de trente ans sa cadette, mais grosse et goutteuse, qui nous surveillait comme un chien de garde, posant sur moi un regard inquisiteur de façon que je ne fasse rien signer à Donato, ni promesse ni donation risquant d'amputer de quelques florins son héritage, qu'elle imaginait proche. Mais j'avais également l'impression que son mari et ses richesses vraies ou prétendues n'étaient pas le seul objet de la garde qu'elle montait sévèrement dans sa maison : nul doute, celle-ci contenait certainement un autre trésor.

Je me rappelle parfaitement le jour de notre rencontre.

J'étais assis à cette même table, au milieu de cette même pièce, la tête plongée dans des papiers. J'avais de plus en plus chaud. Je me trouvais seul, car Donato était allé d'un pas chancelant vider sa vessie.

Cela n'a duré qu'un instant. Un pas feutré sur la pierre, le bruissement d'une tenue de domestique composée de vêtements larges et légers qui lui dissimulaient à grand-peine la poitrine, un halo, un parfum de peau fraîche et d'humeurs tranchant sur l'odeur rance de papier moisi.

Dès lors, obsédé par cette vision, je me suis efforcé par tous les moyens possibles de revenir dans cette maison. Puis, un jour, comblant mes espoirs, *monna* Ginevra a relâché sa surveillance pour vaquer à ses affaires. Alors j'ai laissé Donato jouer avec le canif et le taille-crayon, à la table, et me suis coulé comme un lézard dans la cage d'escalier. Mon cœur battait la chamade tandis que je gravissais les marches ; la transpiration collait ma robe à ma chemise, au point que j'aurais vendu mon âme pour m'en débarrasser. Je me suis arrêté devant une porte à moitié ouverte et je l'ai revue : accoudée au rebord de la fenêtre, plongée dans la lumière, elle paraissait contempler la grande coupole de Santa Reparata qui surplombait la maison. À sa main, appuyée contre le montant, brillait une petite bague en étain.

Ayant sans doute perçu ma présence, elle s'est retournée, surprise et peut-être apeurée par le jeune homme grand et maigre, en robe rouge, qui posait sur elle un regard halluciné. Pour la première fois, nos regards se sont croisés et je me suis perdu dans ses prunelles d'un bleu céleste. Sans m'en rendre compte, je me suis tout doucement approché, puis, la voyant ouvrir les lèvres dans le but de crier, je me suis immobilisé et agenouillé à ses pieds. Je l'ai priée d'un filet de voix de dénouer ses cheveux, ce à quoi elle a consenti, apparemment rassurée. S'asseyant sur le bord de son lit, elle a défait son chignon et libéré une cascade d'or qui est retombée sur ses épaules et dans son dos. Tout tremblant, je lui ai demandé l'autorisation de les caresser. Elle me l'a accordée et a fermé les yeux. J'ai moi aussi fermé les miens et songé au temps où je tressais les cheveux de ma mère. Or ce n'était pas cette dernière qui se tenait devant moi quand j'ai de nouveau soulevé les paupières, c'était le corps blanc et nu d'une déesse.

Je ne me rappelle pas ce qui s'est produit ensuite, ce que j'ai fait, ou ce que mon corps a fait, ou encore ce qu'ont fait nos deux corps unis en un seul. Une force invincible nous animait, nous emportait, nous projetait dans le ciel. Pour moi, c'était la première fois. Et, m'étant ressaisi, j'ai découvert avec terreur que ça l'était également pour elle. Elle était vierge. Le drap était souillé de sang.

Je me suis sauvé. Puis je suis revenu à deux autres reprises et, chaque fois, nos corps se sont entrelacés et aimés. C'étaient eux qui se parlaient, et c'était à travers eux que nos âmes s'exprimaient aussi. En revanche, nous nous abstenions de parler, si bien que je me suis bientôt rendu compte que j'ignorais jusqu'au nom de l'ange qui m'avait libéré de mon corps et de mes peurs. J'avais omis de le lui demander. Dans le même temps, quelque chose en moi me poussait vers la fuite, loin de cette maison et de cette ville, tout à la honte que le péché de luxure éveillait en moi et à la crainte de la punition divine qui ne tarderait pas à s'abattre sur ma personne. *Domine, ne in furore tuo arguas me, neque in ira tua corripias me*[1].

1. « Seigneur, corrige-moi sans colère, et reprends-moi sans fureur », Psaumes VI, 2.

Le bon Dieu n'était pas le seul juge que je craignais. Le crime dont je m'étais souillé, je le savais bien, enfreignait aussi les lois des hommes : de lourdes peines étaient prévues pour les individus qui attentaient à la propriété d'autrui, et d'autres plus sévères encore lorsque ce bien avait été détérioré en partie. Car, j'en étais certain, cette jeune personne était une esclave, et donc une propriété privée, une marchandise aussi précieuse qu'un drap de satin ou de brocart ; en la détériorant, c'est-à-dire en la déflorant, je commettais un crime encore plus grave. Et puis si je l'avais vraiment aimée – ce qui était le cas, mon cœur battant le prouvait –, notre amour était impossible, il constituait une folie qui gâcherait définitivement ma vie.

Vanni, que je n'avais pas mis dans la confidence, m'obligea à demeurer à Florence, ce qui constituait pour moi une torture ineffable. Le 19 septembre, il a fini par me dicter son testament à Sainte-Marie-des-Anges, dans la chapelle des Alberti en présence des austères religieux camaldules, et il m'a fallu en rédiger la version en langue vulgaire. Mais mon esprit était ailleurs et je me moquais bien de toutes ces misères.

Je me suis acquitté correctement de mes devoirs. Ma main et la plume se mouvaient peut-être toutes seules, sans que je les guide. Vanni a tenu à me récompenser, me considérant peut-être comme un fils – celui qu'il n'avait jamais eu et auquel il n'aurait jamais pu substituer son stupide neveu ou son fils adoptif. Ainsi, le 29 novembre, il m'a prié d'ajouter à son testament une série de codicilles qui ont suscité la rage de *monna* Agnola à qui, de toute évidence, il ne se fiait guère : selon ces volontés, je remplaçais son épouse en qualité d'exécuteur testamentaire et obtenais de surcroît, tout comme elle et son neveu, l'usufruit de sa propriété aux Olmi et, surtout, de sa maison, via Ghibellina. Cette décision me paraissait si incroyable que je ne plaçais guère de confiance dans son exécution. *Monna* Agnola ne lâcherait pas facilement prise. En outre, le bruit courait que l'archevêque qui, hélas, connaissait bien les activités et les arnaques de Vanni, intrigué par le legs de ce dernier aux hiéronymites, avait diligenté une enquête afin de contester son testament. Mais, alors, peu m'importait. Je n'avais qu'une seule envie, quitter Florence, car chaque fois que je passais près de la coupole de Santa Reparata, ou l'apercevais de loin, je pensais au jour où je l'avais vue de près depuis la fenêtre d'une petite chambre, via di Santo

Gilio, dans laquelle un ange m'avait libéré et permis de prendre mon envol.

En décembre, je suis parti pour Pise, où l'on avait besoin de jeunes notaires mal payés et sans grandes prétentions. Depuis qu'elle avait été conquise par Florence, la ville était asservie à une domination directe qui avait peu à peu privé les vieilles classes dirigeantes de leur autorité, les obligeant à occuper des tâches marginales ou à émigrer. Nous autres Florentins voyions s'offrir à nous d'énormes possibilités, si bien que, pareils à des sauterelles, podestats, capitaines, magistrats, commissaires, officiers, grands et petits fonctionnaires, douaniers et gabelous, marchands, artisans, ouvriers et notaires s'abattaient sur cette cité au glorieux passé maritime et la dévoraient. Nous construisions une nouvelle forteresse, conçue par Brunelleschi, dans le quartier méridional de Chinzica, près de l'Arno, afin de contrôler le ponte della Spina et le ponte a Mare. Pour l'ériger, nous avions détruit tout l'hôpital de Sant'Andrea ainsi que les maisons de quatre-vingt-dix familles, ce qui nous valait la haine de tous les Pisans et nous amenait à user de méfiance à leur égard. Je me suis plongé dans ma tâche, remplissant mon registre d'actes pendant plus d'une année, jusqu'à la fin de 1450, c'est-à-dire en janvier[1]. Lors de mes rares retours à Vinci, seul mon père se montrait satisfait de mon installation à Pise : c'était pour lui une nouvelle occasion de rafraîchir ses souvenirs et ses récits de jeunesse, d'évoquer interminablement son arrivée à Porto Pisano d'où il avait levé l'ancre pour le ponant et l'aventure.

Mais je ne l'écoutais pas. J'étais obsédé par une unique pensée. Néanmoins, il ne s'agissait plus des préoccupations égoïstes, des craintes pour ma carrière et pour ma vie que ma conduite pécheresse, mon geste inconsidéré, avaient suscitées. Non, dans mon exil pisan, je ne pensais qu'à une seule et même femme. Que lui était-il arrivé ? me demandais-je sans cesse. Si elle était tombée enceinte, elle le paierait très cher, puisqu'elle occupait, selon les lois et les usages, le degré le plus bas de la société humaine en tant qu'esclave et que femme. Vivre seule sa grossesse, l'angoisse et les tourments de l'accouchement devait être terrible. Si elle ne survivait pas, une

1. À Florence, l'année commençait le 25 mars (style de l'Incarnation).

mort charitable fermerait ses yeux et interromprait ses souffrances. Si elle avait un bébé, que deviendrait-il ? Serait-il abandonné ? Mon Dieu, ce bébé était mon enfant ! Par quel mystère avais-je disparu de la sorte, me dérobant à mes responsabilités de père ? Le plus douloureux, c'était de ne pas avoir de prénom à invoquer ou à mentionner dans mes prières, lors de mes heures de solitude. Un prénom à confier à la Sainte Vierge Marie afin qu'elle protégeât la mère et l'enfant. Notre enfant.

Quand je regagnai Florence en 1451, je ne l'avais pas oubliée. Je n'aurais jamais pu l'oublier. Toutefois, conforté par mon succès professionnel à Pise, j'avais acquis une douloureuse certitude. Tout en continuant de couler, le fleuve de la vie nous avait à jamais éloignés l'un de l'autre. Je ne la reverrais plus. Cependant son souvenir demeurerait indélébile en moi : le souvenir de la lumière dont elle était auréolée, le souvenir de son corps qui m'accueillait, le souvenir de ses yeux. Je ne la reverrais plus, mais rien ne nous séparerait dans le secret de mon cœur.

À Florence, l'épidémie avait pris fin et l'on attendait un nouveau printemps. J'avais réintégré la demeure de Vanni, où il régnait une atmosphère pesante. Désormais ni *monna* Agnola, ni son neveu boiteux, ni son fils adoptif ne m'adressaient plus la parole. L'esclave Caterina semblait bien s'entendre avec le premier et intriguer pour qu'il l'affranchisse, peut-être même pour qu'il l'épouse. Le 16 mars, Vanni a ajouté un dernier codicille à son testament ; mal portant et presque toujours alité, il sentait non sans inquiétude se rapprocher la fin de son existence terrestre et le moment de sa rencontre avec le juge, dans l'au-delà. Il était terrifié par les prêches menaçants que l'archevêque consacrait aux usuriers. Il avait cessé d'endosser le froc des Noirs, ayant refusé de participer à l'horrible exécution et au bûcher d'un pauvre médecin accusé d'épicurisme et donc d'hérésie.

Depuis le mois de mars, je rédige des actes notariés dans les lieux importants, au cœur de la ville et au centre du pouvoir : à la Badia, en m'appuyant sur l'atelier de *ser* Piero di Gagliano ; à Sainte-Marie-des-Anges, où le vieux Vanni m'a introduit ; au palais du Podestat. Mais il n'y a guère de travail : en l'espace de six mois, je n'ai établi que six actes. Quand je me lasse de patienter sous les arcades de la

Badia ou dans la cour du palais, je me promène parmi les échoppes et les entrepôts.

Les boutiques que je préfère sont celles des papetiers. J'aime l'odeur du papier neuf qui sort de l'atelier. C'est mon principal outil de travail ; hélas, le papier de meilleure qualité est trop onéreux pour ma bourse, aussi je me contente de le feuilleter, de le humer, de le toucher pour le sentir vibrer dans toutes ses rides et ses vergeures ; c'est une matière vivante, née de la transformation de vieux chiffons et de carnasse, et prête à revivre grâce au tour de magie de l'écriture.

Je l'observe à contre-jour pour en distinguer les filigranes et tenter de me représenter le voyage qu'il a effectué avant d'atteindre le comptoir, et les cours d'eau dans lesquels sa pulpe a macéré : l'Elsa à Colle, le Serchio à Lucques, la Pescia au Val di Nievole, le Giano à Fabriano. Des motifs fantaisistes surgissent et se meuvent dans la lumière : notre lys florentin, la croix trilobée, le basilic, la tête de bœuf, la roue, le chapeau de cardinal, la sirène. Les papiers arabes de mon père sont dépourvus de filigrane. Pour les actes originaux *in mundum*[1] on utilise du parchemin, qu'il convient de choisir soigneusement car, sur le côté chair, on écrit mal et l'encre bave : je ne l'utilise donc qu'en cas de nécessité et demande à mes clients de le payer. Gianni Parigi, papetier, se montre résigné et bienveillant, allant même jusqu'à me faire crédit. Il a beau savoir que je ne lui achèterai rien, ou tout au plus une liasse de ce papier de chancellerie peu coûteux qu'on vend aux charcutiers ou aux officiers du *catasto*, il apprécie mes manières de connaisseur, qui intriguent et attirent des clients plus fortunés.

Plus loin, dans l'atelier de maître Vespasiano, je peux toucher et regarder avec respect des objets merveilleux qui ne sont pas dans mes moyens : parchemins rédigés de l'écriture à l'ancienne qui est maintenant en vogue, ornés d'entrelacs élaborés et de vignes blanches, de portraits d'auteurs, d'enluminures. Mais lorsque se présentent des personnages illustres, tels que Cosme de Médicis ou Giannozzo Manetti, je veille à m'écarter respectueusement, d'autant plus qu'il arrive à maître Vespasiano de me chasser en grommelant que je gâche ses pupilles, ainsi qu'il appelle ses livres. Parfois il m'est même impossible de les approcher, parce que la place est occupée

1. « Au propre. »

par l'élégant chevalier en houppelande qu'est messire Francesco Castellani, lequel vit dans un palais aux allures de château au bout de la rue, avec vue sur l'Arno. J'ai appris comme tout le monde à le reconnaître à la plume de perroquet qui orne son bonnet, depuis que le barbier me l'a indiquée non sans moquerie.

Rassemblant mon courage, je l'ai un jour salué humblement et lui ai proposé mes services. À ma grande surprise, il m'a répondu – certes, en me toisant avec un mépris manifeste – et a daigné entamer la conversation. En entendant que j'étais originaire de Vinci, il m'a posé des questions sur tel ou tel habitant, et j'ai soudain eu l'impression d'enfoncer une porte ouverte : qu'ils fussent de Vinci, de Sovigliana, de San Donato in Greci, de Cerreto, ou d'Empoli, tous ces hommes m'étaient familiers, ou du moins ils étaient familiers à mon père. Le chevalier m'a expliqué qu'il possède dans la campagne environnante plusieurs propriétés dont il ignore l'emplacement, du fait des innombrables histoires d'héritages, de fermages, de gabelles et de bornes qui les concernent. Il a conclu qu'il avait besoin d'un jeune notaire du coin, d'un garçon débrouillard et doué comme je l'étais à son avis, capable de s'occuper des affaires importantes qui sont le lot des chevaliers. J'avais du mal à en croire mes oreilles. Travailler pour le chevalier Castellani ! Comme tous les grands seigneurs, comme Vanni qui m'hébergeait gratuitement, ou comme Donato qui feignait d'être trop ahuri pour y penser, il ne me paierait probablement pas, mais sa demeure regorgeait sans doute de tissus et d'étoffes précieuses, si bien que me céder un coupon pour me faire une nouvelle robe ne lui coûterait rien.

Sans perdre de temps, le chevalier m'a ordonné de le suivre chez lui et m'a conduit dans son cabinet de travail, au premier étage, où il a exhibé quantité de papiers en les jetant sur la table avec dédain, preuve qu'il ne les avait jamais consultés, soit par ennui, soit par crainte d'être détourné de ses précieuses occupations de chevalier. Après quoi il m'a planté là pour se rendre dans une pièce attenante en laissant par mégarde la porte ouverte. Comme tous les notaires, j'ai la mauvaise habitude de me mêler de ce qui ne me regarde pas et de fourrer le nez partout. J'ai donc essayé de lorgner entre les battants peints de la porte, sans grand succès. Un bruit étrange aiguisait ma curiosité, évoquant un vague souvenir de mon enfance : peut-être de l'époque où ma mère m'avait éloigné pour se consacrer à Violante, sa nouveau-née, petite intruse qui accaparait toute son affection.

Intrigué, je me suis levé et approché. Dans l'entrebâillement de la porte, j'ai découvert un grand lit à tête peinte, ainsi qu'une jeune femme allaitant un enfant, la main d'une autre femme serrée dans la sienne. C'est alors que j'ai reconnu le va-et-vient de sa poitrine, ses cheveux blonds, ainsi que ses grands yeux bleus posés un instant sur les miens. Ce n'était pas possible ! Elle ne pouvait pas être là maintenant, tel un fantôme !

J'ai reculé en titubant et me suis effondré dans mon fauteuil, dont j'ai agrippé les accoudoirs de mes mains glacées, le souffle court, comme si mon sang s'était entièrement retiré dans le lac de mon cœur. C'est dans cet état que le chevalier m'a trouvé à son retour. Tout en me ressaisissant, j'ai marmonné que ses papiers étaient trop embrouillés, qu'il me faudrait revenir à plusieurs reprises et peut-être me rendre à Vinci pour vérifier ses affaires sur place. Il m'a alors congédié nonchalamment, et je me suis engouffré dans l'escalier étroit et raide, risquant de trébucher et de choir à chaque pas. Une fois dehors, je me suis appuyé contre le muret qui borde le fleuve, en proie à l'envie de me noyer. En levant les yeux, j'ai cru distinguer une ombre qui me regardait à travers les verres sertis de plomb. Il me semblait que je perdais la raison. Je me suis pris la tête entre les mains et j'ai fondu en larmes.

Le lendemain matin, j'ai regagné le château où le chevalier m'a conduit à sa table avant de s'en aller, peut-être en compagnie de la femme que j'avais aperçue la veille. Dans ces lieux apparemment déserts, je me suis surpris à tourner machinalement les documents que j'étais censé étudier sans parvenir à les lire, attendant avec angoisse que quelque chose se produise. De fait, au bout d'un moment, alors que je relevais la tête, je l'ai vue. Surgie de je ne sais où, elle me regardait sans mot dire, dans un coin. Ses yeux ne trahissaient ni reproches ni hostilité, plutôt une sorte de mélancolie, une tristesse mêlée de résignation. Pour sûr, elle m'avait reconnu la veille, alors qu'elle était assise sur le lit de sa maîtresse. Bientôt elle a pivoté et, poussant une porte dérobée, a quitté la pièce non sans se retourner une dernière fois, paraissant m'inviter à la suivre. Comme dans un rêve, j'ai bondi sur mes pieds, ai franchi le seuil et me suis engagé dans l'escalier. Il débouchait sur une terrasse, entre deux petites tours, où des draps séchaient, tels des voiles blancs ondoyant et frémissant au vent. Elle m'y attendait.

Je l'ai rejointe et lui ai adressé quelques mots, une demande de pardon. Elle m'a répondu par une question : Que signifiait le pardon, puisque je l'avais abandonnée, que je m'étais volatilisé sans un mot, sans un au revoir ? Ce n'était pas à elle que je devais demander pardon, c'était à mon enfant, à notre enfant, dont elle avait été séparée aussitôt après sa naissance et que nous avions définitivement perdu, a-t-elle continué. Le sol s'est dérobé sous mes pieds et, me recroquevillant contre le mur, j'ai pleuré comme un gamin. Alors elle s'est approchée et, me caressant la tête, m'a lancé : Comment t'appelles-tu ? Levant vers elle mes yeux embués, j'ai répondu. Elle a dit pour sa part : Caterina, je m'appelle Caterina. Nous nous sommes dévisagés sans bouger, sans parler, entre les draps qui semblaient vouloir s'envoler, telles les voiles d'un navire.

Dès lors, nous nous sommes vus tous les jours, ou presque. J'ai travaillé durement pour le chevalier et me suis rendu souvent à Vinci, où j'ai également aidé mon vieux père en rédigeant sa déclaration de biens, que j'ai ensuite déposée au *catasto*, à Florence. Tandis qu'il énumérait les terres qui constituaient ses domaines, j'ai mesuré les sacrifices que lui avait causés mon entretien. Au château, Caterina et moi disposions de toute la liberté que nous souhaitions. En effet, le chevalier passait son temps dans un souterrain secret, ou dans les ateliers des orfèvres et des soyeux. Son épouse n'avait besoin des services de la nourrice qu'une ou deux fois par jour car la fillette, âgée de plus d'un an, devait être sevrée. De surcroît, elle exigeait que Caterina se repose et mange correctement pour qu'elle soit en bonne santé et qu'elle ait du bon lait. L'affection et la liberté que le couple lui réservait me surprenaient : ce n'était certes pas de cette façon que les esclaves étaient habituellement traitées.

Nous nous retrouvions secrètement au même endroit : sur la terrasse, exposée au soleil et à l'air, où Caterina montait étendre la lessive. Les premières fois, nous n'avions même pas le courage de nous toucher, de nous effleurer, de nous tenir la main, tant nous étions habités par le souvenir de la tempête qui nous avait emportés deux ans plus tôt et qui nous effrayait encore. En revanche, nous nous parlions, et je pouvais enfin découvrir l'âme merveilleuse que les yeux de ma bien-aimée reflétaient.

C'est ainsi que j'ai appris ce qui lui était arrivé après ma fuite. Après qu'elle eut révélé son état à sa maîtresse, *monna* Ginevra, celle-ci avait caché sa grossesse pour éviter le scandale puis, une fois Caterina délivrée, l'avait louée comme nourrice à la famille des Castellani, *monna* Lena n'ayant pas assez de lait pour nourrir sa nouveau-née. Son enfant à elle, un garçon, lui avait été soustrait à la naissance. Ayant passé neuf mois à le porter, le sentir grandir, lui transmettre son sang et sa vie, lui chanter des comptines, Caterina en avait conçu un immense chagrin. Plus encore que l'accouchement, cet arrachement avait été pour elle une terrible violence, une blessure qui ne s'était jamais cicatrisée.

Pour la première fois, je ressentais un même chagrin pour l'enfant et pour sa mère, mêlé d'une grande honte, parce que j'aurais dû demeurer aux côtés de ma bien-aimée, avouer ma faute à *monna* Ginevra, puis garder l'enfant et l'élever, ainsi que les lois le prescrivent à ceux qui n'ont pas le cœur assez pur pour discerner ce qui est juste et bon. À cause de moi, à cause de ma fuite, l'enfant s'était égaré. Nul ne savait où il se trouvait, s'il avait été baptisé et avait reçu un nom. Il avait probablement le même âge que Maria, si bien que, chaque fois qu'elle l'allaitait, Caterina pensait avec tristesse à son petit, privé de nom et d'avenir. Elle avait entendu parler d'un endroit qu'on appelle les Innocents, où l'on conduit les enfants de personne. Sans doute y avait-il échoué, et peut-être y recevait-il les soins d'une nourrice salariée par l'hôpital.

J'ai parlé à Caterina de ma famille, de ma vie, de mon enfance triste et solitaire, des pénibles efforts que j'ai déployés pour me frayer un chemin dans l'existence et conquérir ma liberté. Elle-même n'a pas évoqué volontiers son passé, un passé qui s'efface peu à peu : le monde d'où elle provient est si différent de celui où elle vit à présent qu'elle se demande parfois s'il a vraiment existé, ou si ses souvenirs ne sont pas plutôt des rêves récurrents, des projections de son esprit. À ce que j'ai compris, c'est apparemment un monde merveilleux. Sa façon de parler gutturale, veinée du même accent vénitien que celui du vieux Donato, est étrange.

Caterina est originaire des montagnes situées au bout du monde, où l'arche de Noé s'est posée après le Déluge, où Prométhée a été enchaîné par les dieux et dont Alexandre le Grand a barré le passage, au moyen de portes gigantesques, à la horde barbare et féroce de Gog et de Magog. Elle est la fille d'un prince dénommé Jacob. Le prénom qu'elle porte, et que les religieux ont coutume d'attribuer aux esclaves païennes tout juste arrivées, lui a été donné à son baptême en l'honneur de sainte Catherine d'Alexandrie, comme l'atteste la bague en argent sur laquelle il a été gravé en grec et qui est l'unique souvenir qu'elle conserve de son père. Elle est chrétienne, baptisée, même si elle a d'étranges idées à propos de la doctrine, domaine qu'il vaut mieux ne pas trop approfondir ; du reste, chez nous aussi les gens du peuple ne connaissent pas les subtilités des maîtres de théologie.

Caterina a été capturée et réduite en esclavage à La Tana, l'avant-poste vénitien à l'extrémité de la mer Majeure, emmenée à travers les mers à Constantinople, dont elle a vu les coupoles d'or, puis à Venise et son labyrinthe d'eau, avant de gagner Florence en compagnie de messire Donato. Il est un sujet sur lequel elle insiste avec force et fierté : elle est née libre, comme le vent et les animaux sauvages, au sein d'un peuple qui considère la liberté comme le bien suprême. Vivre en esclavage, être traitée comme une chose, comme un objet, lui est devenu insupportable. À plusieurs reprises, par exemple quand on lui a enlevé son bébé, elle a eu envie de mourir et elle envisage de se donner un jour la mort : ce geste extrême serait le seul acte de liberté en sa possession. Elle s'égorgera ou se lancera dans le vide depuis cette terrasse. Voilà pourquoi elle n'a qu'un seul désir : recouvrer sa liberté et mourir comme une femme libre.

Après nos paroles, nos mains ont recommencé à s'entremêler, puis nos corps se sont exprimés dans la langue universelle qui balaie toutes les différences d'idiomes et de cultures. Nous nous sommes de nouveau aimés sur la terrasse du château, non dans l'angoisse et la frénésie de la première fois, mais dans la plénitude de l'entente, d'une fusion absolue du cœur et du désir. Nous nous sommes aimés dans le présent, un présent absolu sans souvenir du passé, sans peur ou conscience de l'avenir. L'amour de Caterina me libérait de moi-même, m'insufflait force et sécurité, faisait de moi un autre homme.

C'est au cours de cette période dorée, le 24 octobre, que Vanni est mort : j'ai assisté à ses funérailles à Santa Croce et me suis retrouvé empêtré dans l'exécution de son testament, qui n'est pas allée très loin, comme je l'avais prévu. Mais peu m'importait désormais. Mon esprit était occupé par une seule pensée : Caterina.

Un jour Caterina s'est rendu compte qu'elle était de nouveau enceinte. J'ai attendu qu'on ne puisse plus cacher son gros ventre pour annoncer moi-même la nouvelle à messire Castellani, trop absorbé dans ses livres et ses brocarts pour remarquer quoi que ce fût. Au lieu de se décomposer, il m'a alors confié qu'il avait eu lui-même un fils d'une esclave avant d'épouser Lena : Niccolò, ce bel enfant qui s'ébattait dans la maison. Chaque vie est un défi lancé au destin, un pari avec Mère Nature.

Mais comment se conduire à présent ? Caterina ne lui appartenait pas, elle était la propriété de *monna* Ginevra, et il risquait d'être tenu pour responsable de la détérioration de ce bien, advenue dans sa demeure, à savoir cette nouvelle grossesse, a-t-il expliqué. Cela le contrariait, il refusait que son honorable nom fût mêlé à un scandale. Il conviendrait de tout dissimuler ici, dans son château, personne ne s'apercevrait de rien. On dirait à *monna* Ginevra que la petite Maria ne parvenait pas à renoncer au bon lait de Caterina. Toutefois, le moment venu, nous devrions partir. Il me faudrait emmener Caterina accoucher ailleurs. Ces problèmes de femmes ne le concernaient pas.

Il en a été ainsi. En vertu d'une décision ferme et partagée : le bébé que Caterina portait en son sein ne serait pas abandonné. Caterina y était clairement et fermement résolue. Elle avait beaucoup prié au cours de cette période, elle avait imploré le Dieu tout-puissant de lui accorder une seule grâce : que le bébé naisse et vive libre, peu importe que ce fût loin d'elle, tant qu'il ne serait pas abandonné et que je l'élèverais comme mon fils. Et elle m'avait adressé une demande : que je l'aide à recouvrer sa liberté, sa dignité d'être humain. Je lui ai promis que je me démènerais pour que son rêve se réalise, je sentais en mon for intérieur que j'y arriverais avec l'aide de Dieu et de la Vierge Marie. Pour cette raison, nous avons choisi ensemble le nom du saint qui protégerait cette nouvelle vie et intercéderait pour obtenir la grâce que constituerait l'affranchissement de Caterina : saint Léonard, le saint qui libère des chaînes, le protecteur des esclaves et des parturientes. Notre bébé se nommerait Leonarda ou Leonardo. Un symbole de liberté. La liberté de Caterina.

Le 2 avril 1452, au terme d'un voyage lent et pénible du fait de l'état de Caterina, le cocher du chevalier nous a déposés tout près de Vinci : au pressoir d'Anchiano, où mon père nous attendait. Je redoutais cette rencontre. Je craignais que, indigné par ma conduite, il ne me chassât ignominieusement du village, m'ordonnant de repartir avec ma putain – une esclave ! –, ce qui serait pour nous la fin. Or un miracle s'est produit. Mon père s'est épris de Caterina, tout comme ma mère et, bientôt, une bonne partie des villageois, lesquels se sont mis à rivaliser pour l'aider à accoucher du fruit de notre amour dans cette petite maison de campagne : un garçon, qui a reçu le prénom de Leonardo.

Leonardo est né au petit matin et, peu après, il m'a fallu m'acheminer, accompagné d'un serviteur du podestat, en direction de Florence où j'étais attendu le lendemain, 15 avril 1452, pour établir une liste de capitaines. Je n'ai donc pas pu assister au baptême, lequel a donné lieu à une grande et mémorable fête à Anchiano, m'a-t-on raconté ensuite. Dès que possible, j'ai regagné Vinci, mon père ayant accueilli Caterina et le bébé dans sa maison afin de prendre soin d'eux plus facilement. Caterina s'est ressaisie immédiatement et, grâce à sa bonne nature, a allaité le petit Leonardo sur-le-champ. Mère et fils occupaient la chambre où ma sœur, mon frère et moi avions vécu de nombreuses années, près de celle de mes parents, dormant dans un unique lit ; cette chambre où je m'étais efforcé d'écrire pendant que Violante berçait Franceschino et lui bouclait les cheveux, que le chat Saladin, encore jeune, sautait comme un follet. Violante et moi étions partis ; quant à Francesco, tout à sa fierté de jouer son nouveau rôle d'oncle, il a volontiers cédé sa place à Caterina et à son neveu, s'installant pour la nuit dans la cuisine.

Ce pauvre Saladin est mort de vieillesse et a rejoint le paradis des chats, malgré tous ses méfaits et son nom sarrasin : un paradis où montent leurs petites âmes et dont nous autres, humains, ignorons jusqu'à l'existence. Mais mon père, que tout le monde appelait désormais grand-père Antonio, et non plus *ser* Antonio, ou *barba* Antonio, a aussitôt paré à son absence. En rentrant pour la première fois à la maison, j'ai senti un nouveau démon noir insaisissable jaillir entre mes jambes. Là où se trouve un enfant doit également se trouver un chat, a déclaré le patriarche ; en réalité, il apprécie ces félins, lesquels aiment se pelotonner sur ses genoux, y ronronner et y dormir, lovés sur sa couverture, puisqu'il passe désormais le plus clair de son temps assis. Il lui a attribué le nom de Saladin II, et il l'appelle souvent Second.

J'étais tellement heureux que je le caressais moi aussi, malgré mon aversion pour ces animaux, me hasardant même à le prendre dans mes bras quand j'allais retrouver Caterina. Celle-ci m'autorisait à entrer pendant qu'elle allaitait ; ces moments, dont je garde un souvenir impérissable, comptent parmi les plus beaux de mon existence. L'intimité totale, folle et libre que nous avions partagée à Florence avait pris fin – de façon définitive, j'en étais conscient. Néanmoins elle avait cédé la place à une intimité peut-être plus grande et plus forte, non plus physique mais spirituelle, autour de ce bébé qui devenait jour après jour plus beau et plus sain, alimenté par la source de la vie. Assis devant Caterina, je priais la Vierge Marie dont l'icône surmontait le lit de ma mère Lucia.

J'ai regagné Florence le 30 avril pour établir un autre acte public et, surtout, pour raconter au chevalier ce qui était arrivé. Son visage, d'habitude ironique et sarcastique, affichait une expression insolite, une sorte de bonheur tranquille. *Monna* Lena avait elle aussi un air bizarre : ses joues irradiaient un halo de félicité, et une certaine indolence l'amenait à garder le lit, à choyer ou bercer sa fille. Comme je l'ai découvert par la suite, alors que naissait Leonardo, Dieu lui avait concédé la grâce d'une nouvelle grossesse. *Monna* Lena était au courant des faits et gestes de Caterina, et sans doute avait-elle pleinement approuvé le choix du chevalier de la protéger et de la faire conduire à Vinci. Ainsi, les deux époux s'entretenaient désormais avec moi de l'avenir de Caterina. Il importait qu'elle demeurât à Vinci, qu'elle reprît ses forces, qu'elle s'occupât uniquement du bébé, disait *monna* Lena. Le chevalier et elle se chargeraient de *monna* Ginevra, et le moment venu ils m'indiqueraient la marche à suivre. Je devrais probablement ramener la mère et l'enfant à Florence. *Monna* Lena brûlait de câliner le petit.

J'ai été chargé, en ma qualité de notaire, de mener à bien l'affranchissement de Caterina. Il convenait que j'étudie dans mon manuel de notariat la partie consacrée à la *manumissio* et à l'*emancipatio* et que je prépare l'acte sans tarder : je n'en avais jamais rédigé de tel et ce n'était pas une tâche aisée. Notre tradition juridique, qui remonte au droit romain, se rapporte à la société romaine antique dans laquelle l'esclavage était considéré comme une condition certes dure, mais réglementée par des lois et, en général, transitoire : les Anciens ne se posaient pas de problèmes théologiques ardus, ils ne se demandaient pas si les esclaves possédaient ou non une âme. Si, après l'incarnation de Notre Seigneur, l'Évangile a lancé un message de libération de l'esclavage et des chaînes, les choses ont été très différentes au cours des siècles suivants, alors que quelques rares seigneurs féodaux exerçaient au nom de l'empereur une domination absolue sur les terres de leurs fiefs et sur tous les êtres vivants qui s'y trouvaient, y grandissaient et y paissaient, par conséquent également sur les humains qui n'étaient autres que des serviteurs.

Au fond, nous étions tous les esclaves de quelques maîtres, y compris mes ancêtres qui avaient vécu avant Michele da Vinci et dont nous ne connaissons même pas le nom, pour la raison qu'ils étaient des serfs anonymes. Il y a deux cents ans, ce pouvoir a été battu en brèche, et nos villes se sont changées en communes d'hommes libres, tout comme les campagnes et les villages tels que Vinci. Après quoi est réapparue la coutume inhumaine d'acheter et de vendre des êtres humains en les traitant comme des objets, des choses ou des animaux, des êtres inférieurs et privés d'âme. Oui, il importait de trouver les formules adéquates, parce que cet acte serait le plus important de toute mon existence. Ce ne serait pas une esclave quelconque qui serait affranchie, ce serait ma chère Caterina. La mère de mon fils.

Voilà pourquoi, en ce 2 novembre de l'an 1452, je me tiens là où tout a commencé, dans la demeure de Donato di Filippo di Salvestro, via di Santo Gilio, précisément dans sa salle à manger.

Je suis encore seul à la table. J'ai déjà préparé la minute et emporté un rouleau de parchemin pour copier aussitôt l'original *in mundum* et le remettre à Caterina. Je suis résolu à abréger son attente.

Monna Ginevra pénètre dans la pièce, le vieux Donato à son bras. Comme ce n'est pas la première fois que je la revois, tout embarras s'est évanoui entre nous. Il y a un mois, le chevalier, qui lui avait rendu visite dans le but de la convaincre, m'a communiqué qu'elle avait accepté de me recevoir, me taisant en revanche qu'il lui avait déjà versé le prix de l'affranchissement en ajoutant une petite somme au loyer convenu pour les services de la nourrice jusqu'au jour de la rédaction de l'acte. Je savais qu'il ne s'agirait pas pour moi d'une simple rencontre professionnelle. J'aurais à affronter un examen encore plus difficile que celui qui m'avait mené au notariat. *Monna* Ginevra comptait me scruter de façon à déterminer si j'étais vraiment l'hypocrite et le scélérat qu'elle croyait et si j'avais le courage de lui adresser la parole. C'est ensuite qu'elle prendrait sa décision, pas avant. Je devais donc être prêt à tout affronter sans réagir, y compris le mépris et la honte. L'enjeu était trop important. J'étais résolu à endurer cette épreuve pour le bien de Caterina.

Oui, cette première rencontre avec *monna* Ginevra a été glaciale. Cela faisait trois ans que la femme ne m'avait pas vu, depuis ce fatal été. Mais j'ai compris immédiatement qu'elle n'était pas mue par de viles questions d'intérêt : elle ne me reprochait pas d'avoir détérioré un de ses biens. Je l'avais mal jugée. Elle nourrit vraiment de l'affection pour Caterina. Comme pour une fille, la fille que Donato ne lui a jamais donnée. Peut-être rechignait-elle à se séparer d'elle, à moins qu'elle n'eût au contraire l'intention de l'affranchir et de lui constituer une petite dot pour lui permettre de se marier. Comme je l'ai appris par la suite, Caterina a sauvé la vie de Donato au moment le plus tragique de son existence et l'a conduit ici, à Florence, où elle l'a confié à Ginevra qui l'attendait depuis quinze ans. Je penserais avoir affaire à un roman si je n'avais pas la certitude que c'est une histoire vraie. Les destins de ces deux personnages se sont inversés : l'esclave a sauvé l'homme riche et puissant, le ramenant à la vie et à la liberté. Mais quelles sont donc les intentions de *monna* Ginevra ? me suis-je demandé ce jour-là. Tout dépendait d'elle, de son libre arbitre. Peut-être me dénoncerait-elle en m'accusant d'avoir séduit Caterina et de l'avoir engrossée, non une, mais bien deux fois, avant de l'enlever et de l'emmener à la campagne. Peut-être causerait-elle ma perte et celle de Caterina en se vengeant de la façon la plus atroce. Or elle s'en est abstenue, au nom de l'affection qu'elle éprouve pour elle.

Pour sa part, elle me considérait comme un malfaiteur, comme un assassin et, à n'en pas douter, elle m'aurait fait chèrement payer ma conduite si elle n'avait pas risqué de nuire ainsi à Caterina et à son fils. Elle me reprochait surtout de m'être enfui la première fois sans avoir eu le courage de lui parler, de reconnaître mes responsabilités, les livrant, Caterina et elle, à cette grossesse et à ce bébé, l'obligeant, elle, *monna* Ginevra, à emmener le nourrisson au tour des Innocents, déguisée en domestique, et à prétendre que c'était l'enfant d'une esclave et d'un Vénitien anonyme de passage. En l'entendant m'adresser de si dures et terribles accusations, je songeais aux souffrances qu'avait supportées Caterina et que, sans doute, supportait encore le petit, né orphelin de père et de mère, contraint par le destin à affronter la vie totalement seul, et j'avais l'impression que quelque chose en moi s'éteignait.

Tandis que j'admettais tout et me déclarais coupable, *monna* Ginevra s'adoucissait un peu. Elle comprenait que mes yeux rouges étaient embués de larmes sincères et que je ne m'étais pas présenté chez elle dans le seul but d'éviter les dures conséquences qu'une condamnation aurait sur ma vie et sur ma carrière. Ce qui nous était arrivé, à Caterina et à moi, n'était peut-être pas très différent de ce qu'elle avait elle-même vécu dans sa jeunesse. Peut-être est-ce tout simplement la force de l'amour qui l'emporte sur tout – les lois, les religions des hommes et les chaînes de l'esclavage. Peut-être *monna* Ginevra s'était-elle un jour donnée à un homme par amour. N'a-t-elle pas patienté jusqu'à ses quarante ans avant d'épouser son cher Donato ? Peut-être connaît-elle la signification et la valeur du mot liberté parce qu'elle a refusé de se plier à un mariage arrangé par sa famille et a dû défendre bec et ongles sa propre liberté dans notre société où les femmes sont considérées comme des êtres faibles et inférieurs, privés de droits, voire comme des animaux imparfaits.

La force et la liberté d'esprit de *monna* Ginevra, cette petite femme replète qui souffre hélas de la goutte, sont admirables. Ce sont de telles femmes qui provoquent des révolutions. Des femmes pratiques, qui ne perdent jamais le sens et la mesure des choses, qui savent ce qu'il est bon d'accomplir au moment opportun. Tandis que je pleurais, elle m'a saisi la main et m'a tout simplement lancé : Allons, messire notaire, ne tardons pas à prendre des notes, la soupe refroidit.

Je fais lire à *monna* Ginevra les notes que j'ai rédigées et que je reporterai dans la minute. J'ai écrit consciencieusement tout ce qu'elle m'a dit, *extense vel saltem sub caeteris et imbreviaturis, nihili de substantialibus omittendo*, sans rien omettre, sous son regard attentif parce qu'elle ne se contente pas de savoir lire, elle connaît aussi le latin. Je n'ai pas rempli l'espace destiné à la mention de l'acte de provenance, mais *monna* Ginevra m'invite à ignorer ce passage : elle n'a jamais réclamé de copie d'un tel acte pour la simple raison qu'elle n'entendait pas faire commerce de Caterina, elle ne se rappelle pas le nom du notaire qui l'a établi, et personne n'a de temps à perdre pour partir à sa recherche ; de toute façon, peu importe l'identité de l'individu qui lui a vendu la jeune femme et à quel prix, il suffit que nous sachions, nous autres, que Donato la lui a cédée et que lui-même l'a obtenue mystérieusement à Venise ; remonter jusqu'à Constantinople, jusqu'à La Tana, jusqu'à la brume du pays des Cimmériens serait peine perdue. Comment trouver un papier qui déclare : voilà, cette personne qui était un jour libre, née libre et fille de Dieu, est à partir d'aujourd'hui une esclave ? Où a commencé cette chaîne de crimes à l'encontre de la personne humaine, cet immonde commerce de corps et d'âmes ? Soudain *monna* Ginevra se rembrunit ; à l'évidence, le seul fait d'aborder ce sujet la contrarie. Loin de moi cette intention. Très bien, il suffira d'écrire qu'elle a acheté Caterina il y a de nombreuses années sans préciser à qui, et que cette dernière est sa propriété exclusive, non celle de Donato.

Voici que se présentent les témoins, deux amis et voisins que la maîtresse de maison n'a apparemment pas instruits de ce qui va suivre. Puis du bruit retentit dans la cour : une carriole du palais Castellani vient d'arriver, précédée par le chevalier, bien entendu à cheval. Mon cœur s'emballe. Le chevalier entre dans la pièce en aidant *monna* Lena, gênée par son gros ventre ; Caterina leur emboîte le pas, tenant dans ses bras Leonardo, emmailloté et protégé par un bonnet de feutre à cause du froid et de la pluie qui menace. Par chance, Leonardo dort paisiblement, car il a l'habitude de hurler lorsqu'il a faim : Caterina l'a sans doute allaité avant de sortir. Les regards se croisent. En particulier ceux de Ginevra et de Caterina, qui ne s'étaient pas revues depuis le départ de la seconde pour la demeure des Castellani en qualité de nourrice. Caterina s'immobilise, les yeux baissés. Alors Ginevra se lève, va l'embrasser doucement pour éviter de réveiller l'enfant, puis, au terme d'une longue étreinte, regagne son poste de commandement.

Je commence à lire l'*invocatio* et la *datatio*, comprenant l'indiction, le jour et le mois : *In Dei nomine amen, anno ab eiusdem salutifera incarnatione millesimo quadringentesimo quinquagesimo secundo, indictione prima, et die ;* je m'aperçois que je me suis trompé dans le jour, ce qui ne me ressemble guère puisque j'ai l'obsession des dates et de la précision : j'ai écrit *XXX*, trente en chiffres romains, *mensis octobris*, alors que nous sommes le 2 novembre, jour des Défunts. Je corrige immédiatement. Je suis trop ému : c'est la première fois que j'établis un acte dans lequel je suis impliqué non seulement en tant que notaire, mais aussi comme l'un des acteurs principaux. Je passe à l'*actum*, l'indication du lieu, dans cette paroisse de San Michele Visdomini, et en présence des témoins. Vient ensuite la clause du *mundualdus*, puisque *monna* Ginevra est une femme et que, selon le droit barbare des Lombards que nous continuons absurdement d'appliquer, une femme ne peut rien faire sans l'autorisation de son seigneur et maître, soit un père, un mari ou un parent proche, mais toujours un homme. Dans le cas présent, le *mundualdus* est l'époux, Donato, qui s'est mis entre-temps à jouer avec le toton de Leonardo.

Puis j'en arrive aux déclarations de Ginevra concernant son droit de propriété exclusif de l'esclave qui est l'objet du présent acte et qui y figure sous le nom de Caterina, fille de Jacob, originaire de la Circassie : *Caterina filia Jacobi eius schlava seu serva de partibus Circassie.* Ginevra affirme l'avoir achetée *de suis propriis pecuniis et denariis*, avec ses propres deniers, avant de se marier à messire Donato, lequel ne possède donc aucun droit ni usufruit sur l'esclave, alors que *monna* Ginevra est pleinement autorisée à la faire travailler, à l'aliéner, à la vendre, etc. Je remarque que j'ai commis çà et là des erreurs et oublié quelques mots : jamais je n'ai été aussi négligent dans la rédaction d'un acte. Vient enfin la *dispositio* et, là, ma plume s'envole. Étant donné que la susdite esclave Caterina a servi avec fidélité et bonne foi *monna* Ginevra et sa famille pendant de nombreuses années et jusqu'à ce jour, *monna* Ginevra, désireuse de lui exprimer sa gratitude, dans la pleine possession de ses capacités mentales, non par erreur ni manigance ni par peur, mais uniquement par amour de Dieu, pour elle-même, ses successeurs et ses héritiers, affranchit et libère de l'esclavage ladite Caterina : *liberavit et absolvit ab eius servitute.*

Un moment ! m'interrompt froidement *monna* Ginevra, il manque quelque chose. Bien sûr, dis-je, l'indication selon laquelle la bénéficiaire est présente et consentante, j'avais oublié de l'insérer. Je rature la dernière ligne, la plus importante, et j'écris *presentem et acceptantem*. J'aimerais clore l'acte, or Ginevra m'arrête une nouvelle fois. Ce n'est pas tout, dit-elle, il faut ajouter la *conditio*, clause dont aucun d'entre nous n'a entendu parler et qu'elle entreprend de me dicter en latin devant les témoins. Caterina devra continuer de servir Ginevra et sa famille jusqu'à la mort de sa maîtresse, après quoi elle sera vraiment affranchie et pourra faire toute chose à l'égal d'une femme libre, comme si elle était née d'une chrétienne ; en revanche, si Caterina se conduit mal et avec ingratitude envers *monna* Ginevra, ces dispositions seront annulées, l'esclave pourra être cédée ou revendue. C'est une mauvaise surprise, que le chevalier et moi-même sommes d'abord les seuls à comprendre puisque nous savons le latin. La mort dans l'âme, je reprends machinalement les formules consacrées. À l'évidence, Ginevra s'est ravisée, elle n'a pas l'intention de libérer Caterina, elle entend la garder. C'est elle qui distribue les cartes dans ce jeu, c'est elle qui décide de nos vies. Il est inutile de mentionner le petit. Il est déjà libre, parce qu'il acquiert la condition de son père. C'est moi qui le garderai, comme le veut la loi.

Lorsque je finis, *monna* Ginevra me prie d'ajouter à l'acte une petite donation à Caterina, toujours *post mortem suam*, bien sûr, le plus tard possible : un châlit, un coffre muni de deux serrures, un édredon, une paire de draps, une couverture ; bref, les quelques affaires demeurées dans la chambre de Caterina, ainsi que d'autres choisies par Ginevra. Tout est terminé. Caterina ne sera jamais libre. Et il me faudra la séparer de son enfant.

Silence. Dans son coin, Caterina, *presentem et acceptantem*, me sourit, croyant que tout s'est bien déroulé et que, grâce à la magie et au pouvoir de l'écriture, j'ai réussi à briser ses chaînes, à lui rendre sa liberté. Comment vais-je trouver le courage de lui dire la vérité ? Le rouleau de parchemin que j'avais préparé pour recopier l'acte et le lui remettre ne sert plus à rien.

Mais non, ce n'est pas terminé. À la surprise générale, surtout à la surprise de *monna* Ginevra, Donato se lève. Il rejoint Caterina d'un pas assuré et lui tend le toton de Leonardo. Il s'incline pour déposer un baiser sur son front, puis, se tournant vers nous, prend la parole d'une voix qui n'est pas celle d'un vieux gâteux. Caterina est libre, elle a toujours été libre depuis qu'il la connaît, plus libre que toutes les personnes qui se tiennent dans cette pièce, libre des préjugés, des lois, des méchancetés, de la mesquinerie, des chaînes innombrables qui font de chacun de nous un esclave à part entière. Caterina lui a offert, à lui Donato, la vie et la liberté au moment où il s'apprêtait à perdre l'une comme l'autre. Elle a probablement offert à nombre d'entre nous joie de vivre et amour, librement, sans calcul ni intérêt. Caterina est déjà libre, à quoi servent ces conditions ? La cage est ouverte, laissez-la s'envoler. Enfin, il se rassied, se replongeant dans son silence.

Je n'oublierai jamais le visage de *monna* Ginevra. Non, ce n'est pas du dépit. Elle continue d'aimer profondément sa canaille de mari. Et Donato a énoncé les vérités qu'aucun d'entre nous n'osait prononcer. Hélas, cela ne dure qu'un instant. Se ressaisissant immédiatement, la femme m'arrache l'acte des mains : l'acte est conclu, dit-elle, ses volontés ont été enregistrées en présence des témoins, il n'y a rien à ajouter. Puis elle m'ordonne de procéder sur-le-champ à la rédaction de l'original *in mundum*, sous sa dictée, sans perdre de temps. Les témoins gardent le silence, ils n'ont rien compris à la scène qui vient d'avoir lieu. Indignée, *monna* Lena aimerait protester, mais, d'une pression sur sa main, son mari l'invite à garder le silence : officiellement, ils ne sont même pas présents. Dans son coin, Caterina, qui ne sait rien, berce tranquillement Leonardo, lequel continue de dormir d'un sommeil béat. Et moi ? Ai-je d'autre choix que de dérouler le parchemin, de le tendre et le fixer au moyen de deux baguettes, de saisir ma plume, de la tremper dans l'encrier et d'écrire ce que Ginevra me dictera ? Je ne suis qu'un notaire. Un homme qui met sur le papier les volontés d'autrui.

Je m'exécute, ligne après ligne, toujours la mort dans l'âme. Cependant je m'interromps après les mots *presentem et acceptantem* et avant la maudite *conditio*, parce que *monna* Ginevra s'est elle-même interrompue. Levant la tête, je constate qu'elle fixe la feuille d'un œil pensif. Puis elle tourne les yeux vers Caterina, laquelle lui adresse en réponse un regard et un merveilleux sourire de gratitude. Se peut-il que les yeux de Ginevra s'embuent à leur tour sous l'effet de l'émotion ? Voici qu'elle déclare à mon adresse : Monsieur le notaire est trop lent, par amour de sa belle écriture, sautons quelques lignes inutiles, autrement nous serons encore ici cette nuit ; elle recommence à dicter : *liberavit et absolvit ab eius servitute*. Omettant la *conditio*, elle en vient ensuite aux formules et à la dotation finale. J'écris frénétiquement et de plus en plus mal, il se peut même que je commette quelques erreurs, je ne comprends pas vraiment ce qui s'est passé. J'appose mon *signum* avec hâte et négligence en espérant que notre petit Leonardo n'aura pas hérité de mes piètres talents de dessinateur. Je conclus par une souscription plus importante que d'habitude, car mon bonheur déborde : *Ego Petrus Antonii ser Petri de Vintio civis et notarius Florentinus imperiali auctoritate iudex ordinarius notariusque publicus de omnibus et singulis suprascriptis rogatus fui et meo solito et consueto signo subscripsi*. Je roule le parchemin, le remets en tremblant à Caterina. Un rêve s'est réalisé. Caterina est libre. Maintenant.

La tension est retombée. À présent, tout est vraiment terminé. Nous aimerions tous nous étreindre, mais les convenances et la dignité nous en empêchent. *Monna* Ginevra aussi semble heureuse. Elle a encore un mot à me dire. Tandis que les membres de notre petite assemblée regagnent la cour et, pour certains, se sauvent en carriole afin d'échapper à la pluie diluvienne qui commence à tomber, nous demeurons en tête à tête. Si elle souhaitait me reprendre Caterina, explique-t-elle, c'est parce qu'elle redoute le sort qui attend les femmes seules. Dans le monde qui est le nôtre, hélas, les femmes ne sont jamais libres. Il s'agit uniquement d'une illusion. Il y a toujours quelqu'un pour profiter d'elles, imposer sa volonté, user de violence et d'autorité. Voilà pourquoi elle rechignait à l'affranchir. Maintenant que Caterina est sortie de sa cage, je dois lui jurer au nom de Notre Seigneur que je veillerai non seulement sur l'enfant, mais aussi sur l'avenir de la mère, de la manière et selon les délais que notre société nous autorise. Il faudra que j'œuvre discrètement à son bonheur, à cette liberté conquise au prix de mille souffrances.

Une dernière chose avant de nous quitter. Elle me remet une petite enveloppe en tissu, à l'intérieur de laquelle je découvre une médaille de la Sainte Vierge brisée en deux. L'angoisse m'étreint, tandis que je comprends de quoi il retourne. Ginevra me le confirme sans tarder : l'autre moitié se trouve au cou du fils que j'ai eu de Caterina, à l'hôpital des Innocents. Si je choisis de partir à sa recherche et de l'aider dans son chemin de vie, ce dont Dieu me récompensera, je l'identifierai grâce à ce signe : les deux moitiés de la médaille correspondront parfaitement. *Monna* Ginevra l'a fait baptiser et lui a donné son premier nom en songeant qu'il était juste qu'il reçût celui de l'homme qui portait la grave responsabilité de l'avoir engendré ; Donato lui a suggéré le second, sans doute en mémoire de son propre père qu'il regrettait d'avoir abandonné dans sa jeunesse. L'enfant, qui est le frère aîné de Leonardo, s'appelle Piero et Filippo.

J'atteins le palais Castellani non sans mal à cause de la pluie qui s'abat sur la ville, tandis que les habitants abandonnent les berges en criant qu'il convient de fermer maisons et boutiques, le niveau de l'Arno s'élevant dangereusement. Je veux dire au revoir au chevalier et à sa femme, ainsi qu'à Caterina et Leonardo. Demain matin, j'irai à Vinci et il me faut encore effectuer de nombreuses tâches. Par souci de discrétion, j'ai réservé une chambre à l'hôtel du Gant, ici, en face, chez les bernardins, en admettant que l'Arno ne sorte pas de son lit et ne nous emporte pas tous. Je m'incline devant *monna* Lena et sa fille Maria, j'étreins Caterina, qui doit courir changer, puis allaiter Leonardo. Je les regarde sortir avec émotion : je ne les reverrai qu'à mon retour, et je ne reviendrai qu'après avoir tenu la promesse que j'ai faite à *monna* Ginevra – comment ? Je l'ignore, mais je trouverai bien le moyen. La Providence, qui nous a aidés jusqu'à présent, ne nous abandonnera pas au milieu du gué.

Je reste seul en compagnie du chevalier, lequel, descendant pour la première fois de son Olympe, m'invite à m'attarder un moment et me verse un verre de son vin, son bon vin de l'Antella. Nous n'avions jamais bu ensemble. Oui, il est vraiment bon, il me réchauffe, d'autant que je suis encore trempé. Caterina a oublié son parchemin sur la table ; pour elle, cet écrit n'a pas grande importance, des tâches plus urgentes l'appellent. Le chevalier le déroule, puis éclate de rire. Seul un grand notaire est capable d'établir des actes dans l'avenir ! s'exclame-t-il. Il me montre la *datatio* : il est écrit *die secunda mensis decembris*. Comment ça 2 décembre ? Nous sommes le 2 novembre. Par ma faute, il va être obligé de payer à *monna* Ginevra la somme correspondant aux services d'une nourrice pendant un mois. Ses rires redoublent. Je suis éberlué : comment ai-je pu commettre une telle erreur ? J'ai été recalé pour bien moins que cela à l'examen de notariat ! Je tire de mon sac l'acte que j'y avais rangé pour le protéger de la pluie et vérifie. Une confusion encore plus grave me saute aux yeux : j'ai écrit *die XXX octobris* et je me suis corrigé en inscrivant non le 2 novembre, mais *die prima novembris*. Bref, quel jour sommes-nous ? Voyons, s'exclame le chevalier en vidant son verre en cristal de roche, qu'importe désormais ? Qu'est-ce que le temps ? Que représente un jour, un mois ou un an dans la vie de l'univers ? Le néant. Le battement d'ailes d'un papillon de nuit.

***

À Florence, via di Santo Gilio,
le 16 avril 1466

Quand s'approche le moment de quitter cette vie terrestre, raconte-t-on, les images de tout ce que nous avons vécu, y compris ce que nous avons oublié, abandonné à la nuit, se mettent à défiler devant nos yeux. Ce sont peut-être les verrous de la prison de nos corps qui commencent à s'affaiblir et à lâcher. Alors, libérés de leurs chaînes, les fantômes du passé jaillissent de nos recoins les plus obscurs pour se présenter, tels des visiteurs, sur le seuil d'une porte ou le devant d'une fenêtre, d'abord timides et craintifs, avant d'affluer bruyamment, pareils à un fleuve en crue qui s'engouffre d'un seul mouvement dans toutes les pièces. Voilà ce que j'expérimente depuis deux ou trois semaines, tandis que se reproduit le miracle ou l'illusion d'un nouveau printemps. Je le pressens très clairement, ce printemps sera pour moi le dernier. Ces signes me le disent avec plus d'évidence que les marques physiques de la maladie qui me cloue au lit depuis des mois, me privant chaque jour de sang et de souffle : mon histoire s'achève vraiment. *Misere miei, Domine, quoniam infirmus sum*[1].

J'ai l'impression de m'arracher à une longue torpeur, alors même que je m'apprête à plonger dans un interminable et profond sommeil sans rêves. Tout me revient en mémoire. Tout, jusqu'au moindre événement. Je revois mon père travaillant en pleine nuit dans cette maison même où je m'éteins, à l'intérieur de la grande salle du rez-de-chaussée, désormais vide, qui était à l'époque le cœur de son atelier et de sa vie ; le potager sur lequel elle donnait a cessé d'exister, tout comme la lumière dont il regorgeait alors dans la journée : l'ombre de la grande coupole nous en a désormais privés. Enfant, je le regardais, caché derrière la porte, manier le burin, creuser dans le bois de cèdre une ultime rainure destinée à héberger une baguette de nacre ainsi qu'un lit moelleux accueille le corps parfumé d'un amant.

Ah, les détails, les sensations de la vie qui m'abandonne… Les souvenirs des choses, les souvenirs les plus forts, semblent plantés comme des clous dans ma pauvre chair. Les coups de fouet que mon père me distribuait au moyen d'une branche de saule aussi vivante et frétillante qu'un serpent, la douleur et la brûlure, la senteur métallique de mon propre sang. Les effluves de l'or et de l'argent fondus coulant du creuset, l'odeur des vieilles briques qu'on pilait pour fabriquer le cément, la musique virile que les marteaux des batteurs d'or interprétaient, la puanteur des rats et de la moisissure dans les cellules des Plombs, le parfum de la mer, des algues et des êtres humains qui s'élevait des galères arrivant à Venise. Et puis les voix, les langues, les parlers qui se mêlaient au Rialto et dans les comptoirs où affluaient Vénitiens, Padouans, habitants de Chioggia, Frioulans, Juifs, Allemands, Bohémiens, Turcs, Grecs et Arméniens ;

1. « Ayez pitié de moi, Seigneur, car je suis sans force. »

les murmures des putains et les cris des changeurs à San Giacometto, et les cloches de Saint-Marc, l'étendard du *Bucentaure* qui claquait au vent. Comme c'était exaltant ! Comme il était bon d'être jeune !

Je revois mille visages, mille yeux, mille sourires qui étaient autrefois pleins de vie et qui ne sont plus là aujourd'hui. Mon vieux *patrun* Baldassare, de retour de ses voyages dans des mondes fantastiques et lointains. Le magnifique Sebastiano Badoer. Le bon Mussolino et Pasqua la rusée. Maître Tomaso et *monna* Benvegnuda. La pauvre Chiara, mon épouse malheureuse. L'esclave Zorzi et l'horreur de son sang qui se répand sur le sol. Fra Cristoforo, un saint homme. Ils sont tous morts. Et toi, Luce, unique amour de ma vie. Toi dont les yeux hébergeaient les feux de deux étoiles et qui chantais en t'accompagnant au luth ; à présent, je me rappelle également les paroles de tes chansons. *Sì, t'adoro, e poi dico : chiara stella, quando farai contento lo cor mio*[1] *?*

Mais pensons plutôt aux vivants, puisque la vie ne m'a pas encore quitté et que la mort m'offre miséricordieusement une ultime et courte trêve. Ma première pensée va à Ginevra, laquelle a réussi à me ramener à elle et à m'épouser après s'être battue contre tout et contre tous, y compris contre moi, qui avais négligé son existence, ainsi que le don de sa virginité et de son amour qu'elle m'avait fait dans son adolescence, jusqu'au jour où le destin m'a livré à ses bras, naufragé, nu, déguenillé, nécessiteux. Je pense aussi à Sebastiano, mon fils, qui vit probablement à Venise et dont j'ai perdu toute trace, ne sachant s'il est encore vivant ou mort, même si je suis enclin à croire qu'il jouit d'une bonne santé et qu'il attend avec impatience la nouvelle de mon trépas. Je pense à Polissena, ma fille et celle de Luce, qui doit avoir trente ans désormais, seul témoin survivant de l'amour d'un homme et d'une femme. Où est-elle à présent ? Qu'est-elle devenue ?

Et puis il y a Caterina. J'ai un souvenir très net du jour où elle effectua un saut léger pour passer de la barque de Zuaneto au quai qui bordait ma demeure. Elle ne portait pas de chaînes, elle n'avait

1. « Oui, je t'adore et je te dis : claire étoile, quand réjouiras-tu mon cœur ? », vers de Leonardo Giustinian (1388-1446), humaniste et homme politique vénitien, tiré de la chanson *Sia benedetto il giorno che nascesti* (*Que soit béni le jour où tu naquis*).

pas l'air d'une esclave ; on aurait plutôt dit une princesse levantine qui, descendant d'une galère d'or, d'ivoire et de soie, embrassait les environs d'un regard dédaigneux afin de déterminer si le monde où elle avait accosté était digne d'elle. Je revois ses cheveux d'or, ses yeux bleus comme le ciel. Ses longues mains effilées, sa peau douce, soyeuse, légèrement hâlée. Son corps frais et sinueux d'animal sauvage, que jamais, pas un seul instant, je n'ai songé à posséder. Comme elle était mon esclave, il m'eût pourtant été facile de donner libre cours auprès d'elle à mes instincts les plus vils. Mais j'ai perçu dès le début l'énergie de sa liberté, une énergie intérieure qu'aucune force, aucun document ne pourrait jamais violer. Et j'ai su au plus profond de mon cœur qu'elle était un ange. Un ange venu me sauver, me libérer, y compris de moi-même et de mes démons.

Elle l'a prouvé le jour où elle m'a tiré, sans connaissance, des eaux du grand fleuve pour me conduire à Florence. C'est alors qu'a débuté mon grand sommeil, comme si, changée en magicienne, elle m'avait lancé un envoûtement qui me ramenait à l'enfance et me rendait mon innocence, me permettant de survivre à mon insu dans le labyrinthe du monde. Maintenant que ma mort approche, ce sortilège s'est brisé, le voile s'est déchiré, mes souvenirs sont revenus – uniquement ceux des années qui ont précédé le naufrage dans le grand fleuve, toutefois, les autres demeurant enveloppés dans un brouillard confus. D'après ce que m'a confié Ginevra, ce brouillard n'a pas seulement duré une nuit, entre un coucher de soleil et une aube. Il a duré vingt-cinq ans.

Je sais que Caterina est maintenant libre, qu'elle est mariée, qu'elle mène une vie sereine, entourée de ses nombreux enfants. Je crois l'avoir vue une dernière fois dans la salle du bas, accompagnée d'un enfant qui ressemblait, comme elle, à un ange. Mais j'ai l'impression de me rappeler également un autre angelot, qu'elle avait eu deux ans plus tôt et que Ginevra avait conduit aux Innocents après l'avoir fait baptiser Pierfilippo. Ces deux enfants étaient le fruit de ses amours avec le notaire, *ser* Piero, car – et c'est là où se niche la beauté de la vie – Caterina n'est pas un ange retranché du monde, elle est un être humain comme nous tous, une femme en chair et en os, pétrie de sentiments, capable de tomber amoureuse, d'aimer et de donner la vie.

Maintenant que mon esprit s'est éclairci et que je suis de nouveau capable de réfléchir, Ginevra me relate dans les grandes lignes les vingt-cinq années qui se sont succédé à mon insu. Je me moque des grands systèmes, et peu me chaut de savoir qui gouverne aujourd'hui à Florence, ce que sont devenus les individus qui commandaient autrefois. Seuls m'importent les êtres qui m'ont été proches, les histoires de ceux dont les vies sont mêlées à la mienne, oui, tel est le seul savoir qui m'intéresse ; à croire que, au moment de mourir, nous éprouvons le besoin de comprendre, de recomposer l'écheveau, la pelote, de distinguer le fil qui nous rattache à la vie des autres et qui peut nous donner au moins l'illusion que notre existence a servi à quelque chose, fût-ce malgré nous, qu'un geste insoupçonné de notre part a eu de grandes et durables conséquences dans les existences d'autrui.

Ainsi Piero s'est révélé un homme honnête. Lorsque Ginevra a affranchi Caterina, il a assumé toutes ses responsabilités de père et d'homme. Il a marié honorablement Caterina à un artisan de Vinci et il a lui-même épousé la fille d'un cordonnier, Albiera di Giovanni Amadori. Il s'est installé dans le logement de cette famille, situé Borgo de' Greci, avec son frère, Francesco, sans emploi, qui a quant à lui pris pour femme la sœur cadette d'Albiera, Alessandra. D'après Ginevra, les deux sœurs ne possédaient pas de dot. Piero et Albiera ont ensuite emménagé dans une maison de la guilde du change, piazza di Parte Guelfa, mais, hélas, ils n'ont pas eu la grâce d'avoir une descendance et la pauvre Albiera est morte en couches. Le couple vivait avec le fils que Piero avait eu de Caterina, Leonardo, venu de Vinci à l'âge de dix ans et inscrit dans une école d'abaque. Une fois veuf, ne pouvant plus veiller sur lui, *ser* Piero l'a placé dans l'atelier de maître Andrea di Michele, dit le Verrocchio. Il y a quelques mois, ce dernier a confié au notaire la tâche difficile d'intercéder auprès de son propre frère Maso pour régler l'héritage de leur père, preuve que *ser* Piero est un bon et fidèle ami du peintre. Ginevra me dit aussi qu'on a vu Piero entrer à plusieurs reprises à l'hôpital des Innocents, et ce non pour établir des actes : il est possible qu'il veille en secret sur Pierfilippo, son premier fils illégitime.

Le malheur a frappé une autre maison : celle des Castellani. Lors de sa venue chez nous pour l'affranchissement de Caterina, le chevalier était accompagné de son épouse enceinte, *monna* Lena. Leur enfant naquit le 12 janvier 1453, donnant au chevalier la joie immense d'avoir un héritier légitime et de sexe masculin. Le jour de son baptême, célébré au baptistère de San Giovanni – rien de moins – par l'archevêque Antonino, frère Mariano Salvini, prieur de l'Annunziata, et *ser* Giovanni, chapelain de l'archevêque, il reçut le prénom de Matteo. Le chevalier avait dépensé de grandes sommes en achat de chandelles et en aumônes versées au baptiste et aux pauvres, en langes pour la remplaçante de Caterina, en dragées pour les femmes qui leur rendaient visite. Mais sa joie se mua bientôt en chagrin : un mois plus tard, le petit fut retrouvé inanimé, peut-être étouffé malencontreusement par la nourrice. *Eius animam inter innocentes suos Deus noster suspiciat in gloria etterna*[1]. *Amen.*

Qu'ai-je fait, quant à moi, durant toutes ces années ? Je ne m'en souviens guère. Parfois Ginevra ou l'un de ses frères me revêtaient d'une belle houppelande et m'emmenaient ici ou là en me disant fais ceci, fais cela, ne parle pas. Je crois avoir été élu gonfalonier de compagnie pour notre quartier en 1457, mais je serais bien en peine de dire comment le commandant octogénaire de ces gens armés s'est employé à maintenir l'ordre public et à apaiser d'éventuelles révoltes : il ne s'est probablement rien produit au cours des trois mois que ma charge a duré. De même, j'ai apparemment été élu l'année dernière parmi les douze Bonshommes et au priorat de la guilde des coffretiers et, là encore, je n'ai guère de souvenirs de ces trois mois, si ce n'est que, de temps en temps, il me fallait siéger avec onze autres vieillards et feindre d'écouter les prieurs qui feignaient de prendre des décisions qu'on avait déjà prises ailleurs. Au moins les générations à venir pourront dire que, à la fin de son existence aventureuse, le vieux Donato a participé activement à la vie institutionnelle de cette glorieuse République.

Enfin je me suis réveillé il y a quelques mois. J'ai vu les eaux de l'Arno enjamber les remparts et se répandre dans les rues et les ruelles de Santa Croce. J'ai vu il y a un mois, la dernière fois que je suis sorti de cette maison, Notre Dame de l'Impruneta se diriger,

1. « Que Notre Dieu élève son âme, d'entre les innocents, dans une gloire éternelle. »

voilée, parmi la foule de fidèles, vers San Felice in Piazza. Aussitôt après le passage de la sainte icône, je me suis évanoui et, lorsqu'on m'a ramené ici, mon visage portait les signes de la mort.

Dans ce genre de circonstances, nombreux sont les parents, amis et connaissances qui, après des années d'indifférence, se souviennent soudain du malade et se présentent chez lui, inquiets pour sa santé et pour son testament. Les religieux mènent toujours ce cortège, et c'est ainsi que sont arrivés, virevoltant dans leurs robes blanches à capuchon, ceinture, coule et pèlerine, deux frères du monastère de San Bartolomeo de Mont-Olivet, fra Lorenzo d'Antonio dei Salvetti et fra Battista di Francesco da Pisa, accompagnés d'un individu qui prétendait être un vieil ami mais dont je n'avais pas le moindre souvenir, Andrea di Neri, dit Pintasso.

Oui, Ginevra m'avait parfois emmené prendre l'air à Mont-Olivet, après la porta di San Frediano, un endroit magnifique, un lieu de paix et de méditation d'où l'on jouit d'une vue enchanteresse sur Florence. Certes, lorsqu'on est moribond, on ne s'intéresse guère à la vue, mais celle-ci pourrait au moins rendre agréable à un descendant ou à un parent l'obligation de se hisser là-haut pour dire une prière à la mémoire d'un homme qui repose dans ce monastère.

Fort de cette pensée, un jour où je discutais avec fra Lorenzo – issu d'une famille de notaires qui entretient des liens d'amitié avec celle de ma femme –, assis sur le muret du jardin, j'ai exprimé tout naturellement le désir d'être enseveli dans cette enceinte, par exemple à l'intérieur d'une simple chapelle où inhumer également les quelques os de mes ancêtres, sous les armes de notre famille d'humbles coffretiers qui, par la force de leur travail, ont réussi à accéder à la noblesse, et avec la bénédiction de la Vierge Marie représentée sur un beau tableau d'autel au-dessus de ma tombe. On n'en attendrait pas moins d'un homme qui peut se vanter d'avoir été l'apprenti du grand Baldassare degli Ubriachi.

Oui, ce serait une bonne chose, a alors répondu Lorenzo d'un ton mélancolique. Hélas, l'église et le monastère sont encore en très mauvais état. Les travaux de restauration ont débuté il y a plus de dix ans et ils sont loin d'être terminés : Andrea, le brave maître maçon, est mort, et maître Giovanni di Salvestro a tout juste repris le flambeau. Les moines aussi ont des difficultés à vivre dans ce chantier interminable et à exercer les œuvres de miséricorde qu'impose la règle olivétaine, les aumônes publiques et la distribution de pain aux pauvres, car leur maigre fortune échoue dans les poches des artisans qui s'aventurent là-haut de temps en temps pour déclarer que les colonnes seront plus belles que celles de San Lorenzo, ou évoquer les vitraux que les jésuates y monteront, sans jamais aboutir à rien ; en attendant, l'argent diminue, parce que le cœur des riches marchands florentins s'est apparemment durci et que, pas plus que les autres, ils ne lèguent désormais leurs biens *in articulo mortis* aux monastères pour sauver leur âme. Il se peut que, détournés du droit chemin par les hérétiques, ils ne croient plus à l'immortalité de l'âme.

Ce n'est pas grave, ai-je répliqué : j'ai de l'argent, j'en ai beaucoup, je vous le lègue. Retapez votre église et votre monastère, bâtissez une chapelle à la mémoire de Donato di Filippo di Salvestro Nati del Tinta, pour lui et pour les siens en la dédiant à la Vierge de l'Annonciation. Puis enterrez-moi à l'intérieur, et faites également peindre un tableau représentant la Vierge de l'Annonciation, un tableau qui soit plus beau que tous ceux qu'on voit aujourd'hui à Florence, plus beau que ceux de Fra Angelico et de Fra Filippo. Mais je ne veux pas que l'ange s'agenouille devant Marie au milieu d'une ville, sous des arcades ou parmi les maisons, pis encore, dans une chambre close. Je veux que l'annonce du salut ait lieu en plein air, comme dans ce jardin, avec pour arrière-fond ces arbres, les yeuses et les cyprès qui se dressent derrière le muret. Puisqu'il me faut être enfermé dans une tombe, j'aimerais que Marie et l'ange soient, eux au moins, en pleine nature. Je suis las de ces lieux clos où j'ai été emprisonné toute ma vie : l'atelier, le comptoir, le banc et même la maison de la via di Santo Gilio. J'aimerais que mon âme s'envole librement au-dessus des prairies et des oliviers de Terenzano, là-bas, de l'autre côté de l'Arno.

Les religieux se présentent, comme prévu, bien résolus à prôner le salut de mon âme. Sur mon lit de moribond, je dis oui à toutes leurs exigences pour m'en débarrasser, mais au fond ils ont l'air sincère, il se peut bien qu'ils construisent ma petite chapelle, cela ne me déplairait pas. Or voici que Ginevra survient et, s'apercevant qu'on ne se borne pas à prier pieusement autour de mon lit, puisque ce bon Pintasso écrit tout ce que je dis sur un bout de papier, elle renvoie tous les visiteurs sous prétexte que son pauvre Donato souffre trop et qu'il ne faut pas le fatiguer avec ces bêtises. Elle les fera appeler le moment venu. Après quoi, comme d'habitude, elle prend les rênes de la situation : avant le prêtre, il est besoin du notaire, et du seul notaire de confiance, toujours le même, *ser* Piero.

Ginevra a continué de s'adresser à lui après l'histoire de Caterina, d'autant que sa réputation s'est accrue et que sa clientèle s'est étoffée ces dernières années. Il s'est spécialisé dans la branche ecclésiastique : il n'y a pas plus avisé que lui pour traiter avec cette partie de l'humanité composée de frères et de sœurs, de moines et de moniales, de clercs et de chanoines, qui s'occupent non seulement des affaires de là-haut, mais aussi de celles d'ici-bas : contrats, redevances, ventes et achats, procurations, litiges, etc. Et puis il est le seul à avoir consulté, il y a longtemps, mes papiers vénitiens, il sait comment il conviendrait d'agir pour recouvrer toutes mes créances : une entreprise dont se chargeront ceux qui me survivront.

Ser Piero est revenu dans notre maison. Il m'avoue, lui qui est toujours si froid, qu'il est ému de revoir la salle où il a examiné mes papiers et vu Caterina pour la première fois. Devançant une éventuelle demande, Ginevra lui annonce que la chambre à l'étage est de nouveau occupée : après l'affranchissement de Caterina, elle a acheté une jeune esclave qui a aujourd'hui vingt-deux ans, le temps passe rapidement pour tout le monde. Comme je suis désormais cloué au lit et que j'ai du mal à respirer, le notaire installe son petit banc dans la pièce et entreprend de noter tout ce que je lui dicte, tandis que Ginevra lui tend les papiers et les documents dont il a besoin. C'est une longue tâche. Enfin, *ser* Piero se relit pour obtenir une dernière approbation. Nous nous donnons rendez-vous le mercredi 16 avril. Je lui demande un dernier service : d'emmener son fils, le fils de Caterina qui vit à présent auprès du Verrocchio, j'aurais plaisir à le rencontrer.

Le jour dit est arrivé. Je sens que la fin est proche. Je ne peux même pas me soulever de l'oreiller et je m'exprime avec difficulté. Assise à côté de moi, Ginevra me soutient la tête et me fait boire un peu d'eau. Je n'aurai qu'à opiner du chef de temps en temps. *Ser* Piero se présente le premier et prépare son petit banc sur lequel il dispose les feuilles éparses de la minute qu'il doit lire devant moi et devant les témoins ; il établira l'opuscule en parchemin et les extraits *in mundum* plus tard, chez lui. Tandis que Ginevra réclame d'autres sièges, j'entrevois dans l'entrebâillement de la porte un adolescent mince et de grande taille, semblable à *ser* Piero si l'on excepte ses longues boucles blondes : c'est sans doute son fils. Et celui de Caterina.

Le soir tombe. Ginevra m'aide à dire l'Angélus, puis allume quelques lampes. Les témoins que j'ai convoqués nous rejoignent, suivis d'une petite foule d'amis de confiance. *Ser* Piero commence sa lecture de sa voix indifférente de notaire, qui évoque une plume se mouvant dans l'air et formant des mots sur un papier invisible.

Cum nihil sit certius morte et nihil incertius hora mortis, le *providus vir*[1] Donato fu Filippo di Silvestro Nati, par la grâce du Très-Haut Créateur Jésus-Christ, sain d'esprit, de sens, vue, ouïe et intellect, mais infirme de corps, dicte le testament nuncupatif suivant. En premier lieu, je recommande humblement et pieusement mon âme à Dieu tout-puissant et à toute la cour céleste du paradis. Je décrète que, lorsqu'il me faudra quitter cette vie, mon corps sera enterré dans l'église du monastère des frères de Mont-Olivet, près de Florence, et qu'on dépensera pour mes obsèques ce que *monna* Ginevra, mon épouse, jugera opportun. Comme tous les Florentins, j'entends laisser un peu d'argent pour la construction de la cathédrale et de la nouvelle sacristie, ainsi que pour celle des remparts de la ville. À Ginevra, ma bien-aimée épouse, je lègue les six cents florins que j'ai reçus pour sa dot, ainsi que les créances au Mont, les draps de laine et de lin, *et unum mancipium et salarium dicti mancippi* : la nouvelle esclave.

Voici enfin le legs à San Bartolomeo de Mont-Olivet, *amore Dei et pro remedio anime sue*[2]. Aux religieux iront toutes les créances à mon nom au Mont ou à la Chambre des Emprunts dans la glorieuse cité de Venise, avec tous les titres et les intérêts qui y sont liés et qui se sont accumulés depuis près de trente ans. Je ne me rappelle plus le montant exact, mais il s'agit d'une somme considérable en titres d'emprunts publics vénitiens, productifs, remboursables,

1. « Puisque rien n'est certain dans la mort et que rien n'est plus incertain à l'heure de la mort, l'homme avisé… »

2. « Par amour de Dieu et pour le salut de ses âmes. »

aliénables. Cela suffira largement pour bâtir la chapelle et servira aussi à l'église et au monastère. Je donne aux frères le plein pouvoir d'exiger le paiement des créances, et je suis certain qu'ils seront en mesure de le faire : les institutions religieuses constituent des puissances économiques et politiques capables d'agir au-delà des frontières des États et des seigneuries grâce au réseau de couvents et de monastères éparpillés dans toute l'Europe.

Je ne pose que deux conditions : les religieux devront verser à Ginevra le cinquième des sommes perçues, net de tous frais ; surtout, ils devront retrouver ma fille Polissena et lui verser chaque année cinq ducats d'or.

Héritier universel : ma chère Ginevra. Exécuteurs testamentaires : la même Ginevra, ainsi que Filippo di Bastiano, soyeux, et l'habituel Pintasso, proposé par les religieux.

Voici que sonne la troisième heure de la nuit. Tout le monde est parti, et Ginevra est allée à la cuisine me préparer une boisson chaude. *Ser* Piero rassemble lentement ses affaires, ses feuilles de papier, son encrier, son plumier. Je l'invite d'un geste à approcher, j'ai quelque chose à lui dire. J'ai beau être moribond, j'ai remarqué que fra Lorenzo et Pintasso échangeaient des regards entendus, et cela ne me plaît guère : attention, *ser* Piero, les religieux essaieront peut-être de mettre la main sur la totalité de mon héritage, et pas seulement sur les créances vénitiennes, par exemple en obtenant une sentence arbitrale d'un juge complaisant. Le notaire me rassure : il préparera sans tarder les originaux sur parchemin ; que je ne m'inquiète pas, les droits de *monna* Ginevra seront sauvegardés ; quant à lui, il sait s'y prendre avec les couvents et les monastères, et il veillera à ce que tout se passe comme convenu pour ce qui est de la future chapelle à San Bartolomeo. Il ne nourrit qu'une seule crainte, et elle concerne justement *monna* Ginevra. Étant un homme honnête, *ser* Piero s'estime en devoir de me poser une dernière question, embarrassante et douloureuse, à propos d'une rumeur qui circulait au Palagio : est-il vrai que *monna* Ginevra s'est déjà entendue avec Tommaso di *ser* Iacopo Salvetti afin de l'épouser après ma mort ? Diable de notaire, il est pire que moi : il a tout compris !

Je le sais, bien sûr, cher notaire, c'est moi qui ai dit à Ginevra de songer à elle-même après ma mort. De toute façon, elle continuera de m'aimer : l'amour est éternel, c'est évident. Mais il n'est pas bon qu'une femme demeure seule dans cette ville, une veuve, de surcroît forte et indépendante. Elle n'a que cinquante-six printemps, et Tommaso Salvetti est un vieillard de soixante-seize ans. Il ne la touchera pas : tout le monde sait qu'il préfère les garçons aux filles. Elle le dominera et le mènera par le bout du nez. Si elle le souhaite, elle renoncera à l'héritage pour éviter tout affrontement avec Mont-Olivet : elle n'en a pas besoin pour vivre, et sa dot lui revient de droit. En outre, Tommaso Salvetti est le cousin de fra Lorenzo, et il fera de lui ce qu'il voudra, ou plutôt ce que voudra Ginevra. Bref, allons-nous construire, oui ou non, la chapelle Nati ? Où mettrons-nous mes vieux os ? La fin approche et je n'ai pas envie de passer trop d'années à me dessécher à l'intérieur d'un cercueil en bois, dans l'entrepôt du monastère, parmi la poussière et les briques des maçons.

Puis-je enfin voir son fils et celui de Caterina, qui a patienté tout ce temps-là devant la porte ? *Ser* Piero, qui est déjà sorti, invite le jeune homme à entrer, il l'attendra en bas. Il l'exhorte à se dépêcher : les Officiers de la Nuit patrouillent déjà et il ne veut pas qu'ils le surprennent, lui, ce beau garçon, à errer seul dans les rues. Ou plutôt, pour plus de sécurité, il le raccompagnera lui-même à l'atelier du Verrocchio.

Leonardo pénètre dans le cône de lumière que diffuse la lampe qui s'éteint peu à peu – sans doute Ginevra a-t-elle omis de la remplir d'huile. Sa ressemblance avec sa mère est impressionnante : il a les mêmes cheveux blonds, les mêmes yeux clairs. Peut-être tient-il son nez de son père. Il porte un pourpoint montant et entièrement boutonné, ainsi que de belles chausses roses. Il doit avoir quatorze ans. Il s'approche timidement. Il se peut qu'il sache qui je suis, que sa mère lui ait parlé de moi et de Ginevra. J'aimerais moi aussi lui parler : de sa mère, de son histoire, mais je n'y arrive pas, le temps et les forces me manquent. Je soulève ma main tremblante et caresse ses jolies boucles blondes, qui évoquent les petites vagues d'un doux ruisseau. Je ne parviens qu'à marmonner quelques mots, une sorte de question : S'il est heureux chez maître Andrea, s'il apprend l'un des nombreux arts que le maître connaît et enseigne.

Le garçon sourit, du même sourire que sa mère, et répond par l'affirmative – quoiqu'il ne soit guère aisé, ajoute-t-il, de s'orienter parmi tant d'activités : dans cet atelier il y a des fours et des creusets, on bat de l'or et de l'argent, on fabrique des ressorts et des engrenages pour les horloges et d'étranges machines, on sculpte le marbre et la pierre, on façonne les métaux et apprête des moules pour fondre les œuvres de maître Andrea, on prépare de la terre cuite, on mélange les couleurs, on dessine d'après nature. Si le maître le veut bien, il maniera un jour les couleurs. Alors, plongeant le regard dans ses yeux, les yeux lumineux de sa mère, je le prie de me faire une promesse qu'il n'aura pas à tenir tout de suite : uniquement lorsqu'il sera devenu peintre et au moment opportun. Cette promesse est très simple : il devra exécuter sa première œuvre pour moi. Ce sera sa première commande, un engagement sérieux. Il ne peut dire non à un homme qui va mourir. Je transmettrai cette demande à son père, et celui-ci la rapportera aux religieux, ainsi qu'à maître Giovanni, qui dirige les travaux à Mont-Olivet.

Je veux un tableau qui ne soit pas trop grand. Pour ma chapelle, sur ma tombe. Une représentation de Notre Dame, afin qu'elle protège et aide mon âme de pécheur tout au long du voyage que je m'apprête à accomplir dans une obscurité qui m'effraie. La Sainte Vierge Marie reçoit de l'Ange l'annonce que Dieu l'a choisie, elle, une humble et obscure jeune fille, comme Caterina, afin qu'elle soit la mère de son Fils et de nous tous, l'instrument du salut. Le salut de tous, le mien aussi peut-être. Ce devra être la plus belle Annonciation qu'on ait jamais peinte, une Annonciation qui surpassera celles de Fra Angelico et de Fra Filippo. La scène se déroulera dehors, en plein air, dans la lumière, dans la nature, libre des contraintes d'un espace clos. Le miracle de la vie qui naît dans les entrailles de la Femme. La vie de la nature et des créatures, des fleurs, des plantes, des arbres. La vie de l'air, de la terre, de l'eau.

Les yeux du garçon brillent à la lumière de la lampe qui s'éteint, comme s'ils voyaient déjà ce que j'ai tenté confusément de décrire. Mes derniers mots ne sont autres qu'un balbutiement : Caterina, mon ange, la main, la bague. Enfin, peu à peu, ces yeux bleus disparaissent eux aussi, voilés par le brouillard qui assombrit les miens.

Une dernière pensée avant de perdre connaissance. Il ne faut pas que Ginevra économise autant sur l'huile de la lampe. Elle s'est déjà éteinte, s'effaçant devant l'obscurité.

11

Antonio, l'autre

À Campo Zeppi, près de Vinci,
par un jour quelconque de l'année 1490

Je me prénomme Antonio.

Je suis le fils de Piero, fils d'Andrea di Giovanni di Buto, que tout le monde appelait Andrea del Cischia, alors que Piero était dit del Vacca. Moi, on me surnomme l'*Accattabriga*, le Querelleur, pour une raison très simple. C'est un appellatif de soldat. À dix-huit ans, j'ai envoyé mon père au diable et me suis enrôlé. Je l'ai envoyé au diable parce que je n'avais aucune importance à ses yeux. Je n'étais pas son fils aîné, à qui tout était dû et qui hériterait de ses biens. Je n'étais pas son benjamin, qu'il aimait plus que les autres car c'était un joli enfant blond qui lui faisait des risettes. Moi, j'étais au milieu, ni Caïn ni Abel. Malgré tout, j'étais le premier à me lever à l'aube, à aller travailler dans les champs quand il fallait labourer durement avec les bœufs, moissonner sous le soleil, battre le blé, vendanger, cueillir les olives, s'occuper du nécessaire, car si la terre donne ses fruits aux maudits rejetons d'Adam que nous sommes, c'est uniquement au prix de nos efforts et à la sueur de notre front.

Notre terre. Parce que cette terre nous a toujours appartenu. Personne ne sait depuis quelle époque nous vivons ici. Certains racontent que les Buti sont descendus de la montagne de Pise, celle qu'on voit là-bas, à l'horizon, dans le soleil couchant ; précisément d'un village entièrement habité de *buti*, de bouviers ; mais un de nos ancêtres jurait que le nom de Buto, le père de Giovanni, signifie bon secours. Je me suis toujours demandé : bon secours de qui ? Probablement pas du bon Dieu, qui n'a jamais pris soin de nous.

Le bon secours, c'est celui que nous nous apportons à nous-mêmes, de nos propres mains.

Nous ne possédons pas d'anciennes écritures, ni de nouvelles, d'ailleurs ; aucun de nous ne sait et n'a jamais su lire ou écrire de manière convenable. La mémoire se transmet de génération en génération, puis disparaît peu à peu. Qui vivait donc ici avant Giovanni et Buto ? Du reste, à quoi bon le savoir ? Si les saisons reviennent toujours de la même façon sur cette terre, si la sueur et le sang des hommes pénètrent dans la motte et la fécondent, tout comme l'eau de la pluie et les rayons du soleil, nos corps y retournent et redeviennent motte.

À l'origine, racontaient les vieillards, nous étions tous des serfs. En haut se trouvaient les seigneurs, les comtes Guidi. Personne ne les voyait jamais, contrairement aux individus qui prétendaient agir en leur nom. Des gardes, des fermiers, des prêtres. Ils se présentaient aussi ponctuellement que la mort une ou deux fois par an, pour exiger le tribut du blé, de l'avoine et des bêtes. Parfois ils emmenaient de force les plus vigoureux de nos jeunes pour en faire des soldats. Parfois, plus rarement, une de nos filles les plus jolies disparaissait. Puis, un jour, tout a pris fin, les seigneurs se sont envolés et la terre nous est revenue. La paix aussi a pris fin. Personne ne comprenait pourquoi, personne ne savait qui étaient le pape et l'empereur, pourquoi les partisans du pape se nommaient guelfes et étaient bons ; pourquoi les partisans de l'empereur se nommaient gibelins et étaient mauvais, excommuniés. D'habitude, les gibelins étaient de vieux nobles et des seigneurs. Nous, nous étions tous guelfes. Des armées et des bandes de mercenaires ont dévasté notre terre, une terre de frontière et de bataille au milieu des villes et des seigneuries qui se conduisaient entre elles comme des bêtes féroces : Pise, Florence, Lucques, Sienne.

Le château de Vinci est toujours resté florentin et guelfe, résistant à toutes les attaques et à toutes les tentatives de conquête, y compris à l'assaut d'un assassin anglais dénommé Giovanni Acuto. Les gibelins et tous ceux qui passaient pour leurs partisans furent pendus, bannis ou privés d'une bonne partie de leurs libertés et de leurs droits. Aux premiers rangs figuraient toujours les habitants rebelles d'Anchiano, dont le château fut rasé et auxquels on interdit de porter armes ou outils dangereux, fût-ce une serpe. Nous autres, en revanche, nous nous étions tous hâtés de déclarer notre appartenance authentique et de longue date au parti guelfe, si bien qu'on nous laissa nos terres. À l'époque de mon arrière-grand-père Giovanni, la commune de Vinci fut divisée en quartiers ; nos terres et la paroisse de San Pantaleo furent englobées dans celui de la plaine ou de San Bartolomeo a Streda, et les noms de mon arrière-grand-père Giovanni et de ses fils Andrea, Pasquino et Marco furent inscrits dans le grand registre : ils pouvaient donc être tirés au sort pour occuper des charges publiques. Ce ne fut jamais le cas.

Le cœur de nos terres se trouvait à Campo Zeppi, une longue et basse colline qui s'étend tout près du torrent Vincio, à un peu plus d'un mille du village. Regroupées au sommet, quelques maisons voisines y forment un hameau, doté d'une sorte de place centrale consistant en une grande cour bordée par des étables, des greniers et des caves. De là, on a la sensation d'être au centre du monde, entouré de lieux et de bourgs familiers : en face, la petite église de San Pantaleo, perchée sur sa colline, puis la tour du château de Vinci et le clocher de l'église, Montalbano et ses villages. De la belle terre, environ trente setiers, dont une partie plantée de vignes, le reste cultivé ou boisé ; en ajoutant les autres domaines situés à Campo Zeppi et dans les environs, à Mignattaia, à Quartaia, sur la via Franconese et dans d'autres lieux, on atteint un total de quatre-vingt-douze setiers, de quoi produire neuf boisseaux de blé et soixante barils de vin ; sans oublier les brebis – au moins une soixantaine –, les bœufs, les veaux, les cochons, les mules, les poulains.

À ma naissance, il y a soixante-quatre ans, trois familles y vivaient : celles de Pasquino et de Marco, fils de Giovanni, avec leurs épouses, leurs enfants et leurs petits-enfants, et celle de mon père Piero, puisque mon grand-père Andrea était déjà mort, avec ma mère Piera, ma grand-mère Lippa, ma sœur Betta et mon frère Jacopo. Je me rappelle nos maisons remplies d'enfants hurlants, pieds nus et sales, sans cesse grondés et parfois battus par les grands, mais manifestement heureux, tandis que la vie fleurissait et croissait à Campo Zeppi.

Au fil des saisons, d'autres enfants naissaient et les vieillards s'éteignaient. Monte, le fils de Pasquino, s'était installé avec sa femme et sa progéniture à Pise, où il exerçait le métier de maréchal-ferrant, laissant sa maison à Matteo et Maso, ses fils, qui fondèrent peu à peu leurs propres familles. Mon père Piero était donc le dernier représentant de la vieille garde et, par ailleurs, le chef de notre hameau. Ma mère ayant disparu peu après la naissance d'Andrea, il s'était aussitôt remarié à *monna* Antonia qui lui avait donné un autre fils, Benedetto. J'avais l'impression d'être inexistant aux yeux de mon père. Il était en effet plein d'attentions pour son fils aîné, Jacopo, qui reçut dès sa majorité une partie de ses biens – une maison dans le château de Vinci et dix setiers de terres à Campo Zeppi produisant trois boisseaux de blé et un baril de vin –, et réservait son affection à sa nouvelle épouse ainsi qu'à son benjamin. J'avais pris la décision de partir à ma majorité, tout comme mon frère cadet, Andrea, dépossédé de l'amour de notre père au profit du petit Benedetto. J'en avais assez d'être esclave. Je voulais être libre. Libéré de cette vieille maison et de cette maudite terre sur laquelle je me brisais les reins chaque jour, de l'aube jusqu'au crépuscule.

Les années de ma jeunesse furent difficiles. La guerre avait fait sa réapparition. Heureusement, la situation n'avait rien à voir avec celle que nous avions connue du temps de Giovanni Acuto, époque à laquelle un mercenaire débandé pouvait à tout moment surgir de derrière un vignoble et égorger un paysan dans le seul but de violer sa femme ou sa fille, ou encore de rafler un peu de nourriture après avoir jeûné des jours durant. Toutefois, il fallait supporter les taxes que nous imposait la République et le passage incessant de soldats. Et là où les soldats passaient, il était impossible d'ensemencer la terre, voire de l'utiliser. J'avais six ans, je me rappelle, quand nous dûmes nous barricader chez nous pour éviter les détachements de cavaliers et de fantassins qui se dirigeaient vers Fucecchio ; on disait alors qu'une grande et sanglante bataille avait eu lieu sur l'autre rive de l'Arno, au pied du château de Montopoli, à San Romano. Une dizaine d'hivers plus tard, une bande de soldats, peut-être libérés et sans le sou, s'installa près du Vincio, dans une ferme abandonnée. Ils y faisaient de grands feux avec le bois qu'ils nous volaient et des banquets avec nos brebis. Par crainte des ennuis, mon père leur envoya en cadeau un baril de vin, mais nous interdit à tous, en particulier aux filles, de nous rendre dans les environs tant que les soldats n'étaient pas repartis.

Malgré cette interdiction et mus par une mystérieuse attirance, Andrea et moi nous approchâmes de cette ferme alors même que s'achevait le séjour de nos voisins inopportuns, rappelés à Pise au début du printemps. Nous étions curieux de voir à quoi ressemblerait leur dernier festin. Cachés derrière la haie de troènes, nous assistâmes à un spectacle qui nous fascina et nous effraya à la fois, tant les pires visions que le curé de San Pantaleo tentait d'évoquer dans ses prêches pénitentiels paraissaient se matérialiser devant nos yeux écarquillés. Sur une énorme broche rôtissait le dernier chevreau qu'on nous avait subtilisé, dont le gras coulait en grésillant sur les flammes. Autour du feu dansaient, pieds nus, deux femmes échevelées, tandis que les soldats, assis en cercle, buvaient notre vin, riaient et tapaient dans leurs mains. On aurait vraiment dit une scène de sabbat infernal : ici, les démons s'étaient incarnés dans ces gros hommes ivres au visage dur, parfois sillonné d'entailles et de cicatrices, ou dans ces créatures du péché et de la luxure, ces femmes qui tournoyaient en soulevant leurs tuniques sans la moindre pudeur.

Nous nous apprêtions à nous éclipser lorsque des mains puissantes nous saisirent par les épaules : deux soldats, qui avaient l'habitude de monter la garde malgré leur ivresse et qui avaient remarqué notre présence bien avant que nous ne remarquions la leur, nous soulevèrent et nous traînèrent sur le terre-plein, devant le feu, en riant et en criant : Nous avons capturé deux grives à rôtir à la broche ! Ils nous jetèrent rudement au sol et le plus laid, un géant à la barbe rousse et aux yeux enflammés, pointa une grosse épée sur nos gorges en demandant d'une voix infernale : Mes frères, qu'allons-nous faire de ces espions pisans ? Puis ils éclatèrent tous de rire, car telle était probablement leur manière de plaisanter, tandis qu'Andrea et moi, qui ne comprenions pas leur humour, mourions de peur. La culotte de mon frère, je m'en souviens, était trempée, il avait pissé dedans. Un soldat l'indiqua du doigt, et les rires redoublèrent. Un autre nous éclaira le visage à l'aide d'un tison ardent et déclara que, étant aussi beaux et bouclés que des fillettes, nous pourrions servir à un usage plus agréable. Notre peur grandissait ; par chance, l'une des danseuses s'indigna contre le soldat qui avait affirmé préférer les garçons aux filles et le frappa à l'aide d'une bûche.

Songeant que la plaisanterie avait assez duré, le géant cracheur de feu, qui était le chef, calma la troupe et les deux femmes : le chevreau était cuit à point. L'air désormais bienveillant, il nous releva et, nous obligeant à nous asseoir à côté de lui, plaça entre nos mains une coupe en bois remplie d'un vin qui nous avait appartenu, ainsi qu'un morceau grillé et luisant du chevreau qui paissait autrefois sur nos terres. La fête à laquelle nous participâmes était fort étrange, mais elle insinua en nous l'illusion que telle était la vraie vie, la vie de liberté dont nous rêvions. Nous admirions l'esprit de corps qui se dégageait de ces individus, un groupe d'hommes forts et indépendants qui semblaient pouvoir agir à leur guise au mépris des lois et des règles, de l'État, des prêtres et de la famille, et se rendre où ils le souhaitaient. Lorsque, en pleine nuit, ils nous proposèrent de les accompagner à Pise, Andrea et moi, ivres de vin et de feu, acceptâmes d'un même cri. Nous filâmes sans nous retourner, sans même aller saluer notre famille.

C'est ainsi que débuta mon histoire de soldat et que je devins le Querelleur : lors des affrontements, j'étais le premier à me jeter dans la mêlée en criant, sans réfléchir, de même que j'avais été le premier, à Campo Zeppi, à me lever avec le jour et à briser les mottes de terre, tel un animal qui agit par instinct ou par habitude. Il s'agissait désormais, pour moi, de l'instinct primordial qui habite tout être vivant, l'instinct que possède jusqu'au plus vil animal de notre terre, le cochon ou la poule : rester en vie, éloigner et retarder le plus possible le moment fatal où le corps périt et où son unité se désagrège, un morceau par-ci et l'autre par-là : une tête, une cuisse, une aile. Pour ce faire, il convenait de s'habituer à manier et abattre des instruments qui ne différaient guère des outils qu'on utilise à la campagne – les faux, les serpes, les haches. S'accoutumer, sans trop y réfléchir, à se baisser, à bêcher non la terre mais la chair vive d'un bras ou d'une jambe, à labourer un ventre en tirant sur le long ver des intestins, à fracasser un crâne ainsi qu'on fracasse les pierres qui entravent le chemin du soc, à faucher des vies humaines comme des épis mûrs en plein été, à irriguer la terre avec l'humeur visqueuse du sang. Voilà, telle était la guerre. Un travail pénible. Sale. À effectuer comme une habitude. Sans réfléchir.

Par la grâce de Dieu, je n'eus que très rarement à accomplir ce travail dont je ressentais toute l'horreur. Nous nous étions enrôlés lors d'une brève et illusoire période de paix et nous finîmes par grossir la soldatesque florentine stationnée à Pise, qui œuvrait à l'édification d'une nouvelle forteresse et avait pour mission d'assujettir la ville et ses alentours. Il n'y avait pas de véritables affrontements militaires : de temps en temps, nous allions punir un village où un gabelou avait été tué, ou un soldat qui avait pris trop de libertés avec des femmes. Nous avions affaire à quelques paysans menaçants, armés de faux et de fourches, qui déguerpissaient au premier tir de nos arbalétriers, nous laissant, nous autres fantassins, brûler et piller les lieux – modérément toutefois, selon le vœu du commissaire, juste pour donner le bon exemple et sans violer de femmes.

À Pise, nous retrouvâmes notre cousin et sa famille, Monte di Pasquino, qui ferrait les chevaux de la garnison. Monte vivait et tenait un atelier avec un habitant de Vinci, Nanni di Ferrante, dans la paroisse de Santa Maria Maddalena. Sa présence compensait un peu la nostalgie de la maison que nous commencions à éprouver, en particulier Andrea, à qui il arrivait de pleurer, la nuit, et qui rêvait de regagner Campo Zeppi, chose impossible jusqu'à la fin de son engagement. Nous n'étions pas aussi libres que nous l'avions cru ; à vrai dire, nous avions le sentiment d'être encore plus prisonniers qu'avant, non d'un père et maître, mais d'un État et maître, qui nous obligeait à stationner là afin de réduire en esclavage une autre ville et un autre État. Nous résidions dans le quartier de Guazzalongo ou de Chinzica, entre les ruelles des tanneries et celles dont le nom indiquait l'activité qu'on y menait : le Belle Donne, la Maddalena, la Nunziata et la Nunziatina. Mon cousin y avait sa demeure. Nous dépensions le peu d'argent qu'on nous versait dans les tavernes, en vin et en moments de plaisir fugaces avec des femmes aux origines mystérieuses.

À la forteresse, nous avions l'obligation de nous entraîner avec le maître d'armes. Nous autres campagnards étions censés rejoindre les simples fantassins qu'on envoie en avant, lors des vraies batailles, comme de la chair à canon pour fatiguer l'ennemi ; heureusement, il n'y avait plus de vraies batailles dans la région. Les leçons, qui débutaient toujours *au nom de Dieu et de messire saint Georges*, étaient rudes, et l'enseignement principal se résumait à quelques règles simples et claires : tue si tu ne veux pas être tué, tu n'as pas affaire à un être humain, mais à un individu qui veut te tuer, raison pour laquelle il te faut être plus rapide et plus habile. Nous ne cessions de nous entraîner de façon que nos mouvements deviennent automatiques, comme une habitude. Nous devions entretenir notre corps, car participer à une bataille équivaut à travailler la terre une journée entière, de l'aube jusqu'au couchant. Ce n'est pas grâce à un acte d'héroïsme individuel et éclatant de la part des cavaliers que la victoire s'obtient, mais grâce à la sueur et aux efforts des soldats qui endurent le plus longtemps possible les combats rapprochés. Quiconque tombe, vaincu par la fatigue davantage que par les coups de l'ennemi, est mort. Rares sont ceux qui, terrassés, ont la chance de survivre, et il n'est pas dit que ce soit une chance : la détention se change parfois en un long enfer où règnent la faim et la maladie ; et la blessure la plus infime en une horrible agonie. Mieux vaut ne pas être capturé, répétait le maître, l'air impassible. Mieux vaut ne pas être blessé. Mieux vaut ne pas mourir.

Les premières techniques à apprendre furent celles de l'*estrainte*, qui n'a rien à voir avec l'enlacement de l'amour entre un homme et une femme, puisque c'est celle de la mort. Elle se pratique à mains nues, à l'aide des bras, des jambes, des pieds et même de la bouche et des dents, à l'image des animaux et à l'image des hommes avant l'invention des armes. Au début, Andrea et moi riions, croyant y voir les formes de lutte auxquelles les garçons se livraient sur le terre-plein de Campo Zeppi ; mais c'était très différent, et, de fait, le maître et les soldats parvenaient toujours à nous jeter au sol, à nous déboîter l'épaule, à nous faire un mal de chien, à nous serrer la gorge jusqu'à l'étouffement. C'est au cours d'une de ces *estraintes* que je reçus le coup de poing qui me brisa et m'aplatit l'os du nez ; dès lors j'ai toujours affiché la sale trogne du Querelleur.

Nous nous exercions aussi au duel avec une dague en bois ; dans cet art, le coup bien assené se nomme *jeu*. Quoi qu'il en soit, les choses avaient été claires pour nous autres campagnards récemment arrivés. Plus que nous battre, nous étions censés jouer les auxiliaires, armés de bêches et de pioches, nous chargeant des corvées : porter les armes, couper et déplacer les troncs d'arbres pour construire des ponts au-dessus des cours d'eau, aplanir les routes, creuser une tranchée, élever un terre-plein, brûler les champs et les maisons en terre ennemie. Voilà pourquoi notre propre équipement se résumait à un pourpoint en cuir, une rondache en bois, un casque, une dague courte et un poignard. Le métier des armes, celui des cavaliers et des guerriers, n'était pas pour nous.

Notre maître, un capitaine couvert de cicatrices, s'était battu avec courage lors des guerres des années précédentes et de batailles qui avaient dans sa bouche l'allure de légendes incroyables, d'affrontements de géants : San Romano et Anghiari. Originaire de Castelfranco di Sotto, non loin de nos terres, il se nommait Iacopo di Nanni, mais tout le monde l'appelait le Querelleur, et c'est lui qui m'attribua son propre surnom.

La belle vie à Pise ne dura pas longtemps. Le roi aragonais de Naples, allié des perfides Siennois, envahit la Toscane. Au cours de l'hiver, Florence se porta au secours de Campiglia et envoya une autre armée à Spedaletto, près de Pienza. Nous autres attendions toujours à Pise. Au printemps, le roi attaqua non Campiglia, ainsi qu'il l'avait laissé entendre, mais Piombino. Comme il était inconcevable de perdre cette ville, on arma en toute hâte à Livourne quatre galères qui nous y conduisirent, regroupés en deux ou trois compagnies. Nous nous postâmes dans le Caldane, région de marécages entre Campiglia et Piombino, en proie à la crainte de voir surgir à tout moment l'armée aragonaise. Andrea était terrifié : il n'avait jamais tué personne et il se disait incapable d'abattre un de ses semblables qui le regarderait, même une dague au poing. Imaginant qu'il mourrait, il songeait avec horreur à la lame qui pénètre la chair, au sang qui jaillit de la gorge, à la mort, à l'obscurité et au froid. Je m'efforçais de le réconforter, lui jurant que je resterais à ses côtés et que je le protégerais contre tout danger. Il pouvait en être certain, il ne lui arriverait rien.

Notre situation n'était guère brillante. Nous manquions de ravitaillement car les terres environnantes, auparavant peu peuplées, avaient été totalement abandonnées à cause de la guerre ; le vin qui avait le pouvoir, le soir, de nous revigorer autour du feu nous faisait également défaut. Ayant perdu tout espoir de secours, nous survivions en avalant une bouillie d'avoine et de lézards. Nous ne cessions de chuchoter et de nous plaindre de la chaleur, des mouches, des moustiques, de l'eau putride, des maladies qui nous accablaient et nous dévastaient, si bien que, redoutant une rébellion de notre part, les commissaires décidèrent de nous déplacer et de nous engager dans une autre échauffourée à la reconquête des châteaux que le roi détenait encore.

Le sort de nos ennemis ne fut guère plus brillant. Immobilisée au milieu des marais, cette grande armée, beaucoup mieux équipée et mieux nourrie que la nôtre, fut vaincue par cette même Maremme, par les moustiques et la fièvre tierce. Lorsqu'elle leva le camp, presque sans se battre, elle laissa sur place plus de deux mille morts, dont presque tous les déserteurs et les pilleurs, punis de leur trahison par la justice divine. Nous repartîmes nous aussi, à bord de deux galères venues nous chercher. Mais je regagnai Pise seul. Cette guerre sans gloire, la seule à laquelle j'aie jamais participé, m'avait frappé d'un lourd tribut : mon frère Andrea était mort de fièvre dans une cabane crasseuse, tandis qu'il invoquait dans son délire la Vierge et notre mère Piera. Je n'avais pas réussi à le défendre contre la faux de la mort.

C'est dans cet état et en proie à l'humeur la plus sombre que je rencontrai le fils d'Antonio di *ser* Piero da Vinci. À Vinci et dans ses environs, tout le monde connaissait le vieil Antonio. Il était venu à plusieurs reprises à Campo Zeppi parce qu'il possédait quelques terres attenantes aux nôtres, et il ne manquait jamais de se rendre chez nous pour goûter le vin nouveau et celui de l'année précédente. Étant des individus silencieux et concrets, voués au travail, nous l'écoutions avec fascination parler, et parler encore, car nous savions qu'il n'avait rien à voir avec ces bavards et ces fourbes qui vous escroquent à force de paroles et d'écritures. Non, il était animé par un immense besoin de s'exprimer, de communiquer avec nous et avec tous les habitants du hameau. Un besoin de raconter des histoires, qu'il disait réelles mais qui étaient de toute évidence le fruit de son imagination : des voyages sur la mer jusqu'aux confins du monde, dans les pays des Sarrasins ; des attaques de pirates ; des terres désertiques et immenses uniquement peuplées de serpents ; des lions et des géants ; des jeunes filles merveilleuses et parfumées qui vous donnaient leur fleur le plus librement du monde, pour la seule raison qu'elles en avaient envie. J'avais de l'affection pour le vieil Antonio. Étant fils de notaire, il nous apportait son aide lorsque nous avions du mal à déchiffrer un papier ou que nous renâclions à payer un impôt. Il regagnait ensuite le bourg, tout content, muni du chapon et de la bouteille de vin que notre père lui avait offerts.

En revanche, je n'avais jamais rencontré son fils, parce que nous ne montions jamais au bourg et que lui-même ne descendait jamais à la campagne. Il était notaire depuis peu. On l'avait envoyé travailler pour les Florentins à Pise, à San Sebastiano et à Chinzica, dans les Logge dei Banchi donnant sur l'Arno. Il était venu ferrer son cheval à l'atelier de Monte, où je broyais du noir, me demandant comment m'y prendre pour mettre un terme à ma vie de soldat. C'était en mars 1449. Il y a plus de quarante ans. Sans cesser de battre ses fers, Monte nous présenta. Nous nous dévisageâmes avant de nous serrer la main. Nous nous ressemblions beaucoup. Nous avions le même âge. Je sentis que je pouvais me fier à lui, bien qu'il fût notaire : il était le fils d'Antonio, et donc certainement un homme honnête. Je ne me trompais pas.

Il lui suffit d'entendre les quelques mots que je prononçai pour comprendre immédiatement ce dont mon cœur brûlait, soit le désir de rentrer chez moi. Manifestant un bel esprit pratique, il m'interrogea de la sorte : Pour quelle quelle raison voulais-je donc réintégrer mon hameau natal, après avoir coupé les ponts avec mon père, qui allait jusqu'à m'accuser d'avoir entraîné Andrea dans l'aventure militaire ? En vérité, mon père ignorait qu'Andrea était mort, et personne ne le lui révéla jamais : on se contenta de lui dire qu'il avait disparu et qu'on avait perdu sa trace. Et il poursuivit : Comment pourrais-je travailler, puisqu'il supportait à grand-peine ma présence à ses côtés dans les champs ? Soudain, dans l'atelier de mon cousin Monte, parmi les bruits de marteaux, une idée jaillit. Pourquoi ne deviendrais-je pas artisan ? N'avais-je pas appris de nombreux métiers dans l'armée et dans la construction de la forteresse ? Effectivement, ces dernières années, j'avais travaillé à la briqueterie qui œuvrait à l'élévation des murailles.

Oui, ce serait là une bonne occupation. En réalité, j'ignorais que mon père avait acheté pendant mon absence la moitié d'une briqueterie située au foirail de Vinci, sur la route menant à l'Arno ; l'autre moitié appartenait aux religieuses de San Piero Martire à Florence, qui possédaient également les terres limitrophes, entre San Pantaleo et San Donato a Greti. *Ser* Piero le savait, parce que le domaine des moniales jouxtait les terres de son père Antonio et de Marco di *ser* Tomme. Il n'aurait aucune difficulté à servir de médiateur : il suffirait de louer le bien des sœurs pour démarrer l'activité. Son beau-frère, Simone d'Antonio da Pistoia, qui avait épousé récemment sa sœur Violante, m'apporterait son aide, si nécessaire, puisqu'il était lui-même briquetier. Et la famille de sa mère à Bacchereto possédait un four, dans lequel on produisait surtout des cruches et des jarres.

Je regagnai Vinci. Mon père m'accueillit froidement, s'abstenant d'organiser les festivités que préconise l'Évangile pour le retour du fils prodigue. Il ne s'opposa pas à mon projet, puisque la briqueterie abandonnée ne lui rapportait rien ; en revanche, il tenait à ce que je lève le camp rapidement et m'installe ailleurs que chez lui. Les choses avaient beaucoup changé à Campo Zeppi, les vieillards étaient tous morts ; en dehors de mon père et de ma belle-mère *monna* Antonia, seuls vivaient là désormais Matteo et Maso, fils de Marco, et leurs familles, ainsi que Piero, fils de Monte. Bien qu'il eût conservé les terres qu'il avait reçues, mon frère Jacopo habitait une maison dans l'enceinte du château, et se donnait de grands airs auprès de sa jeune épouse, Fiore. Grâce à l'intervention de *ser* Piero, les religieuses me louèrent la briqueterie pour huit lires par an, que je promis de leur verser ponctuellement.

Au début, tout se passa bien. Je m'étais jeté tête baissée dans le travail, trimant comme une mule, selon mon habitude, pour réhabiliter l'édifice qui comprenait une maisonnette, une étable, une cour et, justement, un four. Je m'installai dans la maisonnette puisque mon père ne voulait pas de moi chez lui ; il omit même de m'inscrire dans sa déclaration de biens, obligeant l'officier à la modifier de sa main par l'ajout de mon nom et de la moitié de la briqueterie. Je bouchai les trous de la chambre de chauffe en sous-sol, consolidai les arcs-boutants et nettoyai la chambre de cuisson au-dessus. Naturellement, je devais me charger seul de toutes ces tâches, car le dénommé Simone d'Antonio, un fanfaron, ne se montrait jamais : ramasser des branches et du petit bois, extraire de la bonne argile, la pétrir, façonner des pains et les faire sécher. Quand venaient enfin les jours du feu, ces pains d'argile se transformaient en solides et éternelles briques rouges.

Oui, au début, tout se passa bien. Puis les choses tournèrent mal. Très mal. À cause de Simone et de son maudit vice du jeu, dans lequel il m'entraîna. Voilà pourquoi je n'ai jamais payé les moniales : quand j'eus remboursé les dettes que j'avais contractées pour démarrer mon activité, je commençai à perdre au jeu tout l'argent que je gagnais. Simone était de mèche avec une vraie crapule, le curé de Vitolini, *ser* Andrea, même s'ils finirent ensuite par se fâcher pour une broutille et que Simone dénonça son acolyte à l'évêque. Prêtre mesquin et sans Dieu, *ser* Andrea faisait paître sur la terre bénie du cimetière ses cochons, qui exhumaient et rongeaient les os des défunts. Au lieu de songer aux choses de l'esprit, il pratiquait les jeux de hasard où qu'il fût, comme un besoin corporel qu'il ne parvenait pas à retenir : dans la cure, chez lui jour et nuit, chez Nannone à l'extérieur du village et même au pied d'une grange à Santa Lucia a Paterno. Chez Nannone, il m'avait soutiré, certainement en trichant, un florin large et deux lires, puis avait feint de m'acheter par l'intermédiaire de Simone trois cents briques pour le sol, lui raflant toutefois au jeu la somme destinée à leur paiement. Simone et *ser* Andrea s'étaient probablement entendus à l'avance. C'est ainsi que je me retrouvai sans briques ni argent. Et sans possibilité de payer les religieuses, auxquelles je n'avais rien versé au cours de ces trois ans.

Je devais une nouvelle fois demander de l'aide à *ser* Piero, mais je redoutais cet instant. Le bruit courait, à Vinci, qu'il s'était lui aussi fourré dans un sacré pétrin à cause d'une femme : ce qu'on dit est bien vrai, les femmes sont à l'origine de tous les maux. Jamais je ne me serais attendu qu'il succombât aux flatteries de la séduction, lui qui avait fait des études, contrairement à moi, travailleur fougueux et stupide ! J'avais du mal à croire que cet homme froid, qui donnait l'impression de tout maîtriser, avait perdu la tête comme les autres, devenant l'esclave d'une femme. À Pâques, il avait conduit en grand secret cette mystérieuse créature, enceinte, à Anchiano ; cependant tout le village avait fini par l'apprendre et bon nombre d'habitants lui avaient rendu visite avant de participer au baptême du petit. Ceux qui l'avaient vue disaient qu'elle était sublime, une sorte d'ange qui aurait attendri jusqu'au cœur le plus dur. Dès lors le vieil Antonio se chargea d'elle et de l'enfant en les hébergeant.

Ser Piero regagna Florence, d'où il m'avertit que les religieuses avaient diligemment inscrit mon nom et ma dette de vingt-quatre lires dans leurs livres de comptes et qu'il me fallait commencer à payer si je ne voulais pas perdre mon travail.

Que faire ? M'adresser au vieil Antonio ? Peut-être m'accorderait-il un prêt ou me dispenserait-il un bon conseil : après tout, c'était à cause de son gendre, Simone, que je me retrouvais dans une telle situation. Par un matin froid de février, je me mis en chemin, enveloppé dans ma pèlerine, sous un vent du nord glacial, alors que, à l'entour, la neige avait recouvert les champs d'un fin manteau blanc. M'engageant dans le bourg, je traversai la place du marché, presque déserte, et me hissai jusqu'au logis d'Antonio, juste après les murailles du château. Assis devant un beau feu, une grosse couverture sur les jambes et un joli chat noir sur les genoux, le vieil homme se montra heureux de me revoir après tant d'années. Il était seul : *monna* Lucia était allée lui acheter des beignets et des merveilles de carnaval, dont il raffolait. Je regrettai de ne pas en avoir apporté : je m'étais présenté comme un rustre, les mains vides, toutefois mes poches étaient plus que vides – percées.

J'ignorais s'il se souvenait vraiment de moi. Du temps où il venait à Campo Zeppi, je m'unissais aux nombreux enfants qui se rassemblaient autour de lui pour écouter ses histoires, et rien ne me distinguait des autres. Mais Piero lui avait parlé de mon existence et de mes problèmes, des difficultés que j'avais rencontrées en tant que soldat et de la perte d'Andrea – un grand secret qu'il ne révélerait jamais, parce qu'il savait tenir sa langue si besoin était. Il m'offrit en souriant un gobelet de vin, afin que je me réchauffe, et m'avertit que ce breuvage n'était pas aussi bon que le nôtre. Saisissant cette occasion, il me pria de lui réserver aussi bien du vin que de l'huile de Campo Zeppi, ce à quoi j'objectai que la terre appartenait à mon père, à mon frère et à mes cousins : moi, je n'étais personne, je ne possédais aucun bien, j'étais juste capable de fabriquer quelques briques qui ne me rapportaient rien. Va savoir, va savoir, dit-il avec le même sourire, l'avenir des jeunes ressemble à un ciel dégagé, contrairement à celui des vieillards qui s'ennuage peu à peu et se vide de sa lumière.

Et la briqueterie ? Et les moniales ? Elles ne devaient pas m'intimider. C'étaient de bonnes religieuses, qui vivaient dans la crainte de Dieu, habituées à secourir les pauvres gens. Leur couvent à Florence se situait dans un quartier populaire, juste à côté de la porta Romana. Certes, il était juste qu'elles reçoivent leur dû, il importait de respecter ses engagements. Néanmoins elles étaient capables de comprendre les difficultés des pauvres diables et, en cas de nécessité, elles ne se formaliseraient pas si le paiement du loyer leur était versé en nature : un baril de vin ou une jarre d'huile valant jusqu'à cinq lires, soit la moitié du loyer d'une année. Évidemment, ajouta le vieil Antonio en me regardant fixement comme s'il suivait le fil de son raisonnement, pour obtenir un peu de vin ou d'huile de Campo Zeppi il convenait de changer les choses : en premier lieu, de se réconcilier avec Piero d'Andrea del Vacca, puis d'abandonner le dur labeur de la briqueterie, de retourner à la terre, où l'on vivait mieux. Une épouse, voilà ce qu'il fallait. Et des enfants. Le vieux Piero ne s'attendrissait que s'il avait des enfants dans les bras ; la vue de sa famille qui se perpétuait le réjouissait autant que celle des greffes qui avaient pris sur ses arbres. Oui, il était ainsi fait. Ce n'était pas un mauvais bougre, conclut Antonio en affirmant bien le connaître.

Je ne sus que répondre. J'étais venu parler des moniales, et voilà qu'Antonio m'invitait à me marier et à réintégrer le domicile de mon père. Non, jamais. Je me l'étais juré quand j'étais à Pise. La vie me semblait ne consister qu'à passer d'un esclavage à l'autre : l'esclavage de la terre, l'esclavage de la famille, l'esclavage des prêtres, l'esclavage de l'armée, et maintenant l'esclavage de la briqueterie, des dettes, du jeu. Y ajouter l'esclavage d'une femme eût été une véritable folie. Quand j'avais besoin d'une femme, je descendais à Empoli avec Simone, le scélérat, et j'obtenais tout ce dont j'avais envie pour quelques pièces dans une auberge proche de l'Arno. Non, jamais je ne serais l'esclave d'une femme. Mais je ne voulais pas être désagréable avec le vieil Antonio, qui se montrait si aimable envers moi et m'avait même offert du vin, un vin pas si mauvais que ça, d'ailleurs, en tout cas bien meilleur que la piquette qu'on donne aux soldats.

Je lui répondis donc sur le ton de la plaisanterie ; toutefois c'était une plaisanterie amère car j'avais besoin d'ouvrir mon cœur, de parler vraiment à quelqu'un, ce que je n'avais jamais fait de toute mon existence. *Ser* Antonio se moquait sans doute de moi, lui dis-je : pas une seule femme ne se marierait avec un raté de mon espèce, mauvais fils, mauvais travailleur, mauvais soldat, mauvais briquetier et mauvais homme, laid et renfrogné, au nez cassé et tordu, au visage dévasté par les maladies des marais attrapées durant la guerre de Piombino, un individu qui avait tué et violé, qui aimait le jeu et les putains ! Pas une seule femme n'accepterait les caresses de ces grosses mains abîmées à force de manier la bêche, la pioche et la hache, puis l'argile et le feu ! S'il existait un ange sur terre – mais je savais bien qu'il n'en existait pas, car, à l'exception de ma chère maman et de la Sainte Vierge, toutes les femmes étaient stupides ou démoniaques ; s'il existait une femme assez bonne pour m'accepter, pour m'aimer malgré ma méchanceté et ma laideur, pour me sauver et pour me libérer de mes esclavages, alors oui, je l'épouserais, je la prendrais avec tous les sacrements de Notre Seigneur et de la sainte Église romaine.

Étant un homme d'expérience, le vieil Antonio rit de ma plaisanterie : bien sûr, il n'existait pas d'ange de ce genre, et certainement pas pour cette sale gueule de Querelleur, car nous connaissions bien la nature des femmes ; le Père éternel les avait créées pour nous empêcher de trop nous bercer de l'illusion de la paix ; mieux, il semblerait qu'elles eussent justement pour mission de nous faire goûter un peu de purgatoire et d'enfer sur cette terre, expier à l'avance un certain nombre de péchés. Mais raisonnons par l'absurde et admettons que cet ange existât vraiment ; dans ce cas, l'*Accattabriga* l'épouserait-il ? Bien sûr que oui. À toute allure. Et admettons que cette femme angélique, dotée de toutes les vertus et les beautés du Ciel, fût également pauvre et privée de dot ; serait-elle alors moins désirable aux yeux du Querelleur ? Bien sûr que non, elle resterait l'ange du Ciel, et l'*Accattabriga* l'épouserait de toute façon, sans se soucier qu'elle fût pauvre, qu'elle comptât parmi les derniers de cette terre, parce qu'il comptait lui-même parmi les derniers de cette terre ; et puis, en admettant qu'elle ne fût pas très belle, peu importerait au Querelleur, l'important, c'était qu'elle fût gentille, honnête et douce, comme l'était sa maman Piera, dont Antonio n'avait jamais oublié la gentillesse et la douceur.

Mais si cet ange du Ciel avait déjà souffert d'indicibles tourments durant sa brève vie terrestre et avait déjà eu un enfant d'un autre homme, serait-elle alors méprisable par le seul fait de ne pouvoir offrir à l'*Accattabriga* la primeur de sa fleur, malgré la pureté et la chasteté de son cœur ? Ici, les choses se compliquaient un peu, et je répondis au vieil Antonio qu'il n'était pas très agréable d'épouser une femme qui avait déjà couché avec un autre homme ; mais puisque notre discussion était abstraite et qu'elle ne menait à rien, et puisque ce vin était vraiment bon, alors autant décréter que je me moquais bien de cette histoire de fleur et de virginité, car si la femme en question était gentille et vertueuse, si elle promettait de m'aimer et de me rester fidèle, de m'apporter de la douceur et du réconfort en tant que compagne, ainsi que je lui en apporterais moi-même, alors oui, je l'accepterais à mes côtés. Peu m'importerait dans ce cas son passé, de même que peu lui importerait le mien. Nous vivrions dans le présent, enfin libérés des fantômes et des peurs de nos histoires. Mais, hélas, il ne s'agissait là que de rêves. La réalité était bien différente.

Je n'ai jamais oublié le sourire radieux qui éclaira le visage du vieil Antonio, lissa ses rides et sembla effacer en un instant les marques que les nombreuses années de sa longue vie y avaient gravées, comme sur l'écorce d'un arbre centenaire ; et je ne l'oublierai jamais tant que je vivrai. Ce sourire exprimait un bonheur qui n'avait rien d'égoïste, car il était entièrement tourné vers autrui – et pas seulement vers moi, comme je le devinai devant le gobelet plein de son bon vin. S'il l'avait pu, mon hôte aurait quitté son fauteuil et m'aurait embrassé vigoureusement, malgré ses os grinçants. Je commençai alors à comprendre que notre conversation n'avait pas été aussi abstraite que je le croyais.

Le vieillard me pria de l'aider à se lever et de l'accompagner dans sa chambre, à l'étage, parce qu'il se sentait las. Il me fallut d'abord déplacer le chat, Second, qui résistait de tout son poids, n'ayant pas la moindre intention d'abandonner son agréable nid. S'appuyant à mon bras et suivi de l'animal contrarié, l'homme gravit lentement les marches en m'invitant à ne pas faire de bruit. Nous débouchâmes sur le palier. D'un côté se trouvait la chambre du maître de maison, de l'autre une petite porte à moitié ouverte. Tout en souriant, le vieil Antonio posa à plusieurs reprises l'index sur ses lèvres et m'invita à regarder à l'intérieur. Assise sur un grand lit, une jeune femme allaitait un enfant. Ses cheveux épars étaient aussi blonds que ceux d'un ange du Ciel. Elle chantait une comptine, la bouche fermée. Telle était la vision de la maternité et de la vie qui se transmet d'un être vivant à l'autre.

Le vieillard m'attira dans sa chambre et me pria de l'aider à s'allonger, tandis que le chat sautait sur son lit. Remarquant mon émotion et jugeant que, malgré mon visage et mon surnom, j'étais un brave homme, il reprit la parole à voix basse. L'ange dont nous parlions existait vraiment, me dit-il. C'était une créature de chair et de sang comme nous autres, une créature éprouvant de la joie et du chagrin tout comme nous, et seul le Ciel savait combien elle avait souffert avant de savourer ce moment de répit, de bonheur, dans cette maison et en compagnie de son enfant. Oui, c'était elle, la femme de *ser* Piero, et le bébé était leur fils. Enfant du péché, de l'erreur, de l'illusion de l'amour terrestre, certes ; toutefois la vie, toute la vie, venait de Dieu, était un don de Dieu, et ce petit était enfant de Dieu, un don merveilleux pour lequel on ne pourrait jamais assez rendre grâce.

Elle s'appelait Caterina. Elle avait été esclave mais elle était à présent une femme libre. Piero l'avait fait affranchir, cependant il ne pourrait pas la revoir. Aussitôt après l'Épiphanie, Antonio l'avait marié avec une Albiera, fille d'un marchand de Florence, propriétaire de terres à Bacchereto, Giovanni Amadori, un homme respectueux de Dieu et qui avait une dévotion au bienheureux Giovanni Colombini : sans dot, bien sûr, pour l'amour de Dieu. Piero vivait désormais à Florence chez son beau-père. Il se chargerait un jour de l'enfant, qui selon la loi acquérrait son nom et sa condition, mais pour l'heure le petit était bien dans les bras de Caterina, une femme forte à la bonne constitution, au lait dense, doux et abondant, qui le nourrissait comme il faut. Caterina était une femme libre mais seule, il lui faudrait un jour quitter cet enfant et cette demeure. Elle ne possédait rien, à l'exception de ses pauvres vêtements. Naturellement, elle n'avait pas de dot. Toutefois Dieu récompenserait son futur mari par le plus grand des trésors de ce monde : une compagne qui l'aimerait et l'honorerait, lui donnerait une grande descendance et parcourrait à ses côtés le long et difficile chemin de la vie jusqu'au bout.

Adoptant un air dur, le vieillard me pressa la main. Ceci n'était pas un contrat et lui-même n'était pas un entremetteur. Caterina avait conquis sa liberté au prix de sacrifices et de souffrances. Désormais, plus personne ne pourrait s'arroger le droit de prendre des décisions pour elle, de lui imposer sa volonté, de l'enchaîner une nouvelle fois. Son futur époux devrait avoir le courage de voir en elle une créature de Dieu comme lui, sur le même pied que lui, non un être inférieur à dominer et réduire en esclavage. D'ailleurs, c'était elle qui l'accepterait ou le rejetterait. Eh bien, il m'avait maintenant dit ce qu'il avait à me dire, il ne lui restait plus qu'à s'assoupir en compagnie du chat qui ronronnait déjà. La balle était maintenant dans mon camp. Et dans celui de Caterina.

Nous nous mariâmes dès que la période liturgique le consentit, après l'octave de Pâques. À en juger par les fleurs de mars, un printemps merveilleux et une excellente saison pour la terre s'annonçaient. Nous nous mariâmes en cachette, ou presque, non à Vinci, ni à San Pantaleo, mais à San Bartolomeo a Streda. Antonio était trop souffrant pour assister à la cérémonie et *monna* Lucia obligée de rester auprès de lui. Francesco, le frère cadet de *ser* Piero, conduisit la mariée à l'autel et lui servit de témoin avec Nanni di Gian Giocondo, le fermier qui exploitait le domaine qu'Antonio possédait tout près de là, à Linari. Francesco était manifestement heureux de remplir ce rôle et, pour être témoin, il avait déclaré qu'il était déjà majeur. Par discrétion et pour éviter les ragots, il emmena Caterina à dos de mule, tout enveloppée dans une pèlerine et presque invisible aux yeux indiscrets. Sous cette protection, elle serrait contre son cœur son bébé emmailloté. La veille, Francesco avait déjà parcouru la route qui menait de Vinci à la briqueterie à bord d'une carriole tirée par cette même mule et chargée de tous les biens de Caterina : un beau châlit en noyer, un coffre à deux serrures contenant un édredon, une paire de draps, une couverture, une cotte de drap brun, du linge, des doublures, des chausses et des serviettes. *Monna* Lucia avait ajouté une corbeille commandée à Bacchereto, à la poterie de la Toia, qui renfermait son cadeau de noces : une jarre peinte à l'effigie de sainte Catherine et deux cruches.

Ce jour-là je me présentai en avance à l'église. Francesco avait dit qu'ils arriveraient en début d'après-midi, moment où les routes étaient désertes, mais à la sixième heure je me tenais déjà devant la porte que le sacristain venait de fermer pour aller déjeuner. Bien rasé et un peu mieux vêtu que d'habitude, grâce au pourpoint que Nanni m'avait prêté, je m'installai sur une pierre, au pied du grand arbre qui poussait sur le parvis, pour échapper aussi bien au soleil qu'au grand œil percé dans la façade vide de l'église. La vue est magnifique sur cette arête, entre les champs et les vignes que dominent les contours familiers de notre montagne : en bas, dans la vallée, coule joyeusement la Streda qui actionne la roue du moulin. J'étais encore seul lorsque la porte s'ouvrit. J'entrai, nu et dépouillé, puis m'agenouillai devant la statue grossière d'un saint Barthélemy barbu qui me regardait d'un air sévère, un livre dans la main gauche, un couteau dans la droite.

Parti de Cerreto, le prêtre survint peu après : un prêtre important, le pléban de San Leonardo. Son vieil ami Antonio, qui nourrissait depuis peu une dévotion à saint Léonard, lui avait tout raconté et il s'était aussitôt déclaré favorable à notre mariage. L'affranchissement de Caterina avait été assurément un grand miracle de saint Léonard, et il le mentionnerait dans ses prêches comme un exemple édifiant. Envoyé chez cet abbé par Antonio, j'y étais retourné à plusieurs reprises car il avait vu en moi une brebis grandement égarée. Il m'avait fallu confesser tous mes péchés, ce qui avait pris beaucoup de temps. Le pléban m'avait expliqué en quoi consistait le sacrement du mariage, ce que j'ignorais en partie, il s'était enquis de nos noms, de notre âge, de l'origine de la mariée, de son baptême et de sa pratique chrétienne, bref, de tout. J'avais même dû lui montrer un rouleau de parchemin écrit par *ser* Piero qui attestait de la condition de femme libre de Caterina. Il s'était assuré qu'il n'y avait aucun empêchement et avait fini par afficher les bans à l'extérieur de l'église. Aie confiance, m'avait-il dit en souriant, de toute façon tu ne sais pas lire. Compte tenu de notre situation, la cérémonie se déroulerait dans sa forme le plus simple et le plus discrète possible : à San Bartolomeo, humble et solitaire église de campagne, sans notaire, avec une bénédiction et un échange des anneaux.

Et les fiançailles ? Avions-nous également été fiancés, Caterina et moi ? J'avais répondu par l'affirmative. Ces quarante jours s'étaient écoulés à toute allure, depuis que je l'avais vue et lui avais parlé, peu après mon entretien avec Antonio. *Monna* Lucia nous avait laissés en tête à tête dans le potager, pendant que le petit Leonardo poursuivait à quatre pattes le chat noir qui se cachait derrière des touffes d'herbe, lui tendait de soudaines embuscades et posait sa patte sur sa menotte, provoquant chaque fois ses rires. Nous avions gardé longuement le silence, Caterina assise sur un banc de pierre et moi, appuyé contre le mur, mon bonnet à la main. Ses cheveux étaient de nouveau invisibles, pudiquement cachés sous sa coiffe. De nous deux, c'est elle qui eut le courage de prendre la parole en levant les yeux vers moi. Des yeux très doux, totalement privés de crainte ou d'embarras à l'égard de l'inconnu qui se tenait debout près d'elle, et où s'attardait la lumière de l'amour avec lequel elle avait observé un instant plus tôt les mouvements de son fils. Antonio et Lucia lui avaient parlé sans la contraindre à quoi que ce fût, et elle avait accepté librement de me rencontrer. Puis, d'une voix assurée, elle se contenta d'ajouter : Parle-moi de toi.

Ce fut un examen beaucoup plus difficile que celui auquel j'aurais par la suite à me soumettre avec le prêtre. Dans l'obscurité du confessionnal, il est possible d'avouer ses fautes au bon Dieu quand on croit que c'est lui qui se trouve derrière la grille, et non un être humain : on sait qu'il connaît déjà toutes les fautes et lit dans les cœurs, y compris lorsqu'on ne possède pas les mots justes. Mais comment parler de moi dans la lumière de ce jardin, sous les yeux de Caterina ? Je ne m'y étais jamais employé avec qui que ce fût. Pourquoi éprouvais-je de la crainte envers cette femme ? Pourquoi étais-je incapable de parler, moi, le Querelleur, un ancien soldat, un homme violent qui préférait les faits et les mains aux mots, qui s'était contenté d'acheter aux femmes leur corps pour quelques pièces ou les avait parfois violées lors du pillage d'un pauvre village de campagne ? De nouveau, Caterina vint à mon secours et surmonta mon embarras, sans doute parce qu'elle avait perçu quelque chose dans mon visage dévasté : l'expression de l'enfant solitaire et malheureux que j'avais été du temps où j'errais dans les champs de Campo Zeppi pour me tuer à la tâche.

Elle m'invita à m'asseoir à côté d'elle. J'obéis maladroitement en posant la main droite sur la pierre. Alors elle s'en saisit et caressa de ses longs doigts fuselés ma peau dure, abîmée par l'argile et le feu. Puis elle prit la parole. Sa voix était étrange, sa façon de parler différente de la nôtre. Une voix gutturale, presque dure. Parfois elle s'interrompait, s'empêtrait, peut-être en cherchant le mot juste. Sans la quitter des yeux, elle déclara que ma main parlait pour moi, qu'elle lui parlait de travail, d'efforts, de souffrance. Elle n'avait pas besoin que je lui dise avec des mots ce que j'avais vécu. Elle le sentait. Et sa main à elle aussi parlait. Elle était chaude, belle, douce, même si elle portait les marques du labeur, des gerçures et de petites cicatrices. On voyait à son annulaire une bague en argent un peu usée sur laquelle se détachaient des signes incompréhensibles : le nom de la sainte qui la protégeait, sainte Catherine. Cette main me transmettait un message qu'il me sembla comprendre, une demande et en même temps une offre. De protection, d'amitié, d'amour.

Nous n'avions jamais beaucoup parlé, Caterina et moi. Nous n'en avions pas besoin. Les trois ou quatre fois où nous nous étions vus dans le bourg, nous nous étions montrés ainsi à *monna* Lucia, qui nous épiait à travers la petite fenêtre en feignant de ne pas remarquer que nous savions qu'elle nous regardait : assis main dans la main sur le banc du potager, tandis que Leonardo jouait par terre, puis tentait de sauter dans les bras de ce drôle de géant au nez tordu qui avait de l'affection pour sa maman. La dernière fois où j'y allai, avant le jour du mariage, Antonio tint à nous voir ensemble, parce qu'il devinait qu'il n'aurait pas la force de descendre à San Bartolomeo. Il voulait nous dire au revoir et nous bénir. Nous pénétrâmes, main dans la main, dans la salle où se trouvait la cheminée. Assise dans un coin, *monna* Lucia berçait Leonardo. Le vieil Antonio m'annonça que mon père lui avait rendu visite et l'avait chargé de me donner sa bénédiction, son accord ; il enverrait une jarre d'huile à la briqueterie en guise de cadeau de mariage. Puis il se tourna vers Caterina et ses yeux s'embuèrent : si le père de cette pauvre fille qui vient de l'autre bout du monde était présent, dit-il, il donnerait lui aussi, avec joie, son accord et sa bénédiction. Alors ce fut lui, Antonio di *ser* Piero di *ser* Guido, qui nous bénit solennellement au nom de nos parents en nous souhaitant d'avoir une vie aussi pleine et aussi longue que celle que le Seigneur avait accordée à *monna* Lucia et à lui-même.

Nanni arriva en compagnie de sa femme, munie d'un paquet. Peu après, nous aperçûmes Francesco, qui tirait la mule récalcitrante de Caterina : de loin, on aurait dit la Sainte Famille s'enfuyant en

Égypte. Ne supportant plus sa pèlerine qui lui tenait trop chaud, Caterina l'avait ôtée et elle resplendissait dans une simple robe blanche : une cotte de tous les jours, propre et parfumée. Ses cheveux, protégés par un foulard, étaient déjà soigneusement tressés pour notre pauvre fête. Un châle maintenait contre sa poitrine un Leonardo replet qui gigotait pour se libérer des linges dans lesquels il était emmailloté. Il ne cessait de remuer ses boucles blondes, sous son bonnet, ainsi que ses yeux clairs, vifs et mobiles, qu'il tournait en tous sens, jamais rassasié du spectacle inouï qui s'offrait à sa vue : le ciel, le soleil, les oiseaux, les arbres, le monde entier se révélant à lui pour la première fois dans sa plénitude. Comme j'aurais aimé revoir le monde avec ses yeux, avec sa fraîcheur d'aurore ! Nanni, amusé par sa vivacité, affirma qu'on n'arriverait sans doute pas à la fin de la messe sans entendre des cris et des pleurs. Sa femme entraîna Caterina et l'enfant vers la cure sans me laisser le temps d'accueillir convenablement la première. L'air mystérieux, Francesco me salua lui aussi du bout des lèvres, puis se précipita dans l'église pour remettre un paquet au pléban, avant de filer à la cure. J'entrai ensuite avec Nanni, qui m'abandonna devant l'autel.

Percevant un mouvement derrière moi, je me retournai. La mariée apparut dans le cône de lumière qui inondait l'espace sacré de la nef en pénétrant par la porte et par le grand œil circulaire. Elle portait un magnifique mantel en dentelle blanche, prêté par *monna* Lucia, ainsi qu'un voile en soie qui couvrait son visage et ses cheveux tressés, ceints d'une couronne de fleurs. Je fus émerveillé par cette vision : voilà donc ce qu'avaient tramé *monna* Lucia et la femme de Nanni, qui tenait à présent le bébé souriant contre sa poitrine. Caterina avançait au bras de Francesco avec une lenteur exaspérante et j'eus soudain le sentiment que le temps ralentissait au point de se figer, et avec lui la vie, le souffle, les battements de mon cœur. La mariée était magnifique. Aujourd'hui encore je tremble au souvenir de ce moment. Un étrange bonheur, mêlé de peur, m'envahissait. Que savais-je de ma future épouse ? Uniquement ce que mon cœur m'avait transmis. Que m'avait-elle dit de sa personne, de sa vie, de son histoire ? Uniquement les mots qui avaient entrelacé les doigts de nos mains. J'ignorais même d'où elle venait, de quelle lande désolée au bout du monde : à quoi bon le savoir ? Pour moi, le monde est contenu au levant par le massif

Pratomagno, qu'on voit de Florence, et au ponant par l'horizon de la mer à Pise et à Piombino. Serais-je digne d'elle ? Serais-je capable de l'aimer ainsi qu'elle s'apprêtait, elle, à m'aimer, je le sentais, en me donnant tout son être ?

Caterina me rejoignit et, tout en souriant, me caressa la main, comme pour m'encourager. M'encourager, moi, le Querelleur ! La messe en latin commença. Nous la suivîmes comme dans un rêve. Je n'en ai conservé aucun souvenir, ou presque. Bientôt, une bourrade de Nanni me tira de ma torpeur : le prêtre attendait une réponse de ma part : *Antonius vis accipere Catherinam hic presentem in tua legitimam uxorem iuxta ritum sanctae matris Ecclesiae ?* Je prononçai en hâte le mot qu'on m'avait enseigné : *Volo*. Caterina le répéta : *Volo*. *Volo* : oui, je veux voler, m'envoler avec elle, comme deux colombes, comme deux cygnes. Nous nous serrâmes ensuite la main droite et écoutâmes les mots qui nous unissaient devant Dieu : *Ego coniungo vos in matrimonium, in nomine Patris, et Filii et Spiritus Sancti.* Un instant d'angoisse : et les alliances ? Je n'y avais pas pensé, alors qu'elles sont nécessaires pour se marier. Le pléban adressa un sourire à Francesco, qui lui tendit sur un petit coussin deux anneaux en or resplendissants. C'était le cadeau du vieil Antonio. Francesco me dit à l'oreille que Caterina avait essayé le sien et donc qu'il lui allait ; en revanche, il avait commandé le mien en observant ma grosse main. Le pléban bénit les alliances et me tendit la plus petite, que je glissai au doigt de Caterina, sur sa vieille bague de sainte Catherine. Caterina m'imita, me passant au doigt l'anneau le plus large. Francesco avait eu l'œil.

Après le *Pater Noster*, le pléban nous dit : Assez parlé en latin, j'entends prononcer l'invocation sur la mariée dans notre langue maternelle, car il importe qu'elle la comprenne, elle aussi ; cette enfant vient de très loin, elle a beaucoup souffert et enduré, il est normal qu'elle puisse entendre. C'était une prière merveilleuse dont je me rappelle encore quelques fragments et qu'il m'arrive de répéter en mon for intérieur lorsque je prie pour Caterina. Une prière qui évoque la puissance de la Création et révèle aux petites créatures humaines que nous sommes le mystère de l'amour et de la conception de la vie.

Ô Seigneur Dieu, toi qui as créé toute chose par la puissance de ta vertu et qui, depuis les origines de l'univers, as fait la créature humaine à ton image, les créant homme et femme, toi qui as consacré leur union afin qu'ils ne forment qu'un seul être, union heureuse et bénie que ni le châtiment du péché originel ni le déluge universel n'ont pu effacer ; ô Seigneur Dieu, tourne avec bienveillance ton regard sur ta servante et accorde-lui ta protection afin qu'elle puisse supporter le joug de l'amour et de la paix, et qu'elle soit en Jésus-Christ une épouse chaste et fidèle, aussi aimable que Rebecca avec son époux, dotée de la longévité et de la fidélité de Sarah, grave dans la modestie, honorable dans la pudeur, féconde dans sa descendance, intègre et pure, et qu'elle puisse enfin parvenir à la paix des bienheureux et au royaume des Cieux ; que les époux puissent tous deux atteindre une vieillesse désirée et voir les enfants de leurs enfants jusqu'à la troisième et quatrième génération. Amen.

Perdurer jusqu'à la quatrième génération sera peut-être excessif, mais nous avons eu la joie de voir les aînés de nos filles. Les années ont passé. Ni trop rapides ni trop lentes. Au rythme adéquat de la nature et des saisons. Une temporalité qui adoucit les soucis et les incompréhensions. Comme l'avait prévu le vieil Antonio, mon père Piero nous appela à Campo Zeppi dès que la grossesse de Caterina fut visible. Mon bonheur était total, pour moi-même qui regagnais ma terre natale, la maison où j'avais grandi, mais aussi, surtout, pour Caterina dont la joie prouvait qu'elle était faite de la même étoffe que moi : née libre sur la terre et dans la nature, elle voyait soudain se réaliser son rêve de retrouver une existence authentique parmi les plantes et les animaux. Je quittai la briqueterie et repris le travail antique de la terre, que le vieux Piero n'arrivait plus à effectuer tout seul.

Notre fille aînée Piera naquit en 1454 et fut suivie, à intervalles presque réguliers de deux ou trois ans, de Maria, Lisabetta, Francesco et Sandra, car Caterina donna à chacun d'eux le lait de la vie. Ils furent tous baptisés par le bon curé de San Pantaleo, *ser* Francesco Guiducci. Ils vinrent tous au monde sans travail, parce que la voie était ouverte. Caterina accoucha même toute seule de Maria, derrière une meule de foin, un jour où elle travaillait dans le champ près du torrent : se chargeant de tout, elle coupa le cordon à l'aide de sa faucille, lava la petite dans l'eau courante, l'enveloppa dans son foulard et me la présenta, assoupie dans son berceau, lorsque je regagnai la maison. Elle semblait créée par Notre Seigneur pour féconder et donner la vie.

Et Leonardo ? Caterina l'a allaité tant qu'elle l'a pu, jusqu'à ce que son ventre, qui hébergeait Piera, s'arrondisse. Il était alors un bel enfant sain, marchait seul et parlait également – d'une drôle de façon, d'ailleurs, car il laissait parfois échapper un mot incompréhensible, que sa mère lui avait peut-être chanté dans une de ses douces, mélancoliques et mystérieuses comptines. Nous le ramenâmes à ses grands-parents, qui en furent heureux, et, comme il refusait de quitter les bras de sa maman, nous dûmes lui expliquer qu'il pourrait nous rendre visite quand il le souhaiterait. Ainsi Francesco, qui parcourait les domaines de son père, fut contraint d'aller et venir pendant plusieurs années entre Vinci et Campo Zeppi, transportant son neveu sur le dos de sa mule. Nous avions tant d'affection pour cet éternel jeune homme, qui aimait comme nous la vie des champs, que nous donnâmes sans hésiter son prénom à notre unique garçon et le choisîmes pour parrain. Il poursuivit son ballet après que Leonardo eut fêté ses six ou sept ans : échappant à la surveillance de *monna* Lucia, le petit enjambait le muret du potager du côté du ravin, contournait furtivement le bourg en amont et traversait le Vincio, les champs et les vignes pour rejoindre sa maman, qu'il retrouvait toujours dans la plénitude de la fécondité, image vivante de la maternité, toujours enceinte ou allaitant l'une de ses petites sœurs.

Ce furent des années heureuses, mais difficiles. La terre n'était plus aussi généreuse pour ceux qui la travaillaient : peut-être avait-elle vieilli elle aussi. La partie de Campo Zeppi que conservait mon père, et que je cultivais, produisait tout juste quatre boisseaux de blé et quatre barils de vin. Mon frère Jacopo avait vendu la sienne à un riche et puissant voisin, Luigi di Lorenzo Ridolfi, qui vivait à Florence et ignorait sans doute notre existence et nos difficultés ; nous avions désormais affaire à son fermier, Arrigo di Giovanni Tedesco, lequel, au moins, était un ami du vieil Antonio et l'un des parrains de Leonardo ; Jacopo continuerait ensuite à vendre d'autres terres. En 1459, je présentai ma première déclaration de biens dans le seul but d'attester que je ne possédais rien, n'exerçais aucun métier, vivais à la charge de mon père et dans sa maison, pour éviter d'être imposé. Pour la première fois, je vis figurer dans ce document le nom de *monna Chaterina* à côté du mien et de ceux de mes filles Piera et Maria. Ne sachant pas lire, je le déchiffrai avec difficulté sur ce papier que mon ami Simone di Stefano di Cambio avait rédigé et qu'il déposa au *catasto*.

Les vieillards nous quittèrent, comme les feuilles qui tombent à l'automne. D'abord mon père, Piero, puis Antonio. Après quoi nous dûmes nous séparer de Leonardo : *monna* Lucia n'était plus en mesure de veiller sur lui et il avait besoin d'une éducation, que son père était tenu de lui donner et que le village ne pouvait lui offrir. Francesco devait lui aussi partir car *ser* Piero avait décidé de le doter d'une situation honorable en ville : une épouse, Alessandra, sœur cadette de sa femme Albiera, un logement et un métier dans la maison et l'échoppe de son beau-père, cordonnier. Francesco aurait préféré mille fois rester à Vinci. Par une triste journée, l'oncle et le neveu vinrent nous dire au revoir, surtout embrasser Caterina, qui allaitait encore le petit Francesco et attendait Sandra. Nous nous attardâmes longuement devant notre logis en les regardant s'éloigner sur la mule, puis disparaître derrière le virage de San Pantaleo.

Mais ce ne furent pas des adieux définitifs. Francesco se réinstalla bientôt dans le bourg, sur les domaines et les propriétés qui avaient appartenu à Antonio et dont il avait hérité après la division des biens avec son frère. Entre-temps Piero avait poussé Leonardo dans des études d'abaque et de lettres, avant de le placer, compte tenu de ses échecs, dans l'atelier d'un maître artisan. Dès que possible, Leonardo regagnait Vinci et notre maison avec la complicité de son oncle. Le voir surgir à Campo Zeppi, parfois à l'improviste, était un tel bonheur pour Caterina – qui n'était plus toute jeune et que ses nombreuses grossesses avaient fatiguée – qu'elle s'évanouissait presque sous l'effet de la joie. Oui, son cœur s'emballait lorsque son fils aîné bondissait de derrière la haie de troènes ainsi que bondissait, en des temps pas si lointains, feu le chat coquin et noir de son grand-père Antonio pour lui tendre une embuscade.

Leonardo apportait toujours un cadeau à sa maman : un petit bijou en argent fabriqué avec les rebuts de l'atelier, une épingle pour sa cotte, un morceau d'ambre gris volé on ne savait où, un flacon contenant un parfum de fleurs d'oranger, distillé à l'alambic. Caterina objectait que cette essence était trop forte, qu'elle préférait celle qu'elle obtenait elle-même en vertu d'un savoir-faire ancien et barbare, en faisant macérer dans de l'eau froide des amandes émondées, de la rose, du jasmin, de la lavande et des herbes sauvages qu'elle était la seule à connaître.

Leonardo était toujours muni de feuilles de papier de toutes les dimensions. Mais on n'y voyait pas courir l'écriture nerveuse de son grand-père et de son père, cette écriture qui était plus forte qu'une poignée de main, plus forte que des promesses, et que nous autres paysans avions appris à redouter car elle recelait essentiellement des souvenirs de dettes et de devoirs, de terres, de contrats et de loyers, de condamnations et d'excommunications. Non, les feuilles que Leonardo offrait à sa maman affichaient des dessins : tantôt des fleurs et des plantes de la campagne, lys, roses, glaïeuls, mûres ; tantôt des drapés étranges sur de frêles toiles de lin, évoquant d'inquiétants fantômes sans tête ; surtout, des visages de femmes ou d'anges qui souriaient, les yeux fermés, parés de magnifiques joyaux.

Il disait qu'il les avait exécutés en pensant à elle et lui demandait l'autorisation de dessiner son visage car il devait peindre son premier tableau, une Annonciation. Caterina lui souriait, de son sourire doux et vague, en lui opposant un refus ainsi que d'étranges considérations dont le sens m'échappait : qu'il ne faut pas jouer avec les images, que les images sont sacrées, qu'elles appartiennent au mystère de la Création, qu'elles sont la marque du divin et qu'elles renferment à jamais l'âme, la vie et la beauté de ce qu'elles représentent, une fleur, un oiseau, une femme. Puis elle soustrayait à Leonardo sa sanguine et dessinait sur la feuille des nœuds, des entrelacs fantaisistes de rinceaux, de plantes et de fleurs, tandis qu'il la regardait, envoûté. Et elle lui disait : Ceci est l'entrelacement de la vie, de l'amour et de nos histoires qui, même si nous nous éloignons, finissent toujours par s'entrecroiser. Elle tournait aussi les yeux vers moi et me pressait la main.

Leonardo était fasciné par les longues mains fuselées, mais également fortes et assurées, de Caterina. Il voulait toujours les caresser et il s'efforçait de les représenter dans toutes les positions et dans tous leurs mouvements sur ses feuilles de papier. Caterina souriait et, pour le taquiner ou pour plaisanter, les dissimulait dans son tablier. Puis elle lui racontait des épisodes de sa vie, des fables peuplées d'animaux et d'êtres surhumains, des histoires d'un passé et d'un monde perdu, qu'il écoutait, bouche bée, toujours avec le même air enfantin, y compris lorsqu'il fut devenu un homme mûr. Je leur enviais un peu ces moments d'intimité. Caterina ne parle qu'à Leonardo, réservant à nos enfants et à moi-même un silence presque parfait, même si elle communique très bien, voire mieux que nous : sans un mot, au moyen de ses yeux, de ses mains, de son sourire. Cela fait près de quarante ans que nous vivons ensemble, et nous n'avons jamais eu de grande conversation. Nous n'en avons jamais eu besoin. Nos corps se sont toujours parlé, et intensément. Nos yeux aussi. Nous avons tout partagé en silence : le labeur de la terre, la sueur et parfois la faim dans la saison amère, la vie maigre, une pauvreté vécue avec fierté.

Leonardo m'interrogeait sans répit sur ma vie de soldat et la guerre, mais je n'aimais ni me les remémorer ni en discuter, d'autant que je n'aime pas parler, et encore moins de moi-même. Bien que j'eusse abandonné la briqueterie, il tenait à m'accompagner aux endroits où j'avais creusé la terre et découvert d'étranges coquillages pétrifiés qui devraient se trouver dans la mer plutôt qu'à la campagne ; il prétendait que la mer s'étendait jusque-là autrefois, puis qu'elle s'était retirée parce que tout se transforme. Il aimait me regarder pétrir l'argile ; de ses mains semblables à celles de sa maman, il façonnait rapidement des têtes d'anges et d'enfants souriants ; un jour il voulut même représenter par deux visages comiques, l'un joufflu et sournois, l'autre féroce au nez tordu, son oncle Francesco et son oncle le Querelleur. Je regrette de ne pas avoir apporté ces figures à la poterie de Bacchereto pour les faire cuire – je n'en ai jamais eu le temps – car, après son départ, elles ont été détruites dans les jeux des petits. Les feuilles de ses dessins ont probablement connu le même sort. Déchirées par le chat ou réduites à un tas de cendres dans l'âtre.

Le beau visage de Leonardo, qui ressemblait de plus en plus à celui de Caterina, ne trahissait qu'une seule tristesse : depuis qu'il s'était installé à Florence, il lui était interdit de s'adresser à sa mère ou de la mentionner en employant les termes *mère* ou *maman* ; pour lui, Caterina n'était autre que Caterina. Il n'avait le droit d'accoler le mot *mère* qu'à sa belle-mère, Albiera – malheureuse *monna* Albiera, qui perdit une première fille avant de mourir en couches, encore jeune, en 1464. *Ser* Piero se remaria aussitôt après avec une certaine Francesca Lanfredini qui s'éteignit quelques années plus tard sans lui avoir donné d'enfant. Il se remarierait par la suite à deux reprises et aurait une nombreuse descendance ; mais Leonardo ne serait alors plus là, parti seul parcourir le monde. Nous l'avons vu pour la dernière fois en 1478. Il avait quitté une Florence enragée, ensanglantée, après la conjuration des Pazzi puis la vengeance des Médicis, et s'était réfugié auprès de son oncle Francesco. Le 3 mai, je figurais parmi les conseillers municipaux qui accordèrent à Francesco et à *ser* Piero, absent, le bail emphytéotique du moulin du château. Francesco tint à ce qu'on y insérât une clause particulière : l'usufruit reviendrait à Leonardo, *fils naturel* de *ser* Piero au cas où les bénéficiaires mourraient sans héritiers légitimes. Ce fut la dernière fois où Leonardo se rendit à Campo Zeppi pour embrasser sa mère.

Au fil des ans, nos filles grandissaient, atteignant l'âge de se marier avec une petite dot ; les dépenses augmentaient, nous obligeant à vendre des terres. Piera s'est mariée en 1474, et Maria en 1478. Nous avons organisé chaque fois une grande fête à Campo Zeppi, à laquelle ont participé le notaire et le curé de San Pantaleo. Les yeux de Caterina, que tout le monde appelait maintenant *monna* Caterina, brillaient de bonheur tandis qu'elle contemplait ses filles mariées. Elles sont aussi belles qu'elle, ce sont les plus belles femmes de la région. Notre unique fils, Francesco, en revanche, ne s'est pas marié. Il ressemble au jeune homme que j'étais. Cette vie et cette terre lui pèsent. Il est parti dès qu'il en a eu la possibilité. Pour s'enrôler à Pise.

Nous avons conservé des relations étroites avec les frères da Vinci. Grâce aux liens qui l'unissent aux religieuses de San Piero Martire, *ser* Piero a pris en emphytéose une maison du château, ainsi que la briqueterie du foirail, qui était tombée en ruine, contre un loyer annuel de trois cents briques cuites. Si nécessaire, je leur sers de témoin pour leurs actes. Un jour, *ser* Piero me demanda avec insistance de me rendre à Florence ; il avait besoin d'un homme de confiance pour assister à la rédaction d'un testament important

– moi, un paysan qui ne sait ni lire ni écrire. J'acceptai, quoique à contrecœur, car j'avais plus de plaisir à voir son frère. Mais il ne faut pas être ingrat. Je dois beaucoup au notaire. Au fond, il m'a aidé il y a de nombreuses années à quitter la garnison de Pise et à rentrer chez moi. Et puis, même s'il ne me plaît guère d'y songer, c'est d'une certaine façon grâce à lui que Caterina est devenue ma femme et mon plus grand trésor.

Nous nous retrouvâmes donc chez Giovanni di *ser* Tomme Bracci, à Santa Trinita, et *ser* Piero établit son testament le 16 octobre 1479. La famille Bracci était propriétaire de nombreuses terres à Vinci, ainsi que d'un domaine et d'un pressoir à Anchiano, que *ser* Piero tenait à tout prix à acquérir. Le 28 décembre, avant de mourir, le vieux *ser* Tomme légua ce domaine et cette maison aux frères servites de l'Annunziata, et trois ans plus tard, *ser* Piero, qui était le procureur de ces religieux, l'acheta. Quand, à mon retour de Florence, je lui racontai cet épisode, vantant l'audace de notre ami notaire, Caterina manifesta une émotion inattendue : elle m'expliqua, les larmes aux yeux, ce qui est extrêmement rare chez elle, qu'il s'agissait de la maison où elle avait été conduite, enceinte de Leonardo et en danger mortel, et où elle avait accouché. Le notaire avait peut-être voulu s'assurer la possession de ces lieux où le miracle de la naissance de Leonardo s'était accompli pour avoir le loisir d'en arpenter les pièces en solitaire et de songer à la vie et à l'amour qu'il aurait pu avoir et qu'il n'avait connus que le temps d'un bref instant.

J'aurais aimé l'interroger à ce sujet, la dernière fois que je l'ai rencontré. C'était il y a trois ans, lorsque je suis allé à Florence enregistrer la promesse de mariage de Lisa avec un paysan de Montespertoli, et sa modeste dot de trente-cinq lires. Nous étions le 7 septembre et je me tenais debout, dans la via Ghibellina, devant le banc auquel *ser* Piero écrivait avec sa froideur et son calme habituels. Mais j'ai gardé le silence. Je ne l'ai pas questionné.

La même année, j'ai établi ma dernière déclaration de biens. Il n'y a plus grand-chose à Campo Zeppi. La maison est celle où nous vivons, elle consiste en réalité en une moitié de bâtiment – l'autre appartenant à mon frère Jacopo – et jouxte la rue, la cour et la propriété de mon cousin Maso di Marco. Je ne conserve que six setiers, qui produisent quatre boisseaux de blé et deux barils et demi de vin, ou plutôt un peu plus, mais tel est le rendement que j'ai déclaré au fisc. Quoi qu'il en soit, ce n'est pas grand-chose : progressivement, les propriétaires voisins, plus riches et plus rusés, ont dévoré presque toute notre terre. Je travaille le peu qu'il me reste en me brisant les reins, car mon fils Francesco est parti et mon âge me pèse, d'autant qu'il n'y a plus que des femmes à la maison : Caterina, qui est encore forte et belle et qui m'aide, voire me remplace, aux champs ; Piera, rentrée veuve et triste ; enfin Sandra, qui n'est pas assurée de se marier en raison de ses vingt-quatre ans et de l'absence de dot, puisque nous n'avons plus d'argent. Francesco, qui a tout compris, est parti avant de voir la fin. Notre fin.

Je suis assis devant la vieille maison. Je regarde le soleil se coucher, tout rouge, derrière les collines, au terme de cette journée terrestre. Caterina surgit du sentier, suivie de nos filles Piera et Sandra. Leur vue me rappelle le temps où nous nous présentions tous ensemble à la messe dominicale à San Pantaleo, les enfants disposés en file indienne, du plus grand au plus petit, sous le regard affectueux du vieux prêtre, devant l'église.

Elles rapportent des branches et des rameaux pour l'âtre. J'entends qu'elles plaisantent et devisent gaiement, avant de reprendre leur sérieux, peut-être à la pensée de l'avenir, la mère encourageant et réconfortant ses deux grandes filles seules. Dans cette maison où elles règnent en maîtresses, les femmes se soutiennent et s'entraident pour survivre dans ce monde de loups. Les loups ne sont autres que nous, les hommes, qui ne sommes bons qu'à grogner, mordre et guerroyer. Ou qui sommes au mieux des maîtres bienveillants. Un jour, peut-être, les choses changeront. Et les femmes seront les artisanes de ce changement.

Je me suis efforcé de n'être ni un loup ni un maître pour quiconque. Seul homme du foyer, je me déplace à grand-peine à l'aide d'une canne. Caterina, qui devrait avoir plus ou moins le même âge que moi – en vérité, personne ne le sait, pas même elle, dont les souvenirs et le compte des années se perdent sur une terre et dans un monde où le temps s'écoulait peut-être d'une autre façon sans qu'il fût besoin de le mesurer –, semble beaucoup plus jeune.

Peut-être est-elle vraiment une sorcière, comme l'a affirmé un jour – sérieusement ou par plaisanterie – le nouveau curé de San Pantaleo, frappé et peut-être apeuré par l'énergie vitale de cette paroissienne étrange et indocile. Une de ces sorcières qui défont le temps et la mort en allant cueillir des herbes magiques dans le ravin la nuit de la Saint-Jean, vénèrent les trois Mères du cycle de la Lune, s'envolent durant la nuit de la Toussaint, ou recouvrent leur peau nue d'onguents verdâtres, composés d'herbes et de boue. Ses cheveux blancs évoquent une cascade de neige, l'apparentant à Sainte Marie de la Neige, à sainte Anne, à la Troisième Mère de la Lune. Elle a le visage encore doux, et si ses mains sont abîmées par le travail ses jambes et ses bras sont forts et musclés, sa peau est brunie par le soleil. Peut-être étale-t-elle vraiment une crème magique sur sa peau. Elle ne cesse d'aller et venir avec ses filles. Elle est leur enseignante, leur guide.

La vie, je le crois, ne m'a pas enseigné grand-chose. Non parce qu'elle est une mauvaise maîtresse ; au contraire, quand elle le peut, c'est-à-dire fréquemment, elle distribue des leçons douloureuses et mémorables. Le problème, c'est moi, qui suis un mauvais élève. Mais j'ai appris une chose, qui m'a totalement bouleversé : ici, tout se meut grâce aux femmes, ce sont elles qui font avancer l'Histoire, qui dispensent amour et joie, qui accueillent dans leur corps le mystère de la vie, qui nous nourrissent neuf mois durant en une symbiose totale avec elles, qui nous mettent au monde dans la souffrance, continuent de nous nourrir et de nous accompagner, nous tenant dans leurs bras puis par la main, nous enseignant à marcher, à parler, à penser, à aimer. Oui, j'ai appris que les femmes ne sont pas inférieures et soumises, comme les hommes l'ont toujours cru ou prétendu, ce sont des créatures infiniment plus libres et plus sensibles que nous. En chacune d'elles brille une étincelle de cette beauté qui ne scintille que dans la cour du paradis. La beauté nous sauvera. S'il est encore une possibilité de salut, une seule, sur cette terre, pour cette humanité malade, elle passe à travers les femmes.

Peu m'importe que nous soyons pauvres, que nous ayons moins de terres ou moins de biens que n'en avait mon père. Une seule chose compte à mes yeux, c'est que notre vie commune ait été belle et pleine, un don immense du Seigneur ; et puis, avant de rencontrer Caterina, j'étais un esclave, et maintenant je suis libre, c'est elle qui m'a donné et enseigné la liberté. Il est impossible de compter le nombre de fois où nous avons vu ensemble ce soleil se lever et se coucher. Où nous sommes allés ensemble briser les mottes de terre. Où nous avons semé ensemble. Où nous avons fait l'amour. Où, l'hiver, nous nous sommes étreints sous la couverture, serrant contre nous nos enfants apeurés par le tonnerre et la tempête, tels des chiots perdus dans la nuit, tandis que Caterina nous réconfortait en priant le prophète Élie.

Voilà, Caterina est arrivée. Un peu lasse, elle dépose les fagots par terre et s'assied à côté de moi. Sandra lui apporte un gobelet d'eau fraîche. Elle me presse le bras : elle a un cadeau pour moi, dit-elle. Peut-être est-ce mon anniversaire, je l'avais oublié. En souriant de ma surprise, elle exhibe un chardon plein d'épines, car, dit-elle, je suis son beau chardon épineux. Je marche totalement dans cette plaisanterie, adoptant le visage sombre du Querelleur. Alors elles éclatent toutes de rire et brandissent leur véritable cadeau : un bouquet parfumé de fleurs des champs qu'elles ont ramassées en pensant à moi. Un dernier rayon de soleil. Je ferme à demi les yeux et serre fort la main de Caterina. La compagne de ma vie.

12

Leonardo

Elle constitue peut-être le plus grand mystère de ma vie.

Le secret caché au fond de mon cœur. L'obsession qui ne taraude et me pousse à aller de l'avant, encore et encore, au-delà des limites de la connaissance et de l'expérience, à laisser mes œuvres inachevées, imparfaites, et à en entamer d'autres tout en sachant que je ne pourrai pas les terminer, dans l'illusion impossible de la retrouver quelque part, de revoir ses yeux ; mais elle est aussi le souvenir qui apaise avec douceur tous mes soucis, comme la comptine qu'elle murmurait en me berçant dans ses bras.

Je n'ai pas oublié cette chanson, une mélodie triste qui se répétait en rythme et dont les paroles étaient toutefois obscures, incompréhensibles. Elle parlait d'un homme noir qui arpente les rues pour emmener les enfants qui ne dorment pas ; par chance, je ne m'arrêtais pas, alors, à leur signification, il me suffisait d'entendre le son de la voix et le souffle de ma mère. Bien des années plus tard, elle m'expliqua qu'il ne s'agissait pas de sa langue maternelle : c'était celle d'un autre peuple, le russe, car sa nourrice était russe. Quand je la priais de me parler dans sa langue, elle me souriait en gardant le silence. Sans doute avait-elle oublié au fil du temps l'étrange idiome dans lequel elle s'exprimait, enfant.

Le temps consume inexorablement toute chose. Non seulement à l'extérieur, mais aussi en nous : les mots, les langues, les souvenirs, les sentiments, les idéaux dans lesquels nous avons cru, enfants, et que nous estimions éternels. Et il nous consume, nous aussi, corps et âme, tel le feu dévorant lentement la cire de la bougie qui le nourrit, pour finir par s'éteindre avec elle. Ma vie n'a été qu'une bataille contre le temps et contre l'oubli. Car, au fond, je ne voulais pas oublier ma mère, je ne voulais pas que, après la mort et la décomposition de son corps terrestre, tout ce qui me restait d'elle s'évanouisse à son tour : le souvenir de son visage, de sa voix, de son sourire, de ses mains.

Le premier souvenir de mon enfance se rattache sans doute à elle, mais il est si étrange, si mystérieux, que je suis incapable de lui attribuer une interprétation plausible. J'ignore même s'il s'agit d'un souvenir authentique, ou plutôt d'une rêverie, d'un de ces rêves qu'on fait les yeux ouverts.

Je me revois dans un berceau. Descendant du ciel, un milan fond sur moi, m'ouvre la bouche à l'aide de sa queue et, l'y introduisant, m'en frappe à plusieurs reprises. Puisque j'étais dans un berceau, je devais avoir moins de deux ans : est-il possible d'avoir un souvenir si ancien ? Et puis le comportement du milan est ambigu et il éveille en moi un sentiment d'inquiétude. Il n'y a pas de moment plus beau, plus agréable, pour un bébé, que celui où sa petite bouche se referme sur le mamelon turgescent de sa mère et où il commence à boire le liquide blanc et chaud de la vie, en une fusion retrouvée avec le corps maternel. La queue du milan n'a rien à voir avec un mamelon. Et son mouvement m'apparaît davantage comme un acte de violence que comme une manifestation d'amour.

Oui, il est bien étrange que ce soit un milan, l'oiseau que j'ai le plus volontiers scruté lors de mes observations sur le vol, mon obsession préférée parmi tant d'autres. Mille fois je l'ai dessiné dans la marge de mes feuilles et de mes carnets ; mille fois j'ai tenté de représenter sa trajectoire dans des croquis et des tableaux, d'en décrire distinctement les mouvements par les mots. Le milan est un petit rapace qu'on rencontre fréquemment dans la campagne où je suis né. J'ai toujours été frappé par son vol, qui met à profit avec le moins d'efforts possible les éléments naturels, l'air, le vent, les courants ascensionnels. En battant parcimonieusement des ailes, le milan s'élève haut dans le ciel, à la recherche du vent, et y demeure solitaire, silencieux, comme suspendu et privé de gravité, petite forme sombre effectuant de larges et longues voltes avant de fondre sur sa proie en de rapides et funestes piqués. C'est à ce moment-là qu'entre en jeu sa queue, son élément le plus notable : une belle queue ample qui lui sert de barre, modifie la direction de son vol et exécute sa ressource finale en piqué.

Le milan m'a beaucoup appris sur l'art de voler, qui constitue mon plus grand rêve : voler comme un oiseau, m'élever dans le ciel avec des ailes artificielles et planer lentement en alternant le mouvement incident et le mouvement réfléchi, en nageant dans les airs comme si l'on était dans l'eau. Néanmoins cette queue continue de m'obséder et de battre dans ma tête, ainsi qu'elle bat entre mes lèvres dans mes souvenirs d'enfance : tantôt plate, tantôt basse ou dressée aux extrémités, inclinée tantôt vers la gauche, tantôt vers la droite ; à chaque mouvement correspond, comme une danse, un vol différent – une montée, une descente, un arrêt subit, une volte, une pirouette.

Étrangement, ce souvenir d'enfance a ressurgi nettement devant mes yeux tandis que je me consacrais à l'observation du milan au-dessus des collines de Florence, ou près de Vinci. Cette année-là fut marquée par un tourbillon d'événements et de défis intellectuels et artistiques. Voilà, si je retourne cette feuille de papier couverte de notes sur le vol stationnaire, j'y découvre des listes d'achats effectués entre le 29 juin et le 4 août 1504 ; le calcul de l'argent que j'utilise pour mes dépenses quotidiennes, pour l'acquisition d'un pourpoint, d'un bonnet et d'une paire de chausses ; ainsi que la nouvelle d'un décès advenu ces jours-là : *Merquedi à 7 heures mourut Ser Piero da Vinci, le 9 juillet 1504. Merquedi vers 7 heures.* J'ai laissé un bref espace avant de poursuivre mes calculs, comme si de rien n'était : *Venredi 9 août 1504 je prends 10 ducats dans la caisse.* J'ai reproduit la nouvelle de ce décès en l'amplifiant sur un autre feuillet : *Le 9 juignet 1504, merquedi à 7 heures, mourut ser Piero da Vinci notaire au Paleis du Poestat. Mon pere, à 7 heures. Il avait 80 ans. Il laissa 10 fils et 2 filles.*

Oui, c'était mon père. Je ne l'ai signalé qu'à la fin, après avoir froidement inscrit la date, son nom et sa profession : *notaire au Paleis du Poestat.* Il ne s'agissait pas seulement d'un notaire, c'était aussi mon père. Il laissait dix fils et deux filles, que lui avaient donnés deux de ses quatre femmes. Naturellement, je ne figure pas dans leur nombre.

Il ne m'a jamais légitimé. J'étais son fils bâtard, né de Caterina et de ses œuvres. Il m'a obligé à le rejoindre à Florence après la mort de mon grand-père et m'a élevé parce que la loi l'y contraignait.

Il m'a placé dans l'atelier d'Andrea del Verrocchio, son client et ami, pour éviter que je ne vive chez lui et ne constitue un motif de scandale et de gêne, en particulier quand je fus impliqué dans un procès pour sodomie. J'ignore s'il m'a vraiment aimé. Nous ne nous voyions et ne nous parlions jamais, et quand j'ai quitté Florence il est définitivement sorti de mon existence. Je dois cependant avouer qu'il a toujours tenté de me venir en aide, y compris contre ma volonté, y compris à mon insu. En tant que notaire, il avait surtout affaire à des prêtres et à des couvents, ainsi qu'à la Seigneurie. C'est grâce à lui que j'ai obtenu les rares commandes qu'on m'a passées dans cette ville : l'*Annonciation* pour le monastère de Mont-Olivet, la *Vision de saint Bernard* pour la chapelle des Prieurs au Palazzo, l'*Adoration des mages* pour le couvent de San Donato a Scopeto, le *Saint Jérôme* pour celui des jésuates à San Giusto, la *Sainte Anne* pour les servites de l'Annunziata. Et je l'ai remercié de la pire des façons qui soit, n'achevant que l'*Annonciation*. Je n'ai pas peint les autres ou ne les ai pas terminés, après avoir empoché l'argent. Ici, à Florence, il n'y a pas de péché plus grave, pas même la sodomie.

On dit que les songes ressemblent aux prophéties, qu'ils déchirent le voile du temps et vous montrent l'avenir. Mon souvenir d'enfance était effectivement une prophétie, laquelle était toutefois tournée vers un passé obscur. J'aime rêver, comme mon grand-père Antonio : quand j'étais petit, il me racontait ses rêves, ainsi que ses fabuleuses aventures au-delà de la mer, qui avaient elles aussi l'allure de songes, le doigt pointé sur le parchemin déroulé d'une mappemonde.

Parfois la solution d'un problème compliqué de mécanique ou de technologie, sur lequel je me suis creusé la tête, m'apparaît en rêve dans toute son évidence et sa lumière, parce que, dans les rêves, l'œil voit les choses avec davantage de certitude que l'imagination lorsque nous sommes réveillés. Mes rêves me présentent toujours les mêmes images : de grandioses et fascinants spectacles naturels, des tempêtes, des pluies de feu, des splendeurs éblouissantes ; j'ai l'impression de m'envoler dans le ciel et de regarder la terre d'en haut, de filer d'un point à l'autre sans effectuer le moindre mouvement ; je tombe de hauts sommets, ou je suis entraîné par un fleuve au courant tumultueux, sans me blesser ; je me sens même exalté par la fusion de mon corps nu avec les éléments de la nature, l'air et l'eau, qui me tournent et me retournent à leur guise ; je parle aux animaux et comprends leur langage ; je connais toutes les langues des hommes sans jamais les avoir apprises. Il m'arrive aussi de faire un rêve très étrange, que je n'ai jamais osé avouer à personne : je suis dans la maison de ma mère, à Campo Zeppi – enfant ou adulte ? je ne me souviens pas –, ma mère et mes sœurs nues m'invitent à les rejoindre dans leur lit et je m'unis charnellement à elles, me perdant dans la béatitude de cette étreinte de corps mêlés et entrelacés. À mon réveil, je suis souillé de ma semence.

Mais que signifie le milan apparu dans le ciel de mon destin ? Dans un vieux livre de mon grand-père intitulé *Les Songes de Daniel le prophète*, je lis : *Voir des oiseaux voler au-dessus de toi signifie nuisance.* Et ailleurs : *Voir un milan signifie mort de tes parents.* C'est très clair. Le milan n'annonce pas un grand avenir, mais un préjudice et la mort : mort du père ou de la mère. Il est toujours un signe négatif et constitue l'allégorie de la jalousie : en effet, s'il constate que ses petits grandissent trop bien dans son nid, le milan, dit-on, leur pique les côtes et les prive de nourriture. Peut-être devinais-je au plus profond de mon âme la jalousie que mon père concevait à l'égard de Caterina, qui continuait d'être féconde et de donner la vie, et envers son bâtard, qui grandissait, doté d'une excellente santé, alors que ses deux premières femmes légitimes, malchanceuses, ne lui avaient pas offert de descendance. Mon père-milan a piqué mes côtes, parce qu'il distinguait en moi la vie et la passion qu'il avait perdues.

Je crois me souvenir aussi, mais vaguement, d'une fable que ma mère me racontait : l'histoire d'un enfant qui sauve sa mère sur une île enchantée, puis défend un cygne contre l'attaque d'un féroce milan, tuant ce dernier à l'aide d'une flèche. Alors le cygne se transforme en une magnifique princesse qui a la lune dans ses cheveux, une étoile sur le front, le port d'un paon et la voix gazouillante d'un ruisseau. Là non plus, nul doute : c'est moi, l'enfant qui tue le milan, sauve sa mère et épouse le cygne.

L'annonce prophétique d'une mort ne concerne pas nécessairement une disparition physique. La mort d'un être indique parfois une séparation brutale et violente, un effacement intérieur, la rupture d'un lien affectif très fort. Telle a été la prophétie de mon destin.

Telle est l'histoire du petit Leonardo, arraché définitivement à sa mère. Pour apaiser mon chagrin après ma relégation à Florence, j'ai voulu me persuader que mes parents étaient morts. Je n'appartenais ni à la famille de ma mère, ni à celle de mon père. J'ai tenté à plusieurs reprises de les tuer en mon for intérieur afin que leur image, la pensée obsédante de la vie commune que nous n'avions pas vécue et d'un nid dont j'étais exclu cessent de me tourmenter. Mais l'image de ma mère n'est jamais morte, elle m'a accompagné tout au long de ma vie. Telle une obsession. Ou une bénédiction, peut-être.

J'ai continué de la voir après mon départ pour Florence, regagnant dès que possible Vinci avec la complicité de mon oncle Francesco. À l'âge de vingt ans, tout juste admis en tant que peintre dans la compagnie de Saint-Luc, branche secondaire de la guilde des médecins et des apothicaires, je reçus par l'intermédiaire de mon père la commande d'un tableau de l'Annonciation de la part des religieux de San Bartolomeo, qui entendaient honorer ainsi le dernier souhait de Donato Nati, lequel avait légué ses biens à leur monastère afin qu'on y construisît une chapelle à sa mémoire. Je me souvenais très bien du soir où le vieux Donato m'avait parlé sur son lit de mort, six ans plus tôt. Je partageais totalement la vision qu'il avait eue au cours de ses derniers instants : la scène devait être représentée en plein air, dans la lumière, au milieu de la nature, libérée des contraintes d'un espace clos, et évoquer le miracle de la vie qui naît dans les entrailles d'une femme, la vie de la nature et des créatures, des fleurs, des plantes, des arbres, de l'air, de la terre, de l'eau.

J'avais depuis longtemps une idée très précise de la façon dont composer ce tableau. J'avais beaucoup travaillé sur la perspective, car le lieu où l'œuvre serait exposée, au-dessus de la tombe de Donato, n'offrait qu'une vision latérale et de bas en haut. J'avais donc effectué quelques corrections optiques assez complexes qu'un non-initié risquait de prendre pour des erreurs. En revanche, je n'avais pas encore peint le paysage et j'éprouvais le besoin de retourner à Vinci, de revoir ma mère et ma terre avant d'achever cette commande si importante, ma première œuvre. En cet été 1473, j'arpentai le Montalbano en esquissant dans mon carnet des collines, des rochers, des ravins, des arbres – cyprès, yeuses, rouvres – et des fleurs – lys, roses. Le 5 août, j'atteignis le petit sanctuaire de Montevettolini, où l'on célébrait la Vierge de la Neige, et, de là, je représentai une autre vue du Val di Nievole, comprenant Monsummano et le marais de Fucecchio. En ce jour mémorable, les incertitudes et les angoisses de la vie s'effacèrent brusquement, si bien que je voulus inscrire solennellement cette date sur ma feuille à dessin : *Fait de Sancta Maria delle neve le 5 äust 1473.*

Tandis que le soleil se couchait, je me présentai à l'improviste à Campo Zeppi. Penchée sur la terre et pieds nus, ma mère ramassait des herbes dans le potager. Comme elle était seule, elle n'avait pas attaché ses cheveux, ses merveilleux cheveux qui commençaient déjà à blanchir. Peut-être fredonnait-elle ou marmonnait-elle une chanson. Je la surpris en bondissant de derrière les troènes et dus aussitôt la secourir, car elle avait failli s'évanouir sous l'effet de la peur et de l'émotion. Reprenant son souffle entre mes bras, elle me dit avec un sourire : Eh bien, si j'étais morte maintenant, je serais morte heureuse. Mon cœur se serra à l'idée que cette créature divine, ma mère, pût être effleurée par l'aile noire de la mort et connaître le processus de décomposition et de transformation qui est le destin de toutes les créatures mortelles.

Les jours que je passai auprès d'elle et de sa famille, à Campo Zeppi, furent merveilleux. Peut-être les plus beaux de toute mon existence. Dans la journée, j'aidais à briser et retourner les mottes de terre brûlées par le soleil. Le soir, nous mangions de la soupe et buvions du vin tous ensemble. Puis Antonio et mes sœurs se retiraient, sachant que ma mère et moi avions beaucoup, trop, de choses à nous dire. En ces belles et longues nuits, on apercevait les premières étoiles filantes. Les larmes de la nature.

Je racontais en détail à ma mère ma vie à Florence, lui décrivais l'atelier, mon apprentissage, mes rêves, mais aussi mes problèmes et mes craintes. J'ignore si elle m'écoutait vraiment et comprenait tout ce que je lui disais : son visage rayonnait de béatitude tandis qu'elle contemplait son fils perdu et retrouvé. Je lui montrais aussi mes dessins, notamment le dernier, celui de Santa Maria delle Neve. Elle en fut comme effrayée et déclara que ma façon de dessiner évoquait un tour de magie, car il était manifeste que j'essayais de capturer l'âme et la vie des créatures et des choses, y compris d'un caillou, d'un rocher, lesquels n'ont pas d'âme. Peut-être ne fallait-il pas se mesurer autant à l'œuvre du Créateur et se croire à sa hauteur, se mettre à sa place. Quand on veut représenter la vie d'une fleur ou d'un papillon, il faut d'abord les respecter et les aimer.

Parfois, avec la détermination d'une gamine de treize ans, pour le moins surprenante chez cette femme mûre, elle m'arrachait ma sanguine et commençait à dessiner des nœuds fantastiques de branches, de plantes et de fleurs, que je regardais, abasourdi et fasciné par les dons divins de cette femme qui, n'ayant reçu aucune éducation, ne savait ni lire ni écrire, ni même s'exprimer correctement dans notre langue. Passant le doigt sur son dessin et suivant le parcours de chaque ligne, elle disait : Ceci est l'entrelacement de la vie, de l'amour et de nos histoires qui, même si nous nous éloignons, finissent toujours par s'entrecroiser. Il en sera ainsi pour nous aussi. Si la vie nous éloigne, la Providence ou le destin nous réunira. Nous ignorons quand et où. Mais nous avons besoin de le croire pour continuer de vivre.

J'étais envoûté par ses longues mains fuselées, fortes et assurées, même si elles portaient les gerçures et les marques d'une vie entière consacrée au travail. Ces mains m'avaient caressé, bercé, lavé. Je voulais les dessiner, en capturer tous les mouvements et toutes les positions, le jeu des doigts, la tension des nerfs et des tendons, mais je n'y parvenais jamais car, s'apercevant de mon manège, ma mère les dissimulait par taquinerie dans les plis de son tablier et attendait, pour les en tirer, que mon fusain ou ma sanguine fussent à bonne distance de moi. De même, elle a toujours refusé que je fasse son portrait d'après nature, m'obligeant à graver dans ma mémoire son visage, le joli contour de ses yeux embués et clairs, son sourire très doux, estompé et vague, dont on ne savait dire s'il exprimait de l'allégresse, de l'ironie ou l'écho de chagrins anciens, de connaissances secrètes, inconnues des mortels, ou encore tous ces sentiments réunis et entremêlés. Seul dans ma chambre, je m'efforçais de tirer son image de mes souvenirs, cependant les dessins que j'exécutais ne reflétaient jamais les émotions et les sensations dont j'étais envahi en sa présence.

Une seule tristesse obscurcissait ces journées : l'interdiction de l'appeler maman, ou mère. Je n'avais pas le droit d'utiliser ce mot depuis que je m'étais installé à Florence. Je ne pouvais lui accoler que son prénom. Il importait que tout le monde crût qu'elle était ma nourrice, rien de plus.

C'est ainsi que j'en vins à l'interroger sur son passé, dont elle ne m'avait jamais parlé, de crainte sans doute qu'un simple détail ne réveillât des pans entiers de son chagrin. Les membres de ma famille avaient toujours refusé de me relater son histoire – peut-être ne s'y intéressaient-ils guère. Jusqu'à ce jour, je savais uniquement que Caterina était ma mère, bien qu'il me fût interdit de le dire. Le mystère qui entourait mes origines avait assombri mon enfance et mon adolescence. Il alimentait au sujet de sa personne et à propos de ma naissance les médisances les plus absurdes, que j'avais perçues avec tristesse, enfant et adolescent, aussi bien à Vinci qu'à Florence : on murmurait qu'elle était une esclave, une putain, une traînée qui avait séduit le jeune notaire et peut-être aussi le vieil Antonio ; quant à moi, je n'étais qu'un bâtard, le fils de l'esclave et, aux yeux de certains, l'enfant du péché, voire de l'inceste, le fils perfide du démon.

Qui était vraiment Caterina ? D'où venait-elle ? Quelles souffrances et quelles tragédies avait-elle traversées ? Quel chemin avait-elle parcouru pour que son existence croise celle d'un jeune provincial et génère ma vie, puis s'enracine dans la terre de Campo Zeppi ? Il n'était pas aisé, pour elle, d'en parler : d'une part, le souvenir des événements terribles qu'elle avait vécus lui était douloureux ; d'autre part, les images qu'elle en conservait s'étaient éloignées, estompées, voire effacées avec le temps, et une partie d'elle-même s'était efforcée d'oublier, pour aller de l'avant, pour survivre.

Elle me racontait sa vie d'une façon étrange qui donnait à son récit, surtout au début, l'allure d'une légende, d'une fable antique. Dans son ignorance totale de notre culture, de notre Histoire et de notre géographie, elle employait des périphrases fantastiques pour évoquer les lieux dont elle était originaire : une terre au bout du monde où la nature régnait encore en maîtresse, des vallées recouvertes de forêts impénétrables et vierges, des hauts plateaux que cinglaient des vents glaciaux, une montagne éternellement couverte de neige et de glace, si haute que son ombre s'étendait sur des centaines de milles et que sa cime glacée, perçant les nuages, resplendissait encore de la lumière reflétée du soleil, pareille à une comète, alors que tout, à l'entour, était plongé dans les ténèbres.

Elle appartenait à un peuple primaire et sauvage, peut-être l'un des plus anciens de la Terre, puisqu'il remontait à l'époque des géants et du Déluge universel, un de ces peuples dont il ne reste aucune mémoire écrite parce qu'ils existaient bien avant que fût inventée l'écriture ; un peuple d'hommes sauvages, de guerriers fiers et féroces, et de femmes qui portaient elles aussi une armure, chevauchaient à toute allure et se battaient de façon sanguinaire. Elle comptait à leur nombre, elle, une princesse, fille d'un chef dénommé Jacob, lequel avait été tué au moment où elle-même avait été capturée. De son père, du prince Jacob, il ne lui restait qu'un anneau en argent usé qu'elle portait à l'annulaire gauche, sous son alliance. Elle avait six ans quand son père le lui avait offert, et c'était son souvenir le plus lointain. Elle avait aimé ce père dans ses rêves de jeune fille, mais elle ne l'avait pas vraiment connu car, étant un guerrier, il passait son temps à faire la guerre et à tuer. Le prénom de ma mère était gravé sur cet anneau en lettres grecques. J'avais beau ne pas connaître cette langue, je réussis à le déchiffrer : *Aikaterine*.

Une fois capturée, elle avait été conduite dans une ville du nom de La Tana puis, au terme d'un long voyage à travers les mers, dans la plus belle cité qu'elle eût jamais vue, si belle qu'on aurait pu croire qu'elle n'avait jamais existé, qu'elle constituait un rêve : Constantinople, la capitale aux coupoles d'or, située à un endroit où la mer se resserre et où les terres semblent se confondre, mais sans jamais se toucher. Après avoir perdu sa liberté, elle avait eu plusieurs maîtres et était passée de mains en mains comme un objet. Toutefois il lui fallait reconnaître que, du temps de son esclavage, quelque chose ou quelqu'un, sainte Catherine ou le Tout-Puissant, ou encore le prophète Élie, l'avait protégée de tous les maux et lui avait épargné toutes les mésaventures qui arrivent d'habitude aux femmes esclaves ; le simple fait d'être privée de sa liberté, elle qui était née aussi libre que le vent, a été pendant de nombreuses années, trop d'années, une souffrance atroce et intolérable.

Forte d'une excellente mémoire, elle se rappelait jusqu'au nom de ses maîtres successifs. Elle avait du premier un souvenir très vague, car elle ne l'avait vu que durant quelques heures dans sa maison de La Tana : un étrange aventurier vénitien qui avait chargé une femme bizarre de l'interroger. Elle ne savait pas bien ce qui lui était arrivé ensuite, mais elle s'était réveillée à bord d'un navire, construction qu'elle voyait pour la première fois et dont elle ignorait tout, de même qu'elle n'avait jamais vu la mer et son étendue d'eau infinie. Terrifiée, elle croyait que le bateau était un monstre en bois qui l'engloutirait. Mais son nouveau maître s'était montré aimable avec elle, et le voyage avait été extraordinaire, inoubliable. C'était un pirate ligure, un géant roux dénommé Termo, qui l'avait conduite à Constantinople chez lui, auprès de sa femme et de ses filles, dont l'aînée s'appelait elle aussi Caterina. Néanmoins il l'avait revendue à un marchand vénitien, Giacomo Badoer. Dans son comptoir, Caterina avait fait la connaissance d'une esclave russe, Maria, avec qui elle s'était liée d'amitié et qu'elle avait bien vite considérée comme une sœur. Emmenée à Venise, elle avait été cédée à un autre maître, messire Donato, qui lui avait appris à fabriquer de merveilleux tissus de soie et d'or à partir des dessins qu'elle exécutait elle-même. Une nuit, messire Donato l'avait sauvée en tuant un esclave qui s'apprêtait à la violer. Ils avaient quitté ensemble Venise, puis c'est elle qui avait sauvé Donato en l'arrachant aux eaux d'un grand fleuve avant de gagner Florence avec lui. Là, elle était devenue l'esclave de *monna* Ginevra qui, par la suite, s'était approprié également le vieux Donato en l'épousant.

Soudain Caterina se tut, incapable de poursuivre. Ses yeux, qui ne pleuraient jamais, s'embuèrent de larmes. Je devinai que son récit l'avait menée au moment de sa rencontre avec mon père. Et à celui de ma naissance. Je n'insistai donc pas. Je n'avais pas besoin de détails. J'avais connu, moi aussi, Ginevra et Donato. Mais il était une chose dont j'étais désormais persuadé : à cette époque, mon père l'avait vraiment aimée. Peut-être ne l'avait-il jamais comprise, ne s'était-il jamais demandé qui elle était, ce qu'elle éprouvait, quels sentiments abritait son cœur, le cœur d'une esclave, peut-être n'avait-il jamais rien su d'elle ni de son histoire, sinon qu'il avait affaire à une esclave circassienne. Mais il l'aimait, poussé par une force mystérieuse et invincible, et il s'est démené ensuite pour que je naisse et vive avec une certaine dignité, que je ne connaisse pas le sort des enfants abandonnés. Il a conduit Caterina à Vinci et l'a fait affranchir par *monna* Ginevra, et peut-être l'a-t-il même aidée à trouver un mari, à épouser Antonio.

Le prénom que je porte, je le sais, et qui m'a été donné lors de mon baptême, n'est pas en usage dans la famille da Vinci. Il est lié au plus grand désir de ma mère, du temps de sa grossesse : recouvrer sa liberté. Cette grâce a été demandée à saint Léonard, l'ermite de Limoges qui délivre les prisonniers de leurs chaînes et aide les femmes enceintes à accoucher. À ma naissance, ma mère était esclave. Mais quelques mois plus tard et quelques jours avant la fête du saint, elle était libre. Je suis ému à la pensée que Leonardo, mon propre prénom, signifie la liberté, et que la liberté est peut-être le bien suprême auquel j'aspire, tout comme ma mère. Liberté de vivre, de penser, de s'exprimer, de communiquer par n'importe quel moyen et dans n'importe quelle langue, de voyager, de connaître le monde, d'imaginer et de rêver, de s'offrir aux autres, d'aimer. Sans liens, sans limites, sans chaînes.

Quand j'eus achevé l'*Annonciation* et que je la livrai à Mont-Olivet, les moines et mon père, que j'avais déjà troublés quelque temps auparavant en peignant sur une rondache un monstre épouvantable, manifestèrent leur surprise. En vain ils me demandèrent des explications. Ils avaient imaginé qu'un joli paysage figurerait derrière le muret, par exemple une belle vue de Florence, comme celle qui s'étend de l'autre côté du mur du potager. Qu'était-ce donc que ce paysage fantastique au centre du tableau ? Jamais on n'avait rien vu de la sorte dans une *Annonciation*, et puis ma composition était vraiment originale, en plein air, dans la nature, non entre les quatre murs d'une pièce ou à l'intérieur d'une ville. Mais pourquoi avais-je placé là cette montagne immense, presque verticale, estompée et transparente, dont la cime perçait les nuages ? Qu'étaient donc cette cité portuaire des plus exotique, ceinte de remparts, de phares, de tours et de fortins, et ce bras de mer, ou cet estuaire de fleuve, s'insinuant entre les terres et accueillant des embarcations, navires et galères, représentées avec d'infimes traits de pinceau ? Un religieux érudit intervint, citant saint Augustin : La mer symbolise certainement le monde, et la montagne, le Christ. Mais la ville ? La ville qui borde la mer fait elle aussi partie du monde : en vérité, emplie des commerces et des tentations du monde, elle en incarne bien les lumières et les ombres.

Je souriais sans mot dire. Il avait peut-être raison, pourquoi pas ? Ce qui est merveilleux dans les œuvres, c'est qu'on peut en parler de mille façons. Oui, il est merveilleux de les voir se démultiplier à l'infini ; voilà pourquoi il importe qu'elles restent libres, ouvertes, en mouvement, plutôt qu'enchaînées à un unique message ou aux intentions de son auteur, lequel, parfois, ne les connaît pas lui-même. De plus, les interprètes oublient souvent un élément fondamental, à savoir que ce même auteur aime jouer. Pour ma part, je prends un malin plaisir à les leurrer, à les semer et à écouter ce qu'ils disent : Qu'indique donc ce doigt dressé vers le ciel ? Quelle énigme ce sourire évoque-t-il ? Quels sont les mystérieux codes astraux qui s'y dissimulent ? Au fond, je suis resté un enfant, l'enfant qui jouait avec les cailloux, les fleurs et les lézards verts. J'ai toujours glissé dans mes tableaux des détails insolites : un bijou, une fleur rare, une partition de musique, un plat de tronçons d'anguilles à l'orange, les étranges nœuds que ma mère m'a enseignés et qui évoquent le nom de mon village, Vinci ; des détails que je recouvre parfois de peinture, demeurant donc le seul à connaître leur existence, par exemple un petit éléphant, une église… Oui, par jeu. Peut-être les découvrira-t-on un jour, des centaines d'années après ma mort ; alors le jeu se poursuivra.

Si j'avais répondu, j'aurais dit qu'il s'agissait d'un paysage imaginaire. Voilà tout. Ce qui était la vérité. Certes, il y avait des détails réels à gauche, derrière les arbres : les pentes du Montalbano qui descendent vers la vallée, comme dans le dessin de Santa Maria della Neve, ainsi qu'un talus estompé par le brouillard, Campo Zeppi. En revanche, la montagne et la ville avaient surgi de mon imagination, parce que je n'avais jamais visité le Caucase, ni La Tana, ni même Constantinople ; ou plutôt, je n'avais même pas vu la mer ; je considérais les blanches et cristallines Alpes apuanes, vues d'Anchiano, comme les montagnes les plus hautes du monde et, dans mon enfance, je croyais que le marais de Fucecchio n'était autre que la mer. Ma vie était bien pauvre, comparée à l'existence fantastique et extraordinaire qu'avait connue ma mère, et mes voyages les plus longs ne m'avaient pas conduit plus loin que Florence, Pistoia et Empoli.

Je voulais reproduire les lieux de départ et d'arrivée de ma mère : à gauche, la campagne toscane ; au centre, la vision du monde fantastique d'où elle venait. L'immense montagne de glace, habitée par les dieux et les géants, le haut plateau sauvage où elle était née, la ville où elle avait perdu sa liberté et le navire qui l'avait emmenée : tout était résumé là, dans cette trouée fabuleuse dans le temps et l'espace. Sur le lutrin, un livre vivant, dont les pages transparentes semblent flotter dans l'air, et sur les pages, une écriture secrète, indéchiffrable, comme l'était sans doute la langue perdue de ma mère. La Vierge, sur le seuil de son palais royal et de sa chambre, est une princesse, une reine, qui entend l'ange lui dire qu'elle porte une nouvelle vie dans son sein. C'est Caterina. Ma mère. Elle seule aurait été en mesure de remarquer et de comprendre ce secret bien caché, en admettant que, sur la route de Florence, elle se fût arrêtée, avant de franchir la porta San Frediano, dans la chapelle de Mont-Olivet et eût prié pour l'âme de son ancien maître, Donato. J'ignore si elle a pu le faire.

Avant de partir pour Milan, je la revis une dernière fois, au printemps 1478. Je m'étais quasiment enfui de Florence aussitôt après la conjuration des Pazzi, bouleversé par le sang et la mort qui régnaient dans les rues. À Vinci m'attendait mon oncle Francesco, sérieusement inquiet pour mon avenir. Son frère ne m'avait jamais reconnu, et comme sa troisième épouse commençait à lui donner des enfants légitimes, il y avait fort à parier que je ne recevrais aucune aide de sa part, et aucun héritage. Mon oncle ne semblait pas croire en un futur succès de ma part dans le domaine de l'art, compte tenu des misérables résultats et des échecs que j'avais collectionnés jusque-là à Florence. De plus, je m'étais retrouvé impliqué dans un procès pour sodomie et, si j'avais été acquitté, cette tache demeurait sur ma personne. Francesco imaginait peut-être qu'un retour au village serait pour moi une ancre de salut, comme ça l'avait été pour lui et, auparavant, pour Antonio, mon grand-père. Il obtint donc de la commune, à son bénéfice, celui de son frère absent et de leur descendance, le bail emphytéotique du moulin, au château, en y faisant introduire une clause qui me permettrait d'en recevoir éventuellement l'usufruit. Je n'étais pas très convaincu, mais je l'accompagnai le 3 mai au château pour la rédaction de cet acte. Parmi les conseillers municipaux siégeait le Querelleur, le mari de Caterina, et nous le suivîmes à Campo Zeppi, où j'embrassai ma mère.

Quand je repense à la faible quantité d'œuvres que j'ai produite au cours de mon existence et aux innombrables autres – sans doute trop – que j'ai créées dans ma seule imagination, les laissant ouvertes, de façon à vivre avec elles toute la beauté du processus de la création, cette beauté qui nous rapproche vraiment de notre Créateur, non pour prendre sa place et nous substituer à lui mais pour appréhender de manière infinitésimale l'immense acte amour qu'a constitué la création du monde ; quand je repense, donc, à tout ce que j'ai fait et que je n'ai pas fait, je reconnais partout le fantôme de Caterina. Je le sais, c'est un secret inavouable et incommunicable – du reste, personne ne me croirait, mais qu'importe ? Il me suffit de savoir que chacun de mes dessins et de mes tableaux évoque en quelque sorte ma mère, laquelle ne cesse de se métamorphoser en moi.

Au début, je la voyais comme une Madeleine en pénitence dans le désert, sauvage, pauvre, maigre, affamée, toujours chassée et exclue, nue et uniquement vêtue de ses cheveux : l'image de la dramatique statue en bois qu'hébergeait notre église de Vinci et qui me bouleversait depuis l'enfance. Puis cette Madeleine se transforma en une séduisante courtisane à la coiffure raffinée tenant un flacon rempli de parfums enivrants, car, dans mon imagination, Caterina était également associée à la force profonde, obscure et sensuelle que dégageait son corps mûr de femme qui avait tout vécu et tout éprouvé avant la plénitude de la fécondation. Moi aussi, lorsque j'étais un fœtus en son sein, j'ai connu la béatitude de la fusion et de la symbiose. Le paradis était en elle.

J'opposais à l'image de Madeleine celle de saint Jérôme, lui aussi nu et pénitent dans le même désert rocheux ; le vieux saint osseux qui se frappait la poitrine d'une pierre n'était autre que moi-même, accompagné du lion qui est inscrit dans mon prénom, seul et désespéré dans le désert de la vie, car arraché à ma mère, en proie à la culpabilité de ne pas avoir été à ses côtés lorsqu'il aurait fallu ; ou alors je me muais en saint Sébastien, également nu, attaché à un arbre et transpercé de flèches qui punissaient cette même faute.

Chaque fois que je devais peindre une Vierge à l'Enfant, je songeais à elle et m'attachais au même thème : l'amour total que partageaient la mère et l'enfant. Un enfant nu, vif, mobile, qui n'était autre que moi-même, jouant avec un œillet, une plante crucifère, une grenade, une carafe, une coupe à fruits, un chat, un fuseau. Un jour où je lui montrais un dessin, elle me livra, d'un ton mêlant l'admiration à la surprise, une réponse dont le sens m'échappa : Mais puisqu'il s'agit de sainte Marie, où sont les abeilles ?

La Mère baisse toujours les yeux vers l'Enfant, si bien qu'il est impossible de les distinguer. Elle ne sourit pas forcément, comme si elle pressentait la souffrance, la séparation, la passion et la croix qui les attendent tous deux. La Vierge qui offre son sein et son lait à son fils, lequel se tourne vers le spectateur, lui reprochant d'avoir violé leur intimité, est la plus belle. Dans l'*Adoration des Mages*, la Mère, encore, révèle et présente l'Enfant à l'adoration du peuple : c'est la révélation de l'indicible, à savoir qu'elle était ma mère et que j'étais son fils. Dans la *Vierge aux rochers*, la Mère, fuyant dans le désert, protège et sauve l'Enfant. Dans la composition de la Vierge et de sainte Anne, l'image est même multipliée : il ne s'agissait pas là des femmes de mon enfance, *monna* Lucia et mes belles-mères, Albiera et Francesca ; mais uniquement d'elle, Caterina, changeant au fil du temps, fille se transformant en jeune mère, puis en sa propre mère.

Je n'ai pas cessé de vouloir représenter, capturer, ses mains, mobiles et inaccessibles, ainsi que son sourire, doux et ineffable. Chaque fois que j'ai eu l'illusion de retrouver ce dernier dans le visage d'une femme qui avait vécu, comme elle, la plénitude de l'amour et de la maternité, j'ai tenté de le reproduire, multipliant en vain et jusqu'à l'épuisement les dessins préparatoires, appliquant les couleurs à l'aide de pinceaux très fins, presque invisibles, représentant des voiles de plus en plus transparents, dans la tâche impossible d'estomper le mouvement subtil et indéfini des lèvres et de la bouche, de fixer l'invisible et l'âme même de ce sourire. Je m'y suis ainsi efforcé pendant quatre ans, tandis que je peignais une dame florentine, *monna* Lisa, l'épouse de Francesco del Giocondo. Puis j'ai capitulé, me contentant de représenter son visage, omettant tout le reste, et j'ignore aujourd'hui si je parviendrai un jour à achever ce portrait.

Dans l'invention mythique de mon enfance figure non seulement l'histoire sacrée, mais aussi les fables antiques. J'ai toujours aimé écouter des contes et en raconter à mon tour, et depuis que je me passionne pour la littérature, je ne m'en prive pas. Je suis un lecteur vorace, compulsif, désordonné ; tel un braconnier qui chasse sur les terres d'autrui, j'attrape ce qui me tombe sous les yeux, l'assimile et l'intègre en un processus créatif ininterrompu.

Les fables des dieux et des héros antiques me ravissent. Elles ressemblent beaucoup aux étranges contes que ma mère me narrait à propos d'un peuple mythique de héros qui vivait dans ses montagnes en contact étroit avec les éléments primordiaux de la nature, la terre, l'eau, le feu et l'air. J'étais comme ces héros, le fort Sosryko ou Tlepsch, le dieu forgeron, inventeur et créateur de tous les instruments et de toutes les armes des hommes. Plus que tout, elle aimait évoquer une déesse dénommée Setenaya, très semblable à Vénus ou Aphrodite, qui couchait librement avec tous ces héros et en mettait au monde des façons les plus incroyables, en les faisant naître des pierres ou des arbres. Étrangement, j'étais fasciné par le mystère de la naissance, en particulier des naissances extraordinaires.

Ainsi, en lisant les *Métamorphoses* d'Ovide, je finissais toujours par m'identifier aux figures nées d'unions illégitimes ou irrégulières, lesquelles sont presque la norme dans cet ouvrage, comme dans les histoires de Setenaya. Le sublime Adonis est le fruit des amours incestueuses de Myrrha et de son père Cinyras, par conséquent le frère de sa propre mère qui, une fois transformée en arbre, accouche de l'enfant en fendant son écorce. Le courageux Persée, qui tue la Méduse et s'envole dans le ciel grâce à ses sandales ailées, est le fils de Danaé, fécondée par Jupiter au moyen d'une pluie d'or : cette histoire était si belle que je bâtis sur elle une représentation théâtrale à Milan en 1496.

J'avoue que je m'amusai, dans ce spectacle, à mêler le sacré et le profane : l'image de Danaé emmurée dans une tour par Acrisios, son père perfide, évoquait celle de sainte Marguerite, la sainte martyre enfermée dans une prison et dévorée par un dragon, dont elle crève toutefois le ventre en se signant. Ces héroïnes persécutées, incarcérées, enchaînées, torturées continuaient de m'envoûter : à travers elles, je voyais Caterina. Pour une raison que j'ignore, la figure de l'homme, du mâle, du père, Cinyras ou Acrisios, était toujours une figure négative, à fuir ou à tuer, comme s'y emploie justement Persée avec Acrisios.

J'imaginais peut-être que ma mère m'avait conçu avec un dieu, et non avec un ennuyeux notaire florentin. Un dernier mythe me passionne plus que tout autre, celui de la mortelle Léda, possédée par un Jupiter transformé en cygne, et mère de quatre enfants miraculeusement nés de deux grands œufs – les Dioscures Castor et Pollux dans l'un, Hélène et Clytemnestre dans l'autre. C'est le mythe d'une femme qui donne la vie sans connaître la douleur ni le danger de l'accouchement. Léda ne cesse de se mouvoir en moi, changeant de forme et de position : d'abord, un genou à terre, dans l'acte de se lever, puis debout, exhibant majestueusement sa nudité, comme une statue antique, étreignant encore le cygne après l'amour mais contemplant doucement ses enfants tout juste nés au milieu des œufs brisés. Ce changement m'a peut-être été soufflé par Dante : la putain Thaïs, *cette souillon échevelée* qui *tantôt s'accroupit et tantôt se redresse*[viii].

Dans ce cas aussi, le sacré et le profane s'unissent. Ma première invention, celle de Léda agenouillée, est beaucoup plus sensuelle, presque érotique : la femme se dégage de l'étreinte du cygne à la fin de leur relation amoureuse ; ses yeux mi-clos et sa bouche ouverte trahissent le frémissement de l'orgasme qui parcourt ses membres. Il est vrai que j'ai vu ce mouvement sur un fragment de marbre antique, une Vénus accroupie, mise au jour à Rome. Mais personne, sans doute, n'a remarqué que cette idée venait d'un de mes livres, une belle édition de la Bible en langue vulgaire.

Au début du livre d'Osée, près du vieux prophète qui indique les remparts d'une ville et une porte à pont-levis, une femme effectue le même geste que ma Léda, toutefois sans le cygne : elle s'apprête à se lever tout en se retournant pour attraper un enfant qui essaie de grimper dans ses bras, tandis qu'un autre petit se serre contre elle et qu'une fillette la rejoint. Cette femme à la poitrine opulente sous son ample décolleté, parée d'un collier et d'une coiffure compliquée, est facilement reconnaissable. C'est une putain, une prostituée, la femme de nombreux hommes, ainsi que le texte du prophète la présente : *Le Seigneur dit à Osée : « Va, prends-toi pour femme une prostituée et des enfants de prostitution*[ix]*.* » Ses enfants illégitimes seront rachetés et deviendront les vrais enfants d'Israël, à la place des enfants qui se croyaient légitimes.

Qui suis-je dans la vision de la Léda prostituée ? L'un de ses nombreux enfants sortis des œufs ? Non, cette fois, je suis le cygne. Je rêve de m'unir de nouveau à ma mère, ainsi que je l'étais quand elle m'hébergeait dans son ventre. Et je rêve de me montrer à elle muni de grandes ailes blanches, m'envolant de la colline qui domine Lamporecchio, près de Vinci et de Campo Zeppi, une colline dénommée Colle Ceceri ou Cecioli, mot qui signifie cygne dans notre langue. De ce promontoire je m'élancerai dans le ciel avec ma machine volante, remplissant l'univers de stupeur et les écritures de renommée, glorifiant pour l'éternité le nid où je suis né.

Le mystère sublime du corps de la femme. La vision de Léda debout contient tout cela. Étudier le corps des glaciales et maigres jeunes filles qui posent dans les ateliers des peintres et des sculpteurs, et que Botticelli apprécie, ne me suffisait pas. Je suis allé dans un lieu où il était possible d'observer des femmes dans la plénitude de leur puissance sexuelle : le lupanar de Pavie. J'ai visité l'endroit où les femmes souffrent : l'hôpital de Santa Caterina, à Milan, près de la poterne des Forgerons, où le visage fantastique d'une jeune personne prénommée Giovannina m'a offert le visage du Christ de *La Cène*.

J'ai observé et dessiné très calmement, en détail, la mécanique du coït pendant que l'homme et la femme que j'avais payés au lupanar accomplissaient, en nage, la tâche que je leur avais confiée ; je leur ai aussi demandé de l'effectuer debout, de façon à pouvoir les examiner plus facilement. La mécanique de l'acte n'était pas très belle ; pis, elle me semblait plutôt laide et bestiale, presque indigne d'un tel mystère. J'en ai conclu que la femme n'est pas un être passif, qui doit se plier à la satisfaction de l'homme : elle vit cet acte de façon active et contraire, dans le désir d'être remplie par le membre viril, car la nature en a disposé ainsi, adaptant les organes génitaux des femmes et les amplifiant davantage que chez les autres espèces animales, proportionnellement à son buste.

Il ne me suffisait pas non plus d'examiner les femmes de l'extérieur. Il fallait que je pénètre en elles afin de découvrir où et de quelle façon la vie naît, et pour quelle raison leur corps, admirablement structuré à l'intérieur en un équilibre complexe de vases et d'humeurs, est infiniment supérieur à celui des hommes, lequel est doté d'une mécanique grossière. J'en ai même fait l'objet principal de mes recherches anatomiques, au risque d'attirer sur moi l'attention des autorités ecclésiastiques, puisque certains individus commençaient à considérer d'un regard suspicieux mes études sur l'origine de la vie et la nature de l'âme. J'ai disséqué très minutieusement les organes génitaux des femmes et leur matrice. La synthèse de ces observations réside dans le grand dessin que j'en ai tiré, du cou jusqu'au sexe : l'un des plus beaux que j'aie jamais réalisés, une image complète et extraordinaire de ce que j'ai peut-être été le seul à voir et à reproduire de manière aussi complète, précise et détaillée, dans l'histoire de l'humanité depuis que Dieu créa Ève. Une carte géographique pour naviguer dans un monde encore inconnu, le corps de la femme, une carte semblable à la mappemonde de mon grand-père Antonio ou aux tables de la *Cosmographie* de Ptolémée.

J'ai eu l'occasion, un jour, de travailler sur le cadavre d'une jeune femme enceinte, qui portait encore son bébé, également mort. Elle venait de mourir brutalement, non du fait de l'accouchement, mais d'un arrêt du cœur, raison pour laquelle son corps était dans le meilleur état qui fût. C'était une esclave, engrossée par on ne savait qui, dont un inconnu avait déposé le cadavre à l'hôpital avant de déguerpir. C'était le corps de personne, dont on pouvait faire ce qu'on voulait. L'histoire habituelle. L'histoire de Caterina. Mon histoire. Je maniai le bistouri en tremblant, de crainte de violer un secret uniquement connu du Créateur. J'essayai de dessiner ce que je voyais, le bébé recroquevillé et comme pelotonné sur lui-même dans ce minuscule univers marin, désormais sec et ouvert comme un œuf. Je saisis l'enfant avec toute la délicatesse possible, comme s'il était encore en vie, ôtant ses trois pannicules qui évoquaient de pâles suaires en soie. Raidi dans la fixité de la mort, il consistait en un nœud de jambes, pieds et mains, ramassé sur lui-même, telle une fleur qui n'a pas eu le temps d'éclore. J'avais été moi aussi blotti de la sorte dans le ventre de Caterina. Je n'ai pas eu le courage de défaire ce nœud. Soudain j'ai eu la certitude que l'âme de cette créature, qui n'avait même pas eu conscience d'exister avant de disparaître, lui avait été transmise par sa mère, laquelle avait composé la figure de l'homme dans sa matrice, puis éveillé son âme d'abord endormie et comme sous surveillance. Une même âme gouverne les deux corps ; les désirs, les peurs et les chagrins de la mère sont identiques à ceux de son enfant.

Après la mort de ma mère, j'ai tenté de poursuivre son fantôme jusque dans le rêve impossible de me rendre sur la terre dont elle provenait, de voir si l'immense montagne du Caucase était vraiment telle que je l'avais imaginée dans mon *Annonciation*, de gagner le haut plateau où elle était née, de rencontrer son peuple, de vérifier la véracité de ses dires à propos de ma grande ressemblance avec son père Jacob. Oui, je m'aventurerais en ces lieux, m'adresserais à ces gens, mes parents éloignés et mes cousins, aussi grands et blonds que moi, je leur parlerais de Caterina, et ils me chanteraient les exploits héroïques de son père et de ses ancêtres, assis autour d'un feu, buvant du vin, chantant et observant des constellations inconnues. J'explorerais le monde, repousserais les frontières de la connaissance humaine. Aujourd'hui encore je frissonne à la pensée que j'ai vraiment eu, le temps d'un instant, la possibilité de quitter ce vieux monde malade et asphyxié par sa propre faute, de quitter cette civilisation qui se croit supérieure à toute autre, ce peuple qui traite tous les autres de barbares mais qui ne réussit qu'à exporter la folie bestiale de la guerre, la violence et l'autorité, la pensée abominable selon laquelle l'argent est le but ultime et que la liberté d'un être humain peut être achetée, assujettie.

Nous étions en 1498. À Milan, j'avais enfin réussi à exécuter une grande œuvre, ma première grande œuvre, peut-être la plus grande, *La Cène*, mais j'avais également vu mourir l'autre, le colossal cheval des Sforza. J'avais compris, le premier, qu'il était temps de partir. La tempête de la guerre menaçait l'Italie et l'Europe, elle balaierait bien vite les seigneurs qui m'employaient. Il me fallait trouver une issue, en cachette et au plus vite. L'occasion se présenta à moi lorsque mon seigneur, Ludovic le More, duc de Milan, se rendit à Gênes pour assister à l'hommage de cette ville, alors sous sa domination, accompagné d'une importante suite de dignitaires, de gentilshommes, de domestiques et, surtout, d'ingénieurs chargés d'inspecter les forteresses et le système défensif du duché en prévision de l'invasion imminente des Français. Nous passâmes neuf jours à Gênes, du 17 au 26 mars, pendant lesquels j'examinai l'état des remparts et du châtelet, ainsi que le port dévasté peu de temps auparavant par une tempête. Je ne logeais pas au palazzo San Giorgio avec le duc, mais dans le couvent franciscain de San Francesco al

Castelletto. J'ai toujours apprécié la compagnie des capucins : nous nous comprenons tout de suite, sans détour. Quand je voyage, je préfère séjourner chez eux plutôt que dans des auberges louches.

Un jour, tandis que je me reposais dans le cloître, un religieux qui tranchait sur les autres, et pas seulement parce qu'il s'intéressait aux études et aux recherches davantage qu'aux dévotions, s'approcha. Plus grand que moi, immense, il portait une barbe et une tonsure rousses. Il se présenta : fra Jacopo di Sarzana. Ses manières franches me plurent et nous nous liâmes aussitôt d'amitié. Fra Jacopo avait vécu l'expérience dont j'avais toujours rêvé : il avait voyagé dans une bonne partie du Levant et vécu à Constantinople dans le couvent franciscain du quartier génois de Galata. Cet établissement, toléré par le sultan, était un nœud stratégique de communication et de diplomatie officieuse entre Turcs et chrétiens. Je l'écoutai, fasciné. Fra Jacopo avait remarqué avec quel soin j'examinais les ruines du port et commençais à concevoir de nouvelles structures capables de résister à l'action destructrice de la mer. Exactement ce qu'il faudrait dans le Bosphore, dit-il. Le sultan Bajazet, me confia-t-il, avait en effet l'intention de bâtir un pont entre Galata et Constantinople, dans l'étroit bras de mer de la Corne d'Or, un pont assez élevé pour permettre aux navires de se glisser dessous, toutes voiles dehors. Le sultan rêvait également de relier l'Asie à l'Europe au moyen d'un pont mobile, à lever ou à baisser selon ses nécessités, afin de déplacer ses immenses troupes d'une extrémité à l'autre de l'empire. À la recherche d'un ingénieur en mesure de relever ce défi, il avait chargé les religieux de diffuser discrètement cette requête dans le pays des infidèles, c'est-à-dire des chrétiens.

Fra Jacopo me parla aussi de lui. Il avait pour mère la fille d'une Circassienne et d'un certain Termo, capitaine et grand connaisseur de la navigation, ainsi que des ports de la mer Majeure et de la mer Caspienne. Prénommée Caterina, comme ma propre mère, elle avait vu le jour à Matrega, une ville perdue, proche de La Tana, et habité Constantinople avant la conquête turque. C'était d'elle que fra Jacopo tenait son désir de voyager et sa facilité à apprendre les langues, par exemple le grec et le turc ; après qu'il eut prononcé ses vœux, l'ordre l'avait envoyé à Constantinople, d'où il était récemment rentré. Parmi les nombreuses histoires que sa mère lui racontait, l'une d'elles s'était gravée dans sa mémoire au point qu'il n'arrivait pas à l'oublier. Un jour, son grand-père était revenu de La Tana avec une esclave circassienne âgée de treize ans et prénommée Caterina, une sublime princesse aux cheveux blonds et aux yeux bleus, qu'il avait revendue peu après ; étrangement, Termo n'avait pas cessé de l'évoquer jusqu'à la fin de ses jours, comme si leur rencontre avait constitué l'événement le plus important de son existence et qu'il eût besoin de demander pardon au Seigneur d'une faute qu'il n'avait jamais voulu avouer.

Je ne lui posai pas de question. J'étais certain que cette merveilleuse Caterina, princesse réduite en esclavage, n'était autre que ma mère au début du long voyage qui l'avait conduite dans notre monde. Je m'intéressai au reste de son discours et me déclarai prêt à accomplir ces grands ouvrages pour le sultan, après quoi je poursuivrais ma fuite vers le Caucase. Je le priai de m'enseigner la langue turque et l'écriture arabe, que j'avais déjà admirée dans les papiers de mon grand-père, Antonio, et notai quelques mots dans un carnet ainsi que les vers d'un poème turc qui évoquait le soleil se couchant dans la mer.

Je jetai sur le papier quelques idées et dessins, puis confiai à fra Jacopo une lettre pour le sultan en lui demandant de la traduire et de l'envoyer à Constantinople. J'y avais exposé un projet de moulin à voile et de pompe hydraulique pour les navires et conçu, pour Galata, un pont formant un arc très élevé, doté de fondations sur pilotis et de protections en bois qui le défendraient contre le mouvement de l'eau. Pour le pont mobile censé enjamber le Bosphore, j'avais en revanche imaginé un système qui empêcherait les forts courants d'en endommager les bords. En juillet, je reçus un mot du religieux m'annonçant qu'il avait transcrit ma lettre en turc et l'avait expédiée le 3. Mais aucune réponse ne m'arriva jamais, et le voyage en Orient dont j'avais si souvent rêvé s'évanouit dans le néant.

Je ne cessai pas pour autant de représenter cette perspective au cours des années suivantes. J'ai toujours aimé voyager en imagination devant les tables de Ptolémée, la mappemonde et les miniatures de la *Sfera* de Goro Dati, ou les descriptions fantastiques d'autres parties du monde chez Pline, dans les chroniques de Mandeville et de Foresti. La littérature de voyage me passionne. J'ai compté parmi les premiers acquéreurs du recueil initial des découvertes portugaises, ainsi que des lettres d'Amerigo Vespucci et de l'amiral Colomb sur les Indes orientales et sur les Indes occidentales, récemment découvertes.

J'ai étudié les marées et le transvasement d'eau entre la mer Majeure et la Méditerranée, j'ai tracé des dessins et des cartes de ces lieux sans les avoir vus ; enfin, j'ai écrit une lettre dans laquelle je feignais d'être un ingénieur que le Devatdar, ou gouverneur, de Syrie avait chargé d'explorer les confins septentrionaux de ses terres et de décrire un terrible cataclysme, un déluge d'eau qui aurait dévalé les pentes du mont Taurus. De cette montagne, je ne savais en réalité que ce que j'avais lu çà et là dans les *Météorologiques* d'Aristote et chez Isidore, et j'avais recopié la carte de Ptolémée. Je voyais dans la chaîne du mont Taurus, souvent décrite comme le sommet du mythique mont Caucase, la montagne sacrée de ma mère, qui signifie dans sa langue et celle des Scythes : la plus haute cime. Un unique et immense corps de roche et de terre, le plus élevé au monde. Pour avoir une idée de cet univers blanc de glace, je me suis aventuré non sans peine, par un jour de la mi-juillet, sur le glacier du mont Bo, sommet des Alpes qui sépare la France de l'Italie, observant à cette altitude le bleu intense de l'air et l'extrême luminosité du soleil.

Oui, un jour je me hisserai sur la montagne sacrée de ma mère. Ne serait-ce qu'en songe. À moins que mon âme n'y vole lorsqu'elle se libérera des chaînes de la chair, à l'heure de la mort. En surplombant les plaines sans fin de la Sarmatie, je verrai son ombre s'étirer jusqu'à douze journées de marche au solstice d'été, et au solstice d'hiver, jusqu'aux monts Hyperboréens, à un mois de route vers le nord. À ses racines, je me baignerai dans l'eau très pure de ses sources et de ses fleuves. Au terme d'une ascension d'environ trois milles, je traverserai des forêts de grands arbres, pins et hêtres, puis, trois milles plus loin, des prairies et de vastes pâturages. Je continuerai de grimper jusqu'à la naissance du Taurus et ses neiges éternelles, à une altitude de quatorze milles. Et je découvrirai son sommet à deux cornes, au-delà des nuages et de la turbulence du vent, au-delà des limites de la vie même, que seuls violent d'énormes rapaces qui, nichant dans ses hautes fissures, fondent sur les monts herbeux les plus bas, à la recherche de proies, après avoir traversé les nuages. Devant moi, le massif immense et immaculé me regardera en souriant avec une divine indifférence. Notre mère à tous. La Nature.

Je pourrai observer en ces lieux les signes de la main de Dieu dans l'œuvre de la Création. Je suis certain qu'ils ont été le théâtre d'incroyables bouleversements géologiques dans la nuit des temps, tels que l'affaissement de la mer Majeure ou du Pont d'environ mille brasses et le jaillissement de la vallée du Danube, de l'Anatolie du Nord, de la plaine qui s'étend du Caucase jusqu'à la mer, à l'ouest, et de la plaine du Tanaïs à l'intérieur des monts Riphées. Selon mes calculs, la mer de La Tana, à trois mille cinq cents milles de Gibraltar, se situe à un niveau plus élevé que la Méditerranée. Elle est alimentée par un flux constant d'eau douce, détritus, sable et sédiments charriés par le Tanaïs, le fleuve d'où ma mère est partie et l'un des grands fleuves de la Terre : de ses mains liquides, il modèle sans cesse l'argile de notre monde, créant de nouvelles formes et coulant aussi sinueusement qu'un serpent.

Mais c'est la *Sfera* de Dati qui m'a le plus inspiré. Cet ouvrage, l'un des plus populaires et des plus diffusés à Florence, renferme dans ses dernières pages une magnifique illustration en couleurs de la Méditerranée orientale et de la mer Majeure : le Caucase, également appelé mont Caspien, et le Taurus se fondent en un unique système, dont le sommet est couronné par une étrange cabane en bois qui n'est autre que l'arche de Noé, déposée sur ces cimes au terme du Déluge universel. À l'embouchure du Tanaïs figure la seule image que j'aie jamais dénichée de La Tana, la ville où ma mère perdit sa liberté : un amas de maisons et de comptoirs, un clocher, une église, un unique cercle de remparts et de tours, seule défense contre la peur du néant, pour ce lointain avant-poste.

Depuis quelques années, je sens que ma mémoire, pourtant aussi prodigieuse que celle de ma mère, y compris dans les détails, commence à défaillir. J'ai des difficultés à parcourir les milliers et les milliers de pages que j'ai noircies, à retrouver une pensée ou une idée que je me rappelle y avoir notée, mais je ne sais plus où. J'éprouve alors le besoin d'écrire et de réécrire, de copier et de reformuler, ne serait-ce que pour me remémorer ce que j'ai déjà fait. Par chance, j'ai mentionné çà et là une date ou un lieu qui m'aident à situer dans le temps telle réflexion ou telle expérience.

La mémoire évoque un édifice, un agencement de pièces, mais quand celles-ci y sont trop nombreuses, elle se change en labyrinthe, tandis que les pièces les plus éloignées se transforment en prisons ténébreuses dans lesquelles images et souvenirs risquent d'être à jamais ensevelis. De plus, il m'est désormais difficile de déterminer l'ordre des événements que j'ai vécus, leur succession chronologique exacte. Étrangement, ceux qui remontent à plusieurs années me paraissent proches du présent, alors que les événements récents me semblent dater de mon enfance ou de ma jeunesse. Peut-être s'agit-il seulement d'une erreur de jugement et de perspective, comme chaque fois que la vue s'affaiblit ou qu'un éclairage particulier la fausse, au point que les objets éloignés vous semblent proches, et les objets proches, éloignés.

En 1493, à plus de quarante ans, je me trouvais à Milan où je préparais la phase finale d'un projet censé m'apporter la gloire – le plus grand monument équestre en bronze jamais réalisé et la meilleure revanche sur les individus qui m'accusaient de ne jamais rien achever – quand, à ma grande surprise, je reçus, au début de l'été, une missive de Vinci. Mon oncle Francesco m'annonçait que Caterina avait quitté Pistoia avec un groupe de pèlerins chapeautés par des franciscains en direction de Milan ; de retour de Rome, ils séjourneraient dans divers couvents et hôpitaux. Caterina n'aurait rien à craindre : elle semblait beaucoup plus jeune que son âge, soixante-six ans.

Un instant plus tôt, je songeais à la fierté que ma statue équestre susciterait chez ma mère tout en me chagrinant à l'idée de ne plus jamais la revoir, et voici que ces quelques lignes déchaînaient en moi une tempête de joie et d'inquiétude. Je vécus des semaines d'angoisse, dans la crainte qu'un malheur n'advînt aux pèlerins : un bac emporté par le courant, un éboulement, une attaque de brigands, une simple maladie. Tout était possible. Et puis pourquoi était-elle partie ? Que s'était-il passé ? Distrait comme à l'accoutumée, Francesco avait omis de me l'écrire, et il était désormais trop tard pour échanger d'autres messages. Que venait faire Caterina à Milan ? Comment l'hébergerais-je ? Je n'avais pas de véritable demeure : je logeais à l'endroit même où je travaillais et où vivaient mes élèves et mes apprentis : plusieurs salles de grande dimension au rez-de-chaussée de la Corte Vecchia, près de la chapelle ducale et du clocher de San Gottardo, au pied du grand édifice du Dôme. Si elles m'offraient beaucoup de place pour mes affaires, il y régnait, l'hiver, un froid glacial du fait de leurs hautes voûtes en plein cintre. Dans la cour, j'avais loisir de préparer le modèle en terre cuite du cheval et de tester le système de fusion ; et j'effectuais depuis la tour de San Gottardo des expériences de machines volantes en lançant des maquettes en bois, toile et papier, qui s'écrasaient misérablement sur le sol.

J'étais flanqué de deux gamins, le terrible Gian Giacomo, que j'avais surnommé Salaï à cause de ses méfaits, et Giulio, le fils d'un maître allemand du Dôme qui fabriquait avec beaucoup d'habileté ressorts, marteaux et serrures. Nous cohabitions avec maître Tommaso Masini, mon vieux camarade Tommaso, que tout le monde appelait Zoroastre parce qu'il s'amusait à jouer le grand magicien et qu'il savait travailler les métaux mieux que quiconque. Je l'avais prié de revenir quelques mois plus tôt. Il était comme moi le fils d'une esclave, mais il avait pour sa part l'interdiction de prononcer le nom de son père, un notable vénitien. Munis de planches, de scies et de marteaux, nous construisîmes en toute hâte, près de ma chambre-cabinet de travail, une petite pièce meublée d'un lit, à l'abri du froid de la mauvaise saison, à côté d'un gros poêle. D'une grande fenêtre, en hauteur, on apercevait la blanche masse du Dôme qui ne cessait de croître de jour en jour. On avait l'impression de se trouver à Florence, dans une de ces maisons situées à l'ombre de la coupole de Santa Maria del Fiore.

Dans l'agitation de l'attente, j'entrepris de consigner à la sanguine, dans ce petit carnet, les noms de mes ancêtres – du moins de ceux que j'avais rencontrés : *Antonio Bartolomeo Lucia Piero Lionardo*. Ma famille. Il ne manquait que Caterina. Après quoi je glissai mon carnet dans mon escarcelle et sortis ; pour me distraire, j'allai admirer deux chevaux d'une splendide taille, susceptibles de me souffler des améliorations pour mon grand destrier de bronze. Je rouvris mon carnet à l'endroit où j'avais noté les noms des membres de ma famille, tournai la page et y inscrivis des annotations sur les chevaux.

Quand je rentrai, la cour de la Corte Vecchia était déserte. On n'y voyait pas le mouvement habituel de personnes venant m'interroger sur tel ou tel sujet, d'artisans m'apportant des pièces métalliques d'instruments que j'avais commandés, de porteurs qui déposaient des matériaux – bois, toile, métaux, terre et parfois des pierres de couleur rouge et des formes d'animaux marins pétrifiés par les montagnes, parce que le bruit circulait que l'étrange maître florentin appréciait ces drôles de cailloux. J'eus la sensation qu'il s'était produit quelque chose. Que Caterina était là. Je pénétrai dans l'atelier, le cœur battant la chamade.

Caterina trônait sur un banc, souriante, entourée de Tommaso, Salaï et Giulio, semblables aux trois rois mages en adoration. Salaï lui avait offert un gobelet d'eau ainsi que – preuve extrême de générosité de sa part – un cornet de dragées qu'il dissimulait jalousement et qu'il avait acheté avec de l'argent puisé dans ma bourse. Troublé par la ressemblance de nos yeux et de nos sourires, Tommaso ne pouvait offrir à ma mère que sa contemplation. Quant à Giulio, il lui offrait son silence : il se tenait là bien sagement, parce qu'il ne comprenait pas un traître mot de notre langue et qu'il s'interrogeait sans doute sur l'identité de cette vieille femme aux habits de pèlerin qui s'était matérialisée devant eux et était entrée avec une grande légèreté, comme si c'était la chose la plus naturelle du monde. Comme si elle était de retour. Chez elle. Au terme du long voyage de son existence.

Craignant qu'elle ne réagisse comme le jour où j'avais bondi de la haie de troènes et que son pauvre cœur ne lâche, je m'élançai vers elle avant qu'elle ne se lève et l'étreignis fort – trop fort, car elle me dit : Messire Leonardo, laissez-moi respirer. Mais, de toute évidence, elle était aux anges.

Le soir, je déposai un baiser sur son front, ajustai une mèche de ses cheveux aussi blancs que la neige et la bordai dans son lit. Elle s'endormit immédiatement, ou presque, fatiguée par le voyage, heureuse d'être choyée par son fils qui s'était changé en père aimant, le père que, comme moi, elle n'avait jamais eu. Dans ma chambre, alors que je vidais mon escarcelle, je trouvai mon carnet, qui s'ouvrit à la page que j'avais remplie de notes à propos des chevaux. En bon fils de notaire et petit-fils de marchand, j'écrivis à la sanguine : *Le 15 juignet*. Mais non, voyons, l'émotion m'avait induit en erreur !

Nous étions le 16, fête de Notre-Dame du Mont-Carmel. Je corrigeai aussitôt. Puis, songeant qu'il n'était guère convenable d'inscrire un événement aussi important avec un instrument aussi évanescent que la sanguine, je m'installai mieux, m'emparai de mon encrier et, après avoir plongé ma plume dans l'encre, écrivis correctement : *Catelina arriva le 16 juignet 1493.*

Je n'ai pas écrit et je n'écrirai jamais dans mes cahiers de quelle manière ces mois se déroulèrent. Il est des sujets qu'on ne peut consigner sur le papier, ou plutôt qu'on ne doit pas y consigner, parce qu'ils sont faits de la matière opaque de l'être. Des épisodes qu'on se contente de vivre dans leur plénitude. Des événements qui, sans qu'il soit besoin de remuer les lèvres pour former des mots inutiles, se changent en louanges et en actions de grâce envers le Seigneur qui nous les a donnés. Des moments d'immense félicité, et peu importe qu'on sache dès le début qu'il s'agit d'une illusion, que tout est une illusion, que tout s'achèvera bientôt : en attendant, on les vit et les conserve à jamais dans son cœur.

J'ai formé les lettres de son prénom sur une autre feuille. J'avais établi une liste de dépenses sur la première page d'un carnet que j'emportais entre Milan et Vigevano, où le duc m'obligeait à me rendre pour veiller à la construction de sa future et luxueuse résidence. La veille d'un de ces départs, le 29 janvier 1494, je notai une série d'achats qui, si l'on excepte les huit sols donnés à Salaï, la concernaient tous : estoffe pour chausses, quatre livres et cinq sols ; doublure, seize sols ; façon, huit sols ; bague de jaspe, treize sols ; pierre étoilée, onze sols, et vingt sols supplémentaires pour ses dépenses personnelles. En cet hiver très froid, les chausses de laine épaisse et la bonne robe fourrée protégèrent convenablement ses vieilles jambes, ainsi que son corps recroquevillé et voûté, même si elle objectait qu'elle n'avait pas le moins du monde froid, qu'elle avait l'habitude, dans sa jeunesse, de se baigner nue aux sources d'un glacier. Mais son visage s'éclaira lorsque je lui offris par surprise mon cadeau, la bague dans laquelle j'avais fait enchâsser un jaspe veiné comme une étoile. La contemplant, elle murmura un mot dont le sens m'échappa, *vagwà*, puis me pria de la glisser à son doigt sur l'anneau de sainte Catherine. Elle ne portait plus son alliance. Elle l'avait enfermée dans la main raide de son mari défunt, avant de l'enterrer. Voilà pourquoi elle était partie et m'avait rejoint. Elle était restée seule. Son fils Francesco était mort, lui aussi, tué d'un coup d'espringale à Pise, et elle n'avait même pas eu loisir de pleurer sur son corps. Mon oncle Francesco et ses filles l'avaient alors incitée à accomplir ce grand pas, ignorant sans doute qu'ils ne la reverraient pas, mais connaissant l'amour immense que nous nourrissions l'un pour l'autre, cet amour qu'on nous avait interdit de vivre.

À la mi-juin, je quittai Vigevano pour regagner Milan, las de la vie inutile que je menais au service du duc, de la cour stupide et des distractions idiotes qui me faisaient perdre un temps précieux, que j'aurais préféré passer auprès de ma mère. De plus, j'étais envahi par un mauvais pressentiment : l'immense travail que j'avais fourni pour le grand cheval risquait d'être anéanti à tout moment ; il suffirait, en effet, que les seigneurs de la guerre décrètent que le métal accumulé pour la sculpture devait être employé à un usage plus approprié à leurs yeux : dans la construction de canons, bombardes, armes de destruction et de mort. Cela me déplaisait, cela me déplaisait souverainement, même si je ne faisais qu'un avec l'ingénieur qui avait suggéré, par ses dessins, la vision de ces machines de mort. Je regagnai de mauvaise humeur la Corte Vecchia. En ce mois de juin, il régnait une chaleur étouffante ; le soir, l'humidité qui s'élevait des innombrables canaux putrides stagnait sur la ville, et des légions de moustiques, semblables à de petits vampires assoiffés de sang humain, nous tourmentaient.

La cour était déserte comme l'année précédente, ce qui éveilla une nouvelle fois mes inquiétudes. À l'intérieur, Caterina était alitée et secouée de frissons, malgré la chaleur. Le pauvre Salaï ignorait comment alléger ses souffrances. J'avais depuis quelque temps un nouvel apprenti, Galeazzo, qui paraissait toutefois encore plus inefficace que le précédent ; et Tommaso était absent depuis un moment, vaquant à ses affaires. À ma vue, Caterina sourit ; d'un filet de voix, elle m'assura que ce n'était rien, qu'elle se rétablirait bientôt, qu'elle ne voulait pas me causer de souci ou me déranger dans mon travail. Je m'efforçai de recouvrer mon calme, ne fût-ce que pour la rassurer, et entrepris de l'examiner. Son front était brûlant, son pouls battait à toute allure. Sa belle peau rose avait adopté une couleur jaunâtre. Son urine aussi était colorée. Au bout de quelques heures, la fièvre sembla baisser et elle commença à transpirer à tel point que je dus changer sa chemise. Pendant ce temps, en proie à une étrange euphorie, elle prononça des mots absurdes dans son ancienne langue qui avait rejailli d'un recoin de sa mémoire. Moins de deux jours plus tard, la fièvre revint, encore plus forte. Tels étaient les signes évidents de la fièvre tierce dans sa forme la plus mortelle, continue et double.

J'étais désespéré. Malgré toute ma science, je ne savais que faire. Je refusais d'emmener ma mère à l'hôpital Majeur, ou à celui de Santa Caterina, station terminale du chemin de croix des femmes perdues. Les médecins de la cour se trouvaient à Vigevano et, de toute façon, je n'avais guère confiance en eux : ce n'étaient que des astrologues et des spécialistes des poisons. Je me souvins qu'un maître, Concordio da Castronno, habitait dans le quartier de la porta Vercellina, près du couvent de San Francesco Grande. J'y dépêchai Salaï, qui revint hors d'haleine, avec l'ordre de transporter aussitôt la malade chez le médecin. Au terme d'une amélioration éphémère, Caterina se mit à tousser et à respirer laborieusement. Le praticien lui appliqua une décoction pectorale, puis lui administra, durant le paroxysme, une solution d'origan des jardins dans du vin blanc. En vain. Il déclara que la dégradation de son état de santé était due à un déséquilibre des humeurs, en particulier de l'humeur biliaire qui s'était corrompue et avait obstrué les veines moyennes. Sans tarder, il pratiqua une saignée sur son pauvre corps tourmenté. Or ce remède se révéla à son tour inefficace, voire aggrava la situation. Bien que je n'eusse étudié ni Galien ni Mondinus, contrairement au praticien, j'avais l'impression que le liquide s'était plutôt concentré dans les poumons et que c'était de là que ma mère mourait. Et j'étais totalement impuissant.

Une semaine s'écoula de la sorte. À chaque crise, Caterina s'affaiblissait davantage. Le souffle court, elle respirait à grand-peine. Mais elle ne se plaignait pas, ne pleurait pas. Croyant bien faire, Salaï apporta dans une petite cage une alouette calandrelle, oiseau qui a le pouvoir, raconte-t-on, de guérir les malades. Or l'alouette détourna la tête en un signe funeste. Soudain Caterina ouvrit les yeux et, me voyant, eut encore la force de sourire. Je m'approchai et saisis sa main glaciale, sa belle main portant l'anneau de sainte Catherine et la bague de jaspe étoilé. Rassemblant son souffle, elle prononça ses derniers mots dans un murmure : Si je pouvais mourir maintenant, je mourrais vraiment heureuse, Leonardo, mon fils, mais toi, ne pleure pas, parce que maintenant je suis vraiment libre. Je fondis en larmes, j'avais enfin compris pourquoi elle m'avait rejoint à Milan. Pour mourir dans mes bras. L'étreignant de toutes mes forces, je criai désespérément le mot qu'on m'avait interdit : Maman !

Nous étions le 26 juin de l'an de grâce 1494, fête des saints martyrs Jean et Paul. Nous lavâmes Caterina, la peignâmes et glissâmes ses cheveux sous une coiffe, avant de la revêtir de la belle cotte que je lui avais achetée. Je laissai à son doigt la bague de jaspe et l'anneau de sainte Catherine que lui avait offert son père et qui l'avait accompagnée tout au long de sa vie. Je la veillai seul, tandis que maître Concordio et Salaï se chargeaient des formalités que requièrent ces occasions. Avant que le garçon ne sorte, je le priai, les yeux rougis, de ne pas lésiner sur la dépense : je voulais pour Caterina des funérailles solennelles, dignes d'une princesse.

Des officiers se présentèrent pour enregistrer le décès et délivrer l'autorisation d'inhumer le corps. Comme je demeurais silencieux, plongé dans mon chagrin à côté d'elle, sa main froide dans la mienne, ils posèrent leurs questions à maître Concordio, qui ignorait tout de ma mère, ou presque. Comment se nomme cette femme ? Caterina. De qui est-elle la fille et l'épouse, d'où est-elle issue ? On l'ignore, elle vient de Florence, il s'agit probablement d'une vieille servante de maître Leonardo. C'est ainsi qu'ils écrivirent dans leur registre : *In die Jovis 26 Junii. Porta Vercellina parochia sanctorum Naboris et Felicis. Catharina de Florenzia annorum 60 a febre terzana continua dupla in domo magistri Concordi de Castrono decessit*[1].

Enveloppée dans son suaire, tel un cocon de soie diaphane, Caterina fut placée sur un brancard recouvert d'un drap noir ouvragé et décoré d'une figure de la mort en or. À part, trois livres de cire à donner aux religieux pour les cierges. Les frères, quatre prêtres et quatre clercs, vinrent du couvent de San Francesco, qui était également le siège de la paroisse des saints Nabor et Félix, menés

1. « Le jeudi 26 juin. Porta Vercellina, paroisse des saints Nabor et Félix. Catharina de Florence, âgée de 60 ans, mourut de fièvre tierce continue et double dans la maison de maître Concordio de Castrono. »

par un vieillard de la confrérie qui tenait la croix et accompagnés par les porteurs qui se chargèrent du brancard. Alors que le soleil couchant rougissait derrière les clochers de Saint-Ambroise, notre triste cortège parcourut le bref trajet qui menait à l'église. Un frère agitait une clochette pour avertir les rares passants et les appeler à la prière à l'intention de la défunte, tandis que les autres religieux portaient les livres sacrés et l'éponge.

Nous pénétrâmes dans la grande église vide. Nos pas lents résonnèrent sous les voûtes jusqu'à la chapelle de l'Immaculée Conception. Devant ma *Vierge aux rochers*. L'ange était toujours là, il me regardait et souriait.

La lourde pierre de la crypte fut soulevée, et le cocon blanc entama sa lente descente. J'aurais voulu étreindre une dernière fois ma mère, tel un enfant perdu, apeuré, abandonné dans la nuit. Mais il était tard, trop tard.

13

Moi

Caterina, debout, me regarde.

J'ignore comment elle a réussi à pénétrer dans la pièce, et à bien y réfléchir cela n'a plus guère d'importance. Je me suis probablement endormi, assis à mon bureau. Sentant sa présence, je me réveille brusquement, les muscles contractés, la tête lourde, comme si je m'arrachais à un long rêve dont j'ai tout oublié.

Ce n'est pas la première fois qu'elle entre ainsi, sans demander l'autorisation. Elle se tient dans un coin, appuyée contre le mur, entre le vieux piano vertical Klimes, dont plus personne ne joue, et le cabinet hollandais en ébène. De temps à autre, elle passe ses longs doigts fuselés sur les pierres dures qui en décorent les battants : peut-être aime-t-elle cette illusion de vie qui se recrée sur le fond noir et luisant, les couleurs des branches fleuries ou chargées de petits fruits. Une mouche est posée sur les faux vases en marbre : fictive, elle aussi. Ou alors Caterina joue avec son étrange bague en argent tout usée, qu'elle n'ôte jamais.

Elle garde le silence car elle sait que je ne comprendrais pas sa langue aussi antique que le monde, la langue d'un peuple perdu qu'elle a peut-être oubliée, et puis elle n'a plus envie de s'exprimer dans la langue bâtarde, composée de fragments de tous les idiomes qu'il lui a fallu employer pour survivre au cours de son long voyage. Elle préfère me regarder sans mot dire. Elle n'a pas besoin de langage pour exprimer son désir de vie et de liberté. Ses yeux bleus, aussi profonds que le ciel, suffisent.

C'est elle qui est venue, sans demander la permission et sans que j'aille la chercher. En vérité, il n'y a pas encore si longtemps personne ne s'intéressait à elle. L'un des enfants qu'elle a engendrés avant de se marier ayant acquis une célébrité universelle, tout le monde a concentré son attention sur lui, et elle est par conséquent restée dans l'ombre, ce qui ne lui déplaisait pas, bien au contraire. Elle préfère qu'on parle de lui. Ce petit bâtard, aussi beau que le soleil et aussi pur que l'eau, était toute sa vie, et elle l'a aimé plus que toute autre chose au monde et plus que quiconque, plus que l'homme qui l'avait prise et engrossée, plus que celui qu'elle a épousé et sincèrement aimé, plus que les enfants qu'elle a eus par la suite. Elle me l'a dit non avec des mots, mais avec son regard : elle a aimé cet enfant davantage que sa propre vie et que sa liberté. Et elle sait qu'il lui a rendu cet amour, bien qu'il n'ait jamais pu le formuler, qu'il n'ait jamais pu l'appeler maman et qu'elle ait dû se conduire comme s'il n'était pas son fils. Son bonheur a consisté à lui donner tout ce qu'elle avait et qui, aux yeux du monde et de la société, n'était peut-être pas grand-chose, parce qu'elle ne possédait rien, pas même sa propre personne, ni sa liberté, jusqu'au jour où un homme a écrit sur un bout de papier : tu es libre. Des mots qu'il n'était point besoin de tracer, parce qu'une main les a inscrits en chacun d'entre nous avant notre conception même et qu'ils demeurent indélébiles.

Caterina a offert et enseigné à cet enfant son amour infini pour la vie et pour les créatures. Une fois devenu adulte puis homme, il a continué de suivre son exemple. Il a cessé de manger des animaux parce que l'idée de tuer un être vivant pour avaler sa chair et son sang et les laisser se putréfier dans ses viscères lui répugnait. Il a feint d'être un ingénieur militaire pour envoûter et tenir en haleine les seigneurs de la guerre en leur faisant miroiter des inventions abracadabrantes d'armes de destruction massive qu'il ne construirait jamais, tandis que ces mêmes princes seraient balayés et vaincus par la violence avec laquelle ils jouaient. Comme Jésus parmi les marchands du Temple, il a semé plus d'une fois le désordre sur la place du marché en libérant les oiseaux qui s'y trouvaient en cage chaque fois qu'il en voyait. Plus que tout, Caterina lui a enseigné la valeur de la liberté : le bien suprême dans lequel elle croit, que lui a transmis son père et dont aucun être humain ne devrait être privé. L'unique et véritable liberté, celle qu'inspirent la vie, l'amour et le don à autrui.

Rien n'est plus secret qu'une existence féminine, a écrit Marguerite Yourcenar[x]. Et nulle ne m'apparaît aussi secrète que celle de Caterina, comme si l'on en avait consciencieusement tout effacé, tout oublié. Il y a encore deux cents ans, on ne connaissait même pas son prénom, pas plus que le lieu et la façon dont son fils était venu au monde. À croire qu'il n'était autre qu'une étincelle divine, tombée du ciel sans qu'il eût été besoin d'un corps de femme.

Le prénom de Caterina fut mentionné pour la première fois en 1839, dans un recueil de lettres et de documents consacrés aux artistes italiens de la Renaissance, par surcroît dans l'acte le moins poétique et le moins évocateur qui soit : une déclaration fiscale. Il s'agissait de la déclaration de biens au *catasto* florentin du grand-père de Leonardo, Antonio da Vinci, datée du 27 février 1458 (1457 dans le style florentin). À la fin de la liste des *bouches* à nourrir, servant à calculer les détractions fiscales, après les noms d'Antonio, de *monna* Lucia, de *ser* Piero, de son frère Francesco et de l'épouse de Piero, Albiera, figure le petit *Leonardo, fils dudit ser Piero illegictime issu de lui et de Chateri[n]a presentement femme d'Achattabriga di Piero del Vacha da Vinci aagiez de cinq ans*. L'information la plus importante, du point de vue humain, consiste dans le fait que la main qui rédigea la déclaration n'était pas celle d'Antonio, mais celle de son fils Piero. Qu'a donc pu éprouver Piero en écrivant le prénom de la femme qu'il avait aimée et qui lui avait donné un fils, mais qui *presentement* était celle d'un autre ? Surtout, qui était cette femme ?

En 1872, la publication d'une ancienne biographie de Léonard de Vinci écrite par un Florentin inconnu du XVIe siècle, promptement rebaptisé Anonimo Gaddiano ou Magliabechiano, tirée d'un manuscrit provenant de la famille Gaddi et conservé à la bibliothèque Magliabechiana de Florence fournit un premier indice. Le récit de l'Anonyme commence justement par la naissance de l'artiste : *Quoi qu'il fust le fils legictime de ser Piero da Vinci, Lionardo da Vinci estoit par sa mere de bon sang*. Une longue série de biographies et de chercheurs (parmi lesquels je figure) a introduit entre crochets un *non* avant le *legictime*, estimant impossible que l'Anonyme eût oublié le détail si important de l'illégitimité de Léonard. Or ce n'était probablement pas une erreur. L'Anonyme présente le père et la mère en opposition : d'une part, *ser* Piero, dont Leonardo est le fils *légitime* non parce que son père l'avait reconnu, mais parce que la loi obligeait ce dernier à le garder et à l'élever ; d'autre part, une mère *de bon sang* (*di buon sangue*), expression que bon nombre d'entre nous avons interprétée à tort comme *de bonne famille*, *de sang noble*. Cette expression, *figliuolo di buon sangue*, veut tout simplement dire : fils naturel, fils bâtard, de *mater ignota*, né en dehors des liens du mariage et des conventions religieuses et sociales, conçu par l'union de deux créatures mues par la seule force de l'amour et de la passion.

Le nom de Caterina apparaissait également dans les manuscrits de Léonard, en particulier dans deux carnets dont il ne se séparait jamais en 1493 : le *Codex Forster III*, à l'époque conservé au South Kensington Museum de Londres, et le *Codex H* de l'Institut de France. L'artiste se contente de signaler l'arrivée d'une certaine Caterina dans son atelier à Milan, le 16 juillet 1493, et de petites dépenses la concernant, auxquelles semblent liées la facture d'une doublure et la monture d'un jaspe sur une bague. Un autre *Codex Forster*, le II, probablement entamé en 1494, présente une minutieuse liste de dépenses pour la *socteratura di Caterina*, soit pour l'enterrement de cette même femme. Qui était-elle ? Les premiers spécialistes de Léonard répondirent sans hésiter : une modeste domestique, bien distincte de sa mère, dont on ne savait rien. L'hypothèse selon laquelle la vieille dame aurait effectué à la fin de sa vie un long et pénible voyage dans le seul but de rejoindre son fils célèbre à Milan et de mourir entre ses bras tenait davantage de l'imagination d'un romancier que de la réalité historique.

De fait, le premier à affirmer que ces deux Caterina ne formaient qu'une seule et même personne était bien un romancier : l'écrivain russe d'inspiration symboliste et spiritualiste Dimitri Sergueïevitch Merejkovski, dans le roman *La Résurrection des dieux. Le Roman de Léonard de Vinci*[xi], en 1901. Merejkovski voyait en Caterina une adolescente de seize ans, orpheline de ses deux parents, paysans du village, qui travaillait en 1451 comme servante dans l'auberge champêtre d'Anchiano où *ser* Piero, invité à rédiger un contrat concernant la cession d'un pressoir, avait fait halte. Après la naissance de Léonard, écrit Merejkovski, la toute jeune Caterina n'ayant pas de lait, l'enfant fut allaité par une chèvre de Montalbano avant d'être confié à ses grands-parents dans leur maison du bourg, d'où il se sauverait fréquemment pour rendre visite à sa maman mariée à l'*Accattabriga*, à la campagne. De nombreuses années plus tard, Caterina, une fois veuve, rejoindrait Léonard à Milan, et c'est à elle que se rapportaient les maigres notes de 1493, ainsi que la liste des dépenses pour sa sépulture ; elle aurait offert à son fils deux chemises en toile et trois paires de chausses en laine de chèvre, tissées de ses propres mains.

Léonard se souvenait de sa mère comme au travers d'un songe, et particulièrement de son sourire tendre, insaisissable, plein de mystère, malin, étrange dans ce visage simple, triste, sévère, presque rude[xii]. Sur son visage, l'ombre, le souvenir, le songe d'un sourire énigmatique qui continuerait d'obséder l'artiste jusqu'à la fin de ses jours. Le sourire qu'affiche *Monna Lisa*. Ce sourire fascina également un médecin viennois qui élaborait alors une nouvelle méthode pour soigner l'hystérie, dénommée psychanalyse : un certain docteur Sigmund Freud, lecteur acharné du roman de Merejkovski et passionné depuis de nombreuses années par Léonard de Vinci, à qui il s'identifiait peut-être.

Après avoir effectué un voyage important aux États-Unis, à l'université Clark, en compagnie de ses élèves Carl Gustav Jung et Sándor Ferenczi, il écrivit au premier, le 17 octobre 1909 : *Depuis mon retour, j'ai eu une seule idée. L'énigme du caractère de Léonard de Vinci m'est devenue tout à coup transparente*[xiii]. Le 1er décembre, il présenta son idée à la Société psychanalytique de Vienne, sous forme d'une conférence intitulée *Das berühmte leonardeske Lächeln*, c'est-à-dire *Le fameux sourire léonardesque*. Au sourire de Caterina, qui se perpétuait à travers celui de *monna* Lisa et d'autres figures léonardesques, Freud associait l'interprétation troublante du plus ancien souvenir d'enfance de Léonard : un milan fondant sur son berceau et glissant sa queue entre les lèvres du petit avant de l'en frapper. Il considérait cet épisode non comme un véritable souvenir, mais comme *eine Phantasie*, une fantaisie, une sorte de fantasme, une construction imaginaire fournissant une formidable clef pour pénétrer le monde intérieur de l'artiste florentin. Ainsi le mouvement de la queue du milan entre les lèvres de l'enfant n'était autre, à ses yeux, que le souvenir symbolique de l'allaitement maternel, projection d'un fantasme d'homosexualité passive.

Freud mentionnait au sujet de Caterina le seul document connu à l'époque, soit le *catasto* de 1458, mais, dans le sillage du récit de Merejkovski, il mettait également en relief la figure de la femme, en admettant qu'elle fût bien la Caterina qui était arrivée à Milan en 1493 et qui s'était éteinte quelque temps plus tard. Pour lui, Caterina avait forcément joué un rôle décisif dans la formation de Léonard, qui aurait passé ses premières années non auprès de son père ou de sa belle-mère, mais auprès de sa mère naturelle et de ses grands-parents. En d'autres termes, Caterina était le premier et unique grand amour de Léonard. Toutefois Freud s'était peut-être borné à projeter sur la mère et le fils la relation qu'il entretenait lui-même avec sa propre mère, Amalia. Un roman familial en miroir. D'où la question inévitable : Frau Amalia Freud avait-elle le sourire de *Monna Lisa* ? C'est-à-dire de Caterina ?

Au terme d'une intense et laborieuse réécriture, cette conférence fut publiée en 1910 sous le titre *Eine Kindheitserinnerung des Leonardo da Vinci*, ou *Un souvenir d'enfance de Léonard de Vinci*[xiv]. Mais rares furent ses lecteurs en Italie, si l'on excepte ce fou de Dino Campana[1] ; en général, les spécialistes de Léonard et les historiens de l'art froncèrent les sourcils et snobèrent cet étrange opuscule.

En 1931, les Archives de Florence, plus précisément le fonds Notarile Antecosimiano, livrèrent ce qui constitue peut-être le document le plus important sur la vie de Léonard, document qui fut publié en 1939 : la mention de sa naissance, le 15 avril 1452, et du baptême qui s'ensuivit, consignés par Antonio da Vinci sur la dernière page du registre notarial de son propre père, *ser* Piero di *ser* Guido da Vinci. Il s'agit d'une sorte de livre de raison, puisque Antonio avait inscrit sur cette même page les naissances de tous ses enfants, à commencer par Piero. Dans ces quelques lignes, l'homme indiquait le nom de dix témoins, parrains et marraines de baptême – pas moins –, ainsi que celui de l'abbé Piero di Bartolomeo Pagneca, apportant ainsi la preuve que la naissance de cet enfant, certes illégitime, avait eu lieu au grand jour et avait été joyeusement accueillie par toute la communauté. Hélas, ce document ne

1. Grand poète, auteur des *Chants orphiques*, Dino Campana (1885-1932) fut interné en 1918 dans un asile psychiatrique où il passa le restant de ses jours.

signale ni le lieu de naissance, ni le nom de la mère, ni la présence des parents à la cérémonie.

Dans le second après-guerre, un jeune bibliothécaire de Vinci, Renzo Cianchi, décida de doter ce village, qui apparaissait comme le centre du monde parce qu'il avait donné naissance au génie universel de Léonard, d'une structure durable – musée, bibliothèque, centre de documentation susceptible de regrouper les études vinciennes. Il s'employa avec ténacité à réaliser son généreux projet en se replongeant à cette occasion dans les archives florentines, en particulier dans les documents relatifs aux premières années de Léonard, à son enfance à Vinci, à sa famille et surtout à la figure de Caterina.

Cianchi était obsédé par Caterina. En 1952, malgré l'absence de résultats la concernant, il publia un document inédit à propos de la location par l'*Accattabriga* de la briqueterie appartenant aux religieuses de San Piero Martire ; surtout, il défendit inlassablement la tradition de la maison d'Anchiano. Vingt années plus tard, en 1973, il consacra à Caterina un bref mémoire, *La Madre di Leonardo (divagazione storica sul mistero della Caterina*[1]*)*, ainsi qu'un ouvrage en 1975, *Ricerche e documenti sulla madre di Leonardo*[2], qui offre une reconstitution précieuse dans laquelle lieux et personnes reprennent vie : les fermes de Campo Zeppi, la vieille église de San Pantaleo, l'*Accattabriga* et sa famille, les petites histoires de leur quotidien, les contrats, les querelles, les mariages. Surtout, les déclarations cadastrales inédites du Querelleur, dans lesquelles apparaît, parmi les femmes de la maisonnée, le nom de *Monna Caterina son espouse*, ainsi que son âge, soixante ans en 1487. Cianchi étudia également en détail le cadastre de Vinci en 1451, hélas sans résultat. Aucune des Caterina enregistrées dans les familles de Vinci et des alentours au milieu du xve siècle n'avait l'âge et les caractéristiques qui eussent permis de l'identifier comme étant la mère de Léonard.

C'est au terme de cette longue histoire que je m'inscris.

Il y a plus de vingt ans, Giuseppe Galasso m'avait commandé une biographie de Léonard pour la collection de *Profils* qu'il dirigeait.

1. « La mère de Léonard (divagation historique sur le mystère de Caterina). »
2. « Recherches et documents sur la mère de Léonard. »

Je n'étais pas, et je ne crois pas être jamais devenu, un *leonardista*, un spécialiste de Léonard, mais j'avais appris du maître qu'était Giuseppe Billanovich le métier de chercheur et d'interprète de papiers et de manuscrits. J'avais ainsi abordé avec un peu d'inconscience et d'audace les manuscrits de Léonard, ce que je n'aurais pu faire sans l'accompagnement savant et généreux de Carlo Pedretti, sans sa passion pour une recherche libre de limites et de préjugés.

Ayant accepté cette commande avec tout autant d'inconscience, je me suis heurté dès le premier chapitre au problème insoluble des origines de Léonard et au mystère de la femme qui l'avait mis au monde. Qui était Caterina ? Une humble paysanne ou une jeune fille issue d'une noble famille déchue qui s'était retirée à Vinci ? Ces réponses ne me convainquaient pas. Sous l'influence, peut-être, d'une lecture trop précoce de Freud, je m'accrochais à une unique certitude : Léonard avait passé les premières années décisives de l'enfance à Vinci auprès de Caterina, dont il avait hérité les traits les plus significatifs dans sa façon de penser, d'aimer et d'interagir avec le monde et autrui, peut-être aussi sa physionomie d'une beauté angélique. Et j'imaginais de la sorte l'amour qui avait jailli entre Caterina et Piero : une chaude soirée d'été, un champ ou une grange d'Anchiano, le chant assourdissant des cigales, les étoiles dans le ciel.

Ces dernières années ont passé vite, trop vite. Nous n'avons pas appris grand-chose de plus au sujet de Caterina. Toutefois les recherches concernant le mystère des origines se sont poursuivies. Aujourd'hui nous pouvons affirmer que Léonard est vraiment né à Anchiano, car tous les témoins de son baptême, y compris les habitants de Vinci ou les voisins d'Antonio dans le bourg, entretenaient des liens plus ou moins étroits avec le village perché sur la colline.

Un vieux registre du Fondo Popolazione des Archives nationales de Milan a livré une autre information : la *Chatarina de Florenzia* qui était morte à Milan de fièvre tierce à l'âge de soixante ans ne faisait qu'une avec celle que mentionnaient le *Codex Forster III* et le *Codex H* en 1493, et pour la sépulture de laquelle Léonard nota les dépenses, par conséquent, selon toute probabilité, sa mère. Seul l'âge ne correspondait pas, car la déclaration au *catasto* de 1487 attribuait déjà soixante ans à la Caterina de l'*Accattabriga*, mère de Léonard. S'il s'agissait vraiment de la même femme, elle aurait dû avoir soixante-sept ans en 1494, non soixante. Mais, c'est bien connu, dans ce genre de documents, l'attribution d'un âge était très approximative à l'époque, en particulier pour les personnes issues des classes populaires. À moins qu'on ne l'eût noté quelque part, celles-ci ne savaient même pas quand elles étaient nées. Pour déterminer l'âge d'un individu, il suffisait alors de lire les signes du temps sur sa peau et dans son corps, de compter rides et cheveux blancs, ainsi qu'on compte les cernes d'un vieux tronc.

Les documents des archives florentines ont permis de reconstituer l'histoire de la famille de *ser* Piero, de ses épouses, de ses enfants et même de leurs lieux d'habitation. Cette contribution fondamentale nous a fourni un détail inédit : l'existence d'un autre enfant illégitime de *ser* Piero, un Pierfilippo peut-être né avant Leonardo et mort en 1516. En comparant le *catasto* de Vinci de 1451 et celui de 1459, il a été possible d'établir la liste de toutes les Caterina possibles, célibataires et mariées, et d'en conclure que seule l'une d'elles pouvait correspondre à la mère de Léonard : Caterina di Antonio di Cambio, âgée seulement de quatorze ans en 1452, issue d'une famille de petits agriculteurs propriétaires.

Par la suite, d'autres recherches se sont arrêtées sur une Caterina de quinze ans, orpheline, fille d'un pauvre malheureux du nom de Meo Lippi. Après la mort de son père, l'adolescente s'était installée avec son frère cadet, âgé de deux ans, chez leur vieille grand-mère et leur grand-oncle, dans leur ferme située à Mattoni – hameau regroupant de vieux bâtiments agricoles le long de la route de Lamporecchio entre Vinci et Campo Zeppi – et dotée d'une vigne qui produit aujourd'hui encore un excellent chianti San Pantaleo, ainsi qu'un vin rouge justement dénommé Monna Caterina. La petite orpheline de Mattoni aurait pu être une proie facile pour un jeune notaire issu d'une famille de notables locaux.

Je l'admets, j'aimerais que cette jeune fille soit notre Caterina, car cela mettrait fin à d'épuisantes et vaines recherches de femmes mystérieuses. Tout coïnciderait. Avec ses rangées de vignes, Mattoni est un hameau magnifique, riant, ensoleillé ; de plus, tout le monde sait qu'il jouxte Campo Zeppi, la maison des Buti et de l'*Accattabriga* : pour lui donner en mariage cette Caterina, il suffirait de la vêtir de blanc et de lui faire franchir la haie de troènes qui sépare les deux domaines. Hélas, la petite orpheline n'avait rien à voir avec Léonard. Caterina di Meo Lippi épousa non le Querelleur, mais Taddeo di Domenico di Simone Telli, un voisin des Lippi, également propriétaire terrien à Mattoni.

Or voilà que circule depuis plus de dix ans une tout autre histoire : la Caterina que personne n'a réussi à dénicher dans les papiers familiaux de Vinci et de son territoire non seulement viendrait d'ailleurs, mais elle serait en fait une esclave.

C'est la dernière intuition de Renzo Cianchi, demeurée inédite dans ses papiers, sous forme de notes publiées après sa mort en 2008. Avec le flair d'un fin limier, Cianchi a suivi la piste qu'ouvrait un passage énigmatique de la déclaration de biens du vieil Antonio en 1458 : la mention d'un legs fait à son fils *ser* Piero par un certain Vanni di Niccolò di *ser* Vanni, un individu peu recommandable à la réputation d'usurier, lequel aurait attribué au jeune notaire l'usufruit de sa maison, située dans la via Ghibellina, à Florence. C'est dans cette même demeure que le notaire s'installerait en 1480 et mourrait en 1504. Or, étrangement, Piero n'eut pas loisir de jouir de cet héritage aussitôt après la mort de Vanni, survenue le 24 octobre 1451, ajoute Antonio dans sa déclaration de 1458 (que rédigea Piero, ne l'oublions pas), car le pieux archevêque Antonin s'y était opposé sous prétexte qu'il s'agissait de biens acquis illégalement, gelant donc ces avoirs, *et l'on n'en tira rien, et tout est esteint et adnullé*.

Ayant réussi à dénicher le testament de Vanni, établi par *ser* Filippo di Cristofano le 19 septembre 1449, auquel, le 29 novembre, *ser* Piero ajouta de sa propre main les codicilles en sa faveur, Cianchi a entrepris de reconstituer l'histoire de la relation très compliquée qu'entretenaient Piero et le vieux Vanni. L'une des nombreuses dispositions du testament, un legs à son épouse Agnola, est particulièrement frappante : *que la Caterina esclave dudit testateur soit sous l'obeissance et le servise de Monna Agnola son espouse tout au long de sa vie*. Cette Caterina, que Piero avait croisée chez Vanni, aurait-elle pu être la mère de Leonardo, avant d'être affranchie et mariée à l'*Accattabriga* ?

Caterina me regarde. Nos recherches parmi les diverses et nombreuses images de sa personne – fillettes et adolescentes, paysannes et servantes d'auberge, orphelines et esclaves – l'amusent peut-être ; de toute façon, elle continue de fuir, comme Angélique[xv]. Pour me moquer d'elle, peut-être, ou pour me moquer des chevaliers qui la poursuivent dans le château d'Atlante sans se rendre compte qu'ils poursuivent les reflets de leurs personnes, je me lève, vais au vieux Klimes et commence à jouer quelques notes, les mesures d'un opéra dont l'action se déroule dans un pays encore plus éloigné que celui d'où elle est venue : *Ma il mio mistero è chiuso in me, il nome mio nessun saprà*[1]. Nous connaissons son nom, mais c'est bien tout.

Caterina est taquine. Quand on la poursuit elle s'enfuit, pour surgir quand on ne la cherche pas. Elle se matérialise devant vous au moment où vous vous y attendez le moins. Il en a été ainsi à l'approche du centenaire, redouté et inexorable, de la mort de Léonard. À cette occasion, j'ai souhaité remanier la biographie que j'avais écrite il y a vingt ans, la mettre à jour, la rédiger plus habilement, mais également approfondir un aspect qui m'a toujours fasciné : le rapport qu'entretenait le grand artiste avec les livres et le monde de la culture écrite. En effet, l'histoire d'un homme qu'on prend en général pour un *homo sanza lettere*, un homme sans lettres, reste encore à découvrir. Je débute ainsi mes recherches, guidé par un rêve : rendre visible la bibliothèque de Léonard, feuilleter les pages de ses livres. Tandis que des expositions virtuelles et réelles sont organisées à Stanford, Florence, Rome et Berlin, je retourne dans les bibliothèques et les archives pour consulter des documents et manuscrits déjà lus et en chercher d'autres.

Un jour, aux Archives nationales de Florence, un dossier issu du fonds des corporations religieuses supprimées par le gouvernement français[2], renfermant des écritures de la famille Castellani, atterrit

1. « Mais mon mystère est enfermé en moi, personne ne saura jamais mon nom. » Il s'agit du célèbre « Nessun dorma », chanté au début du troisième acte de *Turandot* de Giacomo Puccini.

2. Dans l'Italie sous domination française (1805-1814), un décret impérial du 24 mars 1808 ordonna la suppression de presque toutes les corporations religieuses. Leurs biens furent alors inventoriés et enregistrés.

entre mes mains. Je tiens à approfondir l'étude des livres de raison, non seulement parce qu'ils comportent des analogies d'écriture et de composition avec les manuscrits de Léonard, mais aussi parce qu'ils contiennent de précieuses informations sur les ouvrages et les lectures à Florence au milieu du XVe siècle. De ce point de vue, le chevalier Francesco di Matteo Castellani compte parmi les figures les plus intéressantes de l'époque : lettré et humaniste, protecteur du jeune Luigi Pulci, il avait de bonnes relations avec Cosme de Médicis, bien que sa famille et sa personne eussent été écartées de la vie publique à cause de leurs liens anciens et imprudents avec les ennemis des Médicis. Collectionneur passionné de livres, Francesco fréquentait les meilleures libraires et papetiers de ce temps, si bien qu'il ne me semblait pas impossible de l'imaginer dans le cercle restreint des amis de Cosme qui avaient eu accès à un extraordinaire poème en latin jusqu'alors inconnu, le *De rerum natura* de Lucrèce, découvert quelques années plus tôt par Poggio Bracciolini.

J'ouvre le manuscrit des *Ricordanze* de Francesco. Sur le revers intérieur de sa couverture en parchemin, une note ajoutée en marge de la série chronologique de ses souvenirs attire mon attention : *Ser Piero d'Antonio di ser Piero establit l'affranchissement de Catherina norrice de Maria consenti par monna Ginevra d'Antonio Redditi maistresse de ladite Caterina et espouse de Donato di Filippo di Salvestro di Nato le 2 novembre 1452, estant admis que l'acte dit par erreur le 2 décembre 1452, et c'est ainsi que je le lus moi, Francesco Matteo Castellani, ce 5 novembre 1452.*

Ce *ser* Piero est certainement le père de Léonard : par quel mystère personne ne l'avait-il remarqué ? 1452 n'est pas une année ordinaire : c'est l'année où Léonard naquit, précisément le 15 avril, d'une dénommée Caterina. Qui était donc cette autre Caterina ? Une esclave, puisqu'on parle de son affranchissement, établi par ce même Piero à la demande de sa propriétaire, une certaine Ginevra d'Antonio Redditi, épouse de Donato di Filippo di Salvestro Nati. Puisque c'était une nourrice, elle avait déjà dû accoucher. Non, il me semble impossible qu'il s'agisse de la Caterina que Piero aimait, la mère de Léonard. Comment le jeune notaire serait-il parvenu à établir un acte de ce genre alors que sa main tremblait, que son cœur battait la chamade, qu'il avait le souffle coupé ? Non, ce ne peut être elle.

Je continue de feuilleter les *Ricordanze* et trouve une nouvelle fois le nom de Caterina : en mai 1450, Ginevra a loué ses services à Lena, femme de Francesco, afin qu'elle allaite leur fille, Maria, pour la somme rondelette de dix-huit florins annuels : *MCCCCL. Le… may de l'an susdit, Chaterina de , esclave de monna Ginevra espouse de Filippo, soit de Donato di Filipp[o] del Tinta coffretier, vint vivre cheuz moy pour servir de norrice a ma fille Maria, a raison d'un salaire de dix-huit florins par an, commençant ce jour et pour les deux ou trois annees a venir a nostre guise et donnant pour cette duree approximative a la fillette son lait sain. Nous establissons ainsy, soit ma mère avec ladite monna Ginevra par l'entremise de Rusticho di brocanteur, que ladite monna Ginevra devra recevoir dans le livre rouge marqué A, à la page 56, où elle apparoist créditrice et débitrice, tout ce qu'on lui versera pour ledit salaire.*

Pourquoi ces espaces blancs ? Pourquoi Francesco a-t-il omis d'inscrire la date précise à laquelle Caterina *vint vivre cheuz* lui, le nom de son père et celui du père de Rustico ? À quoi pensait-il donc ?

J'ai la chance de pouvoir procéder immédiatement à la vérification dans ces mêmes Archives : le fonds Notarile Antecosimiano rassemble tous les actes de *ser* Piero. S'il a bien établi cet acte, il est possible que la minute s'y trouve également. Il me suffit de consulter le premier volume, couvrant la période qui s'étend entre le début de son activité et l'année 1457. Je déchiffre sans hâte les actes et les notes des premières années de carrière de ce jeune notaire : des années décisives, certes, mais dures et difficiles comme le laissent entendre le faible nombre d'actes qu'il a établis entre 1449 et 1452 et le long séjour qu'il a effectué à Pise entre la fin de 1449 et le début de 1451. Je m'attarde plus particulièrement sur les mois de juin et de juillet 1451, qui devraient correspondre à la conception de Léonard : tous ses actes sont établis à Florence. Donc Piero a rencontré et aimé Caterina à Florence. Et où était-il quand Léonard est né, en 1452 ? Toujours à Florence : le 31 mars, il rédigeait un acte à la Badia ; le 15 et le 30 avril, il authentifiait une liste de capitaines. Puis, du 30 avril au 31 mai, c'est le vide, un mois entier d'inactivité. Si Piero s'est rendu à Vinci, il n'a eu la possibilité de le faire qu'au cours de ces brèves périodes intermédiaires, pour y emmener Caterina enceinte et pour aller la voir après l'accouchement.

Je poursuis mon examen. Les jours et les mois passent vite. Puis, fin 1452, voici que les papiers de Piero, dont l'écriture monotone et toujours égale enregistre et certifie les événements et les choses qui ponctuent les existences d'autrui, délivrent le document le plus important de la vie de Caterina : son affranchissement. Oui, Piero a bien la main qui tremble et l'esprit embrouillé. Ce notaire, jeune mais déjà précis, y accumule les erreurs de façon inhabituelle : surtout dans la *datatio*, comme s'il ne parvenait pas à fixer sur le calendrier une journée probablement très agitée. Francesco Castellani s'en était immédiatement aperçu parce que cette différence d'un mois l'obligeait, lui, un chevalier d'illustre lignée mais peu argenté, à verser un florin et demi de plus à *monna* Ginevra, pour une nourrice affranchie et déjà partie.

D'une main tout aussi tremblante et l'esprit tout aussi embrouillé, je lis et traduis les formules notariales en latin, comme un mantra qui retentit dans ma tête, et mon émotion est telle que je suis contraint de les relire encore et encore pour m'assurer de les avoir bien comprises. Des lieux et des êtres se matérialisent sous mes yeux : la vieille maison de Donato dans la via di Santo Gilio où persistent le parfum des essences prestigieuses et des huiles de son père coffretier et où résonnent les coups des tailleurs de pierre qui travaillent un peu plus loin, dans les ateliers de la Fabbrica del Duomo, derrière l'église de San Michele Visdomini et à l'ombre de la coupole de Brunelleschi ; les témoins, sa femme Ginevra et, enfin, elle, *presentem et acceptantem*, Caterina, fille de Jacob : *Caterina filia Iacobi eius schlava seu serva de partibus Circassie.*

Caterina est circassienne, elle appartient donc à l'un des peuples les plus libres, les plus fiers et les plus sauvages de la Terre, ignoré de l'Histoire et de la civilisation. Un peuple qui vit en contact étroit avec la nature et les animaux, qui ne connaît pas l'écriture, la monnaie, le commerce, les lois et les institutions civiles et politiques, si l'on excepte un code moral très rigoureux ; en revanche, il aime la poésie, la musique et la danse, vénère la nature et la faune, les chevaux, les aigles, les loups, les ours, et possède un patrimoine riche et très ancien d'histoires, fables, sagas et mythes. Peut-être ne forme-t-il même pas un peuple à proprement parler, doté d'une identité unique et précise, ou d'une seule langue, mais plutôt une myriade de tribus petites et grandes, éparpillées sur les hauts plateaux de la chaîne du Caucase, depuis la mer Noire jusqu'à la mer Caspienne. Une esclave circassienne est une sauvage qui ne sait ni lire ni écrire et qui parle avec difficulté notre langue car elle n'a pas perdu l'habitude d'articuler les sons selon son idiome archaïque, composé de consonnes gutturales. À Florence, une jeune esclave circassienne coûte très cher, parce qu'elle est grande, musclée, forte, *di buon sangue*, dotée d'une bonne constitution, une sublime machine à se reproduire, une créature apparemment destinée à faire l'amour, tomber enceinte, procréer, allaiter, mais aussi accomplir sans protester les tâches domestiques les plus dures, peu bavarde, voire muette, et enfin – rumeur unanime – d'une troublante beauté. On ne se demande guère si elle a une âme ou un monde intérieur de sentiments, chagrins, espoirs, rêves.

Caterina est la propriété non de Donato, mais de Ginevra, qui tient à indiquer qu'elle l'a achetée de ses propres deniers et que l'esclave l'a servie correctement et fidèlement pendant de nombreuses années. Suit la formule d'affranchissement complet, *liberavit et absolvit ab eius servitute*, mais aussitôt biffée et remplacée par les pénibles conditions qui faisaient de ces actes non la conquête d'une véritable liberté, mais un espoir incertain d'avenir : Caterina devra rester au service de Ginevra jusqu'à la mort de sa maîtresse qui, de toute évidence, s'est ravisée et ne veut pas la perdre. Néanmoins il s'est sans doute produit quelque chose entre la rédaction de la minute et celle de l'acte original, car le *catasto* de 1458 nous apprend que Ginevra, qui jouit plus ou moins d'une bonne santé et qui vivra encore de nombreuses années, est alors propriétaire non plus de Caterina, mais d'une esclave de quinze ans. Comme le laisse entendre la note de Castellani, l'affranchissement a sans doute été complet et immédiat, le 2 novembre 1452. Et Caterina est peut-être partie avec l'humble dot que Ginevra lui avait promise et que Piero a minutieusement détaillée : un lit, un coffre à deux serrures, un édredon, une paire de draps, une couverture.

Se peut-il que ce soit elle ? Je n'arrive toujours pas à le croire. Si elle est la mère de Léonard, le petit a déjà six mois et demi en ce 2 novembre 1452 et il assiste probablement à la scène, emmailloté comme les bébés de l'hôpital des Innocents, dans les bras de Caterina *presentem et acceptantem*, à l'intérieur de la vieille maison de la via di Santo Gilio ; mais à sa naissance, le 15 avril, il est encore le fils d'une esclave. Et où se trouvait Caterina en juillet 1451 ? Cela ne fait aucun doute : elle vivait depuis mai 1450 dans la demeure des Castellani, où elle allaitait Maria, fille de Francesco et de Lena. Cette demeure qui était, et qui est encore, l'un des plus beaux édifices de Florence, bâti le long de l'Arno, près des Offices, sur une fortification médiévale, le château d'Altafronte, qui abrite aujourd'hui le musée Galilée. Étrangement, cette dernière pensée m'empêche d'accepter pleinement une hypothèse en apparence absurde, tandis que je m'obstine à parcourir les pièces de ce palais, depuis la bibliothèque du troisième étage jusqu'au souterrain, entre les puissantes voûtes de pierre de l'ancien château. Est-ce donc ici que Caterina a vécu ? Est-ce donc ici qu'elle a aimé Piero ?

J'ai commencé à suivre à rebours les acteurs qui peuplaient l'histoire de Caterina, les êtres qui avaient croisé son existence : Léonard, l'*Accattabriga*, Piero, Antonio, le chevalier Castellani, Ginevra, Donato. Chaque histoire s'entrelaçait à la précédente et se ramifiait dans les histoires de tous les personnages qui avaient entremêlé leur vie, leur sang, leur sueur, leur sperme, partagé pain et vin, chagrin, joie et espoir, et engendré des enfants et des générations pour une humanité future.

Donato est la clef, non seulement parce qu'il représente la figure la plus emblématique de cette époque, champion de cette audace d'entreprendre qui bouleversait alors le monde pour le meilleur et pour le pire, mais aussi parce qu'il regagne Florence après avoir vécu à Venise plus de quarante ans en alternant succès et échecs. À Venise, son industrie principale, l'atelier où l'on battait l'or, reposait sur la main-d'œuvre féminine des esclaves, et Venise était le principal port d'arrivée du commerce des esclaves circassiennes et tatares de La Tana, dernier avant-poste de la civilisation européenne et de l'empire vénitien à l'extrémité nord-orientale de la mer Noire. Aux confins du néant. Ce n'est pas terminé ; les Archives, encore, me réservent une dernière surprise : le testament de Donato – que rédigea comme par hasard le seul notaire en qui le vieil aventurier avait confiance, *ser* Piero – avait pour seul bénéficiaire, ou presque, le monastère de San Bartolomeo de Mont-Olivet qui se dressait à Florence, au-delà de la porta di San Frediano, afin qu'on y construisît son tombeau ainsi qu'une chapelle pour lui-même et ses proches.

C'est l'endroit exact d'où provient le premier tableau de Léonard, l'*Annonciation*, qui s'y trouvait probablement *ab antiquo*. Là encore, il n'y a pas de hasard.

J'ai poursuivi mon voyage à rebours le long des routes de la Méditerranée en m'efforçant de reconstituer les étapes qui ont probablement ponctué le voyage de Caterina : de Venise jusqu'à Constantinople, de Trébizonde jusqu'aux colonies génoises de la mer Noire, de Matrega jusqu'à La Tana et à l'embouchure du Don. J'ai essayé de voir de mes propres yeux les lieux qui étaient visibles, mais j'ai découvert que le monde d'aujourd'hui possède beaucoup plus de barrières et de murs que le monde de Caterina. Le tronçon le plus beau restera à jamais à l'état de rêve impossible : naviguer le long de la côte orientale de la mer Noire, de Trébizonde à Sotchi et à Azov, l'ancienne Tana, à l'embouchure du Don ; remonter le fleuve Kouban jusqu'à ses sources sur les hauts plateaux du Caucase et atteindre la double cime de l'Elbrouz. Les ténèbres se sont abattues sur ces lieux. Une guerre cruelle et insensée dévaste les rives septentrionales de la mer d'Azov et détruit le port d'où Mariya partit, esclave : Marioupol, la ville de Marie, martyre d'une horreur inhumaine, sans fin ni raison.

Dans ce voyage uniquement rêvé à partir d'un moment donné, les documents ne m'apportent plus aucun secours, la navigation ne dispose plus de carte nautique et l'aiguille de la boussole s'agite, affolée. Il convient d'éviter les bancs de sable et les écueils, les terreurs de tempêtes subites et de féroces monstres marins, ainsi que, la nuit, quand on s'abandonne au sommeil sur le pont du navire à l'ancre dans la rade, les assauts silencieux et funestes des pirates. Au-delà des confins du monde, tout s'évanouit dans les brumes du temps : les civilisations disparues avec leurs souvenirs, les archives brûlées dans les pillages et les guerres, les éclats des incendies et des dévastations qui jettent une lumière rouge sang sur la chute de Constantinople.

Restent les voix de ceux qui ont vécu dans ces lieux : celle de Giosafat Barbaro, forte, réelle, qui charrie encore le vin et les liquides de poisson séché, dans ses souvenirs ; celle de Giacomo Badoer, basse et rythmée comme une prière dans la litanie quotidienne des chiffres, des comptes et de l'argent. Restent les noms que Giacomo avait écrits dans son livre de comptes : Termo et l'esclave russe Maria. Impossible de remonter plus loin. Mais, dans les ténèbres d'un monde que l'Histoire n'éclairait pas encore, retentissent les voix et les sons mêmes que Caterina écoutait : les sagas et les légendes des peuples perdus des hauts plateaux, les tristes refrains interprétés sur les cordes de la *pshiné* par les nuits de pleine lune, le rythme tourbillonnant de l'*islamey*, le sifflement du vent parmi les bouleaux, le fracas des eaux qui dévalent les glaciers, le hurlement des loups.

Je suis le dernier à avoir croisé la vie de Caterina. Je clos la liste de tous ceux qui ont eu la chance de la rencontrer et de la voir naître, vivre et mourir. Je suis le dernier chronologiquement parlant, en admettant que le temps existe vraiment, qu'il soit une ligne droite s'écoulant dans une seule direction, plutôt que dans plusieurs ; ou la constante de ce qui constitue, croyons-nous, la réalité concrète et mesurable, plutôt qu'une variable de mondes, de dimensions et de possibilités infinis, dont nous ne percevons l'existence que dans l'obscurité de la mémoire et des rêves. Il n'y a pas de début, il n'y en a jamais eu, et il n'y aura pas de fin.

Non, je n'arrive pas à raconter cette histoire. Voilà ce que j'essaie d'expliquer à Caterina après m'être rassis, découragé, à mon bureau, mais elle ne comprend pas mes paroles ou feint de ne pas les comprendre. Je sais ce qu'elle attend de moi, mais je fais moi aussi la sourde oreille. Et je sais, résigné, qu'elle ne partira pas tant qu'elle n'aura pas gagné. Elle est têtue, Caterina.

Je pourrais me servir des formes d'écriture qui me sont plus familières et publier un bel essai universitaire incluant une édition critique des documents, des notes érudites en bas de page et une abondante bibliographie que personne ne lira, ou encore m'engager sur le chemin de l'Histoire racontée. J'effectue une tentative et capitule au bout de quelques pages, non seulement parce qu'il y a encore, dans la chaîne des événements, trop de maillons manquants – documents qui n'existent peut-être plus ou qui n'ont jamais existé, preuves scientifiques certaines et incontestables selon lesquelles tout s'est passé ainsi et pas autrement. Ah, la philologie, cette science incertaine du certain ! Tout cela n'est peut-être qu'un rêve, Caterina n'est peut-être qu'un rêve.

Mais la véritable raison est à chercher ailleurs. L'histoire de Caterina est aussi liquide et mobile que la mer qu'elle traverse, une belle histoire, trop belle pour qu'on puisse la figer dans l'écriture. Caterina est libre, elle est née libre, personne ne peut l'arrêter. L'écriture n'est pas nécessaire pour que les choses existent. Et puis j'ai l'impression de voir encore les visages et d'entendre encore les voix de chacun des êtres qui sont entrés dans sa vie, parce que je sais qu'ils sont réels, non des personnages inventés en quête d'auteur. Ils ont vraiment existé, ils ont vécu, souffert, aimé. Or l'histoire vraie appartient entièrement à Caterina. L'histoire d'une jeune fille à laquelle on a tout volé – le corps, la liberté, l'avenir – et qui l'a pourtant emporté, traversant le monde toute seule sans avoir peur de rien, souffrant, luttant, aimant, gagnant.

Non, il n'est pas possible d'écrire cette histoire. Par quel moyen lui donner une voix ? Et quelle voix ? Quelle langue ?

Maintenant, c'est moi qui la regarde, debout, appuyée contre le vieux Klimes. Elle est apparemment tranquille, et pourtant je devine qu'elle dissimule un frémissement. Je sens qu'elle aimerait partir, libre, car une histoire ne vit vraiment qu'au moment où elle vous quitte et tourne les talons. Je la regarde et je pense que cette gamine bouleverse tout. Elle nous offre la joie et la liberté, comme elle les a offertes à toutes les personnes qu'elle a rencontrées, mais elle nous demande quelque chose en échange. Quelque chose de simple et de terriblement sérieux. Nous éveiller, nous arracher à un long sommeil sans rêve. Ouvrir les yeux.

Si elle est vraiment la mère de Léonard, Léonard n'est pas italien : il ne l'est qu'à moitié. Pour ce qui est de l'autre moitié, peut-être la meilleure, il est le fils d'une esclave, d'une étrangère se situant tout en bas de l'échelle sociale et humaine, d'une femme descendue d'un bateau et venue d'un lieu mystérieux, sans voix ni dignité ni permis de séjour, qui ne savait ni lire ni écrire et qui parlait à grand-peine notre langue. Alors le plus grand mérite des êtres qui l'ont croisée sur la route d'Anchiano, la plus belle gloire des habitants de Vinci et de son territoire, n'a pas consisté tant à héberger la naissance de cet enfant extraordinaire qui aurait pu naître n'importe où, qu'à avoir accueilli dans leur communauté cette femme enceinte et sans patrie, sans famille et sans liberté, et à lui avoir rendu la pleine dignité de l'existence humaine. Telle est la plus belle gloire de notre merveilleux pays, de cette péninsule étirée dans la Méditerranée à l'image d'un immense pont de peuples, de cultures, de civilisations, de langues et d'arts qui, depuis des millénaires, n'ont cessé de se rencontrer, de s'envahir et de se mélanger, du nord au sud et de l'est à l'ouest, de l'Europe à l'Afrique et vice versa, terres et îles navigantes, migrants qui arrivent et partent, assoiffés de vie et de connaissance. La civilisation italienne n'existerait pas si l'on avait fermé nos ports.

Et en admettant que cette Caterina n'ait jamais été la mère de Léonard, que tout cela ne soit qu'un rêve d'une nuit d'été, ou le mirage d'un vieux professeur un peu fou, la réalité brutale d'une jeune esclave se présentant sur notre continent avec des milliers d'autres adolescents et adolescentes, de créatures invisibles et ignorées de l'Histoire, traînant son bagage de souffrance et de chagrin constitue un scandale qui, à lui seul, suffit à faire voler en éclats la civilisation européenne et occidentale dans son entier. Car tout cela s'est déroulé au cœur de la glorieuse Renaissance, alors qu'on se berçait de l'illusion que la civilisation antique refleurissait avec toutes ses valeurs et tous ses idéaux de vertu, d'humanité, de fraternité universelle, ou, mieux, qu'on assistait à la naissance de ce que les Anciens eux-mêmes n'avaient jamais vu ni imaginé : un monde dont les confins s'élargissaient sans cesse, où les arts et les techniques semblaient en mesure de rivaliser avec la nature et de la surpasser, où les marchandises et l'argent circulaient librement en produisant richesses, bien-être et confiance en un destin de progrès assuré et illimité. Les caravelles et les galions déploient leurs voiles, la Renaissance écarte ses ailes sur le monde, mais voilà que sous ces ailes débute la conquête sanguinaire de continents jusqu'alors inconnus, le développement d'une économie mondiale fondée sur l'esclavage, la puissance de nations qui domineront le monde pendant des siècles grâce à l'exploitation et à l'extinction des autres peuples de la Terre et des ressources de la nature, l'homologation et l'effacement des cultures, des langues, des libertés, des innombrables façons de vivre et de rêver que les êtres humains ont inventées.

Voici le temps des assassins[1][lxvi]. Mais ce temps a peut-être toujours

1. En français dans le texte.

existé. Depuis les débuts de l'Histoire, ce scandale qui dure depuis plus de dix mille ans.

Je regarde Caterina et je sais que je la connais depuis un temps immémorial. En vérité, elle a toujours été là, près de nous, dans tout ce qui nous entoure, dans la vie de tous les jours. L'esclavage, l'exploitation du travail humain et de la dignité de la personne, peut être partout. Le coton de la chemise que je porte a peut-être été cueilli par les mains d'une Caterina dans une immense plantation d'Asie centrale. Les métaux et les filaments qui constituent les nerfs vibrants de mon smartphone sont peut-être imprégnés du sang et de la sueur des enfants qui les ont extraits des mines de l'Afrique.

Aujourd'hui, au carrefour à côté du feu rouge, une petite Caterina est obligée de demander l'aumône tandis que ses frères se brisent les reins dans les champs de tomates et tombent des échafaudages de chantiers privés de protection, que ses sœurs sont avalées et broyées dans des ourdissoirs et des machines textiles. Ce soir une petite Caterina, et peu importe qu'elle ait la peau claire ou foncée, sortira dans la nuit d'une rue de banlieue et vendra son corps pour le compte de ses maîtres : des maîtres auxquels elle a été vendue, enfant, peut-être par sa propre famille qui mourait de faim, ou auxquels elle s'est elle-même vendue en croyant de fausses promesses de bien-être ; si elle ne file pas droit, elle sera torturée ou disparaîtra dans un ravin.

Cette nuit une petite Caterina, fuyant la faim, la guerre, le viol, venant de pays dont nous ne connaissons même pas l'existence, passée de mains en mains et revendue plusieurs fois, peut-être violée et torturée, arrivée au terme d'un voyage infernal sur les côtes de la Libye, sera poussée comme une bête à bord d'un vieux bateau avec des centaines d'autres personnes. Effrayée par cette embarcation qui lui évoque un monstre bien décidé à l'engloutir, avec tous ses compagnons, dans sa cale ouverte et noire, et par cette étendue d'eau infinie qu'elle voit pour la première fois, elle embarquera à contrecœur. Puis le bateau se retournera, se désagrégera, et elle coulera lentement dans les abîmes de la Méditerranée, les poumons remplis d'eau, les yeux vitreux, emportant le dernier cri qui n'a pas franchi ses lèvres.

Trente mille migrants ont péri ainsi en l'espace de dix ans, dans l'indifférence générale, alors que des paquebots étincelants croisaient à quelques milles de là. Mais, pour bon nombre d'entre nous, ces morts n'existent pas, ils n'ont jamais existé. Quand ces migrants survivent et s'adaptent à une vie d'esclave chez nous, certains déclarent qu'ils viennent nous voler notre pain, qu'ils sont sales et sauvages, que ce sont des voleurs, des dealers, des putains. Est-il donc si difficile de voir en autrui un être humain ?

Alors il faut peut-être raconter cette histoire. Pour Caterina. Pour toutes ses sœurs anonymes qui meurent aujourd'hui encore dans la mer qu'elle a franchie et qui souffrent aujourd'hui encore autour de nous.

Avant de partir, Caterina me sourit. C'est la première fois. Un sourire invisible, très doux, qui imprime à ses lèvres une incurvation légère, estompée. Un sourire de connaissance, écho de souffrances antiques et universelles. Un mélange de joie et de chagrin, de désir et de peur, l'étreinte mystérieuse et inextricable qui réside dans toutes les grandes choses de la vie : naître et donner naissance, aimer, rêver, mourir peut-être.

Remerciements

L'auteur remercie les personnes qui l'ont épaulé durant ce voyage, ou qui lui ont suggéré un cap via leurs conversations ou leurs recherches, y compris quand elles ignoraient que le voyage en question était celui de Caterina : Alessandro Vezzosi et Agnese Sabato, pour leur connaissance inégalable et passionnée du territoire de Vinci ; Mario Bruschi, Elisabetta Ulivi, Edoardo Villata, Vanna Arrighi, Martin Kemp et Giuseppe Pallanti, pour leurs recherches attentives concernant la famille de Léonard et les nombreuses Caterina ; Paolo Galluzzi, Pietro Cesare Marani, Paula Findlen, Marco Cursi, Paolo Venturelli, Romano Nanni, Roberta Barsanti, Monica Taddei, Sara Taglialagamba, Margherita Melani, Pascal Brioist, Sergueï P. Karpov, Evgueni Khvalkov, Rheinold C. Müller. Des remerciements particuliers vont à Isabella Nati Poltri, pour ses généreux renseignements sur l'histoire de Donato et de sa famille.

Notes bibliographiques

i. Allusion à un vers de Dante qui évoque avec nostalgie le baptistère Saint-Jean, à Florence, où il a été baptisé (*La Divine Comédie, L'Enfer*, XIX, 17, traduction de Jacqueline Risset, Paris, Flammarion, 2010).

ii. Allusion au vers de Dante (*La Divine Comédie, L'Enfer*, XXVI, 68-80, *op. cit.*) décrivant Ulysse et Diomède dans le huitième cercle, *op. cit.*

iii. Boccace, *Ninfale fiesolano*, 255.

iv. Dante, *La Divine Comédie, L'Enfer*, V, 136, *op. cit.*

v. Allusion au *Décaméron* de Boccace.

vi. Lucrèce, *De la nature des choses*, traduction d'André Lefèvre, Paris, Société d'éditions littéraires, 1899.

vii. Dante, *La Divine Comédie, L'Enfer*, XXVI, 117, *op. cit.*

viii. Dante, *La Divine Comédie, L'Enfer*, XVIII, 130 et 132, *op. cit.*

ix. Livre d'Osée, I, 2.

x. Marguerite Yourcenar, préface de la réédition d'*Alexis ou le Traité du vain combat*, Paris, Gallimard, 1978.

xi. Dimitri Sergueïevitch Merejkovski, *La Résurrection des dieux. Le Roman de Léonard de Vinci,* traduction de Jacques Sorrèze, Paris, Calmann-Lévy, 1907.

xii. *Ibid.*

xiii. Sigmund Freud et Carl Gustav Jung, *Correspondance (1906-1914)*, traduction de Ruth Fivaz-Silbermann, Paris, Gallimard, 1975.

xiv. Sigmund Freud, *Un souvenir d'enfance de Léonard de Vinci*, traduction de Janine Altounian, André et Odile Bourguignon, Pierre Cotet et Alain Rauzy, Paris, Gallimard, 1987.

xv. Allusion au principal personnage féminin du *Roland furieux* de l'Arioste (rédigé de 1516 à 1532). Princesse orientale, Angélique ne cesse de fuir les chevaliers francs amoureux d'elle, dont Roland, le paladin.

xvi. Vers d'Arthur Rimbaud, tiré de « Matinée d'ivresse », poème paru dans le recueil *Les Illuminations*, La Vogue, Paris, 1886.

Glossaire

Acuto, Giovanni : nom italianisé de John Hawkwood (en français Jean Haccoude), célèbre mercenaire anglais (vers 1323-1394). Après avoir combattu en France, il passa en Italie en 1362 et se mit au service de plusieurs républiques et seigneuries.

Albazechia : delta de la rivière Psesuapse à Lazarevskoïe, sur la côte de la mer Noire.

Antonin : Antonino Pierozzi (1389-1459), futur saint Antonin, dominicain réformateur, grand ami de Fra Angelico, archevêque de Florence de 1446 jusqu'à sa mort. Il écrivit des traités théologiques et mena de nombreuses œuvres charitables.

arts mineurs et arts majeurs : ces riches associations corporatives de métier florentines (*arti*), appelées en France « métiers » ou « guildes », regroupaient depuis le XIIe siècle les artisans de la ville et participaient au gouvernement en fournissant à la Seigneurie huit « prieurs ». Appartenaient aux arts majeurs : juges et notaires, marchands, changeurs et banquiers, drapiers, soyeux, médecins et apothicaires, peaussiers et fourreurs.

aspre : monnaie d'argent ou d'alliage d'argent en circulation à la fin de l'Empire byzantin, valant un douzième d'hyperpère.

ataliqate : ou *atalique*, coutume circassienne en usage parmi les nobles qui consistait à confier les enfants des princes à des vassaux afin qu'ils reçoivent une éducation militaire.

avogador ad curiam forestieri : l'un des trois magistrats vénitiens qui exerçaient la fonction de ministère public. Cette charge précise concerne les relations avec les habitants venus du dehors. Les trois ***avogadori***, élus par le Sénat, avaient pour mission de défendre les intérêts de la commune et de faire observer les lois.

Avogassia : actuelle Abkhazie.

Badia : ou Badia fiorentina, « Abbaye florentine », nom couramment donné à l'église de l'Assomption-de-Marie, non loin du Bargello.

Badoer, Giacomo (ou Jacomo) : né à Venise en 1403, ce marchand atteignit Constantinople en 1436 au terme d'un voyage de quarante jours et y mena ses activités pendant trois ans et demi, jusqu'au 26 février 1440, date à laquelle il repartit pour sa ville natale. Il organisa rapidement un réseau très dense de correspondants dans diverses cités du Levant. Il a laissé un livre de comptes, *Libro di conti* (publié à Rome en 1956), qui constitue un document très précieux pour les historiens car c'est le seul registre rédigé par un marchand vénitien à Constantinople, durant l'époque byzantine, à avoir échappé à la destruction. Il illustre la vie économique de Constantinople et des régions voisines.

Barbaro, Giosafat : fils d'Antonio et de Franceschina Barbaro, nobles vénitiens, né en 1413. En 1433, il fut admis au Grand Conseil et épousa en 1434 Nona Duodo, qui lui donna quatre enfants. Se lançant dans le commerce, il se rendit dans le comptoir vénitien de La Tana en 1436. En 1438, il mena une ambassade auprès des Tatars pour les dissuader d'attaquer la ville. Il regagna Venise en 1450 ou 1451. À partir de 1452, il revêtit plusieurs charges diplomatiques et fut notamment envoyé comme ambassadeur en Perse en 1472. Il écrivit en 1487 le récit de ses voyages, qui fut publié après sa mort (1494).

Barsbay : sultan mamelouk, d'origine circassienne, qui régna en Égypte de 1422 à 1438.

Bata, baie de : actuelle baie de Tsemes.

bataille d'Anghiari : cette célèbre et importante bataille, qui se déroula en Toscane le 29 juin 1440, vit les Milanais s'incliner devant la coalition des Florentins, des Vénitiens et des soldats pontificaux. En 1504, Léonard de Vinci fut chargé de la représenter sur un mur du Palazzo Vecchio, à Florence. Mais son œuvre, peut-être inachevée, fut perdue.

bataille de San Romano : immortalisée par le célèbre triptyque de Paolo Uccello (1438), elle opposa, le 1er juin 1432, les Florentins (alliés à Venise et appuyés par le pape) aux Siennois, alliés à Lucques, Milan et Gênes. Son issue demeure incertaine, mais il est probable que les premiers l'emportèrent.

Bella Camilla*, *La : « La Belle Camilla », ouvrage de Piero da Siena (né en 1343), dont l'héroïne se travestit en homme pour échapper à son père, le roi Amideo, qui veut l'épouser.

Bernardin de Sienne : franciscain, prédicateur très populaire (1380-1444).

Bonshommes (*Buonomini*) : notables florentins jouissant d'une grande estime. Réunis en Conseil, ils étaient souvent convoqués pour donner un avis à la Seigneurie, au capitaine du peuple et au podestat.

borgo : au Moyen Âge, ce terme désignait une rue reliant le premier cercle des remparts au centre de Florence. Le borgo de' Greci tirait son nom de la famille Greci, tombée en disgrâce en raison de son appartenance au parti gibelin.

bourka : cape traditionnelle des guerriers caucasiens.

Bracciolini, Poggio : en français le Pogge Florentin (1380-1459), écrivain, érudit, il fut chancelier de la république de Florence de 1453 à 1458. Il découvrit, au cours de ses voyages, d'anciens manuscrits latins, dont le *De rerum natura* de Lucrèce.

Brunelleschi, Filippo : né à Florence en 1377, orfèvre, sculpteur, peintre, architecte, il est surtout connu pour la coupole de la cathédrale de Florence (1436) et pour l'hôpital des Innocents.

Bucentaure : galère de parade, très haute et sans mât, à bord de laquelle le doge de Venise célébrait ses épousailles avec la mer, le jour de l'Ascension.

Caffa : colonie génoise de Gazarie, située en Crimée, à l'emplacement de l'actuelle Théodosie. Fondée en 1266 avec l'accord des deux khans de la Horde d'Or, elle devint aux XIVe et XVe siècles un centre de commerce important, en rivalité avec La Tana et les comptoirs vénitiens. La prise de Constantinople par les Turcs en 1453 amorça son déclin. Les Génois l'abandonneront, comme les autres ports de Gazarie, en 1475.

Calimala : corporation du change et de la laine.

calle (au pluriel, *calli*) : rue de Venise.

Calojanni, ou *Kalojannis* : ce terme, qui signifie « le beau Jean », désignait l'empereur Jean VIII Paléologue (1392-1448).

campiello (au pluriel, *campielli*) : placette vénitienne.

campo (au pluriel, *campi*) : place vénitienne sur laquelle débouchent une ou plusieurs rues.

Campofregoso : famille patricienne de Gênes, qui joua un rôle important dans le commerce et la vie politique de la république.

Cantari della Reina d'Oriente : « Chanson de la reine d'Orient », du poète Antonio Pucci (v. 1309-1388). Cette chanson de geste met en scène une princesse élevée comme un homme pour qu'elle devienne roi, qu'on marie à la fille d'un empereur. La relation des deux femmes est un exemple rare d'amours lesbiennes dans la littérature médiévale. Comme *La Bella Camilla*, cette chanson s'inspire de la *Chanson d'Yde et Olive* (XIIIe siècle).

Canzoniere, *le* : recueil des poèmes que Pétrarque a consacrés à Laure, sa bien-aimée, en 1320 et 1374.

carabaghe : probablement une déformation de *calabraghe*, qui signifie « baisse-culotte ». Ainsi le vico delle Carabaghe, à Gênes, hébergeait sans doute des bordels.

Castellani, Francesco di Matteo : né à Florence en 1417, il a laissé un précieux livre de raison, intitulé *Quaderno di conti e ricordi*, dans lequel il a consigné ses comptes, ainsi que des épisodes marquants de sa vie, de 1459 à 1466.

Castelletto : « Petit château », bordel situé sur l'île de Rialto, où les prostituées vénitiennes furent contraintes de vivre par une loi de 1358 (complétée en 1423).

Casto : actuelle Khosta, au bord de la mer Noire (Russie).

catasto : ce terme ne désigne pas seulement le « cadastre » tel qu'on pourrait l'entendre aujourd'hui. Institué à Florence en 1427, il établissait le recensement de la population (prénom, âge, parenté avec le chef de famille, occupation et parfois état de santé), l'inventaire de la fortune du foyer (biens immobiliers, animaux, espèces, marchandises, créances et parts de la dette publique) et l'impôt qui en découlait.

Cathay : ancien nom de la Chine du Nord que Marco Polo emploie dans le récit de ses voyages.

Centonovelle, *le* : ou *Novellino*, recueil de récits courtois et chevaleresques composé dans la seconde moitié du XIIIe siècle par un Florentin anonyme.

cervatto : robe de cheval existant au Moyen Âge, semblable à celle des cerfs (d'où son nom), probablement alezane sur le corps et claire sur le ventre.

chachka : « long couteau » en adyguéen, sabre traditionnel à lame légèrement incurvée et sans garde.

Chambre des Emprunts (*Camera degli Imprestiti*) : office qui veillait à la gestion de la dette publique à Venise. Ces emprunts à caractère obligatoire, établis au prorata de la fortune des citoyens, produisaient des intérêts.

ciaramella : sorte de petit hautbois datant du XIIe siècle.

Ciccialardoni, « Goinfres » : surnom d'une confrérie de marchands et d'artisans florentins qui se réunissaient à Mont-Olivet et partageaient une fois par mois leurs riches mets avec les paysans et les villageois des environs. Fondée en 1297, elle portait le nom de « compagnie de la Purification de la Vierge Marie ».

Ciompi : journaliers urbains de l'industrie lainière de Florence. Le 20 juillet 1378, ils se révoltèrent et imposèrent leur chef, le cardeur Michele di Lando, comme gonfalonier de justice. Ils formèrent un gouvernement provisoire qui dura jusqu'à la fin août.

Colombini, Giovanni : bienheureux, marchand toscan (1304-1367) qui abandonna sa profession pour suivre l'exemple de saint François d'Assise et fonda vers 1360 l'ordre des Jésuates.

comerchieri : registres concernant le paiement du *comerchium*.

comerchium : gabelle payée aux Tatars sur les échanges commerciaux. Sans doute l'héritière du *kommerkion* byzantin.

conjuration des Pazzi : rivaux de longue date des Médicis, les Pazzi, soutenus par le pape Sixte IV et son neveu Girolamo Riaio, tentèrent de renverser Laurent de Médicis qui s'employait à affaiblir le pouvoir de la papauté. Ainsi, le 26 avril 1478, Francesco Pazzi tua Julien de Médicis, tandis que Laurent, blessé, parvenait à s'enfuir. Or le peuple de Florence rallia les Médicis, qui pourchassèrent impitoyablement les conjurés.

Conseil des Dix (*Consiglio dei Dieci*) : créé en 1310, cet organe judiciaire de la république de Venise était chargé de veiller à la sûreté de l'État et de réprimer les conjurés.

Conseil des Priés (*Consiglio dei Pregadi*) : fondée en 1229, cette assemblée vénitienne, émanation du Grand Conseil, portait le nom de Sénat. Élargie à cent vingt membres au milieu du XVe siècle, elle dirigeait la politique étrangère, la défense des colonies et la conduite de la guerre, organisant donc la vie économique de la cité.

contado : le territoire situé à l'extérieur des remparts sur lequel chaque ville d'Italie du Nord exerçait son contrôle politique et économique, ainsi que son pouvoir public.

Contebbe : ou Kum Tepeh, actuel site archéologique de Kobyakov, sur le Don.

conte du tsar Saltan : conte traditionnel russe que Pouchkine mettra en vers en 1831, et Rimski-Korsakov en musique en 1900. Il a donné lieu à de nombreuses versions, qui remontent probablement au XIIe siècle et circulent dans le monde entier.

Corbaccio : livre satirique contre les femmes que Boccace écrivit en 1355 après une déception amoureuse.

creuza de mâ : cette expression indique en génois une ruelle en pente menant à la mer.

Cuba, cap de : actuelle Sotchi.

Darielan : ou Dār-el-Alān en perse, soit « porte des Alains », aujourd'hui passe de Darial, passage naturel entre la Géorgie et la Russie.

Dati, Leonardo : célèbre théologien et orateur dominicain, né en 1360, et frère de Goro, à qui l'on attribue la copaternité de *La Sfera*.

Datini, Francesco : marchand italien de Prato (v. 1335-1410), il a laissé des archives extrêmement précieuses (lettres, documents, livres de comptes), découvertes au XIXe siècle, qui nous éclairent sur la vie économique de l'époque.

Décaméron, Le : écrit par Boccace entre 1349 et 1351, ce recueil de cent nouvelles met en scène dix jeunes gens de la haute société florentine qui, s'étant retrouvés par hasard dans l'église Santa Maria Novella lors de l'épidémie de peste de 1348, décident de raconter chacun une histoire, selon un thème, pendant dix jours.

de intus, de extra : à Venise, les citoyens d'origine occupaient le plus haut rang au sein de la bourgeoisie, juste en dessous de la noblesse. Les immigrants ne jouissaient pas des mêmes droits. Mais, s'ils s'installaient à Venise ou épousaient une Vénitienne, ils pouvaient obtenir au bout de dix ans un certificat de « demi-citoyenneté » (*de intus*) et des droits identiques à ceux des autochtones pour le commerce local, pourvu qu'ils n'exercent pas d'activité « mécanique ». Il leur fallait résider vingt-cinq ans dans la ville pour obtenir la citoyenneté complète (*de extra*) et des droits identiques à ceux des Vénitiens d'origine, notamment l'exemption des droits de douane.

De re uxoria : traité en latin sur le mariage (traduit en français au XVIe siècle sous le titre *De l'estat et gouvernement de mariage*), de Francesco Barbaro (1390-1454), noble vénitien qui s'adonna très jeune à la politique, à la diplomatie et à la littérature. Il fut le protecteur de Philelphe et le désavoua après lui avoir adressé d'importantes sommes d'argent à Constantinople, où l'érudit se trouvait alors au service du bayle des Vénitiens puis de l'empereur byzantin, pour acheter des manuscrits qu'il ne reçut jamais.

Des dames de renom : ouvrage de Boccace, rédigé dans sa vieillesse, qui évoque des femmes célèbres en leur donnant une image peu flatteuse. Parmi elles, **Polyxène**, la belle Troyenne, fille de Priam et d'Hécube, dont Achille demande la main. Se rendant, sans armes, chez ses ennemis qui ont exigé qu'il passe dans leur camp pour accéder à sa demande, le Péléide est tué par Pâris.

Détroit(s) : quand le mot est écrit avec une majuscule, il s'agit du détroit du Bosphore et/ou du détroit des Dardanelles.

Doctrinale puerorum : grammaire en vers destinée aux écoliers et composée par Alexandre de Villedieu (v. 1175-1240) en 1209, qui connut un immense succès en France, en Italie et en Allemagne.

ducat : monnaie d'or frappée à Venise à partir de 1284 avec le même titre et le même poids que le florin. On l'appelle également sequin.

Duc d'Athènes, Gautier VI de Brienne : condottiere français au service des Florentins, il s'empara du pouvoir à Florence en 1342. Mais, ayant commis bon nombre d'exactions, il fut victime de trois conjurations et dut quitter la ville l'année suivante.

Efigenia et **Cimone**, personnages du *Décaméron* (V, 1) : Cimone, un jeune homme rustre et inculte, quoique noble, s'éprend de la belle Efigenia, aperçue pour la première fois endormie près d'une fontaine. Pour la conquérir, il se transformera en gentilhomme raffiné.

embolo : entrepôt où les marchands stockaient et vendaient leurs marchandises. Chaque État maritime italien en possédait un à Constantinople.

fête d'Ivan Kupala : équivalent de la Saint-Jean en Russie.

Filelfo, Francesco, da Tolentino : également connu en France sous le nom de François Philelphe (1398-1481).

finocchiona : saucisson au fenouil typique de la Toscane.

fleuve Rouge : actuel fleuve Mious.

florin : monnaie en or créée en 1252 par la guilde des changeurs et des banquiers de Florence. Les premiers florins en or circulaient toujours scellés dans de petites bourses en cuir qui les protégeaient, d'où leur nom de florins *sous scellé*.

fondamenta (***fondamente*** au pluriel) : à Venise, rue piétonne surplombant un canal, dont elle est séparée par un garde-corps et quelques marches.

Foresti, Jacopo Filippo : né en 1434 dans une famille noble, entré en 1451 dans l'ordre des Ermites de saint Augustin, dont il deviendra prieur, Jacopo Filippo Foresti composa *Supplementum chronicarum*, œuvre de compilation en quinze volumes consacrée à l'histoire universelle, publiée en 1482, qui connut un grand succès. Il mourut en 1520.

Galata : nom de l'actuel quartier de Karaköy à Istanbul, sur la rive nord de la Corne d'Or. Colonie génoise à partir de 1267.

Gazarie : ensemble des colonies que les Génois établirent en Crimée à partir de 1250 : Caffa (Théodosie), Soldaia (Soudak), Cembalo (Balaklava), Matrega (Taman), La Copa, Savastapoli (Iskuria ou Isgaou), Siope, Samastri et Simisso.

génois *(genovino)* : monnaie d'or émise à Gênes de 1252 à 1415, de même valeur que le florin.

gibelins et guelfes : les deux factions qui s'affrontèrent du XIIe au XIVe siècle dans les cités du nord et du centre de l'Italie. Les gibelins étaient les partisans du Saint-Empire romain, et les guelfes, ceux du pape. Florence embrassa la cause guelfe au XIIIe siècle.

gonfalonier de compagnie : gardien du gonfalon (étendard), il commandait à Florence chacune des seize compagnies citadines armées à partir de 1250.

gonfalonier de justice : il dirigeait la Seigneurie, gouvernement central de Florence, composé de neuf prieurs, ou chefs des corporations (les *arti*).

Grand Conseil (*Maggior Consiglio*) : rouage essentiel du système constitutionnel vénitien. D'abord constitué d'aristocrates, il s'ouvrit en 1230 aux autres classes et finit par réunir un millier de membres au XIVe siècle. Il procédait à l'élection des fonctionnaires et des composants des organes de direction de l'État.

gripparia : navire à rames vénitien de transport et de commerce, d'origine grecque.

Hélène de Constantinople : sainte (env. 248-328), mère de l'empereur romain Constantin Ier, qui régna de 306 à 337.

heures : le système romain qui divisait le temps en fonction du lever et du coucher du soleil en douze heures pour le jour et douze heures pour la nuit était toujours en vigueur au Moyen Âge. Les heures canoniales étaient : mâtines ou vigiles (office de nuit), laudes (louanges à l'aurore), prime (première heure, soit vers 6 heures), tierce (vers 9 heures), sexte (vers midi), none (vers 15 heures), vêpres (soir, vers 17 heures) et complies (après le coucher du soleil).

hôpital des Innocents (*spedale degli Innocenti*) : commandé en 1419 à Filippo (Pippo) Brunelleschi et financé par la guilde de la soie afin de recueillir les petits Florentins abandonnés, il fut inauguré en 1445.

Horde d'Or : khanat (horde, de *ordu*, signifie « campement royal ») fondé au XIIIe siècle dans les plaines russes, au nord de la mer Noire et de la mer Caspienne, par le fils aîné de Gengis-Khan, Djötchi, dont le propre fils, Batu, hérita en 1227 et qu'il organisa en un État pratiquement indépendant de l'Empire mongol. Entre 1237 et 1241, Batu écrasa le khanat bulgare, soumit les Kiptchaks (ou Coumans) et les principautés russes. Entre 1392 et 1395, la Horde d'Or subit les attaques de Tamerlan. En 1395, celui-ci battit sur le Terek le khan Tokhtamych, son ancien protégé. Le territoire commença à se morceler en 1430. Son dernier souverain s'éteignit en 1516.

hyperpère : monnaie d'or frappée à Byzance à partir de 1092.

Impruneta : petite ville proche de Florence connue pour son sanctuaire, consacré en 1059. Ce dernier renfermait une représentation de la Vierge qui, pensait-on, était l'œuvre de saint Luc. Selon la croyance populaire, elle protégeait les habitants contre les épidémies, les inondations et la famine.

in albis : qualifie le premier dimanche après Pâques dans la liturgie catholique. L'expression complète, *in albis deponendis*, « où l'on enlève le vêtement blanc », évoque le vêtement que les fidèles avaient reçu au cours de leur baptême lors de la vigile pascale et qu'ils portaient pendant une semaine.

Inal le Grand : ou Inal Nekhou, prince de Circassie entre 1427 et 1457. Il unifia toutes les tribus et les principautés circassiennes en un seul État et mena de nombreuses campagnes pour étendre son territoire.

indiction : année comprise dans une période de quinze ans entre deux révisions de l'impôt foncier.

Iskender : l'un des noms qui désignent Alexandre le Grand dans les diverses mythologies régionales.

khabza : ou *adyga khabza*, tradition et code d'honneur transmis oralement de génération en génération chez les Circassiens.

Koban : village d'Ossétie du Nord et site archéologique.

konak : invité en adyguéen.

La Tana : ancienne Tanaïs et actuel Azov. En 1277, les Vénitiens, ayant reçu de l'empereur byzantin Michel VIII, favorable à leurs rivaux génois, le droit de s'établir en mer Noire, créèrent des comptoirs à Trébizonde, à Soldaia et poussèrent jusqu'à La Tana, particulièrement bien placée sur la rive gauche du Don, car elle contrôlait l'accès à la Volga. Au terme d'une ambassade, le khan de la Horde d'Or les autorisa à s'y installer contre le paiement d'une taxe annuelle. En 1333, le consulat de La Tana fut officiellement institué. Nommé par le Sénat vénitien, le consul était assisté d'un officier de police. Compte tenu de sa position enviable, la petite cité affronta plusieurs attaques. En 1395, Tamerlan la détruisit, captura et tua le consul, ainsi que de nombreux marchands. En 1419, après une autre attaque, Venise s'employa à renforcer la défense de son comptoir, lançant des travaux de fortification qui s'achevèrent dix ans plus tard.

Layaso : actuel Adler, au bord de la mer Noire (Russie).

Libripeta : l'un des personnages des *Intercenales* de Leon Battista Alberti (1440). Son nom renvoie à l'incessante recherche de livres qu'il mène pour dissimuler son absence de culture. C'est un « pseudo-lettré », contrairement à son interlocuteur, Lepidus.

Livre des voyages, Le : ou *Le Livre des merveilles du monde*, de Jean de **Mandeville**, est le récit d'un voyage en Orient, composé en français par un prétendu chevalier anglais en 1356. Cette œuvre de compilation, traduite en plusieurs langues, connut un immense succès au xve siècle.

Logge dei Banchi : cette loggia, aujourd'hui célèbre pour l'édifice qui y fut élevé en 1606 à la place de l'ancien bâtiment médiéval, abritait à Pise le marché de la laine et de la soie, ainsi que des bancs de changeurs et de notaires.

Loggia del Bigallo : bâtiment situé dans le centre de Florence (1321), qui hébergea la compagnie de la Miséricorde jusqu'en 1489. En 1425, cette dernière accueillit la confrérie du Bigallo, association fondée par fra Pietro da Verona, inquisiteur dominicain, dans le but d'extirper l'hérésie cathare.

makhsima : ou maxym, boisson préparée à base de millet fermenté.

Malaspina : famille patricienne originaire de Toscane.

mamikou : sage-femme en adyguéen.

manzaria : ce terme indiquait au Moyen Âge un profit illicite ou injuste, une extorsion, une fraude, un pot-de-vin.

Mapa, actuelle Anapa (Russie).

Marangona, la : cloche située dans le clocher de la basilique Saint-Marc, qui tenait son nom des *marangoni*, les charpentiers de l'Arsenal, dont elle sonnait le début et la fin du travail.

Maremme : située entre la Toscane et le Latium, au bord de la mer Tyrrhénienne, cette région était réputée pour son air malsain et la malaria qu'on y attrapait. Son assainissement ne débuta qu'au XVIIIe siècle. Il s'acheva sous le fascisme.

marzolino : fromage de brebis fabriqué au mois de mars (d'où son nom, « petit mars »), au début de la lactation.

Masini, Tommaso di Giovanni Masini : bien qu'il fût apparemment le fils d'un maraîcher, cet ami et collaborateur de Léonard de Vinci (env. 1462-1520) prétendait avoir pour père naturel Bernardo Rucellai, beau-frère de Laurent de Médicis.

Maslenitsa : fête païenne russe qui célèbre durant une semaine le passage de l'hiver au printemps. Sorte de « Mardi gras ».

Matrega : colonie génoise, actuel Taman.

Maurazechia : delta du fleuve Pshada, dans l'actuelle Krinitsa (Russie).

Médicis, Cosme de : né en 1389, banquier florentin. Opposé aux familles aristocrates des Albizzi et des Strozzi qui gouvernaient Florence, il fut arrêté en septembre 1433 et condamné à mort. En corrompant son gardien, il parvint à mobiliser sa famille et à faire commuer sa peine en un exil de dix ans. Il s'installa alors à Venise. Grâce à l'appui des siens et du pape Eugène IV, il revint triomphalement à Florence en 1434 et fut nommé gonfalonier de la ville.

mégaduc : l'un des plus hauts dignitaires de l'Empire byzantin, chef de la marine.

Mercatantia : ou Mercanzia, tribunal situé place de la Seigneurie, qui s'occupait des procès entre marchands florentins et entre les membres des corporations.

mer Majeure : ou *mare Maggiore* en italien, nom qu'on attribuait à la mer Noire au Moyen Âge et pendant la Renaissance.

monna : abréviation de *madonna* dans le sens de « madame », « dame », qu'on employait à la fin du Moyen Âge comme sorte de titre.

Mont (*Monte*) : banque d'État qui recevait des dépôts, versait des rentes et des intérêts.

muda (au pluriel, ***mude***) : ce terme désigne les expéditions commerciales que la république de Venise organisait une ou deux fois par an en mettant ses navires à la disposition de compagnies privées, censées respecter un trajet et un règlement précis en échange d'une protection efficace. Le convoi était mené par un capitaine nommé par le Sénat. Ces convois regroupant neuf à dix galères, puis deux à quatre avec l'augmentation de la taille des navires, prenaient le nom de leur destination : convois de Constantinople et de Romanie, qui poussèrent dès le XIIIe siècle jusqu'à la mer Noire, La Tana et Trébizonde ; convois de Chypre, de Petite Arménie, de Syrie ou d'Alexandrie ; convois de Barbarie.

mundualdus : sorte de garant masculin que les Florentins attribuaient aux femmes désireuses d'établir un acte notarial.

Négrepont : actuelle Eubée.

Niccoli, Niccolò : cet érudit florentin constitua l'une des bibliothèques les plus célèbres de Florence, qu'il légua à sa mort à la République afin qu'elle la rende publique (1364-1437).

Noirs, les : confrérie florentine dont les statuts furent publiés en 1442 et qui avait pour but d'accompagner les condamnés à mort dans leur dernier voyage en leur offrant un réconfort religieux. Leurs membres, *Neri* ou *Battuti Neri*, portaient un habit noir à capuchon.

Office des Pupilles et des Adultes : institué à Florence en 1393 et composé de quatre magistrats, il prenait en charge les mineurs dont les pères étaient morts sans avoir nommé de tuteurs et les veuves.

Oshamakho : le mont Elbrouz.

palada : c'est le nom du rio (canal) de la Pallada. Ce terme désigne les pilotis qu'on trouve à Venise le long des rives.

Palais du Capitaine du peuple : ce palais, dont la construction débuta en 1255, n'est autre que le Bargello actuel.

Palus Méotide : ou Palus Méotides, ancien nom de la mer d'Azov, également appelée mer de Zabache.

panizza : ou *panissa*, sorte de polenta à base de farine de pois chiches, qu'on mange aujourd'hui encore à Gênes, découpée en morceaux et frite.

Pera : quartier génois à Constantinople, dont il était alors séparé par la Corne d'Or, actuel Beyoğlu.

Pesello, le : Giuliano d'Arrigo, dit le Pesello (1367-1446), peintre, architecte et fabricant de drapeaux à Florence.

Pesonda : actuelle Pitsunda.

Phshiz : ancien nom circassien du fleuve Kouban, situé dans le Caucase de l'Ouest, qui se jette dans la mer Noire.

pietra forte : la pierre à bâtir par excellence de l'urbanisme florentin est un grès à ciment calcaire d'origine détritique. De couleur grise au moment de son extraction, elle devient marron au contact de l'air.

Pise : conquise par Florence en 1406 après onze mois de siège, elle fut soumise à de lourds impôts. Les corporations subirent la concurrence de leurs rivales florentines, les campagnes s'appauvrirent.

Plombs, les : ancienne prison vénitienne, située dans les combles du palais des Doges.

podestat : autrefois tout-puissant dans les villes italiennes, ce magistrat n'était plus chargé, au XIVe siècle, que d'administrer la justice et de maintenir l'ordre public sous la houlette du seigneur ou du prince.

pokrov : ce terme russe signifie « voile » au sens propre, et « protection » au sens figuré. C'est le nom d'une fête orthodoxe, la fête de Notre Dame de Toute Protection, qui commémore l'apparition de la Vierge à Constantinople, dans l'église des Blachernes, sanctuaire marial, au xᵉ siècle.

popolo : ce terme désignait la communauté des habitants d'une ville dotés de droits civiques et s'appliquait dès le xɪɪᵉ siècle aux membres de la commune qui ne faisaient pas partie de l'élite dirigeante (*militia*). Le *Popolo grasso* (« le Peuple gras ») rassemblait les riches marchands, tandis que le *Popolo minuto* (« le Menu peuple ») réunissait les petits artisans. Le *popolo* était parfois assimilé à l'ensemble des guildes, opposé au *popolo* fondé sur la milice urbaine.

portego (au pluriel, *porteghi*) : à Venise, entrée au rez-de-chaussée, du côté du canal, qui permet le déchargement des marchandises et l'accès à l'étage.

Porto Pisano : port fondé au xɪɪɪᵉ siècle par la république de Pise sur le Don, à l'ouest de l'actuel Rostov, non loin de La Tana.

prieur : à Florence, représentant de chaque corporation.

Pulci, Luigi : poète florentin (1432-1484), auteur du célèbre poème chevaleresque comique *Morgant le Géant*. Il fut secrétaire de Francesco Castellani en 1459. Il devint l'homme de confiance de Laurent de Médicis avec qui il entretint une correspondance.

Quarantie (*Quarantia*), ou Conseil des Quarante : elle tenait son nom du nombre de ses membres au moment de son instauration en 1179, à Florence. Elle élaborait les projets fiscaux et financiers soumis au Grand Conseil, qui élisait ses membres. Ses trois chefs faisaient partie de droit de la Seigneurie (*Signoria*). Elle perdit son autonomie en 1324, mais conserva d'importantes attributions judiciaires au civil et au criminel.

rezzuto, ou *reçute* : terme qui pourrait signifier « diminué », « petit », il s'applique au format de cette feuille de papier apparue en Italie au XIVᵉ siècle, soit 31,5 sur 45 cm.

Rialto : centre économique de Venise, fréquenté par les marchands, les étrangers et le petit peuple.

ribollita : soupe de légumes et de pain rassis, typique de la Toscane.

rio (au pluriel, *rii*) : canal à Venise, ou plus précisément sa partie qui abrite un îlot occupé par des constructions.

Roman de Thèbes, *Le* : inspiré de *La Thébaïde* de Stace, cet ouvrage rédigé en 1150, œuvre d'un clerc anonyme, est l'un des plus anciens romans français.

Ronciglione : géant, personnage du *Cantari della Reina d'Oriente*.

Salaï : surnom de Gian Giacomo Caprotti (1480-1524), contraction de *Saladino* (« Saladin »), qui pourrait se traduire par « petit diable ». Le garçon entra dans l'atelier de Léonard de Vinci en 1490.

sandolo : barque à fond plat, variante de la gondole, qu'on trouve en Vénétie.

Santa Reparata : basilique florentine, fondée au début du Vᵉ siècle et démolie en 1379 lors de la construction de Santa Maria del Fiore (ou Dôme de Florence) qui la contient. Elle fut redécouverte durant une campagne de fouilles dans les années 1960.

Saraï : Sarai Berke, seconde capitale de la Horde d'Or après Sarai Batu.

scarpazza : tourte aux légumes, spécialité de Gênes.

Seigneurie : à Florence, elle était composée de huit prieurs, deux pour chaque quartier de la ville, et du chef du gouvernement civil, le gonfalonier de justice, élu à tour de rôle au sein des quatre quartiers de la ville. Les prieurs et le gonfalonier étaient renouvelés tous les deux mois par tirage au sort, ce qui limitait leur pouvoir. La Seigneurie était également aidée par deux commissions regroupant respectivement les seize gonfaloniers de compagnie du *popolo* (quatre gonfaloniers pour chaque quartier de la ville) et douze Bonshommes (*Buonomini*).

ser : pour sire ou seigneur, titre honorifique attribué en Toscane aux prêtres et aux notaires, puis, à partir de la fin du XIIIe siècle, aux personnages jouissant d'un certain prestige.

sestiere : nom des quartiers de Venise, qui en possède six.

Sfera, La : célèbre ouvrage d'astronomie, cosmographie et géographie, illustré par de nombreuses cartes anciennes, attribué à Gregorio (Goro) Dati (1362-1435), marchand florentin, et probablement rédigé par son frère Leonardo, général de l'ordre des dominicains. Goro l'aurait traduit du latin en langue vulgaire.

sgabei : sorte de pain frit, coupé en lanière et salé, spécialité de la Lunigiana (entre Ligurie et Toscane).

Sigismond de Luxembourg : roi de Hongrie (1387-1437), roi des Romains (1410-1437), empereur (1433-1437), roi de Bohême (1419-1437).

signum : seing.

sigurtà : assurance sur les transactions.

Songes de Daniel le prophète : le *Somniale Danielis*, établi en grec au IVe siècle, traduit en latin au IXe siècle, puis dans les langues vernaculaires de l'Europe et du Moyen-Orient, constitua jusqu'au XVIIe siècle un dictionnaire d'interprétation des rêves très populaire.

sotoportego (au pluriel, *sotoporteghi*) : à Venise, passage public traversant des bâtiments privés et menant à une placette ou à une place.

spongata : sorte de chausson plat en pâte brisée, fourré au miel, aux fruits confits et aux fruits secs, probablement issu de la gastronomie juive et fort apprécié.

statue équestre de Francesco Sforza : passé au service de Ludovic le More, à Milan, Léonard de Vinci travailla à partir de 1482 à ce monument équestre représentant le père du More, le condottiere Francesco Sforza (1401-1466), à cheval. Après de nombreuses années de recherches, il réalisa en 1493 un modèle en argile de sept mètres de haut. Mais les cent tonnes de bronze destinées à son œuvre furent réquisitionnées pour fondre des canons.

Stinche, les : prison de Florence construite à partir de 1299 qui tirait son nom d'un château dans le val di Greve, dont les habitants y furent conduits.

Strozzi, Palla : banquier, homme de lettres, philosophe (1372-1462). Adoubé chevalier par le roi angevin de Naples en 1415, grand collectionneur de livres d'art, il était l'homme le plus riche de Florence. Il prit la tête de l'opposition à Cosme de Médicis. En 1434, lorsque Cosme revint de l'exil auquel les Strozzi et les Albizzi l'avaient fait condamner, Palla dut s'exiler à son tour et s'installa à Padoue.

Superbe, la : Gênes, également nommée la « Superbe République », tenait ce surnom de Pétrarque.

Tainìn : diminutif de Caterina en génois.

Tamasa : estuaire de la rivière Galidzga, à Otchamtchiré (Géorgie).

Tamatarkha : actuel Tmoutarakan (Russie).

Tamerlan ou **Timour Leng** (1336-1405) : issu de la dynastie des Barlas et connu pour sa férocité, il fut l'un des plus grands stratèges de l'histoire. Il combattit dans le Caucase entre 1386 et 1388 et mena, entre 1392 et 1395, des opérations contre la Horde d'Or. En 1395, il pilla la Crimée, mit à sac La Tana et captura tous les chrétiens qui s'y trouvaient.

tamunga : nom tatar du *comerchium*.

Tané : ancien nom de **Tanaïs**, ce dernier étant le nom grec antique de l'actuel fleuve Don.

Tarmagno : cap de Dorzhanskaya.

Terk : ancien nom du fleuve Terek, qui naît en Géorgie et traverse le Caucase avant de se jeter dans la mer Caspienne.

terraticum : impôt payé par les colons génois et vénitiens aux Tatars pour la location de leurs terres.

testes : ou *teste* en italien (« têtes »), nom attribué aux esclaves en tant que marchandise.

Théotokos : en grec « Mère de Dieu ».

Trivium : les arts libéraux formant le premier cycle d'études : grammaire, rhétorique et dialectique.

Ubriachi (ou ***degli Embriachi***), Baldassare : établi en 1395 à Venise, il y monta un atelier avec le sculpteur Giovanni di Jacopo, qui travaillait déjà avec lui à Florence vers 1370. Ils développèrent jusqu'en 1430 environ une production originale de retables monumentaux, triptyques et coffrets, reconnaissables à un assemblage de plaquettes d'os sculptées en relief et serties dans des encadrements de marqueterie ou fixées dans l'âme de bois.

veille : selon le système romain, la nuit était divisée en quatre veilles (*vigiliae noctis*). La dernière se situait entre 3 et 6 heures du matin.

Vespasiano da Bisticci : libraire et écrivain (1421-1498), propriétaire, dans les années 1440 à 1471, d'une boutique qui était le rendez-vous de tous les lettrés florentins. Il apporta ses conseils aux princes qui voulaient se constituer une bibliothèque.

Villani, Giovanni : ce négociant florentin (1280-1348), qui occupa d'importantes fonctions politiques, rédigea une célèbre chronique, *Nuova Cronica*, en douze livres, qui constitue une source remarquable de l'histoire de Florence au XIVe siècle.

Vosporo : colonie génoise, actuel Kertch.

wouna : maison en adyguéen.

Xi Fitsé : nom adyguéen de la mer Noire (*xi* signifiant « mer »).

Xi Miute : nom adyguéen de la mer d'Azov.

Xi Tualé Teymen : nom adyguéen du détroit de Kertch.

Yelieh : le nom du prophète Élie en langue adyguéenne.

Zhansherx : ancienne ville bâtie par Abdoun-Khan où résidait le prince Inal le Grand, également appelée Chantchir et située à environ quarante kilomètres d'Anapa. Elle correspond peut-être à la forteresse de Krasobatareynoe.

Zicabar, cap de : aujourd'hui cap de Kodori.

Table

1. Yakov 9
2. Giosafat 41
3. Termo 75
4. Giacomo 110
5. Mariya 138
6. Donato 165
7. Ginevra 220
8. Francesco 264
9. Antonio 296
10. Piero, et de nouveau Donato 342
11. Antonio, l'autre 387
12. Leonardo 421
13. Moi 454

Remerciements 477
Notes bibliographiques 479
Glossaire 481

RÉALISATION : NORD COMPO À VILLENEUVE-D'ASCQ
IMPRESSION : NORMANDIE ROTO
DÉPÔT LÉGAL : OCTOBRE 2025. N° 155284 (2503404)
IMPRIMÉ EN FRANCE